I0885954

LA CONDENA DE LOS VIVOS

LA TRAMA

La condena de los vivos

Marco De Franchi

Traducción de César Palma

Papel certificado por el Forest Stewardship Council®

MIXTO
Papel | Apoyando la silvicultura responsable
FSC® C117695

Penguin Random House Grupo Editorial

Título original: *La condanna dei viventi*

Primera edición: febrero de 2024

© Longanesi & C. © 2022
Publicado por acuerdo con Marco De Franchi, su agente Alferj e Prestia
y el co-agente The Ella Sher Literary Agency
© 2024, Penguin Random House Grupo Editorial, S. A. U.
Travessera de Gràcia, 47-49. 08021 Barcelona
© 2024, César Palma, por la traducción

Penguin Random House Grupo Editorial apoya la protección del *copyright*.
El *copyright* estimula la creatividad, defiende la diversidad en el ámbito de las ideas y el conocimiento, promueve la libre expresión y favorece una cultura viva. Gracias por comprar una edición autorizada de este libro y por respetar las leyes del *copyright* al no reproducir, escanear ni distribuir ninguna parte de esta obra por ningún medio sin permiso. Al hacerlo está respaldando a los autores y permitiendo que PRHGE continúe publicando libros para todos los lectores.
Diríjase a CEDRO (Centro Español de Derechos Reprográficos, http://www.cedro.org) si necesita fotocopiar o escanear algún fragmento de esta obra.

Printed in Spain – Impreso en España

ISBN: 978-84-666-7675-5
Depósito legal: B-20.180-2023

Compuesto en Llibresimes

Impreso en Rodesa
Villatuerta (Navarra)

BS 7 6 7 5 5

A Lorenzo y Matteo,
para que recuerden que,
una vez superadas las pesadillas,
lo que quedan son los sueños

—Veo en ti a dos lobos que luchan para acabar con el otro.

—¿Cuál de los dos conseguirá vencer?

—Aquel al que hayas alimentado más.

Diálogo apócrifo entre
Felipe Neri y Caravaggio

Por tanto he aquí que vendrán días, dijo Jehová, que no se diga más Tófet y valle de Ben Hinnón, sino valle de la Matanza.

JEREMÍAS, 7, 32

LA MUERTE ESTÁ DESNUDA

1

El niño corría por el borde de la carretera, como un animal que huye en la noche. Al hombre del coche le recordó la célebre fotografía de Kim, la niña vietnamita que huía desesperada mientras el napalm le quemaba la espalda. Pero aquella era la carretera regional 74, conocida como la Maremmana, que en ese tramo llegaba casi a la escabrosa altura de un pueblo llamado Sorano, con sus luces centelleando en la oscuridad, y atravesaba la campiña de Grosseto que se extendía alrededor.

El hombre se aseguró de que nadie venía detrás de él, aminoró la marcha con cautela y paró el Toyota Highlander al abrigo de la pared de la colina. Aparte de sus faros, ninguna otra luz iluminaba la zona. El niño siguió corriendo y desapareció detrás de la curva que el automovilista acababa de dejar atrás. El hombre se apeó del coche y lo siguió. No había alcanzado a coger el chaleco amarillo y rogó que no llegaran otros vehículos. En ese punto la carretera se estrechaba y cualquier coche que apareciese de repente por la curva por la que se había desvanecido el chiquillo no tendría tiempo de frenar.

El niño parecía realmente aterrorizado y el hombre temió que si gritaba podía asustarlo todavía más, forzándolo quizá a internarse de nuevo en el bosque y a desaparecer en esa maraña vegetal. Ahí dentro ya no lo habría podido encontrar.

El niño debía de estar exhausto. Lo alcanzó en pocos minutos y le cerró el paso.

—¡Para! —jadeó.

Antes de que pudiera sorprenderse por la delgadez del brazo desnudo y gélido que había agarrado, el niño se volvió y le mordió la mano. El hombre gritó por el dolor, pero reprimió el instinto de apartarlo. En cambio, lo abrazó, tratando de contener el torbellino de patadas y puñetazos, y susurró:

—Para, quieto, por favor. Quiero ayudarte. Solo quiero ayudarte.

El niño gritó frases incomprensibles. Puso los ojos en blanco y enseguida se desmayó entre sus brazos.

Solo en ese momento se detuvo un segundo coche que los encuadró a los dos con un par de despiadados faros. El hombre se quedó inmóvil imaginándose el efecto de esa escena para el automovilista que lo estaba alumbrando. Un desconocido grande y robusto que llevaba entre sus brazos el cuerpo exánime de un niño de entre diez y doce años, completamente desnudo.

2

El coche era un potente Subaru color celeste, un pulmón sobre cuatro ruedas, como lo había definido Angelo Zucca, el ayudante que le hacía de chófer. Valentina habría preferido algo menos llamativo. Pero hay que aceptar lo que la familia tolera, y su familia era el Servicio Central Operativo de la policía nacional.

El viaje fue corto. Menos de dos horas, incluyendo la media hora larga que tardaron en salir del atasco de la autopista de circunvalación. Valentina aprovechó para revisar la información que le habían volcado en el portátil. Muy poca cosa, en realidad. Quizá ni siquiera suficiente para requerir la intervención del SCO. Pero Giuseppe Falcone, el director, fue inflexible: «Tendrás que encargarte tú, no uno de tus ayudantes. No me fío del jefe de la policía judicial de Grosseto. Existe el riesgo de que haya infravalorado el caso. Tratemos de averiguar con rapidez si realmente se precisa nuestra intervención. Si no es así, te despides, das media vuelta y regresas inmediatamente». Valentina obedeció, como siempre.

La chica que la estaba esperando en la entrada de la comisaría era pequeña, flaca, el pelo negro, abundante y rizado.

—¿La señora Medici? —preguntó estrechándole la mano. No le dio tiempo de responder—. Yo soy la inspectora Blasi. Roberta Blasi. Encantada de conocerla.

En contraste con su aspecto, Blasi le había estrechado la mano con energía. Los ojos le brillaban.

Angelo Zucca se presentó, con la habitual actitud desganada, luego Blasi los precedió hacia el interior de la comisaría.

—Los crímenes contra las personas no son mi terreno —explicó mientras sobrepasaban el puesto de guardia y a la vez indicaba con un gesto al vigilante que no era necesario pedir la documentación a los recién llegados—. Pero yo le informaré de cuál es la situación, si no le importa.

—¿No se encarga usted de las investigaciones? —preguntó Valentina sorprendida, mientras entraban en los despachos de la policía judicial.

Blasi se sonrojó.

—Este asunto no compete a mi sección. Pero estábamos de turno cuando llamaron y fuimos los primeros en intervenir... Aún no sabemos con exactitud de qué se trata. Muchos aquí no creen que haya sido un verdadero secuestro de un menor de edad.

—¿Tampoco usted lo cree?

—Yo todavía no sé qué pensar.

—De acuerdo —zanjó Valentina, molesta por las aproximaciones con las que parecía que habían afrontado el asunto—. Póngame al día como pueda, entonces.

Angelo Zucca aprovechó para apoyarse en el canto de un escritorio con una sonrisa enigmática detrás de la barba espesa. Tenía una gran experiencia en el Servicio y su actitud quería decir: «No se moleste, señora, estos no son más que policías provincianos y no valen para nada». Valentina conocía bien ese mecanismo psicológico: cada vez que los especialistas del SCO se entrometían en las investigaciones de los «territoriales», surgía cierta desconfianza y, con frecuencia, se desarrollaba una especie de competición. Solo que a ella esa competición no le interesaba. Su tarea era intervenir cuando se lo ordenaban, averiguar si había materia de la que el Servicio debería hacerse cargo y marcharse lo antes posible. Tenía tanto trabajo atrasado esperándola que no podía ocuparse de las rivalidades políticas entre investigadores.

—El niño, como sabe, se llama Fosco Agnelli —explicaba entretanto la inspectora Blasi—. Cumplirá doce años en diciembre. Despierto, pero un poco problemático. Un carácter difícil. Desapareció anoche de Sorano, un pueblo de menos de tres mil almas donde prácticamente todo el mundo se conoce. Salió del colegio a la una en punto pero nunca llegó a su casa. Fuimos a comprobar, son casi seiscientos metros. Imposible perderse, sobre todo para alguien de ahí. La madre, Luisa Marini, lo esperaba para comer y denunció enseguida su desaparición. El padre, del que está separada, vive en Francia. Fue contactado enseguida pero, naturalmente, no sabía nada. Anoche, poco antes de las doce, el niño fue encontrado a un par de kilómetros del pueblo, como le hemos indicado. Se cruzó con él un representante mientras volvía a casa recorriendo la carretera Maremmana... Es una carretera que une el lago de Bolsena con el mar. Bastante tortuosa, he de decir, y atraviesa toda la región. El niño estaba desnudo, no llevaba ropa ni zapatos. Corría por la carretera gritando como un poseso.

La inspectora calló y a Valentina le sorprendió vislumbrar en su rostro signos de una sincera emoción. Una actitud singular para una profesional que debía de haber conocido muchos casos así.

—Pobre pequeño —continuó Blasi—, ¡lo que habrá sufrido! Tuvo suerte de que no lo atropellaran.

Valentina asintió. No sabía por qué esa inesperada manifestación de compasión la turbaba.

—Eso ya nos lo han comunicado —apuntó—. Espero que haya algo más. ¿Ha dicho que es un niño problemático?

—Es un dato importante. La separación de sus padres no ha sido tranquila y el chico tiene que haber sufrido. Un psicólogo lo está tratando y... ya había huido de casa otras veces.

Valentina reflexionó. A lo mejor no había un gran misterio detrás de esa desaparición y su viaje era inútil. Aunque el hecho de que hubieran encontrado al niño sin ropa era un detalle que exigía una reflexión.

—Lo ha visto un médico, me imagino.

—Por supuesto. —Blasi miró un bloc de notas, pero era evidente que no necesitaba hacerlo—. Dejando de lado la conmoción, se encuentra en buenas condiciones físicas. En esta época no hace demasiado frío, de modo que no sufrió hipotermia. La hipótesis es que permaneció refugiado en algún sitio hasta poco antes de que lo encontraran. Ningún trauma, ninguna señal de violencia. Le han hecho las revisiones de rutina: análisis de sangre, de orina, electrocardiogramas, todo lo que hacía falta, y ahora esperamos una respuesta.

—¿Ninguna irritación de garganta? —preguntó Valentina—. Es el efecto que tiene el éter, ¿lo sabe?

La chica asintió, mirando a la agente a los ojos con una intensidad nueva.

—Ningún problema en la garganta. Yo pensé en lo mismo —dijo con renovado entusiasmo—. El médico tampoco lo ha excluido pero quiere esperar el resultado de los análisis para pronunciarse. Dice que nada indica que haya sido narcotizado. El hecho es que, como le he mencionado, Fosco ha escapado otras veces de casa y aquí nadie cree que haya realmente algo más.

—Pero lo encontraron desnudo y asustado. ¿También las otras veces acabó igual?

—Por supuesto que no —respondió Blasi sin dejar de mirarla, como si la estuviese evaluando. No cabía duda, esa muchacha esperaba respuestas.

—Y creo que han interrogado a fondo al hombre que lo encontró.

—Yo misma me encargué anoche. Lo presionamos, pero reaccionó bien. Se llama Saverio Genovesi, es representante farmacéutico y estaba regresando a su casa cuando vio a Fosco. Es un buen tipo, no tiene antecedentes. Estaba más asustado que el niño. —Blasi miró hacia atrás como para asegurarse de que nadie la estaba escuchando—. El tema es delicado y mi jefe es cauto. No cree que se trate de un hecho grave, dice que ha avisado al SCO solo porque lo manda la norma. Pero hasta que no haya elementos que hagan pensar en un secuestro o en un abuso sexual, no tiene intención de dedicar más recursos. Además de una servidora, quiero decir. Ahora bien…

—¿Ahora bien…?

—Ahora bien, yo creo que a Fosco le pasó algo. Y me gustaría averiguar qué fue.

Blasi parecía decidida, pero Valentina sabía por experiencia que los policías muchas veces agrandan los casos que llevan para demostrar su valía. Ocurre, a veces, si eres una mujer y tu jefe suele encargarte solo investigaciones sin importancia y temas intrincados. Era probable que el jefe de esa policía judicial hubiera acertado, como también que hubiera infravalorado el caso. Suspiró. Le correspondía a ella dar esas respuestas.

—¿Ya ha hablado con Fosco, supongo?

—Brevemente. Para un auténtico interrogatorio la esperaba a usted —dijo la joven, sin bajar la mirada.

Bien. Al menos en ese aspecto Blasi había actuado correctamente. Las informaciones de un testigo que se recaban en caliente, aunque se trate de un menor, suelen ser decisivas. Y Valentina estaba segura de que la joven inspectora había tratado de obtener de Fosco todos los detalles posibles, hasta los más nimios, para averiguar lo que había ocurrido. Sin embargo, había algo en la actitud de ella que la dejaba perpleja. A lo mejor la chica estaba solo nerviosa porque su jefe la había cargado con una responsabilidad que no deseaba. Una hipótesis equivocada, y le echaría a ella toda la culpa. Una ligereza, y la crucificaría. En cambio, si alguien con más autoridad que ella se ocupaba de escuchar a Fosco Agnelli, la responsabilidad se diluiría.

Pero había algo más. Lo percibía.

Valentina observó con más atención a la inspectora. Se convenció de que Blasi no se lo estaba contando todo. La charla con el niño la debía de haber sorprendido de alguna manera. A lo mejor el pequeño había hecho una revelación que ahora la tenía en ascuas. Algo importante, y la policía quería que Valentina la oyese con sus propios oídos. Algo que no se atrevía a revelar.

—De acuerdo —dijo—, vamos a conocer a Fosco.

3

A Fosco Agnelli lo habían instalado en una buena habitación del hospital de Grosseto situado fuera del centro urbano de la ciudad. Una habitación doble entera para él. El aislamiento era necesario dadas las condiciones psicológicas del paciente, pero sobre todo porque aún no estaba claro qué le había ocurrido. Al menos en ese aspecto, el protocolo se había cumplido. La desaparición de un niño había puesto en marcha el código rojo previsto para los abusos sexuales y para los maltratos, a lo que seguiría la intervención del Juzgado de Menores de Florencia y la de los asistentes sociales. Si comprobaban que no se había cometido ningún delito, la autoridad judicial archivaría inmediatamente el caso. De lo contrario, el asunto se complicaría para todos.

—La verdad —explicó la inspectora Blasi mientras llegaban a la tercera planta— es que he tenido que insistir un poco para que lo pusieran en un lugar... reservado.

Valentina estaba cada vez más asombrada.

—¿Qué quiere decir? —preguntó.

Roberta Blasi se detuvo. El rubor seguía coloreando sus mejillas, pero ahora no parecía bochorno. Era más una suerte de excitación.

—¿Puedo ser sincera con usted?

—Debes serlo —respondió Valentina, remarcando adrede el tuteo, que quizá Blasi no se esperaba. La inspectora le caía bien. A pesar de ese procedimiento anómalo, Valentina intuía en la muchacha una especie de frustración positiva. Y si la estimulaba conseguiría pronto las respuestas que buscaba.

Roberta Blasi asintió.

—Como te he dicho, anoche hablé un poco con Fosco.

—Bien hecho. —Empezaba a ir al grano.

—Fosco pudo decirme algo entre sollozos. Algo que me dejó pasmada... Se lo conté al jefe, pero le quitó importancia. «Caprichos de un chico con problemas psicológicos que ha querido enfadar a su madre», me dijo. Los que conocen al niño afirman que es propio de él hacer algo así. Siguen creyendo que se escapó por una rabieta, a pesar de que iba por el campo en esas condiciones. —Blasi meneó la cabeza para mostrar su enfado—. Desnudo, ¿comprendes? —añadió—. Como si fuese lo más natural del mundo.

—No lo es, en eso tienes razón.

—Claro. Dicen que para llamar la atención de los adultos los niños son capaces de todo. Hasta de desnudarse y de deambular por los bosques de noche. Sin embargo, las cosas que él me ha contado... no me parecen inventos de un niño que está mal de la cabeza. Y su actitud... En fin, si tú también crees que no son más que fantasías, lo aceptaré. Aceptaré la opinión de quien tiene más experiencia y me quedaré al margen.

No, no se quedaría al margen. Valentina estaba segura de que no lo haría.

—¿Qué te contó exactamente? ¿Qué fue lo que le pasó?

Roberta Blasi señaló con la barbilla la puerta de la habitación delante de la que se habían detenido.

—Está ahí dentro. Perdona, pero es preferible que te lo cuente él mismo.

4

Estaba en la cama, tapado con la sábana hasta la barbilla. Los ojos cerrados, las cejas contraídas en un sueño agitado. Por un gotero fluía a sus venas una solución incolora. Tenía el pelo largo y negro, sin duda poco dócil al peine. Aparentaba menos de sus doce años.

La mujer que se encontraba a su lado debía de ser su madre. Lo demostraban el perfil, el color negro de las cejas, el pelo también rebelde y, sobre todo, la postura. Tenía un brazo extendido sobre la sábana tocando el cuerpo de su hijo, como para cerciorarse de que no iba a volver a desaparecer. Se le notaban las marcas de las interminables horas de vigilia y de preocupación.

En la habitación había además una mujer de edad indefinible, de pelo gris y una larga trenza, mirada serena. Probablemente la psicóloga de menores, necesaria en un caso como ese.

En voz baja, Roberta Blasi hizo las presentaciones.

—La comisaria Medici, que ha venido de Roma con su ayudante Zucca. Ella es Luisa, la madre de Fosco, y ella, la doctora Manigrasso, psicóloga de la edad evolutiva... La envía el magistrado.

Mientras ella y Zucca estrechaban la mano a las dos mujeres, el niño abrió los ojos. En ese instante, Valentina pudo casi percibir el dolor y el miedo que había sufrido. El sufrimiento seguía presente en él, intacto, anidado en el fondo de su mirada desconcertada.

Manigrasso se dirigió al chico, sin acercársele.

—Hola, Fosco, ¿cómo estás?

El pequeño permaneció inmóvil. Los ojos hablaban por él. Iban de un lado a otro, se fijaban en todos los que estaban ahí, de uno en uno. Iban y volvían. Había algo salvaje en el movimiento de esas canicas negras.

Con un leve movimiento de la cabeza, Valentina le sugirió a Manigrasso que continuase.

—Fosco, ¿has visto que también está tu madre? ¿Te alegra que esté aquí con nosotros?

Fosco se volvió hacia su madre. Por primera vez, su mirada se detuvo. La mujer le apretó más la mano.

Valentina intuyó las intenciones de la psicóloga. Quería que el niño concentrase toda su atención en su madre. No solamente para que le diera ánimos, sino también para poder valorar la relación que había entre ellos. No era insólito que la huida de un menor fuera consecuencia del maltrato que sufría en la familia, y ocurría a menudo que las madres eran tan culpables como los padres.

El niño se relajó y dejó de mirar a su madre solo para dirigirse a la psicóloga y asentir. Manigrasso sonrió.

—Lo sé, te sientes protegido cuando estás con ella, ¿verdad?

De nuevo un sí.

—Estos señores necesitan hacerte algunas preguntas. Responde solo si te apetece. ¿Quieres?

Fosco pensó un instante, luego abrió la boca.

—Sí.

Manigrasso miró a los policías y con un gesto les indicó que podían empezar. Blasi se dirigió a Valentina.

—¿Puedo?

Valentina asintió. La inspectora había dicho que ya había establecido un contacto, era preferible continuar a partir de ahí.

—Fosco, ¿te acuerdas de mí? —pregunto Blasi—. Anoche te hice algunas preguntas. Y fuiste muy valiente contándome lo que te había pasado, así que me gustaría que les dijeras las mismas cosas a estos señores. Son policías importantes, que han venido de Roma expresamente por ti.

La atención de la carita blanca se dirigió a los recién llegados. No cambió de expresión.

—¿Lo puedes hacer, Fosco? —preguntó Blasi en un susurro—. ¿Les puedes repetir a ellos lo que te pasó?

Un tímido gesto de asentimiento.

Valentina dio un paso hacia él. El pequeño se retrajo, apretando el borde de la sábana y levantándolo, quizá listo para taparse. La madre se tensó, lanzándole una mirada de fuego. Valentina la evaluó. Una madre dispuesta a defender a su hijo siempre y en cualquier lugar. No, no era ahí donde se ocultaba el problema.

—No te asustes —dijo Valentina, procurando adoptar el tono más amable del que era capaz—. ¿Ves que tu madre sigue aquí, lista para abrazarte y defenderte?

Fosco asintió distraídamente, como para confirmar lo superflua que era esa información. Pero la mano que agarraba el borde de la sábana se relajó.

—¿Qué queréis saber? —La voz no temblaba. En condiciones normales debía de ser un niño seguro de sí mismo. Quizá incluso capaz de fingir.

—Lo que te pasó ayer. Lo que ya le contaste a mi compañera. Todos estaban muy preocupados por ti.

—Lo sé. Lo siento.

—Ahora ya no importa. Has vuelto a casa y todos estamos muy contentos. Pero te pregunto: ¿nos puedes ayudar a reconstruir lo que te pasó ayer? ¿Puedes hacerlo? Nos sería muy útil.

—De acuerdo… —Pero contrajo los labios.

—Empecemos por el momento en que saliste del colegio. ¿Recuerdas la hora?

—Era matemáticas, la última hora… No faltaba ningún profesor. La una. Siempre salgo a la una.

—Te despediste de tus compañeros, supongo.

—Sí.

—¿Y después?

—Fui hacia casa. Marcello, un amigo mío, me acompañó un poco. Vive cerca del colegio. Luego seguí solo.

—¿Como siempre?

—Como siempre.

—Y llegaste a casa… ¿cuándo? ¿Cuánto tiempo después de que hubieras salido del colegio?

Fosco miró a la madre.

—No lo sé. ¿Diez minutos?

—Me parece razonable —aprobó Valentina—. Bien, vas muy bien... Y luego ¿qué pasó?

—Había un señor. Ese que me hizo un poco de daño...

Una corriente gélida. Valentina la notó claramente. Fue una sensación tan clara que miró hacia la ventana para ver si estaba cerrada.

—Un señor... —repitió Blasi, como para animarlo a seguir.

Valentina volvió a observar el rostro de Fosco.

—El de pelo canoso —añadió él, dirigiéndose a la inspectora—. Te lo he dicho.

—¿Quién...? —preguntó con cautela Valentina, pero el niño ya no la miraba a ella ni a los demás. Miraba el embozo de la sábana, como buscando señales que no podían ver los otros, y hablaba.

—Es que no recuerdo mucho. Estaba delante de casa, con una camioneta..., un tipo grande..., es raro que no la vieras, mamá. Estaba aparcada delante del paseo. Por la ventana de la cocina tendrías que haberla visto bien. Era verde oscuro. Cuando llegué, el hombre bajó enseguida, como si me estuviese esperando. Me dijo algo...

—¿Te saludó? ¿Lo conocías? —preguntó Valentina.

—No. No lo había visto nunca. No recuerdo lo que me dijo...

—¿Se acercó? —sugirió Valentina—. ¿Le viste la cara?

—Sí. Pero tampoco me acuerdo de su cara. Solo del pelo. Muy canoso y largo..., y de su sonrisa. Una sonrisa amplia, de oreja a oreja... Una sonrisa fea. Luego debí de quedarme dormido, pero no sé cómo. Y después me desperté en la camioneta... Estaba todo quieto y silencioso. Estaba tumbado y me dolía la cabeza y... Perdóname, mamá, pero estaba... —Calló y los ojos negros se le llenaron de lágrimas.

La madre murmuró en voz baja:

—Basta...

—Estabas sin ropa... —terminó Valentina por él—. Pero no es tu culpa. Sabemos que no es tu culpa.

—¿Sí? —dijo él, sorbiendo por la nariz, sorprendido por aquella absolución—. Yo no me acuerdo de habérmela quitado..., hacía frío cuando me desperté.

A la madre de Fosco empezaron a rechinarle los dientes. Valentina podía oír el ruido que hacía.

—¿Seguías en la camioneta cuando te despertaste? —preguntó.

El niño arrugó la frente.

—No era exactamente una camioneta. No de esas en las que se llevan trastos viejos, como la de Ginetto. Esta era cerrada, sin ventanillas.

—Una furgoneta —intervino Blasi—. Una furgoneta cerrada, ¿verdad, Fosco? Sin ventanillas. Después te enseñaré alguna foto para ver si reconoces el modelo... Pero sigue. Cuenta lo que ya me has contado a mí. Cuéntalo todo.

—Sí, me desperté en la furgoneta... Estaba tumbado en un catre, ¿sabes, mamá?, como ese en el que duerme Tonino cuando se queda en casa, con las patas de hierro que se doblan... Los pies se me salían. —Esbozó una sonrisa, que arrancó a su madre un breve suspiro.

—¿Te acuerdas de algo de la furgoneta? —preguntó Valentina—. ¿Cómo era por dentro? ¿Había suficiente luz?

—Era de noche, pero no había demasiada oscuridad porque veía. —Movió la cabeza como para despejar la niebla que todavía lo asfixiaba—. Había... caras. Caras que me miraban...

—¿Caras?

—Caras silenciosas. Muchas. Me miraban a mí... —Tuvo un escalofrío más violento y la madre volvió a estremecerse.

—Explícate mejor, Fosco —susurró Valentina, evitando mirar a la mujer y esperando que no interrumpiese el flujo de recuerdos—. ¿En las paredes de la furgoneta, quieres decir? ¿Caras en las paredes?

—Sí. Por todos lados.

—¿Podían ser fotografías, Fosco? ¿Fotos de caras que cubrían el interior de la furgoneta?

Fosco asintió, como si hubiese llegado a la misma conclusión.

—Sí, a lo mejor eran fotos. Me daban miedo. Estaban pegadas por todas partes, también en el techo. Me mareaban...

—De acuerdo —dijo Valentina, absorbiendo la información—. ¿Y qué hiciste después?

Fosco volvió a mirar a Roberta Blasi. Parecía que entre los

dos había un diálogo silencioso del que los demás estaban excluidos.

—Fosco, ¿qué hiciste después? —repitió Valentina, perpleja.

—Hui.

—¿De qué manera?

—La puerta de la furgoneta estaba abierta, por eso entraba luz. Bajé. Estábamos en un lugar cerrado..., había paredes altas y delante de mí había una puerta grande, como las de los establos... La luz de la luna entraba desde el otro lado. Veía árboles...

—¿Y qué hiciste con exactitud? ¿Bajaste de la furgoneta y huiste enseguida?

—Quería hacerlo, sí... Pero luego lo vi.

—¿A quién?

Los ojos de Fosco, ahora, estaban fijos en un lugar que ninguno de ellos podía ver.

—Estaba en un rincón del establo, me daba la espalda. Veía su pelo largo y canoso... Tenía una coleta...

—¿Qué estaba haciendo?

—No lo sé. Estaba de pie contra la pared y me daba la espalda... Al principio, pensé que estaba haciendo pis. Pero decía algo, murmuraba... Creí que estaba rezando. Sé que es raro, pero me acordé de una cosa que nos había explicado el profesor de religión cuando nos dijo que en Jerusalén los judíos y los musulmanes rezan juntos con la cabeza apoyada en un muro sagrado. Parecía uno de esos... Pero no se balanceaba. Murmuraba y tenía la cara contra la pared. De todos modos, estaba de espaldas y no me estaba mirando. Entonces eché a correr. Luego me vi en ese bosque... y seguí corriendo... Corrí y eso que los pies me dolían.

Apartó la sábana y enseñó los pies. Estaban vendados, las vendas manchadas de tintura de yodo.

La comisaria miró a Angelo Zucca, que estaba junto a la puerta. El policía temblaba, le costaba contener la ira. Por mucho tiempo que se lleve en la policía, hay cosas que nunca se aprende a soportar.

Valentina volvió a mirar al niño, tratando de aparentar que estaba serena.

—¿Recuerdas algo más?

Fosco pareció reflexionar. El esfuerzo lo transfiguraba. No debía de ser agradable recordar esos momentos.

Y vibró de nuevo ese cruce de miradas con Blasi. Luego se volvió hacia la ventana, bajo la cual había una segunda cama, preparada para otro paciente. El niño permaneció como embobado mirando la almohada y las sábanas inmaculadas. Parecía sorprendido.

—Recuerdo la luz de la luna... —respondió poco después, sin apartar los ojos de la cama vacía—. Y el bosque... Y, cuando me volví para ver si me seguían, vi unas ruinas cerca del establo donde estaba escondida la furgoneta... Parecían restos de una casa.

—Bien. Buena memoria. Eres muy listo, Fosco.

La mirada del niño iba ahora de la cama pegada a la ventana a Valentina. De repente se mostraba tenso, nervioso.

—No, no soy listo.

—¿Cómo?

—No soy listo..., soy un cobarde...

Se miró las manos. Una lágrima se asomó a sus ojos profundamente negros.

Valentina se volvió hacia Blasi, que parecía petrificada. En ese silencio yacía el secreto que Fosco había revelado solo a la inspectora. Ahora Valentina estaba segura. Pero ¿qué era aquello tan terrible que el pequeño ya no quería contar?

Ella también miró la cama vacía. Una habitación de hospital en el área de pediatría. Una cama para un niño como Fosco. Esperando que llegara un paciente como él.

Y entonces Valentina comprendió.

Le lanzó un mensaje silencioso a Blasi, moviendo solo los labios. «¿Te referías a esto?». Roberta Blasi asintió lentamente.

Valentina volvió a dirigirse a Fosco.

—Había otro niño, ¿verdad? —preguntó—. ¿Otro niño en la furgoneta, contigo?

Fosco Agnelli levantó la cabeza. Ahora las lágrimas corrían libremente por sus mejillas, enrojecidas por el recuerdo y el miedo.

—Sí —respondió—. Otro niño. Y se quedó ahí, solo. Lo abandoné... Se lo dejé al hombre canoso...

5

Fuera, en el pasillo de paredes color pastel, inundado de luz y animado por los ruidos habituales del hospital, fue posible disipar, al menos en parte, las sombras que se habían adensado en la habitación. Las palabras y el tono de voz de Fosco Agnelli, sin embargo, resonaban en la cabeza de Valentina. Y, tuvo que admitirlo, en su corazón.

Blasi y Zucca parecían tan turbados como ella.

Fosco había mascullado sus últimas frases entre lágrimas, pero habían sido claras y no daban lugar a equívocos.

—Estaba tumbado a mi lado. Al principio casi no lo vi, con esas caras que me miraban y el miedo que tenía y el dolor de cabeza... Pero entonces me bajé del catre y le toqué la punta del pie. Estaba frío. Y cuando me incliné pensé que estaba durmiendo.

—¿Trataste de despertarlo?

—Sí. No. La verdad es que no. Me daba miedo. Estaba desnudo como yo, tan quieto, tan inmóvil. Quería llamarlo pero me daba miedo que el hombre canoso me oyese. Pero lo toqué. Estaba helado... Parecía de mentira.

—¿Y después?

—Ya os lo he dicho. Cuando vi que no se despertaba, me fui corriendo. El niño se quedó ahí. Estaba muerto, ¿verdad?

El resto del relato no reveló más detalles. Pero lo que habían escuchado era suficiente. Incluso demasiado.

Valentina iba a preguntar a los otros dos qué pensaban cuando la habitación en la que Fosco ahora descansaba se abrió de nuevo y Manigrasso se les acercó. Estiró una mano temblorosa hacia Valentina.

—Perdón, no sé si es importante. —Le tendió una hoja de papel hecha una bola. Un papel arrugado que Valentina extendió, perpleja.

—Me di cuenta de que Fosco la sujetaba —explicó la psicóloga—. Me llamó la atención. Vi lo que era y le pregunté dónde la había cogido y por qué la apretaba tan fuerte. Solo me dijo que se la había encontrado entre los dedos. He preguntado por ahí y algunos enfermeros me han confirmado que la tenía cuando anoche lo trajeron aquí y nunca ha querido soltarla, tampoco durante las revisiones que le han hecho. Se la pasaba de una mano a otra y no dejaba de apretarla. Nadie ha visto nada raro en ello. Creo que se trata de una especie de reflejo defensivo... Un fetiche para ahuyentar el miedo. No sé qué significa exactamente, pero he creído que a ustedes les podría ser útil.

Blasi meneó la cabeza.

—Caramba, yo no había caído...

Valentina estaba observando el trozo de papel. Solo era un papel arrugado, un grabado a colores. A lo mejor un trozo de cielo azul intenso. O el mar. Ningún significado oculto. Aparte del hecho de que Fosco lo había tenido apretado en una mano durante horas.

6

La llamada se desarrolló como había previsto. Falcone no compartió su decisión de quedarse una noche en Grosseto, pero no hizo un drama. Valentina le explicó los motivos que la habían convencido de que convenía seguir con la misión al menos un día más. El relato del pequeño Fosco podía parecer fruto de una fantasía galopante, al menos en apariencia. La furgoneta, la guarida en la que había estado oculta, el otro niño, quizá muerto. El hombre que lo dejaba solo y del que huía. Todo demasiado detallado y al mismo tiempo complicado, difícil de desentrañar.

Pese a ello, Valentina tenía otra sensación.

El miedo en los ojos de Fosco era auténtico; su llanto, sincero. Si bien el niño era una persona difícil, como había confirmado Manigrasso, a ella también la había sorprendido la intensidad de las emociones que Fosco había manifestado. Y, de todos modos, no se podía dejar nada al azar, esa era una de las primeras reglas que Valentina había aprendido. Por lo menos convenía esperar el resultado de los análisis médicos.

—Pero no te vayas a comprometer mucho —le pidió el jefe, con su acento gangoso de catanés puro—. Recaba todos los datos que puedas pero luego, si no hay elementos nuevos, deja actuar a la policía judicial. El jefe, por superficial y algo arrogante que sea, es un trepa que cuenta con el respaldo del director de la policía. Tú procura volver lo antes posible, que aquí no te falta trabajo.

Valentina le dio las gracias y lo mandó mentalmente a tomar por culo. Detestaba esa manera de lavarse las manos. Había sido él, después de todo, quien la había enviado a ese sitio.

Llevaba solo dos años trabajando en el Servicio Central Operativo y se encargaba de crímenes contra la persona. Niños y mujeres, sobre todo. Pero no lo había elegido ella. El director la consideraba más adecuada que otros solo porque hacía unos años, cuando era una joven agente destinada a la policía judicial móvil de Milán, había resuelto el caso de un asesino de prostitutas que había aparecido durante meses en todos los medios de comunicación. A partir de ese momento, su carrera había despegado. En un clima nacional de emergencia por asesinatos de mujeres, le llegaron los encomios, los premios, el ascenso y luego el traslado al SCO, en Roma. Su ciudad y el departamento más prestigioso de la policía, todo junto. Desde luego, no se había quejado.

Alguien insinuó que ese éxito se debía en parte a su belleza. Se precisaba una mujer con buena imagen que también supiera hacer bien su trabajo de policía: los ojos verdes y el pelo rubio y largo habían hecho el resto. Valentina trataba de no dar importancia a eso y de apoyarse solo en su competencia, si bien a veces resultaba difícil soportar la actitud de algunos compañeros, como si a diario tuviese que demostrar, a diferencia de ellos, que se había merecido su posición.

El trabajo la absorbía completamente. A sus treinta y dos años tenía una carrera asegurada, un futuro luminoso en la policía y ninguna atadura familiar. Y tampoco un amor, que, desde luego, no tenía la menor intención de buscar. Ninguna estabilidad afectiva significaba gran estabilidad emocional, y prefería que fuese así. Una vida basada solo en el trabajo y, precisamente por ello, satisfactoria.

Trató de dormir, de esperar hasta la mañana para tomar una decisión sobre ese asunto que quizá, como decía Falcone, no merecía su atención.

Pero algo la atormentaba. Algo que acudió a llamarla durante la noche.

Soñó con Fosco, un sueño confuso. Él gritaba que era un cobarde porque había dejado morir al otro niño. Gritaba porque el hombre canoso no había terminado y lo estaba buscando. Gritaba que tenía miedo. Gritaba que Valentina no le había creído.

Se despertó con el eco de esos gritos que todavía le retumbaban en los oídos y le desgarraban el corazón. Y ya no pudo volver a conciliar el sueño.

7

La inspectora Blasi se presentó esa mañana en el hotel, mientras Valentina y Zucca desayunaban.

—Novedades importantes —exclamó en voz alta, atrayendo la atención de los otros clientes. Bajó el tono y añadió—: Hemos identificado el lugar donde Fosco se despertó y desde el que huyó. ¿Vamos a verlo?

Poco después, empezaron a recorrer la estrecha y sinuosa carretera en la que habían encontrado a Fosco y por la que ahora Angelo Zucca avanzaba no con poca temeridad siguiendo a otro coche de la policía judicial.

—Es un granero —estaba explicando Roberta Blasi—. Hay algunas casetas y las ruinas de un viejo caserío. Pero el granero es el que ha descrito Fosco.

—No habrá sido fácil identificarlo —dijo Valentina.

—Un equipo de la patrulla móvil ha recorrido la zona y ha encontrado el lugar... Pero sabían qué tenían que buscar.

—¿Sin tu ayuda?

Blasi respondió con cierta incomodidad:

—En efecto, la jefa de la patrulla móvil es mi chica... Le expliqué la descripción que nos hizo Fosco y ella se formó una idea. Conocía un sitio así... Es muy buena.

Zucca le lanzó a Valentina una mirada furtiva de complicidad. «Ya sabía yo que esta era lesbiana». Con gusto le habría dado un puñetazo en la nariz, pero el agente estaba conduciendo y eso hubiera sido muy peligroso. Ya tendría ocasión de hacerlo.

—Hay otra novedad, aún más importante y francamente rara... —dijo la inspectora desde el asiento trasero del Subaru—. Tenemos los resultados de los análisis de Fosco. El médico estaba perplejo cuando nos los comunicó.

—¿Por qué?

—Ha encontrado restos de benzodiacepinas en la sangre, en porcentajes bastante altos. Así que nada de éter, sino un cóctel de psicofármacos muy fuertes: restoril, xanax, valium, cosas así. Probablemente los tomó por inhalación..., el cloroformo no habría actuado tan rápido.

La inspectora no parecía fijarse en la velocidad con la que Zucca tomaba las curvas. A Valentina, en cambio, ese continuo movimiento fluctuante la mareaba.

—Así que ahora estamos seguros —comentó, tratando de hacerse una idea de la situación—. Fosco fue drogado. No se ha inventado nada.

—Exacto.

Valentina comprendía el entusiasmo de Blasi. Ese descubrimiento confirmaba todas sus sospechas.

—Sin embargo —intervino Zucca, que no daba señales de ir a reducir la marcha y tenía los ojos pegados en el coche de delante—, con una bomba como la que describes, ¿cómo pudo despertarse tan pronto? ¡Tendría que haber dormido mucho tiempo!

—Habrá que estudiar mejor los tiempos —observó Valentina. El hecho de que al secuestrador se le hubiese podido escapar tan fácilmente el niño era incongruente—. ¿Por qué el médico estaba perplejo? —preguntó luego.

—Hay más, en efecto. Probablemente, como decía, tomó las benzodiacepinas por inhalación, pero esta mañana una enfermera más diligente ha encontrado la marca de un pinchazo en la base del cuello de Fosco. Era casi invisible y nadie había reparado en ella. Fosco y su madre no recuerdan que tuviera algo así antes de que desapareciera. Podría ser la marca de la inyección de otra sustancia que han encontrado en la sangre y en la orina y cuya presencia no sabe explicarse el médico.

—¿De qué se trata? —preguntó Valentina.

—Espera que lo lea, tiene un nombre difícil... Glu-ta-ral-dehí-do… Glutaraldehído al dos por ciento… Una presencia inusual, efectivamente.

—¿Por qué?

—El médico me lo ha explicado. Es un compuesto que sirve para matar bacterias, un desinfectante. Un derivado de la formalina, por lo que he entendido, bastante peligroso si se ingiere. En una concentración mayor, habría sido fatal para el niño.

—A lo mejor formaba parte del cóctel de narcóticos.

—No, no es un psicofármaco. No tiene ninguna potencialidad anestésica, según el médico.

Bien. Aquello era una anomalía y, por consiguiente, un indicio importante. Algo concreto por donde se podía empezar. Entretanto, para conseguir esa sustancia el secuestrador debía haber utilizado recetas médicas. Un dato que no reducía mucho el campo pero que deberían tener en cuenta. O a lo mejor el individuo trabajaba en el ámbito sanitario. Una hipótesis que no podía descartarse.

Mientras recorrían el nuevo escenario del crimen, Valentina evaluó las opciones que había.

Que Fosco Agnelli había sido raptado parecía ya indudable. Quien lo había hecho tenía trazado un plan. El uso de esas sustancias hacía pensar que no quería matarlo, al menos no enseguida. Pero ¿adónde lo estaba llevando? ¿Y el niño desnudo y frío que se encontraba a su lado? Si era fruto de la fantasía de Fosco, las implicaciones tampoco eran tantas. Ahora bien, un pederasta que no se conformaba con un solo niño cada vez y que estaba tan organizado como para orquestar un doble secuestro era una hipótesis que la inquietaba.

Reflexionó. El chiquillo había dicho que había bajado de la furgoneta y que estaba en un sitio que, por la descripción, podía ser un granero o un anexo agrícola en desuso. Un espacio amplio y vacío, con el suelo de tierra. Quizá, el granero que Blasi decía que había descubierto. Su secuestrador se había alejado por motivos que, de momento, no se podían conocer, y Fosco había aprovechado para huir. Si todo había ocurrido así, el hombre que lo había narcotizado debía de estar bastante seguro de que ni él ni el otro niño podían despertarse. Pero Fosco, sorprendentemente, salió de la narcosis antes de tiempo, detalle que también había que esclarecer.

Aparte de las incongruencias que había que despejar, las declaraciones de Fosco Agnelli, por filtradas que estuvieran dada su edad y la conmoción que había sufrido, eran bastante concretas y detalladas. El único aspecto que a Valentina le seguía resultando difícil de aceptar era la presencia del segundo chico, muerto al parecer. Por la noche había pedido al despacho un informe sobre las desapariciones de menores en las últimas semanas en todo el país, en condiciones semejantes, y la respuesta había sido negativa. Y no puede ocultarse la desaparición de un menor.

Y además había un papel hallado en la mano del niño. No tenía ni idea de lo que significaba y si realmente podía resultar útil, pero si el papel procedía del interior de la furgoneta no podía olvidarse de él. Valentina apuntó mentalmente las cosas que había que hacer, convenciéndose de que ese asunto era más complicado que un simple, aunque espantoso, caso de pederastia.

Percibía que debajo de la superficie de aquella historia se ocultaba otra, mayor y más oscura y, probablemente, más terrorífica.

El problema ahora era evitar que el caso no se considerase importante y se archivase. Las preguntas que ella se estaba haciendo, lo sabía, precisaban respuestas concretas y, sobre todo, rápidas. Y un poco de valentía. Ante un escenario tan complicado y aún incierto, no todos los policías que conocía se arriesgarían a llevar a cabo una investigación profunda.

Pero ella estaba decidida a llegar al fondo del tema. Quien había secuestrado a Fosco Agnelli seguía en libertad, y era probable que tuviera a otro niño en sus manos.

—Hemos llegado —advirtió Roberta Blasi, interrumpiendo sus pensamientos.

El coche estaba girando en una pista apenas visible, un sendero de tierra y barro que se adentraba en un calvero del bosque. Solo quien conocía bien la zona podía utilizarlo, pensó Valentina, y marcó mentalmente esa intuición.

Al fondo, más allá de un bosquecillo de encinas y madroños, se entreveían los destellos azules de la luz de la patrulla de la policía móvil que los estaba esperando.

8

Delante de ellos se abría un claro semicircular, en cuyo centro había dos edificios en estado de abandono. El primero algún día debía de haber sido un inmenso granero. La puerta estaba abierta y se entreveía un interior amplio en el que no había nada. Al lado, destacaban una fuente y los restos de una construcción de madera más pequeña, tal vez una cabaña de herramientas. Antaño debió de alzarse una casa de labranza separada de los edificios. Solo quedaban ruinas y vigas mohosas.

—Los restos de esa casa son los que nos dieron la pista —dijo Roberta, mientras Zucca paraba el coche junto al de la policía móvil—. La descripción de Fosco era precisa. De lo contrario, por cómo es esta zona de la Maremma y su amplitud, habría sido como buscar una aguja en un pajar.

Valentina se apeó del coche, saludó con un gesto a los agentes de la policía móvil y se acercó a la entrada del cobertizo. Era una de las construcciones de madera antes típicas de aquellas zonas, donde almacenaban la paja y el heno así como aperos agrícolas. Detrás del edificio, un bosquecillo de encinas y, a continuación, una amplia zona de campos antaño cultivados y ahora invadidos de hierbajos.

Blasi se había documentado: el lugar estaba así desde hacía al menos veinte años. En el pasado había una granja, llevada por gente de la zona que cultivaba girasol. Un incendio había destruido la casa y parte de sus estructuras, solo se había salvado el pajar. Los dueños eran mayores y sus hijos habían decidido abandonar el pueblo y esa tierra desdichada. Nadie había intentado reconstruir nada. Los habitantes de la zona habían olvidado pronto la presencia de aquellos cuatro muros derruidos. Cuando se acordaban, lo hacían para contar que el lugar estaba plagado de fantasmas. No iban ni los drogadictos a pincharse. Estaba demasiado lejos del pueblo y, en cierto modo, había demasiado silencio.

Sí, el escondite perfecto. El hecho de que ese hombre lo hubiese localizado y elegido indicaba premeditación y una cuidadosa planificación.

Cuando Valentina se detuvo delante de la entrada abierta del pajar, la agredió un terrible olor a podrido. En la oscuridad del interior no se distinguían vehículos y nada hacía pensar que hasta hacía unas horas ahí hubiese habido un coche. O una furgoneta.

Tras una primera ojeada, no parecía que hubiera nada reseñable. Luego, mientras el equipo de la policía científica empezaba a fotografiar y a examinar el lugar centímetro a centímetro, Roberta Blasi se le acercó.

—Gracias —dijo, sencillamente.

Valentina le sonrió, sin entender con exactitud a qué se refería, pero, antes de que se lo pudiese preguntar, el móvil le sonó en el bolsillo.

La voz de Falcone era cortante y, antes de que el jefe terminase de formular la frase, Valentina notó un ligero temblor en la nuca.

—Hay otro —dijo Falcone—. Han raptado a otro niño. Y esta vez nos han dejado también al muerto.

DESAPARECIDO

9

Cada vez que su hijo se quedaba en casa, porque no se encontraba bien, porque eran vacaciones o por cualquier otro motivo, escribir se convertía en una tarea difícil. No era culpa del niño, Andrea era lo bastante autónomo como para arreglárselas por su cuenta.

Todo el problema estaba en la cabeza de Gianni Venturi, que, en cuanto se imaginaba al pequeño en su dormitorio o delante de la televisión o en la cocina, solo, lo acometía la urgencia de comprobar que se encontraba bien.

Cuando se ponía delante del Mac lo asaltaba el ansia de asegurarse de que su hijo no se estaba ahogando silenciosamente en la cama o de que no estaba sumido en un llanto mudo y doloroso, incapaz, por alguna inescrutable razón, de pedir ayuda a su padre. En esas ocasiones, el tiempo que Gianni tendría que haber dedicado a escribir le parecía robado a sus deberes de padre.

Quizá dependía del hecho de que Andrea había pasado su infancia entre hospitales, ingresos urgentes, diagnósticos dudosos y un proceso siempre en aumento. A los cinco años le habían diagnosticado la tetralogía de Fallot, una malformación genética que, si se descubre en los primeros meses de vida, puede tener un elevado porcentaje de curación. Ellos, sin embargo, la habían descubierto tarde, tras una serie de crisis cianóticas que milagrosamente no habían tenido una consecuencia fatal. Los años siguientes habían estado marcados por operaciones quirúrgicas y por una terapia estricta y angustiosa.

Por fin Andrea parecía a salvo, si bien la fragilidad como consecuencia de la enfermedad seguía determinando cada minuto de su vida, por lo que sus padres vivían pendiendo del fino hilo de un miedo infinito. Y ese miedo llevaba a Gianni a no dejar solo ni un instante a Andrea cuando Maria no se encontraba en casa.

En cualquier caso, cuando Andrea no iba al colegio y su mujer tenía turno en el hospital, Gianni se trababa con la escritura. Ese día, el último capítulo de su novela parecía destinado a permanecer en suspenso, la página que había en la pantalla del ordenador se obstinaba en seguir en blanco.

Andrea se había quedado en casa debido a una huelga de profesores que el niño había comunicado a su padre la noche anterior, sin ocultar su satisfacción. Eran casi las nueve de la mañana, y Andrea seguía en la cama. Gianni le había echado una ojeada solo hacía minutos, disfrutando del lujo de observarlo dormir sin molestarlo, el pelo rizado y negro que parecía manchar de tinta la funda inmaculada de la almohada, la nariz sobresaliendo del borde de la manta y esos preciosos ojos, en ese instante cerrados pero seguramente abiertos a algún sueño fantástico.

El timbre de la puerta lo sorprendió. Mientras iba a abrir, preguntándose quién podía molestar a esa hora y esperando que el timbre imprevisto no hubiese despertado a su hijo, Gianni siguió dándole vueltas a aquella página que había dejado en blanco.

10

Había ocurrido en Volterra, a poco más de cien kilómetros del pueblo en el que vivía Fosco Agnelli. Eso quizá era suficiente para relacionar los dos hechos. Cuando Falcone le informó y ordenó que fuera enseguida al lugar del crimen, el primer pensamiento de Valentina fue que el niño secuestrado en la ciudad etrusca era aquel que Fosco había visto en la furgoneta en la que se había despertado.

«Estaba muerto, ¿verdad?».

Pero los tiempos no cuadraban. La desaparición de Andrea Venturi y el homicidio de su padre habían ocurrido esa misma mañana, dos días después de lo que le había sucedido a Fosco.

Durante el viaje hacia Volterra, con un Angelo Zucca más silencioso de lo habitual, Valentina siguió consultando en la tablet todos los datos que el SCO le iba enviando.

La víctima se llamaba Gianni Venturi, tenía cuarenta años y, por una ironía del destino, era escritor de novelas policiacas. Esa mañana alguien se había presentado en la puerta de su casa y lo había matado. No había habido lucha. Cinco cuchilladas asestadas con cierta saña. El hombre había muerto enseguida, cayendo en medio de la puerta de su casa. Su esposa, enfermera, estaba en el trabajo en el momento del asesinato. Su único hijo, Andrea, de doce años, que se había quedado en casa por una huelga de profesores, había desaparecido.

Andrea. Doce años. Como Fosco. Después de la del padre, su

foto apareció en la pantalla de ocho pulgadas junto con una serie de datos.

Valentina observó la cara del niño y llamó enseguida a Roma, al compañero que le estaba transmitiendo los documentos.

—Oye, que os habéis equivocado. Me habéis enviado de nuevo la foto de Fosco Agnelli. Habréis mezclado los dos expedientes.

La voz del agente era fría.

—Las imágenes que te he enviado son de Andrea Venturi. Son exactamente las que me han llegado de la comisaría de Volterra.

Valentina volvió a mirar la foto: ojos y pelo negros. Rizos largos y sedosos que enmarcaban un rostro mofletudo de tez rosada. Con cejas tupidas y marcadas.

Andrea Venturi, arrancado de su familia hacía pocas horas y a cuyo padre habían asesinado, parecía el gemelo de su coetáneo Fosco Agnelli.

11

Desde que estaba en el SCO, Valentina había podido poner a prueba sus dotes investigadoras muy rara vez. Su jornada habitual empezaba en el despacho de la cuarta planta del edificio donde se encontraba la segunda división del Servicio Central Operativo, en la via Tuscolana. Pasaba la primera hora en el escritorio, clasificando informes policiales, notificaciones y comunicaciones de la policía judicial, escritos del ministerio, notas y circulares internas, y la segunda en la sala de reuniones del Servicio para la sesión informativa con los otros agentes y con el director. A continuación comenzaba el auténtico trabajo. Si hubiese tenido que explicárselo a gente ajena a todo aquello, no habría sabido por dónde empezar. «Resolvemos enigmas —le oyó decir una vez a un compañero mayor que ella—. Analizamos, descomponemos y recomponemos las investigaciones que se hacen sobre el terreno. Buscamos los fallos. Identificamos las partes frágiles. Resaltamos las más fuertes. Tratamos con todos los investigadores de cada lugar para que se coordinen. Sugerimos por dónde hay que empezar. A veces, intervenimos directamente».

En concreto, Valentina sabía que la misión del SCO consistía en poner nerviosos a los policías ocupados en varias investigaciones, con el único propósito de alcanzar resultados mejores y más rápidos que los que los «territoriales» podían conseguir por su cuenta. Una aportación útil y a la vez superflua. La máquina funcionaba así desde hacía años. Y ella, a fin de cuentas, se sentía cómoda.

La actividad investigadora pura, sin embargo, era otra cosa. Esa se hacía en la calle, en estrecho contacto con las víctimas, en las aceras manchadas de sangre y las habitaciones que habían sido escenario de actos violentos. Las investigaciones auténticas no toleraban la burocracia. Las investigaciones eran carne viva, sudor, pasión. Algo que no le ocurría desde hacía mucho tiempo.

Ese día era diferente. Los casos de los dos niños desaparecidos la estaban conduciendo hacia una implicación directa. Quizá demasiado rápidamente. Se preguntaba si estaría a la altura, si no extrañaría la distancia de la trinchera, que también significa distancia de la pasión.

Estaba delante de una casita de dos plantas, sencilla, con un jardincillo bien cuidado y una vereda que, desde la verja recién repintada, conducía directamente hasta la puerta de entrada. El enrojecer del ocaso sobre las baldosas de granito se mezclaba con los rastros de sangre derramada y arrastrada hasta la calle por quien la había pisado, quizá el asesino o quizá policías o técnicos de emergencias sanitarias distraídos. La puerta con la placa de cobre y los apellidos VENTURI-SINAGRA estaba abierta. Dentro se adensaba una oscuridad opaca iluminada de vez en cuando por los fogonazos de la Científica. Los hombres con monos blancos de papel se movían en silencio, puede que más temerosos que en otros escenarios igualmente cruentos. Ahí había muerto un hombre. Pero, sobre todo, de ahí se habían llevado a un niño. Un secuestro que no dejaba muchas esperanzas, y eso lo sabían todos.

Valentina se mantenía en el borde de ese escenario junto a Zucca, que había visto, como ella, el parecido de los dos niños, lo que lo había apesadumbrado todavía más.

Detrás de ellos se amontonaban curiosos, gente de la prensa y la televisión. La noticia se había difundido con rapidez. Varios coches ocupaban la calle, algunos con las luces destellantes encendidas. Luces azules en vano apotropaicas.

La casa, aislada con respecto a las otras viviendas, se encontraba en una callejuela solo parcialmente asfaltada que iba al norte hacia las colinas que dominaban el paisaje y hacia el este hacia la carretera provincial que, entre curvas cerradas y árboles, llevaba a Volterra, a menos de dos kilómetros. Era la zona llamada

Zambra, sumida en la sombra y el silencio cuando la muerte no la forzaba a padecer tanto alboroto.

Una mujer salía en ese momento de la vivienda con un hombre mayor que ella, corpulento, con el que hablaba intensamente. Los dos llevaban con poca naturalidad un mono de papel blanco con el membrete de la policía y esquivaron la gran mancha de sangre, cada vez menos visible en la oscuridad.

Valentina advirtió que el murmullo aumentaba de tono. Oyó que un periodista decía a un invisible público:

—... ahí está, la señora Lucchesi con el magistrado...

Valentina avanzó un paso hacia la mujer, que estaba cerrando la verja.

—¿Siria Lucchesi? Soy Valentina Medici...

Lucchesi era la jefa de la policía judicial de Pisa, en cuya jurisdicción estaba el distrito de Volterra. Era alta y flaca, tenía el pelo muy corto, con las sienes canosas, lo que probablemente la envejecía más de lo debido. De hecho, no debía de tener más de cuarenta años.

—Sí, te esperaba. Os habéis dado prisa, veo.

—Nuestro conductor lo ha hecho lo mejor que ha podido —contestó Valentina mirando a Zucca, que esbozó una sonrisa—. Además, estábamos cerca de aquí.

Lucchesi no quiso saber por qué. Valentina se preguntó si estaba al tanto de la desaparición de Fosco Agnelli y si ya había relacionado los dos casos. Probablemente, no. No, ¿cómo habría podido? La semejanza de los dos niños no era todavía un hecho conocido.

—Bien —dijo la mujer—. Te presento al señor Giorgianni, el fiscal de Pisa.

El hombre le estrechó la mano a Valentina y luego a Zucca, que se había quedado un paso atrás.

—Me complace que el SCO se ocupe tan rápido del caso —comentó el magistrado—. No le oculto mi preocupación... Hacía años que en esta provincia no se producía un homicidio tan violento. Y además está el niño que se ha marchado de casa y que tenemos que encontrar cuanto antes...

—El fiscal no quiere que se hable de secuestro de persona, de momento —explicó Lucchesi—. Es prematuro y suscitaría demasiado la morbosidad de la prensa. El niño, en efecto, podría haberse alejado solo después del asesinato de su padre, tal vez porque se quedó aturdido... Aún no tenemos elementos que nos permitan descartar ninguna conjetura.

—Y no queremos excesivas presiones antes de averiguar algo —añadió Giorgianni, con el tono de quien imparte una orden.

Valentina asintió. Comprendía la estrategia, pero le parecía superflua. Desde su punto de vista, era inútil confiar en que al pequeño Venturi no se lo hubiese llevado el asesino del padre, por lo que tendrían que empezar a moverse enseguida en esa dirección. Ahora bien, ella estaba influida por el caso de Fosco Agnelli. Evitó formular su hipótesis, ya la pondría sobre la mesa más adelante. De momento quería saber cómo razonaban los «locales». Como siempre, había que estudiar los procedimientos de los investigadores que conocían el terreno, y luego intervenir con prudencia. Y Giorgianni le había dado la impresión de ser un fiscal de la vieja escuela al que no le gustaban las hipótesis no respaldadas por al menos mil indicios firmes.

Al teléfono, poco antes, Falcone había sido claro: «Procede con mucha cautela».

«Si hay una conexión con el secuestro de Fosco Agnelli, no podremos perder mucho tiempo», había objetado ella.

«Tú no saques conexiones aventuradas. No te metas en medio antes de tener las ideas claras». Era una orden.

El fiscal se despidió de los policías, tras pedirles que lo mantuvieran informado, y desapareció en un coche oscuro que se alejó rápidamente, seguido un trecho por el pequeño grupo de periodistas.

Lucchesi observaba a Valentina con una expresión indescifrable. El mensaje silencioso que enviaba era bastante claro: no se iba a contar con mucha colaboración por ese lado.

—¿Qué vamos a hacer? —preguntó la comisaria, molesta por ese examen—. ¿Quieres buscar a un niño huido de casa o...?

—El fiscal tiene sus ideas —respondió fríamente Lucchesi—. Yo tengo las mías. Y a la vista de la carnicería que el asesino ha perpetrado ahí dentro...

—¿Entonces?

—Entonces, busquemos el cuerpo del niño.

12

Entre Pisa y Volterra hay casi ochenta kilómetros de distancia. Una enormidad para quien se encarga de crímenes y de control del territorio. El espacio natural que rodea cada una de las dos ciudades es muy diferente, llano y suave el de Pisa, áspero e imponente el que hay a los pies del enclave etrusco. El primer encargo de Valentina, siendo una jovencísima agente, fue en una comisaría de Calabria, en un entorno geográfico semejante. Comenzó indagando una disputa familiar: asesinatos, rencores sedimentados a lo largo de décadas. El sargento que la introdujo en ese primer caso y que reparó en su abatimiento le enseñó muchas cosas sobre la naturaleza humana. Su primera lección fue que la morfología del territorio influye en el carácter del hombre y, en consecuencia, también en los crímenes. Un buen investigador debe conocer ante todo el entorno en el que se mueve.

Mientras avanzaban por las escarpadas curvas que llevaban al centro histórico de Volterra, Valentina se dijo que, dada la distancia, era probable que la fría jefa de la policía judicial no hubiese estado ahí, en el último año, más de un par de veces. Y quizá jamás había tenido interés en ese pueblo. Si eso era cierto, más valía contar enseguida con el personal de policía del lugar. Gente que habitaba y trabajaba en esas calles, que conocía a las personas que vivían ahí y su índole. Gente como ese sargento de Calabria con el que había aprendido más que en cualquier curso de formación que hubiera hecho. Sin embargo, no sabía quién estaba al mando de la comisaría a la que iba. Volterra era encantadora, pero desde el punto de vista de la carrera ese sitio era un agujero. Valentina estaba segura de que el jefe era un joven agente que empezaba o alguien que estaba a punto de jubilarse.

Así que se quedó pasmada cuando conoció a Fabio Costa.

La comisaría estaba situada en la piazza dei Priori, en el centro de la ciudad, en un palacio del siglo XIII. Cuando invadieron el encanto de ese lugar llegando frente a la fachada de piedra roja con arcos de medio punto, ya había oscurecido y la fascinación de las luces colocadas en puntos estratégicos hizo que se olvidara por un momento del motivo por el que estaban ahí. De no haber sido por el coche con los faros encendidos que ahora invadían la plaza medieval, habría pensado que había retrocedido en el tiempo.

El subcomisario Fabio Costa los estaba esperando en la puerta. Era alto y delgado, tenía el pelo negro y corto, barba de pocos días que remarcaba el perfil oscuro de sus ojos. Por regla general, la mirada era lo primero en lo que Valentina reparaba en los hombres y por lo que los valoraba. Su primera impresión fue la de que esos ojos eran indiferentes a lo que ocurría alrededor y que resultarían incluso interesantes si tan solo los animara un poco más de vida.

Siria Lucchesi, que se había apeado antes del coche, hizo las presentaciones.

—El señor Costa, jefe de la comisaría de Volterra —dijo con cierta frialdad.

Valentina le estrechó la mano. Costa mostró una sonrisa triste.

—No puedo afirmar que me alegre su presencia, dadas las circunstancias —comentó con voz baja y educada—. Pero estoy a su disposición.

—Bien —se apresuró Lucchesi, adelantándose a Valentina—, pues danos una habitación donde podamos organizar una reunión operativa. Yo tengo que regresar cuanto antes a Pisa.

Mientras Costa los hacía pasar a la comisaría, a Valentina le chocó la actitud de los dos agentes. No parecía que se llevaran bien. Quizá se debiera a que cuando la policía judicial irrumpe en el ámbito de un departamento como aquel, descabala toda regla de pacífica y soñolienta convivencia, y a que a los jefes no les gusta compartir el mando sobre casos que les han sido encomendados. Con todo, Fabio Costa no parecía en absoluto irritado por la situación. Al revés, era Lucchesi quien lo trataba con cierta suficiencia. El residuo de viejas discordias, evidentemente. Pero convenía tomar nota.

Enseguida entraron en una sala donde había una pantalla de televisión de cincuenta y cinco pulgadas, un ordenador y una pizarra magnética. Alrededor de una mesa grande ovalada se sentaron Valentina con Zucca, Siria Lucchesi con tres investigadores de la policía judicial que ya estaban poniendo en marcha un par de ordenadores portátiles, Fabio Costa y un inspector en uniforme al que Costa presentó como su ayudante, Aldo Martini.

Siria Lucchesi lanzó una larga mirada a Costa, que casi tímidamente dijo:

—Si no te parece mal, nos gustaría participar también a nosotros. Puede que resultemos útiles.

La mujer esperó un par de segundos antes de asentir bruscamente.

Se sumaron al grupo un hombre y una mujer de paisano que Valentina ya había visto en el escenario del crimen. El equipo de la policía científica. Valentina reparó en que nadie podía reprimir su ansiedad. No era solo la adrenalina de las investigaciones que empezaban, que todos los policías conocen bien. Era la angustia de no disponer de mucho tiempo.

Valentina sabía que en ese momento muchos de sus compañeros se estaban esmerando para encontrar cualquier indicio que les permitiera empezar. Unos hablaban con las autoridades judiciales para que autorizaran escuchas telefónicas, otros levantaban acta de las declaraciones de los vecinos y a la vez buscaban posibles testigos, y otros examinaban las cámaras de la zona y todas las huellas que había en el lugar de la primera intervención. Solo que en ese caso cada detalle parecía todavía más urgente y fatal. Un niño había desaparecido en circunstancias espantosas y salvarlo era una prioridad que los dejaba a todos sin aliento. La cacería había empezado, pero pesaba sobre ella la capa agobiante del miedo a no conseguirlo.

Lucchesi pareció que le había leído el pensamiento cuando empezó a presentar los hechos:

—De manera preliminar, os informo de que estamos haciendo todo lo posible para encontrar a Andrea Venturi, teniendo en cuenta todos los escenarios, desde el secuestro de persona hasta el alejamiento voluntario... Lamentablemente, también el homicidio. —Hizo una pausa, que, molesta, Valentina juzgó teatral, luego continuó—: Se está haciendo una amplia búsqueda, con la ayuda de los compañeros del ejército y de la Guardia di Finanza, así como de voluntarios y personal de la policía provincial. Estamos rastreando sobre todo la zona que rodea la casa de la que el chico ha desaparecido, que es intransitable y está llena de escondites. Si el homicida se lo llevó para asegurarse una primera huida, ahora hay que suponer que se ha deshecho de él, después de haberse alejado bastante. Por ello, estamos peinando caseríos, fosos, torrentes, el margen de todos los caminos comunales y provinciales. Además, hay controles en todas las arterias. Pese a que no sabemos con exactitud qué buscar.

—Un medio idóneo... —dijo el inspector Martini.

—¿Idóneo para...? —preguntó Lucchesi.

—Bueno, para transportar a un niño raptado.

—Siempre que lo hayan raptado, claro. Pero es como decir cualquier medio útil. —Se dirigió a su compañero de la Científica, invitándolo a tomar la palabra.

El supervisor asintió y abrió una libreta grande y negra. Valentina reparó en que los dedos seguían manchados del talco que tenían por dentro los guantes de látex. Los debía llevar puestos hasta hacía unos minutos.

—Como sabéis, el homicidio se produjo por la mañana, entre las ocho y las catorce, hora en que la mujer de Venturi volvió a casa y descubrió el cuerpo de su marido. Más probablemente, entre las nueve y las diez, según el médico forense, pero para saberlo con exactitud hay que esperar. Entretanto, aunque ya pareciese improbable, podemos excluir que fuese el niño el que mató al padre.

Por primera vez el supervisor levantó la mirada de la libreta, como en respuesta a los murmullos que se habían elevado.

—Lo sé —dijo. Y los observó a todos como retándolos con su terrible lógica—. Pero es, o era, una hipótesis que había que tener en cuenta. El forense ha sido claro en ese aspecto, si bien hará falta la autopsia para descartar toda duda.

Nadie objetó.

—Continúa —lo invitó Lucchesi.

—Por el examen externo, la víctima recibió cinco puñaladas en el pecho y en la barriga, con trayectoria de arriba abajo, con una fuerza y un ángulo incongruentes con la edad y la estatura de su hijo. Necesitamos más tiempo para las proyecciones necesarias, pero puedo decir que las modalidades del homicidio, por lo que hemos reconstruido hasta ahora, han sido especialmente cruentas.

Habló casi de un tirón, reparó Valentina, como si quisiera desprenderse rápido de una verdad incómoda.

El hombre hizo una pausa; luego, por segunda vez, levantó la vista de la página que estaba leyendo y volvió a mirarlos.

—Gianni Venturi no fue simplemente asesinado. Fue masacrado.

13

Quizá su último pensamiento fue para el niño. En el instante en que Gianni Venturi recibía la primera cuchillada que le perforaba el esternón, atravesando huesos y tejidos blandos, inundando la tráquea de sangre y la mente de terror, Andrea estaba ahí, en la casa, y él debía de ser consciente de que ya no iba a poder protegerlo. O quizá el niño estaba justo delante de él. Miraba, gritaba. Y su padre no podía hacer más que morir.

Tras la primera puñalada («dada con una fuerza brutal y utilizando una hoja de al menos quince centímetros de largo y de no menos de tres de ancho», repetía la voz del supervisor de la Científica) hubo otras cuatro. Una alcanzó el corazón, que literalmente se partió en dos. Pero la muerte no fue instantánea. El asesino pudo ensañarse.

Conforme a la reconstrucción preliminar, el asesino había pasado por encima del cuerpo de la víctima, sin preocuparse de estar pisando su sangre densa y todavía caliente, y había entrado en la casa.

—Las huellas del homicida, claras debido a la sangre, sobrepasan el cadáver un par de metros de camino hacia el interior de la casa y se detienen. Los restos de sangre hallados ahí hacen pensar que se detuvo unos segundos. Tal vez porque oyó algo o porque vio a alguien. Después vuelve sobre sus pasos; en efecto, hay una segunda serie de huellas que van hacia la salida. Su forma hace pensar que corría.

—¿Huellas del niño? —preguntó Siria Lucchesi.

—No las hay evidentes. No sabemos con certeza dónde se encontraba en el momento en que entró el desconocido. Ahora bien, si estaba en la planta de arriba, en su cama, es plausible que oyera algo. Sin duda, el padre tuvo que gritar. Si el niño bajó solo, y si entonces fue raptado por el asesino, fue cogido en brazos, ya que no están sus huellas en el suelo. Tened en cuenta que no se puede cruzar ese pasillo sin mancharse de sangre. —El supervisor pasó un par de páginas de su libreta—. Por otro lado, no hay señales de pelea. Andrea Venturi no luchó o el hombre era realmente fuerte... O bien también el niño, como el padre... —No concluyó la frase.

—O bien Andrea huyó por otro lado. A lo mejor por una ventana de la planta baja, a la que llegó mientras el asesino seguía machacando a su padre —observó uno de los investigadores de la policía judicial.

—Puede —dijo el supervisor, pero no parecía convencido.

—Si hubiese cogido al niño, ¿las huellas no tendrían que ser más nítidas? —preguntó Lucchesi.

—No necesariamente. Depende de lo robusto que sea el hombre.

—¿Podemos deducir su peso y su altura? —preguntó el policía de la judicial que ya había tomado la palabra y que estaba anotando cada detalle en un cuaderno.

—Calza un cuarenta y dos o un cuarenta y tres. Hay restos de sangre por todas partes porque el individuo metió el puño en el pecho de la víctima. Tendremos que estudiar la trayectoria de las gotas en las paredes para establecer la altura... Tardaremos un poco.

—No hay señales de pelea —repitió en voz alta Valentina, y todos se volvieron hacia ella—. Querría invitaros a considerar la hipótesis de que el hombre pudo narcotizar a Andrea antes de llevárselo.

—No tenemos elementos para decirlo —replicó Siria Lucchesi—. Haría pensar en algo premeditado.

—¿Creéis que no lo es? ¿Que no es un crimen organizado?

—¿Tú por qué lo crees? —preguntó Lucchesi, que parecía sinceramente intrigada—. A mí me da la impresión de que es un homicidio brutal y caótico. No veo signos de organización.

—Porque creo que el objetivo era el niño.

—¿Por qué? —repitió con más énfasis Lucchesi.

Valentina decidió que había llegado el momento de dar un sentido claro a esa reunión.

—A lo mejor tengo que aclarar mejor por qué estoy aquí —dijo.

Explicó que cuando fue informada del homicidio se encontraba en Grosseto, e ilustró la razón de ello. Les informó del caso de Fosco Agnelli. Describió los detalles del caso y se detuvo en las sustancias que se había descubierto que el niño había consumido, los narcolépticos, probablemente por inhalación, y el glutaraldehído por inoculación.

—Cabe que nos hallemos ante el mismo responsable —concluyó—. Un solo individuo cuyo objetivo han sido estos niños, por motivos que aún no conocemos. Y que, en el caso de Volterra, mató simplemente para lograr su objetivo. La muerte de Gianni Venturi sería, pues, solo un crimen instrumental... aunque terrible.

Y adiós a la prudencia que le había pedido que tuviera Falcone.

Sin embargo, ninguno reaccionó como había esperado. Dudó de que hubiera sido clara. ¡Con lo explosiva que era su hipótesis!

—Estaba informada —comentó al cabo de una larga pausa Siria Lucchesi, volviendo la vista hacia los otros—. Conocía la desaparición del otro niño. Sin embargo, por los datos que enviaron de Grosseto no parecía un caso de rapto.

—Ha habido avances en las últimas horas, y...

—No comprendo.

Fue Costa quien la interrumpió. Todos se volvieron hacia él, como si hubiesen reparado solo en ese instante en su presencia. El tono de su voz había sido neutro, pero sus ojos miraban a Valentina, que se sintió extrañamente turbada.

—¿Por qué no nos habías dado esa información hasta ahora? —Costa se volvió hacia Lucchesi—. Me parecen detalles importantes.

—A lo mejor no... —empezó a decir Siria Lucchesi, pero Costa volvió a dirigirse a Valentina. No parecía hostil, solo interesado.

—El glutaraldehído, por ejemplo —observó—. Es una cosa

extraña. Un elemento insólito. Si no me equivoco, es una sustancia que se utiliza en medicina forense en las autopsias.

Valentina asintió, animada por el interés de su compañero. No se le escapaba la irritación de la jefa de la policía judicial, pero Costa parecía haber ido directamente al grano sin dificultad y sin temor de suscitar reacciones adversas. Había guardado silencio todo el rato y ahora sus ojos brillaban con curiosidad. Ella decidió aprovechar esa especie de alianza no prevista.

Buscó en su tablet los datos que necesitaba. Luego miró a Costa.

—Parece que no tiene mucho sentido, ¿verdad? He pedido a Roma que hagan algunas averiguaciones, que comprueben si esa sustancia ha sido hallada en otros lugares en los que se han cometido crímenes. De momento, no ha habido resultados. Pero si conseguimos descubrir por qué se la inyectaron a Fosco avanzaríamos un paso.

Costa no hizo más comentarios. Pero parecía de acuerdo.

—Bien —intervino de nuevo Lucchesi, tratando de recuperar su espacio—. Pero ahora me gustaría volver a nuestro caso, por favor. Aparte de la edad de los dos niños, no me parece que haya más elementos en común.

—Pues hay alguno más.

Valentina le pasó la tablet, donde figuraban las fotos que le había enviado el SCO. Los rostros de Fosco Agnelli y Andrea Venturi juntos.

Lucchesi observó con atención las imágenes, sin cambiar de expresión. Luego se las pasó a los demás.

—¿Cuándo nos pensabas informar de este parecido? —dijo, dándose cuenta demasiado tarde de que estaba formulando la misma objeción de Fabio Costa.

—Os estoy informando ahora —respondió Valentina—. Recibí la foto de Andrea mientras venía hacia aquí. —Hizo una pausa—. Comprendo que pueda ser una sorpresa.

La tablet había terminado de dar la vuelta y estaba de nuevo en sus manos. Los rostros de todos manifestaban cierta confusión. Solo Costa, tras haber observado las imágenes, había elevado la mirada hacia ella con gesto interrogativo. Le parecía que la estaba analizando.

—¿Qué demostraría esto según tú? —preguntó Lucchesi.

—¿Tú no consideras importante lo parecidos que son los dos?

—Sí, son bastante parecidos. ¿Y qué? No comprendo la relación. Ni de qué nos vale saberlo.

Valentina ocultó su asombro. ¿No sería que ella había visto algo que no existía? ¿Cómo era posible que a nadie le chocara su foto?

—¿No la comprendes?

—Comprendo que resulte extraño. Pero ¿qué sentido tiene secuestrar a dos niños que se parecen? ¿Con qué objeto? ¿Y si solo fuese una coincidencia? No puedes descartarlo.

—Bueno, no sé cuál es la relación. —Se concedió una pausa, volviendo a escrutar los rostros de Fosco y Andrea. En ambas fotos, los niños no miraban directamente al objetivo. Parecían concentrados en un punto de detrás de quien los había inmortalizado. Le resultó fácil pensar, durante un instante, que estuviesen mirando el mismo horizonte—. No conozco el motivo por el que este individuo actúa —dijo, sin apartar la mirada de la pantalla—. Pero me parece un detalle importante. A menos de cien kilómetros de aquí, hace dos días, Fosco Agnelli desapareció de su casa. Y es casi el gemelo de Andrea Venturi. Fosco, a diferencia de Andrea, consiguió volver a su casa y describió al hombre que lo había secuestrado. No solo eso: dijo que a su lado había otro chico. Quizá ya muerto. No sabía que era Andrea, claro, pero su descripción fue precisa. Y hemos encontrado datos y hechos que respaldan su relato. En una palabra, me parece que, al menos, tenemos algo donde apoyarnos. —Volvió a mirar a los otros—. ¿O no?

No hubo comentarios.

—Sí, tu teoría es interesante —rompió el silencio una vez más Lucchesi—. Pero, justamente, de momento solo es una teoría. El fiscal nos ha aconsejado que vayamos con pies de plomo. Y yo estoy de acuerdo. Examinaremos todas las posibilidades, sin excluir ninguna, como dices tú. Y evaluaremos toda clase de coincidencias, ¿de acuerdo?

La mujer seguía el guion que había dictado el fiscal, era evidente. Y no se iba a desviar fácilmente de las instrucciones del magistrado, salvo que alguien le demostrase que el camino más cómodo no siempre era el mejor, sobre todo en una investigación así, que ya parecía bastante compleja. Valentina pensó en subrayar eso. Era el momento en el que tenía que defender su papel. Pero entonces captó la mirada de Fabio Costa. La observaba con intencionalidad. Parecía que quería enviarle una especie de mensaje cifrado. Y, sobre todo, parecía que era el único que le había dado importancia a la semejanza de los dos niños. Daba la impresión de que le quería decir que no le hiciera caso a Lucchesi. Que aquella no era en absoluto una coincidencia.

De repente, Valentina decidió no añadir nada más. Iba a esperar. Ordenaría sus ideas aguardando una ocasión mejor. Sin olvidar, eso sí, que el tiempo jugaba en su contra.

14

La llamada de Roma fue breve; las preguntas de Falcone, pocas y concretas. Valentina le hizo una descripción más clara de lo que los primeros comunicados permitían suponer. No mencionó el hecho de que el parecido entre los dos niños había suscitado más dudas que certidumbres. Admitió que necesitaba más pruebas, pero que estaba segura de que había una relación entre los dos hechos.

—Si tienes razón —dijo Falcone—, sería un enorme lío. Un secuestrador en serie de niños y encima homicida. Eso es la pesadilla de todo policía.

Valentina trató de contener las emociones que la estaban acometiendo. No infravaloraba la terrible realidad ni el horror que tal vez podía preverse, pero esa era la razón de su vida, descubrir y detener a individuos de esa clase. Se había hecho policía por ese motivo. Y ahora se le presentaba la ocasión de demostrar qué sabía hacer.

Al final, Falcone aceptó enviar un primer grupo operativo. Los medios de comunicación habían tratado ampliamente la desaparición de Andrea Venturi y el brutal homicidio de su padre y exigían el mayor esfuerzo de la policía. Si no hacía todo lo posible, Falcone incumpliría su papel. Era un hombre áspero pero correcto.

—Concéntrate, Valentina. Tratemos de encontrar a ese niño.

Como si hubiese otra alternativa.

Cuando Valentina colgó, Costa se asomó a la puerta.

—¿Todo bien? —preguntó.

—Claro —respondió ella. Luego añadió—: Es tarde. Si te quieres ir a casa, nosotros nos podemos trasladar a otro despacho.

Había ocupado el espacio de su compañero, que la había invitado a que hiciera sus llamadas y a que lo usara como base. Lucchesi había regresado a Pisa. En el resto de la comisaría permanecían los agentes que estaban dedicados al caso.

Costa meneó la cabeza.

—Están buscando a un niño ahí fuera —dijo—. Creo que voy a unirme a ellos.

—Sí, claro. Tienes razón.

Podían dedicarse a montar una formidable estructura con el fin de encontrar al autor del crimen, pero lo realmente urgente en ese momento no era hacer justicia al pobre Gianni Venturi, sino encontrar a su hijo. Vivo, a ser posible. Y Costa, como jefe de la comisaría, era el primer responsable de la búsqueda.

Sin embargo, él no se movió y siguió observándola. Eso no la molestaba, pero había algo oculto en esa mirada que le suscitaba algunas preguntas. Ante todo, por qué la jefa de la policía judicial lo trataba con tanta frialdad.

Un agente entró en el despacho de Costa y entregó unos papeles. Él los repasó, luego se los dio a Valentina.

Eran fotografías recogidas en la casa de los Venturi. Muchas eran del pequeño Andrea. En todas, el parecido con Fosco Agnelli era evidente. Los dos niños habrían podido ser tomados por hermanos, incluso por gemelos. Cuanto más lo pensaba, más inquietante le parecía ese detalle. En el fondo, comprendía la perplejidad de sus compañeros. Los dos niños se parecían, lo cual, de alguna manera, relacionaba los dos hechos. Ahora bien, ¿qué significaba eso en realidad? ¿Cómo esa característica había influido sobre un probable secuestrador? ¿Qué era, un cazador de pequeños gemelos?

Le devolvió las fotos a Costa, que la observaba con la expresión enigmática en la que ella ya había reparado durante la reunión.

—Divulguemos las mejores —dijo Valentina. Costa asintió.

Angelo Zucca apareció en la puerta en ese momento.

—Por fin un poco de luz... —empezó.

—¿A qué te refieres?

El agente entró, mirando con una sonrisa intrigada a Costa, que correspondió con un gesto de la cabeza.

—Acabo de hablar con Roberta..., con la inspectora Blasi, de Grosseto. Una buena chica, en el fondo.

Valentina resopló. A veces, Zucca era realmente irritante con sus sonrisitas y sus bromas simplonas. Tenía más de cincuenta años, treinta de los cuales había estado en la policía, tiempo que había terminado sedimentando en él un descarado cinismo del que se vanagloriaba. Sin embargo, Valentina sabía que debajo de esa capa de policía de otra época había un cerebro que funcionaba bien. Más de una vez la había sacado de un lío.

—Ahora sabemos por qué Fosco Agnelli logró huir... Al menos, esto confirma toda su historia.

—Explícate mejor.

Zucca fijó la mirada en el papel que tenía en la mano.

—La narcosis con benzodiacepinas no podía tener pleno efecto. Hace una semana, Fosco fue sometido a una tonsilectomía. Y le despertaron de la anestesia con... flumazenil. Una modalidad habitual para acelerar la recuperación de la conciencia. Blasi ha hablado con el médico y ha descubierto que el flumazenil es un antagonista de las benzodiacepinas. En una palabra, Fosco tenía en el cuerpo todavía bastantes antígenos como para contrarrestar, al menos en parte, el efecto de los narcóticos que ese cabrón le había suministrado. Por eso se despertó antes de lo previsto.

—Y por eso sorprendió a su secuestrador —concluyó ella. Valentina reflexionaba—. Esto demuestra que Fosco no ha mentido. No habría podido inventar un despertar anticipado...

Zucca asintió, feliz, como si ese descubrimiento se debiera a él.

—De modo que nuestro hombre cometió un error —observó Costa—. Y si cometió uno...

—... puede cometer más —terminó Valentina por él.

—Estos son precisamente los detalles sobre los que deberías indagar —dijo Costa.

—Claro, lo sé —repuso Valentina. Pero no estaba segura de haber comprendido lo que quería decir el subcomisario.

—Lo digo en serio —continuó él, que tal vez había intuido su perplejidad—. Tendrías que concentrarte en los detalles aparentemente más irrelevantes, en las presuntas coincidencias, en las pequeñas cosas que normalmente pasarías por alto. Es en eso en lo que quien quiere permanecer oculto suele perderse...

Valentina lo observaba. Costa parecía seguro de sí mismo. Pero ¿qué podía saber un subcomisario desterrado en esa comisaría de provincia? ¿Alguna vez había tomado parte de investigaciones importantes?

—El glutaraldehído —continuó Costa—. Además de que los dos niños parezcan gemelos, también resulta raro.

Era la segunda vez que Costa se fijaba en ese indicio. Así que, igual que ella, lo consideraba importante.

—Así es —coincidió Valentina—. Pero todavía estoy esperando la respuesta del SCO, y, de momento, no se conocen precedentes.

—Es un desinfectante muy fuerte —observó Costa, pensativo—. Lo usan en las autopsias para fijar muestras de tejido o de órganos... —Luego sonrió tímidamente, como si se hubiera adormilado—. Bueno, descubrirás la razón. Estoy seguro.

Se levantó y fue a la puerta. Zucca se apartó unos centímetros. Había seguido la conversación con una extraña expresión.

—Me uno a las investigaciones —dijo Costa, y se dispuso a salir.

—Mañana nos acompañarás a ver a la madre, ¿verdad? —preguntó Valentina de repente.

Durante la reunión, Lucchesi había informado a los presentes de que a Maria Sinagra, la madre de Andrea, le había dado un síncope y estaba ingresada donde trabajaba como enfermera. Era ella la que había descubierto el cuerpo de su marido y la desaparición de su hijo. Debió de ser terrible. Aún no había sido posible interrogarla, solo se había podido obtener de ella alguna información esencial sobre el niño, sobre sus patologías cardiacas, sobre dónde podría haberse escondido si su desaparición hubiese sido voluntaria. Habían obtenido solo frases inconexas y luego la mujer había caído en estado de trance. Confiaban conseguir de ella alguna respuesta a la mañana siguiente.

—Si crees que puede ser útil… —dijo Costa. Parecía sorprendido por la invitación.

—Lo creo —confirmó ella.

—Sigue bajo estricto control médico —observó Costa—. Los médicos nos dirán si está en condiciones de soportar un interrogatorio.

—Es preciso hablar con ella cuanto antes. No podemos perder tiempo.

—Claro. Mañana temprano. O antes, si está mejor.

Cuando salió, Valentina le lanzó a Zucca una mirada intrigada.

—¿Qué pasa? —preguntó él, alarmado.

—Lo conoces de antes, ¿verdad?

—¿A quién? ¿A Costa?

Ella inclinó la cabeza, con los labios apretados.

—He coincidido con él alguna vez —admitió Zucca, encogiéndose de hombros—. Trabajaba en el SCO, hace tiempo. Un buen policía. Y un excelente investigador. No, el mejor, pensándolo bien.

A Valentina no le fue difícil intuir que había algo más.

—¿Pero? —dijo.

—Pero le pasó algo horrible. Espantoso.

15

Maria Sinagra estaba ingresada en el hospital Santa Maria Maddalena de Volterra, un pequeño y solitario edificio rodeado de vegetación. Se encontraba en una de las mejores habitaciones, privilegio concedido por la dirección a una de sus empleadas y, sobre todo, a la víctima de una terrible tragedia, a la que ninguna comodidad podría dar consuelo. La mujer seguía conmocionada, en parte sedada con fármacos, pero el médico que la atendía ya había informado a Costa de que podía ser interrogada. Costa enseguida avisó a los demás. Andrea Venturi había desaparecido hacía menos de veinticuatro horas, el interrogatorio a la madre era una prioridad.

Todavía era de noche cuando avanzaban por los pasillos de los distintos pabellones ornados con grandes vidrieras policromas que separaban los espacios interiores del jardín exterior. Las contadas personas con las que se cruzaban les lanzaban miradas hostiles. Valentina tuvo la sensación de que la pequeña comunidad hospitalaria —médicos, enfermeros, personal de limpieza— había decidido formar una piña con cierta ferocidad alrededor de su compañera, para defenderla y protegerla de cualquier intruso. Aunque se tratase de ese grupo de investigadores que estaba violentando la paz del lugar con la pesada presencia de la Justicia.

Además de Valentina y de Siria Lucchesi, había un agente encargado de tomar nota de las declaraciones de la mujer en una grabadora y en un portátil. Costa los había acompañado hasta la habitación, pero anunció que esperaría fuera. Lucchesi asintió, evidentemente satisfecha, actitud que no se le escapó a Valentina.

El médico que estaba en la puerta los hizo pasar. Les pidió que fueran cautos: Sinagra estaba tomando psicofármacos, y él no iba a consentir nada que pudiera perjudicarla. Lucchesi lo tranquilizó con una sonrisa que no habría engañado a un ciego.

En el instante en que cruzó el umbral, Valentina se volvió de golpe hacia Costa.

—Me gustaría que tú también estuvieses presente —dijo.

La compañera que estaba a su lado se puso tensa, pero no objetó nada. Costa se lo pensó un momento. Sus ojos grises se posaron en Valentina y luego escrutaron el interior de la habitación, donde Maria Sinagra los esperaba sentada en una butaca, al lado de una ventana grande. Asintió, y a continuación entró.

16

Maria Sinagra era una sombra. Sus ojos eran vidrios negros inertes, quizá aún menos vivos que los de su marido, que en ese momento estaba tumbado en una mesa del depósito de cadáveres municipal a la espera de que un médico le infligiese a su carne más heridas, además de las que le había infligido el asesino.

Cuando los vio entrar, una pizca de la vida que hasta la mañana anterior la sostenía volvió a brillar. Solo durante un instante, el que necesitó para preguntar: «¿Andrea?», y para leer en las expresiones incómodas de los recién llegados la respuesta a su interrogante. No, Andrea no había vuelto a casa. Y ella apagó todas las luces, sumida de nuevo en ese oscuro letargo.

—Tenemos que hacerle unas preguntas, lo comprende, ¿verdad? —dijo Lucchesi con una amabilidad que se compadecía mal con ella, al tiempo que se sentaba delante de la mujer. Los demás se repartieron por la habitación, con discreción.

Maria Sinagra miró a la mujer que la iba a interrogar, pero en realidad su mirada la atravesaba. Veía cosas que ninguno de ellos podía o quería percibir.

—¿Preguntas que los ayudarán a encontrar a Andrea? —preguntó con un hilo de voz.

—Y a hacer justicia por Gianni.

—¿Justicia? Gianni está muerto. ¿De qué me vale la justicia ahora? —Un sollozo la desgarró. Sin lágrimas, las había gastado todas en las últimas horas. Había derramado tantas que los ojos se le habían hundido en las órbitas, húmedos de sangre y legañas.

Y seguro que los había tenido preciosos. Negros y grandes como los de su hijo, que se le parecía tanto.

—Pero ¿no quiere que encontremos a su asesino? —dijo Lucchesi—. Y sí, sobre todo por Andrea. Tenemos que traerlo a casa, traérselo a usted, Maria. Y tenemos que hacerlo rápido. Pero para eso necesitamos toda la ayuda que usted pueda prestarnos.

—Yo no sé nada... No sé por qué Gianni está muerto ni por qué a Andrea se lo llevaron. ¿De verdad que lo encontrarán? ¿Me lo promete?

Lucchesi le sonrió dulcemente, pero esta vez el fingimiento no le salió tan bien.

—Espero que sí, Maria. Lo espero sinceramente.

Maria Sinagra apretó sus labios partidos y exangües.

—Ha dicho que puede traerlo a casa. Esté donde esté. Entonces ¿lo harán, me lo devolverán? Debo decirle que ya no tiene a su papá.

—Por eso debe ayudarnos. Darnos detalles, decirnos cosas que aún no sabemos sobre su hijo y su marido.

—¿Cosas sobre Gianni? ¿Qué cosas? —Había cambiado de tono.

—Lo que se le ocurra. Gianni quería a Andrea, ¿verdad?

—¿Qué pregunta es esa? Claro que lo quiere. Cómo no va a quererlo... Es..., era su padre. —Su rostro se ensombreció. Despertó del letargo—. Anoche ya dije todo lo que podía decir. —Su voz temblaba—. ¿Qué sentido tienen estas preguntas ahora? Lo mataron y yo no sé por qué ha ocurrido. No sé nada. Los dejé juntos, pero cuando volví...

Empezó a llorar, de una manera que ellos nunca habían visto. Se arrebujó, sollozando, con un lamento sordo y continuo, como el de un animal al que han arrancado la lengua. Como si fuese incapaz de comprender por qué debía padecer todo ese dolor, ese atroz sufrimiento.

Siria Lucchesi miró a Valentina como para pedirle ayuda. El rostro de la jefa de la policía judicial ya no mostraba la gélida seguridad que le gustaba exhibir. El desconcierto que Valentina percibió en él la asustó.

Iba a intervenir cuando Costa, que se había quedado en la puerta, apartado, como para hacer notar su distanciamiento, dijo, con voz lo bastante alta para superponerse al lamento de Maria:

—No pienses en lo que viste cuando volviste a casa. Piensa en Andrea. Solo en él.

La mujer calló. Su lamento se redujo como una llama que de golpe se queda sin oxígeno. Clavó sus ojos hinchados en él.

—Maria, tu hijo es un buen chico. Tú y yo lo sabemos; los demás, todavía no. Pero para ayudarlo tenemos que darnos prisa. Tenemos que ser rápidos.

Costa se le acercó. No miró a Lucchesi para pedirle permiso y en su actitud Valentina vio ahora lo que de alguna manera ya había intuido. Costa ocultaba una determinación serena pero firme que forzosamente tenía que contagiar a quien lo miraba. Maria Sinagra lo observó con una expresión que se parecía a la esperanza.

—Nos conocemos —dijo Costa—. ¿Te acuerdas?

Algo ofuscó la mirada de la mujer.

—Andrea y Luchetto... Usted es el señor Costa.

Maria pareció esforzarse para evocar un episodio en el que estaban ella y ese policía con barba de tres días pero que excluía a todos los demás. Valentina animó silenciosamente a Costa a continuar; había sido hábil excavando ese pequeño túnel en el corazón de la madre de Andrea.

—¿Dónde está mi niño? —gimió la mujer y por primera vez pareció dispuesta a escucharlos—. Ayúdeme a encontrar a mi niño, se lo ruego. —La voz se le quebró.

Costa no le mintió.

—Todavía no lo sabemos, lo siento. Hacemos y seguiremos haciendo todo lo posible por encontrarlo. Te lo juro. Pero tienes que ayudarnos.

—Pero ¿cómo puedo ayudarlos, si ni siquiera sé por qué han matado a mi Gianni? —preguntó Maria.

Costa se volvió hacia Lucchesi, que lo miró. La mujer meneó la cabeza. «Sigue tú. Así vas bien».

Costa volvió a dirigirse a la madre.

—Quien ha cogido a Andrea no lo ha hecho llevado por un impulso —explicó—. Uno no se presenta en una casa en la que se pretende hacer daño sin un plan. No ha habido improvisación, Maria. Quien lo ha hecho sabía cuándo y cómo atacar a tu familia. Sabía que Andrea no estaba en el colegio. Sabía que Gianni estaba en casa con él, y que tú no estabas. El que mató a tu marido os conoce, Maria, os conoce bien... Os ha observado. Puede que os haya observado durante mucho tiempo.

—Quien ha hecho esto a mi Gianni solo quería llegar a mi niño... ¿Eso es lo que me está diciendo?

Lucchesi se removió en su silla, pero Costa la ignoró. Valentina supuso que había llegado el momento de ser sinceros con Maria Sinagra. Ya era inútil mentirle.

—Creemos que sí —dijo, en efecto, Costa.

Un nuevo horror se apoderó de los ojos de la mujer, que abrió la boca para decir algo, pero Costa no le dio opción.

—Seguramente, Maria. Quien lo ha hecho os estuvo vigilando, puede que durante días. Creo que alguien vio a Andrea en algún sitio y decidió cogerlo. Debió de encontrar la manera y el momento adecuados. Empezó a seguiros, a estudiaros. Pero quien lo ha hecho no sabe que tú eres una madre muy observadora... ¿Te acuerdas de cuándo nos conocimos? Te habías dado cuenta de lo mucho que Andrea estaba sufriendo, a pesar de que nunca lo había dicho. Supiste darte cuenta de los pequeños detalles que luego me contaste. Así que ahora tienes que hacer lo mismo. Dime, ¿habías notado algo raro? Ayer. Estos últimos días, en las últimas semanas.

Mientras hablaba, Valentina admiró la capacidad que tenía de no perder el contacto con la parte racional de la mujer. Su tono de voz era tranquilizador, incluso mientras decía cosas que habrían aterrorizado a cualquiera. Y, en efecto, el rostro de Maria Sinagra estaba contraído por el esfuerzo de recordar. Concentrada, más que asustada. Era lo que Costa quería: darle un motivo para arrinconar la desesperación, al menos de momento, y para permitirse ayudarlos a salvar a su hijo.

—No se me ocurre nada... —murmuró—. Nunca le hemos hecho daño a nadie. Gianni escribía sus libros, yo trabajaba en el hospital. Y Andrea solo es un niño. Ha tenido problemas de salud, pero los ha solucionado...

—¿Le hacían revisiones médicas habitualmente? ¿Adónde lo llevabais? ¿Al hospital de Pisa? A lo mejor es ahí donde alguien se interesó en vosotros, en vuestro caso.

—No, no lo creo. Los médicos y los enfermeros eran muy amables... —La voz empezó a temblarle de nuevo.

—Una cara —sugirió Costa, elevando el tono para retener su atención—. Un rostro que no conocías. Alguien delante de vuestra casa. Cerca del colegio. Un encuentro que te pareciera casual. Cualquier cosa, Maria. Incluso lo que te pueda parecer menos útil.

—Si alguien nos hubiese seguido, lo habría notado.

—¿Y Andrea nunca te dijo nada? ¿Nunca se quejó de que alguien se le había acercado? O a lo mejor te habló de alguien con entusiasmo. De un nuevo amigo, de un compañero de juegos...

—No tiene muchos amigos. —La voz se le quebró de nuevo—. Pero... —El rostro de la mujer se iluminó—. Espere. Sí, había... Había alguien, ahora me acuerdo —murmuró—. Pero me parece tan poco importante. Una sensación más que otra cosa.

Todos se inclinaron instintivamente hacia ella. Solo Costa permaneció tranquilo, inmóvil; es más, pareció relajarse. Como si siempre hubiese sabido que acabaría consiguiendo esa información.

—Un hombre —continuó Maria Sinagra—. Un tipo raro. No sabría decir su edad, pero no era mayor. Eso sí, era muy canoso. Tenía el pelo largo y brillante, y las canas eran tan blancas que parecían teñidas. Y nos miraba. Miraba a Andrea.

17

Al alba ya la había expulsado el día, que se anunciaba especialmente despejado. La habitación de Maria Sinagra estaba inundada por una luz cegadora, pero que no caldeaba. Ese rayo de sol, que tendría que haber resultado agradable, no era más que la señal del tiempo que pasaba. Y que alejaba, paso a paso, la esperanza de encontrar a Andrea.

La mujer ya había hallado el camino de los recuerdos más valiosos. Y más crueles.

—Al principio, no me había dado cuenta —dijo, con los ojos cerrados, como si tratase de volver a ese momento—. Me lo mostró Andrea. Le parecía curioso. Dijo que nunca había visto un pelo tan blanco. Y largo. Recogido en una coleta. Yo lo regañé porque señalaba con el dedo y siempre le he enseñado que está mal señalar a la gente. Pero entonces yo también lo vi, y me llamó la atención. Era raro, no espantoso..., pero de un aspecto poco habitual...

—¿Dónde, Maria? —preguntó Lucchesi, corriendo el riesgo de cortar el flujo de la memoria. Pero Sinagra se recompuso enseguida. Sin abrir los ojos.

—¿Dónde estábamos? ¿Conoce el supermercado de Val di Cecina? A Andrea le encanta acompañarme a hacer la compra. O por lo menos eso creo. Siempre tiene la cabeza en las nubes. A veces me da la impresión de que puede perderse con facilidad...

—Háblanos de ese hombre —dijo con suavidad Costa, cortando esa divagación.

—Sí, perdone... No nos estaba mirando a nosotros, pero tuve la sensación de que lo había estado haciendo justo unos segundos antes. Sabe, como cuando te vuelves de golpe y te parece que pillas a alguien interrumpiendo de repente lo que estaba haciendo. El hombre canoso estaba delante del expositor de los congelados, tenía un cesto vacío y nosotros estábamos al otro lado del expositor. Lo observé un poco pero él no se movió, estaba muy concentrado en lo que estaba examinando. O a lo mejor no quería que me diese cuenta de que nos estaba mirando a nosotros. Poco después nos apartamos. Puede que no me acordara si no lo hubiese visto de nuevo a la salida, en el aparcamiento. Estaba guardando las bolsas de la compra en el maletero. Andrea me ayudaba, me las pasaba desde el carrito. Levanté la vista y entonces sí que me di cuenta de que nos observaba. El pelo blanco recogido en esa larga coleta era inconfundible. Y cuando me crucé con su mirada bajó los ojos. Luego subió a una furgoneta oscura, me parece que verde, sucia, vieja. Arrancó y se fue. No me he acordado de él desde entonces. No me parecía importante.

—Todo puede ser importante —dijo Costa.

—¿No recuerda nada más? —preguntó Valentina. Temía que el contacto con la parte racional de Maria Sinagra se pudiese perder en cualquier momento.

—Sí —respondió la mujer mirándola y Valentina se quedó casi sorprendida—. Recuerdo que sonreía. O eso me pareció. Sonreía mucho... Tenía las comisuras de los labios curvadas hacia arriba...

Un pensamiento debió de cruzarle por la mente, pues sus ojos de repente se oscurecieron como la noche. El blanco casi desapareció, absorbido por toda esa negrura.

—¿Ese es el hombre que ha cogido a mi niño y el que ha matado a Gianni? —preguntó con la voz de nuevo quebrada. Se llevó las manos a la boca. Temblaba—. Sí, ¿verdad? ¿Es él?

18

Se fueron del hospital a primera hora de la mañana. Siria Lucchesi no añadió ningún comentario. A pesar de los resultados obtenidos, su actitud con Costa no pareció cambiar. Con una excusa fue la que primero se marchó, acompañada por su agente.

Valentina, Costa y Zucca se quedaron hablando brevemente con el médico que se encargaba de Maria. A la mujer le darían pronto el alta en el hospital, pero de momento no sabían adónde iba a ir. No era aconsejable que volviese a su casa; además, seguía vigilada por la policía.

Mientras Costa daba las últimas instrucciones, Valentina y Zucca fueron al Subaru. La comisaria, entonces, no pudo dejar de pensar en lo que acababa de pasar en la habitación de Maria. Costa había sido realmente hábil. El interrogatorio a Sinagra le había confirmado que era un buen policía. Y no era presumido, lo cual no era poco. Sin embargo, Lucchesi lo trataba como a un apestado. Y Angelo Zucca había mencionado algo feo que le había ocurrido cuando estaba en el SCO. ¿Cuándo había sido eso? Sin duda, mucho antes de que ella trabajase ahí, dado que nunca lo había oído mencionar. ¿Y qué podía haber pasado tan terrible?

—Explícame lo que sabes de él —dijo de improviso, mirando la entrada del hospital a la espera de que llegara Costa.

Zucca se echó a reír.

—¿Qué? ¿Se ha enamorado?

Lo fulminó con una mirada.

—Estoy trabajando con un compañero del que no sé nada y

tú me has dicho que ha tenido un pasado complicado. Podré formarme una idea más exacta, ¿o no?

—No lo sé..., me metería en líos...

—¿Qué líos? Costa ya no está en el Servicio. Tú y yo, sí. Tengo que saber qué clase de persona es.

Zucca se puso de golpe serio.

—Oiga, la verdad es que se trata de un asunto muy delicado y no quiero hablar mal de nadie a sus espaldas. Porque después se cabrean conmigo. Yo lo conozco de cuando estaba en Roma, pero nunca hemos trabajado juntos. Decían que era un buen tipo. Eso es todo. Y cuando cayó en desgracia a mí me habían mandado a Sicilia. Así que no sé qué pasó exactamente. Y, créame, nunca me ha importado. De modo que solo le contaría chismes, y eso no me parece bien. Pregúntele a Lucchesi. O al director. Es mucho mejor, se lo digo en serio.

Valentina valoró si tenía sentido insistir. Entonces Costa llegó y ella se prometió conseguir alguna información más en otro momento.

En el coche, Costa, sentado en el asiento de atrás, guardaba silencio. Miraba por la ventanilla un paisaje que a buen seguro conocía bien, y a Valentina le parecía casi percibir el trajín de sus pensamientos. Decidió interrumpirlo.

—¿Qué historia es esa entre la madre de Andrea y tú? —preguntó, volviendo ligeramente la cara hacia él—. Sea lo que sea, has sabido aprovecharla.

Costa quiso esquivar la pregunta.

—Una tontería. Un asunto de comisaría. Cosas que ocurren en las pequeñas ciudades como esta.

Valentina se rio.

—¿Qué es, un expediente reservado? ¿No me lo puedes revelar porque infringirías el secreto profesional?

—Es una tontería, lo digo en serio. ¿De verdad quieres que te la cuente?

—Sí —respondió ella.

Había ocurrido el año anterior, le contó. Maria Sinagra se había presentado en la comisaría hecha una furia, diciendo que su hijo sufría el acoso de un compañero de colegio, Luca Adinolfi, al que llamaban Luchetto. Como suele ocurrir en los pequeños centros educativos, nadie hizo de filtro en ese simple requerimiento de ayuda y la mujer terminó en el despacho de Costa. Al principio trató de explicarle que era preferible que los problemas de acoso de los niños de menos de catorce años fueran tratados y resueltos por profesores y padres, y que una intervención de la policía en esos casos podía resultar más perjudicial que otra cosa.

—Pero la madre de Andrea estaba decidida. ¿Has visto cómo es? No fingía cuando le dije que era una madre observadora. Maria es una mujer sencilla con un gran carácter y una voluntad de hierro. Para ella, las cosas están bien o no están bien. Y a nosotros nos corresponde enderezarlas cuando se tuercen. En el caso del asunto del acosador de la clase de Andrea, se cegó.

—¿Era tan grave? —preguntó Valentina, que por experiencia profesional sabía bien lo fatal que puede ser el acoso para ciertos chicos, sobre todo cuando los padres no se dan cuenta de lo que les ocurre a sus hijos.

—Quizá no —dijo Costa—. Pero podía convertirse en un problema serio. Gianni Venturi fue a ver a los padres del acosador para resolver el asunto. Pero el padre de Luchetto, un tal Tommaso Adinolfi, en vez de comprenderlo y ayudarlo, lo trató mal. El pobre Gianni volvió a su casa humillado, sobre todo a ojos de su hijo, al que adoraba. Por ese motivo Maria reclamaba que interviniera la policía.

Valentina comprendió. En la carrera de los policías son frecuentes esos casos, para los que, desafortunadamente, no existen herramientas legales eficaces y definitivas contra la arrogancia y la estupidez humana. Ni tampoco hay muchos profesionales de la justicia dispuestos a implicarse en una disputa familiar. Maria Sinagra quería que su hijo pudiese pensar que se criaba y crecía en una sociedad que defiende a los débiles y castiga a los matones. Pero no sabía cómo hacerlo. Tenía miedo no tanto del abuso en sí mismo como de la pésima lección de vida que Andrea podía recibir. Por eso fue a ver a Costa.

—¿Y qué hiciste?

—¿Qué podía hacer? Fui a hablar con Tommaso Adinolfi.

El coche entró en la última curva que desembocaba en la entrada de la comisaría. Parecía que Costa no tenía nada más que decir.

Valentina se volvió del todo hacia él y lo miró a la cara.

—¿Y bien? —preguntó con cierta desesperación.

—¿Y bien qué?

—¿Qué hiciste? ¿Qué le dijiste al tal Adinolfi?

En los ojos de Costa destelló un instante el reflejo del acero. A lo mejor, el sol que caía sobre el cristal o el fragmento de ese recuerdo. Valentina lo encontró inquietante.

—Hice lo que debía —respondió al fin—. Hablé con él y resolví el problema. Al día siguiente supe que Luchetto fue donde Andrea a pedirle disculpas. Incluso le ofreció su bocadillo en el recreo. No ha habido más episodios de acoso.

Valentina continuó mirándolo. Iba a seguir preguntándole qué había hecho para convencer al padre del acosador para que interviniera, cuando lo vio cambiar de expresión.

—Por lo que parece, las cosas empiezan a hacerse en serio —comentó Costa.

Valentina miró al frente, hacia la comisaría de Volterra, y enseguida comprendió lo que quería decir.

19

La comisaría no tenía nada que ver con la de la noche anterior. En vez de su habitual pacífica somnolencia, ahora reinaba el caos y la energía de las investigaciones. Habían llegado los refuerzos que había prometido Falcone. No solo agentes del SCO, sino también de la policía científica y de la Unidad de Análisis del Crimen Violento. Los mejores expertos.

En la piazza dei Priori ahora destacaba la presencia de numerosos vehículos que mermaban su antiguo encanto. Además de los furgones de las televisiones, había muchos más coches de la policía y dos furgonetas grandes: una anónima, que sin embargo se delataba por un par de extrañas antenas, y una con los colores blanco y azul y el símbolo de la Científica.

En el interior, los despachos reflejaban la sensación de una compleja maquinaria organizativa que se estaba montando, con hombres y mujeres que empezaban a centrarse en su tarea en la investigación.

Cuando Costa entró, Aldo Martini, su ayudante en la comisaría, salió a su encuentro.

—Tenemos buenas noticias, jefe.

Costa le señaló con un gesto de la barbilla a Valentina, que estaba a su lado.

Martini miró a la mujer y cambió al destinatario de su mensaje, sin alterar su expresión.

—Puede que hayamos identificado el vehículo en el que el niño ha sido secuestrado.

Ya era un hecho para todos. Andrea Venturi había sido secuestrado. Se había descartado cualquier otra hipótesis.

Les enseñó unas fotos desenfocadas sacadas de un sistema de vigilancia.

—Por desgracia, no se ve la matrícula —continuó—. Pero no desesperemos. Estamos repasando todas las cámaras; lo que ocurre es que están repartidas por un territorio muy extenso y, como no sabemos la ruta que hizo el homicida, la búsqueda no es fácil. Estamos casi seguros de que se trata de esta...

En las fotos aparecía una furgoneta verde, un modelo antiguo, recorriendo una de las arterias de la zona. El rostro del conductor solo aparecía como un impreciso contorno blanco.

—El horario y la dirección son compatibles con el homicidio. Sale en distintos ángulos, pero esta es la mejor. Hemos comparado las imágenes con una serie de modelos: parecería una Volkswagen California, bastante vieja, con puerta trasera y corredera lateral. Tiene cristales solo delante.

—¿Es un vehículo inusual? —preguntó Valentina.

—No mucho, por desgracia. Solo es viejo, pero sigue habiendo muchos en circulación. Suponemos que entró en la nacional 68 en sentido Florencia-Siena. Es la carretera más rápida para alejarse. Pero no descartamos nada. Y hemos enviado la información a todos los mandos de la policía de tráfico.

—Bien —dijo Costa, mientras Valentina seguía mirando las fotos y pensaba que aquello no estaba en absoluto bien. El corazón se le había acelerado desde que Maria Sinagra describiera al hombre canoso. El mismo del que había hablado Fosco Agnelli.

Ahora resultaba que el secuestrador de Andrea Venturi viajaba probablemente en una furgoneta verde.

Fosco había descrito el mismo vehículo.

«Estaba delante de casa..., es raro que no la vieras, mamá. Estaba aparcada delante del paseo. Era verde oscuro».

Así pues, la relación entre los dos casos ya estaba demostrada. Andrea Venturi y Fosco Agnelli tenían la misma edad y se parecían muchísimo. La descripción del sospechoso que los había secuestrado era precisa: un hombre joven, de pelo canoso y largo recogido en una coleta. El vehículo empleado parecía idéntico. Una furgoneta. Una Volkswagen California verde. Ya no había dudas. Un solo criminal buscaba niños en esa parte del mundo. Los metía en su furgoneta del horror. Los drogaba... ¿y después? ¿Qué propósito tenía?

Costa la estaba observando, con una atención que otra vez la molestaba un poco, a ella, que presumía de dominar hasta la menor emoción. ¿Por qué la cohibía?

—¿Qué te ocurre? —le preguntó—. ¿Te encuentras bien?

Valentina asintió.

—Sí, pero vamos a tu despacho, necesito reflexionar un momento.

Él siguió mirándola unos segundos. Luego la precedió.

—Puedes usar este despacho mientras estés aquí. Yo me trasladaré al despacho de al lado, que está vacío.

Valentina negó con la cabeza.

—No es necesario. Este es tu lugar de trabajo. Yo puedo acomodarme con los demás.

—No, de verdad. Instálate aquí. Los chicos de ahí fuera son estupendos pero necesitan instrucciones claras. Ahora tú coordinas las investigaciones..., tienes que adaptarte al papel. Este despacho es perfecto.

—Lo cierto es que Lucchesi está al mando. Yo estoy aquí para echar una mano.

Fabio Costa volvió a sonreír con una calidez contagiosa. Cuando se relajaba exhibía una sonrisa que le iluminaba el rostro y hacía que pareciera más joven y menos taciturno. Así como más atractivo, tuvo que reconocer de mala gana Valentina.

—La investigación quedaría en manos de Siria Lucchesi y de la fiscalía de Pisa si se limitase al homicidio de Venturi y al secuestro de su hijo —dijo Costa, con la actitud de explicar algo obvio—. Pero ya sabemos que se trata de un asunto más grande y más complejo. Dentro de poco hará falta una auténtica coordinación a nivel nacional...

Costa se sentó, pero no en la silla que había detrás de su escritorio, sino en una de las dos que había delante, como para remarcar que a partir de ese momento el mando le correspondía a ella.

Valentina vaciló, luego se sentó en la silla de detrás del escritorio.

—¿Crees que Lucchesi va a protestar? —le preguntó de repente, si bien ese problema era la última de sus preocupaciones.

Costa se encogió de hombros.

—Puede que no le guste, pero no es tonta. Sabe que un caso así necesita una coordinación centralizada. El problema quizá sea la fiscalía. Los magistrados tienen la tendencia a acaparar la gestión de las investigaciones. De momento, la competencia jurisdiccional del homicidio de Venturi la tiene Pisa, pero no sé cuánto puede durar eso. Al final, el caso pasará a ti, Valentina.

Ella quiso decir algo. Pero de repente comprendió que era inútil.

En ese momento deseó que todo terminase enseguida. O que alguien llegase para librarla de esa carga. Cualquiera: Lucchesi, Costa, el propio Falcone. Ella no era la persona adecuada para llevar esa investigación. Nunca lo había sido. Había sido tonta solo por pensarlo. No iba a conseguirlo.

Quédate con tu despacho, habría querido decirle a Costa. Yo no lo necesito. No puedo ocuparme del caso.

—¿Me echarás una mano? —le preguntó en cambio, aunque con voz vacilante.

A Costa pareció asombrarle esa petición. Quizá no percibió su desesperación.

—No me necesitas. El SCO te ha enviado un montón de recursos...

—Lo sé. Pero me fío de ti.

—Si ni siquiera me conoces.

—Ya, pero te lo pido, así de simple.

Costa puso cara de perplejidad.

—¿Qué pasa entre Lucchesi y tú? —preguntó ella de repente. Y habría querido hacerle más preguntas. ¿Qué había pasado cuando estaba en el SCO? ¿Por qué había acabado en esa comisaría? ¿Quién diablos era en realidad?

Costa no dejó de mirarla. Pero no respondió.

«Ayúdame», le imploró en silencio. Y él pareció leerle la mente. Aunque su respuesta no le gustó.

—No te puedo ayudar —dijo, en efecto—. Lo harás estupendamente sola. Pero, si te resulta útil, podemos pensar juntos con lo que ya tienes.

—¿Qué tengo? —le preguntó.

Costa pareció reflexionar.

—Fíjate —dijo—. La verdad es que tienes mucho. El gran parecido de los dos niños es un gran indicio, pese a que resulta perturbador. Es un elemento insólito, lo reconozco, que puede despistar. Pero también puede constituir la clave. Preguntémonos por qué alguien puede secuestrar a dos niños tan parecidos. A lo mejor el secuestro de Fosco fue una confusión de persona y el secuestrador se dio cuenta de que era Andrea Venturi el verdadero objetivo. Pero eso me parece improbable. Los dos chiquillos viven lejos el uno del otro, en pueblos y entornos muy diferentes. Es difícil confundirlos, salvo por su aspecto físico. No. Debemos empezar por lo que su parecido puede significar para nuestro hombre. Debes empezar.

—¿Por qué crees eso? A lo mejor sus objetivos eran exclusivamente Fosco y Andrea. A lo mejor no puede y no quiere repetir lo que ha hecho…

Costa la miró fijamente, inmóvil como una estatua.

—No crees eso de verdad —murmuró—. Y yo no lo creo. Es un depredador, Valentina. Cualquiera que sea su estímulo, acaba de empezar.

Sí. Lo sabía. Era lo que la asustaba. Mejor dicho, lo que la aterrorizaba.

20

La enorme mancha de sangre seca había adquirido un color ámbar y empezaba a confundirse en el suelo de parquet oscuro. Podía tal vez engañar a la vista, en la oscuridad sin luna que se filtraba por las ventanas, pero no al olfato. El olor de la sangre que se rancia en una casa cerrada es algo que contamina el mismísimo aire. Es como un sudario aceitoso y fétido que se deposita en la piel y penetra en la nariz y que parece no querer desaparecer nunca.

Lo sabía bien Costa, mientras permanecía inmóvil, en la entrada de la casa ahora vacía y silenciosa, y cerraba los ojos procurando imaginar qué aspecto tendrían ese pasillo y esas habitaciones apenas unas horas antes. Cómo debían de ser, inundadas de sol, avivadas por la voz alegre de un niño y por la voz preocupada de un padre. Todo había acabado en un instante, como si la sombra de una tempestad amenazadora hubiese borrado, de golpe, cada aspecto de aquella cotidiana normalidad.

A Maria Sinagra le dieron el alta. Los médicos consideraron que ya lo único que necesitaba era apoyo psicológico, y esa noche se instaló en la casa de unos parientes, ubicada en las afueras de la ciudad. En cualquier caso, tampoco podría haber ido fácilmente a la suya. El paso de la policía científica había dejado en el *locus delicti* sus señales de guerra: etiquetas numeradas, polvo blanco para las huellas, restos de la cinta blanca y roja aleteando en la puerta. Como los sepultureros de antaño, los hombres con mono blanco dejaban a su paso un aviso. «Por aquí —decía— ha pasado la muerte. Si podéis, quedaos lejos».

Un aviso para muchos, pero no para todo el mundo.

Había luchado contra gente de esa clase todos los días, hasta hacía pocos años. Hasta que el destino quiso que se retirase a un agujero a lamerse las heridas y a tratar de que no volvieran a buscarlo nunca más.

Pero lo habían sacado del agujero. Y, por mucho que quisiera mantenerse al margen, lo más lejos posible, la vileza que había pasado por ahí, como un torbellino, lo estaba absorbiendo. Lo conocía bien. Y lo estaba llamando.

Abrió los ojos.

Aún podía salvarse. No implicarse. Seguir revolcándose en el agujero que se había creado, girando sobre sí mismo como hacen los perros cuando se preparan para dormir. Acomodar bien la cama.

En cambio, estaba ahí. Por ningún motivo auténtico. Solo para comprobar si le seguían haciendo efecto el olor y la vista de la sangre.

Pasó por encima de los restos orgánicos de Gianni Venturi. Trató de relajarse. Comprender lo que había que comprender.

Habían pasado más de treinta horas desde la desaparición de Andrea. Sus hombres seguían ahí fuera, buscándolo sin pausa. Alguno estaba descansando, quizá solo unos minutos. Pocos. Otros repasaban los archivos. Examinaban los datos del tráfico telefónico de toda la zona, leían viejos informes sobre casos similares (¿pero había casos similares?), seguían las escuchas, revisaban centenares de horas de imágenes de vídeo. Todo ello con la esperanza de encontrar un rastro, aunque fuera mínimo, un indicio de algo, el fragmento de un rostro o de una voz útil.

Había convencido a Valentina Medici de que se fuera al hotel a descansar un poco, prometiéndole que si había alguna novedad la llamaría enseguida. Y, cuando ella se decidió, se quedó por fin solo. Ya había terminado el trabajo rutinario de la comisaría. Nada lo retenía, pero Costa no era capaz de irse a dormir. Sabía que esa segunda noche tampoco iba a poder conciliar el sueño.

Así que consiguió las llaves de la casa de los Venturi, que estaba sellada. Cuando entró en la casita, ubicada en un lugar aislado, le pareció que profanaba un santuario.

No había una razón concreta para esa inspección solitaria.

Ninguna percepción investigadora que requiriese su presencia ahí dentro. Ningún sexto sentido. Simplemente, sentía la necesidad. La necesidad de entrar y de sopesar la consistencia de la iniquidad, de medir la densidad del daño que había segado a esa familia en pocos minutos. Para comprender. Para reanudar de nuevo los pensamientos que había interrumpido años atrás, cuando esas atmósferas eran su pan cotidiano, su razón de vida. También entonces buscaba un aliciente que lo orientase. Una motivación que añadiese algo al simple deber que le imponía el oficio. Porque encauzar determinadas investigaciones no es como fichar. Y, por mucha profesionalidad que se tenga, se precisa algo más para conseguir lo que se busca. Algo que anule todo lo demás, que elimine tu vida, tu alma. Se requiere entrega absoluta. Se requiere un estímulo.

«¿Lo encontrará?».

Tenía un llanto seco, Maria Sinagra, mientras se aferraba a él.

«¿Encontrará a mi niño? Se lo ruego, se lo ruego...».

No era tarea suya. Ya no. Y, aparte de eso, la voz de la experiencia le decía que para el pequeño Andrea no había muchas esperanzas. El ser que había cometido esa barbaridad no era un simple secuestrador, no era un enfermo que sentía el apremio de abusar de un niño. Era algo más terrorífico. Era algo que en su carrera Costa ya había conocido, pocas veces por suerte, y sufriendo siempre las consecuencias.

Sí. Había suficiente para mirar hacia otro lado. Volver a la rutina. A la cama.

Pero, entonces, ¿por qué estaba ahí? ¿Qué era esa maldita necesidad de oler la sangre?

«¿Encontrará a mi niño?».

Quizá no, pensó Costa.

«Pero algo puedo hacer. A lo mejor puedo dejar de esconderme. Al menos durante un tiempo. A lo mejor puedo recuperar el estímulo».

El grito de muerte de Gianni Venturi lo atravesó. El olor a sangre se intensificó.

La cacería lo llamaba.

21

El sonido del teléfono la sacó de la pesadilla en la que estaba atrapada y le impidió recordar lo que estaba soñando. Aparecían de nuevo los niños, por supuesto, pero también algo más que ahora se le escapaba. Una presencia agobiante.

La voz de Falcone, al móvil, la despertó del todo.

—¿Dormías?

—No. Sí. No lo sé. ¿Qué hora es?

—Casi las siete... ¿Demasiado pronto para ti? —El tono del director era irónico pero no había rencor. Al revés, el jefe le parecía de buen humor.

Valentina se sentó en el borde de la cama.

—No. Perdóname. He dormido incluso más de lo debido. —En la boca y detrás de los párpados notaba el peso del cansancio. Pensó en todo lo que tenía que hacer. Se sentía culpable por haber aceptado la sugerencia de Fabio Costa de que se fuera a descansar.

—No te preocupes —dijo Falcone—. Me imagino que estás sometida a mucha presión. No olvides parar de vez en cuando...

Le habría gustado responderle que Andrea Venturi, allí donde estuviese, no podía hacer eso. Pero habría sido injusta con Falcone, que solo quería animarla.

—¿Novedades? —preguntó él.

—Todavía ninguna, por desgracia.

—Bueno, yo tengo una para ti. Basándonos en los nuevos elementos que relacionan el caso Agnelli con el caso Venturi, hemos hecho algunas comprobaciones. Según el relato de Fosco, cuando se despertó dentro de la furgoneta notó a su lado la presencia de un chico de su edad, quizá muerto. Parecía una invención bastante audaz o fruto de la narcosis a la que había sido sometido. Y sabemos que no podía tratarse de Andrea Venturi, que entonces se encontraba aún sano y salvo en su casa. Además, en el instante de esa declaración, como recordarás, no teníamos constancia de la desaparición de un niño como el descrito. Y, si se había producido, por lógica tendría que haber ocurrido en las horas previas. Esto nos convenció de la incongruencia de ese detalle, pero... Un niño desapareció efectivamente el 14 de octubre. Pocas horas antes de que también Fosco desapareciese.

Valentina apretó el móvil y lo pegó más al oído para no perderse ni un suspiro entre las palabras de Falcone.

—No nos habíamos dado cuenta porque la madre tardó un par de días en denunciar su desaparición. Ocurrió en Nápoles, en Parco Verde di Caivano, una zona con alto porcentaje de criminalidad. La mujer creyó que su hijo, Salvatore Esposto, de once años, se había ido con su hermano, un pequeño delincuente perteneciente a un clan de la zona. No era cierto. De hecho, nadie se había preocupado por la ausencia de ese niño y al final la madre se vio obligada a denunciar su desaparición. Declaró que el chiquillo había salido a jugar con sus amigos a la calle y que no había vuelto. Parecía más preocupada por haber tenido que ir a la policía que por lo que le hubiera podido haber ocurrido a su hijo.

Sí, Valentina conocía esa mentalidad. Era la misma actitud de una comunidad cuando rodeaba a un patrullero de la policía que detenía a un camello de barrio o que llevaba a una mujer de la mafia a repudiar a su hijo cuando le decían que se había convertido en un colaborador de la justicia.

—Alguien en Nápoles —continuó Falcone— ha pensado que la desaparición está relacionada con un conflicto entre familias de la Camorra. Pero el hecho habría tenido lugar por la tarde, antes del extraño secuestro de Fosco. Tres días antes del homicidio de Venturi y de la desaparición de Andrea. Me parecen demasiadas coincidencias. A lo mejor Salvatore Esposto es el niño que vio Fosco Agnelli. Tenemos sus fotos. Te las acabo de mandar.

Valentina cogió la tablet que estaba en la mesilla de la cama. Las imágenes que le había enviado Falcone cobraron vida en la pantalla. Su decepción le hizo comprender que lo que había creído era absurdo. ¿Realmente pensaba que el pequeño Salvatore iba a parecerse a los otros dos?

El niño napolitano tenía pelo rubio y largo y rostro mofletudo. No se parecía nada a Fosco Agnelli ni a Andrea Venturi. Y la tesis de un coleccionista de niños semejantes entre sí de golpe se situaba entre las muchas extravagancias que había que descartar.

Pero la desaparición de Salvatore Esposto reforzaba, de todos modos, parte del relato de Fosco.

Falcone se lo confirmó.

—Tendrás que enseñarle la fotografía de Salvatore a Fosco. Pero ten en cuenta que basta que tu teoría sea solo parcialmente válida para que nos hallemos ante un problema enorme. Este no es solo un depredador. Es un secuestrador de niños que se desplaza fácilmente de Nápoles a la Toscana y a saber hasta dónde más. No se limita a una zona, lo que ya es preocupante. Es capaz de secuestrar a tres menores en pocos días, sin que lo atrapen, aunque uno de los niños haya conseguido escapar. Y, por último, es una bestia feroz que mata para lograr su objetivo. Objetivo que, digámoslo entre paréntesis, por ahora seguimos desconociendo completamente. En fin, que tenemos un problema muy serio. —Hizo una pausa. Cuando continuó susurraba, casi como si lo asustaran sus propias palabras—. Valentina..., tenías razón. Desde el principio. Por eso me alegra que estés ahí. Métete en este asunto con todas las fuerzas de las que disponemos. Si fallamos, lástima. Pero si solo la mitad de lo que pensamos es cierto, no debemos perder tiempo. Hay un asesino en serie que atraviesa el país libremente. Está organizado y no tiene escrúpulos. Es listo...

Se interrumpió. Luego recuperó su tono habitual, entre amistoso y autoritario:

—En fin, señora Medici, parece que esta es tu oportunidad. Tienes carta blanca... Por supuesto, me informarás de todo, paso a paso. Y, Valentina, que quede muy claro... No hagamos tonterías, ¿eh? No «hagas» tonterías.

No. No las iba a hacer.

Se levantó de la cama y valoró la oportunidad de darse una ducha rápida antes de regresar al trabajo. El timbre del móvil sonó por segunda vez.

No reconoció enseguida la voz al teléfono. Pero el mensaje fue inequívoco.

—Lo han encontrado... y están yendo a recogerlo.

22

Cuando llegó al despacho, Valentina se dio cuenta enseguida de que algo había cambiado. Tarde o temprano, la energía de las primeras horas tenía que agotarse, a pesar del esfuerzo de los investigadores. Sin embargo, esa mañana parecía renovada.

El inspector Martini salió a su encuentro y le reveló el motivo. Él era quien la había llamado por teléfono pocos minutos antes.

—¡A lo mejor lo tenemos! —repitió—. Procedemos a su detención.

—¿Quién es? ¿Y por qué no se me ha informado antes?

El inspector se mostró incómodo.

—La verdad es que la noticia es muy reciente... La señora Lucchesi está yendo personalmente a la casa del sospechoso con un par de coches patrulla. Me ha pedido que la avise y me ha dicho que la llamará para contarle todos los detalles en cuanto detengan al sujeto. Su nombre es Guido Marchesi...

—¿Quién diablos es Guido Marchesi? —A Valentina le asombraba el progreso de la investigación y que a ella no le hubiesen avisado a tiempo.

—Es solo un sospechoso. —La voz de Fabio Costa la sorprendió a su espalda. Se volvió, dispuesta a presentar batalla. Los ojos de Costa la calmaron enseguida. No estaban del todo serenos o sosegados, nunca lo estaban realmente. Pero parecían contemplar la realidad con un desengaño envidiable.

—¿Qué significa esto? —le preguntó, agresiva, prometiéndose de nuevo averiguar algo más sobre él. Hablaría con Falcone, como le había sugerido Zucca. Sí, haría eso.

Fabio la condujo hacia un ordenador. En la pantalla salía la imagen de un hombre de mediana edad, el pelo blanco enmarcando un rostro de expresión indescifrable.

—Guido Marchesi. Es médico pero fue expulsado del colegio profesional hace años. Antecedentes por pornografía infantil y una condena que ya cumplió por abuso sexual a menores. Vive en Piombino, solo. No está lejos de Grosseto ni de Volterra.

Valentina observó ese rostro anónimo. Labios gruesos. Ojos aparentemente vacíos, carentes de inteligencia. No parecía un monstruo, o alguien capaz de clavar cinco puñaladas a otro ser humano. Pero sabía que esas eran ideas absurdas.

—¿Cómo habéis llegado a él? ¿Quién ha llegado a él? —No les iba a pasar una.

—Los chicos de Siria se cruzaron unos cuantos datos. Lo rutinario, nada trascendental. Antiguos informes, gente con antecedentes penales que vive en la zona... Hay una docena de nombres repartidos por todo el territorio. Los están mirando uno por uno. Pero enseguida él ha parecido el más interesante.

Costa tecleó y abrió una nueva pantalla sobre el sistema de información de la policía con los datos de Marchesi.

—Aquí está. Antecedentes concretos, entornos profesionales y algo más. Ante todo, es dueño de una vieja California. Aún no conocemos el color pero es un dato importante. Y además es médico. Fue médico, en realidad, como te he dicho. Era anestesista, para ser exactos. Y, como sabes, está el detalle del glutaraldehído...

—Sí... De manera que, al final, Lucchesi ha seguido mis ideas... —Le parecía raro. Y no aplacaba su ira. Aunque si resultaba que el tal Marchesi era el hombre que estaban buscando, tendría que sentirse conforme.

—Parece que sí. Pero hay más —dijo Fabio.

El sonido del móvil de Valentina los interrumpió. Era Siria Lucchesi. Respondió sin dejar de mirar a su compañero a los ojos.

—Ya me han contado lo del tal Marchesi —empezó con tono neutro—. Podrías haberme avisado antes.

—No hubo tiempo. Cuando me pasaron la información, preferí actuar enseguida. Tenemos que correr, ¿no? A lo mejor Andrea sigue vivo...

Lucchesi daba golpes bajos. Pero no importaba. Ya aclararían los aspectos del mando de las investigaciones, aunque no en ese momento. En el fondo, Lucchesi tenía razón, se dijo Valentina. Ella se había ido a dormir mientras los demás trabajaban. No podía culpar a nadie.

Lucchesi continuó:

—¿Te han dicho que Marchesi conocía bien a Gianni Venturi, por lo que, presumimos, también a su hijo Andrea?

Valentina frunció el ceño. Era evidente que Fabio no había tenido tiempo de contárselo todo.

—¿Cómo? —preguntó.

—Ah, como ves, no basta empatizar con una madre desesperada para resolver un caso. Me temo que el hombre de pelo largo y canoso del que nos ha hablado Sinagra no tiene ninguna relación con la desaparición de Andrea. Guido Marchesi era un conocido de Gianni Venturi. Amigos de Facebook y puede que también en la vida real. Hay algunos contactos telefónicos de hace unos meses. En las redes sociales compartían la pasión por la literatura. Marchesi aspira a ser escritor. Y parece que es fan de las novelas policiacas de Venturi.

—¿Facebook? —repitió Valentina, confundida.

—Sí. Lo hemos comprobado. Gianni Venturi había colgado unas fotos de su hijo al final de un partido de baloncesto. Ya sabes, chiquillos sudados y felices. El cabrón de Marchesi compartió esas fotos. Solo que las difundió en las redes también entre sus otros contactos algo menos respetables... Mis muchachos lo están comprobando. Puede haberlas puesto en una página porno especializada en pederastia. No sabemos si Gianni Venturi estaba al corriente de eso, pero tendremos que averiguarlo. En fin, me parece que nuestro Marchesi merece algo de atención. Estoy yendo a toda prisa donde él. He conseguido una orden de registro por teléfono. Estás de acuerdo, ¿verdad?

Valentina pasó por alto el hecho de que, si Lucchesi le había pedido al fiscal la autorización por teléfono, también habría tenido tiempo para llamarla a ella.

Volvió a mirar la foto de Marchesi en la pantalla. Sí, en ese momento parecía el mejor camino. Y, desde luego, no podía dejar de estar satisfecha.

Aun así, se sentía extrañamente desalentada. Gran parte de su reconstrucción, empezando por el tema de la semejanza entre las víctimas, se venía abajo. Pero eso no era importante. Lo esencial era encontrar cuanto antes al pequeño Andrea Venturi. Y, si Guido Marchesi era quien lo había secuestrado, había que actuar enseguida.

—Cogedlo —dijo por fin—. Fabio y yo os esperamos aquí en Volterra.

La pausa, al otro lado del teléfono, fue elocuente. Valentina oía, como fondo, el zumbido del intercomunicador del coche en marcha.

—Valentina... En relación con el que se encuentra contigo en este momento... —Ahora Lucchesi parecía cauta—. ¿En el SCO no te han dicho nada?

Fabio Costa la seguía mirando. No movía un músculo. Era como si supiese lo que Lucchesi le estaba diciendo.

—No comprendo.

—Sí. Me lo imagino. —Lucchesi espiró lentamente—. Mira el WhatsApp —dijo por fin, y colgó.

Valentina observó a Fabio.

—Parece una pista prometedora... —dijo.

Él asintió. Pero su expresión decía otra cosa.

El sonido del mensaje de WhatsApp se interpuso con la potencia de la campana de una pelea de boxeo. Valentina se sobresaltó.

—Perdona —dijo y se alejó para leer el mensaje de Lucchesi.

Era un artículo de prensa de hacía nueve años. Aunque la foto no era nítida, a Fabio Costa se le reconocía. En uniforme, más joven, una expresión menos afligida en el rostro, una sonrisa espléndida que desentonaba con el título del artículo:

POLICÍA DENUNCIADO POR ABUSO SEXUAL

Un violador.

Fabio Costa había violado a una compañera.

ÍNCIPIT

23

No parecía un hombre que pudiera matar a nadie clavándole cinco puñaladas en el pecho. Aun así, nunca se sabe.

Guido Marchesi estaba desplomado en la silla como un trapo empapado de agua. Y en el agua estaban hundidos también sus ojos claros. De agua parecía repleto su cuerpo, que temblaba delante de ellos.

—Yo no tengo nada que ver —repitió por décima vez—. ¡Yo no tengo nada que ver!

—¿Con qué? —le gritó el policía que tenía delante—. ¡Hijo de puta! ¿Con qué no tienes nada que ver, eh?

—¡Con lo que sea que podáis pensar! No le hago daño a nadie. Lo sabéis. Yo solo miro.

Se agachó en la silla y empezó a llorar.

—Me das asco —dijo el policía.

Valentina, Costa y Lucchesi observaban la escena en una pantalla a color. En la habitación en la que habían puesto a Marchesi, dos cámaras lo enfocaban desde ángulos distintos. Su abogado estaba llegando y ninguna declaración que el detenido hiciera podría ser utilizada ante un tribunal. Pero a ellos eso no les importaba en ese momento. Solo querían saber dónde había escondido a Andrea. Y si el niño seguía vivo. Para averiguarlo estaban dispuestos a apretar el acelerador. Algunos de ellos, incluso a emplear maneras más bruscas. Pero eso no se podía hacer.

Poco antes, Angelo Zucca le había pedido a Valentina que le permitiese llevar a cabo ese interrogatorio informal. Ella vio algo en su mirada y prefirió que su ayudante no se entrometiese. Desde que había empezado ese asunto, varias veces lo había visto reprimir una furia explosiva.

—Cuando entramos en su casa fue como si lo hubiésemos pillado con los calzoncillos bajados —decía Siria Lucchesi, sin apartar la mirada de las pantallas—. No le dio tiempo de apagar el ordenador. Y lo que estaba mirando..., uf...

Desde que había vuelto, la jefa de la policía judicial de Pisa tenía otra actitud, parecía menos segura. Y tenía los labios aún más contraídos, como si un malestar oculto la estuviese afligiendo.

Guido Marchesi fue sorprendido en una de las que había llamado sus «sesiones en la red». En realidad, estaba metido en un viaje entre blogs y páginas de intercambio de material de pornografía infantil. Fue un milagro que ninguno de los que lo esposaron y estuvieron mirando su archivo lo llenaran de hostias. Marchesi se dio cuenta de eso y durante toda la operación mantuvo la cabeza gacha, entre las manos, repitiendo siempre la frase: «No tengo nada que ver, no tengo nada que ver».

No había dicho otra cosa desde que había llegado a la comisaría. Más allá de la pantalla de su miedo demostraba que era inteligente. Sabía que tenía que esperar a su defensor. E intentaba mantener el perfil más bajo posible.

—La furgoneta estaba delante de su casa —continuó Lucchesi con ese tono de voz neutro—. La Científica la está revisando ahora. En apariencia no hay rastros útiles. Y nos hemos equivocado. Es una Volkswagen, eso sí, pero no es verde sino gris, y no es una California, sino el modelo siguiente. En cualquier caso, si ha llevado al niño ahí, lo descubriremos.

Valentina pensó en el catre descrito por Fosco, en la camilla en la que estaba el otro niño, en las fotos que cubrían las paredes de la furgoneta. Habría sido difícil limpiarlo todo.

—Sigue diciendo que no tiene nada que ver —observó Costa—. ¿Alguien le ha comentado por qué hemos llegado a él?

Lucchesi lo miró fijamente.

—Claro que no —dijo con sequedad—. Pero tenía su escritorio repleto de artículos sobre el homicidio de Gianni Venturi y sobre la desaparición de Andrea. Echad un vistazo...

Sacó el smartphone y puso un vídeo que ella misma había

hecho en el interior del piso de Marchesi. Un típico piso de soltero, desordenado, descuidado pero limpio. Eso sí, la instalación telemática que el pederasta había montado sería la envidia de cualquier aficionado a internet. Una pantalla gigante de alta definición, un procesador seguramente potente, auriculares de alta fidelidad y un sillón ergonómico. El vídeo de Lucchesi se detuvo en montones de recortes de prensa que había en una esquina del escritorio y también sobre sillas y muebles. Procedían de distintos periódicos, algunos estaban sacados de artículos publicados en redes sociales. Todos ellos dedicados al tema de la desaparición de Andrea Venturi. El rostro del niño y el del padre estaban en todos lados. Tanto Valentina como Costa notaron que algunos recortes estaban hechos una bola y otros rasgados, como si Guido Marchesi no hubiese soportado su contenido.

—¿Lo veis? —dijo Lucchesi, apagando el móvil—. ¿Acaso eso no es una obsesión? Y hay más. Lo primero que ha hecho es reconocer que era amigo de Venturi, pero ha aclarado que nunca había visto a su hijo. Y ninguno de nosotros le había dicho nada sobre el tema, si bien con ese material a la vista resultaba difícil fingir que se caía de las nubes. Quizá esperaba que, tarde o temprano, llegáramos a él. —Volvió a fijarse en la pantalla con las imágenes de Guido Marchesi esposado a la silla de los interrogatorios observando sus zapatos—. De todos modos, aparte del ordenador con esas imágenes asquerosas y esos artículos de prensa, por su casa parecía que acababa de pasar una empresa de limpieza, tan limpia estaba... Una prueba más de que esconde algo, según mis chicos. —Por fin miró a Valentina a los ojos—. Pero nosotros sabemos que eso no es suficiente, ¿verdad? —Luego volvió a fijarse en el sospechoso.

Costa le hizo una señal a Valentina. «Salgamos». Ella lo observó. Desde que Lucchesi le había enviado la foto de ese artículo de prensa, ya no se había atrevido a sostener su mirada. Su primer impulso había sido hablarle directamente de aquello, pedirle explicaciones. Agredirlo. Que tuviera una reacción. Pero aún no sabía lo suficiente, y eso era solo un artículo de prensa. Sin duda, aclaraba la actitud de Lucchesi y muchas cosas más. Pero Valentina no tenía tiempo para ocuparse también de ese asunto.

—Avísanos cuando llegue el abogado —le dijo a su compañera—. ¿Quieres interrogarlo tú?

Lucchesi meneó la cabeza mientras no dejaba de observar a Marchesi.

—Quiere interrogarlo el fiscal en persona —repuso—. Probablemente no valga para nada...

Cuando Valentina y Costa salieron de la habitación, Lucchesi ni siquiera se volvió.

—¿Qué es lo que le pasa? —preguntó Valentina cuando estuvieron lejos.

—Ha visto esas fotos en el ordenador, que no son fáciles de digerir, supongo —respondió el subcomisario—. Y, aparte de que Marchesi y Gianni Venturi se conocían, por ahora no hay nada más que demuestre su implicación en el homicidio y en la desaparición de Andrea. A lo mejor Siria esperaba encontrar al niño o alguna prueba evidente y clara para cerrar enseguida el caso. Las grandes expectativas acaban a menudo en la desilusión más peligrosa, porque te hacen bajar la guardia...

—Pero los elementos que tenemos son importantes —rebatió Valentina—. Si es verdad que Marchesi ha difundido las fotos de Andrea en las redes y a lo mejor las ha intercambiado con algún otro pederasta...

—Y, de hecho, es en lo que debemos insistir. Hay que indagar en la vida de Marchesi y tenemos que presionarlo. Y hay que conseguir que se le haga un perfil psicológico. En principio, no me parece un tipo capaz de asesinar a un hombre y de secuestrar a tres niños en un fin de semana. Pero tampoco se puede descartar que lo hiciera. Como tampoco se puede descartar su implicación a cualquier otro nivel. Si las fotos de Andrea han acabado en manos de nuestro hombre, a lo mejor Marchesi lo conoce. O colabora con él. Ahora bien, a menos que Marchesi decida confesar, para hacer todo esto se precisan muchos días. Tiempo es lo que realmente nos falta.

Salieron a la calle. Otro día estaba a punto de concluir. Y Costa tenía razón. El tiempo transcurría entre conjeturas y pequeños progresos como arena entre los dedos. No habían encontrado al niño y cada minuto perdido alejaba la posibilidad de ver a Andrea vivo. Ante ellos se amontonaban más interrogantes que soluciones.

En el aire frío de la noche, bajo el peso de esos pensamientos, Valentina estaba a punto de atreverse a preguntarle a Costa por aquel titular de prensa. Estaba dispuesta a hacerle frente y a resolver de una vez aquel misterio. Para que ya no hubiera equívocos y para saber si podía confiar en él. No quería tener a su lado a un violador, pero a la vez se daba cuenta de lo valioso que estaba resultando él para la investigación y para ella misma.

Costa la estaba mirando, quizá percibiendo que llegaba esa difícil pregunta, cuando, delante de ellos, en la plaza alumbrada solo por farolas amarillas, apareció una mujer. Se les acercaba, como surgida de la luz, y los miraba. En los ojos de Maria Sinagra llameaba una ferocidad tangible.

—Dios mío... —murmuró Valentina. La madre de Andrea seguramente se había enterado del arresto de Guido Marchesi y ahora los buscaba para oírles decir que no se hiciera ilusiones, que contuviera su dolor, porque todavía no había respuestas.

Fabio Costa avanzó unos pasos, en silencio. Bajó los escalones y fue hacia la mujer. Habló brevemente. Valentina no pudo oír lo que le decía. Veía solo el reflejo ocre de las farolas en los ojos de ella. Los mismos ojos que cuando había recordado a su hijo se habían vuelto negros como planetas muertos.

Maria Sinagra se echó a llorar. Primero quedamente. Luego cada vez con más rabia, hasta que empezó a sollozar. Se puso a dar puñetazos cada vez más rápidos y violentos en el pecho de Fabio Costa. Puñetazos tan feroces como su desesperación.

Él permaneció inmóvil, con los brazos caídos y la cabeza inclinada. No hizo nada. No había nada que hacer.

24

El interrogatorio con abogado defensor tuvo lugar al día siguiente en una sala reservada de la cárcel Don Bosco de Pisa. La juez de instrucción contaba en realidad con cinco días de plazo para ese acto formal, pero insistieron para que el plazo fuera menor. El niño seguía en manos de su secuestrador y todo el tiempo que se perdiera podía resultar fatal. Además la noche previa Marchesi no había abierto la boca, ni con los policías ni con el fiscal Giorgianni, que había acudido enseguida al interrogatorio. El abogado defensor había explicado que preferían reflexionar antes de dar respuestas y se había reservado esa facultad para el encuentro con la juez de instrucción.

En cualquier caso, el fiscal delegó en un joven adjunto, convencido de que Marchesi se valdría de nuevo de la facultad de no responder. Eso sí, exigió que estuvieran ahí tanto Lucchesi como Valentina, por si el investigado tenía la intención de ofrecer algún detalle que solo quien conocía a fondo la investigación podría verificar.

La juez de instrucción se llamaba Masi, era una mujer práctica y resolutiva que en cuanto se sentaron no escatimó miradas directas y de algún modo explícitas a todos los presentes. El mensaje era: un interrogatorio con abogado defensor hecho en su presencia nunca se convertiría en un duelo entre dos frentes contrapuestos, su papel solo consistía en establecer si la acusación era bastante sólida y, sobre todo, si se precisaba dictaminar prisión cautelar sin fecha límite.

Masi estaba sentada en el lado corto de una mesa de madera, en el centro de una habitación sin adornos, con rejas en las ventanas, mientras que el fiscal y Lucchesi estaban sentados a un lado, y al otro, Marchesi y su representante, uno de los mejores abogados de Pisa, vestido con un traje impecable. Valentina se colocó en una silla, detrás de Siria Lucchesi, apartada, casi para remarcar la excepcionalidad de su presencia.

El defensor del exanestesista fue enseguida claro y preciso.

—Muestro algunos afidávit que rogaría a la señora juez que incluya en el expediente; de ellos se deduce, sin sombra de duda, que la noche del 16 de octubre pasado Guido Marchesi se encontraba a cientos de kilómetros de Volterra y de Toscana en general. —Entregó a la juez y al fiscal dos expedientes encuadernados con una tapa rojo fuego—. Como pueden comprobar, mi cliente estuvo en la casa de unos amigos en Milán, donde cenó en presencia de unas diez personas, y ahí permaneció hasta tarde, siempre en su compañía. El señor Marchesi durmió después en la casa de sus conocidos..., aquí, les ruego que lean sus declaraciones, en las páginas cinco y seis, donde está subrayado..., y se le vio irse a Piombino por la tarde del día 17.

Tras entregar los documentos, lanzó una mirada elocuente a Lucchesi, que, naturalmente, se abstuvo de comentar.

Valentina y los demás ya conocían esa coartada. El abogado había tenido con ellos la dudosa amabilidad de comunicársela esa misma mañana, antes del interrogatorio. Cuando Lucchesi leyó las actas conforme a las cuales, en el momento en que Gianni fue asesinado, Marchesi se encontraba a más de trescientos kilómetros de distancia, apretó los labios pero no dijo nada. Valentina se limitó a tomar nota de esa información. Nunca había creído realmente que ese hombrecillo tembloroso tuviese la fuerza ni el carácter para cometer el asesinato y para llevarse al niño. Pero no lo celebraba. Nunca es agradable darse cuenta de que has cometido un error tan flagrante y no era propio de ella ensañarse con un compañero.

El fiscal y la juez de instrucción repasaron rápidamente las actas. Los testigos parecían creíbles. Entre otras cosas, no pertenecían al círculo de amistades «particulares» de Marchesi, es más, se habían sorprendido del motivo por el que se le acusaba y de los antecedentes que tenía el hombre.

—Esto demuestra —concluyó el defensor— que mi cliente no habría podido en ningún caso entrar en la casa de Venturi, matar a Gianni Venturi y llevarse a su hijo Andrea. La policía judicial podría quizá haberse cerciorado de eso antes de irrumpir en la casa y en la tranquila e inocente vida del señor Marchesi. —Otra mirada acompañada de una sonrisa meliflua a la jefa de la policía judicial.

Masi miró al joven adjunto.

—¿El fiscal? —preguntó.

El fiscal no se opuso a la presentación de esa coartada. ¿Cómo podría haberlo hecho?

—Nos reservamos comprobar la credibilidad de las declaraciones —dijo, sin dejar de repasar el pequeño informe presentado por la defensa.

Mientras la juez extendía acta en un ordenador portátil de las declaraciones de las partes, Valentina se dio cuenta de que Guido Marchesi la estaba observando. El hombre no había cambiado de aspecto desde el momento del arresto. Incluso llevaba la misma ropa. En los ojos seguían aflorando las lágrimas de la desesperación que ya había mostrado cuando había repetido aquella frase obscena: «Yo solo miro». Ahora, sin embargo, en esas pupilas brillaba una pizca de perplejidad mientras se fijaba en Valentina. Quizá, de curiosidad. De repente se inclinó hacia su abogado y le susurró algo al oído. El corpulento defensor lo escuchó y no pudo evitar lanzarle también una larga mirada a Valentina. Incluso le sonrió, quizá porque se dio cuenta de que la había mirado con demasiada intensidad. Luego a su vez le dijo a Marchesi algo al oído. El pederasta pareció reflexionar y su expresión, solo durante un instante, cambió. En ese momento desaparecieron la actitud sumisa, el temblor del labio inferior, el lagrimeo de sus ojos. Marchesi fue otro, durante unos segundos. Luego volvió a bajar la mirada.

La juez rompió el silencio y se dirigió directamente a él.

—¿Tiene algo que añadir, señor Marchesi? —le preguntó.

Marchesi abrió la boca, la cerró, luego miró a Masi directamente a los ojos.

—Yo conocía a Gianni Venturi —dijo, balbuciendo—, no puedo ni quiero negarlo. Ambos éramos apasionados del baloncesto. Y, cuando puso las fotos de su hijo en Facebook..., bueno, di por sentado que le habría gustado que compartiera esas fotos...

—¿Compartido con quién? ¿Y dónde? —apremió el fiscal adjunto.

—No lo sé..., en mis perfiles sociales... Circuitos legales, inocentes. ¡Lo hice sin ninguna maldad, se lo juro! Yo no tengo nada que ver con lo que le ha pasado a ese pobre chico. Yo quiero a los niños.

Puede que se diera cuenta de la ambigüedad de la afirmación y se puso muy colorado. Nadie añadió nada a ese comentario.

Valentina sabía que ni la juez ni el fiscal iban a dejarse engañar por esa actitud, pero también sabía que la coartada de Marchesi era buena y que les quedaban muy pocos elementos que utilizar contra él. Ese arresto había sido un fracaso rotundo.

Lucchesi asistía impertérrita al desarrollo de ese ritual que debía parecerle ya inútil. Valentina creía lo mismo, pero la distraían las miradas que Marchesi, quizá cuando pensaba que no lo veía, le seguía dirigiendo de reojo. ¿Por qué estaba tan interesado en ella? A lo mejor se sentía halagado por la presencia de un agente del Servicio Central Operativo. O preocupado, como tendría que estar.

Entretanto, el adjunto no quiso darse por vencido y replicó al investigado con las miles de fotos de niños halladas en el disco duro de su ordenador, algunas en actitudes y situaciones espantosas, por no decir más. Y subrayó también los antecedentes concretos de Marchesi.

El investigado se acordó de repetir su letanía.

—Yo no le hago daño a nadie. Yo miro. Solo miro...

El abogado defensor se dirigió a la juez Masi.

—Así las cosas, he de rechazar las últimas preguntas formuladas por el fiscal. Las acusaciones por las que mi defendido ha sido detenido son por homicidio y secuestro de persona. La incriminación por tenencia de material de pornografía infantil no está contemplada en los cargos de la fiscalía y, por tanto, permítame que se lo diga, no tiene nada que ver con el tema que nos ocupa.

—¿Qué es lo que pide la defensa, entonces? —preguntó Masi.

—La excarcelación inmediata de mi defendido. Subsidiariamente, el arresto domiciliario...

La juez rechazó la objeción.

—En virtud de la gravedad de los hechos impugnados —dijo—, dispongo que siga en prisión. Y ello asimismo para que la fiscalía pueda disponer de más elementos, dada la necesidad y la urgencia de encontrar a Andrea Venturi... o al menos su cuerpo. —Luego se dirigió directamente al adjunto y a Lucchesi—. Pero quiero advertir a la fiscalía que, si no se encuentran pruebas, el señor Marchesi recuperará inmediatamente la libertad. Así pues, los invito a darse prisa. Mucha prisa. ¿De acuerdo?

El adjunto asintió. Lucchesi no dijo nada.

—Espero la imputación formal para el secuestro del material de pornografía infantil —concluyó la juez. Luego se levantó. La audiencia había terminado.

Marchesi fue nuevamente esposado por un agente de la policía penitenciaria y tras un breve intercambio de frases con su abogado se lo llevaron. Antes de salir le lanzó una última mirada a Valentina. De nuevo, sin sombra de autocompasión.

A la mañana siguiente, Giorgianni convocó a Lucchesi y Valentina en su despacho y les informó de que Marchesi, una vez que volvió a su celda, dijo que quería hablar con alguno de los investigadores. Sin aclarar el motivo. El abogado que había transmitido la solicitud había comunicado que su cliente tenía informaciones muy valiosas que podían interesar a la policía y a la autoridad judicial. Informaciones que no se podían dar durante el interrogatorio ante la juez.

—Un intento desesperado —comentó Lucchesi—. Iré a ver lo que quiere, por salir de dudas.

Giorgianni la miró.

—¿Por qué desesperado? Su coartada me parece firme. Y creo que el partido ha acabado con bastante ventaja a su favor. Y, siendo sincero, si todavía no ha sido puesto en libertad, desde luego no ha sido gracias a usted.

El rostro de la mujer se ensombreció, mientras su boca se volvía una fina ranura. Giorgianni había sido despiadado, pensó Valentina, pero tenía razón. Para todos ya era evidente que Marchesi no era el asesino de Gianni Venturi ni el secuestrador de su hijo. Solo había que averiguar si estaba implicado en esos crímenes a otro nivel. A lo mejor había sido solo cómplice. Le parecía improbable, pero ese hombre frecuentaba grupos extraños, y quizá podía darles alguna información.

—¿Qué hacemos entonces? —preguntó Lucchesi, que mientras tanto se había recuperado y había adoptado de nuevo su actitud desafiante.

—Usted nada —dijo Giorgianni—. La señora Medici será la encargada de ir a esta entrevista.

—¿Yo? —Valentina estaba sorprendida.

—Marchesi ha pedido expresamente que fuera usted —confirmó Giorgianni.

Lucchesi se volvió para mirarla, molesta.

—¿Por qué ha pedido que fueras tú?

—¿A mí me lo preguntas? —repuso Valentina.

—Calma, calma —intervino Giorgianni, con una sonrisa forzada—. No importa lo que piense hacer nuestro investigado. A lo mejor quiere hablar con la señora Medici porque sabe que es del SCO y cree que puede tener un interlocutor más autorizado. A nosotros, en cualquier caso, nos viene bien...

Las dos mujeres lo miraron...

—Salga como salga, la fiscalía de Pisa está por encima de las partes. Usted, señora Medici, irá a hablar con él en la cárcel. En el fondo, los del SCO son expertos en estas entrevistas. Solo será una conversación sin ningún valor de prueba. Si ese hombre cuenta algo realmente útil, todos lo aprovecharemos. Si su viaje resulta ser un chasco, como cree la señora Lucchesi, solo habremos perdido media jornada de trabajo.

«Yo habré perdido esa media jornada», pensó Valentina, pero no lo dijo.

Tampoco dijo nada Siria Lucchesi, que ahora, sin embargo, la miraba de una manera rara.

No le importaba. Ni le interesaban las ruines estrategias de Giorgianni. En ese momento lo único que Valentina quería era averiguar si Marchesi tenía algo que contar. O poder cerrar ya ese capítulo y concentrarse en lo demás.

25

—La cárcel de Pisa no está preparada para tener encerrado a un hombre como Guido Marchesi —dijo el alcaide mientras la acompañaba hacia la sala de reuniones.

Era un hombre muy alto y daba la sensación de tener que agacharse cada vez que cruzaba una puerta. Se dirigía a ella como si Valentina fuese la causa de todos sus problemas.

—Sé lo que piensa. No basta ni la celda de aislamiento.

—La verdad es que no estaba pensando en eso.

—En una estructura como el Don Bosco —continuó el hombre como si ella no hubiese hablado—, que, como sabe, está inspirada en la socialización entre presos, con un centro clínico de vanguardia, muchos internos a la espera de juicio y muy pocos condenados a la pena máxima, es realmente difícil, por no decir imposible, tolerar la presencia de un sospechoso de secuestro de niños. Para imputados especiales como él se precisa una cárcel de máxima seguridad. Quizá convendría llevarlo a Sollicciano, en Florencia. Allí su vida no correría tanto peligro como dentro de estos muros. —Se detuvo, la miró—. ¿Qué opina?

—Lo siento, pero ya sabe que a mí no me corresponde decidir el destino de Marchesi.

El alcaide puso un gesto de desconsuelo e incredulidad.

—Claro, claro, nunca nadie se hace responsable —comentó. Luego le señaló la puerta blindada delante de la que se habían detenido.

—La está esperando ahí dentro —dijo, gélido. Y la dejó sin más comentarios.

Valentina respiró hondo. No sabía bien cómo actuar ni qué actitud tener. Había hecho muchos interrogatorios a personas como Marchesi. Por regla general, sabía cómo proceder. Y, cuando un depredador sexual decidía confesar, lo más difícil era conseguir escucharlo manteniendo la calma.

Sin embargo, un pensamiento le sugería que con Marchesi no iba a ser así. Había algo chocante en que hubiera pedido ese encuentro. Algo que la ponía nerviosa. ¿Por qué quería hablar precisamente con ella?

Volvió a respirar hondo. Saliese como saliese, estaba ahí para cumplir con su deber.

Abrió entonces la puerta que la separaba de Guido Marchesi.

Estaba sentado a la única mesa que había en la habitación. Las manos apoyadas en el tablero de plástico, las muñecas esposadas. Un agente de la penitenciaría lo vigilaba, de pie detrás de él. Cuando Valentina entró, Marchesi levantó la cabeza. Esta vez vestía un chándal. Pero, en los ojos, persistía ese reflejo líquido y en apariencia desesperado.

Valentina se sentó delante de él, sin decir nada. De la carpeta que llevaba consigo extrajo un solo folio y una estilográfica que puso sobre la mesa. Luego fijó la mirada en la del hombre.

Marchesi sonrió, tímidamente. Sin volverse, levantó las manos y mostró las esposas al agente que estaba detrás de él. Este lanzó una mirada interrogante a Valentina, que asintió.

Libre de las esposas, Guido Marchesi puso las manos sobre la mesa. Tenía dedos largos y finos, muy cuidados. Valentina se imaginó esos dedos sobre la piel de un niño y se estremeció. Aunque Marchesi no fuese el asesino que estaban buscando, de todos modos era hijo de las mismas tinieblas. Una bestia a la que había que parar. De la que había que defenderse.

—Ha dicho que quería hablar —empezó, gélida—. Tiene la posibilidad. Ahora.

El hombre se removió en la silla.

—Gracias. Quería agradecer también al fiscal por esta oportunidad y...

—Marchesi, no dispongo de mucho tiempo. Ha pedido usted este encuentro. Aprovéchelo bien.

Pareció acusar la interrupción. Se rascó nerviosamente las manos. Meneó la cabeza.

—Entonces ¿vamos directamente al grano? —preguntó. El tono era humilde, inseguro, como su propia postura. Pero le pareció que algo se había deslizado en sus palabras. El reflejo de un pensamiento oculto, que la puso en guardia.

—No hay otra manera de hacerlo —le confirmó—. Si tiene informaciones que ofrecer, informaciones importantes y verificables, yo estoy aquí para recogerlas. No podrán ser utilizadas en su contra, porque no se encuentra aquí su abogado y esto no es un interrogatorio. Pero si atañen a algún tipo de implicación suya en el caso, tendré que comunicárselo a la fiscalía, que valorará la manera de actuar.

—¿Esta es la fórmula prevista antes de empezar? —Asintió como para dar su aprobación al procedimiento—. ¿No me pregunta por qué quiero ayudarlos?

—¿Por qué quiere ayudarnos?

—Porque es lo que debo hacer.

—¿Y cómo pretende hacerlo? No me ha dicho cuál será el tema de sus informaciones.

Valentina tenía cuidado de no mencionar a Andrea ni el homicidio de Gianni Venturi. Conocía un poco a los seres como Guido Marchesi. Una vez seguro de que no iba a ser acusado de los crímenes más graves, convencido de que a lo sumo sería condenado por la posesión de material de pornografía infantil, su objetivo solo podría ser el de ofrecerse como «colaborador» para conseguir una rebaja de condena. O, peor aún, para sonsacar minucias, más detalles que habrían brindado material a su fantasía enferma. Valentina había hablado sobre ello con Costa antes de ir a la cárcel.

«Más allá de sus responsabilidades —le había dicho Fabio—, el hecho de que en esa casa guardase los artículos sobre los sucesos de Volterra demuestra que Marchesi estaba obsesionado con el tema. En el fondo, las imágenes de Andrea que hizo circular ya formaban parte de su colección. Lo conocía, aunque a través de su padre. Imagínate lo que habrá sentido sabiendo que el niño, ahora mismo, podría estar en manos de un monstruo como él. En cierto modo, podría incluso admirar a nuestro desconocido, que se ha atrevido a "hacer" y no solo a "mirar". A lo mejor sí tiene algo que contarnos. O a lo mejor quiere jugar, adentrarse en las pesquisas solo para saciar su apetito. Pero no podemos descartar ninguna posibilidad. Sospecho, sin embargo, que en ese hombre hay más de lo que se detecta a primera vista. No dejes que te engatuse y vete en cuanto te parezca que has conseguido el objetivo mínimo».

Eran consejos de algún modo innecesarios. Lo que le sugería Costa estaba bien, pero Valentina había conocido a varios pederastas. Sabía cómo tratarlos. O por lo menos confiaba en saber hacerlo. Y Marchesi no tenía por qué ser una excepción. Aunque le seguía rondando la idea de que ese hombre tenía recursos que no habían considerado.

—¿Y bien? —le preguntó—. No tengo todo el día.

—Es cierto, perdóneme —dijo Marchesi, con un tono todavía más afectado—. Pero creo que tengo derecho a saber si se ha previsto una recompensa por las informaciones que me dispongo a darle...

—La ley prevé rebajas de condena a los que colaboran. Con limitaciones. Pero usted aún no me ha dicho nada y me parece prematuro hablar de esto.

—Quisiera antes alguna garantía. Un *do ut des* precisa apoyos.

—¿Garantías? No estamos aquí para negociar. No es un mercado. Usted me cuenta lo que sabe, o lo que cree saber. Yo valoro si es útil. Punto. Eso es todo.

Marchesi se puso a gimotear.

—Pero eso no es justo... —Sonaba cada vez más falso.

Valentina lo observó con una ligera sensación de asco. Entonces se levantó. Recogió la hoja y la pluma que tenía delante.

—¿Qué hace? —preguntó Marchesi, de repente asustado.

¿Ese era todo el farol de ese miserable? ¿De verdad había pensado llevar el juego? No se lo podía creer. En el punto en el que se hallaban, no quería ofrecerle más facilidades de las que ya tenía. Le habló sintiendo casi repugnancia.

—Me marcho, Marchesi. ¿De verdad crees que puedo perder

tiempo con alguien como tú? ¿Crees que puedes jugar con un asunto tan terrible? Eres más imbécil de lo que pensaba. Si tienes algo que decir, dilo. Ahora mismo. Si no, regresas a tu celda y adiós.

Se volvió, decidida a no permitirle ni replicar. Oyó su voz, fría como el hielo.

—No es como yo.

Fue el tono lo que la hizo volverse más que las palabras que había pronunciado. Durante un instante pensó que no había hablado él. Le suscitó la misma sensación que había tenido al principio del encuentro. Ese pensamiento oculto que revelaba su verdadera naturaleza. Como si solo hubiese actuado hasta ese momento. Recordó la mirada que le había lanzado en el interrogatorio ante la juez.

—¿A qué te refieres? —le preguntó.

—No es como yo. Ese al que buscan. No es como yo. Se puede decir que... no le gusta la inocencia.

El hombre que tenía delante había cambiado. De repente le pareció casi radiante. Su mirada era cortante y tenía el mentón echado hacia delante, como si estuviera preparado para un reto. Valentina nunca había visto en nadie un cambio tan brusco de semblante como en el individuo que tenía enfrente. Ese era el auténtico Guido Marchesi. El que la víspera apenas había visto un momento por la ventana de sus ojos. Ahora estaba segura.

Decidió no caer en su trampa.

—¿De qué hablas exactamente? —preguntó con tono neutro.

—¡Venga! ¿Me toma el pelo? —Marchesi miró de un lado a otro, con ostentación, como para medir la celda en la que estaban—. ¿Sabe por qué he dicho que quiero hablar con usted y no con la que me interrogó? —dijo—. Esa puta que...

Valentina hizo de nuevo el gesto de volverse.

—Espere.

Marchesi meneó la cabeza, ahora con expresión seria. Estiró una mano sobre la mesa, como para invitarla a un contacto. Valentina se estremeció de solo pensarlo.

—De acuerdo, pido perdón. Me he pasado. Prometo que no volveré a llamar «puta» a su compañera. Pese a que me ha tratado como a una auténtica mierda y no me ha parecido justo... —La miró—. Hablo en serio. Me alegra que esté usted. Cuando la vi ayer me di cuenta de que era de fiar.

Valentina permaneció de pie. No, no le creía. Ese no era el único motivo que lo había impulsado a reclamarla. Pero de momento iba a jugar a su manera.

—Te he dicho que no puedo perder tiempo.

Marchesi sonrió. Esta vez no fue un bonito espectáculo.

—No creo que el tiempo le pertenezca a usted en este momento. Puede que le pertenezca más al pobre Andrea, ¿no?

Valentina siguió inmóvil un instante más. Un golpe bajo, pero perfecto. Volvió a sentarse. Miró la mano que Marchesi mantenía extendida sobre la mesa, hasta que la retrajo.

—Solo una aclaración —dijo ella—. Como me des informaciones falsas, como me mientas, como me hagas perder un tiempo precioso..., te prometo que te arrepentirás. Tengo muchas maneras de hacerlo. Y, en la situación en la que te encuentras, apuesto a que eso lo sabes perfectamente. Elegiría la más eficaz. La que te hiciera más daño. Y ahora dime lo que tienes que decir y acabemos de una vez.

Marchesi asintió. Había empalidecido ligeramente, pero mantenía una luz desafiante en los ojos. Al final pareció que había tomado una decisión.

—De acuerdo. Le diré lo que sé. Sin trucos. Le repito que yo no hago daño a los niños. Yo solo miro... Y, para ser claros, lo que está ocurriendo no tiene nada que ver conmigo... ni con mis amigos.

—¿Tus amigos...?

Inesperadamente, Marchesi se puso rojo.

—Sí, ha oído bien. Personas que tienen deseos especiales, pero inofensivas como yo. No como... ese que están buscando...

«Personas inofensivas».

—Es cierto que difundí las fotos de ese niño..., pero fue un gesto inocente. No quería que sufriese. Solo quería divulgar su belleza. Pero creo que alguno de mis contactos se pasó. Tal vez esas imágenes fueron juzgadas a otro nivel. Un nivel... más oculto, más exigente, ¿comprende?

—No —dijo simplemente Valentina.

Una chispa maligna resplandeció en su mirada.

—Usted sabe que es muy guapa, ¿verdad?

Valentina se puso tensa.

—No, no me malinterprete. Solo quiero que entienda cómo cierta mercancía tiene su mercado. Su belleza me hace pensar en un cuadro. Su cabello, su rostro. Podría ser la mujer de un retrato de uno de los prerrafaelitas..., podría ganar mucho dinero solo haciendo circular una imagen suya, ¿sabe? Podría ser muy buscada en ciertos círculos...

La insinuación la molestó.

—Vale, se me acabó la paciencia. —Pero la insinuación además le había hecho daño. Sentía una repugnancia profunda. Casi inexplicable.

Él, en lugar de defenderse, pareció irritarse. Habló deprisa.

—¿Qué cree? Yo no he hecho las reglas. Y lo que tengo que contarle podría costarme incluso la vida. No he decidido colaborar a la ligera...

—Claro. Lo haces por amor a la verdad.

—Oiga, con usted no quiero fingir. No sé qué ha pasado con Andrea Venturi, y en cualquier otro momento me habría dado igual. Pero ahora espero sinceramente que no esté muerto. Porque me lo harían pagar a mí... Cuando lo cierto es que ya deberían empezar a mirar en otra dirección.

Valentina respiró hondo.

—¿Dónde?

—En sitios que ni se imaginan.

—¿Qué sitios?

Marchesi miró alrededor, de forma teatral, como si pudiese haber alguien más en esa habitación, además de ellos y el celador.

—Sitios a los que viajan criaturas que tienen poco de humano. Depredadores famélicos. No como yo, ya se lo he dicho. Nadan bajo la superficie y cuando encuentran lo que buscan... lo cogen. A veces he coincidido con ellos. Pasa, si frecuentas ciertos ambientes. No es que me dé miedo. Solo procuro ser cauto. He tenido encuentros muy rápidos, he cruzado solo alguna palabra... —Meneó la cabeza, como para reprochárselo—. Quizá alguna más de la cuenta, lo reconozco. Tienen material que me gustaba ver, pero eso es todo. Yo me limito a mirar. Solo que, en contrapartida, esta... gente... pide algo. Lo hace siempre. A lo mejor las fotos de Andrea han acabado en sus manos.

—¡Se las diste tú!

—No conscientemente. O quizá sí. No lo recuerdo. —Se encogió de hombros, exhibiendo indiferencia—. Pero al final ¿qué más da? Lo importante es que puedo ayudarlos. En serio. Puedo echarles una mano para encontrar al que quiso esas fotos. Y puedo sobre todo ayudarlos a comprender sus motivos. Creo que las motivaciones son lo fundamental, ¿no le parece? —Asintió como para confirmar su propia decisión—. Puedo tratar de ponerme de nuevo en contacto con él. Eso sí, antes tendremos que hablar otra vez de lo que obtendría a cambio. —Se inclinó hacia ella con los ojos muy abiertos—. Solo le pregunto una cosa, señora Medici... ¿Qué está dispuesta a darme para tratar de salvar a ese niño?

Fue en ese momento cuando Valentina lo vio por primera vez. Por primera vez supo qué clase de individuo era Guido Marchesi. Hasta qué punto estaba podrido. Lo vio claramente, mientras chapoteaba a sus anchas en las aguas negras que frecuentaban los tipos como él. Y luego lo vio rozar a animales más grandes y peligrosos y retraerse, al mismo tiempo fascinado y asustado por el alcance de la vileza que albergaban aquellas criaturas monstruosas. Pues, a pesar de que quería aparentar seguridad, estaba asustado. Se lo imaginó deseando poder ser o convertirse en alguien como ellos. Consciente de que eso nunca ocurriría. En Guido Marchesi la ausencia de compasión era evidente, pero le faltaba valor. Era tal como decía ser: uno que miraba. Observaba el daño que causaban los que eran realmente malos. Y gozaba por reflejo.

Y ahora trataba de sacar provecho de su conocimiento de la oscuridad.

Le daba asco. Pero se preguntaba si Marchesi podría resultar realmente útil. Y si iba a saber sacarle provecho.

—Puedo ayudarlos a atraparlo —repitió Marchesi—. Puedo llevarlos a su escondrijo. Al sitio donde se esconden los que son como él.

26

A pesar de que caía una lluvia muy fina y gélida, cuando Maria Sinagra salió de las oficinas de la fiscalía en compañía de un hombre esbelto y elegante y se detuvo en el borde de la escalera, sin importarle mojarse, la nube de periodistas y fotógrafos la rodeó, iluminándola con los flashes de las cámaras y de los móviles y plasmándola, para siempre, en las crónicas desgarradoras de aquellos días.

El vocerío se fue apagando poco a poco cuando el hombre que iba con ella, un abogado muy conocido, pidió con un gesto a todos que guardaran silencio y luego invitó a hablar a la mujer.

Maria se había marchitado rápidamente en el curso de los últimos días. Sus ojos habían adquirido la dureza de la piedra y tenía la piel traslúcida. Su boca formaba una especie de grito silencioso y perenne y tenía la voz de un fantasma que avanzaba poco a poco hacia la tumba.

A pesar de ello, todo el país oyó con claridad sus palabras.

«Mi marido está muerto. Y mi hijo no ha regresado a casa. La policía me había asegurado que había encontrado al hombre que hizo todo eso, pero no era cierto. Han perdido tiempo buscando en el lugar equivocado... y el tiempo ha seguido pasando... —Hizo una pausa—. De modo que quien ha destruido mi vida sigue ahí fuera, en alguna parte. Y a él me dirijo. Al desconocido que ahora es dueño del destino de Andrea. Y del mío. Por eso le imploro... Te imploro. Te suplico que no le hagas daño. No te pido que me lo devuelvas, porque sé que no lo harás nunca...

Pero te ruego que lo cuides y lo atiendas como lo habría seguido haciendo yo. Necesita cuidados y medicamentos. No hagas nada por mí y por mi dolor. Yo no importo. Pero piensa en él, piensa en darle, si puedes, también amor..., si puedes..., y dile que su madre y su padre lo han querido siempre...». Luego se desplomó sobre los escalones mojados de lluvia y la gente la rodeó. Desapareció así de la vista de millones de personas que estaban viendo la televisión y que volverían a ver esa escena miles de veces.

—Dios mío... —murmuró alguien al lado de Valentina—. Prácticamente ha entregado su hijo a ese asesino.

Valentina no estaba de acuerdo. Por espantoso que fuese, Maria Sinagra había optado por la última alternativa que le quedaba, el extremo sacrificio que solo una madre desesperada podía hacer. Había renunciado a la perspectiva de ver de nuevo a Andrea con la débil esperanza de que el «hombre negro» lo cuidase. Había tratado de intercambiar la salvación de su hijo por su propia condena eterna y el mayor dolor que se podía sufrir.

Y, en su desgarradora declaración, Maria había dicho algo muy cierto. La policía había perdido tiempo.

Al cabo, la noticia de que Guido Marchesi tenía una coartada para el homicidio de Gianni Venturi y el secuestro de Andrea la filtró adrede su abogado, con la esperanza de ejercer algo de presión en la fiscalía, que aún no había puesto en libertad a su defendido. En realidad, a nadie le importaba mucho el destino de un pederasta, pero el mensaje le llegó a Maria Sinagra, que se indignó con los investigadores por no haber logrado salvar a su hijo.

Y tenía razón. Valentina sentía todo el peso de esa responsabilidad. Las investigaciones continuaban, todos se estaban esmerando, las noches eran cada vez más breves y los días parecían no tener fin. Pero de Andrea Venturi no había rastro y el que lo había secuestrado seguía en la calle, quizá buscando a su siguiente víctima. Porque ya nadie se engañaba: tres niños secuestrados, una frecuencia cada vez mayor del acto criminal. Una ferocidad evidente, una violencia explosiva. Todo hacía pensar en un depredador en serie. En alguien que no había hecho más que empezar y que no iba a parar.

El informativo había terminado, la televisión ya no decía

nada, y había vuelto a imponerse el ruido de fondo de las investigaciones. Un ruido familiar. El repiqueteo de los teclados, el sonido de los teléfonos, el murmullo difuso de los agentes que se cruzaban opiniones e informaciones. Pero además de eso había una especie de vibración, que era el verdadero aglutinante de la máquina investigadora. Una especie de energía que crepitaba al margen de la banda sonora, y que solo quien formaba parte de esa cacería al hombre podía percibir.

Valentina miró alrededor. Costa se encontraba al lado de uno de los programadores que había llegado de Roma y que estaba trabajando delante de dos pantallas y un ordenador conectado directamente a un servidor de la Unidad de Análisis del Crimen Violento de Roma. Le hizo un gesto y él se le acercó.

Mientras avanzaba, Valentina pensó en el hecho de que a menudo la mirada de Fabio parecía reclamarle algún tipo de respuesta. Y no sabía si Costa había intuido que conocía su pasado y la desafiaba a hablarle o si sencillamente esperaba una decisión suya relacionada con la investigación.

—¿Tienes novedades de la fiscalía? —le preguntó.

Valentina meneó la cabeza.

La oferta de colaboración de Marchesi, por muy hermética y ambigua que fuera, estaba sobre la mesa desde hacía dos días. Ya demasiados en un caso como ese. Pero el fiscal no creía que el pederasta tuviese informaciones importantes. Si las tuviese, había pontificado Giorgianni, las habría exhibido en el instante del arresto, por lo menos para intentar que no lo encarcelaran. Por eso tardaba en autorizar otro contacto con el investigado.

Costa mostró una leve irritación. Era la primera vez que parecía algo nervioso.

—Estamos perdiendo un tiempo precioso —le dijo—. Tal vez tendrías que insistir con el fiscal.

Ella no opinaba lo mismo.

—No vale la pena con alguien como Giorgianni. Y, francamente, no sé hasta qué punto nos puede resultar útil Marchesi. Es un manipulador, Fabio. Lo he mirado a los ojos y no me fío de él.

—A lo mejor tienes razón —reconoció Costa—. Y a lo mejor Marchesi ni siquiera es consciente de las informaciones de que dispone o de su importancia. Pero, si ha divulgado las fotos de Andrea entre las personas que no debía, esa es la pista que tenemos que seguir. Y probablemente no está equivocado: quien se ha llevado al niño no es un simple pederasta. ¿Qué es lo que te dijo? Que alguien así no ama la inocencia, ¿verdad? Yo creo que lo que quería decir es que el hombre que estamos buscando no siente ninguna pulsión por un niño. No hay sexualidad en su comportamiento. Su objetivo es otro. Quizá todavía más terrible.

Era cierto, pensó Valentina. Marchesi había afirmado que el secuestrador de Andrea no era como él. No actuaba por pulsiones eróticas. Pero ¿qué quería decir Fabio? ¿Qué es peor que abusar de un niño?

Una vez más, Valentina se preguntó por qué le estaba dando tanto crédito a Costa. ¿Qué veía en ese policía que lo hacía tan fiable, aparte de la vaga alusión de Angelo Zucca a su competencia como investigador?

Costa regresó a la zona de programación. Vio que de nuevo se ponía a hablar con el hombre del ordenador. Ese día Costa se había afeitado y, sin esa barba oscura que le resaltaba el perfil, de alguna manera parecía mucho más joven incluso en el espíritu. E inocuo. Inocente.

Decidió que había llegado el momento de disipar sus dudas sobre él. El artículo que Lucchesi le había enviado ya no podía ser suficiente.

Cogió el móvil y marcó un número al que no llamaba desde hacía tiempo.

27

—¿Un café? —le preguntó Costa al hombre que trabajaba con dos pantallas, en las que había una serie de gráficos con líneas sinusoidales de diferentes colores. Un espectáculo digital que combinaba nombres, teléfonos, controles, circunstancias.

Loris Manna levantó los ojos, encantado de esa interrupción.

—Mil gracias, señor. Me vendrá muy bien.

Costa sonrió y le tendió una tacita de papel humeante.

—Sin azúcar, como lo tomas siempre —dijo y Loris lo aceptó, sorprendido de que el subcomisario recordase sus gustos.

Bebió el café hirviendo y el mundo le pareció mejor.

El inspector técnico Loris Manna era el analista que el SCO había enviado a Volterra. Iba donde el Servicio lo requería, ofreciendo a sus compañeros repartidos por el territorio sus conocimientos y sus capacidades de diseccionar una investigación y de encontrar claves aparentemente imposibles de desentrañar. Tenía un carácter apacible y nadie lo había oído jamás levantar la voz. Pero la firmeza con la que defendía sus decisiones era imponente. Y al final siempre parecía que tenía razón.

Modesto en las maneras pero no en la autoestima, había llamado al sistema que había elaborado DIOS, lo que ya decía mucho de él.

—¿Tenemos novedades? —preguntó Costa.

—Algo hemos encontrado —respondió Manna—, si bien de momento nos sirve poco. Como sabe, estamos tratando de averiguar de qué manera nuestro hombre pudo identificar a los niños y, sobre todo, encontrar a dos tan parecidos. —Echó una ojeada a Valentina, en la esquina opuesta de la habitación—. Y dado que la señora Medici ha insistido en el tema... —Volvió a mirar a Costa como para decir que él con esas estrategias investigadoras no tenía nada que ver—. En cualquier caso, no es difícil encontrar en las redes fotos de niños. Lo difícil, para relacionarlos, es dar nombre y apellido a esas fotos, y dirección, si cabe. A menos que se sepa informática y se cuente con buenos programas. Así es como hemos podido rastrear algunas referencias iconográficas tanto de Fosco Agnelli como de Andrea Venturi. De Andrea ya sabemos mucho. El padre colgó sus fotos de después del partido y Marchesi las vio y las hizo circular, con nombre y apellido. No era complicado.

—¿Y qué es lo que tenemos de Fosco? —preguntó Costa. Le daba cada vez más la impresión de que en ese primer secuestro se encubría un indicio importante.

—Tenemos algunas imágenes en una procesión del año pasado en Sorano, su pueblo —respondió Manna—. En un par de fotos, Fosco aparece en primer plano.

—Así que, si se sabe lo que hay que buscar y la manera de hacerlo, no es imposible llegar a esos niños.

—Exacto. Lo que me deja perplejo, como le he dicho, es cómo pudo relacionar a los dos niños. Probablemente usaría un programa de reconocimiento facial, pero empezaría por uno de los dos o bien por una tercera opción... Una especie de matriz original, quizá un niño que ya conocía, una especie de tercer gemelo. La idea es sugerente. En tal caso, podríamos contar con una posibilidad más de identificarlo. Estamos en ello. —Manna hablaba así: en plural, aunque trabajaba solo.

—Quizá disponemos todavía de poco material —dijo Costa.

—Sí, desde el punto de vista criminológico hay un *modus operandi* aún parcial. Aparte del parecido de los dos niños toscanos, no hay nada más. Lo de Nápoles parece que no tiene nada que ver con nuestra investigación, aunque lo tenemos en cuenta. Los datos de una furgoneta Volkswagen verde no añaden nada. Y la descripción del desconocido del pelo canoso no nos aporta resultados. —Elevó la mirada hacia Costa—. Pero no desesperemos, señor. Estamos aumentando la capacidad del sistema para conectarnos con otras redes digitales.

—Y sobre Marchesi, ¿qué puedes decirme?

La expresión de Manna se ensombreció. Tenía un rostro jovial, aparentemente impasible ante los horrores que debía analizar, pero con solo oír mentar a Guido Marchesi todo rastro de luz lo abandonó.

—Marchesi, permítame decirlo, es la guinda del pastel. Una guinda podrida, que quede claro. Ese hombre podría contarnos muchas cosas, en efecto.

Era justo lo que Costa pensaba. La mención que había hecho el pederasta de los lugares en los que debían buscar a Andrea Venturi lo obsesionaba desde que Valentina le refiriera su conversación en la cárcel. También le había pedido varias veces que le repitiera con exactitud las palabras que había dicho Marchesi. El hombre había hablado de sitios frecuentados por depredadores, y ellos desde el principio habían deducido que aludía a sus contactos en la red. Aunque no podían descartar encuentros del pederasta en lugares físicos concretos. Para no arriesgar, habían empezado a rastrear los sitios y todos los círculos que frecuentaba Marchesi, pero sin resultados.

—Desgraciadamente, no podemos volver a hablar con él si el fiscal no nos lo autoriza —repitió Costa—. De momento, tenemos que proceder sin ayuda.

—Es lo que he hecho —dijo Manna. Contó con los dedos de una mano—. Registros de llamadas, utilización de la tarjeta de crédito, lugares en los que ha recargado el móvil, personas con las que se ha puesto en contacto. Toda posible georreferenciación y todos los niveles teóricos de proximidad. Hasta ahora, nada relevante. Así que...

—Así que empezamos por internet —concluyó Costa.

—Exacto. He estudiado la cronología de su navegación en internet...

—¿Y...? —lo animó Costa.

—Tampoco ahí, en apariencia, había mucho. Es evidente que Marchesi sabe moverse en la web sin dejar rastro. Típico de la gente como él. Pero solo tuve que profundizar un poco, superar algún obstáculo que prescindo de explicarle porque no lo comprendería, y, ¡hala!, encontré un montón de material. Cosas que ojalá nunca hubiera visto. Sobre todo alguna incursión en la dark web... Sabe qué es, ¿verdad?

—Claro. Un nivel oculto de la red —contestó el subcomisario.

—Es la parte más extrema de la deep web y no se entra en ella con los buscadores normales. Entras en la dark web si tienes realmente algo que esconder. Para nosotros es también un contenedor muy valioso de datos, si sabes cómo moverte por ella. El auténtico problema no es entrar en ella sino conectarla con nuestro sistema sin sufrir daños... Si entras en la dark web te expones a un potencial pirateo.

—¿Y Marchesi entraba?

—Regularmente. Hemos encontrado los rastros de un par de chats con los que hace poco tiempo se conectó. Pero, cada vez que tratamos de entrar, nos echan. Esa gente es prudente. Y peligrosa.

—Sí, en efecto —dijo Costa—. Esos son los sitios de los que nos habla Marchesi.

Manna sonrió, satisfecho de contar con un aliado en el subcomisario.

—Así es, es lo mismo que pensé yo. Esos son los sitios donde hay que buscar, en la red oscura. Ahí están las personas a las que se refiere Marchesi, a las que les mandó las fotos de Andrea Venturi...

Costa se acaloró.

—Escucha, Loris, esto es importante. No sabemos si vamos a volver a interrogar a Marchesi, ni si al final nos contará la verdad de lo que sabía. Tendremos que tratar de llegar a eso solos. De alguna manera.

—Lo comprendo, señor... —Manna miró la pantalla que tenía delante, donde fantásticas líneas de luz se anudaban y se rompían contra un fondo del color de la noche más profunda. De vez en cuando, de ese espacio surgían destellos de rostros que el sistema encontraba en cada rincón de la web. Era solo una simulación gráfica de las conexiones que DIOS estaba buscando. Pero era sorprendente. Parecía una puerta hacia un más allá digital—. De algo hemos de ser conscientes —añadió Manna, pesimista—. Si la identidad de ese niño está en la dark web, tenemos que temernos lo peor. Ese es realmente un mar profundo en el que nadan las criaturas más terroríficas. Son devoradoras. Ni más ni menos que devoradoras.

28

Edoardo había sido el único hombre que, durante un breve pero intenso tiempo, Valentina había creído amar. Había sido un error, el último que pensaba cometer. Y a partir de ese momento su vida había empezado a ser más llevadera. Ninguna emoción, salvo las propias del trabajo. Ningún vínculo que, antes o después, tuviera que romper.

La relación con él no había acabado bien, por lo cual llamarlo por teléfono, tras dos años de silencio, no resultó fácil. Edoardo era un periodista de *Il Messaggero* y era el único que podía informarle sobre Fabio Costa sin necesidad de preguntarle a Falcone o a cualquier otro del SCO.

Esa mañana se obligó a arriesgarse y tras un principio difícil de conversación se sintió capaz de soportar su sarcasmo inicial.

—¿De manera que ahora has decidido que te puedes fiar de mí? —le preguntó, en efecto.

Era lo que cabía esperar. Edoardo evocaba el motivo por el que se habían separado. Una fuga de noticias, durante una investigación en la que ella había participado y que él había aprovechado para una exclusiva. La policía estaba a punto de detener a una banda dedicada a secuestros y a abusos sexuales y el adelanto de la operación a los medios de comunicación había permitido que dos sospechosos escaparan. La fuente de Edoardo, en realidad, no había sido ella, pero él no dudó en cargar las tintas en sus artículos, subrayando la segura procedencia de la información. Cuando Valentina le echó en cara que alguien podía pensar que había sido ella la que le había pasado la información reservada, él replicó que cada cual debía dedicarse a lo suyo y aceptar las consecuencias. Lo que la cabreó no fue solo que no hubiese calculado las implicaciones que aquello podía tener para ella o que incluso las hubiese tenido en cuenta, sino su indiferencia ante el perjuicio que esos artículos habían causado a las investigaciones. En ese momento Valentina comprendió que entre pasión y corazón y su trabajo no cabía elección. Y que estar con un periodista había sido una pésima idea.

Edoardo le devolvió la llamada esa misma tarde.

—No sabía nada de este asunto —empezó el periodista—, en aquellos años todavía era estudiante... Como tú, por otro lado. Pero tu Fabio Costa era entonces una estrella de la policía.

—Dicen que era un buen policía —confirmó Valentina.

—¡Más que bueno! Resolvió un par de casos de homicidio de portada. El departamento lo mandó un tiempo a Quantico a estudiar perfilación criminal. Sea como sea, estaba lanzadísimo..., un futuro de jefe importante, si no hubiese tenido un pésimo carácter... y, por supuesto, si no hubiese liado la que lio.

—Hablas de la violación, ¿verdad?

—No fue solo eso. Hace quince años Costa mandaba la sección que ahora mandas tú. Se encargó de ciertos casos especialmente difíciles. Uno era el del asesino en serie apodado el Carnicero, lo recordarás aunque fue antes de que entraras en la policía. Había matado a tres niños, y Costa lo pilló prácticamente solo. Es más, en contra de la opinión de muchos especialistas. Pero este es solo un ejemplo. Resolvió la totalidad de sus casos. Luego llegó la acusación de abuso sexual...

—A una compañera. Una policía.

—Diana Marini. Era una inspectora de su sección, su brazo derecho. He visto las fotos, era muy guapa. Parece que mantenían una relación, pero Costa estaba casado y tenía un hijo pequeño. Aquí el asunto se vuelve trivial y triste a la vez. Se ignora cuál de los dos decidió cortar la relación. Una tarde, en la oficina, al final de una discusión, vieron a Marini salir del despacho de Costa llorando, aturdida. Estaba destrozada. Tenía la ropa desgarrada, marcas rojas en la cara y empuñaba la pistola aún caliente. Diana Marini le había disparado con su propia arma reglamentaria pero no lo había herido. Lo había hecho, dijo, para defenderse, porque él la había violado.

En la mente de Valentina se cruzaron pensamientos y emociones contrapuestos. Podía ver aquel drama desde puntos de vista distintos al mismo tiempo. Sintió el miedo y la ira de la mujer herida y rechazada que llegaba a disparar al hombre que había amado. Pero también sintió la consternación y la furia de él. El horror de ambos por una relación que acababa de la manera más atroz.

—Y lo denunció —murmuró, recordando lo que le había contado Lucchesi.

—Sí, el asunto acabó en el juzgado. Fueron suspendidos y apartados del SCO. Un escándalo que, dada la notoriedad de Costa, fue noticia durante un tiempo. Aquí en *Il Messaggero* hicieron una especie de serie por capítulos. Cada día un episodio nuevo, hasta el juicio.

—¿Y cómo acabó? —Se imaginaba que Costa no había sido condenado. Si no, lo habrían apartado de la policía.

—El defensor de Costa lo hizo bien —le confirmó Edoardo—. No había pruebas de que la relación entre ambos no hubiese sido consentida, a la vista de lo que había ocurrido antes. Solo estaba la palabra de Marina contra la de él. Además, muchos compañeros testificaron que fue Costa el que había querido romper la relación con ella, no al revés. Y esa argumentación no se compadecía con la presunta violación sexual. Al final fue absuelto, si bien, por supuesto, no podía seguir en el SCO. Su abogado hizo que testificaran a su favor los peces gordos del Servicio para salvaguardar el honor del cuerpo, pero no se lo perdonaron. En fin, su brillante carrera parecía realmente acabada, al menos de momento. A cambio, parece que consiguió recuperar la relación con su mujer Marisa y su hijo pequeño, Lorenzo. En cualquier caso, esa es la versión que se dio a la prensa.

Valentina absorbía esas informaciones con creciente aprensión, como si hubiese sido testigo directa de aquellos hechos.

—A lo mejor era realmente inocente —dijo. Le habría gustado saber más. Conocer los detalles.

—Sin embargo, el asunto no terminó con el juicio..., lamentablemente.

Un presagio hizo que el corazón de Valentina se acelerara. Sí, tenía que haber algo más. La roca que entreveía en los ojos de Fabio era mucho más pesada.

—Tras la absolución de Costa, Diana Marini desapareció de la escena —continuó Edoardo—. Dejó la policía después del juicio. Voluntariamente. Estaba también el asunto del disparo, hicieron que pareciera un accidente, pero ya no había sitio para ella en el SCO. Diana se esfumó, por la vergüenza y por la frustración. Según algunos de mis compañeros, eso demuestra que se lo había inventado todo. Costa parecía acabado en términos profesionales, pero alguien empezó a valorarlo de nuevo. Seguía pesando su reputación de investigador.

Valentina se imaginaba lo que había ocurrido. En la policía seguía habiendo una fuerte presión machista, pese a que los tiempos habían cambiado. Pero, sobre todo, la administración tendía a proteger a los que destacaban. Un gran policía como Costa podía salir indemne de esa tempestad. Eso hizo que lo odiara un poco. Y de nuevo el conflicto de sus emociones la sorprendió. ¿No era mejor dejar a Fabio entre los asuntos que no le concernían? Además, podía prescindir de él, ¿no?

Pero Edoardo no había terminado.

—Marini, en contra de todas las previsiones, reapareció dos semanas después —prosiguió. Hizo una pausa, luego continuó con el tono de quien quiere quitarse una muela cuanto antes—. Se presentó directamente en la casa de Costa y Marisa, su mujer. Por el telefonillo dijo que quería hablar con él. Probablemente para Costa fue una sorpresa, pero la dejó subir. La mujer declararía después que había decidido creer en la inocencia de su marido y que juntos podrían afrontar el asunto. Verse con Diana podía a lo mejor ser útil, aunque no agradable. Así que le abrieron. Diana Marini cogió el ascensor, pero no bajó en la planta de ellos. Subió hasta la última. Hasta la azotea del edificio en el que Costa y su mujer vivían desde hacía diez años. Un edificio de siete plantas. Fue a una esquina, la que daba al patio principal. Y se tiró.

—¿Se mató...? —susurró Valentina al teléfono.

—Sí. —También Edoardo había bajado el tono de voz—. Murió en el acto.

Prácticamente delante de Fabio. A causa de Fabio.

—No dejó ni una nota —continuó Edoardo, recuperando la frialdad del periodista—. Lo que sonaba aún más acusatorio. En una palabra, se acabaron las esperanzas de redención profesional para Costa. El suicidio de su examante ya dejaba demasiadas sombras. Y, a pesar de la absolución, muchos volvieron a pensar que podía ser culpable de la violación. Uno de mis compañeros de entonces subrayó incluso que, en el juicio, el abogado defensor fue especialmente duro, casi cruel, con Diana. —Calló.

—¿Qué más has descubierto? —preguntó Valentina, más para llenar esa pausa y el repentino apuro que notaba resurgir entre ellos.

Edoardo permaneció en silencio unos segundos más. Luego, como si estuviese consultando unas notas, continuó:

—Bueno, fue readmitido en la policía. Porque además, después de la sentencia absolutoria, la fiscalía ni siquiera propuso la impugnación. Formalmente no hubiera podido ser de otra manera. Pero tenían que esconderlo. Ya no era... presentable. Lo enterraron en Volterra, supongo que con la idea de mantenerlo ahí hasta que se jubile. Me parece que ha roto del todo con su mujer y con su hijo. El chico, que ahora tendrá unos veinte años, no ha querido volver a verlo. Eso es todo. —Pausa—. Si quieres, luego te mando los artículos que he encontrado para que te formes una idea por tu cuenta.

No lo necesitaba. Ya era suficiente. Incluso demasiado. Valentina se sintió agotada. Se imaginaba el final de Diana Marini. Se imaginaba el horror por el que aquella mujer debía de haber pasado. El final de todo. Se imaginaba también lo que aquello habría significado para Fabio. Sentía empatía por ambos. Pero Diana estaba muerta. Diana, que había recorrido los mismos pasillos que ahora recorría ella. Que había estado en los mismos despachos. En el mismo entorno que la rodeaba a ella.

—Oye... —decía mientras tanto Edoardo—, ¿piensas volver a Roma? Quiero decir, sé que estás ocupada..., pero a lo mejor podríamos vernos y, ya que he sido tan amable contigo, tú podrías devolverme el favor... ¿Hay novedades sobre las investigaciones?

Valentina tardó un instante en comprender. Estaba pasmada.

—¿Me lo estás pidiendo en serio?

—¿Por qué no iba a hacerlo? Además, si no lo hiciera, de todos modos me acusarías de ser un miserable chantajista de noticias, ¿no? —Estaba estupefacta y decepcionada. Su exnovio le pedía una entrevista en exclusiva sobre el caso que llevaba. Era el motivo por el que se habían dejado. Era el motivo por el que había decidido no volver a tener una relación con nadie antes de... ¿de cuándo? ¿De los cincuenta? ¿De los sesenta años?

Buscó las palabras. Descubrió que no las había y cortó por lo sano, prometiéndole de todos modos que lo llamaría cuando fuese a Roma. Pero ninguno de los dos creía que eso fuese a ocurrir.

Salió del despacho. Costa iba hacia ella, con el gesto más seguro que le había visto nunca en la cara. Durante un instante absurdo creyó que se había enterado de que le había pedido a Edoardo que investigara sobre él y de que se proponía agredirla y acusarla de escarbar en su pasado. Pero no era eso.

Era peor.

—Acabamos de perder la última esperanza de encontrar a Andrea —dijo Costa.

29

Lo encontraron colgado en las duchas con un cinturón de albornoz atado a las rejas de la única ventana, pese a que en el momento del ingreso no llevaba consigo más que una toalla y un gel de ducha. Y, sobre todo, había entrado con lengua. En efecto, quien lo había matado se había encargado de cortársela y de metérsela en la boca. Un trabajo preciso pero no muy limpio. La sangre manchaba a Guido Marchesi hasta el pubis y el forense supuso que, dada la cantidad hemática, le habían cortado la lengua cuando aún se hallaba vivo.

Las pesquisas que se hicieron enseguida no dieron grandes resultados. El celador encargado de la vigilancia se había ausentado unos minutos, los suficientes para que alguien entrase en las dependencias, hiciese lo que había ido a hacer y se limpiase la sangre que seguramente le había salpicado. De hecho, cualquiera de los presos del Don Bosco habría podido matarlo y colgarlo de esas rejas. El alcaide había vuelto a insistir en que en su cárcel nunca tendría que haber entrado alguien como él. Era el código de la prisión la que dictaba la ley. Aunque el simbolismo de la lengua cortada no indicaba que se tratara de una represalia contra un pederasta. Más bien, de un aviso para que nadie hablara más de la cuenta.

Para Valentina y los suyos fue un duro golpe. Marchesi se llevaba a la tumba los secretos de sus contactos con la dark web. Quizá su colaboración no habría resultado útil, quizá solo era un fanfarrón que buscaba que le redujeran la condena.

—¡Sin duda, ahora ya no lo podremos saber! —estalló Fabio Costa con un tono airado que sorprendió a Valentina. Ya no mostraba esa cautela que lo caracterizaba cuando lo había conocido.

—Nosotros no hemos tenido la culpa —observó Lucchesi, que había llevado la noticia a Volterra.

Por primera vez, Costa la encaró sin la actitud humilde que mostraba siempre ante ella. Su expresión, más que sus palabras, la hizo casi retroceder.

—Sí que la hemos tenido —dijo con tono cortante—. Y lo sabes. La tenemos porque no nos lo tomamos en serio. La tenemos porque aceptamos servilmente las decisiones del imbécil de Giorgianni. Porque dejamos la valoración en manos de magistrados que todavía no se han enterado de lo que está pasando. ¡No nos hemos impuesto como tendríamos que haberlo hecho! Marchesi tendría que haber sido exprimido enseguida, sin esperar los plazos de los interrogatorios con abogado. Tendríamos que haberle ofrecido algo, por mucho que nos repugnara la idea. Tendríamos que habernos prestado a su juego y haberlo hecho en el acto. Sacarlo de la cárcel y protegerlo. Hacer que se sintiera importante. Si cabía que supiera algo para salvar a Andrea Venturi, tendríamos que haberle hecho caso. ¡Y no quedarnos esperando las decisiones de quien está cómodamente sentado a su escritorio pontificando sobre nuestra manera de investigar y no tiene ni idea de cómo se hace una investigación como esta!

Debió de darse cuenta de que se había pasado de la raya. Apretó los labios como para no hablar más y se marchó con la misma ira con la que había atacado a su compañera. Por primera vez, Siria Lucchesi no supo qué replicar. Su palidez lo decía todo. Se alejó, despidiéndose de Valentina con una última mirada de advertencia.

La situación se hallaba ahora en un punto muerto. La búsqueda de la furgoneta no había dado ningún resultado. No se habían encontrado elementos nuevos. Pasaban los días. Y Andrea ya era un fantasma que denunciaba sus fracasos.

Empezar de nuevo. Era lo único que podían hacer. Pero ¿por dónde?

Valentina levantó la vista de los papeles que estaba revisando por centésima vez, con ganas de gritar que ya no podía más. Costa estaba de nuevo en la puerta del despacho y la miraba. Tenía otra vez esa expresión que ella había aprendido a conocer y que le gustaba, frente a lo que pensaba de él. Las revelaciones de Edoardo solo habían servido para confundirla. Aparte del desahogo que había tenido hacía un momento, Costa solía mostrar una mezcla de resignación y fortaleza. Como si nada de lo que ocurría tuviese que ver con él y al mismo tiempo estuviese siempre listo para ofrecer su ayuda. Seguramente había sido un buen policía. Pero lo que le había ocurrido, fuese o no culpable de ello, lo había marginado, y ahora le costaba luchar de nuevo. Lo que le producía perplejidad era que Costa tenía algo que la atraía. Estaba confundida.

—¿Qué quieres? —le preguntó con más dureza de la que le habría gustado.

—Perdóname si te molesto —dijo él—. Quería pedirte disculpas por mi comportamiento de antes. Y además tenía un par de ideas que quería comentarte..., pero podemos hablar después, da igual.

Bien, en realidad eso era lo que ella quería. Decidió que, de momento, dejaría de lado lo que pensaba sobre su pasado.

—No, si quieres hablamos ahora —le dijo—. Pasa.

Costa se sentó delante de ella. Entre ambos, esparcidos sobre la mesa, los informes de la policía, las fotografías y la autopsia de Gianni Venturi, las imágenes de los niños desaparecidos.

La miró a los ojos mientras hablaba.

—Ante todo, tengo que saber si deseas mi ayuda. Si la deseas de verdad. Sé lo que piensan en el SCO de mí. Comentan que estoy participando en las investigaciones... Lucchesi ya está en pie de guerra...

No, tendría que haber respondido. No quiero que me sigas ayudando. No después de lo que he descubierto sobre ti. Y perdóname por haberte implicado. Pero creo que no voy a contar con tu colaboración. En Roma dirían lo mismo. Que ya no eres más que un policía de provincia. Que ya no me vales ni a mí ni a nadie. Que eres peligroso. Si bien se daba cuenta de que esta última observación no tenía nada que ver con el trabajo. En cambio, dijo:

—Sí. Cualquier ayuda se agradece.

Fabio no dejó de mirarla.

—Nunca te darán el permiso oficial. Es más, desconfiarán de ti. Si no desconfían ya.

Valentina se puso roja y esperó que él no se hubiese dado cuenta en la penumbra de la habitación.

—En efecto.

—Descuida. Lo sabía. A pesar de eso, haré lo que pueda... Pero no quiero que cuentes demasiado conmigo. Nunca me he sentido un experto..., como tú dices. Y estoy un poco oxidado.

—Me conformaré con lo que puedas ofrecerme.

Costa sonrió sin abandonar su gesto de tristeza.

—¿Por dónde podemos empezar? —preguntó ella. Y se dispuso a escuchar.

Él asintió.

—He reflexionado. Estoy convencido de que has estado en lo cierto desde el principio. Y Guido Marchesi nos lo ha confirmado de algún modo. Nuestro hombre no es un simple pederasta de provincia que secuestra a los niños con los que se topa, casualmente, en algún sitio. Es algo más terrible. Está lúcido pero también loco. Y tiene un proyecto claro en la cabeza. No busca víctimas por un deseo sexual. O, al menos, no solo por eso. No lo hace al azar. Los elige cuidadosamente. Fosco, Andrea, quizá Salvatore Esposto, el chiquillo de Nápoles...

—De él no tenemos certeza —objetó Valentina.

—Yo creo que sí. Y también creo que tu idea de que todo se centra en el gran parecido entre Fosco y Andrea es la clave. No es una coincidencia, Valentina. Hay que insistir en este punto. Profundizar en eso.

Valentina reflexionó.

—Esa era la idea... Pero, pensándolo mejor, empieza a parecerme un poco traída por los pelos. Y Salvatore no se parece a los otros dos... De modo que...

—El secuestro de Fosco no terminó como debía, ¿verdad? —observó Costa.

—¿Y?

—Nada. Razonaba. Fosco consiguió huir y en manos de nuestro desconocido solo queda un niño. El que describió Fosco.

Probablemente ya muerto. Quizá muerto por una inyección como la que también le pusieron a él. Quizá es Salvatore Esposto, quizá no. Pero lo que quiere el secuestrador es tener dos niños, y uno se le escapó. Así que...

—Debe solucionarlo —siguió Valentina por él.

—Y lo hace yendo a buscar a Andrea Venturi.

—Que además parece el gemelo de Fosco Agnelli... Y volvemos al fuerte parecido entre los dos.

—Lo cual nos conduce a otra reflexión. ¿Cómo hizo para dar tan rápido con dos chiquillos tan parecidos? Es como si los dos ya figurasen en una especie de lista. Elige a Fosco, le va mal, opta enseguida por Andrea. Se ve obligado a matar al padre porque, a diferencia del niño de Sorano que regresa solo del colegio, Andrea Venturi está en casa por una huelga y no se lo puede llevar sin derribar ese obstáculo. Y, a todas luces, no puede esperar. En cualquier caso, cuando pierde a Fosco sabe ya adónde ir...

—Sabemos que indagó —dijo ella—. No hay otra explicación. Buscó en las redes a los dos niños... No sé cómo pudo comparar sus fisonomías, pero es lo que tuvo que hacer.

—Sí, en efecto. He hablado de ello con Loris Manna. Para hacer este tipo de búsquedas se necesitan programas sofisticados. Loris está en ello. En el fondo, la detención de Marchesi ha resultado útil. Colgó en las páginas de pornografía infantil las fotos de Andrea que su padre había puesto en Facebook. Nuestro hombre empezaría así. Con Fosco Agnelli fue igual, aunque sus fotos no estaban en los circuitos de la dark web. Pero al final el secuestrador tiene que haber estado cerca de conseguir sus objetivos. No solo a través de sus fotos.

Costa señaló las imágenes de los dos niños que había delante de Valentina. Los rostros casi idénticos. Dos extraños tan parecidos.

—Esos niños y su aspecto juegan un papel en el plan de nuestro hombre —dijo—. Hay algo que los une. Algo que necesita. No sé por qué, pero es así. ¿Qué lo lleva a elegir a estos individuos y no a otros? Si logramos descubrirlo averiguaremos quién es... Espero que antes de que vuelva a hacerlo. Porque no va a parar, Valentina. Estoy seguro. El muy maldito no va a parar.

Ella le observaba la boca mientras hablaba. Tenía dientes

blancos, quizá demasiados pequeños para un hombre, pero de forma perfecta, que contrastaban con la barba negra de varios días.

—¿Podemos hacer más de lo que estamos haciendo? —murmuró Valentina, sin apartar los ojos de sus labios.

—Empezar de nuevo —respondió Fabio—. Empezar desde el principio.

Era justo lo que ella pensaba. Era lo único que se podía hacer.

Costa se incorporó, quizá con cierta brusquedad.

—Empezamos enseguida, si quieres.

—¿Y por dónde?

—Por el único principio que conocemos. Por el primer niño.

30

La niebla no los dejó hasta las puertas de Sorano, el pueblo de la Maremma donde vivía Fosco y del que había desaparecido. Esa mañana, toda la región se escondía bajo un manto gris y gélido. Una capa que parecía la perfecta metáfora de su caza al hombre.

Estaban solamente ellos, Fabio y Valentina, además del fiel Angelo Zucca, que los acompañaba. No habían avisado a nadie. Empezar de nuevo venía a ser como borrar todo el trabajo que habían hecho hasta ese momento. Si fracasaban sería una derrota que no compartirían. No privarían de más energías a las pesquisas que se estaban llevando a cabo.

Habían planificado un programa sencillo. Primero, una visita al pueblo de Sorano. Luego a la comisaría para revisar de nuevo, con la inspectora Blasi, todo el material recopilado, con la esperanza de identificar el hilo que se les había escapado, la sombra que no se había tenido en cuenta.

Valentina no estaba convencida de que la primera etapa fuese útil. Pero Costa había insistido. El policía quería recorrer la zona, introducirse en el lugar que probablemente había conocido su hombre cuando había seguido y vigilado al pequeño Fosco antes de decidir secuestrarlo. Pues, como con Andrea, también con Fosco había sido precisa cierta preparación. Y tal vez en esa fase había cometido algún error. Había dejado alguna señal de su presencia.

Valentina había comprendido que Costa seguía sus propios esquemas mentales, conforme a un razonamiento que ella u otros quizá jamás podrían entender. Y a lo mejor era por esa cualidad especial que en algún momento había sido considerado un gran investigador.

Al menos antes de que violase y dejase morir a una chica que lo amaba, murmuró la voz de otras veces, a la que, sin embargo, ahora se resistió. No, Fabio había sido absuelto. No había cometido ningún crimen. Esa era la verdad. Pese a que la consecuencia de aquello había sido, de todos modos, que lo apartaran del ejercicio de la investigación pura.

Llegaron a la entrada del pueblo, frente a la puerta principal de aquella que antaño había sido una fortaleza inexpugnable.

—¿Qué hago? —preguntó Zucca—. ¿Aparco? Me parece que aquí solo hay callejuelas, callejones y cuestas…

—No —dijo Costa—. Yo me quedo. Vosotros seguid.

Valentina se volvió hacia él.

—¿Quieres ir solo?

Él la miró con gesto tímido, como cada vez que, en realidad, imponía sus deseos. Valentina era consciente de ello y se prestaba a su juego.

—Lo prefiero, si no te parece mal —dijo él—. Vosotros, mientras tanto, podéis ir a la comisaría de Grosseto para ganar tiempo. Dividirnos nos permite ser más rápidos. Estaremos en contacto, ¿de acuerdo?

Ella no encontró nada que objetar y Costa se bajó del coche.

Mientras Zucca se alejaba del centro urbano por las empinadas cuestas, Valentina vio que Costa avanzaba por la calle, una sombra penetrando poco a poco en la niebla, y que en la niebla pronto desapareció.

31

A Roberta Blasi le alegró verlos. La joven inspectora había pedido que le asignaran el caso de Fosco Agnelli y era la única que conocía el tema y podía ayudarlos.

—Sin embargo, os confieso que no he hecho ningún progreso —dijo después de saludarlos—. No tenemos nada nuevo desde la última vez que nos vimos.

Valentina intuyó su frustración.

—No tienes por qué disculparte. Tampoco nosotros hemos hecho grandes progresos. Pero ¿cómo está Fosco?

—Diría que bien. Ha recuperado su vida normal, aunque su madre no se despega de él. Puede que sea un poco obsesiva, aunque la comprendo.

—¿Alguna secuela?

—Bueno, un psicólogo lo ve con regularidad. Y el carácter difícil y huraño que me dicen que tenía antes ha cambiado. Por raro que parezca, se ha como ablandado. Parece menos taciturno y busca la compañía de otros niños.

—Eso es bueno, ¿no? —dijo Zucca, que parecía harto de aquello.

—Ojalá… —replicó Blasi. Valentina la comprendía. Fosco había sufrido un trauma considerable y cualquier cambio en su conducta iba a condicionar su vida futura. Solo el tiempo diría si para bien o para mal. Lo que le había pasado desaparecería poco a poco de su mente de niño y pronto lo archivaría en el armario de las pesadillas y, quizá, lo olvidaría. Sin embargo, nada garantizaba que fuera a ser así.

—¿Le has enseñado las fotos de Salvatore Esposto? ¿El niño desaparecido en Nápoles...? —preguntó Valentina.

—Sí —respondió la inspectora—, como me pedisteis. He transmitido el informe a tu oficina de Roma. Fosco no lo reconoció. Repitió que del niño solo recordaba la piel gélida y que estaba desnudo, igual que él. Y luego añadió que a lo mejor todo había sido un sueño..., pero creo que en eso jugó un papel el psicólogo. Y puede que sea preferible así.

O quizá había sido realmente un sueño. Y gran parte de su hipótesis de investigación se disolvía como la niebla que rodeaba Sorano.

—No esperaba tanto —admitió Valentina. Pero, en cualquier caso, estaba decepcionada. Si su mejor movimiento había sido ese, empezaba a desesperarse.

—Esto es todo lo que tenemos —dijo Blasi, mostrando una carpeta atada con cuerdas que contenía unas cien hojas. Zucca, después de un gesto de conformidad de Valentina, la abrió y empezó a repasar las hojas. Entre los primeros informes figuraba la inspección fotográfica de la Científica del caserío donde Fosco se había despertado.

—Lo siento —comentó la inspectora—. Habría querido daros mejores informaciones.

Valentina meneó la cabeza.

—Lo has hecho muy bien, Roberta. Lo digo en serio. No todos los policías que conozco se habrían tomado tan en serio un caso como este. Si no nos hubieses encaminado bien desde el principio, nunca habríamos relacionado la desaparición de Fosco con el caso de Volterra.

Blasi se sonrojó, pero mantuvo una expresión severa.

—No presumo de ello. —Señaló a Zucca, que tenía la cabeza entre los papeles—. Pero ¿cómo se puede pensar que lo que le ha ocurrido a Fosco está relacionado con los hechos del otro niño y con el homicidio de su padre? Me parece increíble solo la hipótesis.

—No lo sé, Roberta. Francamente ya no lo sé.

Y, una vez más, era cierto. Valentina se sintió de repente débil y desanimada, y se odiaba por ese rasgo de su carácter. No le faltaba decisión, pero seguía sintiéndose incompetente. Creía que, si avanzaban algo, cualquier error que los hacía retroceder solo podía deberse a ella. La aterrorizaba no estar a la altura. Y, sobre todo, que alguien se diese cuenta de ello.

Por eso Fabio le resultaba útil. Es más, le resultaba necesario. Miró el rostro compungido de su compañera. De acuerdo, así son las cosas. Otro fracaso más. Estoy acostumbrada.

Zucca levantó la mano, como para pedir permiso para hablar, pero sin apartar la vista de los papeles que estaba leyendo.

—¿Qué pasa, Angelo?

—Aquí falta algo…

Blasi se le acercó y miró por encima de su hombro.

—Ese es el informe de la inspección de la policía científica… —dijo—. Me parece que está todo.

—Sí, están las fotos del caserío donde Fosco dijo que se había despertado… Están las huellas de neumáticos obtenidas y un montón de bonitas panorámicas… Pero ¿dónde está el acta del secuestro?

Valentina le prestó atención.

—¿Qué acta?

Roberta comprobaba lo que Zucca le señalaba.

—Es cierto —dijo la chica—. Falta el acta de lo que se informó… Pero yo sabía que no se había encontrado nada.

—Pero el acta se menciona —comentó Zucca—. Aquí, en la transmisión de las actas a la fiscalía. Se lee: «Anexo 11, acta de secuestro de los objetos hallados dentro del caserío, etcétera, etcétera». Si hay un acta, algo habrán encontrado, ¿no?

Blasi asintió.

—Puede que una copia se la haya quedado la Científica. ¿La busco?

—Sí —dijo Valentina—. Despejemos todas las dudas.

Pero la lista de objetos hallados en el pajar donde la Volkswagen California había permanecido oculta y de donde Fosco había huido resultó tan pobre que acabó con las últimas esperanzas. En realidad, la policía científica, aparte de tomar un montón de fotos, apenas pudo recabar nada. Un par de herramientas oxidadas, colillas de cigarrillos que podían ser de cualquiera que hubiese pasado por ahí a lo largo de los años, correas de cuero que probablemente habían sido utilizadas antes con los animales, y algunos trozos de papel. Así estaban descritos: «Retazos y fragmentos con imágenes y colores».

—Lo tenemos aquí —dijo Blasi—. Todo el material. Está en el armario de objetos de ahí, aparte de las colillas con las que se ha quedado la Científica.

No iba a valer para nada, pero en la cabeza de Valentina sonaba la voz de Fabio diciéndole que no dejara piedra sin remover. La regla de un buen policía es despejar todas las dudas, alumbrar hasta el rincón más oscuro e insignificante.

Y pusieron sobre la mesa una decena de sobres de plástico transparente con el logotipo y el sello de la policía científica. Valentina, Zucca y Blasi inclinaron la cabeza sobre ese mísero espectáculo.

Las herramientas estaban tan corroídas por el óxido y la suciedad que resultaba inimaginable que las hubiese utilizado el hombre que se había llevado a Fosco Agnelli. Así como los arreos de cuero, tan endurecidos que ya no podían valerle a nadie. En cambio, los trozos de papel eran una docena de recortes de periódicos descoloridos por el tiempo y de forma irregular, probablemente dejados en esa cabaña hacía años.

Y había un fragmento distinto de los demás.

Valentina lo cogió y, sin retirarlo del plástico, lo examinó de cerca.

—Ya lo he mirado con atención —dijo Blasi—. No creo que nos ayude.

Sin embargo, ese recorte le recordó algo.

Era la esquina de una página, de unos cinco centímetros en los dos lados que no estaban arrancados. Parecía papel cuché. Reproducía quizá la cabeza de una mujer, pelo abundante rojizo y parte de una frente amplia. Piel clara. Ojos mirando hacia abajo. Colores oscuros, pastosos. Nada más.

—¿Huellas? —preguntó Valentina.

—Nada —contestó la otra—. Pero es difícil sacarlas del papel.

Valentina siguió mirando el fragmento.

—¿Crees que es importante?

—Es diferente de los otros —dijo Valentina—. Aquellos llevaban ahí tiempo. Este parece reciente.

—A lo mejor no estaba en el caserío —observó Zucca, que

cuando no se hacía el gracioso demostraba que tenía cabeza—. A lo mejor estaba en la maldita furgoneta...

—Y se cayó... —añadió Blasi.

—¡Claro! —exclamó Valentina—. ¿Os acordáis del papel que Fosco apretaba en la mano? ¿No era parecido?

También Blasi reaccionó.

—Es cierto. Pensábamos que lo había recogido en cualquier sitio y que lo sujetaba como si fuese un amuleto.

—Y hay algo más... —Valentina buscó entre los documentos de la carpeta. Encontró el informe que resumía las declaraciones que había hecho el niño ese día en el hospital. Llegó a lo que buscaba y leyó en voz alta: «Había caras que me miraban, caras por todas partes, también por el techo... Me daban miedo...». ¿Os dais cuenta?

—Sí, pensamos que era un revestimiento para que desde fuera no se viese el interior... —dijo Blasi—. Trozos de papel de periódico para tapar los cristales...

—Pero esa clase de furgonetas no tienen ventanillas... —terminó Zucca por ella.

—Y quizá —añadió Valentina— no eran simples trozos de papel de periódico. Fosco no ha hablado de páginas escritas, solo de caras. Rostros silenciosos que lo miraban...

Valentina reflexionaba. Cuando Fosco se levantó del catre, probablemente se agarró a la pared, arrancó y se llevó, incluso sin darse cuenta, un trozo de esas imágenes. El papel que llevaba en la mano podía proceder realmente del interior de la Volkswagen California. Y a lo mejor ese pedacito de revista hallado en el pajar se pegó a su pie desnudo mientras huía. Era una posibilidad remota. Pero a falta de otra cosa...

—¿Podemos hacer una ampliación? —preguntó.

Blasi cogió el sobre con el fragmento y salió de la habitación.

Zucca miró a Valentina.

—¿Realmente es tan importante?

Valentina se sorprendió preguntándose qué diría Costa. Se lo preguntó de repente, y eso la irritó. Aunque también la reconfortó estar segura de que iba a acoger bien ese nuevo indicio. Porque nunca hay que desechar nada.

32

Estaba un poco menos nublado pero no había clareado del todo. Cruzar el pueblo fue como moverse dentro de un acuario, con las casas, las callejas, las esquinas de los edificios y las plazas sumidas en un sombrío estado líquido. Y parecía que no había nadie. Tal vez por la mañana la mayoría de los habitantes de Sorano bajaba hacia Grosseto para ir al trabajo, los niños se encontraban en el colegio, y los pocos ciudadanos que seguían ahí seguramente estarían encerrados en casa por el frío.

Costa recorría el pueblo desierto, avanzaba pegado a los muros de piedra escuchando un murmullo que parecía brotar de los cimientos. Se imaginaba al secuestrador de niños recorriendo las mismas calles y oyendo los mismos susurros. Podía casi verlo si miraba alrededor, olía el aire poco denso, pendiente de todo, tratando de pasar inadvertido. Seguía los rastros que lo llevarían hacia su presa. Justo como estaba haciendo él.

La tienda que buscaba se hallaba al final de una calle estrecha y empinada, por lo que los peatones casi tocaban los balcones a su paso. En la entrada había un cartel en el que se leía FOTÓGRAFO BANTI. En dos escaparates, a los que no les habría venido mal una limpieza, había expuestas fotografías de distinto tamaño en marcos de peltre, de acero y de madera. Dos gigantografías destacaban en medio de las otras fotos, una en cada uno de los escaparates, con el objeto de llamar la atención de los clientes. Una de ellas era una hermosa imagen antigua y rocosa de Sorano de noche, tomada desde un ángulo sugestivo, con las luces de las casas cálidas y coloridas como las de un belén. Al pie, la firma airosa del fotógrafo.

El otro póster era en blanco y negro y retrataba una procesión, quizá la más importante del pueblo, que en lugares como ese tiene lugar cada año y convoca a toda la población, creyentes y no creyentes. Costa reconoció que la toma era interesante, quizá ligeramente subexpuesta. La serie de rostros que el encuadre mostraba de lado tenían las mismas expresiones, a medias entre la emoción y el aburrimiento.

No le sorprendió descubrir que era la misma foto que lo había conducido hasta ahí. Una de las muchas que Banti había publicado en su perfil de Facebook. Aquella en la que el rostro de Fosco Agnelli destacaba por la posición, la nitidez y por su expresión: en primera fila, mirando hacia el fotógrafo y, virtualmente, hacia todos los que pudieran contemplarlo en ese escaparate o en la página web. Entre los cuales estaba el que se lo llevaría.

Costa se detuvo ante la puerta. Al otro lado de los cristales todavía húmedos de rocío se entreveía a un hombre detrás de un mostrador.

Ahora, se dijo Costa, abro, entro y me dirijo al fotógrafo, como debió de hacer él. ¿Hace cuánto tiempo? ¿Aquí es donde le dijeron el nombre del niño que aparece en la foto? ¿Y por qué? ¿Qué excusa adujo?

Solo había una manera de averiguarlo.

Costa entró. Una campanilla sobre la puerta sonó de manera discreta, anunciando su presencia.

El hombre del mostrador levantó la vista y por un momento Costa creyó vislumbrar un gesto de miedo. Pero enseguida el viejo fotógrafo se relajó.

Costa decidió no perder tiempo. Se presentó, enseñando su placa de policía.

—¿Se imagina por qué he venido a verlo? —le preguntó.

El hombre adoptó una actitud entre perpleja y desafiante.

—No. ¿Debería?

—Esperaba que sí.

—Si no sabe usted por qué ha venido…

—Tiene razón. Pero yo sé bien el motivo por el que estoy aquí. Solo esperaba que usted fuese una persona razonable.

Banti cruzó los brazos y esta vez miró a Costa directamente a la cara.

—¿Puedo saber qué quiere de mí?

—¿Conoce a Fosco?

—¿Qué Fosco? Hay muchos Foscos por aquí… —Pero se había puesto pálido.

—Es un niño. Hay una foto de él en el escaparate. —Costa la señaló, sin apartar los ojos de los acuosos del viejo—. ¿No ha hecho usted esa foto? Es muy buena.

—Ah, sí, claro. Gracias. Estoy muy satisfecho de mi trabajo. ¿La quería comprar?

—¿Eso le dijo? ¿Que la quería comprar?

Los párpados del viejo empezaron a agitarse. Estaban surcados de arrugas como todo su rostro, que en ese momento pareció tensarse.

—¿De qué está hablando?

—Del hombre que hace un tiempo vino a su tienda y le preguntó por Fosco Agnelli. El niño que dicen que ha sido secuestrado… y que en esa foto sonríe de manera encantadora. ¿Ahora lo recuerda?

Frunció los labios. Daba la impresión de que quería decir que no era tan fácil asustarlo.

—No sé nada —repuso—. Conozco a Fosco Agnelli… y sé que se ha dicho que lo han secuestrado. Lo sabe todo el mundo en el pueblo. Pero si lo creen de verdad es asunto suyo. Ese niño debe de habérselo inventado todo. Es lo que muchos piensan. A mí, de todos modos, nadie me ha dicho nada y yo no sé nada.

—Entonces ¿nadie le ha preguntado por él?

—Nadie. Puede estar seguro de eso.

—Porque se lo habría contado a la policía, ¿verdad? Es una información importante que nadie debería ocultar…

—¡Por supuesto! ¿Qué cree? —Pero los labios secos ahora temblaban. Tal vez de rabia. Tal vez de miedo.

—Porque, si Fosco dice la verdad, hay por ahí un hombre que busca niños, un hombre peligroso que podría seguir haciendo daño…, y usted, señor Banti, sería un testigo reticente… ¿Sabe lo que quiero decir?

Durante un instante, el otro vaciló. Sin embargo, era un hombre particular. Solo, desconfiado, labrado en la aspereza y en el desprecio por los demás.

—Yo sé lo que digo —lo encaró.

Costa lo miró a los ojos.

—¿Sabe qué tengo que hacer ahora? ¿A qué me obliga mi papel de policía?

—¿A qué? —preguntó el otro, desconfiado.

—He de decidir si creerle o no. —Lo observó. En silencio. Y Banti empezó a agitarse, nervioso—. No es fácil —dijo Costa—, pero es mi trabajo. Es lo que tengo que hacer el noventa por ciento de las veces que alguien me dice que no sabe nada. En este caso, decidir si salir por esa puerta, conforme con sus respuestas, o insistir. A lo mejor acorralarlo. Hay métodos, ¿sabe?

Banti no replicó.

Costa asintió.

—Haré lo siguiente. Le creeré y saldré por esa puerta.

Banti pareció relajarse.

—Después —continuó Costa— seguiré haciendo aquello por lo que me pagan y que se me da bastante bien. Buscaré al hombre que secuestró a ese niño. Que no entró en su tienda a pedir información sobre Fosco Agnelli. El hombre que muchos no creen que haya existido. En cambio, si existe, y yo creo que existe, lo encontraré. Lo arrestaré y luego lo interrogaré. Profundamente. Y conseguiré que lo cuente todo. No es más que un hombre triste, en el fondo. No es el diablo, solo es un criminal. Y cuando ese infeliz comprenda que no tiene ninguna posibilidad de librarse de la cárcel, hablará y lo confesará todo. Porque eso es lo que hacen, al final. Lo cuentan todo. Y en ese momento le preguntaré por usted, señor Banti. Si es verdad que nunca estuvo en su tienda buscando información sobre Fosco. Él me responderá, estoy seguro. Me contará la verdad. Y luego volveré aquí, a verlo a usted.

—¿Para arrestarme? —dijo Banti con voz débil.

—Si puedo, sí. Pero lo que haré sin duda será hablar. Le haré saber a todo el pueblo que usted habría podido ayudarme a detener a ese monstruo y que no lo hizo. Que nadie habría intentado secuestrar a Fosco Agnelli, aquí, en Sorano, si usted no hubiese revelado su nombre y su dirección al primer extraño que pasaba por aquí... Haré que su vida sea un infierno. —Hizo una pausa—. Pero usted me ha contado la verdad. Así que no tiene por qué preocuparse, ¿no? —Se volvió para marcharse.

—¡Espere! —dijo el viejo.

Costa se giró de nuevo hacia él.

—Tenía el pelo blanco, largo —murmuró el fotógrafo, bajando la mirada—. Sonreía. Estuvo sonriendo todo el tiempo...

El viejo empezó a hablar. Y ya era solamente eso, un viejo asustado que admitía su culpa.

Dijo que el hombre debía de medir un metro ochenta, que tenía hombros de luchador y un físico esbelto. No tenía ningún acento dialectal, por lo que había podido percibir, aunque había hablado poco. No recordaba cómo iba vestido, llevaba algo oscuro, pero no estaba seguro.

—¿Y apareció de la nada? —preguntó Costa manteniendo un tono frío.

—¡No vi cómo llegó, lo juro! —imploró Banti—. Entró en la tienda y punto. No sé si tenía un vehículo u otra cosa.

—La época, Banti —insistió Costa—. Cuándo fue.

—Oh, Dios..., no lo recuerdo. Sería octubre. Sí, octubre, con el primer frío.

El hombre compró unas fotos de la procesión. Banti no le preguntó por qué, convencido de que era un amante de las ceremonias lugareñas. Después el desconocido señaló la imagen de Fosco, apuntando con un dedo la cara de ángel del niño.

Costa prestó atención.

—¿Qué dijo exactamente?

—Solo que había inmortalizado muy bien esa expresión tan intensa... Dijo exactamente eso: «inmortalizado». Y luego me preguntó el nombre del niño.

—Y usted se lo dijo. —No era una pregunta.

Vaciló antes de pronunciar un débil:

—Sí. —Luego añadió—: No vi nada malo en ello. ¡Y le dije solo el nombre, lo juro! No el apellido ni la dirección de su casa. Solo le dije que se llamaba Fosco...

Volvió a bajar los ojos.

Estaba mintiendo, y Costa lo sabía. Pero en ese momento ya

era inútil ensañarse. Jamás admitiría que había recibido dinero del hombre.

Costa ya iba a marcharse cuando Banti lo detuvo en la puerta.

—Nunca dejó de sonreír —dijo—. No sé qué le pasaba, pero estaba nervioso. Le costaba hablar y de vez en cuando parpadeaba. Eso es todo, lo juro…

Mientras Costa por fin cerraba la puerta tras de sí, le llegó la última frase:

—Soy buena gente.

Pero puede que se lo hubiera imaginado.

33

El regreso a Volterra estuvo envuelto en el silencio hasta que Zucca puso la radio y la música, baja, empezó a acariciar sus pensamientos. Sintonizó una emisora de jazz, del que era fanático, sin preguntarles si estaban de acuerdo. Sin embargo, ni Valentina ni Costa parecieron darse cuenta. Ambos miraban el camino y la noche que lo engullía. Ambos contemplaban el espacio oscuro que tenían delante, alumbrado solo unos pocos metros por los faros del coche.

Al final, ese viaje había servido de algo.

La descripción del hombre que había preguntado por Fosco se correspondía con los datos que ya tenían, lo cual era muy importante. Blasi se estaba encargando de hacer un identikit en base a la descripción de Banti, y se iba a precisar al fotógrafo de nuevo para un reconocimiento cuando se identificara al secuestrador.

Y además estaba el trozo de papel hallado en el pajar.

La ampliación había demostrado que era la reproducción de un cuadro. Tanto el fondo, de un color neutro, como el pelo de la joven del retrato mostraban los signos de las pinceladas. Debía de ser obra de un gran artista, por lo que parecía. Era cuanto se había podido averiguar.

—El papel del trozo no es el que se emplea en revistas —observó Valentina—. Parece más grueso y de buena calidad. Puede que sea de un catálogo de arte.

Costa, al que Valentina había entregado el fragmento en un

sobre de celofán de la Científica, seguía dándole vueltas entre los dedos.

—Nada demuestra que proceda del interior de la furgoneta —dijo en voz baja, quizá más para sí mismo que para ella—. Y, aunque fuese así, quizá no signifique nada. Pero destaquemos cada elemento nuevo. —La miró como si acabase de reparar en ella—. ¿Estás de acuerdo?

No le respondió. No hacía falta. Ahora tenían que dar con la manera de aprovechar ese minúsculo punto de apoyo.

—Entretanto, hemos de descubrir qué representa —continuó Costa—. Si es un cuadro famoso no debería ser imposible.

—¿Cómo hacemos?

—Tengo una idea. Conozco a alguien. Es un experto en arte, pero, sobre todo, es alguien dotado de una formidable elasticidad mental. Créeme, es el hombre que necesitamos.

—De acuerdo… ¿Te encargas tú?

Costa asintió.

—Iré a Roma lo antes posible.

—¿No puedes enviarlo por e-mail?

—No conoces al hombre al que quiero enseñarle esto —dijo con una sonrisa por primera vez divertida.

Luego se sumieron en un silencio lleno de pensamientos. Hasta que Zucca inundó el habitáculo con las notas punzantes de la trompeta de Miles Davis, que los acompañó hasta su destino.

34

—Yo la conocía.

Siria Lucchesi, de pie en la puerta, miraba a Valentina sin ninguna expresión. Solo un leve temblor en las manos.

Sabía a qué se refería, pero de todos modos se lo preguntó.

—¿De quién hablas?

—De Diana Marini. La amante de Fabio.

Entró en el despacho que Costa le había dejado a Valentina. En el escritorio, entre los papeles y los informes, destacaba el dibujo de un rostro. Pelo largo, ojos negros, mentón pronunciado y labios finos y torcidos en una mueca que a lo mejor tendría que haber sido una sonrisa. El identikit del hombre que estaban buscando, aunque muy aproximado. Cuando Blasi le envió el resultado de la descripción que Banti había hecho al dibujante de la Científica de Grosseto, se decepcionó. A pesar de la intervención de Costa, el viejo parecía confundido y todavía asustado. Era frecuente que un testigo no fuera capaz de describir un rostro o una indumentaria o que incluso diera una imagen alejada de la realidad. Malas pasadas de la memoria. Manna se había puesto enseguida a la tarea para sacar una proyección más realista y tridimensional que ahora estaba cotejando con la base de datos de exconvictos. No dejaban de hacer nada de lo que se consideraba necesario. Aunque tampoco esperaban mucho de aquello.

Lucchesi se sentó delante de ella, cogió el dibujo, lo miró y volvió a dejarlo en la mesa. Ya lo había recibido en Pisa, por supuesto, y enseguida había manifestado dudas sobre la validez de ese rastro. Pero Valentina ya había aprendido a comprender a su compañera. El desahogo de Costa de la víspera había estado dirigido más a ella que al fiscal. Lucchesi era de esas policías que difícilmente toman decisiones impopulares. Por ese motivo su vida profesional era menos arriesgada, pero a la vez se exponía a no distinguir la clave de una investigación.

Quizá la reprimenda de Costa la había afectado más de lo que se esperaba, debido a lo cual había ido a hablarle de Diana. O quizá solo era solidaridad femenina, algo en lo que Valentina nunca había creído. Sobre todo con las que eran como Lucchesi.

—La conocía bastante bien —continuó Lucchesi, tras volver a elevar la vista hacia ella—. Hace años trabajamos juntas en la comisaría de Nápoles. Acabábamos de terminar la carrera. Ella era una joven inspectora de policía y yo una joven agente, ambas con la cabeza y el corazón llenos de entusiasmo. Hicimos cosas estupendas. Diana era lista. Luego nos perdimos la pista, ella en el SCO y yo de un lado a otro, fortaleciéndome los huesos. —En su mirada, una luz nueva. Quizá la glacial Lucchesi realmente se había emocionado. Pero Valentina no se inmutó—. Era lista, Diana —insistió—. Y era fuerte. Me gustaba. Para inducirla a hacer lo que hizo tienen que haberla destrozado... Tiene que haberla destrozado.

—Me he documentado, Siria. Costa fue absuelto...

—¿En serio? —Una mueca sarcástica—. ¿Tú consideras justas todas las sentencias?

—Fue absuelto —repitió Valentina, como si eso debiese bastar.

Lucchesi meneó la cabeza.

—No es importante. No es de lo que fue acusado su verdadera culpa. Él dejó que ella muriese. Y, todavía antes, convirtió su vida en un infierno. Caramba, Valentina, tú sabes cómo es esto, sabes lo difícil que sigue siendo para una mujer joven, guapa y lista...

Ahora la emoción de Siria Lucchesi era más evidente. Pero, en lugar de compadecerla, Valentina se sentía aún más irritada. Esa mujer pretendía echarle un sermón, decirle cómo y qué debía pensar sin siquiera conocerla. ¿Creía que tenía que enseñarle a desconfiar de los compañeros? Bonito descubrimiento. Ella llevaba toda la vida sintiéndose pisoteada, inepta, asustada. Y sin embargo había llegado hasta ahí con sus propias fuerzas, al margen de lo que pensaran de ella. Y sin autocompadecerse. Sabía valorar a los demás. Sabía valorar a alguien como Fabio Costa, con todas sus culpas y defectos. Desde luego, los celos de alguien como Siria Lucchesi no iban a explicarle lo que era la vida en la policía.

—¿Por qué me lo cuentas? —le preguntó.

—A lo mejor porque me recuerdas un poco a ella.

Un golpe bajo. Que la hirió más de lo que se esperaba. Valentina había defendido instintivamente a Costa. Pero quizá era en Diana en la que tendría que haber pensado. Puede que fuera cierto lo que decía Lucchesi.

—Te lo digo para que tengas cuidado, nada más —continuó Siria Lucchesi—. Veo cómo lo persigues... Es comprensible. Pero te estás equivocando. Te llevará por un camino plagado de trampas.

—¿Tan bien lo conoces? Además de por lo que le ocurrió a Diana, quiero decir. ¿Lo conoces realmente a fondo? Lo digo en serio. Me gustaría saberlo.

La otra la miró largamente. Recuperó su habitual expresión fría y distante.

—No. Nunca he querido conocerlo. Desde que estoy aquí, solo he tenido con él relaciones esporádicas y estrictamente vinculadas con el trabajo. No lo conozco y no me interesa nada conocerlo. Yo conocía a Diana. Eso es todo.

Se levantó. Para ambas era evidente que nada iba a cambiar.

—¿Dónde está ahora? —preguntó Lucchesi.

—En Roma. Estamos siguiendo una pista...

—Sí, lo sé, lo sé —la interrumpió—. He leído el último informe. Me parece que estáis persiguiendo fantasmas. No lo digo por que no me fíe de Costa, lo creo de verdad.

—No me parece que haya otro camino. Después de Marchesi, quiero decir.

Valentina le había devuelto el golpe, pero no sabía si Lucchesi lo había acusado. No cambió su expresión.

—Te estrellarás contra un muro —insistió—. Yo te he avisado... —Se dirigió a la puerta y la abrió, pero luego se detuvo y se volvió hacia Valentina—. Ah, que lo sepas, también he avisado a

Falcone. Era mi deber explicarle la situación... La investigación cae bajo la jurisdicción de Pisa y no quiero que me metáis en vuestras absurdas hipótesis. Hay que salvar a un niño. Y vuestras búsquedas inútiles lo están condenando.

Salió, mientras Valentina contenía entre los labios la rabia. Que habría manifestado si en ese instante no hubiese entrado Zucca, casi cruzándose con Lucchesi.

Le tendió el móvil.

—Es Costa, desde Roma... Dice que ha tratado de llamarla, señora, pero debe de tener usted el móvil desconectado.

Valentina cogió con una mano el móvil de Zucca, mientras con la otra agarraba el suyo. La pantalla estaba efectivamente apagada. Culpa de las mil cosas que tenía que hacer. No lo había cargado.

Irritada consigo misma y con el mundo entero, le respondió a Costa de manera tal vez muy brusca.

—Dame buenas noticias o estallo —dijo.

Costa respondió tan solo:

—No vas a creerte lo que me dispongo a decirte.

35

Regresar a Roma no tuvo en él ningún efecto, a pesar de que se había preparado para lo peor. Desde que había empezado su exilio había ido a la ciudad un par de veces. La última, hacía dos años, para firmar los papeles del divorcio de Marisa. Con ese acto formal Costa había sancionado también el fin de la relación con la ciudad que tanto había querido. Y con su vida anterior.

Lo que lamentaba más era haber perdido a la única persona a la que seguía echando profundamente de menos: Lorenzo. Pero el niño estaba decidido a olvidarse de su padre con tal de defender la salud mental y física de su madre, excluyéndolo del todo y para siempre de su vida. Costa lo comprendía y lo aceptaba. Pese al mucho sufrimiento que le causaba, sabía que tenía que respetar la decisión de su hijo. Lo único que lo reconfortaba era la esperanza de que con el tiempo las cosas cambiasen al menos un poco. No esperaba el perdón, solo algo de compasión. Era lo máximo a lo que podía aspirar.

Así, Roma se había convertido en el emblema de todos sus fracasos. Y regresar ese día no tuvo ningún efecto sobre él, salvo el de darle la sensación de que estaba más cerca de su hijo, no obstante lo absurda que era esa idea en una ciudad de tres millones de habitantes.

El despacho de Giampaolo D'Avanzo se encontraba en la via Tacito, en el centro de la Roma que Costa siempre había admirado, una zona llena de teatros, librerías, galerías de arte y palacios renacentistas. Por supuesto, también ahí las cosas cambiaban rápido. El portal del elegante edificio donde el crítico vivía y trabajaba tenía al lado un restaurante paquistaní del que salía un fortísimo olor a pollo frito y aceite especiado.

D'Avanzo era un hombre de sesenta años bien llevados, siempre elegante y arreglado, desde el cabello entrecano hasta los zapatos Old English. Había colaborado con Costa unos años antes en una complicada investigación relacionada con una serie de homicidios de peces gordos entrelazados con el comercio clandestino de obras de arte. D'Avanzo, que al principio figuró entre los sospechosos, resultó ser un colaborador perfecto. Costa supo apreciar su gran cultura y su mente refinada. Su amigo, además, tenía una especie de vocación por el enigma. En otra vida habría sido un estupendo investigador. Si alguien podía ayudarlo, ese era él.

Lo precedió en el salón que era también despacho: un espacio repleto de obras de arte, de cuadros valiosos, de esculturas, de muebles antiguos. Objetos diferentes y de distintos estilos que, sin embargo, en ese caos de colores y formas, se armonizaban de manera perfecta. En la casa de D'Avanzo no resultaba chocante que al lado de una escultura de madera de Polinesia hubiera un busto románico. Lo único que faltaba y que siempre faltaría bajo ese techo era la tecnología. Ni un solo ordenador. Ninguna conexión a internet. Ninguna concesión a la modernidad, pese a la dificultad que ello comportaba para su trabajo. Por eso Costa no había podido enviarle la foto del trozo de papel. La única concesión del profesor a las ventajas del siglo XXI era un móvil de los antiguos que no permitía ni recibir imágenes.

La acogida de D'Avanzo fue calurosa. No hizo la menor mención a la fea historia que había alejado al policía de Roma y su abrazo fue genuino. La sonrisa contagiosa demostraba la simpatía que le tenía.

Cuando se hubieron sentado, después de que Costa tuviera que aceptar una copa de coñac Hennessy que D'Avanzo reservaba para los auténticos amigos («Créeme, pocos son los sinceros»), el policía fue directamente al grano. Le entregó al hombre una copia a color de la ampliación del trozo de papel hallado en Sorano, sin añadir nada más.

El crítico observó largamente la esquina de la página, ayudándose de una lupa que llevaba en el bolsillo de la chaqueta.

Elevó los ojos hacia el policía.

—Creo que sé lo que es —dijo sin triunfalismos, si bien el resplandor de sus ojos delataba su orgullo.

Costa aplaudió.

—En solo dos minutos. Enhorabuena.

—No es nada. Pero no me gustaría cantar victoria tan rápido... Déjame comprobarlo.

Se levantó y se acercó a una estantería. Extrajo un volumen sin necesidad de buscarlo y se lo llevó a Costa. Lo puso sobre una mesa de centro Luis Felipe y lo abrió.

—Caravaggio —anunció.

El volumen contenía reproducciones de las principales obras del pintor. La impresión, de buena calidad, resaltaba la intensidad de los colores y las impactantes imágenes. Los rostros toscos, la postura dinámica de las figuras, los claroscuros típicos de Michelangelo Merisi sorprendieron los ojos de Costa como un presagio. Sí, tenía razón. Solo Caravaggio podía reflejar la angustia que causaban los crímenes del hombre que estaban buscando.

D'Avanzo repasó las páginas y luego, diciendo: «¡Aquí!», se detuvo en la mitad del volumen.

Giró el libro para que el policía pudiera ver bien.

—*Los músicos*, 1597, aproximadamente —dijo—. Óleo sobre tela. Una de las obras con las que Caravaggio se presentó en el ambiente romano y que le dio suerte. ¿La habías visto?

Costa miraba la imagen, extasiado. Sí, creía que ya había visto alguna reproducción. Pero jamás habría podido reconocer el cuadro por ese trozo de papel. Y, desde luego, no recordaba los rostros retratados.

Estaba pasmado.

El cuadro mostraba cuatro figuras. Tres jóvenes músicos juntos, dos de ellos a punto de afinar sus instrumentos, y el otro leyendo una partitura. En segundo plano, a la izquierda, un cuarto joven, distinto de los otros. Un amorcillo alado, como le hizo notar D'Avanzo.

—Separado de los otros tres, quiere representar el encanto

erótico, su componente sensual y alegórico. Es suyo el cabello que ves en el fragmento que me has traído. Ocupa la esquina superior izquierda. No a una mujer, como habíais creído, sino el rostro pansexual de una figura mítica. Un Cupido. Arroja una luz diferente sobre tres músicos. Uno de ellos, además, el del centro, es Caravaggio, al que a veces le gustaba retratarse.

Pero Costa ya no lo escuchaba.

No era el autorretrato de Caravaggio lo que le había chocado. Ni el Cupido del fondo. Ni la atmósfera sensual que Giampaolo D'Avanzo le estaba ensalzando.

Lo que lo había desconcertado y dejado helado era el rostro del músico del centro de la obra, el que miraba hacia un horizonte invisible.

Era el rostro de Fosco Agnelli. Y el de Andrea Venturi.

El chico pintado en el cuadro era el tercer gemelo.

EL HOMBRE QUE SONRÍE

36

Todavía no se lo podía creer. Sin embargo, ella misma había sido la primera en suponer una relación basada en el gran parecido de los niños. ¿Por qué asombrarse? La explicación tenía cierta lógica, aunque absolutamente asombrosa.

Era de noche cuando Costa la puso al corriente del descubrimiento. Acababa de salir del despacho de D'Avanzo y la llamó no sin cierta vacilación. Aún no sabía cómo interpretar esa novedad. Pero estaba volviendo a Volterra lo más rápido que podía.

Inmediatamente después de la llamada, Valentina fue enseguida a buscar en las redes una reproducción del cuadro que había identificado D'Avanzo. Cuando la pintura apareció en la pantalla, se quedó como paralizada.

Parecía que los claroscuros del cuadro de Caravaggio iluminaran la tétrica locura que albergaba la mente del hombre que había buscado en Fosco y Andrea el equivalente al intérprete de laúd, el personaje central de esa obra. La luz que alumbraba aquella locura era intensa pero corrupta. Sanguinaria como lo eran las obras del artista al que quería emular. Valentina tardó una eternidad en dejar de mirar aquella imagen. Y todavía más en volver a pensar con claridad. Y eso era lo único que ahora había que hacer. Pensar. Razonar.

Loris Manna se acababa de acostar cuando lo sacaron de la cama para que diera una explicación científica a esa comparación. El técnico se quedó un rato mirando el cuadro. Sus ojos, que pasaban de la pintura a las fotos de los dos niños, brillaban.

Luego se puso a la tarea, sin hacer comentarios. Trabajó el resto de la noche.

Cuando Costa llegó a la comisaría, al amanecer, Manna seguía frente al ordenador.

Volcó en el sistema todos los datos que había podido encontrar sobre Caravaggio. Escaneó las obras del pintor barroco y después las comparó con las fotos de los dos niños. Examinó también las fotos de Salvatore Esposto, el niño desaparecido en Nápoles hacía unos días.

Por fin enseñó los resultados de su frenética cabalgada nocturna.

En el cuadro señalado por Giampaolo D'Avanzo figuraban cuatro niños, pero solo dos de ellos miraban al espectador. En primer plano estaba el gemelo de Fosco y Andrea. Detrás de él, como había explicado el profesor, el segundo personaje, que podía ser uno de los muchos autorretratos de Caravaggio de joven. Al pintor le gustaba retratar a personajes marginales a los que prestaba su propio rostro. El niño de Nápoles, sin embargo, no tenía esa cara. A lo mejor podía parecerse al músico del primer plano que está de espaldas y a punto de leer una partitura, del que se ve solo una parte del perfil izquierdo. Demasiado poco como para identificarlo con Salvatore. Aunque bien podría ser un doble del niño.

—Como pueden notar —dijo Manna a Valentina y Costa—, de los dos niños, el que más se parece al músico que pintó Caravaggio hace casi quinientos años es sin duda Fosco. Fíjense, es como si el pintor lo hubiese tenido delante de los ojos en el momento en que dibujaba los rasgos. —Era sorprendente pero cierto. El parecido con el personaje del cuadro era acusado. Las cejas pobladas, los ojos de corte oriental, los labios carnosos. Y el color de la piel, tan pálida e inimitable—. Andrea Venturi se aparta un poco del original —dijo Manna. Pero todos se preguntaron cuál era el verdadero original. ¿Ese empaste, aunque maravilloso, de colores y líneas, o un niño de carne, huesos y dolor? La figura del lienzo tenía la piel más oscura que la del niño desaparecido y los labios más finos. En persona, Andrea era más fogoso, menos angelical.

—Pero nuestro desconocido no podía saberlo antes de encontrárselo delante —murmuró Valentina.

Y Costa añadió:

—Y entonces, probablemente, ya no pudo dar marcha atrás.

Manna tecleó rápidamente y dividió *Los músicos* en minúsculos sectores regulares, una parrilla verde fluorescente de donde extrapolar cada fragmento, descomponerlo, examinarlo.

—Ahora lanzaré el SARI —explicó—. El programa que se usa para búsquedas y reconocimientos faciales. Adaptado por mí, naturalmente. Y miren aquí.

El sistema analizó al unísono los rostros de los dos niños y el del músico pintado por Caravaggio. El dictamen que apareció en la pantalla era increíble, si bien el parecido estaba a la vista de todos. Según el software, el rostro de Fosco Agnelli se correspondía en un noventa y ocho por ciento con el del joven del laúd. El de Andrea Venturi bajaba al ochenta y dos por ciento. Ahora bien, si se analizaba la foto que Marchesi había compartido en la dark web, la que probablemente había conseguido el asesino, el porcentaje llegaba a ser del noventa y cuatro por ciento. Esas cifras revelaban la importancia del descubrimiento que habían hecho.

Valentina y Costa observaron las imágenes de la pantalla por enésima vez. Se concretaba delante de ellos una forma de locura que seguían sin poder comprender. Pero era por fin el primer indicio de cierta consistencia. Ahora había que sacar las conclusiones.

—Entonces ¿qué es lo que hace? —volvió a preguntar ella—. Quiero decir..., ¿qué tiene este cuadro para impulsar a ese hombre a buscar a los que se parecen a los personajes que figuran retratados ahí? ¿Qué clase de síndrome psicótico es ese?

—El cuadro —explicó Loris, que había investigado en la red— está ahora en el Museo Metropolitano de Nueva York. Al parecer, Caravaggio lo pintó entre 1594 y 1597. Probablemente, en Roma para el cardenal Francesco Maria del Monte, un mecenas del pintor. Según muchos, a Caravaggio, que entonces estaba involucrado en algunos crímenes, lo salvó la protección del alto prelado... El pintor era asiduo de tabernas, mesas de juego, burdeles. También era un asesino, ¿lo sabían? Tal vez sea esto lo que lo vincula a lo que está ocurriendo. —Pareció reflexionar—. No, me parece absurdo.

Costa meneó la cabeza.

—No creo que el motivo por el que nuestro hombre buscó a Fosco y Andrea resida en la historia personal de Caravaggio. Podría ser el cuadro..., pero no estoy seguro.

—Pero si has dicho que también a tu experto le chocó el parecido —objetó Valentina—. Y las comparaciones de los programas de reconocimiento facial nos revelan que no es una sugestión nuestra.

—No, no, lo que quiero decir es que no es solo este cuadro el que lo ha motivado. Puede que sea toda la pintura de Caravaggio la que lo obsesiona...

—No comprendo...

—He hablado bastante con mi amigo. Caravaggio sacaba sus modelos de la calle. Gente de pueblo, prostitutas, mendigos, niños... Buscaba entre las personas normales. Después las retrataba, asignándoles el papel que quería. Hacía con ellos iconos, santos, cristos, personajes históricos. Fue ferozmente atacado por ello. Muchos de sus cuadros fueron rechazados por quienes se los habían encargado. Pero toda es gente que vivió en esa época. Es gente a la que conoció y trató.

—¿Y?

—D'Avanzo me dijo que, si hay un pintor que puede utilizarse para buscar correspondencias físicas reales, ese es Caravaggio. Más aún, este cuadro es probablemente uno de los primeros para los que el artista buscó sus modelos en la calle. Y seguramente los pintó directamente, retrató a los músicos con personas de carne y hueso. Estaban ahí, delante de él. —Costa miró a Valentina—. Si descartamos la pulsión sexual, ¿qué impulsa a nuestro hombre a buscar a sosias de personajes de cuadros pintados hace siglos? ¿El realismo de esos rostros? De ser así, tenemos que ampliar el abanico de sus posibilidades. A lo mejor no se limita a niños.

—Espere —intervino Manna—. ¿Qué quiere decir? ¿Qué debemos buscar?

—La obra de Caravaggio es muy amplia —respondió Costa—. Su característica fue siempre la misma. La verosimilitud de los rostros. La luz que los ilumina. El realismo... Pero pintó personajes de todas las edades y de ambos sexos.

Valentina empezó a comprender.

—Nuestro hombre no es un pederasta... —murmuró.

—No hay nada, en efecto, que lo señale como tal —confirmó Costa—. Y Marchesi nos lo dijo varias veces. No era alguien como él. —Se dirigió a Loris—. Has dicho que DIOS puede hacer todo tipo de búsquedas, ¿verdad?

Manna se puso rojo, pero se veía que estaba orgulloso de su software.

—Casi todas —admitió.

—Entonces, ampliemos la búsqueda. Introduzcamos en el programa todas las obras de Caravaggio que consigas encontrar en la red. Y después cotejémoslas con la base de datos del ministerio. No solo niños. Busquemos personas desaparecidas, víctimas de homicidios irresueltos, utilicemos todas las fuentes iconográficas que podamos conseguir. Veamos si sale algo.

Se quedaron mirando el cuadro que ahora iluminaba todas las pantallas de Loris Manna. Los ojos oscuros del pintor maldito, reproducidos en los del joven músico retratado en el lienzo de hacía más de cuatro siglos, daban la impresión de estar observándolos. Con una luz maliciosa que hacía que pareciese el más vivo de todos ellos.

37

El hotel en el que se alojaba Valentina quedaba justo frente a la comisaría, al otro lado de la plaza. Desde que había llegado solo había estado en esa parte de la ciudad, unos pocos cientos de metros cuadrados de empedrado antiguo, que apenas tardaba en cruzar a diario aunque lo hacía más de una vez. Evitaba pensar en la belleza que la rodeaba para no distraerse.

Había ido a su habitación para darse una ducha. Costa prácticamente la había echado. Ninguno de los dos había dormido casi nada desde hacía al menos dos días, pero él había sido firme.

—Yo puedo permitirme estar poco despierto —le había dicho—. Pero tú tienes que enfrentarte a todo el mundo. A la fiscalía, a Roma, a los chicos que se están dejando la piel con esta investigación. Si tú te derrumbas, Valentina, se derrumba todo.

Tenía razón, por supuesto. Podía conseguirlo, pero el agotamiento que sentía empezaba a ser insoportable.

Aceptó parar un par de horas, con la condición de que él se fuera a descansar después. Fabio se lo prometió y luego se fue a ver cómo iban las búsquedas de Manna. Estaba convencido de que ya faltaba poco para resolver el enigma que habían identificado en las obras de Caravaggio.

Mientras se secaba la larga cabellera tras la ducha reconfortante, Valentina se acordó una vez más de Fabio. Se sentía tranquila. Dijera lo que dijera de él Lucchesi o quien fuera, independientemente de lo que hubiera hecho, cada día confiaba más en ese hombre. No le importaba reconocer que sentía por él cierta atracción física. Su actitud dolida y sus modales amables la conturbaban. Pero había algo más. Había una especie de empatía, más velada, que hundía sus raíces en la parte más profunda de ella. Liberaba y afianzaba pensamientos que tendía a ocultarse incluso a sí misma, como la arrogancia de creer que solamente ella podría resolver esa investigación. Ella, que a menudo había dudado de sí misma y de sus propias dotes profesionales. Era como si Fabio le exigiese ser mejor, sin que temiese demostrarlo.

Con que solo se hubiese abierto un poco más. Si le hubiese permitido confirmar su impresión de que en esa antigua historia de violencia y muerte él había sido también víctima y no solo verdugo. Si le hubiese permitido despejar las últimas dudas que sentía golpear en la superficie de su conciencia como ramas de un árbol contra el cristal de una ventana.

Cuando salió del hotel, algo más animada tras una hora de descanso, el alba se había transformado en una mañana despejada y especialmente fresca. Le pareció notar el olor de la primera nieve que no iba a tardar en caer en las montañas circundantes. Pero solo era una esperanza de pureza. Todo sería magnífico si no fuera porque seguían buscando a un niño al que ya nadie esperaba encontrar vivo. Y a un asesino que coleccionaba rostros de muertos.

Delante de la comisaría, en el quiosco que había en la esquina, leyó un titular en letras rojas que la dejó paralizada:

DEPREDADOR EN SERIE EN TOSCANA. EL HOMICIDA DE VOLTERRA RAPTA DE NUEVO. LOS NIÑOS, SU OBJETIVO

Contuvo la respiración y compró *Il Tirreno*. El diario recogía un resumen de la noticia en portada y en las páginas de sucesos le dedicaba un amplio espacio.

El periodista que contaba la noticia estaba muy informado. Demasiado. Relacionaba por primera vez los casos de Fosco Agnelli y de Andrea Venturi. Describía las similitudes, hablaba incluso de los detalles del pelo canoso del secuestrador. Enseñaba solo la foto de Andrea, cuya imagen, por otro lado, desde hacía una semana aparecía en todos los medios de comunicación. La fotografía de Fosco no se había publicado. Pero el artículo hablaba extensamente del parecido de los dos. Así las cosas, las hipótesis se disparaban para dicha de los lectores de sucesos. Y durante un instante Valentina temió encontrar publicada también la teoría sobre Caravaggio. No fue así. Pero era indudable que había habido una fuga de noticias. Y que las cosas solo podían empeorar.

Fue a toda prisa a la comisaría y enseguida al pequeño despacho donde Costa se había instalado, con la ira y la frustración que se habían apoderado de ella. Sentía descargas de adrenalina en los brazos y en las piernas.

—¿Qué ocurre? —preguntó él, alarmado.

Valentina le lanzó el ejemplar del diario al escritorio y se sentó.

—Déjame reflexionar aquí, por favor. No quiero ver a nadie más. Ahora no.

Costa cogió el diario y lo leyó rápidamente. Luego se apoyó en el respaldo, observándola a su manera, como hacía siempre.

—Tenía que pasar antes o después —dijo—. No va a cambiar nada.

—¿Tú crees? ¿Te has olvidado de cuando hacías investigaciones sobre el terreno? ¿De las presiones y de todo lo demás?

—Claro. Alguien se va a poner nervioso. Pero te repito, no va a cambiar nada.

En ese momento, la calma de él solo sirvió para irritarla.

—¿Sabes qué va a pasar? —dijo ella, con la cara roja—. Alguien ha hablado más de la cuenta con los periodistas. Y ahora vamos a salir en los diarios, en los informativos y en todas partes... Hablarán de un depredador en serie. Del asesino que recorre el país en busca de niños. ¡Fabio, nos van a crucificar! ¡Me van a crucificar!

—No te lo tomes tan en serio. Siempre ha habido fuga de noticias... Es más, contaba con que ocurriera antes.

—¿Cómo quieres que no me lo tome en serio? —dijo ella estupefacta—. Estamos barajando una teoría que parece imposible. Y, entre otras cosas, aún no le hemos contado a nadie la hipótesis sobre Caravaggio, ni a la fiscalía, ni a Roma, ni a la idiota de Lucchesi, que no ve la hora de venderme otra vez a Falcone. Como esto salga también en la prensa, estaremos jodidos. Ya me imagino los titulares. El monstruo que se inspira en el pintor maldito.

—Ya, pero eso es lo que es.

—¿Un monstruo...? —murmuró ella—. Eso es lo que hacemos en realidad, ¿no? Perseguimos a un monstruo. —Pareció saborear esa palabra.

Costa se disponía a añadir algo, cuando Loris Manna entró abruptamente en la habitación. La puerta del despacho se había quedado abierta, pero el analista entró como si hubiese tenido que derribarla.

—Ah, bien, señora, está usted aquí. Están los dos aquí. Así no perderemos tiempo.

Valentina lo miró fijamente, molesta a su pesar. Seguía irritada por la fuga de noticias. Pero el rostro de Manna manifestaba el entusiasmo del investigador que ha descubierto algo.

—¿Qué pasa? ¡Espero que sea una noticia importante!

Manna asintió con entusiasmo.

—Pensé que querría saberlo enseguida. Hemos encontrado algo. Es cierto, nuestro amigo no secuestra solo niños. Y lleva tiempo actuando.

38

—¿Saben cómo funciona el Sistema automático de reconocimiento de imágenes? —dijo Loris Manna—. Sirve para comparar un rostro, sacado de cualquier imagen, con los dieciséis millones de fotografías y huellas dactilares contenidos en la base de datos del Ministerio del Interior. Se basa en algoritmos muy sofisticados aplicados a las llamadas redes neuronales artificiales. En pocas palabras, el SARI es como un cerebro humano con extraordinarias propiedades mnemónicas. Nosotros hemos ampliado y mejorado el sistema, con nuestro... DIOS. En esencia, utilizamos no solo las fichas policiales que se conservan en el archivo electrónico de la policía, sino también todas las fuentes iconográficas que conseguimos encontrar. Los resultados de la comparación entre los rostros de los dos niños y el cuadro de Caravaggio, por ejemplo, se han obtenido introduciendo en el sistema todas las obras del pintor y las imágenes de los niños que había en internet.

Valentina y Costa estaban de nuevo delante de los ordenadores. La única luz que los alumbraba era la de las pantallas.

—Te lo ruego —imploró ella—, ve al grano.

—La idea del señor Costa fue la que nos indicó el camino que había que seguir —dijo Manna—. El problema consistía en introducir en el programa todos los rostros que podían cotejarse con los pintados por Caravaggio. Y empezamos a hacerlo, si bien todavía seguimos en la fase de adquisición de imágenes. Sin embargo, entretanto hemos introducido en el sistema también todos los datos relativos a las personas desaparecidas que están contenidas en el SDI, la base de datos del Ministerio del Interior, ampliando la búsqueda también a los adultos... Y, bueno, hemos tenido suerte...

En la pantalla aparecía ahora otra obra de Caravaggio. Era conocida como *Judit y Holofernes*. Se basaba en el relato bíblico de la decapitación del cruel general Holofernes perpetrada por la judía Judit, la heroína que dirigía la revuelta de su pueblo contra los invasores asirios. En la representación, la protagonista está concentrada en el acto de decapitar al enemigo, cuya expresión de terror y dolor parece traspasar el propio lienzo. Una vieja criada, junto a Judit, está pendiente de aquella escena de muerte. Lo que impresionó a todo el mundo no fue la pericia en la ejecución del cuadro, sino el rostro contraído por el odio y la ira de la Judit de Caravaggio. Representaba la expresión perfecta de quien está aterrorizado por su propio crimen.

Manna movió el ratón para destacar una foto de la esquina inferior derecha de la pantalla. La amplió. Mostraba el rostro de una chica sonriente, con una tupida cabellera pelirroja y dos hoyuelos en las mejillas. Una bufanda al cuello agitada por el viento.

Valentina y Fabio contuvieron la respiración a la vez.

La chica era igual a la Judit de Caravaggio. Si no hubiesen sabido que ese cuadro había sido pintado hacía siglos, habrían jurado que la chica que sonreía contra el viento había sido la modelo del pintor.

—Su rostro corresponde en un noventa y seis por ciento al que pintó Michelangelo Merisi —dijo con tono afectado Loris Manna—. Aparte de las expresiones faciales. Un parecido casi perfecto.

—¿Quién es? —preguntó Costa.

—Se llama..., se llamaba Esther Kaimbacher. Tenía veintidós años y era de Bolzano. Estudiaba en Bolonia y hace un año desapareció de su casa —dijo Loris.

—¿Es una coincidencia? —preguntó Valentina, que todavía esperaba que no todo fuese cierto.

—No —añadió Manna—. Porque hay más. A Mariella Masi, su compañera de piso, la mataron con siete cuchilladas. La encontraron en el pasillo de la casa. En cambio, a Esther Kaimbacher no se la ha vuelto a ver.

39

El agente se llamaba Turchi. No dijo su nombre de pila, se presentó solo con su apellido, como si con eso sobrase. A Costa lo habían remitido a él cuando había llamado a Bolonia pidiendo información sobre el caso Masi-Kaimbacher. Por teléfono le pareció un muchacho despierto, que se dispuso a ayudarlo con entusiasmo. Se había ocupado del tema desde el principio y sus informaciones podían resultar valiosas. Enseguida envió a Costa y a Valentina una primera reconstrucción del homicidio.

El hecho había ocurrido un año antes, a mediados de diciembre. Una historia extraña.

La víctima se llamaba Mariella Masi, tenía veintiún años, era de Bríndisi y se encontraba en Bolonia por estudios. Estaba matriculada en la facultada de Lengua y compartía un piso en la via dell'Indipendenza, en pleno centro, con otra estudiante, Esther Kaimbacher, de veintidós años, de Bolzano, matriculada en Derecho. Se habían conocido por casualidad cuando cada una había alquilado un cuarto en ese modesto piso para universitarios, y, según todo el mundo, se hicieron grandes amigas. Eso no era difícil que pasara en Bolonia.

Una mañana de ese diciembre que todos recordaban como uno de los más fríos desde hacía varios años, Marco Fruzzetti, un compañero de curso de Mariella, fue a buscarla a casa porque desde hacía un par de días no iba a la universidad y tampoco respondía al teléfono. El piso estaba cerrado pero «un mal olor» que salía del interior, como después declaró Fruzzetti, lo impulsó a pedir ayuda. Intervinieron una patrulla de la policía y una dotación de bomberos, que derribaron la puerta de entrada.

Mariella Masi estaba tumbada en el pasillo, boca arriba, con los ojos abiertos de par en par, cubierta de su propia sangre, ya parcialmente seca. Acuchillada siete veces, según la autopsia que le hicieron después, con una hoja larga y muy afilada. El borde de los cortes no presentaba dilaceraciones. Una cuchillada había sido asestada con tal violencia en el pecho que, literalmente, le había hundido el esternón. El mango del cuchillo debía de haber penetrado en el cuerpo por inercia.

Esther Kaimbacher, su compañera, había desaparecido. El piso no estaba desordenado, había sangre en la entrada, eso era todo, la ropa y los objetos de las dos chicas seguían en su sitio.

Turchi, al teléfono con Costa, añadió más detalles.

—Por supuesto, al tal Marco Fruzzetti lo hemos presionado bien. Y bastante rato, créame. Pero lo cierto es que no tenía nada que ver.

Costa se lo imaginaba. Los policías saben que, en un alto porcentaje de casos, el testigo que «descubre» a la víctima de un homicida es el homicida. Un primer encuentro con la policía, un encuentro brusco, a veces sirve para averiguar muchas cosas y para lavar las conciencias. Pero no siempre pasa eso. A falta de pruebas, como confirmó Turchi, Fruzzetti desapareció del horizonte de las investigaciones.

—Entonces, nuestras búsquedas se concentraron en Esther —explicó—. Muchos consideraban posible que ella hubiese sido la asesina de su amiga. A lo mejor, presa de un ataque de locura. Las cuchilladas se asestaron con cierta violencia, pero el forense nos dijo que técnicamente no podía excluirse que una mujer hubiese hecho esa carnicería.

No se encontró a Kaimbacher, a pesar de las búsquedas que se hicieron en Bolonia y en Bolzano, como también en el resto de Italia. Se emitió contra ella una orden de busca y captura que no fructificó. Su ficha acabó enterrada debajo de la de muchos otros prófugos. Y el asunto acabó ahí.

—La investigación —dijo Turchi—, empezó mal, se hizo peor y se archivó sin esperanza. Eso pasa. —Pero en su tono se notaba que seguía sin explicarse el motivo de aquel fracaso. Estaba encantado de que existiese la posibilidad de reabrir el caso.

Costa y Valentina pasaron a revisar los papeles que había mandado su compañero de Bolonia.

Por muchas dudas que hubiese dejado la investigación, los agentes interrogaron a muchos posibles testigos. Los resultados fueron decepcionantes. Nadie había visto a Mariella o a Esther recientemente. Nadie había añadido detalles interesantes. Las dos chicas hacían una vida discreta. De la universidad a casa. Salían rara vez por la noche, y cuando lo hacían era siempre con el mismo grupo de amigos.

Ahora bien, una declaración con informaciones breves resaltaba. Sobre todo porque el testigo no era como los otros. Lo había encontrado un agente de Narcóticos para el que el individuo, a veces, hacía de confidente. Era un vagabundo que vivía aquí y allá, en los sótanos que abundaban en la ciudad. A primera hora de la mañana iba por la via dell'Indipendenza, esperando que de madrugada los boloñeses a los que pedía limosna fuesen más generosos, con la perspectiva de que una buena acción les deparase un día mejor. De ahí que esa mañana de diciembre, conforme a su relato, se hallara justo delante del portal del edificio en el que vivían Mariella y Esther. Dos días antes de que Marco Fruzzetti descubriese el cadáver de la chica.

Las declaraciones que el vagabundo hizo eran bastante confusas. Aparte de un detalle que Costa y Valentina juzgaron importantísimo.

> Vi salir al hombre del portal 22. Estoy seguro de que era ese número porque suelo quedarme ahí para pedir una moneda a los transeúntes. El hombre era joven y robusto, y tenía el pelo largo y muy blanco. Casi parecía que había usado un tinte para tenerlo tan blanco. Lo llevaba atado con una cinta. Arrastraba a una chica rubia, flaca, que parecía dormida o que quizá estaba borracha, y eso que eran las siete de la mañana. No se tenía en pie y el hombre la sujetaba con las manos debajo de las axilas. Llegaron a una furgoneta verde, o tal vez solo muy sucia, que estaba aparcada justo delante. El hombre abrió la puerta con un codo y entonces la chica se deslizó hacia el suelo. Pero el hom-

bre reaccionó rápido y la cogió para que no se cayera. Después sentó a la chica en el asiento de atrás de la furgoneta, se puso al volante y se fue. No, no recuerdo la matrícula. No, no sabría describir bien el rostro del hombre. Tenía una cara corriente. Solo recuerdo el pelo blanco. No tengo nada más que añadir.

Esa declaración se había pasado por alto. Era normal. El testigo no era fiable y la historia que contaba parecía bastante inverosímil. Para Valentina y Fabio tenía un significado muy distinto.

La furgoneta verde y el pelo blanco y largo del hombre que se había llevado a Esther Kaimbacher lo relacionaban con su caso. Y había ocurrido un año antes del secuestro de Fosco y de Andrea y del homicidio de Gianni Venturi. No un niño, sino una mujer adulta. También igual a un personaje de Caravaggio.

Era el giro que buscaban. Para confirmarlo solo necesitaban seguir con ese dudoso testigo, por improbable que pareciese. Comenzar desde el principio, reexaminar lo que se había descartado de entrada se estaba convirtiendo en su marca de fábrica. Y estaba funcionando.

Decidieron que fuese solo Costa. Valentina tenía que quedarse en Volterra coordinando las investigaciones, y de momento era preferible no divulgar esa nueva conexión. Ni siquiera entre los compañeros. La fuga de noticias que había perjudicado la investigación podía resultar fatal si alguien había adivinado que su hombre estaba matando desde hacía al menos un año. La prensa se volvería más molesta, lo que podría comprometer la escasa ventaja que esperaban haber conseguido.

¿Desde cuándo el hombre canoso salía a cazar? ¿Cuántos habían pagado por su parecido con los personajes de los cuadros pintados hacía más de cuatro siglos? ¿Cuántas eran ya las víctimas de su obsesión?

40

Habían aparcado el viejo Ford Fiesta a la sombra de unos grandes plátanos y desde ahí observaban desde hacía más de una hora un aparcamiento desierto. Turchi se había presentado en la estación con ese viejo coche del parque móvil de la policía con el que había llevado a Costa al lugar fijado. Le había informado que tendrían que esperar y Costa se había preparado para una larga vigilancia. Lo que hacía en otra época. Le evocó buenos recuerdos y otros no tan buenos.

Se disponía a prepararse para la paciente espera con el recuerdo de los viejos tiempos, cuando su compañero de vigilancia le dio un codazo.

—Ahí está. Es ese.

El vagabundo cruzaba la plaza asfaltada, empujando con indolencia un carrito de la compra repleto de cachivaches y fumando un cigarrillo como si fuese el último que iba a fumar en su vida.

Su nombre era Diego Mancini, lo llamaban Murmullos, y ahora que lo habían encontrado solo quedaba la duda de cómo abordarlo.

—¿Qué hacemos? —preguntó Turchi—. ¿Lo detenemos?

Costa decidió optar por el camino de la amabilidad. Solía dar buen resultado.

Bajó del coche, avanzó dos pasos hacia él y dijo en voz alta:

—Buenos días, señor Mancini, ¿puedo preguntarle algo?

Murmullos lo miró, sopesó aquellas palabras, soltó el cigarrillo y el carrito y, con un movimiento inesperado, echó a correr, rápido como un atleta. El abrigo se abrió como dos alas negras, lo que hizo que pareciera una criatura fantástica.

—¡Maldita sea, señor, lo sabía! —exclamó Turchi, saliendo del coche para lanzarse en su persecución. Costa fue tras él, esperando mantener algo de la forma que poseía cuando hacía esas cosas, siglos atrás.

Le dieron alcance más o menos después de un kilómetro de dura carrera para todos ellos, entre coches que frenaban en seco y las imprecaciones de los transeúntes. El agente lo tiró al suelo sin miramientos, en un cruce de brazos y faldas de abrigo, y lo sujetó con la cara contra el asfalto. Con un gesto, Costa le pidió que al menos lo dejase respirar. Turchi lo miró vacilante, pero obedeció.

—¿Por qué has echado a correr? —preguntó Costa agachándose al lado del mendigo, mientras trataba de respirar bien. Era indudable que estaba bajo de forma. Sí, las persecuciones a pie ya eran cosa de otra vida.

—¡Huyo porque me queréis pegar! —protestó Murmullos, siempre con la cara contra el suelo—. ¡Y yo no quiero que me peguéis!

—Pero ¿quién te quiere pegar?

—¡Él! —Señaló con un difícil movimiento de la cabeza al policía que seguía manteniendo la rodilla sobre su espalda.

Turchi sonrió, levemente abochornado, y se apartó de la espalda del mendigo, que, por fin, pudo sentarse. Costa se quedó a su lado, también sentado en la acera, mientras Murmullos se sacudía el abrigo de la mugre del asfalto. El compañero se dedicó a apartar al grupo de curiosos que se había formado alrededor de ellos.

—Solo quiero hacerte un par de preguntas —dijo Costa, mientras observaba a Mancini. Como todos los que viven en la calle, tenía las marcas de la ciudad en el rostro. Pero sus ojos manifestaban aún una sobria vitalidad. Eran azules y sinceros y el policía se encontró pensando que a lo mejor esos mismos ojos habían visto la cara del asesino de Gianni Venturi y de Mariella Masi.

—¿Y tú qué me das a cambio? —preguntó Murmullos, con una sonrisa desdentada.

—Un poco de jabón —comentó Turchi, y Costa lo fulminó con la mirada.

—Algo se me ocurrirá... Pero solo si me dices cosas que me interesan. Cosas verdaderas.

—¿Cosas muy verdaderas...?

—La verdad, Diego. Sin dejarte nada.

—Pero no quiero que me peguéis —volvió a decir, tapándose el rostro con una mano, como si diese por hecho que lo iban a hacer.

—¿Qué dices? —replicó Turchi, nervioso—. ¿Por qué íbamos a pegarte?

—Porque no digo la verdad. Porque me lo invento todo. Porque soy un borracho.

—¿Lo ve? —exclamó el agente—. Es lo que yo decía.

—¿Te lo inventaste todo también sobre esa chica que mataron hace un año? —preguntó Costa.

La cara de Mancini se contrajo. Las arrugas se tornaron surcos profundos. Se limpió la nariz con la mano. Parpadeó varias veces. Luego clavó sus ojos azules en la cara de Costa, como retándolo.

—No —dijo—. Digo solo lo que vi. Pero nadie me cree. ¡A veces ni yo mismo me creo!

—Yo te creo —dijo Costa—. Pero tienes que procurar contarme todos los detalles. ¿Conocías a esa chica?

—¿A cuál de ellas? ¿La muerta o a la que se llevaron?

Esa pregunta confirmaba que su recuerdo seguía intacto. En efecto, Murmullos siguió hablando sin que los dos policías lo presionaran.

—Realmente no las conocía, si es eso lo que quieres saber, señor de la policía. Aunque las había visto alguna vez salir de casa. Nunca me dieron una sola lira, pero eso es normal... Eran estudiantes, y esas nunca tienen nada. Están incluso peor que yo. Pero me sonreían con amabilidad. Las dos. Eran simpáticas conmigo. —Los miró como desafiándolos sobre la autenticidad de esa afirmación—. En fin, ¿por qué iba a mentir? Todo lo que les conté a los polis es verdad. Lo juro. O al menos la parte que ellos se quisieron creer. Porque el hecho de que el hombre canoso sonriese, eso no les gustó. Dijeron que soy un loco borracho... ¡y venga hostias!

Costa apretó los labios. Sentía una rabia sorda cada vez que se enteraba de que unos compañeros habían hecho uso de una violencia gratuita, sobre todo con personas inofensivas y derrotadas como Murmullos. Pero ese detalle no se le escapó.

—En tu declaración hablaste de pelo canoso y largo. No dijiste que el hombre sonreía. Además, ¿por qué sonreía?

—Por supuesto que lo dije. Pero cuando vi que no me creían me desdije de eso. Yo no tengo la culpa de que mientras ese se llevaba a la chica en brazos siguiera sonriendo. A lo mejor se lo pasaba bien, ¿yo qué sé? También cuando ella casi se resbaló al suelo y él la levantó... Entonces incluso le pregunté si necesitaba ayuda y él con un gesto me dijo que no. Es más, se me quedó mirando un instante, como para decidir si añadir o hacer algo. Pero me sonreía. En ningún momento dejó de sonreír. Hasta cuando la metió en esa furgoneta que apestaba a carne muerta... seguía sonriendo...

—¿No paraba de sonreír?

—¿Ves que tú tampoco me crees?

—No es eso. Lo que pasa es que me parece raro que siguiera sonriendo mientras hacía el esfuerzo de levantar a esa chica...

—Es que no era una sonrisa normal. Era como... helada.

—¿Helada?

—No sé explicarlo. Tenía la sonrisa helada sobre su rostro. Como si no pudiese parar. Helada, así. —Y lo imitó, estirando los labios blancos sobre los dientes podridos. A los dos les pareció un payaso haciendo muecas.

Una idea atravesó la cabeza de Costa. Sí, debía de ser así. Miró a Turchi y vio en sus ojos la misma conclusión.

—Diría que tenía una especie de rictus en la cara —dijo, en efecto, el policía joven.

—Yo también lo creo.

Su hombre tenía un aspecto singular. Pelo canoso y largo, que de todos modos podía teñirse o cortarse. Y labios en forma de sonrisa perenne, un detalle físico inmutable. Quizá buscando en la base de datos de los exconvictos encontraría algo. La policía científica tiende a anotar particulares así.

—¿Hemos terminado? —preguntó el mendigo, mirando sobre todo a Turchi, casi como si temiese que todavía pudiese darle una sorpresa desagradable.

—Creo que sí —confirmó Costa.

Acompañaron a Murmullos al aparcamiento para que recogiese las cosas que había soltado ahí. En el camino, el viejo miraba de reojo a Turchi, lo que hizo pensar a Costa que los dos ya habían coincidido en la ciudad. Pero el mendigo parecía relajado.

Cuando llegaron al carrito de la compra, Murmullos se lanzó sobre él y abrazó el montón de trapos y cachivaches, riendo y llorando a la vez. Hurgó entre sus desechos y extrajo una vieja máquina fotográfica, una Pentax 35mm que había conocido tiempos indudablemente mejores. La exhibió con orgullo y alegría inesperados, sujetándola por su cordón de cuero.

—¡Aquí está, aquí está! Si llego a perderla, me habría tirado a las vías del tren, ¡lo juro! —Y la siguió acariciando con sus manos negras.

—Pero ¿sabes usarla? —se burló de él Turchi, mientras Costa sacaba un par de billetes de cincuenta euros de su billetera. Habría preferido ofrecerle una habitación, una ducha y quizá una comida decente. Pero los que son como Murmullos tienen sus reglas de vida. Habría aceptado el dinero, pero no un plato de sopa.

—Claro que la sé usar —dijo el mendigo—. ¡Saco fotos a todo, tú qué te crees! Soy muy bueno... ¡He fotografiado a toda Bolonia! ¡Creo que te he fotografiado incluso a ti!

Turchi alargó una mano y le arrancó la máquina.

—¡Oye! —protestó el viejo—. ¡Devuélvemela ahora mismo!

Costa le entregó los billetes, que Murmullos con una mano hizo desaparecer en un bolsillo del abrigo, rápido como un prestidigitador, mientras con la otra trataba de recuperar la Pentax.

—Carrete —observó Turchi, después de revisar la cámara y de habérsela devuelto—. ¿Quién usa hoy carrete?

—Yo —respondió con orgullo Murmullos, acariciando la Pentax como habría hecho con un perrito.

Costa lo miró. Se le ocurrió una idea. Absurda, pero...

—¿Desde hace cuánto tiempo tienes esa máquina fotográfica? —preguntó.

—¡Uf, una eternidad!

—¿También la tenías ese día?

—¿Qué día?

—Ya lo sabes.

—Lo sé. Claro. Llevo la máquina siempre conmigo. —Y se puso a bailar.

—¿No fotografiarías al tipo que sonreía?

Murmullos dejó de bailar. Observó a Costa con una expresión nueva. Interrogante. Miró la Pentax. Luego de nuevo a Costa.

—Es cierto —respondió—. Me cago en la puta, me había olvidado. Lo hice. ¡Lo fotografié a él y a su furgoneta de mierda!

41

No vivía en los canales del subsuelo de Bolonia, sino en un local que había encima de un antiguo cine porno abandonado que había tenido sus años de gloria. Donde habían estado las carteleras, al lado de la entrada, todavía quedaban trozos de cuerpos desnudos de mujeres que ahora debían de tener más de setenta años. Se accedía al cuarto por una escalera exterior que parecía a punto de caerse. Turchi blasfemaba mientras seguía al viejo agarrándose a la barandilla carcomida, y cuando entraron gimió con una expresión de auténtico terror.

Murmullos, como todos los mendigos que consiguen encontrar un sitio donde dormir precario, tenía el síndrome de Diógenes. El interior de su refugio —probablemente la oficina administrativa del antiguo cine porno— estaba atestado de todo tipo de objetos, hasta el punto de que incluso resultaba difícil entrar. Había tantos trastos, ropa, periódicos, botellas, tarros, cachivaches de toda clase y tamaño amontonados en el suelo y sobre algunos muebles que parecía imposible que hubieran podido subir hasta ahí por esas escaleras tambaleantes. Y carritos de la compra, procedentes de distintos supermercados, pegados a las paredes sucias, todos repletos de trapos y de chatarra. Por el único ventanuco que había, con el cristal negro y cuarteado, entraba un rayo de sol que iluminaba millones de partículas de polvo sofocante.

—¿Y ahora? —exclamó Turchi, mirando alrededor con gesto desconsolado y molesto.

Murmullos se había sentado sobre un montón de objetos bajo

los cuales a lo mejor había un sillón desfondado. Los miraba a los dos con cara alegre.

—¿Dónde están? —preguntó Costa, ya casi sin esperanza de que el viejo hubiese dicho la verdad.

Lo habían acompañado hasta ese tugurio, por mucho que Turchi se hubiera negado a dejarlo subir al coche por su pestilencia, y es que Mancini había confirmado no solo que había fotografiado al hombre canoso y a su furgoneta, sino que conservaba el rollo de fotos. En algún sitio.

—¿No revelas tus fotos? —le preguntó Costa, aún sin saber si debía creer en ese inesperado golpe de suerte.

—¿Y quién tiene dinero para hacer eso? Tengo miles de carretes... Me los regaló uno que llevaba una tienda de fotografía y que un día la cerró y se fue a Australia. O a América, no me acuerdo. Y también tengo esta máquina, una maravilla. La uso siempre que puedo. Y después guardo todos los carretes... No pierdo nada. Pero no los revelo. ¿Para qué sirve revelarlos? Total, ya sé qué he fotografiado. Todo está ahí metido, en esos carretes negros, y aquí, en mi cabeza. —Se dio golpecitos en la frente con un dedo.

Si querían ese carrete, se lo daría encantado. Eso sí, a cambio de otro par de esos billetitos de cincuenta.

—Bueno, Diego —dijo ahora Costa, que no pudo evitar que en su voz se notara cierto desconsuelo—, ¿dónde están esos benditos carretes?

Murmullos se dio una palmada en la frente.

—¡Claro, por eso hemos venido! —Se levantó del sillón de trapos y desapareció en un baño que parecía repleto de objetos como el resto del lugar. Lo oyeron jadear, trepando por columnas de basura. Hasta que reapareció con una expresión de felicidad. En las manos llevaba una caja llena de tubitos perfectamente cerrados. Por lo menos, los carretes no habían sido expuestos al sol.

Cuando Turchi se la cogió de las manos, se volvió hacia Costa, perplejo.

—¡Señor, deben de ser varios centenares!

—Pero está ahí dentro —dijo Murmullos con orgullo—. No sé en cuál..., ¡pero en uno de esos carretes está la foto del hombre que buscáis!

CARAVAGGIO

42

Las paredes de la habitación habían cambiado. En lugar de los calendarios, de los documentos ministeriales y de las ilustraciones que podían adornar un despacho de policía —paisajes anónimos, retratos institucionales— ahora había una decena de reproducciones de cuadros de Caravaggio. De todos los tamaños. Y día tras día se añadían más. Una gigantesca del *Santo entierro* destacaba sobre las otras, pero cada una de esas obras maestras de rostros y claroscuros tenía su puesto de honor. El resultado era que aquella ala de la comisaría recordaba una oscura pinacoteca dedicada al pintor maldito. Los colores y los temas de Caravaggio no ayudaban a serenar el ambiente, pero de alguna manera la violencia descrita en sus obras, pegada a la pared, servía para mantener viva la urgencia de su misión: el mal, el auténtico y concreto, el que se movía ahí fuera y contra el cual estaban emprendiendo una guerra de momento inútil.

Loris Manna y sus búsquedas ocupaban un amplio espacio en una esquina de la sala. Había instalado varios ordenadores más, cuyas pantallas estaban siempre encendidas; su mesa y parte de la pared estaban repletas de papeles, notas, diagramas y fotografías. Además de su mesa ahora había otra, la del crítico de arte Giampaolo D'Avanzo, que, inclinado, señalaba unos puntos en la pantalla más grande. Manna lo escuchaba, absorto como en una clase de historia del arte.

Valentina se acercó.

—¿Qué tal va? —preguntó a los dos hombres sumidos en el

estudio de *El sacrificio de Isaac*. El cuadro mostraba una violencia presente hasta en los pliegues de la ropa de los personajes, en las arrugas de las expresiones, en la postura de los cuerpos. La tensión de una mano que se dispone a clavar un puñal, y luego la suspensión antes del instante de la muerte. Esa hoja que relucía en la noche tenía un aspecto letal y afilado.

—Va muy bien —respondió Loris—. La ayuda del profesor no tiene precio.

D'Avanzo se apoyó en el respaldo de la silla y se frotó con el pulgar y el índice la base de la nariz, donde tenía una antigua marca, casi negra, de la montura de sus gafas redondas. Debían de llevar horas estudiando el cuadro.

—Gracias por el cumplido, Loris —dijo—. Ofrecerme la oportunidad de ver y analizar todas estas obras maestras es un placer..., aunque la ocasión sea fúnebre. Además, saber que a lo mejor puedo resultar útil..., en fin, es una oportunidad impagable.

Entretanto, Manna seguía introduciendo datos en el ordenador. También el cuadro de Isaac estaba cubierto de un retículo digital. La flecha que Loris movía con el ratón pasaba rápidamente de un píxel a otro.

—Lo difícil en este caso —le explicó el técnico a Valentina, sin apartar la mirada de la pantalla— es almacenar todas las imágenes de los cuadros de forma correcta. El reconocimiento facial en un cuadro no es automático.

—Y eso que Caravaggio nos ayuda, ¿verdad? —dijo D'Avanzo—. Loris me ha explicado un poco cómo funciona. Y, en efecto, las dos dimensiones de los cuadros podrían ser un obstáculo. Pero nuestro Michelangelo Merisi era un maestro insuperable de la profundidad. Fijaos cómo la luz irrumpe desde la oscuridad del fondo. Capta el instante de la acción. Y sus rostros suelen ser más reales que la propia realidad.

—Por eso él lo ha elegido —dijo Valentina. La sonrisa de satisfacción de D'Avanzo desapareció, pero no su entusiasmo. Señaló la imagen del cuadro que tenían delante.

—¿Sabéis que con el tiempo casi todos los personajes pintados por Caravaggio han sido identificados? —dijo—. El niño que aquí es Isaac, por ejemplo, tiene las facciones de un tal Cecco

Boneri, un joven pintor que pudo ser amante de Caravaggio. —Miró a Valentina—. La Judit de Holofernes, que tiene el rostro de la pobre chica desaparecida en Bolonia, retrata a Filide, una prostituta de lujo, obsesión del pintor. Caravaggio nunca pintó un rostro que no conociera... o muchas veces de alguien que no hubiera amado.

—También el parecido a nuestro Fosco tenía un nombre —añadió Manna sin dejar de teclear—. ¿Verdad, Giampaolo?

—El intérprete de laúd se llamaba Mario Minniti —confirmó D'Avanzo con cierta gravedad. Puede que se diera cuenta de que en realidad estaban hablando de un niño del presente, no de uno de siglos atrás—. Él también era amigo de Caravaggio, y en el cuadro parece que figura dos veces. Se diría que también Cupido tiene sus rasgos...

—Hemos encontrado a otros iguales —dijo Manna—. Dicho de otro modo, a otros iguales a Fosco Agnelli y a Andrea Venturi... o a Mario Minniti, por decirlo con precisión. Y también parecidos a Judit-Esther. Algunas correspondencias son incluso chocantes, pero son individuos diseminados por el mundo... Hay, por ejemplo, una correspondencia del noventa y nueve por ciento con la Judit de Caravaggio. Es como mirar la foto de la modelo del pintor. Pero procede de una usuaria de Instagram australiana y la hemos descartado.

—Lógico —dijo Valentina. Tenían que pensar que solo buscaba sujetos a los que podía acercarse físicamente. Hasta ahora había actuado entre el centro y el norte de Italia, salvo el niño de Nápoles. La geolocalización era un elemento esencial en una investigación como esa. Sin embargo, había otros factores a tener en cuenta. Por ejemplo, debían tomar en consideración que el secuestrador estudiaba bien cómo había de aproximarse a sus víctimas potenciales. Por lógica, prefería chicos solos y vulnerables, poco protegidos.

—Aunque no tiene el menor reparo en eliminar cualquier obstáculo —comentó Manna.

De todos modos, eran importantes las observaciones fruto de ese análisis. El desconocido tenía la capacidad de encontrar en la red a los individuos que le interesaban, pero eso no era suficiente. Tenía que poder llegar a ellos. Tocarlos. Eso suponía búsquedas, desplazamientos, acechos. Incluso durante largo tiempo. Tenían que hacer lo posible por ponerse en su lugar, por entrar en su mente. Debían dar con otros chicos iguales que por pura suerte o casualidad él aún no había encontrado.

En el fondo, no era omnipotente. Fuese quien fuese, era un hombre. Solo un hombre.

—¿No se ha sabido nada del laboratorio de Roma? —preguntó Valentina, volviendo al plano de lo concreto.

Loris meneó la cabeza.

Costa había vuelto de Bolonia con casi doscientos carretes de fotos, entre películas Agfa y Kodak. Calcularon que había que revelar al menos siete mil fotos. En uno de esos carretes podía estar la toma que había inmortalizado a su hombre y la furgoneta que utilizaba. O quizá no. Sin duda, era una esperanza débil, habida cuenta de la personalidad del mendigo que les había entregado su patrimonio, y también cabía que los carretes estuviesen en tan pésimo estado que solo tuviesen manchas negras. Sin embargo, como todos los caminos y los callejones de esa investigación, había que intentarlo. Habían enviado a Roma el material enseguida y ahora aguardaban el revelado y la digitalización de las imágenes. Después ellos tendrían que revisarlas, de una en una, tratando de identificar la foto que buscaban. Con los dedos cruzados.

Pero, entretanto, el tiempo pasaba, y Valentina presionaba a sus hombres.

—Que se den prisa —dijo.

Loris asintió.

—Es lo que les pido cada hora. Pero el revelado de un carrete tarda su tiempo. También ha sido complicado encontrar un laboratorio equipado.

Lo sabía. No se podía hacer nada más.

Loris Manna y Giampaolo D'Avanzo estaban de nuevo sumidos en el análisis de las imágenes de Caravaggio. Daba la sensación de que de los cuadros que examinaban se asomaban rostros y cuerpos para liberarse de la cárcel en la que el gran pintor los había encerrado.

Los dejó solos para que pudieran trabajar, mientras que la frustración, como una enfermedad, seguía contagiando sus pensamientos.

43

Encontró a Costa en el cuartito que se había adjudicado. Alumbrado solo por el flexo de la mesa, le pareció pálido y tenso. Pero, cuando posó los ojos en ella, consiguió como siempre reconfortarla, sin siquiera necesidad de hablar.

Por fin, en esos momentos, le parecía posible si no eliminar las dudas, al menos dejarlas de lado. Ya llegaría el momento en que él le daría la respuesta que estaba esperando. En el que escucharía palabras capaces de acabar para siempre con su desconfianza. De momento, le bastaba con saber que Costa no había violado a Diana Marini, sencillamente porque el Fabio que estaba aprendiendo a conocer no habría podido hacerlo. Le era suficiente comprobar que en ningún momento se había aturdido. Es más, que su implicación en las investigaciones parecía haberle sentado bien. Quizá no era mucho. Pero eso era todo lo que podía hacer.

Llevaba tanto rato en la puerta para desentrañar esos pensamientos que él tuvo que decirle que entrara, con cara de curiosidad. Se levantó para sacar del sillón de delante de su escritorio su inseparable bolso de piel, viejo y desgastado, al que llamaba «alforja» y en el que guardaba expedientes, notas y un ordenador portátil. Decía que era el único digno guardián de sus secretos y que, como él, había tenido mil vidas. Volvió a sentarse, señalándole el espacio que acababa de dejar libre.

Valentina se dejó caer en el sillón con un suspiro.

—¿Cansada? —le preguntó. Siempre con esa actitud de perplejidad, como si estuviese tratando de leerle el pensamiento.

—Exhausta.

—Una pregunta tonta. ¿Qué tal ha ido la habitual llamada con Roma?

La mirada de ella fue intensa. Para su sorpresa, Costa se echó a reír.

—Verás, he pasado por eso. Sé cómo son ciertas cosas.

No, pensó ella, no lo sabía. No podía. Falcone se lo había dicho por enésima vez. Sin la menor indulgencia en sus palabras. Lucchesi le había informado de que Costa seguía colaborando en las investigaciones y Falcone le había ordenado que no contara con él. Y Valentina no le había hecho caso.

«Ya te lo he dicho —había pontificado el jefe—. No te arriesgas solamente tú, me pones en riesgo a mí por haberte dado la dirección de esta investigación. Como hagas alguna tontería, enseguida te ordenaré regresar».

No era una amenaza sino una promesa.

Luego había añadido una frase que ahora la atormentaba.

«Tú realmente no conoces a Fabio Costa. No es solo un hombre herido. Es un hombre perdido. Y por eso es peligrosísimo».

Ahora las cosas que le había dicho Falcone se desvanecían como ecos en el viento. Valentina había decidido qué actitud iba a tener con Fabio. Al menos hasta un momento mejor.

—Pero ¿tú cómo hacías? —le preguntó—. ¿Cómo soportabas la presión?

—A lo mejor no me daba cuenta. Estaba tan metido en el trabajo que no reparaba en algunas sutilezas. Y, para ser sincero, hasta cierto punto me dejaron actuar a mi manera.

—Sí, me lo han dicho. Conseguías resultados.

—Tenía estupendos colaboradores y se esforzaban mucho. Nadie se echaba atrás. Un buen equipo marca la diferencia.

—A mí me han contado que la diferencia la marcabas tú.

Costa no siguió evadiéndose. Algo cruzó su mirada. Valentina sabía qué era. En aquellos años destacaba. Después todo acabó de una manera espantosa.

—Después de esto... —trató de sondearlo—, a lo mejor podrías volver a la investigación...

—Para, por favor.

Valentina se mordió el labio.

—Era una idea...

La miró. Ya no sonreía.

—A lo mejor ha llegado el momento de que aclaremos esto —dijo.

—¿De qué hablas?

—¿Sabes lo que me pasó hace años, cuando trabajaba en Roma...?

—Oye, que no... —empezó a decir ella, pero Costa la interrumpió.

—Descuida, no voy a ponerte en ningún aprieto y no añadiré nada a lo que crees saber. No voy a contarte nada. Ni me voy a justificar. Y no porque tú no te merezcas saberlo, sino porque cualquier versión que te pueda dar podría hacerte pensar que es una suerte de autodefensa o, peor aún, una acusación contra otro... Cuando lo cierto es que desde hace tiempo he dejado de preocuparme de lo que piensen de mí. He pasado por el infierno, más aún, en cierto modo sigo viviendo en él. Pero es un problema solamente mío. Una responsabilidad mía. No te concierne a ti ni a nadie. Quizá ni siquiera a las personas a las que he causado daño. A mi mujer, a mi hijo... —Se interrumpió—. Pero el problema no es ese. No tiene que ver con lo que soy o con lo que he sido, sino con lo que tú esperas de mí. El problema consiste en saber cuánto puedo ayudarte realmente. Cuánto necesitas de este policía oxidado. Es lo único que tiene importancia. No hay expertos que puedan resolverlo todo. No hay fórmulas. Estás tú, quizá esté yo, y está ese sujeto de ahí fuera. Porque esta es una prueba. Lo sabes, ¿verdad?

La miró con una intensidad que la incomodó.

—Yo no te he preguntado nada, Fabio —dijo ella—. Y no comprendo qué quieres decir...

Casi dio la sensación de que no la había escuchado.

—Lo que quiero decirte —continuó— es que has de estar preparada. En cualquier caso, saldrás. Pero, pase lo que pase, acabe esto como acabe, toda tu vida estarás mortificada. Créeme, Valentina. Y entonces dará lo mismo que yo esté o no cerca de ti. O el motivo por el que hayas confiado en mí. Cuando llegues al fondo, te quedarás sola con las cicatrices que un asunto como este dejará en tu interior. Y no podrás volver atrás. Y no podrás culpar a nadie salvo a ti misma.

Estaba confundida.

—¿Por qué me dices eso? Aún no sabemos qué va a pasar. Me estás asustando.

Costa reflexionó.

—A lo mejor. Puede que exagere. Pero no es un delito sentir un poco de miedo. El hecho es que he conocido a hombres y mujeres que ya no eran seres humanos, o que quizá nunca lo fueron. Que habían hecho cosas que no me explico cómo no me acosan cada noche de mi vida. He conocido a seres que han causado sufrimientos inimaginables sin un gesto de remordimiento, sin la menor emoción salvo su placer inhumano.

Se pasó una mano por el pelo. Era la primera vez que lo veía hacer ese gesto. Lo vio auténtico e indefenso. Pero a la vez la asustó aún más.

—Sin embargo —prosiguió él—, nunca he conocido tanto afán de violencia como en este caso. No me preguntes por qué, solo es una sensación. Pero así es. Y ya soy demasiado mayor como para soportar otro dolor. O quizá mi tiempo ya ha pasado. Y, te repito, no tiene nada que ver con lo que ocurrió en Roma. No soy ni seré el que fui. Eso es algo que tienes que saber. Podría ser una gran decepción. Y en algún momento podrías buscar en mí una ayuda que no sabría darte...

Calló y bajó la mirada, como si se avergonzase de estar ahí. De tener que jugar todavía a ser policía. Valentina siguió mordiéndose los labios.

—De todos modos, lo haré lo mejor que pueda —dijo cuando ella ya pensaba que no iba a añadir nada más—. Pero para eso tengo que olvidarme de todo lo demás. Y tú puedes permitirme hacerlo o no. La decisión depende solo de ti.

Ella no respondió. No creía que fuese necesario.

44

Dedicaron la tarde a revisar los elementos que habían reunido. Se trataba de un criterio que Costa había propuesto pero que a Valentina ya le parecía lógico. En eso se entendían a la perfección. Analizar cada detalle, varias veces, y desde distintos puntos de vista. Era un método laborioso pero eficaz.

Por supuesto, uno de los puntos principales tenía que ver con Caravaggio y sus obras.

—El arte... —reflexionaba Valentina por enésima vez—. Comprender qué relación tienen con esto las obras de Caravaggio ayudaría mucho. ¿Qué crees que está haciendo? Al Hombre que sonríe me refiero...

—¿El Hombre que sonríe? —Costa levantó una ceja.

Valentina se puso roja.

—Sí, lo sé, es un apodo horrible. Pero en la comisaría ya todos lo llaman así. Espero que la prensa tarde en enterarse.

Costa reflexionó.

—Sí, tiene sentido.

En la comisaría habían empezado a llamarlo así después de lo que Costa había descubierto en Bolonia. En realidad, hacía tiempo que conocían ese detalle, pero no le habían dado la debida importancia. Lo había mencionado Fosco, y también Maria Sinagra había descrito a un desconocido de pelo canoso que no paraba de sonreír.

Murmullos, el mendigo boloñés, había ayudado a resolver el enigma. Los labios del hombre que buscaban tenían una forma especial. Causaba sufrimiento con una sonrisa involuntaria tatuada genéticamente en la cara. Lamentablemente, la búsqueda en la base de datos de la Científica no había dado resultados apreciables. Algunos exconvictos que aparecían en el sistema de identificación de la policía tenían el rostro deforme, pero ninguno era el hombre que estaban buscando. Si había sido arrestado, ninguno tenía en su ficha esa peculiaridad.

—¿Por qué los personajes de los cuadros de Caravaggio? —insistió Valentina—. Aparte de su realismo, que me da escalofríos...

—¿No te gusta Caravaggio?

—No es mi género. A mí me gustan pintores como Chagall, Modigliani... Siempre he adorado esa manera de trascender la realidad física. El realismo no es más que una imitación de la realidad.

—Si nuestro hombre hubiese debido buscar personajes iguales a los de Modigliani, habría tenido problemas serios...

—¿Así que ha elegido a Caravaggio porque es realista?

—No creo que sea solo por eso. Debe de haber cultivado su pasión a lo largo del tiempo. Giampaolo me lo ha explicado. Dicen que Caravaggio es el pintor que mejor ha sabido captar los momentos más atormentados de la experiencia humana. Lo llaman el artista de las alucinaciones porque todo en él es intenso, exacerbado, extremo. Si hay un artista capaz de expresar el dolor, ese es Caravaggio. Un auténtico paraíso para un asesino en serie...

—Entonces ¿qué quiere realmente? ¿Qué hace con los...? —Calló. Iba a decir «cuerpos». Eso significaba que ya no pensaba en los desaparecidos como personas. Era terrible.

Sin embargo, Costa tenía razón: estaban buscando a un asesino en serie.

—Creo que mata a sus víctimas —dijo él, en efecto—. De eso estoy seguro. ¿Te acuerdas del glutaraldehído?

Valentina asintió. Sí, lo había pensado. Esa sustancia era una de las piezas más importantes. Sabía a qué se refería Costa, pero la perspectiva la inquietaba.

—El glutaraldehído —continuó él— solo puede servir para conservar intactos los cuerpos el mayor tiempo posible. No veo alternativas. Inyectarlo cuando están todavía vivos, como en el caso de Fosco, debe de ser parte de un proceso químico concreto. Ahora bien, también es una sustancia sumamente tóxica y él tiene que saber que inocularla causa la muerte.

—Hay que trabajar en eso... —susurró Valentina—. El glutaraldehído debe de ser la clave...

—Todavía hay más —añadió Costa— y tiene que ver con tu pregunta sobre Caravaggio.

Cogió unas hojas que había escrito con su letra pequeña e irregular.

—A lo mejor eso puede ayudarnos a comprender —dijo, pasando las páginas—. Me he movido un poco. He llamado a algún antiguo compañero y he pedido consejo.

Valentina se inclinó hacia él.

—Solo alguna llamada de teléfono —aclaró—. A investigadores que han estado por toda Italia y con los que trabajé en el pasado. Hablamos de lo que hemos hecho unos y otros y de nuestras experiencias. Para sacudirme un poco el polvo que tenía amontonado en la cabeza. La memoria histórica de los viejos polis a veces es el mejor recurso...

—¿Encontraste algo?

—Nada que pueda resultarnos útil, supongo. Pero algo que tal vez nos dé una idea de lo que podemos esperarnos. —Le pasó un correo electrónico—. Me lo ha enviado un amigo. Ahora es inspector jefe en Palermo, pero ha pasado por muchas comisarías, del norte al sur del país. Cuando le hablé de nuestro caso y le referí lo de los cuadros de Caravaggio, me pareció sorprendido. Me dijo que le recordaba una antigua investigación de cuando estaba en la policía judicial de Verona. Algo aparentemente insignificante pero con un detalle singular, espeluznante, me dijo, que se le había quedado grabado.

Valentina leyó rápidamente el correo. El hecho había ocurrido a principios de los años noventa, pero el compañero no recordaba exactamente la fecha. Un hombre había desaparecido de una pequeña localidad del interior de Verona. Era un mendigo, el tonto del pueblo, siempre borracho o diciendo tonterías. Su desaparición, aunque extraña, no preocupó mucho y tampoco lo buscaron demasiado. Todos creían que se había ido a emborrachar a algún sitio. Nunca volvió.

Varios meses después, durante un registro, se encontraron unas cintas de vídeo con grabaciones pornográficas. Sin embargo, en una de las escenas se veía algo que no tenía nada que ver con el sexo.

Tres hombres, encapuchados, levantaban una cruz del suelo y la colocaban en vertical. En la estructura de madera había un hombre mayor boca abajo, desnudo, con un trapo alrededor de la entrepierna, que gritaba y se debatía como un poseso.

Podía ser una especie de reconstrucción histórica, pero a los policías les chocaron la expresión y los gritos del hombre, por mucho que no hubiera sonido. Parecía todo auténtico. El infeliz tenía atravesadas las muñecas con clavos enormes y lo que brotaba de las heridas parecía sangre real. En un momento dado, ante el objetivo aparecía un cartel escrito a mano: LA CRUCIFIXIÓN DE CARAVAGGIO.

Uno de los agentes que había visto el vídeo había reconocido al mendigo desaparecido meses antes.

Lamentablemente, el inspector jefe amigo de Costa no recordaba el nombre de la víctima ni el pueblo donde había ocurrido el hecho. No habían logrado averiguar si la película era una especie de broma elaborada o un documento auténtico. Y, en el fondo, solo había desaparecido un marginado al que nadie tenía interés en buscar. Sin que ello perturbara sus conciencias.

Valentina miró a Costa, pasmada.

—¡Caravaggio! ¡Parece nuestra historia! —Estaba horrorizada. Lo de Verona confirmaba todos sus miedos. Si la desaparición de Andrea y de Kaimbacher estaba relacionada con la producción de algún tipo de *snuff movie*, el abismo en el que tendrían que hundirse era más terrorífico de lo que podía imaginarse.

—Calma, Valentina —le pidió Costa—. Esto tiene casi treinta años. Nuestro hombre no me parece que encaje aquí. Además, es el único caso que tiene cierta analogía con el nuestro.

—Pero ¿y si todo es cierto? Podríamos estar ante un emulador…

—La historia nunca se hizo pública, me lo ha asegurado mi amigo, y un emulador suele imitar casos muy sonados, los de criminales que han causado impacto. Los llamados *copycat* replican delitos famosos.

—Pero el Hombre que sonríe puede haber visto una copia del vídeo…, incluso puede conocer al que lo rodó…

—Eso es cierto. En cualquier caso, nos da una idea de lo que nos podemos esperar.

Era verdad. El horror de esa antigua historia procedía de la misma perversidad que se había llevado a Andrea y a Esther. Los seres que habían cometido aquellos actos espantosos nadaban en la misma oscuridad en la que nadaba su hombre.

Cuando se levantó de la silla, se tambaleó ligeramente. Había descubierto que el mundo que giraba a su alrededor tenía menos luz de la que siempre había esperado que hubiera. No se dio cuenta de que Fabio estaba a su lado y de que la estaba agarrando de los brazos.

—¿Te encuentras bien? —El tono era preocupado.

—No he comido nada desde esta mañana… —reconoció ella—. Y estoy cansada. Enseguida me encontraré mejor.

Sin embargo, cuando trató de moverse, volvió a marearse. Él la abrazó y ella apoyó la cabeza en su pecho.

—Deja que esté un instante así —murmuró Valentina con la boca en su jersey—. Espera un momento y me encontraré mejor.

Pero Fabio le cogió la barbilla, se la levantó y la besó.

Fue un instante, enseguida se separaron. Alguien llamaba a la puerta del despacho con energía.

—¿Qué pasa? —preguntó Costa.

—Perdonad —dijo Zucca—. Han llegado las fotos de ese mendigo. Y Loris Manna está muy nervioso.

45

—Esos imbéciles han mandado todas las fotos a la vez —gritó Loris, dando un puñetazo en la mesa y haciendo que hasta el monitor por el que ahora pasaban interminables listas de archivos se tambalease—. Había pedido que las mandasen a medida que las revelasen y las escaneasen. ¡Ahora tenemos el servidor repleto de no sé cuántas miles de fotos que hay que examinar juntas!

Valentina le puso una mano en el hombro y Loris se calmó en el acto.

—No pasa nada —le dijo—. De todos modos tenemos que mirarlas de una en una.

—Lo haremos todos —intervino Costa—. Nos las repartiremos y las examinaremos. Incluso más de una vez si es necesario.

—Pues empecemos —dijo Valentina.

Pasaron las siguientes horas revisando las fotos que Murmullos había tomado en los últimos dos años. La mayoría eran confusas, desenfocadas, movidas. Había cientos de caras, de manos, de pies a los que su objetivo había fotografiado por las calles de la ciudad. Y también animales y casas y coches yendo a toda velocidad, fragmentos de cielo y más cosas indescifrables.

Cada fotograma había que examinarlo con detenimiento, a menudo varias veces, destacando un fragmento, agrandando un detalle, buscando no perderse entre esos movimientos de colores improbables. Una vez que tenían la certeza de que la foto no era la esperada, pasaban a la siguiente.

Cuando Valentina levantaba los ojos de la pantalla, se cruzaba muchas veces con la mirada de Costa, donde le parecía que se había quedado enganchado ese beso dado a medias. Pero luego él volvía a sumergirse en la foto, o quizá lo suyo solo era imaginación mezclada con el cansancio que empezaba a notar.

Era medianoche y ya estaban perdiendo las esperanzas, cuando la voz serena de Angelo Zucca se oyó desde su asiento.

—A lo mejor aquí hay algo.

—¿Qué es? —preguntó con cautela Valentina, acercándose. Siempre había envidiado el carácter del policía. No perdía la calma ni en los momentos más tensos. Ahora, sin embargo, tenía una expresión que nunca le había visto.

En la pantalla de su ordenador estaba una de las muchas fotos de Murmullos, desenfocada y ligeramente sobreexpuesta. El rostro del hombre que miraba hacia ellos era poco más que una mancha blanca y borrosa. Destacaban dos agujeros negros que debían de ser los ojos. La mirada de un espectro que no espera que le hagan una foto.

Eso sí, se veía el pelo muy canoso que le llegaba hasta los hombros.

—Esa es una furgoneta —comentó Fabio, que se había acercado a ellos.

—Casi no se ve el color —dijo Zucca—. Por culpa de la mala calidad del carrete. Pero podría ser verde.

—¿Una furgoneta California?

Zucca se encogió de hombros. Era realmente una foto pésima.

El hombre había sido inmortalizado al lado del vehículo con la puerta lateral abierta.

La matrícula figuraba en la parte inferior derecha del fotograma, pero solo se distinguían las primeras dos letras, AN. Lo demás estaba demasiado desenfocado.

Valentina desahogó toda su frustración con un suspiro.

Costa meneaba la cabeza, inclinado hacia la pantalla. Estar tan cerca de una respuesta y no poder avanzar más era como estrellarse contra una pared.

Se enderezó.

—No desesperemos —murmuró—. No desesperemos. Angelo, tú sigue buscando. Es posible que Murmullos tomara varias fotos seguidas. Loris se ocupará de esta. Si ampliamos bastante ese fragmento, a lo mejor se consigue leer otro trozo de la matrícula.

—¿Eso crees? —preguntó Valentina, observando esa mancha de colores desteñidos y bordes tenues.

—Estoy seguro.

Manna se puso enseguida a la tarea.

El tiempo de improviso quedó en suspenso. En la sala parecía que solo estaba el técnico que trabajaba con aquella vieja foto.

No tardó mucho, aunque a ellos les pareció una angustiosa eternidad.

—Lo tengo —dijo Loris, simplemente.

Valentina se colocó a su lado.

—¿La matrícula? ¿Has conseguido limpiarla?

El inspector la miró, serio.

—Tengo algo más. Un nombre.

46

—Lo más que he podido obtener del software —explicó Manna— es parte de una matrícula, AN 34. Lo demás hemos tenido que reconstruirlo.

Todos sabían que no había ningún «hemos»: Loris había trabajado solo.

—Sin embargo, no ha supuesto un gran problema —continuó el inspector técnico—. Reconstruir la matrícula completa cruzándola con la asociación a una furgoneta California ha requerido cierto tiempo de elaboración, pero al final hemos conseguido un resultado.

—¿Qué has descubierto? —preguntó Costa.

—Tengan en cuenta que todas las matrículas que empiezan por AN se asignaron a la provincia de Roma en 2004. Son vehículos viejos. Casi todos desguazados. Así que amplié la búsqueda a los que ya no circulaban. Encontré dos que correspondían a furgonetas Volkswagen California que, sin embargo, según el registro de vehículos, fueron destruidas hace tiempo. Lo comprobé con el número de bastidor, no hay posibilidad de error. Las matrículas están a nombre de dos personas sobre las cuales he hecho todo tipo de comprobaciones. Sin resultados interesantes, lamentablemente.

—Loris, por favor... —exclamó Valentina.

—Sí, tiene razón. Perdone. Ahora bien, me dije que nuestro hombre no podía ser tan ingenuo. Probablemente lleve una matrícula falsa o copiada. A lo mejor, la copia de una matrícula de una furgoneta California. Si yo fuese él, es lo que haría. Como sabemos, en los controles de carretera miran en su base de datos solamente si la matrícula es de un coche robado o si lo llevan malhechores. Por regla general, salvo que tenga algo sospechoso, ningún agente consulta al Automóvil Club o el registro de coches, que es la única manera de comprobar si esa matrícula está asociada a un vehículo. Eso requiere demasiado tiempo para cruzar datos durante una simple comprobación.

—¿Entonces? —preguntó Costa.

—¿Conocen el SCNTT? ¿El Sistema Centralizado Nacional de Matrículas y Tránsitos? Es una red de videovigilancia en expansión que dirige nuestro Centro Nacional. Ha empezado en algunas ciudades elegidas al azar, pero ya ha dado buenos resultados. Graba en un servidor dedicado al tránsito de todo tipo de coches o motocicletas por algunos nudos importantes del país. Puedes reconstruir el itinerario de un vehículo, siempre que conozcas la matrícula, en el plazo de veinticuatro horas. He introducido las dos matrículas que encontré en el sistema. No sé si saben que Nápoles es una de las ciudades más organizadas desde el punto de vista de la red de videocámaras del SCNTT. Hay miles. El 14 de octubre, el día que Salvatore Esposto desapareció de su casa, el sistema captó la matrícula AN 346 NA tres veces. En la zona de Caivano, justo donde vivía el niño. En un horario compatible con su secuestro. Huelga añadir que es una de las matrículas registradas a una furgoneta California ya desguazada.

—Dios... —susurró Valentina.

—Espera un momento —dijo Costa, con un tono neutro—. Es una matrícula copiada, y encima de un vehículo desguazado. Así que no nos conduce a nada. El titular no es nuestro hombre.

Loris asintió.

—Así es. Pero el sistema no registra solamente la matrícula. También toma fotos. Y de las tres tomas que hizo el 14 de octubre de la AN 346 NA, una de ellas es realmente formidable. El conductor aparece de frente. Su rostro es bien visible, aunque hemos tenido que trabajar con un par de filtros para definirlo mejor.

Pulsó una tecla del ordenador y en la pantalla apareció la foto de la parte delantera de una furgoneta California verde como un frío mar en invierno. Detrás del parabrisas, iluminado por el sol de Nápoles, la cara del conductor. Un rostro anónimo, ojos muy negros y pelo lacio y canoso recogido en una larga coleta. El desconocido fotografiado por Murmullos, pero en alta definición.

El Hombre que sonríe.

Valentina y Costa estaban demasiado cansados como para alegrarse, pero la adrenalina empezaba a circular en sus venas. Tenían un rostro. Tenían su rostro.

Sin embargo, Loris Manna no había terminado.

—Hemos introducido el análisis de esta carota en el SARI —dijo—. Ha dado tres resultados con una aproximación bastante alta. Lamentablemente, el ángulo de la imagen no ha permitido más. De los tres individuos identificados, uno está actualmente en la cárcel y otro tiene antecedentes por delitos económicos. Pero el tercero..., ah, el tercero...

Loris Manna pulsó otras teclas, y en la pantalla apareció otra imagen. Parecía el mismo hombre captado al volante de la furgoneta en Nápoles, si bien los años habían modificado sus rasgos.

Unos ojos negros los miraban desde la inexpresiva grisura de la vieja ficha policial y daba la sensación de que los quería desafiar.

—Se llama Luca Sileri —concluyó con satisfacción Manna—, y desde hace años lo buscan por el homicidio de una chica.

47

Su imagen no les chocó. Aparte de la forma de los labios, que incluso cerrados sugerían una sonrisa torcida y permanente, el rostro de Luca Sileri era anónimo, frío, olvidable. Los ojos no manifestaban mucha inteligencia y el pelo, muy corto y ralo, era negro. No canoso.

—Es una foto un poco antigua, tomada en la cárcel cuando tenía veinte años —explicó Manna—. Luca Sileri tiene ahora treinta y dos. Antecedentes por actos obscenos y una condena de un año y ocho meses por robo cuando tenía diecinueve. Pero lo buscan desde 2016. Tiene una orden de prisión preventiva por el homicidio de una tal Teresa Franceschi.

Valentina repasaba los datos del archivo de la policía. Trataba inútilmente de mantener el mismo tono neutro de Fabio. En esa habitación, todos eran conscientes de que Sileri debía de ser su hombre.

El buscado presentaba el típico perfil psicológico del sociópata. Una madre que lo había abandonado muy pequeño, un padre violento y a la vez ausente. Una adolescencia dedicada a cometer hurtos. Una personalidad pervertida, conforme a lo que habían podido deducir los investigadores encargados del homicidio de Teresa Franceschi.

En septiembre de 2016, Sileri secuestró a la chica, empleada de un supermercado donde él trabajaba de repartidor. No se verificaron relaciones previas entre ellos. Franceschi desapareció una noche, a la salida del trabajo. Como suele ocurrir en las desapariciones de adultos, las investigaciones fueron escasas e infructuosas. Nadie pensó en un secuestro, no había motivo para ello. Y nadie relacionó nunca a Sileri con la pobre chica.

Cuatro semanas después, la policía fue avisada por los bomberos, a los que a su vez habían llamado unos inquilinos de un edificio de la zona de Tor Marancia, del extrarradio sur de Roma. Una horrible pestilencia salía de un sótano. No encontraban al dueño y los bomberos tuvieron que echar abajo la puerta. Lo que había en el interior del local era espantoso. El cuerpo de una mujer en avanzado estado de descomposición yacía sobre una cama impregnada de los líquidos de la putrefacción. La víctima estaba desnuda, el forense descubriría más tarde rastros de relaciones sexuales *post mortem*. En los pezones y alrededor de la vagina, señales de mordiscos.

Ahora bien, lo más sorprendente era el ataúd de acero inoxidable que había al lado de la cama. Se trataba de un contenedor unido a una bomba de inyección donde probablemente había estado el cuerpo de Teresa Franceschi, quizá mientras se hallaba viva. Tres goteros, todavía ensartados en el cuerpo de la víctima, contenían líquidos químicos.

El forense explicó ahí mismo a los investigadores cuál podía ser la función del mecanismo de la bomba de inyección. El asesino habría tratado de extraer sangre y grasas del cadáver para reemplazarlas por silicona y otras sustancias artificiales. El probable propósito sería el de tratar de conservar el cuerpo y su elasticidad bastante después de muerto. Una especie de embalsamamiento que, según el médico, haría que el cuerpo fuese «sexualmente utilizable».

Teresa, se comprobó después, había sido asesinada con una solución de formaldehído y acetona. Una manera de eliminarla y de prepararla enseguida para la conservación. Según el médico, sin embargo, el deceso no debía de haberse producido el mismo día del secuestro.

Su asesino la había mantenido con vida un tiempo.

El sótano donde había sido hallada pertenecía a Luca Sileri, si bien nadie recordaba haberlo visto nunca por ahí. Unas semanas antes, los vecinos habían reparado en la furgoneta del supermercado aparcada delante del sótano, y además ahí, en el sótano, habían oído ruidos. Pero nadie podía imaginarse lo que estaba pasando. Por otro lado, todo el mundo iba a lo suyo.

La investigación fue rápida y relativamente sencilla. Tras el registro del piso de Sileri se averiguó que su ADN coincidía con el líquido seminal y la saliva todavía presentes en el cuerpo de Teresa. La fiscalía solicitó una orden de captura por secuestro de persona, homicidio, ocultación y vilipendio de cadáver. Pero Sileri ya había desaparecido. La historia estuvo en los medios locales y nacionales unos días y después se archivó.

—El glutaraldehído... —murmuró Valentina—. He ahí la explicación. Lo utiliza con el fin de preparar los cuerpos para una especie de embalsamamiento. Dios mío, Fabio, es lo que tú decías.

Costa arrugó la frente.

—Sigue habiendo detalles que no encajan. Ante todo tenemos que acceder a su expediente.

—Hablaremos con los investigadores que se ocuparon de él. ¿Pero ahora...?

Costa comprendió a qué se refería Valentina. Habían identificado al Hombre que sonríe. Sin embargo, se les seguían escapando muchas cosas. Además, se precisaban pruebas más concretas. Desde luego, no eran suficientes la foto desenfocada tomada por un mendigo o la que se había hecho con un sistema de videovigilancia de carretera.

Ahora que conocían la identidad del hombre que buscaban, tenían todavía más preguntas que antes.

—Hay que ir a Roma —decidió Valentina—. Ahí es donde Sileri comenzó a matar. Ahí es por donde tenemos que empezar.

Costa coincidía con ella. Pero llegaba más lejos. Ahora sabían quién era. Tenían que descubrir dónde estaba.

—Saldremos mañana temprano —dijo—. Tendrás que decírselo a tus jefes. Esto ya no lo podemos ocultar.

—De acuerdo. Pero tú estarás conmigo, ¿verdad?

Lo miraba, reclamándole una respuesta inmediata y clara, y Costa se preguntó si tenía algo que ver el beso que se habían dado. Si era así, tenían un problema.

Después de mucho tiempo, volvió a sentir la angustia que lo había acompañado en la vida anterior.

Pero no por sí mismo.

48

—Caravaggio tiene muchos admiradores. No todos cuerdos.

Loris apuró el último trago de cerveza. Miró alrededor, llamó a una camarera y le pidió otra pinta. Giampaolo D'Avanzo lo observaba con interés. Manna era un policía singular. No le pegaba llevar pistola y estaba en su salsa entre algoritmos y softwares. Sin embargo, la larga melena rubia, la barba de tres días y su actitud decían algo más. Le habían dicho que era gay, se lo habían contado en voz baja como si fuese un secreto inconfesable, y D'Avanzo pensaba que el ambiente de la policía seguía siendo lo bastante homófobo como para hacerle difícil la vida a alguien como él. Sin embargo, Loris exhibía simplemente su profesionalidad.

Tras el descubrimiento del nombre de Luca Sileri, y el rato que había estado buscando su foto, habían vuelto al programa sobre Caravaggio. Loris era un auténtico sabueso y daba la impresión de que nunca se cansaba.

Acababan de terminar la parte más importante del trabajo, esto es, introducir en el sistema todas las obras de Caravaggio, y ahora estaban analizando también las imágenes sacadas de cuadros de otros artistas. Habían decidido ampliar la búsqueda a los más famosos retratistas del Renacimiento, en concreto, a los primeros que habían dado a sus personajes una profundidad y una semejanza que podrían escanear y reconocer los algoritmos de DIOS. Caravaggio había inventado una nueva manera de pintar, pero luego muchos lo habían imitado. Y si ningún software para el reconocimiento facial podría jamás utilizar los cuadros de Giotto o Cimabue, demasiado bidimensionales como para ofrecer puntos de reconocimiento útiles, había cientos de retratos del Renacimiento en adelante en los que podían identificarse rostros y rasgos de personas reales.

Ahora bien, conforme avanzaban se iban convenciendo cada vez más de que Costa tenía razón. El Hombre que sonríe no había elegido a Michelangelo Merisi solo por el verismo de su pintura. Era el pintor perfecto para esa búsqueda insensata.

La identificación de Luca Sileri no modificó su enfoque. En ese sentido, Costa fue categórico. Ante todo, aún no tenían la prueba definitiva de que él fuese realmente el hombre que estaban buscando. Hasta donde sabían, el perfil que habían trazado del asesino obsesionado por Caravaggio no se correspondía con la personalidad de Sileri. Pero, sobre todo, Sileri era, de momento, una sombra inasible y, por eso mismo, irrelevante en su trabajo. Su tarea seguía siendo la de observar los acontecimientos y la de encontrar probables correspondencias entre las víctimas de desapariciones y las obras del pintor. Sin distraerse.

Aunque una cerveza rápida no podía hacer daño.

El local que habían elegido se llamaba El Buitre, y era un homenaje a la saga vampírica de *Crepúsculo* que había hecho mundialmente famosa a Volterra. Sobre todo, era el único local que cerraba tarde. Y tenía una cerveza artesanal de grifo realmente buena.

—¿No compartes? —dijo en ese momento Loris, y durante un instante D'Avanzo creyó que se refería a la tercera ronda de cerveza, hasta el punto de que se dio prisa en apurar lo que le quedaba en el vaso—. Si no compartes el entusiasmo de los admiradores de Caravaggio, quiero decir —aclaró Loris.

—¿A qué te refieres? —preguntó el experto en arte—. ¿Que quien ama a Caravaggio está tan loco como él?

—¿Caravaggio estaba loco?

—Más que loco... era un hombre inquieto. Sabes algo sobre su vida, ¿no?

Loris asintió y estuvo a punto de perder el equilibrio en la silla. Esa cerveza era demasiado fuerte.

—Sé que era un asesino —dijo, añadiendo bastantes eses innecesarias—. ¡Si retrocediéramos en el tiempo a lo mejor podríamos capturarlo! —Rompió a reír.

D'Avanzo rio con él.

—Sí. Podría ser.

—Un alma sombría...

—Un alma sombría —admitió—. Un hombre que siempre estaba huyendo, que vivió a la sombra por necesidad y a lo mejor por eso la luz es tan importante en sus cuadros. ¿Sabes que casi todo lo que conocemos de él ha salido de los archivos judiciales de la época? Su fama de pintor es muy muy posterior a la de criminal.

—Eso confirma mi teoría —masculló Loris.

—¿A saber?

—La de que ese es el motivo por el que atrae a tantos desequilibrados.

De hecho, por si acaso habían revisado la web y los archivos de la policía en busca de alguna referencia a Caravaggio. Los resultados obtenidos eran de algún modo sorprendentes. Había en el mundo grupos esotéricos que veían en los cuadros del pintor la representación de símbolos e itinerarios iniciáticos premonitorios de catástrofes. Otros creían que Caravaggio era en realidad la reencarnación de un nigromante que captaba las almas de las personas que retrataba. Había una sociedad llamada «Adoradores de las Cabezas Cortadas», que veía en la obsesión del artista de pintar episodios históricos o mitológicos de decapitación una invitación a practicarla, en nombre de una suerte de purificación espiritual. Tanto sugestionaban las obras de Caravaggio que en las mentes de muchos suscitaba la más desenfrenada fantasía.

D'Avanzo tuvo que admitir que Caravaggio podía provocar ese efecto. Por ello resultaba fácil pensar que la mente del hombre que estaban buscando había sido estimulada por la maestría tenebrosa del artista.

—A propósito, te he hablado de Guido Marchesi, ¿no? —dijo de repente Loris, extrayendo del bolsillo una hoja arrugada—. Antes de morir nos dio a entender que no nos hallábamos ante un caso de pederastia. Ha sido gracias a sus vagos reconocimientos como he empezado a sondear en la dark web. En realidad, Marchesi solo había rozado la superficie, aunque debió de intuir algo que no tuvo tiempo de revelarnos. Creo que incluso lo asustaba lo que había descubierto... o lo que había encontrado. Pero yo he llegado más lejos. Y no ha sido agradable, créeme. Mira, hoy me he topado con esto.

Con mano temblorosa le agitó delante de la cara una hoja. Había llegado el momento de no beber más. D'Avanzo no estaba seguro de que tanta teatralidad fuera fruto de la ebriedad.

—Es la transcripción de una conversación entre dos tipos sacada de un chat —prosiguió Loris—. Estaba en inglés, pero he hecho que la traduzca el intérprete de la comisaría, por seguridad.

Se la leyó, balbuciendo:

> ETERNAUT@: Dicen que David y Goliat es precioso.
> NIGHTGAUNT@: Mejor que el original de Caravaggio.
> ETERNAUT@: Más sensual. La cabeza cortada del gigante parece viva. Tiene labios carnosos. La sangre brilla en la noche.
> NIGHTGAUNT@: ¿Qué querrías hacer?
> ETERNAUT@: Tengo un par de ideas. No sé si todavía tiene la lengua, pero sería fantástico.
> NIGHTGAUNT@: Me estás excitando.

D'Avanzo levantó los ojos, perplejo y un poco nauseado. No comprendía.

—¿Qué es?

Loris miraba el fondo de la pinta de cerveza.

—No lo sé. Ya te lo he dicho, el sistema lo ha sacado de la dark web..., una ventana en una subestructura que luego se cerró enseguida y ya no he podido volver a encontrar. Un fragmento de un chat. Marchesi debe de haber entrado en algo así. Me dio escalofríos.

Sí. Giampaolo D'Avanzo tenía también esa sensación desagradable.

—¿Puede ser útil en nuestra investigación? —preguntó.

—No lo creo. Naturalmente, no he podido dar con la IP de los dos usuarios, porque utilizan una red *friend-to-friend* y las comunicaciones iban y venían de varias *onion routers*...

—No he entendido nada...

—En lo que no es arte, eres un auténtico ignorante. En cualquier caso, creo que chateaban incluso desde dos continentes distintos. Uno quizá en Estados Unidos, el otro, en algún país de Asia. Nada que ver con nuestro hombre canoso. Lo único que quiero decir es que Caravaggio aparece en todas partes... y que no todos los lugares en los que lo nombran son agradables. —Tomó el último trago de cerveza—. Lástima que no pudiéramos volver a interrogar a Marchesi...

Un mensaje llegó al móvil de Manna, que miró a D'Avanzo con gesto de repente preocupado.

—Es él... —dijo.

—¿Quién?

—El aviso que hemos programado en el sistema —dijo Loris—. ¡Es Dios advirtiéndonos!

Dios nos habla de diferentes maneras, en efecto, pensó absurdamente D'Avanzo. Pero ¿por medio de un mensaje al móvil?

Loris leyó el texto. Pese a las luces tenues que había en El Buitre, D'Avanzo se percató de que Loris había empalidecido.

—Dios mío —murmuró el técnico.

—¿Qué pasa?

Loris lo miró, estupefacto.

—El sistema ha encontrado una coincidencia —anunció—. Otra desaparecida relacionada con Caravaggio. Ha ocurrido ahora mismo... ¡Nuestro hombre acaba de atacar!

49

El sonido del móvil la encontró despierta a pesar de la hora. Era como si lo estuviese esperando. Apartó las sábanas, se sentó en la cama deshecha y respondió.

Habló un poco y colgó. Los temblores que la recorrieron ya le resultaban familiares. Nunca se acostumbraría, y no creía que esa historia fuera a ahorrarle otros.

Miró el lado de la cama donde no había dormido. Las sábanas en parte todavía intactas. Esa noche, por un momento pensó invitar a Fabio a su habitación. El beso que se habían dado había aumentado la confusión de su mente y de su corazón. Se quedó en vilo sobre esa frontera bastante rato.

El teléfono volvió a sonar. Era Fabio.

—Me ha llamado Loris. Ha desaparecido una chica. Anoche. En un pueblo que está cerca del lago Trasimeno... No está muy lejos de aquí.

Fabio le parecía completamente despierto. Quizá tampoco él había podido dormir.

—Te ha dicho a quién se parece, ¿verdad? —le preguntó.

—Su rostro es idéntico al de un cuadro de Caravaggio, *Santa Catalina de Alejandría* —respondió Fabio—. Es él, Valentina. Sigue aquí.

LA PIEL, LA CARNE, LOS HUESOS

50

En las grandes vidrieras se estrellan las luces que captura el agua, de modo que en la noche sin nubes parece que el lago se extiende mucho más allá de sus bordes y que invade las casas de la ribera, desbordándose hasta por encima de las ventanas iluminadas.

Estás tan fascinado por ese juego de espejos que no puedes apartar la mirada de la imagen especular de la gran superficie oscura, en realidad detrás de ti, que se refleja en los cristales del restaurante. Hasta el punto de que los pocos clientes que ves dentro parece que están cenando bajo el agua.

También ella.

También ella se mueve lentamente y, debido a ese juego de reflejos, parece que lo hace en el despacioso morir de las olas en la orilla. Y tú no dejas de mirarla.

No te cabe en la cabeza que pueda ser tan guapa. Tampoco sabrías decir por qué lo es. Y no consigues comprender cómo no te habías dado cuenta de eso antes. Las fotos siempre engañan. De todos modos, tendrías que haber previsto el efecto que te iba a producir. Cuando estudiabas sus imágenes tendrías que haberlo comprendido. Pero a ella, a diferencia de las otras veces, no has ido a buscarla preparado.

Ya te ha ocurrido que un rostro no se correspondía con las exigencias finales. Pudo ser por un rasgo, por ejemplo, por una nariz no del todo adecuada o por un tono de los ojos que no coincidía con la imagen a la que te remitías. En ciertas ocasiones has tenido que renunciar y comenzar otra vez desde el principio.

En otras, has pensado que el parecido era aceptable, aunque imperfecto, y has concluido la tarea.

Esta vez, sin embargo, algo ha malogrado todas las previsiones.

Puede que fuera cuando la viste salir de su casa desde tu furgoneta-refugio, aparcada al otro lado de la calle. Puede que en ese momento te surgiera la primera duda. Observaste el paso ligero como un baile, la piel clarísima, el pelo agitado por el viento gélido que soplaba desde el lago, el contorno del rostro.

Te abrumó un pensamiento que creías perdido: el deseo. Hacerla tuya, totalmente tuya.

Eso era fácil. Solo tenías que proponértelo.

Mientras la seguías desde lejos, en el trayecto de su casa al restaurante, quizá tu mente empezó a elaborar todas las posibilidades que cabían.

Ante todo, la eventualidad de no matarla enseguida.

¿Puedes hacerlo? ¿Y cuánto te supondría esa opción?

Aparcaste la furgoneta a un paso de la pequeña dársena, delante de la fila de los veleros que debido al agua agitada se entrechocan, como fantasmas borrachos.

La chica entró en el restaurante, sin reparar en ti. Es una persona segura. Quizá un poco ingenua. Y tú sabes cómo volverte invisible. Ya conoces sus hábitos, sus manías. Los datos recabados antes de actuar sobre el terreno son esenciales.

Trabaja como camarera en ese agujero donde se comen anguilas fritas, anguilas guisadas, anguilas a la plancha, y tú te preguntas cómo puede soportar todo el tiempo esa peste a peces de lago, ese olor a algas y aguas estancadas que da náuseas. Como ahora, a pesar de que estás en la calle, mientras los humos de la cocina llegan hasta la entrada. LA CORTE DEL LAGO, reza el cartel del local, tratando de disimular la auténtica naturaleza de un pobre chiringuito.

—¿No quiere pasar?

Su voz te estremece. Absorto en tus pensamientos, no te has dado cuenta de que ha salido del restaurante y se ha acercado a ti. Debe de haber recorrido casi corriendo los pocos metros que hay hasta la entrada para pillarte así tan de sorpresa. Al final, resulta que no es tan ingenua y que tú no has sido tan invisible.

—¿Cómo? —farfullas.

—Lo he visto aquí fuera, dubitativo, y me he dicho... Bueno, sepa usted que aquí se come bien.

La miras, cortado.

—Y no es caro —añade la chica, interpretando mal tu vacilación—. Venga, pase. Le diré a Osvaldo que le haga el descuento especial para los clientes nuevos... Porque usted no es de aquí, ¿verdad?

Te estremeces cuando te toca delicadamente el codo para invitarte a pasar.

—No, usted no es del lago.

¿Por qué estás temblando?

—¿Entonces? ¿Pasa?

Asientes. ¿Qué otra cosa puedes hacer?

La sigues dócilmente al interior del local, procurando no rozarla.

Procurando no ponerte en evidencia.

51

El viaje de Volterra a ese pueblo situado en la orilla del lago Trasimeno duró menos de dos horas, debido también a la conducción de Zucca, que corría como un loco con el potente Subaru. Detrás de ellos iba otro coche, con un par de agentes. Nadie más.

Manna se había quedado en la comisaría con el ya inseparable D'Avanzo, por si surgía algo y para continuar analizando datos. La recopilación y la valoración rápida y correcta de toda información eran esenciales.

La chica desaparecida, Rosanna Bacci, tenía veintitrés años y vivía en Passignano sul Trasimeno, una ciudad turística de cincuenta mil habitantes situada en la orilla septentrional del lago. Vivía sola en una casita que daba al lago, desde que, dos meses atrás, su madre falleciera. Decían que era una buena chica y juiciosa. No tenía compañero y ningún pariente vivo. Tras la desaparición de su madre y debido a la soledad, había sufrido una leve depresión, pero no había faltado un solo día a su trabajo de camarera en el restaurante La Corte del Lago, especializado en platos lacustres y de cocina familiar.

La víspera se presentó, como siempre, a las seis en punto para el turno de tarde, se cambió de ropa, charló un rato con el cocinero, Osvaldo, y preparó el salón grande que daba al lago Trasimeno. Osvaldo refirió, echando la vista atrás, que la había encontrado bastante nerviosa y poco locuaz, pero eso le pasaba a menudo desde que estaba sola. Rosanna salió a sacar un bolsón de basura. Tendría que haberlo sacado hasta la puerta de entrada, que haber doblado a la derecha, que haber llegado hasta un seto que bordeaba el jardín y que haberlo tirado en uno de los contenedores. Una tarea en la que se tardaba menos de cinco minutos.

Pero Rosanna ya no había regresado.

Al principio no se preocuparon. Pasaba a veces que alguno de los empleados aprovechaba esa breve salida para fumar un cigarrillo o para llamar por teléfono antes de volver al trabajo. Sin embargo, al cabo de media hora, empezaron a inquietarse. Fueron a buscarla, pero no la encontraron. Esperaron al menos veinte minutos más, sin saber qué hacer, y por fin llamaron a la policía.

Mientras Zucca apretaba el acelerador, Valentina releía otra vez los primeros informes que le habían llegado por correo electrónico. No prometían nada bueno.

—¡Una correspondencia formidable, formidable!

El tono de Manna, cuando la había llamado esa noche, era una mezcla de entusiasmo y de horror.

—El comunicado es de hace menos de una hora. Puede que alejamiento voluntario, puede que suicidio. Pero la chica es exactamente igual a la *Santa Catalina de Alejandría* de Caravaggio. Sus fotos alcanzan una correspondencia del noventa y ocho por ciento. El sistema dio con ella enseguida una vez que introdujo la noticia de su desaparición.

Quince minutos después, Valentina y Fabio se encontraban en la comisaría. Zucca se estaba ocupando de preparar la partida inmediata.

Fabio le pareció más tranquilo de lo habitual.

—Ve tú —le dijo.

—¿Cómo dices? —se alarmó—. ¿Tú no vas?

—Yo haré lo que habíamos decidido. Iré a Roma para averiguar quién es Luca Sileri, siempre que él sea nuestro hombre.

—Me resultarías más útil en ese condenado pueblo…

Fabio le acarició el rostro. Un roce tímido y espontáneo, que velaba la misma dulzura de la que había brotado el beso de la noche anterior. Un beso que ya formaba parte de sus recuerdos.

—No lo creo —objetó él—. Te las arreglarás muy bien. Pero alguien tiene que ir a Roma. Es más, tendría que haberme marchado ya hace horas. Ahí es donde a lo mejor encuentro la manera de descubrir dónde se esconde Sileri.

Valentina sabía que las probabilidades de identificar a un prófugo buscado desde hacía años y del que hacía tiempo no había rastro eran realmente escasas. Y, una vez más, se sintió inapropiada para esa misión. ¿Quién era ella para conseguir algo donde otros policías habían fracasado? ¿Por qué iba a creerlo?

En cambio, se fiaba de Fabio.

Mientras corrían hacia el lugar del último delito perpetrado por el Hombre que sonríe, Valentina se preguntaba cuánto confiaba Costa en esa predicción. Encontrar a Luca Sileri le parecía una tarea imposible.

52

Tiene ojos grandes y curiosos. Miran hacia la derecha pero no se detienen en el horizonte, llegan más allá. Y también sus labios parecen querer señalar algo. Están ligeramente cerrados. Han sido captados justo antes de fruncirse, quizá en una sonrisa que nadie verá nunca.

Había una foto en concreto que parecía poder sobreponerse casi perfectamente a la de santa Catalina. También ahí, Valentina distinguía cierta alegría contenida.

Pasando las imágenes en la tablet, se convenció de que el monstruo había visto precisamente esa fotografía de Rosanna, en la que aparecía después de un día de trabajo en la piscina. La chica no destacaba en el deporte, pero sin duda se sentía orgullosa de esa foto que le había hecho un amigo. Y la había subido a Facebook sin problemas. Con el pelo recogido y mojado, su expresión concentrada y la media sonrisa, era exactamente igual a la santa retratada por Michelangelo Merisi. Su futuro secuestrador debió de quedar fulgurado por el parecido.

Y eso la había condenado.

Llegaron a Passignano cuando la búsqueda de Rosanna acababa de empezar. Los primeros en intervenir fueron los carabineros, pero después desde la comisaría de Perugia, instados por el Servicio Central, llegó un equipo de la policía judicial. La policía provincial inspeccionaba el lago con la ayuda de los buzos y había controles de carretera en todo el territorio. El grupo de Valentina había denunciado la furgoneta Volkswagen California verde oliva matrícula AN 346 NA, pero las esperanzas de interceptarla se esfumaban con cada segundo que pasaba.

En La Corte del Lago los policías estaban interrogando a los potenciales testigos. Un hombre corpulento, de pelo entrecano, embutido en un chaquetón ajado, salió del grupo y se acercó a Valentina.

—Soy el subcomisario Leonardini, de la policía judicial —se presentó.

—Valentina Medici, SCO.

Leonardini le estrechó la mano.

—Han llegado ustedes pronto. Le cuento lo poco que hemos podido averiguar.

Le explicó que todos los empleados del restaurante habían coincidido en afirmar que la chica desaparecida no tenía enemigos, no se movía en grupos raros ni tenía amigos extraños, era una persona práctica aunque de mentalidad algo simple, si bien podía sufrir algún problema psicológico. Desde que se había quedado sola, sin un solo pariente, sin amigos ni novio que la ayudasen, tenía el ánimo muy bajo. No podían descartar el suicidio, aunque a nadie le había parecido tan desesperada como para que fuera a quitarse la vida.

Ahora bien, en los últimos días parecía muy recuperada. A lo mejor tenía una nueva esperanza. Ese tipo canoso daba la impresión de estar enamorado de ella.

Valentina se sobresaltó.

Leonardini esbozó una sonrisa triste.

—Sí, sé lo que piensa, he leído el comunicado que enviaron hace unos días. Pero, lamentablemente, no tenemos una descripción unívoca de ese hombre... Alguien pensó que era su nuevo amor, pero nadie ha proporcionado un identikit válido.

—¿Qué quiere decir? —preguntó Valentina.

—Todavía tenemos que terminar los interrogatorios, pero, de momento, tres camareros han dado una descripción distinta. Jugarretas de la memoria. Para dos de ellos era flaco y alto, era gordo y bajo para el tercero. No tenía más de treinta años para uno, mientras que los otros dos dicen que podía tener incluso cincuenta. El hecho es que ninguno se le acercó lo suficiente para verle bien la cara. Dicen que apareció hace dos días y que se sentó a la mesa más alejada de la cocina, la que está al lado de la puerta de entrada. Y que solamente Rosanna lo atendió. Es más, que fue clara: ese era un cliente especial al que iba a atender solamente ella. A los otros les sorprendió eso. Comentaron entre ellos que quizá por fin había encontrado a alguien que le gustaba y que a lo mejor así le cambiaba el humor. Los testigos coincidían en un solo punto: el pelo canoso y largo hasta los hombros. Una vez se presentó con coleta y otra con el pelo suelto.

—¿Dos veces? —preguntó Valentina.

—Sí, anteayer por la noche y ayer. Siempre a la hora de cenar. Entró, se sentó, comió rápidamente y se marchó. La única con la que cruzó alguna palabra fue con Rosanna. Pero nadie le preguntó a ella de qué hablaron.

Valentina asintió mientras trataba de hacerse una idea.

—Le daremos la foto de un sospechoso —dijo—. Para que la enseñe a los testigos. Pero es de hace muchos años. Estamos elaborando una en la que el tipo está debidamente envejecido.

—Bien. Pero no espere gran cosa. Estos no verían un elefante en medio de un salón.

—¿Han estado en la casa de la víctima?

—Sí, tengo un par de chicos ahí. Le hemos pedido permiso al juez de guardia para entrar, pero parece que todo está en orden. Estamos hablando con los vecinos...

—Me gustaría ir también —decidió Valentina.

—Otra cosa —añadió Leonardini—. Nadie ha reparado en el vehículo en el que el hombre llegó y se ha marchó. Pero conociendo cuál es la furgoneta por los datos que han dado ustedes, he mandado hacer búsquedas en la zona. Alguien la habrá visto, si es cierto que lleva rondando por aquí desde hace al menos tres días. Estoy tratando de recuperar las imágenes de todas las cámaras de vigilancia que conseguimos identificar.

—Y acordémonos de contactar con la policía municipal y de tráfico de los ayuntamientos próximos. Tenemos que revisar los radares y las cámaras de los semáforos —dijo Valentina.

Una ráfaga de viento procedente del lago hizo vibrar el amplio ventanal. Ambos se volvieron hacia la extensión de agua oscura. A Valentina le pareció casi entrever, detrás de los reflejos del cristal, la sombra de Rosanna pidiendo auxilio, sin voz.

53

Estás parado desde hace una hora. Y algo no está bien, lo sabes.

Has aparcado la furgoneta en un sitio seguro, como siempre. Esta vez es una antigua casa derruida, de la que quedan en pie solo tres muros y parte del tejado, pero es un escondite perfecto, muy alejado de la carretera y rodeado de maleza y zarzas. Te ha costado bastante despejar un sendero para que pase la furgoneta, el resultado es perfecto.

Pero algo no está bien.

Has dormido a la chica, sin estropear su belleza, sin menoscabar su integridad física, y ahora te parece todavía más atractiva que cuando la viste por primera vez.

Estás a un paso de completar el proyecto.

Pero ¿qué te pasa?

Te vuelves, abres la mirilla para ver la parte trasera de la furgoneta. Todo parece en orden. El catre pegado al suelo. El gotero puesto. La manta eléctrica que no le tapa la cabeza.

Es ella.

Tiene los ojos cerrados, está sumida en el sueño artificial que le has provocado, e incluso así, pálida como si el infierno ya se la hubiese llevado, es perfecta. Pero hay algo en ella que aún no comprendes y que te está destruyendo.

Te atrae su vitalidad, no su muerte.

Y eso no está bien. Ya has arriesgado mucho, demasiado. Ella te ha visto. Te ha hablado. Te ha sonreído.

Ella ha reparado en ti.

Cierras la mirilla y vuelves a colocar las manos en el volante. Tienes que mantener la calma. Respetar los tiempos. Las reglas. Como siempre. Antes o después sabrás qué debes hacer.

Tienes que esperar, y aguantar.

Antes o después, sabrás.

54

Por la noche se quedaron hasta muy tarde, y Giampaolo D'Avanzo se tumbó, vestido, en uno de los sofás que había en la comisaría.

Dejó solo delante del ordenador conectado al servidor llamado DIOS a Loris Manna, que, aunque también exhausto, quería acabar de introducir en el sistema unos datos y probar un nuevo algoritmo de búsqueda. La ausencia de parte del equipo que se había desplazado al lugar de la desaparición de Rosanna Bacci los había dejado luchando solos con Caravaggio y sus personajes. A pesar de la nueva emergencia, lo imperativo era seguir buscando correspondencias y conexiones. Y lo estaban haciendo sin parar. Ese era el primer descanso que se tomaba en días.

Aún no había amanecido cuando se despertó. Se acercó a Loris, que estaba moviendo un proyector. El reflejo de los monitores a los que estaba conectando el aparato resaltaba sus ojeras negras y profundas.

—¿Qué estás haciendo?

—He trabajado bastante —dijo el inspector, pero sin la nota de satisfacción que solía tener su voz cuando descubría algo nuevo—. Este es el resultado.

En la pared blanca se veían, a un lado, las imágenes de cinco personas, tres mujeres y dos hombres. Al otro, el detalle del mismo número de obras de Caravaggio. Cinco rostros que el artista había pintado con su habitual maestría. Los ojos vivos, los labios en movimiento. Hasta los pliegues del cuello y la línea de una oreja estaban trazados con una verosimilitud impresionante. Caravaggio era inigualable captando el instante de un gesto, una acción, a la manera de un insuperable fotógrafo de nuestro tiempo.

Los cinco sujetos capturados por el sistema SARI de Loris eran parejas perfectas, pero reales, de los personajes de Caravaggio con los que Loris los estaba cotejando.

—¿Quiénes son? —preguntó Giampaolo, pero ya lo sabía.

—Personas desaparecidas el año pasado. Ese maldito mata desde hace a saber cuánto tiempo y nadie se ha enterado nunca.

El crítico de arte conocía muy bien los cinco rostros que DIOS había extrapolado de los cuadros de Caravaggio. Estaba Holofernes y, del mismo cuadro, el rostro de la vieja criada que se dispone a recoger la cabeza decapitada del general. Y luego el rostro hundido y la larga barba de *San Jerónimo escribiendo*. La gitana que en *La buenaventura* lee la mano del caballero. Y, por último, el rostro seráfico de la *Madonna de Loreto*, uno de sus cuadros preferidos.

Los desaparecidos eran imperfectos gemelos de esos personajes. Un hombre barbudo, un viejo, una anciana, el rostro mofletudo de una mujer y la cara angelical de una chica que quizá jamás sabría que se parecía a una virgen barroca del siglo XVII.

Hombres y mujeres que, un día, se habían esfumado. De casa. De la oficina. De la calle en la que vivían. Apartados de su vida sin explicaciones o motivos aparentes. De muchos de ellos a lo mejor se había hablado en largos programas de televisión. De algunos se había presumido el suicidio. Casi todas las desapariciones se habían atribuido a alejamientos voluntarios. En el fondo, podían ser adultos que habían decidido esfumarse en la nada, quizá para rehacer su vida. En cambio, los fríos algoritmos de DIOS contaban otras historias. Historias terroríficas. Historias para no dormir. Para seguir con las pesadillas.

—Y hay más —murmuró Loris, que no podía apartar los ojos del resultado de sus investigaciones.

—¿Más? —preguntó Giampaolo, cada vez más aturdido y angustiado.

—DIOS está empezando a funcionar a lo grande —dijo el técnico sin alegría—. Es una inteligencia artificial que afina sus propias capacidades a medida que adquiere informaciones. Se perfecciona y sabe dónde ir a buscar. Ya me está indicando otras coincidencias. Semejanzas. Dios mío..., pero ¿cuántos son?

Giampaolo no lo sabía. Pensó en Fabio y en Valentina y en los otros que estaban ahí fuera, buscándolo.

—Tenemos que avisarles —dijo—. Tenemos que explicarles a quién se enfrentan. Porque todavía no se imaginan quién es.

55

Era un viejo adosado de dos plantas de pocos metros cuadrados que necesitaba una buena reforma. Pero todo estaba ordenado y limpio, señal de que Rosanna cuidaba su casa.

En el interior, Valentina tuvo la impresión de falta de carácter, de ausencia de personalidad. No había más flores que las de los sencillos manteles y cortinas. Solo había un par de fotografías enmarcadas con los rostros serios y anónimos de parientes de épocas pasadas. Los únicos cuadros eran las clásicas marinas y unas pésimas naturalezas muertas de las que se venden en centros comerciales. No había colores ni luz. No había felicidad. Es más, quedaban restos de una felicidad perdida y nunca recobrada.

Valentina se preguntaba quién era Rosanna Bacci. ¿En aquello que veía solo había falta de gusto o algo más? Era como si ese modesto espacio no fuese realmente suyo, como si no lo sintiese así. Vivía ahí como si estuviese en un hotel, en suspenso por un tiempo indeterminado. ¿Por qué?

En una foto se veía a Rosanna abrazada a una mujer mayor que ella. La chica reía. La otra, que debía de ser su madre, no. En la inerte severidad de esa expresión, Valentina creyó intuir la naturaleza de la relación que las unía. Una madre autoritaria que impedía a su hija levantar el vuelo, a lo mejor temiendo que no fuese capaz de sobrevivir en el malvado mundo exterior. Y una hija que aceptaba sumisamente vivir a la sombra de su madre, encantada de no tener que preocuparse de nada.

Solo que su madre ahora estaba muerta. Y esa casa ahora aún más vacía era la única testigo, en su opacidad, de lo que la mujer había sido. Rosanna no había aprendido todavía a vivir sola.

Únicamente un detalle desentonaba, un toque personal que la sorprendió e inquietó.

En la habitación de Rosanna —una modestísima cama mirando a una plaza, muebles de segunda mano, ninguna calidez— destacaba un grabado sin marco, con los bordes descoloridos por el tiempo. Estaba apenas diez centímetros por encima de un espejo manchado y reproducía detalles del cuadro de Caravaggio sobre santa Catalina. El rostro de la santa ocupaba todo el espacio, y quien no conociese el origen de la pintura pensaría seriamente que el autor había utilizado a Rosanna como modelo. La chica había pegado esa sencilla reproducción a la pared —el extraordinario parecido sobre el que alguien, quizá, le había hablado un día y que a ella tuvo que llamarle la atención—, probablemente encantada, pero sin imaginarse que estaba exponiendo el motivo por el que caería en manos de un asesino.

Valentina estaba sola en esa quizá inútil inspección. Zucca y los restantes hombres de su equipo se habían quedado para ayudar a los policías de la zona, mientras que ella sintió la necesidad de formarse una idea de quién era Rosanna, sin interferencias ni distracciones. Estaba segura de que el Hombre que sonríe haría lo mismo. Tres, quizá cuatro días conociendo toda la zona, observando, esperando el momento apropiado para entrar en acción. Sabían lo meticuloso que era y lo mucho que cuidaba cada detalle antes de atacar. Y si el Hombre que sonríe, alias Luca Sileri, había estudiado a su presa antes de actuar, ella podía hacer lo mismo, conocerlo mejor para llegar a él.

Fue despacio de una habitación a otra, impresionada por la ausencia de sonidos.

Llegó ante la ventana de la pequeña cocina. Al asomarse, la cegaron por un momento los reflejos del sol radiante sobre la superficie del lago, que apenas veía. Los mismos reflejos atravesaban las hojas de una fila de plátanos que daban sombra, en parte, a la callejuela de tierra de detrás de la casa. El juego de luz alumbraba una esquina de la callejuela que, de lo contrario, estaría a oscuras. Sin duda, ese era el sitio ideal si Sileri con su Volkswagen California hubiese observado oculto los movimientos de la chica. Habría estado justo ahí, aparcado bajo los árboles.

Pensando en eso, fue rápidamente a la puerta, decidida a fijarse en el punto que había identificado. Hasta el más pequeño rastro podía resultar útil y, aunque los de la Científica ya habían estado ahí, a lo mejor había que profundizar más.

Cuando salió, la acometieron luces y chillidos que no se esperaba y se vio rodeada. Alguien la reconoció enseguida, porque oyó gritar:

—¡Es Valentina Medici! ¡Es ella!

Había un montón de periodistas y cámaras y era fácil reconocer las televisiones por los logotipos que tenían los equipos y los micrófonos. Estaban todas las cadenas nacionales y resultaba preocupante descubrir que la conocían.

«¡Por favor, solo unas preguntas!».

«Diga, ¿es cierto que la desaparición de Rosanna Bacci y la de Andrea Venturi están relacionadas?».

«¿Rosanna ya está muerta? ¿O todavía esperan encontrarla viva?».

«¿Se encarga usted de las investigaciones? ¿Dirige usted el equipo?».

«¿Renunciarán a buscarla, como renunciaron a buscar al pequeño Andrea?».

Detrás de la muralla de periodistas, en el angosto espacio que había identificado como el lugar perfecto en el que Sileri podía haber aparcado, vio llegar una furgoneta con una gigantesca parabólica. Se detuvo resbalando en el camino de grava y un numeroso equipo de televisión bajó pisoteando inexorablemente las probables huellas. Nadie había cercado la zona y pretender cautela de esos periodistas era imposible. Ella tenía la culpa, no lo había previsto.

—No tengo nada que declarar —susurró. Luego, más alto—: Ninguna declaración, por favor.

Una periodista muy maquillada, empuñando un micrófono como empuñaría un cuchillo, casi la abrazó. Valentina pudo notar el aroma a fresas de su aliento.

—¿Qué piensan hacer, señora Medici? No salvaron al pequeño Andrea Venturi, ¿creen que al menos podrán salvar a Rosanna Bacci?

Valentina estuvo tentada de arrancarle el micrófono y de arrojarlo lejos. Pero sabía que tenía que contenerse.

—Ninguna declaración —repitió. La periodista dio un paso atrás. Puede que le chocara su expresión.

El Subaru apareció providencialmente. Zucca se apeó, se abrió paso a codazos entre los periodistas y la ayudó a llegar a la puerta del coche. Un instante después, Valentina vio a la periodista del aliento que olía a fresas desaparecer en la nube de polvo que había levantado el Subaru que conducía Zucca. Mientras el agente serpenteaba por entre los coches, alejándose del gentío, Valentina miró ferozmente hacia delante, pensando en Fabio. Estaba enfadada con él en ese momento, porque se había ido a Roma. Habría querido que estuviese ahí, a su lado. Porque tenía la sensación de que las hienas de ahí fuera tenían razón. Yo soy la culpable de que Andrea no haya vuelto todavía a casa, se dijo. Y puede que Rosanna acabe igual.

56

Esperas la noche, y la noche es ahora.

La primera vez, te desplazas a la parte de atrás para suministrarle otra dosis de cloroformo y glutaraldehído y para ver si se encuentra bien. Sabes que su corazón no aguantará mucho tiempo ese tratamiento. En las otras ocasiones nunca te ha importado, ahora sí.

La segunda visita la haces en plena noche, porque...

Porque quieres verla. Solo por eso.

Tratas de dormir un poco en la cabina de la vieja furgoneta, pero no lo consigues. La oyes respirar ahí detrás. Pensar en sus ojos velados por los párpados delicados te atormenta.

Y al final cedes.

Bajas de la cabina y vas a la parte de atrás de la furgoneta que has preparado tan bien para tus propósitos. Antes de entrar, tienes la precaución de ponerte esa horrible peluca blanca. A pesar de todo, no te olvidas de las reglas de la prudencia.

Cuando te acercas a ella, se te corta la respiración. Es tan hermosa, tumbada y pálida en ese catre. Pero ya no te conformas con su belleza. No puede saciarte.

Le quitas lentamente la manta eléctrica con la que la mantienes abrigada. La miras.

Y de nuevo te abruma el deseo.

Y el miedo a perder el control.

57

El primer policía que había entrado en el sótano de Luca Sileri no se había vuelto a recuperar. Todavía ahora, en algunas pesadillas, Teresa lo visitaba, para acusarlo de no haber detenido al monstruo que la había dejado así. «Mírame», decía, señalando las heridas de su cuerpo. «Mira lo que me ha hecho». Entonces el policía se despertaba reprimiendo un grito.

Ese policía estaba ahora delante de él y lo observaba, mientras Costa consultaba la documentación de las investigaciones.

Cuanto más leía los informes que describían el homicidio de Teresa Franceschi, más sentía que penetraba en un mundo paralelo y oscuro.

Parte de los documentos que tenía hacían referencia a las imágenes hechas cuando fue hallada la chica. Todas las fotos que se toman a los cadáveres, sobre todo si la muerte ha sido cruenta, muestran una especie de plasticidad teatral, un enfoque aséptico, impersonal, y, al mismo tiempo, en ese frío blanco y negro subrayan una violencia insoportable. Las imágenes de las víctimas de Sileri eran crueles, casi monstruosas.

—Cuando se hizo la autopsia de la pobre Franceschi —explicó el subcomisario Donato Forgione, el compañero que había dirigido las investigaciones y a quien de vez en cuando Teresa visitaba en sus pesadillas—, el forense fue quien primero se sorprendió. El cuerpo había sido casi completamente vaciado de los líquidos orgánicos y estos reemplazados por caucho de silicona. Es un polímero líquido que junto con otras sustancias puede impedir, en parte, la degeneración de los tejidos. Una suerte de embalsamamiento. Sileri había construido un taller en toda regla, con una bañera unida a una bomba y a dos tubos que terminaban en goteros mecánicos. La función de esos tubos era la de drenar acetona en el cuerpo de la chica para deshacer y eliminar las grasas y para a la vez instilar silicona en todos los tejidos. Ese loco pretendía convertir a su víctima en una especie de muñeca de plástico.

—Para hacer eso se requieren conocimiento y experiencia... —observó Costa. Ahora el plan de Luca Sileri, aunque terrorífico, estaba cada vez más claro.

Forgione asintió.

—Esa es la parte más extraña del asunto. Sileri estudió química en la universidad, pero dejó la carrera enseguida. Hemos ido incluso a hablar con sus profesores. Alguno lo recordaba y lo definió como brillante pero inconstante. Era un tipo raro, incapaz de concentrarse. Pero es evidente que adquirió las nociones básicas. Después, en 2015, un año antes de matar a Franceschi, fue a trabajar en una exposición, *Body Worlds*, que se celebró en Roma. ¿Sabes qué es?

Costa recordaba algo relacionado con las *Body Worlds*. Años atrás, había tenido que ir a una en Milán. Una *Body Worlds* consistía en la exposición de cuerpos humanos o de animales, sin piel hasta los músculos, generalmente en posturas sugerentes. Cadáveres donados al arte y a la ciencia que patólogos expertos sometían a tratamientos para impedir su descomposición y que después modelaban corriendo, haciendo un movimiento concreto, o en posiciones naturales como sentados a una mesa o acurrucados para dormir.

La muerte en la habitual apariencia de la vida.

Muestras de ese tipo se celebraban por todo el mundo desde hacía años. Había quienes las rechazaban por considerarlas irrespetuosas con la memoria de los cuerpos que se utilizaban; otros, en cambio, veían su fuerza artística y su innovación científica. Y había quienes sencillamente no deseaban ver la naturaleza humana en su expresión más cruda y realista.

En algunas de esas exposiciones se colocaban los cuerpos imitando la posición de personajes de grandes obras de arte. Cuadros o esculturas reconstruidos con cadáveres.

Esa era la última pieza del horror. Luca Sileri buscaba personajes idóneos para recrear los cuadros de Caravaggio utilizando ese método de embalsamamiento. Su locura había alcanzado el límite que confunde el arte con la muerte.

—Lo llaman plastinación —siguió explicando Forgione—. La inventó un alemán llamado Gunther von Hagens a finales de los años setenta del siglo pasado. Es un procedimiento por el que se reemplazan la grasa y los líquidos corporales por polímeros, de manera que los tejidos no se degeneren y el cuerpo permanezca elástico y blando. Para los amantes del horror, diría yo. A Von Hagens lo consideran genio o loco, según quien lo juzgue, pero su método científico es revolucionario y ha sido utilizado en muchos países, sobre todo en el terreno anatomopatológico. Ha creado decenas de talleres en todo el mundo y su organización celebra exposiciones itinerantes cada año. En Italia ha habido varias. Y nuestro Luca Sileri formó parte del equipo que organizó la *Body Worlds* de Roma en 2015. Seguramente ahí afinó su técnica. Y después trató de aplicarla con la pobre Teresa Franceschi.

—Pero fracasó —comentó Costa, que ahora se estaba llenando los ojos de imágenes de cuerpos diseccionados y reconstruidos. En la carpeta de Sileri había un par de folletos que ilustraban la muestra a la que se había referido Forgione. La técnica de la plastinación estaba descrita con detalle. Contenía también la explicación de cómo hacer un taller de plastinación y su coste. Venía luego una completa lista de precios de sustancias químicas y de instrumentos como enormes ataúdes de hierro.

—Sí, fracasó —convino el otro—. De todos modos, el cuerpo ya había empezado a descomponerse. Puede que Sileri no contara con los instrumentos necesarios. —Señaló la lista de precios que Costa estaba repasando—. En ese momento todavía no se vendía el equipo del perfecto plastinador...

—O quizá su técnica era todavía muy pobre —comentó Costa.

Forgione asintió. Ambos pensaban en los años durante los que Sileri podía haber refinado sus habilidades.

—¿Cabe que lo haya hecho todo solo? —preguntó Costa.

Forgione se encogió de hombros.

—Hasta donde sabemos, sí. Al menos en la época del homicidio. Hemos hablado con los organizadores de la muestra de 2015, por supuesto. Para preparar algo así se necesitan decenas de personas y centenares de horas de trabajo. Los cuerpos llegan de no sé dónde y son tratados en el lugar de la exposición. Pero además se precisan técnicos que preparen las posturas conforme a las indicaciones de los montadores. Sileri era uno de ellos, un simple ejecutor. De todos modos, algunos se acordaban de él. Contaron que era un tipo taciturno y antipático. E informal. Cometía fallos. Al final, lo despidieron. Y se llevó algo de material. Siliconas, acetonas, hasta una bomba de inyección. Por lo menos, sospecharon que había sido él. Pero no lo denunciaron para no tener mala prensa.

—Material que después utilizó en su sótano —conjeturó Costa.

—Es probable, al menos en parte. Sin embargo, como tú has dicho, fracasó.

—¿Cómo es que no pudisteis detenerlo?

Forgione le sostuvo la mirada.

—Fabio, tú sabes cómo son estas cosas. Desde luego, no me siento orgulloso de lo que no conseguimos hacer. Al principio lo intentamos todo. Le pedí al juez que lo declarase en busca y captura y así pude pinchar algunos teléfonos. El problema es que Sileri es un solitario. Y tal vez lo siga siendo. Ni un solo pariente vivo. Ni un solo amigo. Hemos tratado de interceptar a algún conocido suyo en el ámbito de la cadena de supermercados donde trabajaba, incluso a algún compañero con el que hubiera compartido la experiencia en la *Body Worlds*. Había una chica con la que parecía que se llevaba algo mejor que con los demás. Unos meses de escuchas, pero al final tuvimos que dejarlo. Exigencia del fiscal. Nadie indagó nada más sobre él en los últimos tres años...

Y Luca Sileri empezó de nuevo. Se escondió en algún sitio, perfeccionó su técnica y volvió a matar. Costa evitó subrayarlo. El compañero ya tenía pesadillas. Y, al fin y al cabo, no se puede ganar siempre. Es más, ocurre muchas veces que los culpables pueden seguir esparciendo violencia con total libertad.

En ese momento, Costa tenía ante sus ojos una foto en blanco y negro del cuerpo martirizado de Teresa, veintitrés años, toda una vida por delante. Como Rosanna Bacci y las otras víctimas de ese monstruo. El pequeño Andrea Venturi... y tantos más. Todos aquellos que DIOS estaba encontrando. Pero siempre demasiado tarde.

—¿Qué vas a hacer? —le preguntó Forgione. No había ninguna ironía en esa pregunta. Al revés, Fabio percibía en ella la esperanza de que con esas investigaciones cupiera de nuevo la posibilidad de atrapar a Sileri. Antes ya se había hecho todo lo que se había podido hacer. Pero ahora sabían que el asesino seguía cruzando Italia en busca de sus víctimas. Y de esa manera dejaba nuevas pistas.

—En este momento, tú eres quien lo conoce mejor que nadie —dijo Costa, consciente de la valía de su compañero—. Eres el único que me puede echar una mano.

Forgione permaneció impasible, pero se veía que tenía una idea en la cabeza. Y estaba encantado de contar con una segunda oportunidad.

—Bien, esto es lo que yo haría —dijo. Y Costa lo escuchó.

58

Cuando Fabio la llamó, Valentina estaba haciendo footing por una vereda que olía a rocío y a césped cortado. Era un hábito que había tenido que dejar cuando había empezado esa investigación. Nunca tenía tiempo, y, en cualquier caso, le habría parecido que le robaba momentos valiosos a su deber.

Esa mañana, sin embargo, sintió la necesidad imperiosa de correr. Sabía que desplomarse no serviría de nada.

Falcone la había llamado en plena noche, después de ver un informativo en la televisión donde Valentina rechazaba con su «ninguna declaración» a la multitud de periodistas que la asediaba delante de la casa de Rosanna Bacci.

—Tenemos que pensar en un comunicado de prensa —le dijo fríamente el director—. No podrás esquivar a la prensa siempre. No olvides que la opinión pública es importante para nuestro trabajo. Necesitamos el apoyo de todos.

El jefe parecía decepcionado y desmoralizado. Le dijo que no había que seguir solo la pista de Luca Sileri. Que necesitaban pruebas. Que, si después esa hipótesis resultaba infundada, sería difícil recuperar el tiempo perdido. No volvió sobre el tema de la colaboración de Fabio Costa. Esa omisión le preocupó: parecía que Falcone ya había decidido el destino de esa investigación. Y el suyo, por supuesto.

El footing no le mejoró el humor, pero al menos la ayudó a hacer las paces con su cuerpo. Despertó dolores en los músculos por falta de entrenamiento, pero eran dolores agradables.

Y por fin Fabio la llamó por teléfono, y le contó las últimas novedades sobre Sileri. Ni rastro del asesino, ni idea de cómo buscarlo. Estaban en el punto de partida.

—No debemos abandonar, Valentina —dijo.

Sin embargo, por cualquier ángulo por el que se examinase la situación, le parecía que no habían avanzado nada. Daban vueltas y más vueltas, acumulaban pistas que se cruzaban y a veces se mezclaban. Siempre parecía estar a un paso de la conclusión. Y todo volvía de nuevo al principio. Sí, tenían un nombre, lo cual era muy importante. Pero su hombre continuaba recorriendo el país, matando y acabando con la vida de inocentes. Delante de sus narices.

—¿Sigues ahí? —preguntó Costa al teléfono.

—Sí..., sí... —Jadeaba. Se había detenido delante del cuartel de los carabineros en Passignano, donde habían instalado una base provisional, dado que el caso Bacci exigía su presencia al menos un tiempo más. El mando de los carabineros les ofreció habitaciones, espartanas pero adecuadas.

—Todavía tengo una esperanza —dijo Costa—. Una posibilidad que no podemos descartar. La chica que estaba en contacto con Sileri, la que había trabajado con él en la exposición de la plastinación...

—Has dicho que ya le habían puesto escuchas y a saber qué más le habrán hecho. ¿Qué esperas conseguir después de todos estos años?

—Volver a empezar cuando todo parece perdido, ¿te acuerdas? Y además es un empeño del compañero que ha investigado sobre Sileri. Está convencido de que esa mujer no ha contado toda la verdad.

Palabras, pensó Valentina. Palabras que no siempre tenían un significado. Antes habían tenido suerte. Ahora parecía todo terminado. Como ella al final de esa carrera desesperada.

Iba a decírselo cuando reparó en que había movimiento en la entrada del edificio. Angelo Zucca apartaba con rudeza a unos carabineros en uniforme, tratando de ganar la salida.

Unos militares salían a la carrera, con metralletas y chalecos antibalas. Las radios emitían órdenes a todo volumen. Y, a lo lejos, el sonido de las sirenas atravesaba el silencio del lago.

—Está pasando algo... —dijo Valentina, secándose el sudor con la manga del chándal.

Zucca se le acercó, nervioso.

—Han disparado... —gritó—. No lejos de aquí... Puede que fuera una furgoneta. Está huyendo.

Costa, que por el teléfono lo había oído todo, gritó:

—Muévete. Debe de ser él, Valentina. ¡Es él! ¡Es Sileri!

59

Vuelves a partir al amanecer, como estaba previsto. Ninguna excepción. Ningún cambio. Ninguna sombra en la cabeza. Ninguna acción compulsiva. Hasta el final.

Le has suministrado otra dosis del compuesto, porque no quieres cometer errores. Ella no es diferente de los demás. Has sido un idiota creyendo que podía serlo. Y ayer tuviste la sensatez de detenerte a tiempo, a pesar de la ofuscación de tus sentidos. Ahora solo tienes que concentrarte y seguir con el programa: la ruta que debes seguir, las paradas que tienes que hacer, los lugares de descanso que has visto con semanas de antelación. Todo calculado a la perfección.

Ninguna excepción. Nunca más.

Sin embargo, cuando las hojas de los árboles que flanquean la carretera empiezan a lanzar rayos de sol contra el parabrisas, bailando con potencia hipnótica, algo vuelve a turbarte.

Gritas con todas tus fuerzas. Das puñetazos al volante, al salpicadero, incluso contra el cristal de la ventanilla, con el riesgo de partirlo. Gritas y te agitas y la furgoneta se balancea en medio de la carretera desierta. Si te cruzaras con otro vehículo, te daría lo mismo. Matarías a cualquiera con tal de aplacar tu sufrimiento. Lo harías con placer.

Ves un área de descanso un poco más adelante. Haces una brusca maniobra y entras, detienes la furgoneta, apagas el motor y te quedas escuchando.

No se oye ningún sonido. Solo el de tu corazón, el del cerebro que agoniza. No hay peligro.

Ahora estás tranquilo. Te apeas. El aire frío de la mañana te muerde el rostro mal rasurado. Has dejado la peluca en el habitáculo. La humedad te moja enseguida el cráneo brillante.

A pesar del frío, sientes una excitación no deseada. Eres débil. La sola idea de mirarla una vez más te vuelve loco de deseo. Esta vez será difícil parar. Pero has de intentarlo. Por ti mismo.

Abres la portezuela trasera y subes al habitáculo.

Su olor es todavía más intenso. La deseas. Ahora. Es una especie de amor que te atormenta y te aterroriza.

De repente llaman. Un ruido prepotente, malo.

—¿Quién hay ahí dentro? ¡Abran!

No es el tono de quien pide un favor. Es el timbre imperioso de alguien que no comprendería. Alguien que está molestando ese único, frágil momento de éxtasis. Y que te aniquilará, con que solo se lo consientas.

Te vuelves hacia la portezuela y te das cuenta de que no has echado el seguro. Nunca te había pasado antes. El hombre de ahí fuera ya se dispone a abrirla. La hendidura por la que entra la luz del día se va ensanchando poco a poco.

—¡Estamos abriendo! —grita de nuevo la voz hostil.

«Estamos».

Te llevas las manos a las botas. Extraes el cuchillo y lo tienes preparado. Hasta en ese hilo de luz pueden verse los bordes dentados, la superficie oscurecida por la sangre coagulada. Dicen que clavar una hoja en un cuerpo humano refuerza el metal, templándolo en la incandescencia del dolor.

La portezuela se abre. La luz te ciega un instante, pero ya has calculado dirección, altura y trayectoria.

Te lanzas y asestas la cuchillada. Una, dos, tres, cuatro veces. Rápido. Con fuerza. Notas que la carne cede bajo la cuchillada, el ruido de los huesos que se parten.

Oyes también gritar. Un ruido que parece llegar de lejos. Sufrimiento y sorpresa, magníficamente entrelazados, como una melodía en el aire frío de la mañana. Te gusta la sensación. Vuelves a ser tú.

Eres rápido. Aterrizas en el suelo mientras el hombre que tienes delante cae al asfalto, empapado hasta la cabeza de su propia sangre.

Hay otro hombre, pero el terror lo ha paralizado. Solo una mano, la derecha, sigue tirando de la empuñadura de la pistola que tiene metida en la cartuchera blanca. No ha desabrochado la cartuchera, y por eso el arma no sale.

Te le echas encima y disfrutas oyéndolo gritar con una vocecita chillona y ya tan poco humana.

—¡No, no, por favor, por favor!

Rápido, le extraes la Beretta de la cartuchera, le quitas el seguro con un movimiento veloz y le plantas el cañón en la barriga. Entonces aprietas el gatillo.

HUELLAS

60

El destino había visitado a dos agentes de carreteras en una de las infinitas pequeñas arterias que atraviesan los Apeninos.

Aún no podían asegurar que el crimen había que atribuirlo al Hombre que sonríe, pero Costa estaba convencido de que había sido él. Valentina era más prudente; ahora bien, si había sido él, una vez más había desaparecido delante de sus ojos.

—Ocurrió a menos de ciento cincuenta kilómetros de aquí —le explicó Zucca, mientras hacía lo que le salía mejor: apretar el acelerador—. Parece que los compañeros encontraron un vehículo parado al borde de una carretera y que estaban haciendo un control habitual. La descripción de la furgoneta, antes de que interrumpiesen la comunicación, podría corresponder. Uno de los dos murió enseguida, no sé de cuántas cuchilladas. Al otro el agresor le quitó la pistola y con ella le disparó. Lo están trasladando al hospital más cercano.

A lo mejor lo ocurrido no tenía nada que ver con su caso. A lo mejor los agentes habían interceptado casualmente un cargamento de droga y el traficante había reaccionado. Es más, eso era lo que creían en Roma. Falcone, informado de los hechos, le pidió que no se acercara al lugar donde había ocurrido.

«Ocúpate de la chica del lago —le ordenó—. Deja que de estas cosas se encarguen los policías del lugar. Si encuentran elementos relacionados con el caso, te avisarán. Se hace así, ¿te acuerdas? Se trabaja en colaboración. No puedes ir de un lado a otro como si no tuvieras un objetivo. Y enhorabuena por lo discreta que estás siendo en tus investigaciones... Ya hablaremos».

Valentina no comprendió la última frase, que Falcone pronunció sin la menor ironía o benevolencia. Eso sí, se olía problemas. Pero le daba igual porque estaba haciendo justo lo contrario de lo que le había mandado su superior. Se estaba arrojando directamente al cogollo del conflicto. Coincidía con Fabio en la urgencia de acercarse todo lo posible al hombre que estaban buscando. Si esa masacre había que atribuírsela también a Sileri, ello significaba que por algún motivo no había podido alejarse de la zona del Trasimeno, debido quizá a la presión que estaban ejerciendo en todo el territorio. Los puestos de control y el empleo de muchas patrullas debían de haber supuesto para él un obstáculo.

Y si seguía huyendo, con retraso respecto a un probable plan de trabajo, todavía cabía la posibilidad de encontrar a Rosanna Bacci.

Pero ¿y si se equivocaban? ¿Si no era Luca Sileri? ¿Si se estaban moviendo para nada y en ese mismo momento el asesino que amaba a Caravaggio ya estaba «plastinando» el cuerpo de la chica?

—Casi hemos llegado —anunció Zucca.

—Bien. Ve directamente al hospital.

—No creo que nos dejen hablar con el agente herido —dijo Zucca—. Parece que ha perdido mucha sangre. Le dio en la barriga, el muy cabrón... Dudo que sobreviva.

—Quiero ir de todos modos.

Mientras aparecía el perfil gris y austero del hospital donde su compañero se debatía entre la vida y la muerte, Valentina se mordió el labio. Se estaba jugando sus últimas cartas. Lo sabía. Pero Fabio tenía razón: una investigación como esa te cambiaba, lo quisieras o no. A una investigación como esa tenías que entregarte por entero. Tenías que sumergirte en ella físicamente. Y físicamente arriesgar. No había otra manera de hacerlo. Ni nunca la había habido.

61

—¿Fue él? —preguntó el compañero. Era de la policía judicial, al que habían enviado al lugar tan rápido como una bala. Un comisario joven y pálido. En ese momento, sus jefes estaban en una rueda de prensa recordando el sacrificio de los dos agentes atacados, confiando en la salvación del herido y asegurando que los responsables iban a ser detenidos pronto. Promesas vanas. Valentina conocía esa parte del procedimiento.

—¿Quién? —Lo miró de reojo. Sí, un compañero francamente joven y fuera de lugar.

—Él, el Coleccionista de rostros.

—¿El qué?

El comisario se puso rojo hasta la raíz del pelo rapado.

—Perdone..., lo cuentan los periódicos esta mañana. Dicen que están persiguiendo al «Coleccionista de rostros», uno que se inspira en los cuadros de Caravaggio...

Valentina no tenía palabras. Otra fuga de noticias. Alguien que los quería perjudicar, como si no tuviesen ya bastantes problemas. Y debía de ser alguien próximo, podía estar en la policía judicial. Eso explicaba lo que le había dicho Falcone por teléfono.

El Coleccionista de rostros. Parecía que los medios de comunicación habían decidido llamarlo así. Una concesión más al espectáculo que estaba en el aire todo el día. El parecido de las víctimas con los personajes de los cuadros de Caravaggio había desencadenado la fantasía de los periodistas. No había límite a las hipótesis que estaban causando furor. Todavía nadie había siquiera intuido la verdad.

—Nosotros no lo llamamos así —dijo en voz baja Valentina.

Estaban en la sala de espera de la zona de cuidados intensivos. Al otro lado del cristal ligeramente opacado, el perfil de Claudio Colombo, el policía al que el sospechoso había disparado, yacía en una cama rodeada de los tubos y las máquinas que lo mantenían con vida. Habían llegado tarde y Colombo había entrado en coma; probablemente ya no iba a poder responder a sus preguntas. Quizá sus respuestas no hubiesen servido en cualquier caso, aunque Valentina esperaba algo de ellas. La mirada de un agente experimentado puede a veces captar detalles que un ciudadano normal no percibe. El policía había sido desarmado y herido con su propia arma reglamentaria con una rapidez y una ferocidad increíbles. Pero había llegado a ver cómo mataba a su compañero de patrulla. A lo mejor se había percatado de algo. De algo, se decía desesperadamente Valentina.

—Un control rutinario —repetía entretanto el joven policía. Quizá sobre todo para darse importancia—. A lo mejor no tiene nada que ver con su investigación. En esa maldita carretera hay poquísimo tráfico. Que pasara una patrulla fue casual y fatal a la vez. Y los dos agentes no pudieron reaccionar. Si fue su Coleccionista de rostros pudo con ellos en pocos segundos...

Valentina se preguntaba por qué lo seguía llamando así y quién lo había autorizado a hacerlo.

Su Coleccionista de rostros.

En ese instante, un enfermero salió de la sala de cuidados intensivos. En un carrito llevaba la ropa de Claudio Colombo. El uniforme, las botas altas de la policía de tráfico, el cinturón blanco. Todo estaba manchado de su sangre.

Zucca apareció a su lado.

—Es poco lo que se puede hacer —murmuró—. Los médicos dicen que es un milagro que siga vivo.

Al otro lado de la sala alguien lloraba. Una futura viuda muy joven, como muy joven era el agente Colombo.

Al ver el cinturón blanco y rojo, Valentina reaccionó. Apartó a Zucca con la mano y detuvo al enfermero que estaba metiendo las prendas en un gran saco verde.

—¿Se lo habéis quitado vosotros? ¿Ahora? —le preguntó.

El hombre no comprendió. Meneó la cabeza, titubeante. Detrás de la mascarilla quirúrgica, dos ojos grandes que le parecieron conmovidos.

—El cinturón —trató de explicarse ella—. ¿Quién lo ha tocado?

El enfermero seguía meneando la cabeza.

—No lo sé... Solo yo, creo, cuando se lo he quitado...

Zucca entendió lo que quería decir Valentina. Con un gesto le indicó al sanitario que se quedase quieto, con las prendas ensangrentadas todavía en los brazos. Se calzó unos guantes de látex que llevaba siempre consigo. Cogió cuidadosamente el cinturón blanco por la hebilla. Lo levantó delante de todos.

En la cartuchera de cuero arañado, entre las marcas de los años que había pasado colgada al cinto del policía, había largas manchas de sangre desde la cavidad donde el agente guardaba la pistola hasta el cordón con el clip que bloqueaba el arma. Era la sangre de Colombo. Pero, si la dinámica que habían reconstruido era correcta, el asesino, antes de sacar la Beretta y de usarla contra el policía, ya había acuchillado a su compañero hasta matarlo. Tuvo que mancharse de sangre. De mucha sangre. En la mano con la que había asido la culata de la pistola. La misma mano que había tocado la superficie de cuero blanco de la cartuchera del agente Colombo.

Las huellas dactilares rojo brillantes eran claras y no dejaban muchas dudas. Reproducían los dedos del hombre que había agredido a los dos policías.

62

No es tu sangre, no estás herido. Pero tienes sangre por todas partes. En las manos, en la ropa. Te miras en el espejo: gotas rojas en las mejillas, en la frente. Aún no estás fuera de peligro. Estás lejos del final de tu viaje.

Ya has hecho muchas paradas y siempre has elegido con mucho cuidado el sitio. Nada de áreas de descanso ni de aparcamientos, solo zonas aisladas, espacios estrechos en carreteras secundarias, procurando no quedar encallado en un foso o empantanado en un aguazal. Has descansado cuando has podido y en un par de ocasiones te has quedado dormido. Sí, eso es peligroso. Ya te encontraron una vez, por casualidad. Pueden hacerlo de nuevo.

Estás enfadado contigo mismo. Si no hubieses parado para verla, no habría ocurrido nada. A lo mejor ahora ya estarías en un lugar seguro.

Pero la ira es otro peligro del que hay que protegerse, por culpa de la ira se hacen tonterías.

Así que cálmate. Ve despacio.

Ya casi has llegado. El navegador sigue indicándote rutas distintas para llegar antes, y las ganas de acabar te harían seguir sus consejos. Pero sabes aguantar. Eres listo. Cambias las rutas continuamente, acercándote y alejándote, cerciorándote de que no te siguen y, sobre todo, evitando probables controles de carretera. Sabes que ahora te están buscando. Mucho más que antes. Has matado a dos de ellos. Y nunca han estado tan cerca como ahora.

Por eso da igual lo que tardes, lo importante es la ruta que elijas. Solo opciones seguras. Más largas y tortuosas, pero más seguras.

Y en este ir de un lado a otro por fin ya estás cerca. El final está en el horizonte.

Sin duda, has tenido que modificar algo el plan. El destino actual no es el ideal y supone ciertos riesgos. Pero llegar adonde tendrías que haber llegado según el plan inicial es prácticamente imposible. A veces no queda más remedio que cambiar las reglas. Y al final uno tiene que decidir.

Sí. Ya casi has llegado.

Solo tienes que resistirte a la tentación de ir a ver a la chica a la parte de atrás. Desde hace rato no la oyes quejarse. Puede que esté muerta, lo que no sería bueno, pues si ocurre muy pronto todos tus esfuerzos podrían resultar vanos. Sin embargo, tú esperas que siga viva. Poco tiempo, pero viva.

Te la imaginas tumbada, esperándote, y la idea te excita. Te estimula a seguir el camino.

Falta poco. Estarás a salvo. Y ella será realmente tuya.

63

—¿Hay novedades?

Giampaolo D'Avanzo se sentó al lado de Loris Manna. Les habían informado del infierno que habían vivido los dos agentes de la policía de tráfico. Loris se habría ido enseguida para estar al lado de Valentina y los demás. Pero sabía que su papel en ese asunto era otro. Y que cada cual debía cumplir con su tarea.

Había entrado en la administración como agente, ignorando si valía para eso. Necesitó tiempo y esfuerzo, pero al cabo Loris tuvo que reconocer que era para lo que valía, pese a que lo pasaba muy mal. Y no solo porque tendía a identificarse física y psicológicamente con las víctimas de los delitos de los que se ocupaba, sino también por el hecho de que todo ese dolor, de que todo ese sufrimiento injusto e injustificable tenía, según él, una especie de olor que lo afectaba. Loris sentía que ese olor se le pegaba siempre a la piel, al rostro, a la lengua, que se le metía y que se le quedaba días enteros, volviéndolo todo opaco y espantoso, hundiéndolo en una suerte de depresión de la que le resultaba cada vez más difícil salir. Esa empatía, le dijeron sus compañeros más viejos, no era rara en los policías pero sí peligrosa. Si no sabía dominarla, corría el riesgo de suicidarse.

En el sector informático había sido siempre un fuera de serie y, como autodidacta, sabía que podía competir con cualquier delincuente digital en los retos que internet y el avance tecnológico planteaban desde hacía años. Así que decidió abandonar las veleidades operativas y dedicarse a un nuevo aspecto de la actividad policial.

En 2015 Loris fue por fin destinado al Servicio Central Operativo, y ahí empezó su verdadera guerra contra el crimen. Que se manifestaba en cálculos virtuales, números, geolocalizaciones, transacciones telemáticas, viajes por la red y en cualquier otra posibilidad que ofreciera la tecnología.

Había navegado con tranquilidad por la superficie digital de los mares del delito, cumpliendo con su tarea y sin verse obligado a volver a sentir el olor oleoso de la muerte. Hasta la investigación sobre el Hombre que sonríe, que lo forzó a notar de nuevo una peligrosa proximidad del mal. Eso le estaba provocando un cambio. Aún no sabía de qué forma. Pero algo le estaba ocurriendo.

—Ninguna novedad —respondió por fin a D'Avanzo. Seguía mirando la pantalla del ordenador, que pasaba de una imagen a otra. El sistema nadaba en el océano de la red, tocando orillas siempre nuevas, a veces cruzando tierras peligrosas. Tierras en las que alguien como Sileri debía de sentirse muy cómodo.

—Pero tú, ¿estás bien? —insistió D'Avanzo.

—Sí, sí, tranquilo. —Manna hizo un gesto con la mano como para subrayar lo innecesaria que era la pregunta—. Pero te quería enseñar algo... —Loris tecleó rápidamente—. Es el rastreo de la dark web después del arresto de Marchesi. Por usar un lenguaje sencillo..., he elaborado un par de algoritmos que nos permiten tantear las páginas a las que se puede acceder con Tor sin perder demasiado tiempo. Estoy haciendo una especie de pesca de arrastre con algunas palabras trampa, como «Caravaggio», y con términos como «excitar», «excitarse», cosas así...

—¿Y con eso? —D'Avanzo apenas comprendía lo que decía el policía, él que no había llegado más lejos que a comprarse un móvil, pero le agradaba que su amigo compartiese con él esos hallazgos. Lo hacía sentirse cada vez más parte del equipo.

—Sigue apareciendo este chat, aunque en fragmentos. Utiliza la habitual red *friend-to-friend* y no consigo establecer el ID de sus usuarios... Perdona, sé que esto te suena a chino. En fin, de vez en cuando grabo parte de una conversación y ya es la segunda vez que se menciona a Caravaggio. Creo que merece la pena profundizar.

Le enseñó una captura de pantalla con un breve intercambio de frases entre dos usuarios.

—Nightgaunt es el mismo alias que ya habíamos descubierto. Esta vez conversa con un usuario que por el nombre parece italiano. Siempre hablan en inglés, por supuesto...

D'Avanzo leyó la traducción. No se precisaban conocimientos científicos para percibir el olor del mal.

NIGHTGAUNT@: He visto las fotos. Son preciosas..., excitantes...

PAPERINO@: Pues te aseguro que la realidad es mil veces mejor.

NIGHTGAUNT@: Me lo imagino. ¿El sujeto te ha dado trabajo?

PAPERINO@: Quieres saber demasiado. En este caso la expresión ha sido la parte más importante.

NIGHTGAUNT@: Permíteme felicitarte. San Francisco de Asís en éxtasis es un lienzo magnífico. Una elección sensata.

PAPERINO@: Como siempre.

NIGHTGAUNT@: Falta que nos pongamos de acuerdo sobre el pago.

PAPERINO@: Ya te lo he dicho. Tres. Dos mayores y uno pequeño. Juntos. Si luego quieres asombrarme, hazme una cita.

NIGHTGAUNT@: Ya los he encontrado. Una cosa fuerte. Lo que tarde en organizar.

PAPERINO@: Mantenme informado.

NIGHTGAUNT@: Descuida. Claro que sí. Y te sorprenderás. ¡Matar nos hace libres!

PAPERINO@: Estupendo, sorpréndeme y no te arrepentirás.

—La referencia a *San Francisco de Asís en éxtasis* parece clara. Pero el tema de la conversación es bastante ambiguo. Francamente, no tengo idea de la índole del intercambio del que hablan. Pero esa frase sobre matar es muy reveladora. ¿Qué opinas?

«Matar nos hace libres». D'Avanzo seguía mirando la pantalla, como si en cualquier momento esas palabras pudiesen dar la respuesta a todas sus preguntas. Tenían algo, una malignidad apenas contenida, una perfidia que lo asqueaba.

—¿Has conseguido averiguar desde dónde se comunican? —preguntó.

—El usuario Nightgaunt casi seguramente lo hace desde Norteamérica. Desde Estados Unidos, creo. Al otro es la primera vez que lo interceptamos, y usa un sistema criptográfico complejo. Creemos que es italiano solo porque ha elegido como apodo «Paperino», la versión italiana del Pato Donald. Entre otras cosas, mira.

Había resaltado los iconos que acompañaban el apodo de los dos usuarios. Nightgaunt se hacía representar por una silueta negra masculina. La imagen elegida por el otro usuario deformaba de forma obscena la imagen del Pato Donald, los ojos blancos, una lengua hinchada y el pico abierto en una carcajada grosera que nada tenía que ver con el icónico personaje de Disney. D'Avanzo encontró más repelente esa caricatura que todo lo demás.

—Una cosa es cierta, no hablan de cuadros. Caravaggio es solo un pretexto.

—Sí, estoy de acuerdo.

Loris ya había decidido. Hablaría con el oficial de enlace del SCO en Washington. Era un canal mucho más rápido que Interpol y podría ponerse en contacto con el FBI. A lo mejor no era nada, pero más valía comprobarlo.

Siguieron mirando la ventana que daba al abismo de la dark web.

Y preguntándose qué iban a encontrarse ahí abajo.

64

—Es él, Fabio. El Hombre que sonríe es Luca Sileri.

Valentina decía eso por teléfono con seguridad. Pero Costa no lo dudaba desde hacía tiempo.

Claudio Colombo, el otro policía que se había enfrentado a Sileri, había muerto hacía unas horas. Quizá el sacrificio de los agentes de la policía de tráfico podría haberse evitado. Sin embargo, al margen de la tragedia que había supuesto, también había despejado las dudas: Luca Sileri no había desaparecido tras el homicidio de Teresa Franceschi. Solamente se había escondido durante años. Y había cultivado sus pulsiones, las había vuelto más elaboradas y crueles. Había abierto las puertas del infierno que guardaba en su interior y estaba desatado.

Cuando bajó de la furgoneta y atacó a los dos agentes de la policía de tráfico, dejó en la cartuchera del segundo policía las huellas de su mano manchadas de la sangre de las víctimas. Las crestas papilares de su índice estaban grabadas en el cuero de manera bastante clara. Luca Sileri estaba fichado y sus huellas dactilares figuraban en el sistema AFIS. El dictamen fue casi inmediato.

—Tenías razón cuando me pediste que viniese.

—Alguno de nosotros tenía que hacerlo.

—Lo malo —dijo Valentina— es que ahora sabemos que es él pero seguimos persiguiéndolo a ciegas. Hemos intensificado la búsqueda en la zona. Y por fin Falcone se ha convencido de que teníamos razón. De Roma han mandado decenas de unidades de búsqueda. Estamos peinando la zona, metro a metro. Se dirige hacia el norte, pero, a medida que pase el tiempo, más nos costará dar con él... y dar con Rosanna...

Costa iba en coche. Observaba el edificio que tenía delante, siete plantas con balcones estrechos, ropa tendida, parabólicas apuntando hacia el universo. Miraba el edificio y buscaba un sentido. Algo por donde empezar. Si fracasaba también ahí, tendría que volver a comenzar de nuevo. Y no tenía ni idea de por dónde podría hacerlo.

—¿Estás ahí? —preguntó Valentina.

—Claro. Estaba reflexionando.

—¿Has ido a ver a esa mujer? ¿La amiga de Sileri?

—Estoy delante del edificio donde vive.

Loredana Talischer, la única persona que, por lo que sabían, había tenido trato con Luca Sileri, aunque solo durante las escasas semanas en las que la exposición *Body Worlds* había estado en Roma, vivía en ese edificio de las afueras de la ciudad.

—¿Realmente crees que nos puede ayudar?

Costa no quería decepcionarla. Sin embargo, la confianza que Valentina parecía depositar en él a veces lo asustaba. ¿Iba a ser capaz de mantener la cabeza fría?

—¿Te queda todavía algún recurso? —le preguntó—. Porque yo ya no sé qué más podemos hacer.

—No quería decir...

Valentina lo interrumpió y, en esa pausa, él reparó en todas sus incertidumbres, en su miedo, en su confusión. Ella ya había visto derramarse mucha sangre y tenía que acostumbrarse a ver mucha más en la vida que había elegido. Tenía que aprender a asumir eso y a encontrar una manera de reaccionar.

Una vez más Costa se preguntó si la relación que había entre ellos estaba condicionando la investigación.

—Perdona —le dijo, tratando de suavizar el tono. Pero no quiso consolarla. Habría sido hipócrita si hubiese intentado hacerlo—. Te llamo en cuanto tenga algo.

Colgó antes de que ella pudiese decir nada más. O antes de que pudiese saber cuánto le estaba mintiendo a ella o cuánto se estaba mintiendo a sí mismo.

Respiró hondo. Luego marcó un número en el móvil. Se lo había dado Forgione y esperaba que siguiese activo.

Loredana Talischer respondió enseguida.

—¿Diga? —Una voz cauta.

—¿Señora Talischer?

Silencio.

—Soy el subcomisario Costa, de la policía nacional, y si usted está en casa me gustaría hablarle de su amigo Luca Sileri.

El silencio al otro lado de la línea se hizo denso. Luego la mujer colgó.

65

Cuando le abrió, casi se sorprendió. Después de que le hubiera colgado enseguida, creía que tendría que insistir para poder hablar con ella.

La bata y las viejas pantuflas le sugirieron que Loredana no iba al trabajo y su aspecto, en general, que no salía de casa desde hacía tiempo. Su rostro, enmarcado en una maraña de desgreñados cabellos negros, era ceñudo y ajado como el desgastado papel que parecía recubrir todas las paredes del piso. Y sin embargo Talischer no debía de tener más de treinta años.

—¿Quién es? ¿Qué quiere? —le preguntó sin cordialidad ni rencor, juntando instintivamente el batiente de la puerta unos centímetros como para prepararse para cerrarla.

—La he llamado por teléfono hace unos minutos. Me llamo Fabio Costa, soy agente de policía. Y estoy aquí por Luca Sileri... Sé que se conocen.

Loredana Talischer no cambió de expresión. Y no se movió.

—No lo veo desde hace años.

—¿Pero es o no amigo suyo?

—Diría que no.

—Pues yo tengo otra información.

Ella se encogió de hombros. Pero no hizo el gesto de entrar ni de cerrar la puerta.

—¿Puedo? —Costa señaló el interior del piso. La mujer permaneció quieta.

En el pasillo, a su espalda, oyó que una puerta se abría. Seguramente alguien había asomado la cabeza, porque Costa advirtió que el rostro de Talischer se transformaba. Clavaba a alguien que había detrás de él una mirada preñada de odio.

Sin duda, el vecino entrometido la forzó a tomar una decisión. Se apartó, invitándolo a entrar con un gesto de la barbilla y sin dejar de lanzar miradas que despedían fuego al vecino de al lado.

Cuando entró, Costa tuvo la impresión de invadir un refugio. Nadie debía de visitar a Talischer desde hacía mucho tiempo. Y quizá era lo que ella prefería.

La siguió por un corto pasillo con apliques en la pared que no encendió, hasta un salón que aparentaba no haber sido modificado al menos en los últimos treinta años. Hasta el televisor, que estaba sobre una rinconera, era un modelo obsoleto, todavía con tubo catódico.

En sus declaraciones a la policía, la mujer dijo que había conocido a Sileri en la exposición *Body Worlds* de 2015. No había reconocido una amistad especial con él, si bien dijo que comían juntos con frecuencia en el descanso del trabajo. Sileri era muy reservado y parecía que solo hablaba con ella. No había vuelto a verlo ni a hablar con él.

Los investigadores de entonces estaban convencidos de que la mujer no había contado toda la verdad. Forgione le había repetido que el único punto en el que había que profundizar era ella. Y Costa estaba de acuerdo. Otros habían testificado que ella y Sileri pasaban mucho tiempo juntos y que entre los dos parecía que había una especie de intimidad.

En las intercepciones de su usuario y en los registros de llamadas, sin embargo, no se descubrió que se hubieran puesto en contacto, ni antes ni después del homicidio de Franceschi. De ahí que los investigadores hubieran abandonado esa pista.

—¿Quiere un café? —le preguntó la mujer sin entusiasmo.

—No, gracias. Pero a lo mejor he interrumpido su comida.

—No ha interrumpido nada. ¿Podemos darnos prisa, por favor?

Costa sonrió. Esperó. Luego se sentó, sin que ella lo hubiera invitado a hacerlo. Talischer lo miró, titubeante. De mala gana, cogió otra silla y se dejó caer. Debajo de la bata desteñida se entreveía un vestido azul con grandes hojas rojas.

Guardaron silencio un rato. Hasta que la mujer no aguantó más.

—Ya me interrogaron cuando ocurrieron esos hechos. No tenía nada que contar entonces y no tengo nada que añadir ahora. Así que no comprendo...

—¿Esos hechos? —la interrumpió.

—Sí, los hechos por los que lo estaban buscando.

—¿A cuáles se refiere exactamente?

Se puso roja. Pero ni siquiera ese toque de color consiguió animarla.

—Usted sabe exactamente de qué está acusado Luca —continuó Costa, mirándola fijamente.

—Claro, lo sabe todo el mundo...

—¿Qué sabe todo el mundo, Loredana? ¿Que murió una chica?

—Sí...

—¿O quizá cuando dice «esos hechos» se refiere al modo en que murió esa chica?

—No. Yo... no lo sé...

—¿No sabe cómo murió? ¿O no sabe a qué se refiere?

Apretó los labios. Los hizo desaparecer. En los ojos, un fragmento del odio que le había visto antes.

—¿Luca le habló alguna vez de sus inclinaciones?

El rubor se atenuó. Ya estamos de nuevo con las preguntas de siempre, debió de pensar. Se relajó.

—No, nunca.

—¿Sabe a qué me refiero?

—Me mencionaron algo sus compañeros cuando me interrogaron. Y además en televisión contaron lo que había pasado...

—Claro. La televisión. —Costa no añadió nada más. Pero la siguió mirando.

Ella se retorcía las manos.

—¿De verdad que lo ha hecho él? —preguntó mordiéndose los labios.

—¿Qué es lo que ha hecho?

—En la televisión... La chica desaparecida, los dos policías muertos...

Él no comentó nada. La noticia de la masacre estaba en todos los informativos. Y después de la desaparición de Rosanna Bacci a los periodistas les había resultado muy fácil atar cabos. Ya todo el mundo sabía que el llamado Coleccionista de rostros era el sospechoso de haber matado a los dos agentes de policía. Y también el nombre de Luca Sileri se había arrojado al público. El daño estaba hecho y era inútil recriminarse.

Loredana Talischer debió de notar algo que no le gustó en la mirada de Costa.

—Oiga, ¿no creerá usted lo mismo que sus compañeros? Que como Luca hablaba conmigo tuvo que haberme confesado no sé qué cosas. ¡Y si lo hizo, yo tendría que ser como él! Están convencidos de eso, ¿no?

—Yo no estoy convencido de nada, señora Talischer. Yo a usted no la conozco.

—Pero yo a usted sí. Y a los que son como usted. Siempre dispuestos a juzgar, a formarse una idea equivocada y a mantenerla, sin preguntarse por qué y sin darse cuenta del daño que hacen, de lo nocivos e injustos que son. Y vuelven sobre lo mismo y no paran de juzgar... Y no nos dejan respirar. ¡No me dejan respirar!

—Cuando dice que no la dejamos respirar, ¿a quién se refiere? No a Luca, ¿verdad? Usted ha dicho que son diferentes. Él está enfermo...

La mujer abrió la boca. La cerró. La volvió a abrir. Un pez que buscaba oxígeno.

—Yo no estoy enferma...

—No lo creo. Y no lo he dicho. Pero creo que sabe lo enfermo que está Luca. No pudo no darse cuenta de eso cuando comían juntos.

—No se notaba lo que le pasaba por la cabeza...

—Loredana... Usted es una persona inteligente, está licenciada en farmacia, creo..., y, en cualquier caso, me parece una mujer práctica, con los pies en el suelo y culta. Rara vez me equivoco valorando a las personas. Así que me pregunto: ¿es posible que usted no se diera cuenta de lo enfermo que estaba Luca Sileri en la cabeza y en el alma?

Ella vaciló. Luego murmuró:

—Sí. Creo que lo estaba. Pero al principio no parecía...

—Claro, ¿cómo iba a darse cuenta antes? Pero ¿después? ¿Cuándo reparó en la clase de persona que era? ¿Acaso cuando le confió alguno de sus pensamientos secretos? ¿Un deseo, un sueño prohibido...?

Loredana se retorcía las manos. Y miraba sin parar hacia la puerta, igual que antes, cuando había llegado Costa, como si temiese que Luca Sileri estuviese ahora ahí, detrás de ellos, oculto entre las cortinas de chintz.

—Yo nunca creí que pudiera hacer... esas cosas... —dijo luego.

—Nadie podía creerlo.

—Solo parecía alguien que..., lo encontrará absurdo..., alguien que quería presumir. ¿Pero quién podría presumir de ciertos deseos?

—¿Qué le decía?

—No es que lo recuerde bien todo...

—Claro. Pero, Loredana, ¿sabe lo importante que es conocer cada indicio, hasta el más nimio, para encontrar a Luca? ¿Sabe usted lo cruciales que pueden ser para nosotros sus impresiones y sus recuerdos? Puede que no lo sepa, pero ¿no hay un particular, un detalle que notara y que ahora, tal vez...? —Dejó que las palabras quedasen flotando entre ellos.

Loredana asintió. Hasta en esa penumbra la vio ponerse roja.

—Claro..., lo comprendo..., pero...

—Entonces se lo ruego. Haga un esfuerzo.

—Oh, pasó una sola vez, la verdad.

Costa prefirió no interrumpirla.

Y ella no paró.

—Como he explicado, pasábamos un rato juntos solo en el descanso de la comida. La mayor parte del tiempo estábamos en nuestro puesto de trabajo. La plastinación no es un trabajo sencillo. El tratamiento de un cuerpo humano dura meses. Las piezas, así las llamábamos, llegaban parcialmente preparadas del taller central de plastinación de Heildelberg, en Alemania. Llegaban en camiones enormes, dentro de grandes contenedores como en los que se transportan instrumentos y altavoces para los conciertos. Pero después nosotros teníamos que terminar la obra. Limpiar las piezas, reparar los componentes que se hubieran dañado, fijar la postura conforme al proyecto que habían hecho. Para fijar los cuerpos usábamos grapas e hilos de acero, y estructuras de metal que clavábamos en la carne plastinada. Algo entre científico y terrorífico. A mí, que también he estudiado biología, no me molestaba mucho. Hubo quienes no lo aguantaron y fueron reemplazados.

—¿Y Luca?

—Bueno, él estaba a otro nivel. Quiero decir, no es solo que no le molestaba trabajar con cadáveres plastinados..., es que parecía que le encantaba. Y además era bueno. Le interesaba la técnica del profesor Von Hagens. Hablaba con los médicos que habían venido expresamente de Alemania para supervisar la exposición. Sé que además sugirió algunas mejoras. Era bueno en química. Decía que lo ideal sería conservar los cuerpos con la epidermis intacta, lo que sin embargo era imposible. Cuando el cuerpo se pone al vacío en acetona, lo primero que se pierde es la piel. Y eso tampoco Von Hagens lo ha podido evitar. Luca, en cambio, afirmaba que era posible. A los organizadores les asombraron tanto sus observaciones que querían que participara en un proyecto. Decían que estaban buscando gente capaz de montar un taller en Roma. Pero él no quería trabajar para ellos.

—¿Usted lo admiraba?

La mirada de ella se volvió hostil.

—Ya le he dicho que no sabía que ocultaba algo.

—No me interprete mal, Loredana. Luca era una mente brillante. Yo mismo reconozco que estoy fascinado por su personalidad. Creo que se precisa mucha sensibilidad para conseguir comprender a un hombre como él. Y a lo mejor es lo que le ocurrió a usted...

Loredana se removió en la silla.

—Bueno, yo lo escuchaba, es cierto. Y quizá, digo quizá, él creyó que yo entendía lo que me quería decir. No es que tuviera muchos amigos..., y usted tiene razón, ¿sabe? A su manera, era fascinante.

Calló, tal vez porque se dio cuenta de que se estaba exponiendo demasiado. Ese adjetivo, «fascinante», se le había escapado de los labios. Pero lo defendió con la expresión de quien no tiene nada de que avergonzarse.

—Conseguía también ser simpático, ¿sabe? —Casi sonrió.

—¿De qué manera?

—Bueno, se reía de sí mismo. Por ejemplo, ¿sabe que llevaba peluca? Estaba obsesionado con que se estaba quedando calvo. Pero tampoco le parecía una gran desdicha, se reía de ello, por lo menos conmigo. Aunque en cualquier caso llevaba peluca.

—¿Una peluca?

—¿No me cree?

Sí, la creía. Y esa obsesión con la calvicie explicaba también el largo pelo blanco. Era un rasgo típico del narcisista sociópata. La exhibición de una señal distintiva como pura complacencia. Probablemente llevaba esa especie de disfraz solo cuando salía a atrapar a sus víctimas.

Pero no debía perder el contacto que había establecido con Loredana, no debía distraerla. La invitó a seguir con un gesto de la cabeza y una mirada amable.

—¿Cuándo le dijo lo que pensaba hacer?

Ella continuó.

—En realidad, nunca me lo dijo de manera explícita. Sin embargo, cuando empezó a mirarme de manera rara fue cuando las cosas cambiaron. Sí, reconozco que esto no se lo conté en su momento a sus compañeros. Me pareció más una sensación mía, una idea tal vez equivocada. Y no quería que se formaran una mala opinión de él sin pruebas.

—Claro, comprendo. Hizo bien.

—¿Verdad? Pero después reflexioné mucho y estoy segura de que Luca en un momento dado cambió de opinión sobre mí. Quizá..., quizá pensó que nos parecíamos... No lo sé, lo digo en serio. Y espero de verdad que no sea así. Pero dejó de repente de hablarme a su manera alegre y despreocupada. Y se volvió más cercano, más cuidadoso, como si observase mis reacciones...

—¿No cree que se había enamorado de usted?

Lo miró con una expresión extraña. Costa tuvo la impresión de que a la mujer le había sorprendido que le dijera algo que había sabido siempre, algo que había guardado para sí y que quizá no se había atrevido a confesarse. Y que, en el fondo, le había agradado. Sí, el monstruo se había enamorado de esa pobre mujer, pero ella no conseguía comprender por qué, y eso la angustiaba. ¿Y si creía que se le parecía?

—No lo sé —murmuró, pero bajó la mirada.

—En el fondo, ¿qué tendría de malo? —dijo Costa—. Luca Sileri era..., no deja de ser un hombre.

—Sí. Yo también lo he pensado. Pero...

—Pero era difícil aceptarlo. Comprendo. Desde luego, usted no tiene la culpa. Y, después, ¿qué paso?

Loredana tardó un momento en responder. A lo mejor reevaluaba su relación con Luca. A lo mejor, lo que la aterrorizaba era que ella también entonces había empezado a enamorarse. No había reparado en el abismo en el corazón de Luca y había empezado a enamorarse.

—Después cambió más —dijo—. Tuve la impresión de que había pasado algo entre nosotros, pero no sé qué fue. Al menos yo no había notado nada. Se ensombreció, estaba nervioso y un día de repente me preguntó qué opinaba de...

Volvió a morderse el labio, pero ahora con fuerza. En la habitación de repente hubo menos luz. Quizá porque una nube había tapado al sol sin que ellos se hubieran dado cuenta. El salón pareció entonces repleto de demasiadas sombras.

Costa no la forzó en el recuerdo. Esperó a que ella se decidiese. Seguramente no había sido fácil. Estar junto a alguien como Sileri debía de haber sido una experiencia terrible. Sobre todo, con lo que sabe ahora.

—Me preguntó qué pensaba realmente de esos cuerpos expuestos —dijo al cabo ella—. Al principio, no comprendí bien el sentido de la pregunta. Respondí que eran terribles y fascinantes. Que desconcertaban pero que a la vez eran la demostración de cómo estamos hechos por dentro. Por tanto, de alguna manera eran hermosos. Él meneó la cabeza, nervioso, y dijo: «No, no me refiero a eso. ¿No te excitan un poco?». No comprendí enseguida qué quería decir. Pensé que había oído mal. Pero me inquietó. Fue más el tono que las palabras. —Calló. El rostro volvió a ser inexpresivo. Como si haber admitido ese horror ya no le consintiese experimentar sentimientos. Costa, sin embargo, casi podía oír que su corazón latía con fuerza bajo la bata desteñida—. Pero no lo había interpretado mal, porque, cuando no supe qué responderle, se explicó con más detalle. Hasta que pareció darse cuenta de que había hablado de más y se calló.

—¿Y entonces usted cómo reaccionó?

Costa le estaba ofreciendo un salvavidas donde agarrarse para que se demostrase a sí misma que no era como el psicópata que le había confiado sus pulsiones, que no se parecía nada a él y que Sileri a buen seguro se había equivocado con ella al implicarla en sus fantasías perversas. Que ella era mejor. Que estaba sana.

Loredana respiró hondo.

—¡Le dije que esa idea me daba asco! Que como broma era vulgar y de mal gusto. Que ciertas fantasías estaban a años luz de mi mente. Fui brusca. Temblaba y no quería que se diese cuenta. Se puso todavía más serio y enseguida me pidió disculpas. Dijo que estaba bromeando y reconoció que se había pasado. Que había dicho una tontería solo por asustarme. Y que le importaba mi amistad... Casi hizo que me sintiera culpable por mi reacción. Pero no era sincero. Por fin me había dado cuenta. —Hizo una pausa. A lo mejor pensaba en el remordimiento que había sentido durante días. En la sensación de que había sido ella la que se había equivocado. En lo que pese a todo podría haber habido entre ellos—. Al día siguiente no lo vi en el trabajo y después supe que lo habían despedido —continuó—. Decían que lo habían pillado robando material químico. No sé qué fue lo que había pasado en realidad. —Hizo otra pausa. Después añadió—: Eso es todo.

Costa reflexionaba. Comprendía en parte lo que aquella pobre mujer había sentido. Y que tal vez seguía sintiendo. Pero había algo más. Lo sabía.

—¿Por qué no se lo contó a la policía? ¿Por qué tenía que ocultar algo así?

Ahora Talischer era una sombra en medio de la oscuridad. Un perfil como uno de sus muebles. Quizá eso era lo que quería: desaparecer en la nada.

Por fin respondió:

—No quería que se preguntaran por qué me había dicho todo eso..., porque esa era como una confesión de sus deseos, ¿no? Y es que elegirme, contarme lo que pensaba, era como decir que él y yo...

No terminó la frase. A Costa le dio lástima. Con lo que había pasado después, la idea de que alguien como Sileri sintiese algo por ella debió de resultarle espantosa. Sobre todo si había pensado en corresponderle.

Y entonces tuvo una especie de iluminación. O un impulso. Ni él mismo lo habría sabido decir. Solo supo que tenía que hacerle esa pregunta.

—Lo ha vuelto a ver, ¿verdad?

Loredana abrió la boca. Pero no respondió enseguida.

—¿Qué dice? —Pero algo, en la oscuridad, la traicionó. Cerró los ojos, como si no se atreviese a mirarlo a la cara.

—¿Lo ha vuelto a ver? ¿Quizá una última vez? Dígamelo. A estas alturas, ¿qué cambiaría? Y, como le he dicho, a nosotros nos sería muy útil.

—Les sería útil…

—Sí. No sabe cuánto.

Vaciló. Costa contuvo el aliento, aterrorizado por la posibilidad de perderse ese momento.

—Sí…, otra vez.

Ya está. Lo había dicho.

—¿De modo que lo ha vuelto a ver?

—Sí. O al menos creo que era él. No. Sí que era él.

Costa no la forzó más. Dejó que se tomara su tiempo.

—Fue hace poco más de un año —murmuró—. En los jardines de aquí delante. Estaba tomando el sol en un día especialmente templado. El primero después de un invierno muy frío… ¿Se acuerda de ese invierno helador? Estaba sentada en mi banco de siempre. Y él estaba delante de mí. De improviso. Al otro lado de la vereda. De pie, con las manos en los bolsillos. Me observaba. Yo… creo que sencillamente me estaba contemplando… Una palabra rara, ¿verdad? Pero era lo que hacía. Me contemplaba. Y después dio media vuelta y se marchó. Me quedé horas sentada en ese banco. No me atrevía a levantarme, a marcharme.

Calló. Se miró los pies. En realidad, ella también contemplaba. Su propia vida, probablemente.

Costa no comentó nada. No podía siquiera estar seguro de que ese recuerdo fuese auténtico. O quizá lo que ella quería era exagerar. Pasaba cuando los testigos decidían por fin abrirse. Esa información podía ser importante. Pero había pasado mucho tiempo.

—¿No hay nada más? —preguntó.

Talischer guardó silencio.

Costa esperó. Entonces, cuando ya iba a renunciar, a levantarse y a despedirse, ella dijo:

—Me dejó una nota.

El policía contuvo de nuevo el aliento.

—Esa noche, cuando por fin me atreví a regresar a casa, la encontré en el buzón. En un sobre blanco sin dirección. Enseguida comprendí que era de él. Ni siquiera sé cómo pude cogerlo y abrirlo. Tendría que haberlo tirado sin más, pero me lo llevé a casa. Tenía una foto suya. Y una nota con solo dos palabras: «VUELVO PRONTO». ¿Se da cuenta? Lo que le diría un chico a su novia. «Vuelvo pronto». A lo mejor solo pretendía ser amable. No lo sé. Pero yo lo único que quería era olvidarme de todo... Quiero olvidarme de todo...

Costa no le recordó que en ese momento a Luca ya lo buscaban por un homicidio espantoso y que lo que ella tendría que haber hecho era llamar a la policía. No era así como funcionaba el cerebro de esa mujer. Y lo que le había confesado le había costado mucho.

Solamente preguntó, rogando que le dijera que sí:

—Esa foto..., la nota..., ¿todavía las tiene?

Loredana se había vuelto a poner su máscara de piel y labios apretados. Pero se incorporó y dijo:

—Las tengo dentro. Se las traigo.

66

Valentina le respondió enseguida.

—Me disponía a llamarte —le dijo—. ¿Alguna novedad? Dime que sí, por favor.

—Hay algo, todavía no sé qué… —Fabio trató de ocultar el entusiasmo. No quería ilusionarla, y tampoco quería ilusionarse a sí mismo. Además, percibió en su voz un tono de alarma.

—¿De qué se trata?

Le habló del mensaje que le había entregado Talischer. En realidad, un sobre anónimo y sin remitente, una pequeña hoja en blanco doblada en dos con la frase escrita a mano «VUELVO PRONTO» y una foto mala. Un selfi, evidentemente, impreso en papel corriente que había absorbido y difuminado los colores. Luca Sileri, sonriente, calvo, en camiseta blanca de manga corta y pantalones negros, mirando con arrogancia el objetivo. Quizá no una amenaza, ni una promesa, como se había imaginado Loredana, pero tampoco una expresión amistosa. La falsa sonrisa en el rostro, que remarcaba la particular conformación de los labios, parecía una brecha horizontal en su piel clara. Hacía que pareciera un pez raro. O uno de esos engendros descritos en los cuentos de Lovecraft.

Sin embargo, lo que enseguida había llamado la atención de Costa había sido el fondo. Se veía poco, y sin duda era un efecto buscado. Pero con eso podía bastar.

No había necesitado preguntarle a Talischer si podía quedarse con el sobre y con su contenido. Ella, tras su confesión, se había cruzado de brazos y Costa, al despedirse, había notado su alivio.

Una vez que volvió al coche miró detenidamente la fotografía. Sileri parecía consciente de su mirada y lo desafiaba con esa sonrisa perenne y corrupta.

—Se ve algo detrás de él —le dijo Fabio a Valentina—. Parece parte de una columna, de una estructura... No sé, puede ser una iglesia. Te mando una foto por WhatsApp. Ya le he enviado una copia a Loris. Ha dicho que pondría enseguida a DIOS a trabajar.

—¿Por qué le habrá dejado una foto suya? —preguntó Valentina, perpleja—. Y una nota... Incluso volvió a Roma para hacerlo. Corrió riesgos. ¿No pensó que ella lo podría haber denunciado?

Sí, Costa había reflexionado mucho sobre ello, observando la foto.

—Ni te imaginas la relación que tenían esos dos —dijo—. De todos modos, yo tampoco he comprendido del todo bien eso. Pero creo que Sileri se había enamorado de Loredana. Ella se parece un poco a esa chica del supermercado que mató. A lo mejor es el normotipo que prefiere. A lo mejor se enamora de las mujeres que después trata de poseer *post mortem.* A buen seguro, Loredana Talischer ha sido su momento de normalidad en una vida y en un mundo ofuscados por el horror y por el deseo enfermo. Y este vínculo se habrá prolongado... Probablemente, cuando volvió para dejarle esa nota tenía proyectos que quería compartir con ella. Antes...

—Antes de su obsesión con Caravaggio —terminó Valentina por él—. Inmediatamente después, en efecto, secuestró a Esther Kaimbacher...

—Tendremos que profundizar sobre ello. En apariencia, no hay nada que relacione a Sileri con una obsesión con Caravaggio o con el arte en general... ¿Qué fue lo que le pasó? ¿Y cuándo?

—Pero, mientras tanto, ¿qué hacemos? ¿De veras esperas conseguir algo de esa foto? Podría haber ido a cualquier sitio después de haberla hecho. Podría no significar nada. —De nuevo, ese tono tan asustado.

—De todos modos, es algo. Si es un mensaje para Talischer

debe ocultar un sentido importante. Nosotros tenemos que descubrirlo.

—Eso espero. Pero creo que ya no cambia nada. Me han llamado del SCO. Esta vez me apartarán de la investigación, Fabio. Debo dejarlo todo y regresar a Roma.

—No cedas. Intenta ganar tiempo. Regreso a Volterra y trataré de presionar a los chicos. No dejes que te releguen justo ahora. Hazte la tonta o, si no te queda más remedio, pide disculpas. Pero no abandones. Ahora no.

—Lo intentaré... —No colgó. Costa la oía respirar despacio al teléfono. Al fondo oía también la radio encendida mientras conducía. Le pareció identificar *Knockin' On Heaven's Door*, de Bob Dylan, pero no estaba seguro.

—¿Valentina...?

—Quisiera que estuvieras aquí conmigo, ahora... —susurró ella.

—Tendremos tiempo para eso.

—De acuerdo.

Valentina iba a añadir algo, Costa lo percibió. Pero entonces Bob Dylan y su imploración a las puertas del cielo se interrumpieron bruscamente.

67

Giampaolo D'Avanzo saludó con cordialidad al policía de la puerta, que lo reconoció y le franqueó la entrada a pesar de lo tarde que era. A todos se les habían alterado los ritmos circadianos en esos días gélidos, y a nadie le asombraba que las luces de la comisaría de Volterra estuviesen siempre encendidas. El crítico de arte se sacudió la nieve que los había sorprendido desde la mañana y que le había calado hasta los huesos, y fue a ver a Loris Manna. El técnico parecía poseído por un frenesí que D'Avanzo tradujo enseguida con una hipótesis: «Hay una gran novedad en el aire».

Loris confirmó su sospecha. Estaban afrontando un nuevo reto, y esta vez la rapidez era todavía más esencial.

Una de las fotos que salía en una de las pantallas de DIOS, dijo, ofrecía muy pocos datos como para reconocer el lugar donde había sido tomada. A pesar de ello, Loris estaba convencido de poder sacar algo de ella.

La imagen de Luca Sileri, sonriente y relajado mientras se hacía el selfi, causó al crítico de arte un desagradable escalofrío. Y una extraña percepción. El rostro del hombre no expresaba ningún sentimiento detrás de esa sonrisa rígida y los ojos muy negros. D'Avanzo ya sabía que iba a ser inútil buscar en esa mirada algo de la vileza que lo caracterizaba. Es más, le pareció que, con ese gesto permanente, le tomaba el pelo a todo el mundo, sin excluir a nadie. Y la desagradable sensación de que los veía desde el monitor, por absurda que fuese, no lo abandonó fácilmente. Aquel hombre era el diablo y el diablo posee un poder ilimitado.

Pero lo que sobre todo lo sorprendió fue que no se lo había imaginado así. El encuadre de la ficha policial de él que había visto no valía por el contexto y la foto era antigua. Esta foto, en cambio, mostraba por primera vez a Sileri en un momento que debía de ser espontáneo, auténtico. D'Avanzo no creía que fueran a encontrar rastros de la violencia que le era propia o de sus pulsiones psicóticas.

Ahora bien, ¿ese era experto en cuadros famosos? ¿Un amante perverso del divino Caravaggio?

Le parecía imposible. Un indicio del amor por el arte, aunque se tratara de un arte morboso, debería notarse en esa boca que tenía esa falsa sonrisa permanente, en esos ojos sin luz.

—Oye, ¿estás ahí? —le preguntó Loris dándole un golpecito en el brazo. Giampaolo reaccionó.

—Claro, claro. ¿Qué me decías?

—Lo que me propongo hacer —respondió Loris—. Replicar lo que se ha hecho con las imágenes de los cuadros. El software ya está configurado y los algoritmos son prácticamente los mismos. Tenemos que cambiar algunos parámetros...

—No comprendo —dijo Giampaolo, todavía confundido—. ¿Qué tiene esta foto que puedes asociar a otras imágenes? ¿Qué hay que buscar?

Loris le señaló un punto detrás del hombro izquierdo de Sileri. El hombre había tratado de hacer poco reconocible el entorno, aprovechando el ángulo del objetivo, pero aun así el móvil había encuadrado un trozo de una estructura de piedra.

—¿Qué crees que es?

—No lo sé. Diría que el principio de un arco, una columna..., quizá un sector de un pórtico. Pero es completamente irreconocible.

—Quizá no —dijo Loris, mientras tecleaba y movía el ratón y aislaba y luego agrandaba el trozo de foto—. Ahora usaré un poco de inteligencia artificial, por emplear palabras simples y comprensibles con un pobre humanista como tú...

—Mil gracias.

—De nada. No todo el mundo es un genio... Bien, ahora el

sistema analizará esta porción de estructura y reconstruirá una serie de hipótesis de qué aspecto podría tener el resto del edificio al que pertenece.

D'Avanzo no daba crédito.

—¿Cómo es posible?

—Bueno, esa es la teoría —dijo Loris sin dejar de trabajar con la imagen que, ante los ojos de Giampaolo, cambiaba de perspectiva, pasaba a 3D y empezaba a dar vueltas por la pantalla—. Pero DIOS necesita una pequeña ayuda. No lo puede hacer todo solo. Debo conseguir en la web todas las imágenes que tengan arcos y columnas, introducirlas y sugerirle al programa algunas soluciones posibles. Cuanto más material tenga que elaborar, mejor debería ser la aproximación final. Por supuesto, siempre será resultado de una hipótesis. Pero al menos tendremos algo con que comparar.

—Me parece una tarea imposible..., es peor que cuando repasamos todos los cuadros desde el Renacimiento hasta hoy...

—Por eso te necesito de nuevo. Sugiéreme iglesias, templos, pórticos... Y si, como parece, Sileri está yendo hacia el norte, repasaremos primero iglesias, edificios y monumentos de la Toscana hacia arriba.

—¿Cuánto tiempo tenemos? —preguntó D'Avanzo, suponiendo ya la respuesta.

El rostro de Loris se ensombreció.

—No es que haya muchas esperanzas de encontrar a Rosanna Bacci viva, pero, de todos modos, hemos de trabajar como si lo estuviera. Así que nuestra tarea consiste en dar con él antes de que haga lo que pretende. Antes de ya estaría bien. ¿Te basta como límite temporal?

Giampaolo lo miró y pensó que quizá, dejando de lado los inoportunos entusiasmos, lo mejor sería perder las esperanzas. Pero, por supuesto, eso no iba a ocurrir.

Liberó la mente de cualquier otro pensamiento. Se concentró.

—Empecemos —dijo.

68

El móvil le sonó a la altura de Grosseto. Lo llamaba Giampaolo D'Avanzo, si bien al fondo oía la voz de Loris Manna, quien no dejaba de hablar.

—¿Qué pasa? —preguntó Costa.

—Este chico está loco de remate. ¡Pero lo ha conseguido!

—¡El mérito es del profesor! —gritó Loris acercándose al teléfono.

—De eso nada —aseguró D'Avanzo—. He ayudado, pero la idea es totalmente suya. ¿Es muy importante esa foto de Sileri?

—Francamente no lo sé. Pero es el único rastro que tenemos de él. ¿Habéis encontrado algo?

—A lo mejor sí. Es una villa palladiana.

—¿Qué? —Costa no estaba seguro de haber oído bien.

—Una villa palladiana. Casi con seguridad. El trozo de arco detrás de Sileri, según DIOS, pertenece a una de las villas que Palladio construyó en el Véneto en el siglo XVI.

—Sí, comprendo. Ya sé lo que es una villa palladiana. Pero ¿se puede identificar cuál es? Me parece que hay muchas...

Oyó que D'Avanzo le murmuraba algo a Manna. Al otro lado de la ventanilla ya veía el mar que lo acompañaría hasta Livorno y luego a Pisa. Tenía prisa por volver, necesitaba ordenar las ideas.

—Hemos identificado dos, pero todavía no estamos seguros —dijo Giampaolo volviendo a hablar con él—. Si tuviésemos más tiempo, a lo mejor podríamos ser más precisos.

—No. Dos posibilidades ya son suficientes. Mandadme las referencias. Y avisad a Valentina enseguida. Si hay una probabilidad de que Sileri se esté escondiendo en un lugar así, tenemos que dar con él ya mismo.

—De acuerdo...

Costa percibió incertidumbre en el tono del otro.

—¿Qué pasa, Giampaolo?

—No lo sé. Pero he leído el currículo, si así puede llamarse, de este sujeto. Y también el perfil psicológico que le han podido hacer... En fin, hay algo que no me cuadra.

Costa tenía la misma sensación.

—¿A qué te refieres? —preguntó.

D'Avanzo confirmó sus dudas.

—Desde luego, el tal Luca Sileri es una mente brillante, dejando de lado su monstruosa desviación de psicópata. Y también es un tipo violento, propenso a la ira. Sin embargo, no encuentro conexiones con la pasión por el arte. Hemos supuesto que sus víctimas eran iguales a personajes de Caravaggio. Hemos supuesto que su locura dependía de una pasión por los cuadros de Caravaggio y quizá por algún artista más de su época. Incluso nos hemos imaginado un paralelismo entre su vida y la del pintor fugitivo. Pero aquí yo no veo ninguna relación... Es más, aquí Sileri me parece más dado a la ciencia que al arte.

—Probablemente el encuentro con la plastinación de Von Hagens lo inspiró. En las exposiciones de *Body Worlds* muchas veces los cuerpos se modelan recordando esculturas o cuadros famosos. Puede que esa idea lo sedujera —dijo Costa. Pero ni él mismo estaba convencido. Talischer no le había dicho nada de una pasión así. Algo había llevado a Sileri por ese camino, lo que fuera tenía que haber ocurrido después.

—Seguramente —dijo D'Avanzo—. Yo no soy psiquiatra. —Pero las dudas quedaban en su voz.

El teléfono de Costa emitió una serie de vibraciones.

—Ese debe de ser Loris mandándote las referencias de las dos villas palladianas —dijo Giampaolo, que había advertido las señales.

—Avisad a Valentina, si no lo habéis hecho aún. Nosotros nos veremos en Volterra.

Después de colgar, buscó un área de descanso, paró y revisó los datos que le habían enviado por WhatsApp. En los mensajes estaban las fotos de las dos villas, con una breve referencia histórica, además de la posición geográfica y del satélite. Eran dos maravillas arquitectónicas, pertenecientes a dos familias vénetas.

Costa dudaba de que Sileri fuera a esconderse en un lugar así. Probablemente era un callejón sin salida.

De todos modos le mandó un mensaje de voz a Valentina: «Envía los detalles y las fotos a la sede del SCO en Venecia. Que sea oficial pero explica bien el asunto. Se necesitan más datos y cuanto antes. Si Sileri se esconde en una de esas villas hemos de ser rapidísimos. Mantenme informado».

Tuvo la tentación de añadir algo personal. Pero prefirió evitarlo. Miró la carretera, la oscuridad de delante. Reemprendió la marcha. Y aceleró. La urgencia de terminar ese viaje era la misma que sentía por el epílogo de ese maldito asunto.

69

Angelo Zucca estaba sentado delante del ordenador esperando un correo. Los despachos del SCO ya estaban desiertos. Quedaban pocos compañeros en las mesas o pegados al teléfono. Al otro lado de las cristaleras que protegían el edificio de la agencia de investigación del mundo exterior, Roma se vestía con las luces de la noche. Hacía mucho que el policía no se permitía un descanso. Una cerveza con los amigos, una velada con una mujer que le gustara, a lo mejor una nueva amiga. Hacía tiempo que iban detrás de ese loco asesino sin un instante de reposo. Empezaba a cansarse.

Sin embargo, sentía que el final estaba cerca, tanto triunfo como derrota, y él era un policía, no un misionero. No le habría importado mucho que lo hubieran apartado del caso. No se implicaba nunca en una causa con la pasión con la que parecía hacerlo Valentina Medici.

Ella llevaba una hora metida en el despacho de Falcone. Las cosas pintaban mal para ella, era inútil ocultárselo. A pesar de que había identificado a Luca Sileri como el autor de esos crímenes, no solo no había conseguido detenerlo, sino que además ese psicópata parecía capaz de campar por el país a sus anchas. Y alguien tenía que responder por eso. Aunque fuera muy injusto, la comisaria jefe parecía la víctima sacrificial por excelencia. Además, desde que había subido a su barca a Fabio Costa… En fin, su posición se había vuelto indefendible.

Lástima. La muchacha le caía bien. Pero no era la primera que pasaba por ese despacho ni sería la última. Mientras que él, uno de los veteranos del Servicio, hacía tiempo que había aprendido a esquivar las trampas de las que estaba plagado ese trabajo.

El mensaje que estaba esperando le llegó en ese momento al móvil. Era de un compañero de Venecia. Decía: «La hemos encontrado. ¡Abre el correo!».

A pesar del cinismo del que presumía, Zucca abrió el correo electrónico algo emocionado. Hacía menos de una hora habían enviado la manipulación que Manna había hecho de la foto de Sileri junto a la identificación de las dos villas palladianas a los compañeros de la sección del SCO de Venecia, quienes a su vez habían enviado las imágenes a todas las dependencias del Véneto. En primer lugar, a Padua y Vicenza.

La imagen que había reconstruido Manna era increíblemente detallada. Mostraba la fachada de un edificio muy grande con torrecillas, frontones y arcos. También había un desarrollo en 3D. El técnico y Giampaolo D'Avanzo compararon esa reproducción con algunos edificios vénetos de épocas coincidentes. Sin embargo, no podían descartar que la imagen fuese de otra edificación que no conocían. La tarea de los policías territoriales consistía ante todo en identificar la villa que más se pareciese a esa representación digital. Y luego en comprobar las posibilidades de que Luca Sileri se ocultase ahí. De la manera más rápida y discreta que fuese posible.

Se quedó estupefacto. El correo electrónico que habían enviado de Venecia contenía una foto. Una gran villa del siglo XVI, la copia exacta de la reelaboración de Manna. Mejor dicho, su inconfundible original. Un comentario de dos líneas la acompañaba: «La villa es seguramente esta. Se ha enviado una dotación para vigilar con discreción. Parece deshabitada, pero en el patio interior se ha comprobado la presencia de una Volkswagen California. Consideramos probable la presencia del fugitivo. Esperamos órdenes».

Casi saltó de la silla. Se incorporó para ir enseguida a advertir a Medici y Falcone. Se detuvo. Pensó un instante. Sin duda, después ya no tendría tiempo. Después ya solo habría confusión y una carrera atropellada. Lo que tenía que hacer, tenía que hacerlo ahora.

Marcó un número en su móvil. No había cambiado. Ya se lo sabía de memoria. El periodista que le respondía, a cualquier hora del día o de la noche, era un tipo amable. Trabajaba para un diario importante. Y pagaba muy bien las informaciones que Angelo Zucca le daba.

70

Se llamaba Villa Zernich. Era una imponente mansión proyectada y construida por Palladio en 1568, cerca de Este, a pocos kilómetros de Padua.

Era el escondite de Luca Sileri.

Valentina se lo confirmó a Costa solo una hora más tarde. La Villa Zernich pertenecía a una familia de importantes productores de vino de la zona. Deshabitada desde hacía tiempo, antaño dedicada a museo ya que conservaba magníficos frescos de Veronese, estaba cerrada al público desde hacía unos años y cuidaba de ella un factótum de los Zernich con el que se pusieron en contacto los investigadores. Cuando lo sacaron de la cama y le enseñaron la foto de Luca Sileri, el factótum reconoció al hombre que desde hacía muchos meses se encargaba del mantenimiento del edificio. Vivía en uno de los dos palomares de la villa, y en ese momento era su único ocupante. El nombre por el que lo conocía era Gianluca Simi, y aseguró a los policías que se estaban equivocando. No podía ser el hombre que estaban buscando.

Al teléfono, Valentina estaba comprensiblemente emocionada.

—Estamos yendo hacia allí. En Padua ya están organizando la intervención, pero la cosa no va a ser sencilla. La villa es enorme y se necesitarán muchos agentes... Y además aquí ya hay una especie de carrera para ver quién llega primero.

—Me lo imagino —dijo Costa—. Da igual. Pero no dejes que te quiten el papel que te corresponde.

—Eso va a ser difícil. Todos están en plena efervescencia. Ni siquiera se sabe quién tendría que dirigir la operación. —Hizo una pausa—. Ven.

—No creo que eso les haga gracia a los jefes. Además, ya casi estoy en Volterra.

—Estás más cerca de aquí. Si no haces paradas puedes llegar en tres horas. No irrumpiremos antes del amanecer. Fabio, te necesito.

—Vais a ser muchos. No te separes de Zucca y no dejes que te pisen...

—¿Es que no lo comprendes? Si hemos llegado a Sileri es gracias a ti. Tú también tienes que estar aquí.

Varios rostros pasaron por su mente. Se mezclaban unos con otros, pero indudablemente eran de las víctimas de Luca Sileri. El último era el de Rosanna Bacci. En los labios de todos, un grito silencioso, implorante.

Y también Valentina imploraba.

—De acuerdo —decidió de golpe—. Nos vemos ahí. —Luego susurró, más para sí mismo que para ella—: No puede huirse del destino, supongo...

CLAROSCUROS

71

Los siete coches partieron en fila de Padua cuando el amanecer solo parecía una promesa. Había nevado toda la noche en la ciudad y en las colinas de alrededor y un silencio abrumador se extendía sobre toda aquella blancura. Tampoco el ruido de los potentes motores parecía contaminarla.

Eran muchos, e iban a detener a un solo hombre. Pero ese hombre era uno de los mayores asesinos en serie de los que se tuviese memoria y no sabían exactamente lo que se podían esperar. Iban un poco a ciegas, y eso los asustaba. Así como los aterrorizaba la probabilidad de que no consiguiesen capturarlo.

Valentina y el grupo de Roma llegaron justo a tiempo para comprobar que el dispositivo operativo ya estaba organizado y los policías se disponían a actuar. El departamento había exigido rapidez y urgencia. Esperaban encontrar a Rosanna Bacci aún viva. Armando Fazio, el oficial del SCO que dirigía las investigaciones por orden del jefe de la policía y que, naturalmente, quiso estar al mando de la incursión, acababa de enfrentarse con el compañero de la comisaría de Padua que había organizado la intervención. La típica disputa territorial, pese a que en ese caso estaba en juego algo importante. Mientras los dos discutían acaloradamente lo que procedía hacer, Valentina le pidió a un compañero del lugar más datos sobre la Villa Zernich. El hombre le señaló al factótum, Claudio Altieri, el testigo que había confirmado la presencia de Sileri en la casa.

—Altieri vendrá con nosotros, aunque se mantendrá al margen —le explicó el agente—, solo por si necesitamos que nos proporcione información.

Valentina se fiaba de las comprobaciones que sus compañeros ya habían hecho, pero necesitaba formarse una idea propia. Quería comprender mejor.

Altieri, un hombre imponente, de marcado acento veneciano, se presentó como colaborador de confianza de Federico Zernich, el dueño de la villa, ya mayor, hacía tiempo retirado de la vida pública y que de hecho había dejado el precioso edificio palladiano a su cuidado. Altieri, a su vez, solía emplear a otras personas, entre ellas, precisamente, a Simi, alias Sileri, contratado en calidad de vigilante. Sileri era uno de los pocos que trabajaba ahí, aparte de un par de jardineros y un hombre que se ocupaba del mantenimiento, y el único que vivía de manera estable.

—Puedo demostrar que tenía excelentes referencias —repitió Altieri.

Valentina le aseguró, gélida, que por supuesto indagarían sobre ello a fondo, haciendo que el hombre pusiera cara de irritada sorpresa. Luego le pidió que le diera más informaciones sobre la gran villa palladiana.

Ahora, mientras a lo lejos la veía surgir entre la niebla de la mañana, rodeada de nieve, comprendió su grandeza y su inquietante belleza.

Como todas las obras maestras de Palladio diseminadas a lo largo de aquella estrecha franja de tierra, el cuerpo central del edificio, de tres plantas gemelas, era el más imponente. Se veía desde esa distancia como una espectral catedral surgida de la nada, con un frontón elaborado y brillantes columnas. A los lados se prolongaban dos alas contrapuestas más bajas, las llamadas *barchesse*, con puertas amplias que daban a un gran jardín con una fuente. Las dos secciones habían sido proyectadas para alojar al numeroso personal de servicio de la época, necesario para el funcionamiento de la villa no solo como residencia principesca sino también como centro de actividades comerciales y productivas.

Era un mundo que ya no existía. Daba la impresión de que ahora ahí ya no vivía nadie. Bajo los arcos de medio punto, que habían servido de fondo a la imprudente foto que se había hecho Luca Sileri, la oscuridad parecía aumentar y estar aguardándolos. En los extremos de las *barchesse* descollaban dos palomares y enfrente, más allá del estanque con el ninfeo con estatuas, un bosque que luego bordeaba el cuerpo principal y, detrás, se perdía hacia la campiña de las colinas Euganeas. A la izquierda había un templete pagano, una especie de pequeño Panteón, que Altieri le había dicho que era la copia de otra famosa obra de Palladio. En el interior se había instalado la cripta familiar. Pero la estructura había sido sellada y tapiada hacía tiempo debido a su mal estado de conservación.

Ninguna luz, ni siquiera una muy tenue, indicaba que ahí viviera alguien. El despliegue de sus fuerzas, si bien era notable, le pareció de repente inadecuado. Sileri conocía bien ese lugar, iba a resultar difícil sacarlo de ahí.

La fila de coches, con las luces apagadas y sin sirenas por orden de Fazio, se detuvo en el amplio claro del lateral de la carretera provincial que conducía a la villa. A trescientos metros empezaba la vereda de entrada que seguía quinientos metros por el campo hasta la mansión. La verja de entrada estaba abierta y dos farolas apenas la alumbraban, como centinelas ya exhaustas.

Los policías se apearon del coche y se reunieron, en silencio, alrededor de Fazio y del oficial de Padua. A este le correspondió el honor de dar las últimas instrucciones, lo que hizo en voz baja y con rapidez. Un grupo de agentes rodearía toda la zona, situándose en la carretera y en el bosquecillo que había detrás de la villa. Los demás se dividirían en tres grupos: uno para el cuerpo central del edificio y otro para cada una de las *barchesse*, en las que había numerosos espacios y que debían ser revisados a toda prisa pero también con cuidado. El grupo que iba a ocuparse del ala izquierda empezaría registrando el palomar en el que vivía Gianluca Simi. Al mando de ese grupo se puso Fazio, que reclamaba la titularidad de la investigación. Tuvo, de todos modos, la prudencia de pedirle a Valentina que estuviese a su lado. Los otros grupos estaban dirigidos por otros tantos jefes que ya conocían la zona. Encabezando cada núcleo irían dos agentes de las Unidades Operativas de Primera Intervención, las UOPI, con los uniformes tácticos, el casco de protección y, sobre todo, la metralleta Heckler & Koch UMP 9. Cada grupo recibió las claves de acceso que había proporcionado Altieri.

Todos, también los agentes de paisano, tenían chalecos antibalas. Y a todos se les pidió que mantuvieran la cabeza fría. Sileri había matado a dos policías, pero había que cogerlo vivo.

—Nos han llamado los del grupo de vigilancia —les informó Grassi, el oficial de Padua que acababa de hablar brevemente por teléfono—. No detectan ningún movimiento. Nadie se ha alejado.

Desde que habían identificado la Villa Zernich, dos equipos de la policía judicial se habían situado en las inmediaciones. Ya en la primera inspección, hecha sobrevolando con un dron el extenso jardín que circundaba el edificio, habían descubierto la furgoneta Volkswagen California. Estaba aparcada debajo de los soportales de la *barchessa* sur, donde antaño se ponían los carros cargados de trastos y mercancías, casi invisibles desde la calle, protegidos tanto de los ojos indiscretos como del mal tiempo. Las tomas, debido a la oscuridad y a la nevada nocturna, no eran muy claras, pero no cabía duda de que se trataba de la furgoneta. Era la confirmación de que Sileri había regresado. Y, si acababa de regresar, había esperanzas de encontrar viva a su prisionera.

Fazio dio un puñetazo de satisfacción en el capó del Alfa del que se había bajado.

—¡Bien! ¡Vamos a coger a ese cabrón!

Mientras hombres y mujeres se dividían en los distintos grupos de intervención, Valentina se acercó de nuevo a Claudio Altieri, quien, al margen, sentado en uno de los coches en los que habían llegado, observaba con curiosidad los preparativos. El hombre iba a encender un cigarrillo, pero el agente que estaba sentado a su lado le hizo un gesto negativo con la cabeza. No había que dar señales a probables observadores. Altieri sonrió y guardó la cajetilla en el bolsillo del chaquetón. En cuanto vio que llegaba Valentina, salió rápidamente del coche.

—¿Cuándo fue la última vez que vio a Sileri..., o sea a Simi? —le preguntó ella.

Altieri miró hacia la villa como si en ese momento pudiese distinguir, a través de la niebla y la nieve, al hombre que imprudentemente había contratado.

—No lo veo a menudo, solo un par de veces al mes para hacer

cuentas y para otros asuntos. La última vez fue..., uf..., ¿hará diez días?

—¿Me lo pregunta a mí?

—No. Sí. Diez días.

—¿Y cree que ahora está ahí?

—Bueno, creo que sí. Pero no es que conozca su vida privada.

—Volveremos a hablar, no lo dude. ¿Y dónde se vieron, en la villa?

Altieri la observó. La luz que le atravesó la mirada no le gustó.

—Hace meses que no piso la Villa Zernich. Por lo general, recibimos a todos los empleados en Padua, en los despachos de la empresa...

—Ah, claro. Productores de vino.

—Prosecco. El mejor.

—¡Valentina, vamos! —le ordenó Fazio. La fila de coches se estaba moviendo. El oficial la esperaba con un pie en el estribo.

Valentina miró al factótum de la familia Zernich y subió al coche que conducía Angelo Zucca. Mientras emprendían la marcha, siguió sintiendo en el cuello la mirada fría de Altieri.

Luego entraron en el camino que llevaba a la gran villa y el corazón empezó a latirle con una fuerza casi inusitada. Mientras cargaba su Beretta, pensó: «Ya está, vamos a detener a Luca Sileri. Se acabó».

Luego, volviéndose para mirar el camino que dejaban detrás: «¿Y tú dónde estás, Fabio Costa?».

72

Cuando el último automóvil desapareció detrás de la gran verja, el Volvo abandonó el punto donde se había detenido, con las luces apagadas, y fue hasta la entrada de la vereda que iba directamente hacia la pálida fachada de la Villa Zernich. La capa de nieve que la cubría acababa de ser atravesada por la columna de vehículos que llegaba lentamente y en el mayor silencio posible al cuerpo central del edificio. El blanco mullido estaba manchado por dos carriles de barro gris como largas heridas.

Costa salió del coche en el que había esperado a que todos los otros autos se marchasen. Vio que llegaban al final y que formaban un semicírculo delante de la fuente con el ninfeo. Los policías se apearon y rodearon la casa rápidamente. Incluso desde donde estaba, ya cuando empezaba a clarear, podía percibir su nerviosismo.

Un helicóptero empezó a sobrevolar la villa. Salió del cielo denso y el ruido contrastaba con el silencio que hasta hacía poco era absoluto. No era de la policía. Un vuelo ahí, a esa hora, solo podía significar una cosa: un periodista se había olido la noticia y ahora apuntaba sus cámaras desde arriba. Esa presencia imprevista iba a complicarlo todo. Había acabado con el factor sorpresa.

De todas formas, había llegado el momento.

Se puso el chaleco azul en el que ponía POLICÍA. Muchos de esos agentes no lo conocían y no tenía sentido exponerse. Se colocó los auriculares conectados a la pequeña radio, que enganchó en el cinturón y que sintonizó en los canales de la sala de operaciones de Padua. Las descargas eléctricas en el oído le confirmaron que funcionaba bien. Por último, quitó el seguro de la pistola y la empuñó, sujetándola con el cañón hacia abajo.

Aspiró el aire frío de esa nueva aurora y se encaminó lentamente hacia la guarida del Hombre que sonríe.

73

La vieja furgoneta estaba debajo de la columnata que recorría toda la *barchessa*. Mientras se acercaba, Valentina sintió que la adrenalina la invadía. Era la furgoneta California que utilizaba Sileri. La habían encontrado realmente y verla de cerca le producía una extraña emoción.

Los cristales del habitáculo estaban tintados, los laterales no tenían ventanillas y la puerta trasera estaba cerrada. El policía que la abrió, mientras dos compañeros le cubrían las espaldas apuntando las pistolas hacia la boca de metal, no lo hizo con tranquilidad. Recordaba a los dos agentes de la policía de tráfico que con el mismo gesto habían provocado la ira de Luca Sileri y muerto en la carretera. Recordaba su muerte y veía una pegatina pegada al picaporte en la que ponía VIVO EN UN MUNDO SÁDICO, debajo de un smiley enfadado.

Valentina contuvo la respiración. Y sabía que lo mismo estaban haciendo los otros agentes.

El policía abrió y apuntó con su arma. Detrás de él, Valentina se quedó petrificada, lista para reaccionar.

La luz violenta de las linternas Maglite iluminó el interior. Enseguida, el agente que había abierto la puerta se volvió hacia ella y hacia la marea de ojos que lo estaban observando. Hizo un gesto con la mano derecha cerrada. «¡Vacía!».

Era la señal. Alguien habló por la radio.

—Entremos. ¡Ahora, ahora, ahora!

Los policías irrumpieron en el corazón secular de la Villa Zernich.

74

El lugar donde Luca Sileri había vivido los últimos meses era una torre de planta rectangular de dos pisos, pegada a la larga *barchessa* que la comunicaba con el cuerpo central de la villa. Un edificio lineal, menos suntuoso que el resto de la estructura, sobre cuya puerta había un arquitrabe imponente y dos gárgolas de piedra de rostro mefistofélico. Las manos enguantadas del agente de las UOPI que giró la llave de la cerradura temblaban ligeramente. Valentina estaba detrás de él y se dio cuenta pero no se sorprendió. Todos eran policías de provincia, asustados y tal vez inadecuados para esa tarea. Sileri era como uno de esos demonios de piedra que estaban agazapados sobre sus cabezas: feroz e imprevisible. Y sabían que seguía teniendo la pistola que le había quitado a su compañero de la policía de tráfico.

Valentina se volvió. Detrás del despliegue de rostros tensos y de miradas brillantes, inmerso en la nieve, vio que Fabio se acercaba con cautela, la palabra POLICÍA pegada en su pecho. Le sonrió con ganas. No sabía si a esa distancia podía verla. Pero su presencia la tranquilizó, la calmó. Siguió sonriendo incluso cuando se giró hacia el otro lado.

En cuanto el compañero abrió la puerta, el calor de dentro chocó con el frío de fuera.

Los agentes de las UOPI entraron. Las linternas de sus metralletas enfocaron muebles antiguos, una cocina, un pasillo que conducía a los dormitorios de la parte de atrás.

Nadie a la vista.

Los otros policías los siguieron, desplazándose rápidamente por los distintos espacios. La única fuente de luz era la de los haces de las Maglite, que rastrearon cada rincón de la casa. El lugar parecía abandonado desde hacía tiempo. Olía a moho y a comida podrida.

Valentina había perdido de vista a Fazio en la confusión inicial. De manera que le tocó a ella dirigir al primer grupo de agentes hasta el pie de las escaleras que conducían al piso de arriba. Empezó a subir.

Los escalones le parecieron interminables, y enseguida dejó de ver a los otros. Estaban ahí, justo detrás de ella, pero ya no notaba su presencia. Se habían convertido en sombras en la sombra. Solo notaba los escalones que pisaba, la oscuridad que la rodeaba y su jadeo.

Cuando llegó al piso de arriba y las linternas desgarraron la oscuridad, un grito le estalló en la garganta.

El Hombre que sonríe la miró, el rostro deformado por el odio.

75

Por los auriculares llegaban, junto con la energía estática, los primeros resultados de la búsqueda en el resto de la villa. Los policías gritaban: «¡Vacío!», tras revisar un espacio. Parecía que aún no habían encontrado a nadie.

Costa entró y se detuvo en la puerta del edificio en el que acababan de entrar, procurando encontrar algo descifrable en medio de toda esa negrura. En ese momento oyó el grito de Valentina.

Fue corriendo a las escaleras, mordiéndose los labios para no responder a esa llamada de auxilio. Al principio, el jaleo que oyó en la planta de arriba lo dejó paralizado. Pero enseguida alguien gritó:

—¡No hay nadie! ¡No ha pasado nada! ¡Calmaos, y subid despacio!

Cuando se acercó a Valentina, tratando de aparentar tranquilidad, ella estaba apoyada en el marco de una puerta, sujetando la pistola entre las piernas y apuntando hacia el suelo, casi como si tratase de que no se le escapase. Un agente uniformado, a su lado, la calmó.

—No ha pasado nada —repitió—. Solo es una pintura.

Las linternas ahora alumbraban una pared ocupada por la reproducción a tamaño natural de la *Medusa* de Caravaggio. Estaba justo enfrente de las escaleras. El rostro aullante de la Gorgona recién decapitada, pegada sobre una tabla ovalada como el original, daba la impresión de salir del muro con la intención de querer devorarlos. Sus serpientes se movían con los vaivenes de las luces.

—Perdonen —susurró Valentina.

El agente de las UOPI le palmeó la espalda.

—No se preocupe, señora. Todos estamos un poco tensos.

—¿Y bien? —gritó alguien desde la planta de abajo—. ¿Podemos encender algo aquí dentro?

Unos segundos después, otro encontró el interruptor principal y las luces de la casa se encendieron, todas a la vez, implacables.

Valentina, Costa y los otros policías se quedaron paralizados en el lugar donde Sileri había vivido durante los últimos meses de su vida de fugitivo.

76

—¿Qué coño haces tú aquí? ¿Quién coño te ha dado permiso?

Armando Fazio se estaba quitando el chaleco antibalas, mientras se dirigía a Costa pero miraba a Valentina. Lo dejó en una silla y con un gesto le pidió a un agente que se lo llevara.

—¿Qué pasa? —preguntó Costa con una leve sonrisa—. ¿Me estás echando? Si quieres me voy, no pasa nada.

Fazio pareció pensárselo mejor. Luego dijo:

—Haz lo que te dé la gana. Pero no jodas... ¡Y no toques nada, va a venir la Científica!

—¿Quieres decir que ya no vais a seguir buscando?

—Por supuesto que no. Es evidente que Sileri no está aquí. Hemos mirado por todas partes.

—¡Pero está su furgoneta California! —exclamó Costa.

—¿Y? Sileri no está. Debe de haber escapado poco antes de que entráramos.

—La villa es enorme. Todavía podría estar escondido en algún sitio...

Fazio se le acercó.

—¿Es que no te has enterado de que tienes que mantenerte al margen? Te reconozco el mérito de haber echado una mano en las investigaciones. Gracias en nombre de la policía. Pero tu papel acaba aquí. Es hora de que regresas a tu comisaría medieval. —Se volvió y empezó a bajar las escaleras. Ni siquiera se giró para mirarlos mientras decía—: Tú y yo ya aclararemos las cosas más tarde, Valentina. —Desapareció en medio de todos los demás policías, mientras la luz del sol por fin se abría camino también ahí dentro.

—Es evidente que no te tiene mucho cariño —comentó Valentina.

—Antiguos rencores. Estábamos juntos en el SCO y en alguna investigación discrepamos. Son cosas que pasan… —No terminó la frase. No hacía falta.

Seguían en la habitación que Luca Sileri había elegido como refugio en la segunda planta del palomar. Y ese lugar los seguía turbando. El espacio abarcaba casi toda la planta y tenía dos ventanales que daban a un jardín, pero que estaban sellados con tablas. Al parecer, al hombre que vivía ahí no le gustaba la luz natural. Sileri había prescindido de todos los muebles, a excepción de un sofá-cama colocado exactamente en el centro. Había además cubierto totalmente las paredes con carteles que seguramente eran de las mismas dimensiones que los cuadros originales de Caravaggio. Las reproducciones estaban juntas, a veces en parte montadas unas sobre otras, hasta el punto de que parecía que uno se encontraba en el centro de una caótica pinacoteca organizada no en función de la querencia por el arte sino de la obsesión. No había pasión por Caravaggio en ese grupo de imágenes, pensó Valentina, sino locura. No había respeto sino suficiencia.

Muchos rostros de los personajes representados, además, tenían un círculo trazado con rotulador rojo. En algunos casos, el círculo se había recalcado hasta romper el papel. En otros, los ojos estaban agujereados, quizá en un acceso de ira. Había pedazos de papel en el suelo, arrancados, arrugados, pisoteados. Le recordaron el papel que Fosco llevaba en la mano y el que habían encontrado en el pajar. Todo había comenzado ahí.

Delante de ellos estaba la prueba definitiva de que Luca Sileri buscaba a sus víctimas sugestionado por esos rostros antiguos. Pero también descubrían que la suya no era una obsesión enferma, sino una obsesión aterrada.

El Hombre que sonríe no admiraba a Caravaggio. Caravaggio lo oprimía.

Ni Fabio ni Valentina eran expertos en arte, pero reconocieron casi todos los cuadros. Algunos eran famosos, otros los habían conocido en los últimos días gracias a D'Avanzo.

Se estremecieron cuando vieron *Los músicos*, con el rostro del intérprete de laúd tan parecido al de Andrea Venturi. Los ojos de los cuatro personajes, en ese caso, habían sido agujereados. El blanco de la pared de detrás de la reproducción los hacía extrañamente brillantes e intensos.

No les sorprendió ver en un rincón, al lado de una ventana, la copia de *Judit y Holofernes*, con el rostro de la heroína idéntico al de Esther Kaimbacher, en un círculo rojo. También la cabeza decapitada de Holofernes estaba en un círculo, al igual que la cara de la vieja que, al lado de Judit, sujeta el paño en el que colocar la testa del general.

Esos trazos del color de la sangre implicaban la existencia de más víctimas. Hombres, mujeres y niños destinados a morir debido a ese delirio psicoartístico. ¿Realmente era posible? ¿A cuánta gente había matado Sileri? Según los cálculos de D'Avanzo y Manna, quizá una decena, quizá más. Pero ¿dónde estaban los cuerpos? Si su propósito era plastinarlos, ¿dónde realizaba el tratamiento y dónde conservaba el horripilante resultado de sus esfuerzos?

Hicieron fotos de todos los carteles con los móviles y las mandaron a D'Avanzo, que respondió enseguida: «Es un espanto». Luego dijo qué cuadros había reconocido: *Niño con un cesto de fruta*, *San Francisco en éxtasis*, *David vencedor de Goliat*, *El amor victorioso*.

Sileri debía de haberlos estudiado durante horas. En su mente, el deseo de convertir esos trazos de pincel en algo vivo para su propio placer.

—Tengo que salir —murmuró de repente Valentina, mientras dos agentes de la Científica en bata blanca subían las escaleras.

—Estaré contigo ahora mismo —dijo Costa. La comprendía. Esa desagradable exposición de cuadros también lo estaba asfixiando a él.

Sin embargo, había un pensamiento del que no conseguía liberarse.

Mientras Valentina casi huía de esos espacios, Costa cruzó la sala. En la planta había además otra habitación, más pequeña, y un cuarto de baño. En este las ventanas no habían sido atrancadas y desde ahí podía verse el resto del edificio y el imponente jardín que, a la cegadora luz, parecía la superficie de otro planeta por el que ahora se movían los invasores terrestres.

Mientras trabajaban los de la Científica, no todos sabían qué hacer. Algunos agentes ya estaban en los coches aguardando órdenes. Fazio estaba en el jardín, pegado al teléfono, los pies hundidos en la nieve. Probablemente informaba a quien le correspondía de que Luca Sileri no había sido detenido. Sí, era la furgoneta pero parecía una pista falsa. Y no, tampoco habían encontrado a la secuestrada Rosanna Bacci. Debía de estar ya muerta y enterrada en alguna parte.

Costa entró en la otra habitación. Sin duda, algunos de los muebles que había en el espacio más grande habían sido sacados de donde se encontraban antes, pues un armario, una cómoda y unas sillas estaban amontonados de cualquier manera. Era como si Sileri hubiese querido despejar todas las paredes del espacio más grande con el único propósito de poner ahí las reproducciones de los cuadros de Caravaggio. Había creado una especie de habitación sensorial donde meterse y alimentar sus propias fantasías enfermas.

Debido a tantos muebles arrumbados y a que no había ventanas, en el cuarto la oscuridad era aún más agobiante. Parecía que ahí no había luz eléctrica. A lo mejor Sileri había quitado todas las bombillas para impedir cualquier intento de iluminación. Costa se disponía a marcharse, cuando un ruido lo detuvo.

Un quejido, débil como un golpe de viento.

Se volvió de golpe.

El quejido se repitió, prolongándose como si alguien estuviese tratando de modular un canto. Un himno de dolor.

En la habitación no había nadie. Y, sin embargo, la voz se elevó y se apagó por tercera vez en algún lado delante de él.

El armario apoyado contra la pared, con la parte delantera hacia ese lado, era el único sitio de donde ese ruido podía salir. Agarró una esquina del mueble y empezó a tirar. Era pesado. Consiguió moverlo unos centímetros. La puerta se abrió, chocó contra la pared y Fabio pudo mirar dentro. Estaba vacío. El olor a podrido que lo acometió le hizo pensar en la muerte, pero no había cadáveres que produjeran esa peste.

El quejido se repitió por cuarta vez. Y ahora tuvo claro que era la voz de una mujer.

77

Bajó corriendo las escaleras.

Los policías habían salido del palomar para marcharse de la Villa Zernich. Los de la Científica dedicarían el día a examinar minuciosamente el lugar, pero quizá un día sería insuficiente. Sin embargo, la fase operativa había terminado.

Encima de ellos, el helicóptero seguía dando vueltas. Un agente le confirmó a Costa que tenía los emblemas de un canal de televisión local, avisado a saber cómo de la incursión, y que el helicóptero de la policía de Venecia procedería a despejar el espacio aéreo. Pero el daño ya estaba hecho.

En el comedor, Costa observó la gran chimenea del siglo XVII y los muebles que la flanqueaban, de al menos un siglo de antigüedad. En un rincón había una pequeña cocina, más moderna y cómoda, con una mesa y cuatro sillas. Daba la impresión de que Sileri no la había usado nunca.

Costa se quedó quieto, escuchando.

El ruido era débil, apenas se oía. Pero se repitió. Un llanto. Alguien que sollozaba, quizá. Parecía que provenía del otro lado de la pared.

Se acercó a la chimenea. El cuerpo de piedra era sencillo. El interior estaba negro pero no olía. Nadie la había usado desde hacía tiempo.

El llanto parecía proceder del fondo de esa boca oscura.

Trató de aguzar todos sus sentidos. Por la ventana de la cocina entraba el ruido de los coches que arrancaban y partían. Ya no nevaba y ahora los ruidos se oían con claridad. La piedra de la chimenea que tocaba con sus dedos estaba fría. En la que pisaba, notó una leve vibración.

—¿Qué pasa?

Costa se volvió. Zucca estaba de pie en la puerta y lo miraba intrigado.

—La señora Medici me ha mandado a ver qué estaba haciendo usted —explicó.

El gemido se repitió. Cada vez más débil.

Zucca abrió mucho los ojos.

—¡Coño! ¿De dónde sale? —preguntó, alarmado.

Costa meneó la cabeza. Así que él también lo oía.

—No de aquí —dijo—. Estas estructuras ocultan mil conexiones. Pasadizos, canales de ventilación..., pero la pared de esta chimenea da al oeste. No hay nada detrás, aparte del propio muro.

Sintió que dentro de la chimenea el aire soplaba con fuerza, una corriente fría que arrastraba el eco del exterior. Luego vio la reja en la base. De ahí también subía un aire gélido. A lo mejor estaba conectada con un espacio que se hundía en el subsuelo y llegaba a las partes enterradas del edificio. ¿Qué había ahí abajo?

El rostro de Costa se iluminó.

—No. No es eso —exclamó—. Debe de haber un sótano, quizá bodegas, un túnel... ¿Qué hay además de esta pared?

Zucca lo miraba, estupefacto.

—No hay nada. Solo esa especie de templo a diez metros de aquí...

—¡El templete...! La reja está en esa dirección. Tiene que haber un canal que lleva a la cripta. —Se levantó. Ya sabía qué hacer—. Ve a buscar a Altieri —le ordenó a Zucca—. Pregúntale por la capilla de los Zernich. Valentina me ha dicho que la tapiaron, pero pregúntale si conoce pasadizos alternativos. ¡Y avisa a Valentina! ¡Muévete!

Salieron corriendo juntos. En el jardín ya quedaban pocos. Los agentes que estaban más cerca se encontraban al lado de la furgoneta de Sileri, de la que la Científica iba a ocuparse pronto.

—¡Corre! —lo apremió más Fabio Costa.

—Pero ¿usted adónde va?

—A buscar a ese cabrón. Porque está aquí.

78

Era sugerente. Parecía la copia en miniatura de un templo pagano con columnas y en la puerta un tímpano con frescos y rostros tallados en mármol. La planta era redonda y el portal de madera maciza. En los laterales tenía sendas estatuas de demonios, con las fauces abiertas, las lenguas de mármol mofándose de la naturaleza humana, tan mortal. En la puerta había una gruesa cadena de acero.

Pero la cadena estaba suelta y el candado abierto. Le trajo a la memoria un recuerdo que lo atravesó y que trató de arrinconar.

«La puerta que conduce a la azotea de su edificio. Está abierta y el viento la mueve un poco. Diana acaba de pasar por ahí».

La cripta no estaba tapiada como había dicho el factótum de los Zernich. La cadena parecía nueva y Costa solo tuvo que darle un leve empujón a la puerta para abrirla.

«Abre y sale a la azotea. El sol se ha ido. Y también se ha ido ella. Corre para asomarse, gritando».

Dentro había la misma mezcla de oscuridad y hedor que parecía caracterizar todos los espacios de ese lugar. Detrás de su aspecto magnífico, la Villa Zernich ocultaba un alma podrida, el lugar ideal donde Sileri había podido establecer su guarida.

Entró, con cautela, empuñando de nuevo la pistola. Mientras el abrumador silencio de ahí dentro lo absorbía, advirtió que se apagaban las voces de detrás. También los ruidos de los auriculares dejaron de sonar. Abajo no llegaban las señales. Los refuerzos iban a llegar, pero él no podía esperar. El grito de dolor que oyó confirmó sus sospechas.

«Diana es solo un bulto irreconocible siete plantas más abajo. Él grita y llora. Ya no puede hacer otra cosa».

El grito se repitió. Rosanna Bacci seguía viva. Y estaba ahí dentro, en alguna parte. El destino había querido que esa vez Costa llegase a tiempo.

Atravesar el vestíbulo que separaba el espacio interior y alcanzar el pequeño altar y la pared con frescos sagrados sumidos en la oscuridad fue como subir las escaleras por las que había llegado a la última planta del edificio donde antaño vivía.

Descubrir al lado del ábside los escalones de mármol que llevaban a la cripta subterránea fue como ver de nuevo la puerta del tejado abierta y la luz de la mañana que moría.

Empezar a bajar, adentrándose por debajo del suelo del templo, fue como salir al aire libre, a la azotea, y saber que ahí fuera conocería el horror.

Llegó al pie de las antiguas escaleras de piedra y la vio, como aquella vez la viera a ella, a Diana, la punta de los pies en el borde entre la cornisa y el vacío, la cabeza vuelta hacia él, la magnífica cabellera rizada a merced de un viento implacable.

Pero no era Diana. Era la pobre Rosanna Bacci. Y no estaba a punto de lanzarse desde el borde de su edificio, recluyéndolo definitivamente en el remordimiento y en el dolor de la culpa, sino que estaba echada en una camilla, desnuda y sucia, y lo miraba, eso sí, con los mismos ojos con los que lo había mirado por última vez Diana Marini. Ojos asustados. Ojos sin más esperanza.

79

Se quitó el chaleco antibalas y se apoyó en el coche oficial para recuperar el aliento y descargar la adrenalina que notaba que le seguía corriendo por la sangre. Al final de la calle se había formado una pequeña multitud que mantenía a raya los agentes. Los periodistas habían llegado a la entrada de la Villa Zernich.

Fazio se le acercó, tenía la cara roja.

—¡Tú y tu amigo Costa sois lo responsables de que se haya montado este follón!

—¿De qué hablas? —le preguntó ella, exhausta.

Fazio le dejó en el aire la respuesta y se dirigió a pie hacia los periodistas, dispuesto a repetir la versión que acababa de acordar con Falcone. Valentina no pudo menos que notar que, de camino, se fue colocando bien la corbata y el pelo. Daba igual lo que pudiera decir y cómo lo diría a esa gente hambrienta de exclusivas, porque el fondo no iba a variar. Habían encontrado el escondite de Sileri, pero el hombre había vuelto a desaparecer. Y, con él, la esperanza de salvar a Rosanna Bacci. Fazio, en cualquier caso, exhibiría su mejor sonrisa.

Valentina estaba segura de que habían hecho todo lo que se podía. Fabio tenía razón, como siempre. Hasta en el fracaso había tenido razón.

Vio que Zucca se dirigía jadeando hacia ella, que se detenía y gritaba palabras que al principio no comprendió. Fue como cuando en una película el sonido llega después que las imágenes. Era culpa del barullo que todavía tenía en la cabeza.

Luego el significado de las palabras que Zucca gritaba le llegó antes al corazón que al cerebro.

Costa lo había encontrado.

Estaba en el templete pagano.

Costa había entrado solo.

—¡Es él! —gritó ella, avisando a los demás policías—. ¡Sileri sigue aquí!

Y enseguida fue corriendo con Zucca a la puerta de la cripta que Altieri había jurado que estaba cerrada y que era inaccesible. Corrieron, y esas pocas decenas de metros le parecieron interminables.

Vio la entrada de la cripta, la puerta abierta y no tapiada como había dicho Altieri. Le chocaron las dos estatuas que flanqueaban la puerta. Dos Baphomets, demonios que vigilaban la entrada del infierno y parecían muy vivos al amanecer.

Alguien gritó, y entonces oyó las sirenas de los coches que regresaban rápidamente. Pero Valentina no se detuvo. Ahí dentro estaba Fabio, solo. Y Luca Sileri. Y un presentimiento le oprimía el pecho.

Cruzó la puerta que flanqueaban los dos guardianes de piedra y entró.

80

Observó rápidamente todo lo que lo rodeaba. Cuatro sepulcros de mármol, colocados en círculo, con bustos de los ilustres muertos mirando hacia él. Una vieja mesa de madera en el centro, con instrumental médico. Un desfibrilador. Unos cuantos frascos con sustancias químicas. Contra la pared, goteros en soportes. Una tina que parecía de acero en la que podía caber un cuerpo humano. Una tapa que supuso que era de la tina. Otras herramientas que parecían abandonadas desde hacía siglos.

Entonces notó el olor. Desinfectante. Ácido. Grasa. Y sangre. El olor metálico de la sangre.

Arrinconó todos los detalles en la misma esquina de su mente donde trataba de dejar el recuerdo de la muerte de Diana.

Tenía que pensar solo en la chica.

Rosanna lo miraba con ojos que asemejaban espejos. Ya no se quejaba, pero parecía estar viva. Tenía una sábana sobre los pies. Seguramente antes le tapaba las piernas pero debía de haberse resbalado al suelo. No parecía atada y, sin embargo, estaba inmóvil, boca arriba, con la cabeza hacia él, en un desesperado intento de decirle algo.

Costa se le acercó, sin hablar, temiendo asustarla: una emoción demasiado fuerte podía pararle el corazón. Cuando estuvo a su lado solo dijo:

—¿Rosanna...?

Durante un instante su rostro volvió a ser el que había atraído a Luca Sileri. La cara infantil y vivaz de la santa Catalina de

Caravaggio. Los ojos dulces. El rostro sonriente de Rosanna Bacci. Atravesada solo por esa pregunta: ¿por qué? ¿Por qué?

Costa agarró el borde de la sábana y lo levantó con delicadeza. Tapó el pecho inmaduro y las marcas negras de los brazos, donde las agujas de Sileri la habían atravesado a saber cuántas veces.

Rosanna cerró los ojos. Su suspiro fue leve, casi delicado. Quizá le dio las gracias.

La notó marcharse, irse lejos de todo aquel horror.

Un suspiro.

Diana se arrojó de la azotea.

Una voz penetrante y preñada de odio dijo:

—Déjala. ¡Es mía!

81

Era solamente un hombre, Costa lo sabía. Había conocido asesinos sin conciencia, artífices de delitos terribles, pero ninguno de ellos, jamás, había mostrado un aspecto que permitiese intuir antes aquello en lo que se convertiría. Por mucho que uno se esforzase, era imposible vislumbrar en los destellos de su mirada un atisbo de los horrores que habían cometido o que llegarían a cometer.

El cuerpo de Luca Sileri, en cambio, contaba otra historia. Su cráneo brillaba, quizá porque se lo había rapado hacía poco. En los labios, su sonrisa fija. Estaba desnudo, la piel martirizada por decenas de cortes, con cicatrices rojas, tatuajes de sangre y escarificaciones. La prueba de su devoción al dolor, ya porque él mismo se había hecho esas heridas, ya porque había dejado que otro se las hiciese. Pese al espanto que inspiraba, a nadie podía darle miedo ese hombre esquelético y tembloroso. Si acaso, podía suscitar lástima.

Ahora bien, Costa sabía qué había hecho. Rosanna, tumbada en esa camilla, era la prueba más concreta. Sabía de qué era capaz.

Lo apuntó con la pistola.

El asesino estaba en el cono de sombra de una de las tumbas de mármol. Se había escondido detrás del busto de un caballero con bigote cuyos restos yacían desde hacía siglos en esa cripta. Cuando vio a Rosanna exánime Costa se distrajo y no reparó en la presencia del otro.

—Es mía —repitió Sileri, esta vez con tono distendido, como si afirmase una verdad simple y evidente—. Déjamela a mí. No voy a hacerle daño...

—Ponte de rodillas —dijo lentamente Costa, tratando de que no se notase su ira. Seguía sintiendo en el rostro la respiración de Rosanna—. Hazme ese favor, ponte ahora mismo de rodillas.

Sileri ni siquiera lo miraba, tenía los ojos clavados en la chica. Y el policía descubrió con sorpresa en su expresión algo que jamás se habría esperado. Una suerte de nostalgia. ¿Dolor, quizá?

—Sigue siendo mía... —susurró el asesino.

—Ya no es tuya, no es de nadie. Ahora ponte de rodillas, Luca. ¡De rodillas!

—Le he hecho el amor, ¿sabes? Ella también quería hacerlo, créeme. ¿Por lo menos me puedes creer?

—¡Maldición! ¡Ponte de rodillas antes de que te mate! Y después me hablarás de ella y de lo mucho que la amas.

—Entonces ¡es cierto que lo puedes comprender! —dijo, ladeando la cabeza con lo que quizá era una expresión de sorpresa. ¿O de gratitud? Costa se estremeció como si hubiese sentido en la piel desnuda el aliento de un fantasma—. Es raro. Creía que nadie podría comprenderme...

Detrás de él, por las escaleras de entrada a la cripta, alguien bajaba. Una voz irrumpió:

—¡Policía!

Sileri se puso tenso, se convirtió en una estatua de carne. Pero siguió dando la espalda a las escaleras.

Costa aferró la pistola.

—¡No! —gritó.

Sileri fue rapidísimo.

—Ya me parecía demasiado raro —murmuró, y se arrojó sobre él. En ese instante, al fondo de las escaleras, Costa vio los perfiles de los primeros agentes. Apareció Valentina, alumbrada por la luz polvorienta que caía de arriba. Si Costa le disparaba a Sileri, que se interponía entre ellos, podía herirla. La vacilación duró una fracción de segundo, y el otro se le echó encima.

Sileri lo estrechó entre sus brazos. Tenía los ojos muy abiertos y las pupilas dilatadas.

Costa trató de levantar la Beretta, pero los brazos del otro se lo impedían. Su cuerpo desnudo y martirizado estaba empapado de sudor y tenía una fuerza incontenible.

Alguien gritó:

—¡Costa, tírate al suelo!

Sileri le sonrió a pocos centímetros de la cara. Luego le acercó la cabeza y lo mordió. Costa notó claramente que sus dientes se le hundían en el cuello. Y luego el calor de su propia sangre. Un dardo de fuego le llegó al cerebro, lo aniquiló.

Sileri gimió y rodó con él sin soltarlo. Sin embargo, Costa consiguió impulsarse con los brazos y el tórax, apartando la cabeza de la boca de Sileri. El dolor causado por el mordisco fue de repente tan intenso que advirtió que en cualquier momento podía perder el conocimiento. Empujó más, tratando de abrir los brazos. Por fin sintió que Sileri lo apretaba con menos fuerza. Poco, pero fue suficiente.

Con un último esfuerzo se apartó. Sileri se echó hacia atrás, golpeando con la espalda la camilla en la que estaba la chica. La sábana cayó al suelo, dejando al descubierto su cuerpo desnudo y martirizado. Ella no se movió.

Alguien gritó:

—¡Agáchate! ¡Ahora!

Costa vio a la chica caer de lado. Fue hacia ella y la cogió al vuelo, estrechándola con fuerza. Se cayó al suelo, llevando encima el peso inerte de ella, y ahora, además del dolor en el cuello, sintió un dolor lancinante en el hombro derecho. Notó que empezaba a desmayarse. Pero no soltó a la chica.

Te he cogido, pensó. Estoy aquí, Rosanna, estoy aquí.

«Estoy aquí, Diana».

También Sileri estaba en el suelo, pero se incorporó enseguida. Costa lo vio encima de él. Ya no le quedaban fuerzas para defenderse. El cuerpo de Rosanna Bacci ahora pesaba, completamente inerte. Su cabeza yacía sobre los hombros de Costa como para refugiarse, como para huir de todo aquel horror. Su rostro estaba vuelto hacia él. A pocos centímetros del suyo. Una última lágrima, negra como la sangre que lo manchaba, le recorría una mejilla.

Los disparos sonaron bajo las antiguas bóvedas.

82

Rosanna cierra los ojos.

Diana cae desde la séptima planta.

Maria Sinagra le dice:

—Tráigame a mi hijo. —Luego llora. Y le grita—: ¿Puedes comprenderlo?

Sileri lloriquea.

—Es mía.

Todos lo miran y le preguntan:

—¿Puedes comprenderlo? ¿Realmente puedes?

«¿Puedes?».

«No, no lo creo».

Valentina lo besa, le acaricia el rostro, derrama lágrimas que lo mojan. Luego se inclina y le dice:

—Se acabó. Sileri ha muerto.

Él le detiene el rostro con una mano, apretando los dientes por el dolor que lo atenaza.

—¿Rosanna...?

Valentina no responde. No hace falta.

Costa comprende que no se equivocaba. Rosanna está muerta. Murió en sus brazos. Su alma se fue con la última, sucia lágrima.

Murió como Diana. Como Andrea Venturi. Como el niño del catre, al lado de Fosco Agnelli.

Y él no puede hacer nada. Ahora solo puede dormir.

Lo demás son retazos de sueños. Imprecisos. Inútiles.

LAS HERIDAS NO SE LAMEN

83

El encendido de las farolas de la via Tuscolana le avisó de que era la hora de marcharse a casa. Las veía desde su ventana, al otro lado de la valla de cemento y hierro con el cartel en el que se leía ALTO-POLICÍA, como también podía ver el intenso tráfico y los edificios de Cinecittà. Cuando levantaba la vista de los papeles, al final de una de las agotadoras jornadas siempre iguales, y miraba fuera, siempre se asombraba de que el mundo se siguiera moviendo, luminoso e indiferente, encantado de pasar de víctimas y de verdugos, de dolor y de crueldad, y de sus confusos y desesperados intentos de poner un poco de orden en todo ese caos. Como si todo lo que ella y los que eran como ella hacían no tuviera ningún sentido fuera de aquellos muros. Y a lo mejor era realmente así.

Se preparó. Era un plan sencillo y contrastado. Salir del despacho, sin tomarse la molestia de despedirse de los pocos compañeros que todavía seguían ahí; al fin y al cabo, les daba igual. Conducir hasta casa escuchando música por la radio. Cenar. Quizá ver la televisión o leer unas cuantas páginas de un libro. Dormir, confiando en no tener las pesadillas de siempre. Y por la mañana empezar de nuevo. Como si nada fuese a ocurrir nunca.

Aunque eso no era verdad. Sileri había muerto hacía casi un mes. Y con él, Rosanna Bacci, la última desdichada víctima a la que no habían podido salvar. Así que algo sí había ocurrido.

El caso estaba sustancialmente cerrado. El deceso del sujeto impedía seguir. Luca Sileri era oficialmente sospechoso de haber hecho desaparecer al menos a tres personas de las que no se habían hallado rastros. Ni los cuerpos ni ningún elemento que condujese a los lugares donde los investigadores pudiesen buscarlos. Valentina sabía que sus víctimas eran muchas, muchas más. Pero había muy pocas esperanzas de averiguar su número.

Y, sin embargo, después de la desafortunada incursión lo habían intentado. El jardín, el terreno que rodea la Villa Zernich e incluso algunas parcelas cercanas fueron revisados minuciosamente. Expertos con cromatógrafos y perros rastreadores se aplicaron durante días. Incluso se ofreció el dueño, don Federico Zernich, que permitió que se hicieran todas las excavaciones necesarias y también financió personalmente esas costosas búsquedas. En una breve entrevista en televisión se declaró conmocionado e indignado de que un ser infame como Luca Sileri hubiese podido vivir en su casa. Y rezó por las víctimas.

La prensa y la opinión pública, entretanto, se desataron. No solo por los aspectos más sugerentes de las investigaciones que estimularon la fantasía de los medios de comunicación. La muerte del Coleccionista de rostros y, por tanto, la imposibilidad de someterlo a interrogatorio, fue la chispa que hizo que la policía fuera de nuevo acusada. No solo por las asociaciones humanitarias, que hablaban de justicia sumaria, sino también por parientes de las víctimas de Luca Sileri y por los programas de televisión que se dedicaban a la crónica de sucesos. Todos coincidían en que la incursión en la Villa Zernich no tendría que haber terminado de esa manera. La muerte de Rosanna Bacci había sido la consecuencia más dramática de ese error. La chica seguía viva cuando había entrado la policía, y quizá una mayor prontitud y una operación mejor organizada habrían podido salvarla. Además, la eliminación del asesino en serie de hecho impedía descubrir el destino de Andrea Venturi, de Esther Kaimbacher y de los otros a los que se sospechaba que había secuestrado y matado.

Por no mencionar lo que le había pasado a Fabio Costa.

Cuando Valentina llegó a su lado, temió por su vida. La herida en el cuello causada por el mordisco de Sileri parecía profunda. Fabio estaba cubierto de sangre y durante un momento Valentina pensó que también había sido alcanzado por el fuego amigo.

Costa vio apagarse la vida en los ojos de Rosanna y no pudo impedir que mataran a Sileri junto con todos sus secretos. Su muerte enterraba todas las respuestas que seguían buscando. La muerte de Rosanna enterraba sus esperanzas.

Más tarde Valentina descubriría que Fabio, además de haber perdido mucha sangre, tenía también el hombro luxado. Estaba ingresado en condiciones críticas pero estables.

En el departamento empezó enseguida el juego de la descarga de responsabilidades, y el primero que lo hizo fue Fazio. Dijo claramente que la presencia de Costa era irregular, que él no la había autorizado, de manera que otro tenía que responder por ella. Omitió añadir que, si no hubiese sido por Costa, los policías habrían abandonado la villa sin inspeccionar la cripta de la familia Zernich, con lo que Sileri habría huido una vez más. En cualquier caso, se organizó un lío tremendo. Y Valentina fue la primera en pagar las consecuencias. Al cabo de un mes, seguía esperando la sentencia. Entretanto, había sido confinada en la cárcel de la habitual y anodina rutina.

El viaje de la oficina a su casa, un edificio en el barrio residencial de Monteverde, a esa hora de la noche fue breve. Hacía días que no llovía, y el frío intenso de enero se notaba. Lo primero que hizo no bien llegó fue subir la calefacción. Su piso era pequeño y se caldeaba enseguida. Pero eso no sería suficiente. Tampoco iba a ayudarla el té caliente que se preparó.

El frío que sentía estaba en su interior, tan hondo que ni siquiera una excursión al sol le serviría para confortarlo. Era un regalo del Hombre que sonríe y de su mundo de muerte. Era la distancia que Fabio había puesto entre él y el resto del universo, y en el resto del universo estaba incluida ella. Era el fracaso de su primera investigación importante. Probablemente la última.

Porque estaba fallando algo. Quizá lo fundamental. Y, sin embargo, parecía no importarle a nadie.

84

No bien se conoció la noticia de que la policía había eliminado al asesino en serie Luca Sileri y de que durante la incursión había muerto también su última víctima, los periodistas de televisión y de prensa buscaron a Maria Sinagra. Lo que todos querían saber era cómo habían acabado las otras víctimas. ¿Dónde estaba el pequeño Andrea? ¿Y qué sentía su madre?

Sin embargo, los primeros días los periodistas solo consiguieron unas imágenes de ella saliendo y entrando en su casa. Ningún comentario, ninguna declaración, su dolor era tan evidente que parecía un ultraje preguntarle cómo se sentía.

Dos días antes la fiscalía de Pisa había dado por fin permiso para que se enterrara a Gianni Venturi. Su asesino estaba muerto y ya no había motivos que lo impidieran. Con la muerte del reo se extinguía el delito, decía la ley.

El día del funeral, celebrado en la catedral de Santa Maria Assunta de Volterra, con el templo y la plaza repletos, permitió a los medios de comunicación recuperar una historia que empezaba a desaparecer de las portadas. A ello contribuyó Maria Sinagra que, como hiciera en el pasado a la salida de la fiscalía de Pisa, esta vez no esquivó a los corresponsales. Al regreso de la ceremonia de despedida de su marido, en la puerta de su casa, apoyada en el brazo de su abogado, habló con voz débil pero firme.

—¿Qué queréis que os cuente? —dijo—. Ahora que he enterrado a mi marido y que todavía no puedo enterrar a mi hijo, ¿qué puedo deciros? ¿Que me complace que ese hombre esté muerto?

¿O que le perdono el daño que me ha hecho a mí y a todos los demás y que lo dejo en manos de la justicia de Dios? No necesito ni pensarlo. Claro que estoy encantada de que haya muerto. Espero que haya sufrido y lamento que su muerte haya sido rápida. —Entonces los periodistas quisieron preguntarle, pero ella levantó una mano y todos callaron—. Pero, si lo que queréis saber es qué pienso más allá de lo que siento —prosiguió—, creo que se equivocaron. No debieron matarlo. No enseguida, al menos. Primero tenía que confesar lo que le había hecho a mi niño, tenía que contar cómo había acabado con él. Tenía que decirme si Andrea había sentido miedo. —Calló, conteniendo el sollozo de un llanto ya sin más lágrimas. Ninguno de los periodistas presentes se atrevió a interrumpirla. Cuando continuó, su voz seguía siendo tranquila—. Habría querido al menos una tumba sobre la que poder rezar. Ellos eran muchos. ¿Cómo pudieron ser tan incompetentes? Tendrían que haberlo cogido vivo, tendrían que haber conseguido que confesara qué le había hecho a mi Andrea. Lo habían prometido. Habían prometido que lo traerían a casa. A mi amor, a mi pequeño... —Y luego añadió, mirando al suelo y con rabia—: Fabio Costa me lo había prometido. Él me había prometido que lo salvaría.

85

Valentina fue a verlo un par de veces, al día siguiente de la irrupción y también dos días después. Pero no pudo hablar con él. Costa estaba bajo el efecto de la morfina y en su habitación siempre había alguien. Cuando la reclamaron en Roma, se marchó con la idea de volver a verlo lo antes posible. No fue así y ya tampoco consiguió contactar con él.

Al principio, el teléfono sonaba largo rato en vano. Después Valentina empezó a encontrarlo desconectado. Era como si también todos los mensajes del contestador cayesen en el vacío. Creyó que sus condiciones de salud habían empeorado y llamó por teléfono a Martini, el inspector de la comisaría de Volterra, para tratar de averiguar algo. El compañero se mostró encantado de hablar con ella y le confesó, con mal disimulada incomodidad, que Costa se había aislado voluntariamente.

—La herida en el cuello era seria —le explicó—. Estuvo a punto de provocar una septicemia. Y al señor Costa le queda una larga convalecencia.

Martini y los demás componentes de la comisaría se apresuraron a ofrecerle toda la colaboración que necesitara para que pudiera pasar esa etapa lo mejor posible, ya que además su jefe vivía solo y sin ninguna ayuda, salvo la de una mujer del pueblo que limpiaba la casa un par de veces a la semana. Costa fue amable pero rechazó con firmeza cualquier favor. Comunicó por medio de la asistenta que se lo agradecía pero que no necesitaba nada. Es más, prefería apartarse de todo el mundo para recuperarse de las heridas. Y, según Martini, no se refería solo a las físicas. Costa aseguró que reaparecería en el momento oportuno. Tras lo cual había desaparecido de sus radares.

—Estamos esperando un nuevo jefe —le confesó Martini—. Parece que el señor Costa será trasladado en cuanto se reincorpore al trabajo.

Valentina se lo esperaba. El departamento había decidido hundir todavía más la frágil carrera de Costa. Su insubordinación no había gustado en las altas esferas. Con una pizca de suerte le tocaría una comisaría perdida y poco importante en lo profundo de cualquier provincia. Donde al final lo abandonarían al olvido que él mismo parecía buscar.

Lo que ahora Valentina lamentaba era pensar que de algún modo ella también lo había abandonado. En un primer momento se había preocupado realmente por él, porque se lo debía y porque ella le había insistido en que ayudara a encontrar a Sileri. Sin embargo, con el paso de los días la fue absorbiendo la despiadada rutina del trabajo y el recuerdo de él se fue volviendo cada vez más borroso, y el sentimiento de culpa, más diluido. Se dijo que el aislamiento era sin duda lo que él quería y que, en el fondo, ella también había sido víctima de esa situación. En una palabra, lo aparcó en un rincón de su mente y de su corazón con la débil promesa de que ya se ocuparía de él en su debido momento. Ese momento había llegado y también pasado y Fabio Costa parecía destinado a convertirse en otro capítulo mal cerrado de su vida.

Giampaolo D'Avanzo se encargó de hacerle saber que quizá eso no era así una mañana que la llamó por teléfono para invitarla a comer. Para no perder una bonita amistad, le dijo, y para charlar un poco sobre lo que había pasado.

Cuando se sentaron a la mesa, a la sombra del Palacio de la Civilización Italiana del Trabajo, que los romanos llaman «el palacio de los agujeros», Giampaolo le pareció, como siempre, brillante. Sin duda, más que la última vez que lo había visto. Le dedicó unos pocos cumplidos, que ella sabía sinceros. Como sincero fue el abrazo que le dio. Al principio hablaron de ellos y de lo que estaban haciendo, sin entrar en profundidades, por prudencia. Luego la conversación pasó, inevitablemente, a las investigaciones. Y al papel que el experto había jugado en el caso.

—En síntesis, para mí fue muy interesante ayudaros —confesó él—. Mejor dicho, fue instructivo. Difícil pero muy instructivo. Me encantó ser útil.

—Lo fuiste realmente. Y comprendo que digas que te encantara. Es una especie de energía positiva que nos sostiene, incluso cuando nos ocupamos de casos terribles como el de Sileri. Solo lamento que nuestra hipótesis sobre las fantasías de ese hombre no quedara bien demostrada...

—Es absurdo. Nosotros sabemos que no es así.

—Es cierto. Pero ¿ya de qué sirve? Sileri está muerto y el asunto acaba ahí.

Giampaolo no parecía convencido, y la miraba para averiguar si ella sí lo estaba. Valentina se refugió en el vino, observando a su amigo por encima del borde del vaso.

Él, sin embargo, no se daba por vencido.

—Tal y como lo explicas, nada encaja —dijo—. Hay un millón de preguntas sin respuesta. —Las enumeró con los dedos, como un niño que no quiere aceptar el resultado que se le muestra—. ¿Por qué ese monstruo capturaba mujeres y niños? ¿Y qué hacía con ellos? ¿Dónde están los cuerpos? ¿Y luego todo ese trajín con la plastinación...? ¿Para qué le servía?

—En realidad, tampoco sobre eso hay pruebas —lo interrumpió ella, posando el vaso—. La autopsia de Rosanna Bacci ha revelado que Sileri le había inyectado varias dosis de un cóctel de fármacos con, entre otras cosas, el famoso glutaraldehído. Más o menos el mismo compuesto que hemos encontrado en la sangre de Fosco Agnelli. En el caso de Bacci, fue la causa de su muerte. La inoculación repetida varias veces en su organismo no le habría dejado escapatoria ni aunque hubiésemos llegado antes. Y quizá eso debería darme cierto alivio. Sin embargo, al final no se ha demostrado que Sileri tuviese la intención de preparar sus cuerpos para la plastinación o para cualquier otra forma de embalsamamiento. El glutaraldehído también sirve para algo más. Es un desinfectante, en el fondo...

—Sí, lo he leído, también cura las verrugas de los pies. Pero ¿por qué inyectarlo en un cuerpo humano? Si solo quería matar, podía hacerlo de otras mil maneras. Y además ¿no basta el hecho de que ese hombre intentara embalsamar a una chica hace cuatro años? ¿Y esa tina de metal hallada en la cripta, con esas maquinarias para ponerla al vacío y aspirar la sangre de las víctimas? —Agitó el índice en el aire, como para visualizar el contenedor que se había encontrado en la Villa Zernich.

—No hay pruebas de que la quisiese utilizar para tratar el cuerpo de Rosanna Bacci —respondió lentamente Valentina—. De todos modos, hablamos con un experto en plastinación y le enseñamos el material. Dijo que el equipo de la Villa Zernich no era el idóneo para producir el efecto deseado. Y no hemos encontrado a las otras presuntas víctimas como para saber si también a ellas les hizo el mismo tratamiento.

—Eso, justamente. ¡Las víctimas! —Por la mente de Giampaolo pasaban, seguramente, las fotos de los desaparecidos que Loris y su DIOS habían encontrado.

—Excavaron por todas partes —objetó con poca convicción Valentina—. Si hubiese habido un cadáver enterrado en algún sitio, lo habrían identificado. ¡Y nosotros pensábamos incluso en una decena de víctimas! Caray, si hasta el vínculo entre Esther Kaimbacher y Salvatore Esposto, el niño desaparecido en Nápoles, es débil. Y en un juicio tampoco se podría demostrar. Todo formaba parte de nuestra teoría, pero... Sin cuerpos no hay prueba.

—Parece que estás repitiendo frases dichas por otros. No estás convencida.

—Teníamos una hipótesis, Giampaolo. Y al principio parecía correcta. Pero nos equivocamos.

—¿Y los otros cuadros? —Parecía estupefacto.

—¿Qué otros cuadros?

—Las reproducciones que encontrasteis en su guarida, los rostros de los personajes de Caravaggio dentro de un círculo rojo...

Valentina se encogió de hombros...

—Solo fantasías...

—Podemos buscarlas.

—¿A quién?

—A las otras víctimas. Utilizar de nuevo a DIOS y a Loris para buscar correspondencias entre esos rostros y las personas desaparecidas en los últimos meses... Ya lo hicimos, ¿te acuerdas? Habíamos empezado, por lo menos. Solo tenemos que profundizar, ver cada caso, buscar testigos, indicios... Pero, en fin, ¿no es eso lo que tendría que hacer la policía?

Se dio cuenta de que estaba hablado muy alto, así que bajó el tono y cambió la expresión.

—¿Quién? —preguntó ella—. Yo estoy fuera. La investigación está cerrada. A Loris lo han mandado a algún lugar de Sicilia y a saber cuándo regresará. El equipo ya no existe. Ya no hay nadie a quien buscar.

—Nada de esto tiene sentido, no tiene ningún sentido... —La expresión del crítico de arte era el emblema de la frustración.

Y, en el fondo, eso era cierto, pensó Valentina. No parecía que tuviera ningún sentido. ¿Y entonces? Ya no era un problema suyo. De ninguno de ellos. Había otras exigencias, otras prioridades. No bastaba su deseo de conocer la verdad para dar un sentido lógico a aquel asunto.

—¿Y Fabio? —preguntó de repente Giampaolo.

Ella casi se sobresaltó.

—¿Fabio? —La había cogido desprevenida.

—¿Sabes cómo está? ¿Si se ha recuperado? —Las gafas redondas de Giampaolo remarcaban su curiosidad.

—¿Has hablado con él? —preguntó Valentina, casi con miedo.

El crítico parpadeó detrás de las lentes y la montura moderna.

—Por desgracia, sí —dijo.

86

Esa noche Valentina no durmió. El encuentro con Giampaolo había aumentado su sentimiento de culpa, obligándola a enfrentarse a las dudas que la atormentaban desde su regreso a Roma.

Luca Sileri era un psicópata con pulsiones sexuales necrófilas. Eso decía su perfil, trazado mucho antes de que empezara a buscar mujeres y niños parecidos a los retratos de Caravaggio de gente del pueblo. Pero este último aspecto de su psicosis seguía siendo inexplicable. Sileri sufría un síndrome esquizofrénico que lo llevaba a asesinar para luego practicar sexo con los cadáveres. Le atraían las mujeres jóvenes y en su vida, por lo que habían podido reconstruir, no constaban episodios de pederastia.

¿Qué tenían que ver los niños? ¿Y desde cuándo y por qué había desarrollado esa obsesión por Caravaggio?

Sobre todo, ¿dónde habían acabado los cuerpos de las víctimas? ¿Y con qué instrumentos y recursos había identificado a las personas que se parecían a los iconos de un pintor fallecido siglos atrás?

Y había algo más. En el registro que se hizo tras ser abatido no se encontraron ni ordenador ni otras herramientas electrónicas. Solo un viejo smartphone entre su ropa, la que había utilizado en el que fue su último viaje. El móvil contenía una tarjeta telefónica de un operador extranjero. El registro de llamadas reveló que el móvil había sido utilizado una decena de veces, únicamente para contactar con un operador de internet en Rumanía. Otro camino sin salida, si bien estaban intentando sobreponer esas llamadas a los distintos eventos en los que había sido protagonista para ver si había correspondencias. En todo caso, el detalle demostraba que Sileri, a veces, tenía conversaciones por internet usando el móvil. ¿A quién llamaba?

Ese descubrimiento, en especial, le recordó a Valentina lo que había contado Fosco Agnelli. Cuando se despertó en la furgoneta de Sileri y consiguió escapar, le pareció que el hombre estaba rezando en un rincón del pajar. En ningún momento se les ocurrió pensar que a lo mejor Sileri estaba telefoneando a alguien. Su perfil era el de un sociópata sin vínculos. Pero ¿y si habían hecho mal su perfil? ¿Con quién había estado en contacto Sileri?

Giampaolo tenía razón, había demasiadas lagunas en esa reconstrucción. Y se engañaba diciéndose que era mejor así, que lo importante había sido eliminar a ese loco asesino, que había que considerar que la investigación estaba concluida.

Se levantó. Eran las dos de la madrugada, pero seguir ese impulso le pareció útil. Mejor dicho, necesario.

Para su sorpresa, Fabio respondió después de que el teléfono sonara dos veces. Tenía la voz pastosa pero no de sueño.

—¿Diga? —dijo. Sabía que era ella.

—Has desaparecido. No has respondido a ninguna de mis llamadas.

—Ahora estamos hablando.

El corazón de Valentina nunca había latido con tanta fuerza. Solo en ese momento se dio cuenta de lo mucho que lo había echado de menos. Aunque no lo había llamado por eso. ¿O quizá sí?

—¿Cómo estás, Fabio? Quiero decir...

—Sé qué quieres decir. No te preocupes. Me las arreglo.

¿En serio? Es lo que habría querido responderle. ¿Y yo? ¿No me preguntas cómo me las arreglo yo?

—¿Podemos vernos? —le preguntó, en cambio—. Podría ir a tu casa, mañana mismo.

Un largo silencio. Y luego:

—Preferiría que no lo hicieras.

—¿No quieres o no puedes? Solo para hablar.

—¿De qué querrías hablar, Valentina? ¿Qué necesitas que te digan? Perdóname, pero yo no puedo ayudarte en nada.

—No te he llamado por eso... —trató de explicarle.

—En cualquier caso, no tengo nada más que decir —la paró—. No es tu culpa, si es eso lo que te hace sufrir.

—Solo hablaba de nosotros, realmente, y... ¡Oh, caramba, Fabio, lo cogimos! —Lo dijo con orgullo, y enseguida se arrepintió.

Al otro lado de la línea, Fabio no respondió. Lo oyó respirar. Luego, cuando creía que ya no iba a añadir nada más, dijo:

—Podría haberla salvado, Valentina.

Eso era lo que lo estaba matando.

—No es verdad. Los análisis...

—Un metro, Valentina. Solo un metro. Y tal vez un instante antes, y la habría salvado.

—Sabes que no habría sobrevivido. El médico fue claro. La situación ya era comprometida.

Pero él no la escuchaba.

—Sabía que él estaba en la villa, en alguna parte. Lo sabía. Pero nos estábamos yendo. Lo estábamos dejando huir...

—Pero tú lo encontraste, Fabio. No huyó, y ahora ya no puede hacerle daño a nadie. Eso es lo importante, solo eso.

—Claro. Es verdad. —Pero era evidente que no lo creía. De nuevo permaneció callado. Ella habría querido seguir hablándole. Hacerle la pregunta más importante. No tuvo tiempo, o quizá le faltó valor—. Cuídate —dijo Fabio. Y la abandonó a esa noche que aún debía transcurrir entera.

87

Cuando Valentina se presentó en el despacho del jefe, Falcone se levantó del escritorio y fue a su encuentro. Le dio un beso en la mejilla y la invitó a sentarse. No sonreía pero fue amable, y ella enseguida se puso tensa.

—¿Te has recuperado? —le preguntó, tras las formalidades, como si la viese tras una larga enfermedad.

—¿De qué?

Falcone evaluó su frialdad.

—Tienes razón, vayamos directamente al grano —prosiguió, con un repentino cambio de tono—. ¿Lo tienes todo en orden sobre la investigación Sileri?

—¿En qué sentido? ¿No se está ocupando de eso Fazio?

—Fazio está ahora con otros temas más urgentes. Sileri es algo que hay que cerrar definitivamente. Algún detalle y luego lo dejamos atrás. ¿Estás de acuerdo?

—¿Es relevante que yo esté de acuerdo?

Falcone la miró fijamente.

—Tú ahora te vas a Padua.

—No comprendo.

—Es sencillo. La fiscalía de Padua, como sabes, ha asumido toda la competencia, dado que Sileri fue muerto en su jurisdicción y que salió de ahí para organizar sus actos criminales. Está el contencioso con Pisa, que presume del primer homicidio, pido disculpas por la expresión, y creo que Bolonia también querría opinar. Sin embargo, tras la muerte de Sileri los fiscales se muestran menos entusiastas. Salvo el joven fiscal adjunto de Padua, que al parecer es un poco puntilloso. A nosotros nos va bien que la titularidad la conserve Padua. Están cerrando el caso, pero este joven magistrado tocapelotas insiste en hablar con alguien que haya seguido el asunto desde el principio. Dice que no todo le encaja y que necesita tener las ideas claras. Tú has montado este lío, así que...

—Así que me dejas en la mierda —rebatió Valentina, incapaz de contenerse.

La mirada de Falcone se volvió dura. Era conocido por sus maneras amables, pero ella sabía por experiencia directa que en realidad era un hombre feroz.

—Nadie te deja en la mierda, señora Medici —puntualizó él, con sequedad—. Pero no nos olvidemos de que por tu testarudez tuviste que implicar a Costa, por no mencionar todos los restantes problemas. Así que ahora tienes que desenredar la madeja que has creado. Además, eres la única que conoce bien el tema. De todos modos, ya está decidido.

Valentina no protestó. Era inútil enfadarse.

—¿Con quién voy?

—Vas sola. No tienes que investigar. Vas, hablas con el fiscal, les echas una mano a los compañeros de la policía judicial con el informe final, lo adornas debidamente y vuelves aquí. Tres, cuatro días a lo sumo.

De manera que era cierto. La dejaban sola. Y para hacer algo que podía resolverse con un par de llamadas. Algo le decía que a su vuelta las cosas iban a cambiar. Probablemente su traslado del SCO a una oficina de las afueras ya estaba listo en un cajón.

—Podría llevarme a Zucca —dijo—. Conoce el caso tan bien como yo...

Falcone se encogió de hombros.

—Pregúntaselo a él. Pero creo que está metido en otra cosa. En fin, habladlo vosotros.

—¿Es todo? —preguntó ella por fin.

Falcone ni siquiera la miró a la cara mientras con un gesto le indicaba que la conversación había terminado. Sí, su carrera se estaba yendo al traste y Valentina descubrió que le daba exactamente igual.

88

Angelo Zucca la miraba como solía, entre alegre y aburrido. En el pasado le había venido bien tener al lado un poco de ese sano cinismo. Ahora veía las cosas de otra manera.

—Así que la mandan a Padua... —dijo él. Estaba en la puerta del despacho de Valentina mientras ella guardaba en un bolso sus cosas, la agenda y el inseparable portátil. Ahí había metido toda su vida de las últimas semanas.

Le sonrió con frialdad.

—Falcone ha dicho que si quieres puedes acompañarme. Me sería útil alguien que ha trabajado en el caso conmigo. Para que me ayudes. —Iba a añadir: «Y para no ir completamente sola», pero no lo hizo.

Zucca rompió a reír, nerviosamente.

—Sin ofender, señora..., ni se me pasa por la cabeza.

Lo miró fijamente.

—Podría ordenártelo.

—Oh, no lo creo. Ya he sido asignado a otro equipo y dudo que al director le gustara especialmente ver que lo dejo todo para marcharme con usted. —Seguía exhibiendo una sonrisa insolente, pero se le estaba descomponiendo en la cara.

Valentina terminó de recoger los documentos que iba a necesitar y se puso el bolso en bandolera. Paró en la puerta, delante de él.

—Dime una cosa, Angelo, si puedes.

—A su disposición, como siempre. —Ya no sonreía.

—Nunca creíste en esta investigación, ¿verdad? Quiero decir..., los sistemas de Costa. Tantos rodeos. Perseguir un fantasma, ir detrás de él. La urgencia, la aceleración de los hechos. Todo demasiado diferente de lo habitual, ¿no? Y no me acompañas porque mi carrera aquí ha acabado. Porque no seguí el procedimiento habitual. Porque confié en un proscrito que al final resolvió el caso, pero no ha dejado de ser un proscrito. Esa es la verdadera culpa que no me perdonarán. Y tú temes que esta maldición pueda afectarte, ¿verdad?

Por primera vez, la expresión del ayudante de policía Angelo Zucca se volvió mortalmente seria. No preocupada, pues nada parecía poder afectarlo. Pero decidida a no disimular un pesar tal vez auténtico.

—Lo lamento, señora. No es por usted. Tampoco por su amigo, el señor Costa. Pero este es el departamento, este es el Servicio. Y aquí estoy bien... Es eso. No sabría qué hacer si me mandaran a otro sitio.

Valentina asintió.

—Sí, yo también lo lamento.

Zucca volvió a sonreír, como si realmente nada pudiese afectarlo.

—Buena suerte, Valentina —dijo con alegría.

Le lanzó una última ojeada.

—No es suerte lo que necesito.

Decidió viajar con su Nissan Juke en vez de utilizar un coche oficial o ir en tren. En coche podría reflexionar. Y le permitiría un pequeño desvío. Había pensado hacerlo desde que Falcone le ordenara ir a Padua.

El viaje hasta Volterra fue agradable. Hacía tiempo que había desaparecido la nieve y el invierno tenía ahora un aspecto más agradable y acogedor. Le pareció que el mal tiempo había querido intencionalmente acompañar su persecución al hombre y que ahora que todo había terminado se podía disfrutar del nuevo sol que anunciaba con mucha anticipación la primavera.

Trataba de ordenar sus ideas. ¿Qué iba a decirle al joven fiscal paduano? ¿Que ella también creía que había algo que no encajaba? ¿O que se podía fingir no ver las incongruencias y archivarlo todo? Si se exponía con sus teorías, no iba a hacerle gracia a Falcone ni al departamento. Y aunque su relación con el Servicio ya estaba mal, tampoco quería enredarse en ninguna trama maléfica que la habría hundido para siempre.

Necesitaba a Fabio también por eso. A pesar de la depresión por la que parecía estar pasando, él sabría examinar con lucidez la situación.

Lo convencería para que la escuchara, y él la ayudaría a decidir lo que había que hacer.

Por eso lo quería ver. No había otro motivo, se repitió cien veces. Ningún otro motivo.

Cuando llegó al centro de Volterra y aparcó delante de la comisaría, pensó en entrar para saludar a los compañeros que había conocido. Y para informarse mejor sobre el estado de salud de Fabio.

El inspector Martini y los demás la recibieron con cariño. Valentina se imaginaba que, en esa tranquila comisaría, no volvería a haber una investigación como aquella. Lo que era una suerte. Sin embargo, el recuerdo perduraría indeleble en la memoria de aquellos policías.

Antes de despedirse, Martini la llevó aparte.

—¿Tiene intención de ir a ver al señor Costa?

—Me gustaría. ¿Sabe cómo está?

Martini meneó la cabeza.

—Bastante mal. No quiere ver a nadie y..., perdóneme..., pero creo que está bebiendo.

—¿Está seguro?

Martini se puso rojo.

—No se lo diría si no tuviese la certeza. Está esperando el traslado..., pero no es eso lo que lo ha hundido. Creo que hay motivos más importantes.

Martini era uno de esos viejos policías de pueblo a los que no se les escapa nada. Valentina estaba segura de que habría guardado silencio como todo auténtico policía y que si le contaba eso era por lo preocupado que estaba por su jefe.

—Me está esperando, en realidad —mintió.

El inspector pareció tranquilizarse.

—Ah, bien, ¿podría entonces llevarle esto? Se quedó aquí en su despacho y como tenemos que... —Vaciló, turbado. La palabra que buscaba era «desalojar». Le estaba tendiendo un bolso de piel grande, la famosa alforja, como lo llamaba Fabio en broma, y Valentina sabía que ahí guardaba todas sus notas sobre la investigación. Lo cogió y le prometió a Martini que se la entregaría personalmente.

Fabio vivía en las afueras del pueblo, en una zona relativamente nueva, con edificios de dos plantas rodeados de tranquilos y anodinos jardines compartidos. Por las ventanas que daban al oeste podía admirarse el paisaje de Val di Cecina e incluso distinguir, a lo lejos, el mar.

Cuando llamó a su puerta, se dio cuenta de que nunca había estado en su piso. Se habían conocido y tratado entre la comisaría y los lugares de los delitos. Nunca había habido nada más entre ellos aparte del trabajo. En ese momento le pareció raro volver con la mente a aquel único, fugaz beso.

La puerta se abrió y una mujer de mediana edad, de aspecto hosco y mirada profunda, la observó.

—¿A quién busca? —preguntó, resolutiva, mientras se ponía con dificultad un abrigo.

Valentina se fijó en la parte del salón que se veía detrás de la mujer, los muebles de aspecto ordinario, la penumbra creada por cortinas pesadas.

—Soy Valentina —se presentó omitiendo apellido y cargo. No le parecía alguien que pudiera atemorizarse por un título o un rango—. Busco a Fabio. Sé que está y que prefiere no ver a nadie, pero... ¿puede decirle que no voy a marcharme sin verlo?

La otra la siguió mirando hasta que acabó de abotonarse el pesado abrigo color camel. Jadeaba por el esfuerzo.

—Sí, supongo que no lo hará —concluyó luego con un marcado acento toscano. Señaló hacia el interior de la casa—. Si se enfada, ¡qué le vamos a hacer! De todos modos, le sentará bien un poco de compañía, a pesar del mal carácter que tiene. —Levantó la voz para que pudieran oírla todos los vecinos.

Luego se despidió de ella y se marchó sin decir nada más, dejando tras de sí una estela de perfume de jazmín.

Valentina esperó a que la mujer desapareciese por las escaleras, luego entró con cautela en el piso. Había dicho que no se marcharía sin verlo, pero de repente tuvo miedo. De que la rechazara, de no saber cómo afrontarlo. Estoy haciendo una tontería, pensó. Si no quiere ver a nadie, ¿por qué tendría que hacer una excepción conmigo?

Cuando Fabio salió de la oscuridad, en vaqueros y camiseta, y la abrazó y besó, sus temores desaparecieron y por un momento el futuro le pareció claro y luminoso. Fue solo un instante, pues, no bien se apartó, en sus ojos vio toda la desesperación de la que Giampaolo D'Avanzo le había hablado.

89

—Ya no puedo serte útil. Creía que había aprendido la lección, que había dejado atrás todo esto..., pero he vuelto a caer. Lo siento. Lo siento de verdad.

Hablaba sentado en el borde del sillón, como listo para huir, pasándose continuamente los dedos por el pelo largo y despeinado, la mirada yendo de ella al suelo pero en realidad fija en los pensamientos y los recuerdos que lo atormentaban. Sus ojos estaban como marchitos.

Tenía una venda grande en el cuello, donde Sileri lo había mordido como un licántropo hambriento, y cuando giraba la cabeza hacía muecas de dolor. En la mesa que tenía detrás había cajas de analgésicos al lado de una botella de Jack Daniel's y un vaso vacío. Ya no parecía él.

A lo mejor todo había sido un espejismo. Valentina creyó que había llegado a conocerlo, y a conocerlo bien, pese a que sabía que eso había ocurrido en un muy breve, aunque intenso, lapso de tiempo. Pensó que, para salvarlo del abismo en el que había caído, iba a bastarle con atreverse a mirarlo a la cara y con explicarle lo importante que era para ella. Qué idiota soy, se dijo. Vio la enormidad de su error solo en ese momento.

Fabio era un hombre derrotado por la vida. Ahora y también cuando se conocieron. Pero ella no se había dado cuenta, o no había querido aceptarlo. En parte porque él había ocultado sus heridas aparentando indiferencia. En parte porque Valentina necesitaba un hombre como Fabio Costa. Su imaginación había hecho lo demás. Esa era la verdad. Y, a pesar de que ahora lo había comprendido, sentía que lo seguía necesitando. No solo eso; por sorprendente que fuera, lo deseaba aún más que antes. Era un sentimiento que la asustaba, y sin embargo la impulsaba a insistir.

Después del beso en la puerta, Fabio se volvió a apartar. Como si se hubiese arrepentido enseguida de ese recibimiento. La hizo pasar, la invitó a sentarse y luego se quedó escuchándola sin pestañear, refugiándose en su cárcel personal. Distante e inabordable.

Valentina le contó, al principio con prudencia, lo que había pasado en las últimas semanas, que en la oficina había vuelto poco a poco a la rutina, que su vida había cambiado. Las escasas novedades relacionadas con las investigaciones. Lo contó todo de golpe, casi como si tuviese miedo de perder el hilo. Y de golpe, como si le diese miedo de callar para siempre, continuó:

—Créeme —dijo al rostro indiferente de Fabio—, sigue habiendo muchos misterios, muchas incongruencias y sombras, y en Padua quieren hablar conmigo. A lo mejor está bien, ¿no te parece? Hay alguien que no se conforma, como nosotros, que quiere llegar hasta el fondo. Pase lo que pase, no creo que dure en el SCO. Es más, doy por hecho que me trasladarán dentro de poco, quizá en cuanto regrese a Roma. Sé que tú también tienes que irte, y lo siento. Aunque en el fondo, ¿qué más da? Nosotros sabemos qué paso, ¿no? Sabemos que hicimos un trabajo excelente y que lo hicimos juntos, y que de no ser por ti jamás habríamos llegado a Sileri. Y, a pesar de lo que piensas, a pesar de lo que sientes y de lo que yo también siento, no debes culparte por la muerte de Rosanna Bacci. Ni yo tampoco debo culparme. Ni por ninguna otra muerte, si es por eso. Estoy convencida de ello... Sí, estoy francamente convencida, Fabio. Y... nada. Es lo que creo.

Respiró hondo. Se había vaciado. Lo había dicho todo. Y estaba exhausta. Lo miró, esperando que reaccionara.

Fabio había escuchado en silencio, pero como si no estuviese ahí, delante de ella, en su modesto piso. Como si nada de lo que ella había dicho tuviese sentido.

Fue cuando le dijo que no tenía que sentirse responsable de la muerte de nadie, cuando se encendió una luz en su mirada. Pero no la que ella había esperado.

Una expresión rabiosa que lo transfiguró.

Pero tampoco dijo nada.

—Estoy preocupada por ti, Fabio —dijo ella, más quedamente—. Yo y también tus compañeros de la comisaría. Hasta Giampaolo dice que nunca te ha oído ese tono.

—¿Giampaolo?

—Te tiene cariño. Sé que te ha llamado.

Meneó la cabeza.

—No me acuerdo. Pero no importa.

—Claro que importa. Les importa a los que te aprecian. A los que te conocen y saben quién eres realmente.

—¿Y eso qué cambia?

—Algo debería cambiar. Hay personas que creen en ti, que saben lo que has hecho. Si te haces daño, tus amigos sufren. Yo sufro. No finjas que no lo entiendes.

La miró como sorprendido. Luego solo dijo:

—Vete, Valentina.

Fue como un pinchazo en el centro del estómago. No era lo que realmente pensaba.

—No puedes pedirme eso. Las cosas no son así. No puedes impedirme que te ayude.

Él volvió la cara, como un niño que no acepta un reproche.

—¡Para! —dijo ella—. Por favor, déjame estar a tu lado. No puedes sentirte culpable siempre. Fabio, no has cometido los errores que crees.

De nuevo la miró.

—¿Qué sabes tú de mis errores? —Su tono era ahora mordaz—. ¿Crees que me conoces tan bien? No sabes nada de mí.

—Fabio...

—No tendría que haberte dejado pasar. Por favor, vete.

No. No era eso lo que quería. Esa vez, no.

—Por favor... —repitió él, con un tono desesperado.

Se levantó, se le acercó, se arrodilló delante de él. En un fragmento de luz oblicua, vio que tenía los ojos abiertos, clavados en ella. Pero en esa mirada no había nada de lo que Valentina esperaba encontrar. A pesar de ello, se lo confesó:

—Fabio, yo creo que hay algo entre nosotros. No sé qué es. Sería tonta si lo definiera de algún modo. No quiero definirlo, en realidad. Pero es algo..., es importante.

—No sabes lo que dices.

—Sí que lo sé. A mí también me asusta. Pero nunca ha habido nada en mi vida que haya sabido tan claramente.

—Vete, Valentina.

Ella estiró una mano. Necesitaba acariciarlo, sentir el calor de su piel. Tocó su rostro. Sus labios, que estaban temblando.

Él le sujetó la muñeca. No con dureza. Pero la detuvo.

Se quedaron así, como desafiándose.

—Ahora dímelo —susurró ella, mientras él le seguía agarrando la muñeca—. Dime que no sientes nada por mí. Dime que rechazas esta caricia porque entre tú y yo no hay nada. Que lo que siento por ti no es nada. Dímelo y me iré. Saldré por esa puerta y ya no sabrás nunca nada de mí.

Fabio miró la puerta como si ella ya estuviese ahí, dispuesta a abrirla y a desaparecer para siempre de su vida.

—Tú no me conoces —dijo, sin dejar de mirar un punto por detrás de los hombros de ella.

De repente se puso de pie, arrastrándola consigo. La levantó, sin dejar de apretarle la muñeca, la atrajo hacia sí y le acercó el rostro al suyo. De pie, uno frente al otro, Valentina pudo notar por primera vez el olor a whisky de su aliento. Se mezclaba con el perfume que había conocido y que por un instante la había cautivado, pero que ahora solo era el olor de la ira contenida.

—Tú no me conoces —repitió Fabio más lentamente.

—Me haces daño... —dijo ella, en voz baja.

—¿En serio? —Las palabras le salían como proyectiles—. ¿Te hago daño? ¿Es todo lo que tienes que decir? ¿Quieres saber algo sorprendente? Es lo mismo que dijo Diana... «Me haces daño». Como si el único daño posible fuese el físico. «¡Me haces daño, déjame!». —Calló. Bajó la mirada. Tenía los labios contraídos cuando susurró—: «Déjame», dijo. Después de entrar en mi despacho... provocándome. Como tú, ofreciéndome todo su amor, su devoción, pensando en salvarme. —Volvió a mirarla a los ojos—. ¿Tú sabes lo que quiero? ¿Estás segura de saberlo?

Valentina se soltó, sin que él hiciera nada por impedirlo. Le había dejado una leve marca roja en la muñeca. No le dolía, pero le ardía mucho más en profundidad.

Fabio miró de un lado a otro, como extraviado. Luego se acercó a la mesa donde estaba la botella de Jack Daniel's llena hasta la mitad. Se dejó caer en el sillón. La desafió con la mirada. Se sirvió una buena cantidad de whisky y se llevó el vaso a los labios. Vaciló un momento, sin apartar la vista de ella. Bebió.

—No, no lo sabes —repitió, tras apurar el vaso—. No sabes qué quiero realmente. Como no lo sabía ella. Por eso no puedes salvarme, Valentina, como yo tampoco habría podido salvar nunca a Rosanna... o a Diana... o a nadie. Porque nunca sabemos nada los unos de los otros. Nada.

Valentina no abría la boca. Escuchaba sus palabras, que, de una en una, la atravesaban. Y sabía que esa confesión todavía no había terminado.

—¿Sabes cómo ocurrió todo, Valentina? Eres fuerte. ¿Puedes soportar la verdad?

Ella meneó la cabeza, pero fue incapaz de interrumpirlo.

—Yo a Diana la violé.

«No, no, no».

Habría querido gritar, pero ya no le quedaba aliento. De pie, delante de él, ya no le quedaban fuerzas. Solo estaba ese «no» dentro de ella.

La voz de él se enturbió, como su mirada.

Se sirvió más whisky y bebió, esta vez lentamente.

—O quizá no —dijo luego, mirándose los dedos—. A lo mejor no la violé. El problema es que no lo sé, Valentina. No lo sé, y me lo pregunto desde hace años.

Empezaron a caerle lágrimas por las mejillas. Él mismo pareció sorprenderse. Se las secó con una mano y la miró, quizá asombrado de encontrarla mojada. De nuevo fijó la vista en Valentina.

—¿Sabes qué es un blackout? ¿Alguna vez lo has experimentado? Yo sí. Y no es agradable, créeme. Es como si alguien te arrancase un trozo del alma y se lo tragase.

Cogió de nuevo la botella. Escrutó en el líquido ámbar y fue como si estuviese buscando ahí dentro ese fragmento de alma perdido. Valentina se sintió extrañamente excluida, forzada a asumir el papel de espectadora. Fabio ya no le hablaba a ella, sino a otro. Quizá a una parte de sí mismo.

—No saber qué has extraviado es como morir... No, es peor. Es como ya no poder reconocerse, como no ser ya humano.

Ya tampoco estaba ahí, con ella. Había regresado a esa tarde en la que todo había cambiado.

—Había venido para tratar de recuperar lo que habíamos dejado —dijo—. Como si fuese tan sencillo. Como si todo lo que había pasado antes no hubiese ocurrido nunca. ¿Qué es lo que os hace estar tan seguras de que todo se puede borrar en un santiamén? Sé que lo que ella y yo hacíamos estaba mal, porque estábamos haciendo daño a otras personas. Solo eso era mucho. A mi mujer. A mi hijo. A ella misma. A su futuro. El nuestro no era un amor de verdad, sino una pasión que de espléndida pasó a ser insana. Y no había esperanzas. Yo sabía que tenía que acabar. Y, en el fondo, ella también, pero era incapaz de aceptarlo. Vino a verme para decírmelo. Para decirme que le daba igual lo que pudiera pasar. Que no le importaban los demás, solo nosotros dos. Y que le gritaría al mundo cuánto la había herido. Lo cobarde que sé que soy...

La miró de nuevo como si se acabase de acordar de ella. O quizá ya no veía a Valentina sino el fantasma de Diana o de cualquier otra cosa que se le aparecía delante de los ojos y la mente nublada por el alcohol.

—Estaba encima de mí y me besaba, y yo correspondía a sus besos. Y ya no pudimos parar. En ese instante yo también quería hacerlo. Ya me había olvidado de mis buenos propósitos, porque Diana me causaba ese efecto. Estuvimos una vez más juntos. Con el furor de la última ocasión. Es lo que yo al menos creía. Después, todo cambió. Un instante antes ella me susurraba que me quería y, al siguiente, me estaba gritando que yo tenía el sabor de la sangre de sus labios en los míos. —Paró, la respiración pesada, los ojos en blanco—. Realmente no sé qué pasó. Puede que me pidiera que parara y yo no la oí. Puede que no quisiera oírla. Solo pensaba en amarla con todas mis fuerzas por última vez. En cambio, se apartó de mí. En los ojos, una expresión de horror. Yo seguía sin comprender por qué, qué era lo que había pasado. La vi coger la pistola como en una pesadilla y luego… disparar. No creo que quisiera herirme realmente. Pero disparó, y el ruido me hizo volver en mí. En ese momento me di cuenta de que no sabía lo que había ocurrido en esos últimos minutos.

Cogió la botella de nuevo. Pero se detuvo cuando iba a servirse otra copa, como si se hubiese acordado de un detalle importante.

—Si una mujer te dice que pares tienes que parar, ¿no? Es lo que se debe hacer. Pero yo no la oí. O no la quise oír, no lo sé. De todos modos, da igual. No cambia las cosas. La violé en ese despacho, sobre ese escritorio, porque dejé que ella creyese que las cosas se podían arreglar solamente con el sexo. —Volvió a dejar el whisky sobre la mesa. De su mirada había desaparecido todo rastro de embriaguez, solo había una conciencia lúcida y desesperada—. La violé para así poder librarme de ella. Y me quedé mirándola en ese salto infernal. La veía morir, día a día, sin decir nada, encantado del respaldo de mis compañeros que la señalaban como a una puta… Yo le violé el alma, además del cuerpo. La violé porque yo la obligué a hacer lo que hizo. —Ahora estaba completamente sobrio. Su tono se volvió implacable—. Al final del juicio pensé que era lo que se merecía por haber tratado de destruir mi matrimonio. Y, cuando se arrojó desde la azotea de mi edificio…, durante un instante, un puto instante, me sentí aliviado. ¿Lo comprendes ahora, Valentina? ¿Comprendes quién soy? —Le sonrió amablemente—. ¿Y ahora que lo sabes sigues queriendo lo mismo de mí? ¿Quieres salvarme?

En su mirada había un destello de desamparo que ella habría visto si no se hubiese quedado horrorizada por el relato.

Fabio agachó la cabeza.

De repente sintió náuseas y habría vomitado, pero en su interior no tenía más que hiel. Hiel y asco. En ningún momento dudó de la confesión de Fabio, pese a lo confusa que había sido. Supo que era cierto mientras lo contaba y no comprendía cómo no se había dado cuenta antes. Fabio Costa realmente había violado a su amante y después había presenciado impasible su suicidio. Fabio Costa era culpable. Y se había ido de rositas. Como Luca Sileri con su muerte. Toda esa palabrería de que no había sabido cuándo debía parar no era más que la trivial excusa de un hombre que se había visto acorralado. La confesión lacrimógena de un despreciable violador.

Se movió de golpe. Se acercó a la mesa. Levantó una mano, el instinto de pegarle hacía que le temblara como una hoja. Quería hacerle daño. Quería oírlo gritar de dolor y de sorpresa.

Estalló. Sus dedos se cerraron alrededor de esa maldita botella de whisky. La levantó, la arrojó contra la pared que había detrás de él. Ni el ruido del vidrio al romperse lo sacó de su letargo. Fabio no levantó la cabeza mientras los fragmentos se esparcían a su alrededor.

Valentina le dio la espalda.

Fabio era ahora solo una sombra, que se alejó como bajo el efecto de un zum en una película y desapareció en un fundido en negro. Pero no era él el que se esfumaba. Ella estaba huyendo.

90

La comisaría de Padua era un edificio de cristal y cemento a dos pasos del centro de la ciudad. Gaetano Lomastro, el jefe de la policía judicial, era un hombre de mediana edad que había pasado demasiado tiempo en el mismo despacho y que esperaba desde hacía mucho un ascenso y un traslado. Durante el intento de detener a Sileri estaba en el extranjero y a su regreso se había visto arrojado al caos posterior a la incursión de la Villa Zernich. No era difícil imaginarse su mal humor.

Valentina acababa de presentarse en su despacho, dispuesta a hacerle frente con la mente lo bastante despejada. Durante el viaje la había acompañado una sola obsesión: la revelación de Fabio, que le había caído encima con una fuerza arrolladora y que ahora permanecía como un dolor sordo y profundo que trataba de mantener lejos. No era fácil, pero al final lo estaba consiguiendo. Era imposible no pensar en ello pero podía reprimir sus emociones. Ahora era necesario dedicarse al compañero irritado y mal predispuesto que tenía delante y que apenas ocultaba su contrariedad y su aversión.

—¿Dónde te hospedas? —le preguntó.

—En el Excelsior —respondió Valentina—. Me parece confortable.

—Sí, lo conozco. Está a dos pasos de aquí... Cómodo, sin duda.

Lomastro miró unos papeles, mientras ella esperaba con paciencia.

—Oye, Valentina —dijo por fin—, hablemos con franqueza. Me ha caído encima este cubo lleno de barro y no quiero que comprometa mi ascenso. Llevo tiempo esperando que el ministerio me coloque...

Valentina meneó la cabeza.

—De todos modos, este fiscal está empeñado en buscarle tres pies al gato. No se conforma con el informe final que le entregamos. Quiere profundizar, quiere más investigaciones. Pero qué investigaciones, pregunto. Si ya cogimos a ese monstruo. Está muerto, y la muerte extingue el delito, ¿o no? Por cierto, te felicito por haberlo atrapado.

—Gracias.

—Pero ahora tenemos que tranquilizar al fiscal adjunto.

Valentina respondió con un gesto de la cabeza. Lomastro exhibió una amplia sonrisa.

—¡Excelente! Falcone me había dicho que colaborarías. En fin, que no te agarrarías a ningún detalle sin importancia. Así que creo que podemos proceder. Te doy un despacho entero para ti y contarás con un par de agentes a tu entera disposición. Ve a hablar con el magistrado, a ver qué tiene que decir. Lo adulas un poco, le haces dos comprobaciones de esas inútiles que está buscando, y en pocos días terminas con esto. ¿De acuerdo, amiga?

—Por supuesto —respondió ella.

91

La cita con el magistrado, Daniele Manin, fue breve y cordial. Valentina se vio delante de un fiscal muy joven y quizá demasiado puntilloso que, sin embargo, tenía las ideas claras. Sus mismas ideas, por otro lado.

El primer punto consistía en aclarar cómo Luca Sileri había podido mantenerse en la clandestinidad sin que nunca lo hubieran descubierto. No era un delincuente común que pudiera valerse de la ayuda del criminen organizado. Alguien tenía que haberle dado documentos de identidad falsos y las restantes coberturas necesarias. El hecho de que hubiera permanecido oculto en su jurisdicción tanto tiempo era incongruente, y el fiscal pretendía llegar hasta el fondo.

Otro misterio que había que resolver era de qué manera había acabado con sus víctimas anteriores, suponiendo que fuese realmente el autor del secuestro de Esther Kaimbacher y de Andrea Venturi y del fallido rapto de Fosco Agnelli, así como de los homicidios de Mariella Masi y Gianni Venturi. Su plena y segura responsabilidad en esos delitos, en efecto, tenía todavía que ser probada. Pero la auténtica pregunta era qué había hecho con los cuerpos. Era improbable que aquellas criaturas siguiesen vivas, pero era preciso hacer todo lo posible por buscar sus restos.

Valentina no añadió ningún cargo a la lista de incongruencias que el joven fiscal hacía, en parte por no contradecirlo y en parte para seguir las pautas que Lomastro y Falcone con tanta hipocresía le habían indicado. Sin embargo, seguía convencida de que las auténticas motivaciones de Sileri aún se desconocían, como también de que no se había hallado el lugar donde «trataba» los cuerpos de sus víctimas.

Y no era solo eso. Si la teoría de la búsqueda de los rostros semejantes a los personajes de Caravaggio estaba fundada, ¿con qué herramientas el asesino había identificado a los dobles? Según Manna, para efectuar ese tipo de búsqueda se precisaban ordenadores potentes y programas capaces de soportar algoritmos complejos. En la Villa Zernich no se había encontrado nada así. Ningún equipo, aparte del móvil dedicado a las comunicaciones con un solo proveedor que ya había sido examinado. El propio Sileri no parecía tener los conocimientos necesarios para utilizar softwares de ese nivel.

No. Valentina estaba convencida de que el auténtico taller se encontraba en otro sitio. A Sileri lo había sorprendido la patrulla de la policía de tráfico y había reaccionado con ferocidad. Ese incidente había modificado sus planes. No pudo deshacerse de su víctima en el lugar ni en el tiempo previstos y entonces tuvo problemas. Consiguió llegar a la Villa Zernich, donde llevaba años escondiéndose, el único lugar al que se le ocurrió ir para eludir los controles acuciantes de la policía, pero Valentina habría apostado que su destino original era otro. Debía de haber un lugar, en alguna parte, donde juntaba los restos de sus víctimas. Un lugar de muerte dedicado a esa lúgubre preservación que constituía su objetivo final.

A pesar del poco tiempo y de las reglas que le habían impuesto, Valentina ya había tomado una decisión. Falcone estaba convencido de que la había domesticado, pero seguramente no la conocía bien. Pretendía encontrar el taller donde Sileri se dedicaba a la práctica de la plastinación. Al lugar final donde esa historia de muerte y arte estaba destinada a concluir.

Pero no se lo contó ni al magistrado ni a sus compañeros. Se encerró en el despacho que Lomastro le había cedido y se propuso empezar de nuevo todo desde el principio.

Como alguien le había enseñado.

92

Claudio Altieri le había inspirado una instintiva desconfianza cuando lo conoció, la mañana de la incursión en la Villa Zernich, y ahora le seguía suscitando la misma sensación, puramente epidérmica. Pensar en él era como evocar una fotografía desenfocada. Solo era una toma mala. Pero sentía que debajo de esa imagen temblorosa y poco nítida se ocultaba algo poco agradable. Si la fotografía hubiese sido perfecta, el resultado habría sido bastante más desagradable.

La antipatía que sentía, sin embargo, debía de ser recíproca, pues, cuando la vio, el factótum de la familia Zernich la fulminó con la mirada. En esos ojos azules había una rabia contenida que si se dejaba libre, Valentina estaba convencida, podría causar mucho daño.

Lo que se ajustaba, por otro lado, a lo que había averiguado sobre él.

Iba a interrogarlo de nuevo, a pesar de que ya había hecho una declaración a la policía judicial de Padua, porque se lo había pedido Manin, quien quería averiguar por qué Sileri había sido contratado con la identidad falsa de Gianluca Simi y cuáles eran las referencias que había presentado. En su declaración anterior Altieri había sido demasiado conciso. Lomastro le explicó el motivo.

—Él me importa un bledo, pero nunca te olvides de que es el brazo derecho de Federico Zernich. ¿Tienes una idea de quiénes son los Zernich? Yo te lo diré. Es una familia que aquí goza de mucha importancia. Son dueños de la mitad de los viñedos de las colinas Euganeas y son poderosos. Mejor dicho, poderosísimos. Federico Zernich, entre otras cosas, es un benefactor. Alguien que ha hecho mucho por la ciudad y por sus habitantes. Si vas por Padua, encontrarás un par de obras con su nombre. Financia la restauración de los monumentos de esta ciudad sin pedir nada a cambio. Y cuenta con muchos amigos. Ellos también poderosos. En pocas palabras, haces tu puta investigación, sin problemas, pero procura ser delicada.

Valentina no tenía la menor intención de ser condescendiente y profundizó la investigación sobre Altieri.

Y, en efecto, el hombre fue una sorpresa, pese a su escueto historial, al igual que su testimonio. Altieri tenía cincuenta y ocho años bien llevados y alardeaba de una vida intensa y por momentos misteriosa. Excomando de la marina, exguarda jurado en el sector de la seguridad personal, había sido contratado hacía casi treinta años por Federico Zernich como transportista de valores. Un hombre de acción que había terminado administrando parte del ingente patrimonio de los Zernich, sobre todo después de que Federico se convirtiera en el último representante de la antigua familia. Valentina no había conseguido encontrar rastros de las circunstancias en las que Zernich y Altieri se habían conocido ni por qué el viejo empresario había decidido confiarle a ese hombre cometidos tan importantes. El hecho era que, en muy poco tiempo, Altieri debió de granjearse su confianza, convirtiéndose en una especie de brazo derecho. Había algo que certificaba ese currículo: Altieri no era tonto y desde luego no iba a asustarse si lo llamaba la policía.

Cuando llegó, lo hizo esperar un buen rato en el triste despacho que le habían dejado. Era una táctica demasiado utilizada, pero Valentina estaba segura de que con Altieri funcionaría. Estaba convencida de que lo encontraría furioso por la espera inútil. En cambio, aunque la recibió con ojos de fuego, también lo hizo con una espléndida sonrisa falsa y con los buenos modales que había aprendido sin duda en la segunda parte de su vida.

—Señora, es un placer verla de nuevo.

Se estrecharon la mano rápidamente.

—Si no tiene nada en contra —empezó ella—, el agente Piovesan transcribirá en tiempo real sus declaraciones, así avanzaremos.

Gabriele Piovesan era joven, estaba aún en pruebas en la policía judicial y era el mayor recurso que Lomastro le había concedido.

—Ya me han interrogado, dos veces. No sé cómo podría seguir siendo de ayuda —observó el hombre antes de que hubieran empezado—. Pero, dicho esto, estoy a su disposición. —Luego se sentó delante del escritorio de Valentina con la actitud de alguien dispuesto a cualquier sacrificio con tal de que todo saliera bien.

También Valentina se sentó.

—Será breve, descuide. Tenemos que aclarar algunos aspectos. El caso es que usted contrató a un hombre buscado por la policía, que enseñó documentos falsos...

—¿Usted ha visto los documentos? Me han dicho que son casi perfectos. Habrían engañado a cualquiera.

—¿Quién se lo ha dicho?

Altieri amplió su sonrisa.

—Bueno, tengo algún amigo entre los suyos. Sabe, con el trabajo que hago...

Valentina anotó bien esa información. No debía olvidar lo que le había dicho Lomastro: Zernich tenía mucho poder en la ciudad y por reflejo también lo tenía su factótum. Los «amigos de la comisaría» debían de haberlo ya preparado sobre lo que debía declarar.

—Sí, documentos falsificados a la perfección —admitió Valentina con gesto aparentemente desconsolado—. Es difícil encontrarlos mejores. ¿Cree que debemos buscar en el hampa a falsificadores locales? A unos buenos, quiero decir.

—¿Me lo pregunta a mí? No conozco a ninguno. No frecuento ciertos ambientes...

—Ahora no. A lo mejor sí en el pasado.

Él aguzó la mirada. Era en esa fracción de segundo cuando se podía descubrir la clase de individuo que Altieri era realmente.

—¿Qué quiere decir?

Valentina fingió que comprobaba los papeles que tenía delante.

—Veo que usted ha sido investigador privado durante cierto

tiempo. Y también ha trabajado en seguridad personal... Todo regular, faltaría más. Pero a lo mejor ha tenido alguna relación algo discutible, en el pasado. En el fondo era joven. ¿No me diga que nunca ha tenido nada que ver con el ambiente criminal de Padua? Como investigador, no habría hecho bien su trabajo si no hubiese frecuentado a algún delincuente local.

—No soy de aquí. Vine solo para trabajar con el señor Zernich.

—¿Y antes?

—Tuve varias experiencias, es cierto. Todas lícitas, señora. Dígame una cosa, ¿realmente me ha llamado para esto?

—¿Se ha encargado también de la protección personal del señor Zernich?

—No precisamente.

—¿Cómo conoció al señor Zernich?

—Perdone, ¿qué tiene que ver eso con haber contratado a Gianluca Simi?

—Luca Sileri. Simi es el nombre falso.

—Sileri, Simi. Da igual. ¿No iba a preguntarme por él?

—¿Por qué no nos dijo enseguida que se podía entrar en la cripta desde la casa?

—¿Cómo? —Parecía confundido. La pregunta, que lo alejaba de golpe de las anteriores, lo descolocó.

—La cripta. El templete pagano. Cuando entramos en la villa nos dijo que había sido tapiada. En cambio, Sileri la utilizaba tranquilamente.

—No lo sabía. Creía que seguía siendo inaccesible. Habrá sido él mismo quien...

—Pero ¿no iba nunca a la villa? ¿No vigilaba nunca el trabajo de ese hombre?

—¡Desde luego no iba a mirar la capilla por dentro! Me interesaba que la estructura se mantuviese en buen estado...

—¿Tanto se fiaba de Sileri como para no comprobar nunca lo que hacía en la villa? ¿Qué lo hacía sentirse tan seguro? Ha dicho que no lo conocía bien.

Altieri cerró los ojos. De alguna manera debió de conseguir controlarse, pues cuando volvió a abrirlos estaba otra vez sonriente y tranquilo.

—Ya se lo he contado, señora. Sileri, mejor dicho, Gianluca Simi, me fue recomendado por una agencia de empleo. Para ser exactos, la más importante de la provincia. Siempre he acudido a ellos cuando he necesitado un empleado y nunca he tenido problemas.

Valentina consultó de nuevo los papeles, que conocía de memoria, hasta la última palabra.

—La agencia de empleo Anselmi, ¿no es así?

—Exacto.

—Me parece que pertenece a una empresa cuyo socio mayoritario es Federico Zernich... —Lo miró.

—¿Sí? A lo mejor sí.

—¿No lo sabe? ¿No es usted el que administra las propiedades de los Zernich?

—Es más complicado que eso. ¿Tiene usted una idea de cuántas empresas son de su propiedad?

Valentina iba a responderle, pero una voz la interrumpió.

—Muchas, creo.

En la puerta del despacho, un hombre mayor sonreía. Era alto y delgado y vestía un traje oscuro elegante pero demasiado ancho que lo asemejaba a una especie de espantapájaros de lujo. Sus ojos eran muy negros y miraba con expresión asustada, como si se hallase en peligro. Se apoyaba en un bastón, y detrás de él había una mujer robusta con traje azul que parecía lista para cogerlo en brazos si se caía.

Altieri se puso de pie, solícito.

—¡Federico!

Zernich avanzó un paso, seguido por la que debía de ser su cuidadora. Miró con una sonrisa franca a Valentina y se puso rojo al hacerlo. Parecía que le costaba ocultar una profunda timidez.

—Le ruego que me perdone, pero mi amigo no llegaba y me estaba preocupando.

También Valentina se levantó, sin saber bien cómo reaccionar a esa interrupción. Sin duda, estaba fuera de lugar, pero ese viejo le inspiró una instintiva simpatía.

Altieri hizo las presentaciones, visiblemente apurado.

—Señor Zernich, le presento a la señora Medici. Señora, le

presento a mi jefe, Federico Zernich. —A Valentina le pareció sorprendente el cambio de actitud del factótum. Parecía haber perdido gran parte de su arrogancia.

Zernich le tendió la mano, pero ella dudó un instante. Entonces, cuando se la estrechó, comprobó que el hombre tenía más fuerza de lo que su delgadez y su avanzada edad hacían suponer.

—Me perdona, ¿verdad, señora? —repitió Zernich. Su voz era juvenil, modulada por un leve acento dialectal—. Esta irrupción, quiero decir. Por cierto, siempre me ha fascinado el trabajo de los investigadores...

—No está permitido intervenir durante un interrogatorio policial... —dijo Valentina—. Pero, por supuesto, está perdonado. —Y le sonrió. Asombrada de sí misma, le sonrió. El rostro huesudo y lleno de arrugas pareció iluminarse.

—Es usted muy amable..., además de hermosa. Ya me lo habían dicho, por otro lado.

—¿Que soy amable? Me resulta difícil creerlo —bromeó ella, cada vez más pasmada de su actitud con ese hombre. Zernich era magnético y a ella le parecía casi imposible resistirse a su encanto.

—No, me habían dicho que era hermosa —respondió él—. Y lo es. ¿No le ofende, verdad, que un viejo como yo le diga piropos? Sé que hoy en día hay que ser más prudente.

—No hay ningún problema.

—Ah, bien. —No dejó de observarla, aunque su mirada parecía desenfocada—. ¿Qué estaba diciendo?

La mujer robusta que estaba detrás de él se inclinó para murmurarle algo al oído, como un apuntador de teatro.

—Decía que la señorita es muy guapa.

Tenía un leve acento extranjero y ese «señorita» hizo sonreír de nuevo a Valentina, animada a su pesar por la inusual interrupción.

—Ah, ¡sí! —dijo Zernich—. Hermosa para ser de la policía. Conozco a muchas de sus compañeras. Recuerdo a una, ¿sabe? A una que conocí hace ya mucho tiempo... Pero ¿quién? ¿Quién era? Tenía el pelo largo como el de usted... —Meneó la cabeza como para despejar los recuerdos que albergaba en su interior—. Ya me acordaré.

Valentina se tocó automáticamente el pelo, que, como siempre, y a pesar de que lo llevaba sujeto, tendía a tener mucho volumen. Se arrepintió de ese gesto. Le pareció que los ojos dulces de aquel anciano tenían el poder de romper sus inhibiciones. Un pensamiento inesperado la atravesó. Lo terrible que tenía que haber sido para él descubrir que su casa había sido pervertida por el mal de Luca Sileri. Qué inmenso dolor debía de haber causado ese monstruo.

Le echó una ojeada a Altieri. Parecía paralizado y, ahora, harto de esa intervención. Y también le pareció reparar en una mirada cómplice entre él y la cuidadora. A lo mejor los dos, en vez de respetar a su amo, consideraban a Zernich un pobre viejo chocho.

—Pero ahora —continuó Federico Zernich—, ¿puedo llevarme a mi amigo? ¿O todavía necesita que esté aquí, con usted? Yo puedo esperar fuera..., con mi Hannie estoy muy bien.

Valentina miró los ojos líquidos de la imponente cuidadora, que no dio muestras de agradecer la frase de su jefe. Es más, la dureza de su expresión la sorprendió. Parecía contener a duras penas su desprecio. Valentina de repente pensó que Altieri y la cuidadora interpretaban un papel. Probablemente era la máscara que se ponían con su jefe, por necesidad. Aunque a lo mejor había algo más.

—No va a tener que esperar, señor Zernich —decidió Valentina—. Creo que pueden irse sin ningún problema. De momento.

Zernich inclinó ligeramente la cabeza y salió, con la cuidadora a su lado.

Claudio Altieri los siguió sin decir nada.

Valentina permaneció mirando la puerta que se cerraba detrás de ese extraño grupo, con la sensación de que se había quedado realmente sola.

93

La habitación que ocupaba en el Excelsior era pequeña pero acogedora, como el resto del hotel, un edificio del siglo XVIII enclavado entre una plazuela semicircular y dos calles del centro. Un lugar tranquilo, si bien la comodidad y el pórtico que podía ver desde la ventana no calmaban su ansiedad.

Era solo su segunda noche en Padua, pero ya se moría de ganas de regresar a Roma. No era por las presiones de Falcone, ni por la solícita prudencia de Lomastro, que a buen seguro no quería que estuviera ahí. Tampoco se debía al hecho de que, a pesar de que había ido convencida de que podría explicar todas las incongruencias pendientes de aclarar tras la muerte de Sileri, enseguida se había empantanado en una total falta de indicios y de elementos nuevos sobre los que podía trabajar. Empezó a pensarlo no bien las cosas comenzaron a complicarse. Y no era a causa de la ligera inquietud que Claudio Altieri le había inspirado, pues eso más bien habría podido animarla a profundizar en el papel que jugaba ese hombre enigmático. Se dio cuenta de que lo que quería era dejar atrás todas las asperezas, todas las desilusiones, todos los dolores que había sentido en esos últimos meses. Fabio tenía razón, luchar contra el mal es como sumergirse en profundidades que, sobrepasado cierto límite, te pueden destruir. Y él era el ejemplo más flagrante.

Sabía que antes o después su recuerdo irrumpiría en su cabeza. Él y su confesión. Era inevitable. No se había imaginado que ocurriría tan pronto.

Estaba sentada en la cama, rodeada de los informes y los papeles que se había llevado de la comisaría. Leía esto y aquello, trataba de ordenar sus ideas, reunía fuerzas para el último informe, en el que pondría la palabra fin a las investigaciones sobre Sileri. Pero, de repente, la voz y el rostro de Fabio se interpusieron entre ella y lo que estaba haciendo. La confundían diciéndole a la cara que era incapaz de comprender a la gente. La laceraban, reprochándole el error de haberse enamorado de un hombre que era un impostor. Un sujeto violento. Un violador.

No, Fabio no era así. Era imposible, no podía haberse equivocado tanto.

Y, sin embargo, ¿qué tendría que haber hecho? ¿Creer que sencillamente no había oído la negativa de Diana? Esa era la excusa típica de los violadores. ¿Empeñarse en que eso era suficiente para eximirlo de sus culpas? ¿No había sido él mismo quien se había condenado y no porque hubiera violado a esa chica, sino porque la había abandonado, dejándola sola e impulsándola por ello a ese gesto radical? ¿No era un monstruo solo por eso?

Aun así, algo en él, en su voz, en sus ojos tristes le pedía que le creyera. Que pensara que, daba igual que hubiera sufrido un blackout, no podía haber violado a esa chica.

Se odiaba por su indulgencia, pero de repente, en esa habitación de hotel, sola como nunca había estado, no pudo dejar de evocar los momentos en los que lo había sentido muy cerca. Recordó sus manos, que no podían ser las de un violador, la transparencia de su mirada, la calidez de su voz.

De golpe, indefensa ante sus recuerdos, entre los destellos que se alternaban, se impuso una escena. Fabio al escritorio, alumbrado por la única lámpara que había encendida, guardaba sus valiosas notas y el ordenador portátil en su inseparable bolso. Y luego le sonreía, invitándola a sentarse en su silla.

El bolso de Fabio. ¡La alforja! El recuerdo la pilló desprevenida.

Sigue en el coche, pensó Valentina. No se lo había devuelto y tras el dramático encuentro y la huida de Volterra se había olvidado de él completamente.

Un fastidio, pensó. Que la ponía nerviosa. Porque eso suponía que tendrían que verse. Pero no. Se lo haría llegar, no se atrevía a verlo solo para dárselo. Desde luego, no iba a encontrarse con él de nuevo solo por ese motivo. En realidad, por mucho que le doliese, no quería verlo nunca más.

Se dio cuenta de que no iba a poder dormirse si no tenía cerca la vieja bandolera de cuero. Aunque solo fuera porque no era prudente dejar en el coche documentos relacionados con las investigaciones sobre Sileri.

Se vistió y bajó al garaje del hotel. Encontró el bolso, que estaba en una esquina del maletero del Nissan Juke, y se lo llevó a la habitación.

Volvió a desvestirse y se metió en la cama. Cerró los ojos. Trató de retomar el hilo de sus pensamientos sobre él. Pero el hechizo ya se había roto. Y quizá era preferible así.

Nada. Abrió los ojos. Encendió la luz de la lámpara de la mesilla de noche.

El bolso de Fabio estaba delante de ella, en la cómoda, debajo del espejo con marco dorado.

Bajó de la cama con los pies desnudos, fue hasta la cómoda temblando por el suelo gélido y lo cogió con un gesto de rabia. Se echó luego sobre las sábanas, lo abrió y volcó el contenido entre sus piernas.

Además de los cuadernos de notas, de las fotos y de los documentos, estaba también el portátil de Fabio Costa. Estaba el fruto de aquella costosa investigación.

Cuando lo encendió, una vocecita en su interior le preguntó qué era en realidad lo que preferiría descubrir.

94

En el portátil había muchos documentos relativos a las investigaciones. Era casi todo material que Valentina conocía bien. Fotos tomadas en las escenas del crimen, análisis de informes policiales, registros de llamadas. Había también bastantes apuntes del propio Fabio, en los que sintetizaba los resultados que se iban consiguiendo y los ponía en orden.

Entre los archivos de vídeo la atrajo un documento titulado *La Crucifixión de Caravaggio.* Supuso que era el documental del que Fabio le había hablado, el que le había mencionado el amigo que años antes había trabajado en la policía judicial de Verona y que versaba sobre la desaparición de un vagabundo. Era evidente que, de algún modo, Fabio había conseguido una copia.

Puso en marcha la reproducción, con una extraña sensación en la boca del estómago.

El archivo había sido digitalizado desde un videocasete, pero la grabación seguramente había sido reconvertida a su vez de una película super-8. La textura de la imagen era pésima y los colores estaban casi del todo desvanecidos. Aparte de algún reflejo rojizo, parecía una película en blanco y negro. Los bordes estaban desenfocados pero el centro de la acción era lo bastante nítido. Y durante un momento Valentina pensó que habría preferido menos claridad.

El fondo era un muro de piedra, intercalado con un gran vitral oscuro y matorrales bajos. Eran cuatro actores. Tres hombres llevaban capuchas negras, con agujeros para los ojos, y dos de ellos tenían el torso descubierto, mientras que el tercero tenía una camisa a cuadros de manga corta y vaqueros enrollados sobre los tobillos. El cuarto era un hombre mayor desnudo, salvo por una sábana que le cubría la ingle. El rostro flaco, casi descarnado, y el cuerpo presentaban marcas negras, quizá hematomas o las secuelas de una enfermedad. La barba larga y blanca parecía mojada, probablemente por sus propias lágrimas de dolor.

Los tres encapuchados lo sujetaban de los brazos y lo mostraban al objetivo, exhibiéndolo como un trofeo de caza. Incluso detrás de esas máscaras negras era fácil imaginarse su sonrisa de satisfacción. La cabeza del viejo, en cambio, se mecía como si el hombre se hubiese quedado sin energías. Los ojos eran pequeñas esferas sin expresión.

De repente, un corte y un cambio de imagen. La toma ahora estaba mucho más movida. El fondo era el mismo, si bien el ángulo era otro. En el centro de la escena sobresalía una gran cruz de madera colocada de lado. Quizá un objeto de utilería, pero muy realista. La madera estaba rota en varios lados. Los fotogramas mostraron durante algunos segundos esa especie de captura de pantalla.

Luego, de improviso, un primer plano. Una muñeca del viejo, apoyada en un brazo de la cruz. Un clavo grande de hierro, de cabeza cuadrada, va penetrando, golpeado por un martillo de cantero. La carne que se desgarra y la sangre oscura que brota no parecían fruto de un truco cinematográfico.

Otro cambio de encuadre y en primer plano aparece el rostro del viejo. Grita, la boca abierta muestra una dentadura rala y una lengua hinchada y negra, y en el silencio de la cinta ese grito le pareció resonar con especial violencia.

Un fundido, y sale la segunda muñeca desgarrada por otro clavo. Quien se había detenido en esos detalles encontraba probablemente fascinante ver la punta de metal desgarrando la piel, partiendo huesos y cartílagos, hasta penetrar en la madera de abajo.

Esas escenas habían sido rodadas con el talento de un experto director. No se dejaba nada a la imaginación. Al revés, se ampliaba el horror con un diestro movimiento de la cámara.

En las imágenes siguientes, un campo medio con una notable

profundidad, al viejo que gritaba le habían clavado las manos y los pies a la cruz de madera. Los tres encapuchados miraban a la cámara, mientras el hombre agonizaba delante de ellos. Luego, con esfuerzo, levantaron la cruz y la colocaron boca abajo. Como fue crucificado san Pedro. El pelo largo de la víctima obedecía a la gravedad, cayéndole a los lados del rostro embargado por el dolor.

La cruz fue introducida en la tierra, donde ya había un agujero preparado. Los últimos encuadres están dedicados únicamente al protagonista. La cámara se acerca lentamente hasta la boca todavía abierta. La película termina con la toma tambaleante de un cartel blanco en el que se lee, en letras de molde: LA CRUCIFIXIÓN DE CARAVAGGIO.

El vídeo duraba menos de cinco minutos. Pero Valentina siguió mirando mucho rato más la última captura de pantalla. No daba crédito a lo último que había visto. Había sido espeluznante presenciar esa escena de muerte, con la conciencia de que todo era verdad. Ni por un instante se le ocurrió pensar que era una ficción, y también los investigadores de entonces debieron de percibir lo mismo. Nada de reconstrucción, como había supuesto o esperado el amigo de Fabio.

Sin embargo, no era esa sensación de suciedad o de obscenidad lo que la atormentaba. Era otra cosa lo que le acababa de causar la más honda confusión. Un detalle, que había captado enseguida y que la había dejado sin aliento.

Movió el cursor del ratón sobre la línea temporal de la cinta y retrocedió una decena de segundos, hasta el momento en que el cambio de encuadre pasaba al fondo del muro de piedra bajo un ángulo diferente.

Durante un instante, aparecían los pies de una estatua. Dos pezuñas deformes, finamente talladas en el mármol.

Ya los había visto.

Eran las extremidades de un Baphomet de piedra del tamaño de un hombre. Uno de los dos guardianes silenciosos que flanqueaban la entrada de la cripta familiar de la Villa Zernich.

95

Le sentó bien hacer footing respirando el viento de esa noche fría. De ello se percató solo cuando, agotada y sudada, decidió regresar al hotel.

De todos modos, lo necesitaba. Después de ver el vídeo se había sentido invadida por una extraña sensación. Como si algo violento y oscuro la abrasase, asfixiándola, impidiéndole respirar e invadiéndole el alma. Se había sentido sucia. Solo por haber visto esas imágenes. Salir y correr, por las calles desconocidas de esa ciudad, quizá no era lo mejor que podía hacer. Pero no se le había ocurrido otra cosa para desprenderse de ese sudario emocional.

Cuando regresó, el portero de noche se limitó a levantar una ceja. Parecía pensar que, si a la clienta le parecía normal hacer footing a las dos de la madrugada, él no era nadie para contradecirla. Valentina lo saludó con un gesto y se fue a su habitación.

Todo había cambiado. Mejor dicho, todo era diferente a como se lo había imaginado. Correr la había ayudado a aclararse las ideas.

Se duchó, se metió en la cama y encendió el ordenador de Fabio. Además del vídeo estaban los documentos adjuntos. Entre las notas de Costa encontró los detalles que necesitaba.

Después de que el inspector jefe de Palermo le hubiera contado a su amigo aquella historia «antigua», a pesar de que hubieran «coincidido» en el hecho de que Sileri no podía estar implicado en la crucifixión del viejo mendigo debido a su edad, Costa de todos modos había decidido profundizar. Debía de haber contactado con alguna de sus fuentes en la comisaría de Verona y había conseguido la cinta original. Después había profundizado aún más y había hecho que le mandaran una ficha sobre la desaparición del mendigo.

El viejo pordiosero se llamaba Sebastiano Zorzin y había desaparecido de Castagnaro, un pequeño pueblo de Verona, en junio de 1995. La cinta había sido hallada durante un registro que había tenido lugar el año siguiente, en 1996, durante una redada contra pederastas que se había hecho en toda Italia. Estaba grabada en uno de los muchos videocasetes que se secuestraron en la operación, entre los cuales figuraban también un par de *snuff movies* que, tras un riguroso análisis, se comprobó que eran falsas. En una palabra, no se mató a nadie durante las tomas. En uno de los casetes con falsas *snuffs*, tras el final de la película principal, aparece el trozo de la *Crucifixión* que daba la sensación de estar incluido ahí solo por casualidad. O para esconderlo «a la luz del día». Enseguida pareció diferente de las otras.

Alguien de la policía judicial de Verona reconoció en el hombre que «en apariencia» era crucificado los rasgos del pobre Zorzin, del que no se había vuelto a saber nada. Nadie, sin embargo, quiso creer en la autenticidad de la película. Decidieron que se trataba de un montaje de mal gusto y el documento fue archivado con los demás. Olvidado por la ley; no, en cambio, por los hombres que habían tenido la desgracia de verlo, habría jurado Valentina. Era difícil pensar que la expresión de dolor que tenía el rostro de aquel viejo mientras el martillo le clavaba los clavos en su carne fuera fruto de una consumada interpretación de actor. Era probable que los compañeros de entonces prefirieran mirar hacia otro lado. Pero ¿por qué encubrir algo así?

Buscó Castagnaro en Google Maps y descubrió que se encontraba en la frontera con la provincia de Padua. No lejos de Este, donde estaba la Villa Zernich. Era plausible que la gran casa hubiese sido el teatro de esa barbarie.

En realidad, los hechos no habían cambiado. Siempre habían estado ahí, ocultos pero presentes. Había cambiado su percepción. Era como descubrir que sus investigaciones habían rozado solo una pequeña parte del misterio, un centímetro cuadrado de un mosaico mucho más amplio y espantoso.

En 1995 Luca Sileri contaba siete años, no pudo tener nada que ver con el homicidio de Sebastiano Zorzin. Y, sin embargo, ese pobre hombre fue sacrificado con la declarada intención de reproducir un cuadro de Caravaggio. Como haría Sileri casi tres décadas después. En el mismo lugar donde se había escondido en los últimos años.

Valentina sacó a la pantalla la imagen del cuadro de la *Crucifixión de san Pedro*. El cuadro era de 1602, estaba en la iglesia de Santa Maria del Popolo, en Roma. Caravaggio se imagina la acción cuando la cruz va a ser levantada. El rostro del santo, boca abajo, se parecía al del pobre Sebastiano solo en la boca abierta y en la mirada perdida que manifestaba su atroz sufrimiento. Quien había llevado a cabo ese homicidio, en 1995, no tenía la misma obsesión que Luca Sileri por identificar a los sosias de los personajes pintados cuatrocientos años antes. Pero había una relación. Una relación tan fuerte como inquietante. Luca Sileri no había actuado solo. Ahora Valentina tenía delante una respuesta palmaria. Tal vez la única respuesta. Y la había tenido delante de los ojos desde el primer momento.

Eran las cuatro de la madrugada. Demasiado pronto y demasiado tarde. Se tumbó. Estuvo mirando el techo el resto de la noche. A la espera de un maldito amanecer para, ahora sí, volver a empezar de verdad.

ECCE ANCILLA DOMINI

96

Daniele Manin parecía muy joven para ser magistrado, ya no digamos fiscal. Se debía a su cara redonda y sus rasgos delicados. Probablemente era consciente de ello y trataba de darse empaque con una barbita que empeoraba claramente su aspecto y, quizá, su carácter. Para guardar las distancias, trataba a Valentina con afectación, pero a ella eso no le importaba. Todo su empeño era lograr considerarlo un interlocutor a la altura de esas investigaciones. Al fin y al cabo, nunca iba a poder cambiar la situación: Manin era probablemente inadecuado, pero lo necesitaba.

—Bien, ¿qué tenemos? —repitió el fiscal por tercera vez, detrás de su escritorio brillante, rodeado, como en un castillo que tenía que defenderse del caos de la vida real, de ediciones de lujo de todos los códigos inventados por la humanidad—. ¿Por qué su informe final no está todavía listo?

Valentina procuró que la frustración no se le notase.

—Señor, lo que le he entregado es un informe preliminar. Con peticiones específicas. Se lo repito, quedan demasiadas coincidencias que hay que comprobar, demasiadas lagunas que se tienen que llenar. Y yo necesito tiempo para encajarlo todo. ¿No querrá que el juez instructor nos pida que empecemos desde el principio?

Siempre era un buen argumento con la fiscalía. Pedirle a un juez la recuperación de los documentos de una investigación, para lo cual se solicitaba el sobreseimiento, pues ciertos detalles habían sido pasados por alto, nunca era agradable para un fiscal adjunto. Manin la escuchó por enésima vez.

Valentina enumeró los puntos en los que era preciso profundizar y que había incluido en el informe preliminar. Empezó por el vídeo que parecía reproducir la muerte del viejo mendigo.

Por las notas de Costa, muy valiosas, se supo que la famosa cinta de vídeo, que apareció durante la redada contra los pederastas que realizó la policía de muchas provincias del norte del país, Padua, Vicenza y Verona entre ellas, se había secuestrado en casa del típico individuo del que jamás habría cabido sospechar. Se llamaba Rodolfo Morganti, era un médico de atención primaria en un pueblo del interior de Vicenza, tenía esposa, dos hijos adolescentes y una vida aparentemente intachable. En su despacho se habían hallado escondidas mil doscientas cintas de naturaleza pornográfica, la mayoría de ellas hechas por aficionados, bastantes dedicadas a actos sexuales con niños incluso muy pequeños y con animales. Morganti era el clásico ejemplo del depredador pederasta que, solo por miedo a ser descubierto, se limitaba a comprar e intercambiar material pornográfico, sin poner nunca en práctica sus propias fantasías. Bajo la apariencia de una vida burguesa, controlaba sus pulsiones y se conformaba con disfrutar de lo que hacían otros. Recordaba a Marchesi y su «yo miro, solo miro».

En cualquier caso, la defensa sostuvo la tesis de la sustancial inocuidad de la conducta de Morganti. La familia del pederasta, su mujer en primer lugar, aparentemente apoyó esa versión. Tras un juicio benévolo, Morganti, que carecía de antecedentes, fue condenado a una pena leve. Antes de que hubiera pasado un día, ya estaba viviendo con su familia. No con tranquilidad, seguramente.

Valentina descubrió que Morganti había muerto en un accidente de coche hacía unos años. Alguien había supuesto que se había suicidado. Su mujer, que a pesar de los resultados de las investigaciones había permanecido a su lado, declaró que su Rodolfo jamás se habría quitado la vida y que más bien la dinámica del accidente le dejaba alguna duda. Ella también había muerto, pocos meses después. Esta vez el suicidio parecía indiscutible, dado que la hallaron dentro de su Ford Fiesta, encerrada en el garaje de la casa, con las venas cortadas y entrando monóxido de carbono en el habitáculo por una manguera unida al motor encendido. No se hallaron notas de despedida ni de explicación. Los hijos, que no bien alcanzaron la mayoría de edad se habían marchado a trabajar al extranjero, ni siquiera volvieron para el entierro de su madre. Un detalle que proyectaba una luz oblicua sobre la situación real de la ya exfamilia Morganti.

El vídeo con la crucifixión inspirada en Caravaggio era uno de los muchos horrores coleccionados por Morganti, que fue solo marginal en el juicio, al no haber pruebas de que se tratase de una película auténtica. El hombre, además, nunca supo o quiso contar quién se lo había dado. La cinta había sido comprada en el mercado negro el año anterior, pero Morganti no recordaba cuál de sus muchos contactos se lo había conseguido. A los investigadores, que habían encontrado decenas de otras cintas con niños, esa en concreto no les interesaba mucho y no profundizaron.

Estas eran todas las informaciones que Valentina tenía sobre aquel asunto y que sintetizó así a Manin.

Le enseñó también el vídeo de la crucifixión. El magistrado observó la pantalla del ordenador e hizo lo que pudo por mantener la compostura. Sin embargo, conforme las imágenes pasaban, su mirada se fue volviendo cada vez más vidriosa y el color de su rostro alcanzó una preocupante tonalidad gris. Por un momento, Valentina temió que se pusiese a vomitar.

Cuando apareció la frase final CRUCIFIXIÓN DE CARAVAGGIO, Manin tosió con afectada desenvoltura.

—Y sobre este episodio —empezó a decir, pero la voz le salió entrecortada. Volvió a toser, deglutió, y continuó con tono más normal—. Decía..., sobre este hecho ¿no tenemos más noticias?

—Nada útil —reconoció ella—. Solo tenemos el aviso que mandó entonces la comisaría de Verona de la desaparición de Zorzin. Pero justamente de eso se trata. En aquel entonces nadie podía relacionar los hechos. Nadie habría podido identificar con facilidad la Villa Zernich como el lugar donde el mendigo había sido asesinado y, sobre todo, relacionarla con otros delitos.

Eso, en realidad, no era cierto. Esa relación, alguien, de alguna manera, la había contemplado. En el informe que encontró, en efecto, además del fax de Vicenza y de dos recortes de prensa descoloridos que había en las páginas locales de *Il Gazzettino* sobre la desaparición de Zorzin, figuraba también el aviso del departamento sobre los famosos registros de 1996. Con estupor, Valentina se dio cuenta de que alguien había relacionado los dos hechos, pese a que en el télex solo daban la lista de los investigados que habían sido hallados en la redada, sin añadir nada más. Ninguna mención a los contenidos del material requisado en ese momento, y menos a la cinta con las imágenes de la agonía de Zorzin. Quien había incluido en el mismo informe los documentos relativos a los dos hechos había visto un nexo, pero no había anotado el motivo de ello. Podía tratarse de una coincidencia. Sin embargo, no se lo mencionó a Manin para no complicarle la vida y, como decía siempre un amigo suyo, para que no se le enmarañaran las ideas.

Porque Manin le era útil.

Valentina sabía que nadie quería seguir investigando esos hechos. Y la que menos quería hacerlo, tenía esa impresión, era la policía judicial de Padua. Así que no podía contar con sus compañeros. Su única posibilidad era convencer al joven magistrado para que le encargase profundizar en el tema, relacionándolo con la investigación sobre Sileri. Si conseguía un poder de la autoridad judicial, nadie podría apartarla de las investigaciones y el departamento tendría que darle los hombres y los medios necesarios. Para ella supondría el fin de su carrera, pues una vez concluida la investigación se lo harían pagar. Pero no le importaba. O, mejor dicho, ya no le importaba.

Esa historia, hecha de sangre y de dolor, se le había metido en la piel y en la cabeza. Nunca podría volver a la vida de siempre sin haber por lo menos intentado comprender qué se ocultaba detrás de esa serie de absurdos homicidios.

Solo tenía que convencer a Manin, quien sin embargo seguía sin comprender la relación entre el vídeo, Sileri y la Villa Zernich.

Valentina habló como si tuviese que convencer a un niño.

—Luca Sileri era un asesino con claras tendencias necrosexuales —explicó—. Lo demostró el homicidio de Teresa Franceschi en Roma. Sin embargo, este tipo de patologías y su perfil psicológico no tienen nada que ver con el arte ni con la obsesión por Caravaggio. El propio interés de Sileri por las técnicas de plastinación no se debía a que quisiera rehacer cuerpos en posturas artísticas, sino a su afán de conservar cadáveres para poder practicar actos sexuales durante largo tiempo. La búsqueda de candidatos útiles para componer cuadros de Caravaggio no se corresponde con su perfil. Pero podría corresponderse con el de otro.

—¿Está diciendo que hay otro asesino en serie? —preguntó Manin, horrorizado.

—No sé si es un asesino, pero, desde luego, sí un psicópata, aunque también podría haber más de uno. Como en esa cinta. Gente que desea matar para reconstruir obras de arte con los cadáveres de sus víctimas. Un psicópata de la estética, organizado y refinado. Sin compasión ni remordimientos como Sileri, que, sin embargo, era más compulsivo y violento.

—Pero ¿cómo es posible? Lo siento, pero me cuesta creer en una hipótesis así.

Valentina se inclinó hacia él y el fiscal, no obstante los códigos que le servían de parapeto, se retrajo imperceptiblemente.

—Piénselo. Tiene que haber sido el segundo desconocido el que se puso en contacto con Sileri, después de su huida. Probablemente leyó lo que había hecho y pensó aprovechar su experiencia en conservación de cuerpos y su síndrome psicótico. Lo encontró y le propuso un acuerdo, una especie de sociedad. Por razones diferentes, pero con el mismo fin.

—Pero las pruebas..., las pruebas... —murmuró Manin.

—La cinta con la crucifixión de Sebastiano Zorzin, para empezar. Es la demostración de que el segundo desconocido actúa ya desde hace muchos años. Y que el escenario donde lo hace es el mismo en el que hemos encontrado a Sileri: la Villa Zernich. Es ahí donde se ha rodado esa cinta.

—Sí, esto es inquietante... Pero estamos hablando de una villa del siglo XVI por la que ha pasado a saber cuánta gente...

—Yo no estoy hablando de la villa —dijo Valentina, gélida.

Manin la observó, perplejo.

—¿De qué está hablando, entonces?

—Hablo de Claudio Altieri.

El magistrado acusó el golpe.

—Explíquese —dijo.

—Aún no sé de qué manera Altieri está implicado en este asunto. Pero hay muchos elementos que me hacen pensar que lo ha estado desde el principio. En ese informe consta todo.

En las páginas que Valentina le había entregado al magistrado, la figura de Claudio Altieri estaba bien descrita. Ella había conseguido, además, un antiguo informe sobre el hombre. Un informe acerca del que nadie en la comisaría había pensado decirle nada.

Le sintetizó sus resultados a Manin.

Antes de entrar en el ejército, Altieri fue investigado dos veces por violencia sexual. En una de esas ocasiones, fue arrestado. Nunca fue condenado porque las mujeres que lo habían denunciado retiraron las denuncias y los procedimientos se archivaron.

En 1995, Altieri ya trabajaba para la familia Zernich. No solo eso: entonces su domicilio se encontraba justo en la villa palladiana. Valentina estaba casi segura de que el factótum vivía precisamente en el palomar donde años después se refugiaría Sileri.

—Altieri tenía la posibilidad de utilizar la Villa Zernich. O, en cualquier caso, tenía que saber lo que pasaba en su interior. Y Altieri es el hombre que permitió a Sileri vivir en la casa. Él trajo a ese monstruo aquí, a su provincia, señor Manin. La investigación debemos reanudarla partiendo de él.

97

Valentina salió del despacho del magistrado con lo que deseaba. Permiso para interceptar los móviles y el teléfono de la casa y el despacho de Claudio Altieri. Autorización para instalar un dispositivo de escucha en el Porsche en el que Altieri se desplazaba. En una palabra, consentimiento para radiografiar su vida.

Cuando regresó a la policía judicial con las nuevas disposiciones, estalló el infierno. Se lo esperaba, pero le daba igual. El permiso del magistrado era *ad personam*. Estaba blindada. Valentina exigió que Manin le encargase a ella las investigaciones. «Así, si las cosas salen mal, podrá responsabilizarme a mí del desastre —le había dicho al fiscal con una sonrisa de falso candor—. Y su relación con la policía judicial no se verá afectada».

Lomastro se puso furioso y por un momento pensó que la iba a agredir. Pero no podía hacer nada, no podía objetarse una autorización de la autoridad judicial. Debía darle los instrumentos y los medios para las interceptaciones. Le haría la vida difícil, pero también eso le daba igual.

Habían llamado a Roma dos minutos después de que ella hubiese salido del despacho de Lomastro. Falcone la llamó enseguida. Fue gélido y rápido. Sabía que tenía poco margen para anularle la misión.

—Has querido darte este último gusto —dijo—. Vale. Haz lo que tengas que hacer. Pero entérate de que ahora estás realmente sola. Cuando el tema se conozca y fracases, la prensa y la opinión pública se te echarán encima. Y nosotros no estaremos ahí para ayudarte. El departamento tomará la debida distancia. Tendrás que arreglártelas sin nuestra red.

Así las cosas, Valentina estaba preparada para todo. Le respondió:

—Giuseppe, yo siempre he estado sola. Lo que pasa es que tú nunca te has atrevido a decírmelo con claridad.

—La autorización de tu magistrado no será eterna —prosiguió él como si no la hubiese oído—. De todos modos te pagaremos el viaje a Padua. No podemos hacer otra cosa. Eso sí, cuando hayas terminado, no te molestes en volver aquí. Te notificaremos el lugar al que serás trasladada de oficio. —Luego cortó.

Cuando Valentina regresó a su escritorio, el agente Piovesan la esperaba de pie, sonriente y solícito.

—Entonces, señora, ¿nos ponemos a trabajar? —dijo.

Y a ella el agente y su entusiasmo le dieron pena.

98

Cogió el teléfono casi enseguida. No creía que fuera a hacerlo y quizá, de haber pensado que lo haría, no lo habría llamado. La voz de Fabio la estremeció.

—¿Valentina?

Tuvo la tentación de colgar. Ni siquiera sabía por qué estaba al teléfono con él. Era una página cerrada. Debía serlo.

—Sí —susurró.

Lo oyó respirar al otro lado de la línea. Una pregunta le estalló en la cabeza. ¿Era la misma respiración que Diana Marini había oído en la cara mientras él la violaba? No lo sabía.

Se sobrepuso a la última reticencia y preguntó:

—¿Cómo estás?

Le pareció oír un suspiro de alivio.

—Creía que nunca me volverías a llamar. Creía que nunca volvería a hablar contigo.

—Yo creía lo mismo.

«Pero aquí estoy. No sé por qué, pero aquí estoy».

—¿Te encuentras en Roma? —El tono de él era prudente, aunque conciliador. Valentina notó que estaba a punto de quebrarse.

—No. Sigo en Padua.

«Y no me preguntes por qué. Ni yo misma sé qué estoy haciendo».

—¿Por qué? —le preguntó sin embargo Fabio, y su voz era ahora más clara. Una nota de preocupación, quizá.

—Lo sabes, en realidad. Con Sileri nos equivocamos. Quedaron demasiadas lagunas. Demasiadas dudas sin aclarar...

—¿Te permiten trabajar? ¿Te dejan seguir ocupándote del caso?

Podría haberle contado la verdad. Podría haberle dicho por qué lo había llamado a pesar de lo que le había confesado, a pesar de que él no era lo que ella pensaba. Tendría que haber reconocido que lo necesitaba, que se sentía sola y desnuda e indefensa. Y que no era únicamente por la investigación. Tendría que haberle dicho que lo extrañaba y que no le importaba haber descubierto que se había manchado con una culpa tan horrible.

—He tenido que luchar un poco... —dijo—. Pero hay novedades.

Notó que vacilaba.

—¿Qué novedades? —preguntó con prudencia.

Le contó mucho. Empezó por la cinta sobre la crucifixión que había sacado del ordenador que tenía en su alforja. Le habló del escenario de la Villa Zernich que había reconocido en las tomas. De los antecedentes de Claudio Altieri y de sus sospechas sobre él. De la decisión de investigar más al factótum.

—No me estoy moviendo en un ambiente fácil —le dijo—. Al revés, es francamente hostil.

—¿Te refieres a la policía judicial?

—También, sí. Pero incluso en Roma ya me han condenado. Falcone no ve la hora de que acabe todo para enterrarme en alguna parte y poder olvidarse de mí.

—Comprendo...

—Estoy intentando aguantar, Fabio. Pero no es sencillo. Me han asignado a un buen chico, un agente..., se llama Piovesan..., pobrecillo, le harán la vida imposible en cuanto me marche de este lugar. El hecho es que tengo a todo el mundo en contra. Aquí Zernich es un tipo poderoso, y que investigue a su brazo derecho ha fastidiado a muchos. —Calló un instante—. No me fío de nadie, Fabio. Incluso he copiado todos los archivos de la investigación en un pendrive que tengo escondido.

—Si no te sientes segura, vete. —Se lo dijo con un ímpetu recuperado que le gustó. Sin embargo, no era el comentario que esperaba de él.

—Estoy sola —repitió.

Él respiró hondo.

—Yo querría... —empezó a decir. Pero se interrumpió.

Valentina suspiró.

—Por eso sentía la necesidad de hablar contigo —dijo. Hizo una pausa. Vaciló—. Estoy sola... y me encantaría que tú estuvieses aquí, conmigo —añadió, de golpe. Se mordió el labio, sin poder creerse lo que había dicho. Coño, se estaba comportando como una chiquilla en su primer amor.

—No te sería de ayuda, ya te lo he dicho —repuso él.

—Sí, me lo has dicho. —Se sintió vaciada.

—Lo siento, Valentina. No sé qué hacer. No sé qué es lo que realmente quieres. No sé cómo podría ayudarte. Si es consuelo lo que buscas, no lo encuentro ni para mí mismo.

—Sí, lo sé. ¡Lo sé! Es solo que... —Pero no encontró más palabras.

Él rompió un silencio que no parecía tener fin.

—Lo siento —volvió a decir—. No tengo nada que ofrecerte. Yo no. Y lo sabes. Lo sabes mejor que nadie.

—¡Chorradas! ¡Nada más que chorradas! —De repente se sentía de nuevo enfadada. Más que eso. Furiosa. Furiosa consigo misma por ese momento de debilidad. Furiosa con él por haberle mentido primero y por haber sido sincero después. No era el hombre perfecto, ¿y bien? Había hecho cosas horribles, ¿y bien? A lo mejor estaba pagando por lo que había hecho y por lo que no había hecho. A lo mejor estaba pagando demasiado o demasiado poco. ¿Y bien? ¿Ella qué tenía que ver? Le daba igual. Quería sentirse protegida. Quería tenerlo a su lado en esa guerra contra los molinos de viento. Fabio había sido luz en todo aquel horror. La única fuente de calor. ¿Por qué tenía que privarse de él? ¿Por qué tenía que pagar ella por cosas que habían ocurrido hacía años?

—Valentina... —empezó él.

Ella colgó. Luego cogió de nuevo el teléfono. Lo apagó. Lo tiró lejos. Y la oscuridad que la voz de Fabio había disipado en esos pocos instantes de conversación volvió a ocupar todo el espacio.

99

Claudio Altieri era un hombre en perfecta forma física y de vida intensa aunque repetitiva. Vivía solo en la última planta de un edificio del centro de Padua, propiedad de la familia Zernich; en realidad, el suyo era uno de los pisos más pequeños. No tenía relaciones sentimentales, no tenía amigos íntimos. Mantenía solo relaciones de trabajo. En apariencia, no tenía pasiones o aficiones. No bebía ni consumía drogas o, si lo hacía, sabía disimularlo muy bien.

Pasaba las noches en su casa. Por la mañana salía a las siete y media en punto y entonces empezaba una larga jornada de trabajo. Hasta la una permanecía en las oficinas de la Fundación Zernich, donde llevaba los negocios del anciano Federico y se ocupaba de los intereses de sus empresas. Cada día hacía una comida rápida y solitaria en el mismo restaurante, en una esquina de Prato della Valle, habitualmente sentado a la misma mesa, frente a una vidriera desde la que podía contemplar la enorme plaza elíptica y las estatuas de mármol que se reflejaban en el agua del canal que corría alrededor. El resto de la tarde recorría los viñedos y las explotaciones agrícolas que la familia Zernich poseía en las colinas circundantes. Por la noche se retiraba a su piso, donde encargaba la cena en uno de sus dos o tres restaurantes preferidos.

En el tiempo en que lo sometieron a vigilancia no fue ni una vez a la Villa Zernich, que se quedó sin guardián. Y también sus contactos con su jefe fueron breves comunicaciones telefónicas. Parecía que Zernich se fiaba ciegamente de él.

—Es la prueba de que no quiere que lo vean en el lugar del

delito —supuso Gabriele Piovesan, y Valentina apreció su intento de infundirle un poco de confianza. El chico le había sido asignado porque Lomastro no podía hacer otra cosa, pero no había elegido al mejor de sus hombres. Ella le reconocía a Piovesan al menos el esfuerzo de poner algo de entusiasmo, a diferencia del resto del grupo que la ayudaba en los seguimientos y en la escucha de las interceptaciones. Ninguno de ellos había fraternizado con esa policía incómoda que llegaba de Roma y pretendía decirles cómo tenían que hacer su trabajo. Es más, aparte de los contactos indispensables, ninguno de ellos, salvo Piovesan, había tratado de acercarse a ella. Lomastro debía de haberlos instruido bien. Cumplían los cometidos de forma mecánica y se cuidaban muy mucho de ayudar con ideas y planes, como ocurre habitualmente en una investigación.

Entretanto, Altieri seguía comportándose de manera intachable y, pese a que Valentina insistía en investigar su pasado, no conseguía encontrar nada que lo relacionase con los delitos de Sileri.

Salvo con el mismo Sileri.

En el fondo, Altieri era quien lo había contratado y colocado de guardián de la magnífica villa palladiana. Altieri había permitido de alguna manera que ese loco hiciese en la cripta familiar ese pobre taller para sus macabros experimentos. Altieri le había allanado el camino para sus incursiones mortales.

Altieri tenía que estar implicado de alguna forma. Solo había que perseverar. No desistir, al menos mientras pudiera. Pero cada vez estaba más cerca el plazo que Manin había dado para que se terminasen las investigaciones.

En la pequeña sala de interceptaciones de la policía judicial había, como en todos los lugares de ese tipo, un montón de ordenadores y de puestos de escucha. La tarea de anotar todas las grabaciones le correspondía a la gente del grupo, pero Valentina iba todas las noches y prefería escuchar personalmente la voz de Claudio Altieri. Era una manera de entrar en la vida y quizá en la cabeza de ese hombre. De tratar de comprenderlo y de encontrar su punto débil. Y, sobre todo, en el fondo no se fiaba de los encargados de esa tarea. El propio factótum había reconocido que tenía contactos de algún tipo con algunos agentes. La prudencia le aconsejaba tener los ojos bien abiertos.

Todas las llamadas de Altieri se centraban en el trabajo. Su verdadera personalidad se difuminaba en esas conversaciones frías y profesionales. Palabras que día tras día le hablaban a Valentina de lo que Altieri hacía, pero no de quién era.

Era como si el hombre no tuviese relaciones de ningún tipo, a pesar de que vivía en Padua desde hacía años. Le parecía imposible. Cada día se convencía más de que Altieri estaba fingiendo. Sus conocidos, sus amistades, las relaciones que necesariamente tenía que haber construido a lo largo del tiempo. Eso era en lo que se apoyaba. Si Altieri se empeñaba tanto en parecer tan limpio y anónimo, tenía que haber un rincón de su vida donde había escondido todos sus secretos. Lo que debía hacer Valentina era encontrar ese sitio y abrir la puerta.

Esa noche, el factótum tardó más tiempo del habitual en hacer el recorrido por las bodegas del grupo Zernich. Estaba volviendo por las colinas Euganeas en el Porsche y silbaba las notas de los temas que sonaban en la radio. Cuando Valentina se sentó y se puso los cascos, oyó que canturreaba algo de Lucio Battisti. Entonaba bien.

El agente sentado al lado de Valentina, también con cascos en las orejas, le hizo un gesto.

—Ya que está usted, señora, ¿puedo parar un momento para tomar un café? —Valentina asintió y se quedó sola.

Ella y Claudio Altieri. Ambos alumbrados solo por los leds de sus respectivos dispositivos electrónicos.

El aparato de escucha funcionaba perfectamente. Sin embargo, Altieri estaba casi siempre solo y ese tipo de interceptaciones apenas había servido con él.

En el coche sonó un móvil. Valentina lo oyó en el dispositivo de escucha, pero ninguno de los aparatos de interceptación lo señaló. Si el teléfono que sonaba hubiese sido uno de los que estaban bajo control, un piloto rojo se habría encendido en el icono correspondiente y habría empezado a grabar. Altieri tenía tres móviles en uso y todos estaban interceptados.

Sin embargo, un móvil sonaba en el habitáculo de su coche y no era ninguno de los tres. Valentina supo que Altieri había respondido gracias al dispositivo de escucha.

Su voz era fría y resolutiva. Hablaba casi susurrando y Valentina tuvo que subir al máximo el volumen de los cascos. Las palabras salieron distorsionadas pero comprensibles.

«¿Diga?».

Valentina no podía oír al interlocutor de Altieri, solo sus respuestas.

«Sí. Ya lo sabía. Gracias».

Pausa.

«Es una gilipollas, ¿qué quieres que te diga?».

Pausa.

«Mejor que no lo sepa. Encerrémosla aquí».

Otra pausa.

«No, no. Os tenéis que ocupar vosotros. Si lo hago yo..., mejor no, créeme. Mejor para ella, quiero decir». Se rio.

Un instante después, la música sonó más alta y Altieri volvió a cantar alegremente el tema de Battisti *Una donna per amico.*

Cuando el agente regresó, Valentina lo estaba esperando de pie.

—¿Qué ocurre, señora? ¿Alguna novedad?

—Altieri tiene otro móvil.

El policía la miró, sin hablar. Luego se sentó lentamente en su sitio y cogió los cascos.

—¿Entiende lo que le he dicho?

—Sí, pero..., esto..., no lo sabía...

Lo miró. Sentía una ira gélida y afilada.

—¿Está seguro? ¿Ninguno de ustedes se había dado cuenta de que Altieri viaja con otro móvil del que yo no sabía nada? Lo acaba de usar... Lo he oído en el dispositivo de escucha...

El agente pulsó varias teclas del ordenador. Los iconos de las conversaciones con los gráficos sonoros bailaban en la pantalla.

—Pero... lo habrá cogido ahora. Será un móvil nuevo.

—¿Seguro? Solo hay que rebobinar una conversación para saberlo, ¿qué dice?

—¡Eh, oiga, vaya a hablar con el jefe! Yo no sé nada. ¡No estoy casado con el tal Altieri!

El hombre se plantó los cascos en la cabeza y, sin más, se puso a observar el monitor.

100

Lomastro fue todavía más lapidario.

—¿Qué te esperabas? ¿La alfombra roja? Tu Altieri tiene otro móvil. ¿Y bien? Tendrías que haberte dado cuenta. ¡Eres tú la que dirige ese tinglado!

Valentina estaba de pie delante de su escritorio. Sentía que su ira podía hacerse explosiva y quería evitarlo. Tenía que mantener el control de la situación. Aunque su instinto le pedía que acogotara a ese flácido policía y le escupiera a la cara todo el desprecio que le tenía. Pero ¿de qué le habría valido?

—Son tus agentes los que siguen las interceptaciones. Yo confío en ellos porque no puedo hacer otra cosa. Si se dieron cuenta de que Altieri tenía un móvil que antes no conocíamos, tendrían que haberme avisado enseguida para que lo hubiéramos puesto bajo vigilancia. No puedo avanzar si me ocultan las cosas...

—Es problema tuyo que no sepas organizar el trabajo.

—¿En serio? —Valentina apoyó las manos en el escritorio inmaculado de Lomastro y se inclinó. El hombre tuvo un leve sobresalto e instintivamente se retrajo—. Bien, pues te diré que hay un problema que es exclusivamente tuyo —susurró a pocos centímetros del rostro pálido de Lomastro—. Hay alguien que le informa a Altieri de nuestras interceptaciones. Uno de tus fieles colaboradores.

Lomastro la observó. Recuperó la compostura y volvió a desafiarla con la mirada.

—Es una acusación muy muy grave...

—¿En serio? —repitió ella.

—Valentina, no estires demasiado la cuerda. Los dos sabemos cómo están las cosas. En Roma no ven la hora de que acabe esta investigación absurda para poder enterrarte en un despacho de provincia... Y yo también empiezo a hartarme. Te he prestado toda la ayuda que necesitabas...

—Si hay alguien que se está beneficiando de tu ayuda no soy yo, me parece...

—Tus insinuaciones ofenden. ¡Esta vez te has pasado!

Se levantó, pero no pudo elevarse por encima de ella. Valentina no se movió y Lomastro se quedó en vilo detrás del escritorio.

—Alguien ha hablado con Altieri —dijo ella.

—¿Tienes pruebas?

Sí, habría querido decirle. La conversación de Altieri al teléfono fantasma había sido clara.

«Es una gilipollas, ¿qué quieres que te diga?».

Hablaban de ella, de sus investigaciones. El tono del hombre al decir que era mejor que no se ocupase él la había hecho temblar. Y no era solo eso. Altieri era un tipo listo. Le habían advertido que su Porsche tenía un dispositivo de escucha, sabía que Valentina iba a oír esa conversación. Lo sabía. Y no lo había ocultado.

Era un mensaje para ella.

Escuchando esa voz, Valentina notó la misma corriente gélida que había percibido en los ojos de ese hombre la mañana de la incursión en la villa, cuando ya se marchaba y él se fijó en ella. Claudio Altieri era peligroso e imprevisible. Había sido informado de que la comisaria jefe Valentina Medici estaba siguiendo su pista. Y eso no parecía haberle preocupado. Todo lo contrario.

Pero lo cierto era que no tenía pruebas. No tenía nada. Y Lomastro lo sabía. Probablemente era él quien había avisado a Altieri. ¿No había sido el mismo jefe de la policía judicial el que le había dicho que fuera prudente? ¿No había sido él quien le había explicado las dotes y la importancia de Federico Zernich en la ciudad? ¿Y tocar al brazo operativo de Zernich no era de alguna manera como molestar al gran hombre?

—¿Y bien? —insistió Lomastro, que en la vacilación de Valentina había vislumbrado su triunfo—. ¿Tienes pruebas de lo que dices? Porque después de tus ridículas acusaciones tendré que hacerte un parte. ¿Sabes? No es agradable que te digan que tus colaboradores te traicionan. Tengo que impedir que eso pase. Nadie puede poner en duda la honradez de los operadores…

—Yo no soy «nadie» —lo interrumpió ella—. Yo soy la gilipollas que menciona tu amigo. Recuérdalo, cuando habléis.

101

Había vuelto el frío. El cielo estaba tan negro y cargado que todo el mundo esperaba una nueva nevada, a pesar de que febrero se hallaba a las puertas. Era la clásica ola de mal tiempo procedente del norte de Europa a la que en aquella zona estaban acostumbrados.

Cuando Valentina salió de la comisaría, le sorprendió la extraña luz que inundaba las calles. Una luz indefinida en la oscuridad más profunda. Debido a las farolas que, se dio cuenta, por algún motivo seguían apagadas.

Se puso el bolso al hombro y salió a la calle de camino a su hotel. Toda la ciudad la parecía muy silenciosa. Oía hasta sus propios pasos.

Necesitaba dar ese paseo nocturno. Lo necesitaba para que se le calmaran los nervios. Lo necesitaba para olvidarse de la mezquindad de Lomastro y de sus pueriles intrigas. E iba a resultarle útil para tomar una decisión, aunque muy difícil.

La investigación corría peligro. Altieri había sido informado de que la policía lo vigilaba y el hombre no era tonto. Incluso se lo había dado a entender. Si reunir elementos que respaldasen la hipótesis de Valentina resultaba difícil antes, ahora ya era imposible. Todo lo que podía hacer era preparar un informe muy exhaustivo y depositarlo en la fiscalía. Decretaría el archivo de las investigaciones, pero al menos dejaría algo claro. Sus sospechas sobre Altieri y sobre cuanto había ocurrido en la Villa Zernich años atrás constarían por escrito, y si alguna vez un investigador mejor que ella, en el futuro, retomaba el caso, tendría algo con que empezar.

Porque lo que Valentina temía más era que esa historia no hubiese terminado. Si Sileri no era el único responsable de esos crímenes, quienquiera que lo hubiese ayudado era tan peligroso como él. Bastaría esperar y, cuando hubiera otra víctima, la máquina investigadora tendría, necesariamente, que ponerse en movimiento de nuevo.

Lo único cierto era que, cuando el horror volviese a ensangrentar las calles, ella se encontraría en otro lugar.

No se dio cuenta de que se había pasado la callejuela por la que debía entrar para ir al hotel. Y luego estaba esa extraña oscuridad que la obligaba a caminar con cautela. ¿Es que el apagón era en todo el centro de la ciudad? ¿Nadie había dado el aviso? Tampoco oía sirenas ni ruido de tráfico. Tenía la sensación de estar moviéndose en una burbuja insonorizada.

Volvió sobre sus pasos, confundida. Todos los callejones de esa parte de la ciudad le parecían iguales, con el adoquinado pulido desde hacía siglos, las ventanas a pocos centímetros del suelo y los portales que corrían a los lados y jugueteaban con las sombras de la noche. Pero ¿dónde diantres estaba la via dell'Arco? Estaba segura de que la había dejado atrás hacía poco, sin embargo ahora era incapaz de dar con ella. Parecía que alguien o algo había mezclado las calles y los edificios para que le resultara más difícil el regreso al hotel. O imposible.

Algo le rozó la nuca, una corriente de aire más fría. Se volvió de golpe. Detrás de ella, solo la calle desierta y la oscuridad que se adensaba bajo la bóveda de los soportales. Nadie a la vista. Ningún movimiento. Y, sin embargo, esa corriente en la base del cuello le hizo pensar en una presencia maligna e invisible. Algo que la seguía desde hacía tiempo. Y que había decidido acercársele un poco más.

Volvió a mirar hacia delante, a tiempo de reparar en una figura que entraba rápidamente en un portal, a pocos metros de ella. No vio ninguna luz que le indicara que se hubiese abierto y cerrado un batiente. Quien se hubiese ocultado en ese portal seguía ahí, esperándola. Se llevó instintivamente la mano al cinturón, solo para descubrir que estaba desarmada. Había dejado la pistola en un cajón del despacho, como le ocurría cuando se quedaba muchas horas trabajando.

Permaneció mirando la oscuridad, descifrando cada mínimo movimiento. A lo mejor me he sugestionado, pensó, a lo mejor ha llegado el momento de dejar este asunto.

Se movió. La via dell'Arco apareció de repente, a la izquierda. Una calle al final de la cual destacaban los letreros de su hotel, que parecían la única fuente de luz del barrio. Se sintió ridícula, pero suspiró aliviada.

Llegó a la entrada del hotel tratando de no mirar hacia atrás mientras le parecía oír ruido de pasos rápidos acercándose. Casi previó que una mano fría le agarraba el cuello. Cruzó rápidamente el vestíbulo, subió las escaleras y llegó a su habitación. Supo que algo iba mal en el instante en que, al introducir la tarjeta en la cerradura magnética, descubrió que la puerta estaba abierta. Volvió a lamentar no ir armada y entró, con toda la cautela posible.

Una lámpara al lado del cabecero alumbraba muy poco el espacio. De todos modos, la luz era lo bastante clara como para que pudiera darse cuenta de que la cama estaba deshecha y los cajones abiertos.

Alguien había estado en la habitación y lo había registrado todo.

102

—Habrá sido un ladrón. ¿Ha llamado a la Científica?

El agente Piovesan la miraba con una expresión entre atónita y fascinada. Era la única persona que le dirigía la palabra y que la escuchaba, y a Valentina le daba un poco de vergüenza lo que pensaba de él. Era un hombre sencillo, buena gente. Y, en cualquier caso, no convenía implicarlo en esa historia. Ella iba a marcharse de ahí e imaginarse a un Piovesan indefenso entre las garras de Lomastro y de los otros rapaces de la policía judicial no era agradable. Así que decidió quitarle importancia al allanamiento nocturno, reprochándose habérselo contado.

—No creo que hayan dejado huellas. Y, de todos modos, no han robado nada. —Pensó en lo único importante que podía interesar a esos extraños ladrones: el ordenador, que, sin embargo, llevaba siempre consigo. Lo mismo que había hecho con el portátil de Fabio, que por seguridad había llevado al despacho y guardado en el único cajón que le habían dejado. Si el objetivo de quien había entrado en la habitación había sido su portátil o el de Fabio, el asunto era realmente preocupante. Tenía que encontrar una alternativa.

—¿Se lo ha contado al jefe? —preguntó Piovesan, que había permanecido todo el rato en la puerta del despacho, sin saber si entrar.

—No. ¿Por qué tendría que hacerlo? Ha sido una tontería, en serio. Rateros. Ni siquiera sé por qué te lo he contado.

Sí, ¿por qué lo había hecho? A lo mejor porque estaba harta

de sentirse tan sola. Extrañaba a las personas en las que solía confiar. Caramba, extrañaba hasta los comentarios sarcásticos del desleal Angelo Zucca. Se sentía indefensa.

Piovesan se retiró, perplejo, y Valentina se quedó mirando la pantalla del ordenador. Tenía delante el informe final para Manin, ya terminado y preparado. Pronto cerraría para siempre el caso Sileri, para bien o para mal, y lo dejaría todo atrás. El alivio que le daba esa idea era la prueba de su fracaso. Su indiferencia, lo grave que era eso.

Porque ya todo le daba igual. El episodio de esa noche fue determinante. El dueño del hotel le aseguró que era la primera vez que ocurría algo así y era incapaz de comprender cómo alguien había podido entrar en su habitación sin que saltara la alarma. Valentina creía que el que había entrado en su habitación no había sido un simple ladronzuelo, pero no lo dijo. A lo mejor todo eso no tenía nada que ver con su investigación, pero su angustia era auténtica. Se sentía una cobarde, pero había tomado una decisión.

«No puedo continuar así. No quiero seguir teniendo miedo. Quiero irme. He hecho lo que podía».

La imagen de Fabio, que se le seguía apareciendo, era la de un fantasma que la estaba juzgando. Y contra quien arrojó su ira. Él era la última persona que podía servirle de ejemplo.

De todos modos, ya había casi terminado. Las interceptaciones se habían cerrado. Los cartapacios con las pocas conversaciones se habían precintado y pronto se entregarían a la fiscalía, donde se enterrarían junto con millones de otros documentos y pruebas. Acabarían en el olvido con toda aquella investigación.

Entre las carpetas amontonadas en su escritorio, había una amarillenta en la que se leía COMUNICADO DESAPARICIÓN OTRA PROVINCIA. Contenía la documentación procedente de la comisaría de Verona relativa al mendigo crucificado Sebastiano Zorzin. Cuando todas las comunicaciones se enviaban aún por correo ordinario, la policía judicial de Verona había mandado un fax a todas las comisarías, para «colaborar en la búsqueda». El comunicado contenía la foto del mendigo desaparecido, que no era más que una mancha negra difícilmente reconocible, y todos los detalles útiles para identificarlo. Más una praxis para «cumplir con el papeleo» que un intento serio de encontrar al pobre hombre, pero eso era lo que exigía el reglamento.

La comisaría de Padua, por su parte, siempre de manera maquinal, abrió un expediente destinado a permanecer inerte sobre el escritorio de algún oficial unos meses antes de que, como era habitual, quedase enterrado en el archivo. En este caso, además, no había ningún vínculo con lugares o personas del territorio de Padua, como tampoco un investigador motivado habría sabido por dónde empezar.

Valentina había desenterrado el expediente más por escrúpulo que con la esperanza de que pudiese resultarle útil. No fue así. Se lo dijo también a Manin cuando él le preguntó si sobre la desaparición del mendigo se habían hecho investigaciones profundas.

Valentina recordaba también la sorpresa de encontrar en esa fina carpeta el comunicado del departamento sobre la redada de pederastas que había conducido al hallazgo de la famosa cinta. En efecto, era raro que quien había manejado esos papeles hubiese relacionado dos noticias que en apariencia no tenían nada que ver entre sí: la desaparición de Zorzin y el vídeo. Nadie podía haberlo previsto entonces, salvo si había visto la cinta y si conocía al vagabundo viejo y su historia.

Sí, puede que solo se tratara de una coincidencia. Uno de esos rincones oscuros que iban a quedarse así toda la vida. O al menos para ella.

Unió a los otros los últimos papeles de ese antiguo expediente, y solo en ese momento se dio cuenta de que uno de los dos recortes de prensa adjuntos, un papel amarilleado que hablaba de la desaparición del anciano Sebastiano Zorzin, presentaba unas palabras garabateadas en un borde. Marcas de tinta descoloridas por el tiempo y ya casi invisibles que solo había podido ver gracias a un reflejo de luz.

Extendió el recorte sobre el escritorio y apuntó sobre él la luz directa de la lámpara, que había inclinado. Las letras, muy nítidas, surgieron como signos sobre un cristal reavivados por el vapor.

NO PRIMERA VEZ.
VER HOMICIDIO ALBANESI-BORDONI. 1970.

Siguió mirando ese recorte, que podía haberse caído del antiguo expediente en algún momento. El texto ya casi ilegible. La tinta negra convertida en un gris sucio. Silabeó en voz alta las palabras, de una en una, convenciéndose de que las estaba leyendo bien.

NO PRIMERA VEZ.
1970.
HOMICIDIO.

103

El 11 de noviembre de 1970, después de una comunicación anónima al número de la policía 113, una patrulla de la policía judicial fue enviada a Tombelle, muy cerca del río Brenta, en campo abierto. En el interior de un caserío abandonado fueron hallados los cadáveres de Marco Albanesi, un toxicómano de veintidós años, y de Linda Bordoni, una prostituta de treinta, ambos de Padua. A los dos les habían cortado la garganta, probablemente con el mismo cuchillo y por obra de la misma persona. Un tajo preciso de izquierda a derecha.

Pero el aspecto inhabitual del crimen era la posición en la que fueron hallados los dos cuerpos.

Marco y Linda estaban de pie, sujetos por cuerdas y ganchos que los unían a un simple armazón de madera apoyado a una pared. El asesino los había colocado de tal modo que los dos cadáveres simulasen un abrazo, las manos de él atadas detrás de la cintura de ella, los rostros muy juntos para evocar un obsceno beso de la muerte. El toque final eran dos pedazos de sábana envolviendo las cabezas y las caras, de manera que su beso se consumase a través de la tela que los cubría.

La escenificación era tosca pero tenía algo de evocador. El asesino había usado cuerdas con garfios de hierro en los extremos que, metidos en la carne, habían llegado a engancharse en los huesos. El resultado de la macabra representación, según quien había indagado, tendría que haber recordado un célebre cuadro de Magritte, *Los amantes*. No tenía nada de su magia romántica.

La autopsia reveló que los dos fueron primero sedados con un potente narcótico y luego degollados. Todas las sucesivas heridas les fueron inferidas *post mortem*.

En las investigaciones se rastreó el mundo de la droga y el de la prostitución, pero no se obtuvo ningún resultado. El detalle de la posición en la que los cuerpos fueron hallados pasó, increíblemente, casi inadvertido. Solo a un diario local se le ocurrió la comparación con la obra de Magritte e insinuó la posibilidad de que fuera un homicida con pulsiones psicóticas, pero la hipótesis no tuvo ninguna repercusión. El caso fue enseguida catalogado como un homicidio de segunda categoría. Un drogadicto y una puta muertos no remueven las conciencias de los policías ni de la opinión pública. Y después ya no hubo más delitos así.

A Valentina no le costó encontrar la referencia de esa frase escrita al margen del artículo de prensa sobre la desaparición de Sebastiano Zorzin. En 1970 solo había habido dos homicidios en Padua, y las características del crimen Albanesi-Bordoni eran sumamente peculiares como para no relacionarlo con la crucifixión del pobre mendigo. Solo que del asesinato del anciano no había una sola prueba. Y entre los dos hechos habían transcurrido veinticinco años.

Otros veinticinco años habían tenido que pasar para que Luca Sileri empezase a matar mujeres y niños que se asemejasen a personajes del arte. Valentina estaba estupefacta. El recorte de prensa con esas palabras escritas con cierta vacilación lo volvía a poner todo en duda.

Miró a Piovesan, que le había sacado del archivo el expediente sobre el doble asesinato de 1970.

—¿No hay nada más? —le preguntó.

El muchacho se puso rojo, casi como cada vez que Valentina le dirigía la palabra.

—Ya me ha costado mucho encontrar esto, señora. Es uno de los antiguos expedientes que nunca se digitalizarán y estaba en depósito, destinado al pozo, creo. ¿Sabe qué hay en ese sitio infernal? —Luego debió de pensar que se había extendido demasiado y guardó silencio.

En efecto, la informatización de los archivos de la policía, puesta en marcha hacía años, había empezado hacia atrás, y, por mucho que se esforzasen por retroceder en el tiempo, parecía imposible lograr terminar el proceso. Muchos expedientes, de los años sesenta y setenta, cuando no se destruían, permanecían para siempre en lúgubres sótanos, pudriéndose o alimentando a las ratas.

Pero era extraño que esos fueran los únicos papeles que había sobre el antiguo crimen. Estaban todos los primeros documentos de las investigaciones, los resultados de las autopsias, las primeras verificaciones de la policía judicial de entonces. Pero no había conclusiones. Faltaban los permisos de la autoridad judicial y no había un informe final, una nota que aclarase los avances conseguidos por las investigaciones. Era como si nadie hubiese estado interesado en encontrar al asesino de Marco Albanesi y de Linda Bordoni. Ni los magistrados ni los policías que tenían el deber de indagar. Tampoco la prensa, según esos escasos papeles, se había ocupado seriamente del asunto. Y, sin embargo, se trataba de un delito bien singular.

La otra hipótesis era que alguien podía haber hecho desaparecer los documentos más importantes. Pero Valentina no estaba aún dispuesta a considerar esa posibilidad.

—Hazme un último favor, Piovesan —le dijo al joven agente que casi se cuadró al oír sus palabras—. Búscame todo lo que puedas sobre Albanesi y Bordoni. Parientes todavía vivos, amigos, lo que sea... Y también sería útil saber quién instruyó el expediente. En estas declaraciones hay un par de nombres, pero me gustaría saber quién dirigió las investigaciones.

—No será fácil, señora.

—Por eso te lo pido a ti —le dijo ella sonriéndole.

El muchacho volvió a ponerse rojo.

—Haré lo posible. Cuente con ello.

Piovesan desapareció y ella se quedó revisando el poco trabajo que se había hecho en 1970. Lo único que le pareció profesional fueron las fotos tomadas en el lugar del hallazgo. Sabía que entonces las estrictas reglas del escenario del crimen casi nunca se respetaban. Porque no existía el riguroso protocolo actual, pero también porque aún no se percibía con claridad la importancia del dato científico. A los sitios donde había víctimas de homicidio iban policías, periodistas, magistrados, médicos y enfermeros, y casi todos hacían su labor sin las mínimas precauciones. Cuando la Científica intervenía directamente, siempre que fuera llamada a tiempo, el escenario ya solía estar contaminado. Lo único útil que todavía podía hacerse era tomar muchas fotografías.

Se abstrajo en las imágenes del final de Marco y de Linda, que, a pesar del desgaste del tiempo y de la mala calidad de la impresión, seguían resultando horripilantes. En el espectáculo degradante de sus cuerpos abrazados no por el amor sino por el mecanismo de los tirantes y los garfios de carnicero. En la consternación que se reflejaba en los rostros de los policías que aparecían en las imágenes del fotógrafo. Y luego en el horror de los primeros planos de los rostros de las víctimas, en parte descompuestos, y de sus ojos todavía líquidos.

Piovesan volvió al cabo de una hora. Cuando entró, Valentina seguía teniendo las fotos del asesinato delante. Lo miró. Esperó.

Piovesan se mostró encantado de comunicarle el resultado de su investigación.

—He encontrado un nombre, señora —dijo.

Valentina sonrió. Y Gabriele Piovesan sintió una inexplicable y dolorosa nostalgia.

104

Dos días después, de noche, Valentina marcó el número de Fabio y le alegró oír el contestador automático. No quería hablar con él pero de alguna manera tenía que encontrarlo. Tenía que dejarle ese mensaje. Era importante.

Cuando colgó, se abrió un abismo en su interior, donde de golpe arrojó el corazón y el alma. Y le pareció que ese agujero profundo la absorbía, que esa oscuridad quería capturarla. No luchó, al revés, dejó que esa sensación de opresión la invadiese. Que los anillos malignos de la angustia la vencieran. Porque sabía que solo si aceptaba el miedo y lo miraba a los ojos podría derrotarlo.

Después, todo se calmó. Y pudo incluso dormir tranquila. No soñó ni tuvo pesadillas. Por primera vez.

Se sentía casi feliz.

La mañana siguiente iba a ser decisiva. De una manera u otra.

BIENVENIDOS A HOLOCAUSTO

105

Un momento antes estaba la oscuridad suave y protectora que prolongaba el efecto del alcohol. Un abrazo que vaciaba los recuerdos y preparaba para la nada.

Un instante después, la irrupción de los colores, violentos y despiadados. Primero un rojo fuego, luego un naranja vivo que anunciaba una tremenda jaqueca. No creía que fuese tan doloroso mirar el interior de los párpados. Así que los abrió.

El sol entraba por las persianas recién abiertas. Monica, su asistenta, se erguía sobre él con la expresión de un oficial nazi que Costa conocía bien.

Trató de protestar, pero solo le salió un gruñido incomprensible. La mujer le cogió un dedo gordo del pie y lo sacudió.

—¿Qué espera para suicidarse? Al menos así me libraría de la molestia de tener que limpiarle la casa tres días a la semana.

Tendría que haberle dicho que él no era tan valiente y que ella no iba a tener nunca tanta suerte, pero se limitó a gruñir de nuevo.

—¿Por qué no se ducha y sale un poco? —continuó Monica, empezando a moverse por la habitación con el claro propósito de ordenarla. Costa pensó que no estaba bien que ella entrase en su dormitorio como una furia, luego se dio cuenta de que estaba en el salón, casi tumbado en el sofá, medio desnudo y aterido. Y tampoco se acordaba desde cuándo se encontraba así, si bien la botella de Jack Daniel's vacía, tirada en el suelo, indicaba algo.

Se sentó, con las manos sujetando la cabeza a punto de estallar y en los oídos la voz de Monica ahora increíblemente más baja, que le decía que le iba a preparar un buen café.

—Unos litros —murmuró él, pero tampoco ahora podía apostar por la claridad de sus palabras.

Las últimas semanas habían sido un viaje lento e inexorable en una vorágine cenagosa, que, por un lado, había aplacado sus sufrimientos y, por otro, había aniquilado su mente. Un descenso al infierno que se había impuesto y de donde creía que jamás iba a volver. Y después, esa mañana, ahora, ahí, un rayo de sol impertinente y la vieja, odiosa Monica lo agarraban del cuello (mejor dicho, del dedo gordo del pie) y lo sacaban a flote. No lúcido aún, desde luego, tampoco indemne de heridas profundas. Pero, a lo mejor, a salvo. A lo mejor. ¿Por qué? ¿Qué había cambiado durante la noche?

Entonces recordó algo. Un sueño. Quizá más de uno. Fragmentos consecutivos. A veces incoherentes. Por momentos, lúcidos. En todos estaba siempre ella, Valentina. Triste, sonriente, enfadada, decepcionada, feliz. Siempre ella, llamándolo. Le pedía ayuda.

Valentina.

El pensamiento lo estremeció profundamente. No le alivió la jaqueca, todo lo contrario, el dolor fue más intenso, lo hizo casi gemir, pero le brindó una nueva energía. El deseo de saber, sobre todo. De escucharla. De pedirle perdón. De explicarle que ella había estado en lo cierto, que él no era como había intentado que creyera. Con la esperanza de que le respondería. Con la certeza de que no querría saber.

Y con la conciencia de que tenía que ser rápido, porque sentía que pronto lo iba a acometer otra oleada de nihilismo, hundiéndolo de nuevo en ese abismo. Y la siguiente vez podía ser la última.

El móvil llevaba tiempo descargado, pero cuando con dificultad consiguió conectarlo a la fuente de alimentación, una serie de pitidos le avisaron de que tenía bastantes correos. Había también media docena de mensajes de voz.

Repasó la lista, tratando de acostumbrar la vista a ese nuevo mundo, hermoso, pero tan pletórico de luz, y descartó todos los mensajes menos uno, que hizo que el corazón le diera un vuelco. Valentina. Justamente ella. Hacía dos días.

Buscó el mensaje en el buzón, y la voz de Valentina entró en su cabeza, armoniosa como siempre, aunque con una emoción que lo aterrorizó de la primera a la última palabra.

«Hola, Fabio. Perdóname por este mensaje... Perdona por la hora, aunque no sé cuándo lo escucharás... Perdona por todo. A lo mejor me equivoco, y eres tú quien debería pedirme perdón a mí. Pero me da igual. También lo que hiciste o lo que crees que hiciste. ¿Eres un monstruo o lo soy yo? Ahora ya no tiene la menor importancia. Solo necesito decirte algunas cosas... Y, como no respondes, si no puedo hablar contigo personalmente, necesito al menos decirte que todo va bien, pese a que aquí resulta difícil. Porque estoy sola y porque tenías razón, van a hacérmelo pagar caro. Pero el hecho es que me encuentro en un momento clave. En serio, Fabio..., ahora creo que sé quién y cómo..., y todo es tan terrible y sobrecogedor que difícilmente me creerán. Pero ese no es tu caso. Tú serás el primero en comprender. Porque tú me conoces, porque a ti te lo he confesado todo. Tú eres el único que sabe, por ejemplo, que nunca me ha gustado Caravaggio, incluso antes de esta historia. No es un detalle sin importancia. Y por eso es por lo que ahora querría tenerte aquí. No por miedo. Sino porque querría compartir esto contigo. Te lo repito, me da igual lo que te haya pasado con el resto del mundo. Sé quién eres. Y, si me equivoco, pagaré las consecuencias. Querría tenerte cerca de nuevo...».

Una pausa. Al fondo, una llamada a un teléfono fijo. Valentina continuó: «He de irme. Me falta poco, ¿sabes? Un par de cotejos. Alguien que me lo puede contar todo. Y entonces habrá terminado. Habrá terminado de verdad... Te sorprenderé».

Otra pausa, más larga. Como si hubiese querido añadir algo. Pero entonces el mensaje concluyó.

Costa observó largo rato la pantalla, casi esperando que volviese a sonar. No un mensaje de voz, sino una llamada de Valentina en la que le contaba que todo estaba bien, que había resuelto el misterio.

El móvil no sonó.

Monica llegó con el café, que al menos le dio fuerzas para

llamar a Valentina y decirle que quería verla, ahí donde estuviese. Que juntos resolverían las cosas.

Valentina no contestó. Volvió a intentarlo, una y otra vez, con un desagradable presagio en el alma, pero no cambió nada. Su teléfono estaba muerto. Tampoco saltaba el contestador. Solo un débil, largo zumbido.

106

Al teléfono, Loris Manna no escondió su sorpresa pero pareció también feliz.

—¡Señor! Qué gusto oírlo. En Volterra no pudimos ni despedirnos como es debido. Ahora se encuentra bien, ¿verdad?

Costa no supo si se refería a las heridas físicas o a otras más profundas, esas que lo habían apartado del mundo durante un tiempo. En cualquier caso, decidió ser sincero. En el fondo, había llamado a Loris precisamente porque le parecía el más fiable del grupo de Roma.

—Si te refieres al cuerpo, ya no hay problemas, Loris. La convalecencia pasó, las heridas están casi completamente cicatrizadas y ahora solo estoy esperando un traslado. Así es como me encuentro.

—Ya, me he enterado. Se lo están haciendo pagar caro, ¿eh? Lo siento.

—Me da igual. Lo digo en serio. Todos somos soldados y vamos donde nos mandan. Te llamo por otra cosa, Loris. Se trata de Valentina. He intentado llamarla, pero su teléfono está siempre apagado. Sé que estaba en Padua para terminar las investigaciones y quería que me contara cómo había ido…

Advirtió en el silencio de Loris que algo iba mal.

—Loris, ¿sigues ahí?

—Sí, pero estoy en el despacho y… Hagamos lo siguiente. Lo llamo dentro de cinco minutos, ¿de acuerdo?

Costa colgó, mientras la preocupación aumentaba, al igual

que la sensación de angustia. Le había parecido que Loris estaba en aprietos. Pero a lo mejor él empezaba a estar paranoico.

Loris lo llamó no cinco, sino diez minutos después. Costa, que se había quedado sentado con el móvil en la mano, respondió en el acto.

—¿Qué está ocurriendo, Loris?

—No sabría cómo decirlo de una manera mejor, pero... La señora Medici ha desaparecido.

—¿De qué estás hablando?

—Aquí nadie habla con claridad. Al revés, creo que están quitándole importancia adrede. Corre el rumor de que se ha tomado unos días de descanso, pero nadie sabe nada de ella desde la semana pasada. Al SCO no ha ido y tampoco está en su casa de Roma.

—Pero estaba en Padua hasta hace poco tiempo... ¿En la comisaría no dicen nada?

—Aquí nadie parecía interesado, así que tomé la iniciativa de llamarlos. Me respondieron que había terminado su trabajo y que se había marchado el viernes pasado a Roma.

Costa enmudeció. Durante un instante se sintió sumergido en agua gélida. El deseo de regresar a la muerte alcohólica fue inmediato, pero consiguió alejarlo.

Su presagio se había cumplido dolorosamente. Valentina había desaparecido, y nadie estaba haciendo nada.

—¿Qué cree que ha pasado? —preguntó Loris interrumpiendo ese silencio preocupado. La voz le tembló casi imperceptiblemente.

Costa ya había tomado una decisión.

—Loris, te necesito.

—Claro, ¿cómo no? ¿Qué quiere que haga?

—A mí no me dirían nada. Reúne todos los datos que puedas. Trata de descubrir en qué hotel se hospedaba Valentina en Padua. Y tengo que saber también en qué estaba trabajando, me hablaba de unas búsquedas, pero no sé mucho más... Y habla también con alguno de sus amigos en Roma, a lo mejor ha llamado a alguien. Tampoco sé si tenía parientes...

—Me parece que estaba sola como usted, señor. Ay, perdone...

Costa no pudo menos que sonreír con amargura ante esa metedura de pata. Loris tenía razón, él y Valentina estaban solos. Él por su propia culpa. ¿Y Valentina?

Loris trató de rectificar.

—Quiero decir realmente sola. Cuando el director la mandó a Padua, no pudo llevarse a nadie. ¿Se acuerda de Angelo Zucca? Pues él me dijo que se sentía un poco mal porque ella le había pedido que la acompañara, y que él se negó. Y si Zucca manifiesta un remordimiento, significa que la situación de Valentina era realmente difícil.

—Es justo eso lo que me preocupa. Muévete, Loris.

—Haré lo que pueda y se lo contaré. Hay algo más.

—Dime. —Se imaginó más noticias espantosas.

—Cuando nos mandaron de vuelta a Roma, todos creímos que con la muerte de Sileri el asunto quedaba cerrado. De hecho, enseguida me encargaron otras investigaciones. Sin embargo... ¿Se acuerda de esas extrañas conversaciones cifradas que encontramos en la dark web?

—¿El chat que citaba cuadros de Caravaggio? La red en la que estaba metido Marchesi... Claro que me acuerdo.

—No he podido volver a hablarle de ello, después de todo lo que ha pasado.

—Loris, ¿me haces un favor?

—¿Dígame? —preguntó Manna, con la vacilación de quien teme una trampa.

—Tutéame, por favor. Así me sentiré más cómodo.

—Oh. Bueno, claro. Claro, ¿por qué no? Gracias.

—De nada. Ahora continúa.

—Pues como le..., como te decía, después de esa cosa hallada en la dark web, me puse en contacto con el FBI. La Cyber Division, para ser exactos. Le di toda la información acerca del chat que habíamos interceptado. Y ellos se siguieron ocupando del tema... Creo que utilizaron agentes encubiertos. Entre otras cosas, sus leyes relativas a la confidencialidad son bastante menos restrictivas que las nuestras.

—¿Y?

—Pues que justo ayer me llamó el agente investigador David Minetti. Un tipo simpático pero también muy pragmático. Han conseguido infiltrarse en un par de esos chats y han identificado a uno de los usuarios de la conversación que habíamos captado, ese Nightgaunt que se informaba sobre *San Francisco de Asís en éxtasis*. Lo están siguiendo por la web desde hace un tiempo. Consideran que tiene la personalidad de un criminal psicópata y quieren evitar que provoque cualquier tragedia. Y además hay un par de novedades que nos conciernen de cerca. La primera es que la noticia de la muerte de Sileri ha rebotado a la web y ha sido objeto de comentarios. Sileri tiene también seguidores. Y parece que del mismo modo hay cierta agitación en algunas criptocomunidades...

—¿Qué clase de agitación?

—Un desafío... Una especie de competición del horror, y se nombra a menudo Italia.

—No comprendo.

—Tampoco los compañeros del FBI, a decir verdad. Minetti me ha dicho que me enviará todas las transcripciones del chat. Y que de todos modos me informará sobre los avances. Puede que no tenga ninguna relación, pero...

En otro momento Costa habría reflexionado seriamente sobre esa débil relación, valorando todas las implicaciones posibles. Y, en cualquier caso, era una información a tener en cuenta. Pero no le concernía. No ahora. No tenía intención de investigar todavía sobre los delitos inspirados en Caravaggio ni en ningún otro maldito pintor. Lo único que quería era encontrar a Valentina.

Le dio las gracias a Loris, colgó el teléfono y se quedó mirando la pared que tenía delante. Destacaba un grabado de *El jardín de las delicias* de Hieronymus Bosch, que hacía unos años alguien le había regalado. Nada que ver con Caravaggio. Solo criaturas fantásticas y alegorías. Monstruos de aspecto deforme, pero ningún rostro que pudiese encontrar por la calle. Ningún misterio que resolver, aparte del simbolismo flamenco del Bosco.

La maleta estaba abierta, esperando a que la llenara, al pie del gran cuadro.

Media hora después, Costa apretaba el acelerador, mientras el sol se reflejaba con fuerza en el parabrisas. No encendió en ningún momento la radio. Lo acompañaron solo sus pensamientos, ya bastante ruidosos.

107

Pese al nombre, Excelsior, y a su fachada pretenciosa, el hotel donde Valentina se había alojado era en realidad una especie de pensión de lujo de gestión familiar. Costa llegó al atardecer y no le costó encontrar habitación. Después de deshacer la maleta y de refrescarse, bajó y se quedó hablando con el dueño. Se llamaba Rubatto, era un paduano de pura cepa de cincuenta años mal llevados al que no le molestaba charlar con los clientes.

Cuando Costa le dijo que era un subcomisario y le preguntó si sabía algo de su compañera Valentina Medici, los ojos de Rubatto se iluminaron.

—¡La señora Medici! Una cliente exquisita, siempre amable y atenta. ¡Y tan guapa! —dijo, observándolo para tratar de averiguar si entre Fabio y Valentina había algo más que amistad.

—Teníamos que encontrarnos aquí —confesó él con la actitud de un conspirador, confirmando al hostelero sus sospechas—, pero me parece que no me ha esperado. —Mostró una expresión triste y abatida.

Rubatto casi se conmovió.

—Ah, pero va a volver, la señora Medici va a volver, ¿sabe?

—¿Se lo dijo ella?

—No, me lo dijeron dos de sus compañeros cuando vinieron a recoger sus maletas.

—¿Las maletas? ¿Quiere decir que ella no se las llevó?

—Creo que se marchó solo con un bolso. Las maletas las dejó en la habitación, en realidad. Me ha pagado todo el mes, así que va a volver. —Lo afirmó con la certidumbre granítica de quien no sabe absolutamente nada—. Y además me lo confirmaron también sus compañeros de la comisaría... —Sonrió cómplice, honrado de que la policía lo considerase merecedor de esa información.

Costa reflexionó, procurando no mostrarse nervioso.

—Ya, mis compañeros. ¿Le dijeron cómo se llamaban?

—Hablé solo con uno, a decir verdad, el otro se quedó en la calle, esperando. Pero no me dijo cómo se llamaba, solo me enseñó la placa. Él sacó las maletas de la habitación. Me dijo que la señora Medici estaba fuera por una misión urgente, pero que volvería. —Cambió de expresión por primera vez—. Pero ¿ocurre algo? —Empezaba a mostrarse inseguro.

—Nada. Solo quería saber quién era el compañero que vino a recoger el equipaje de Valentina, para darle las gracias.

—Ah, comprendo. Solo espero que la señora Medici no se haya marchado debido a lo que pasó la semana pasada...

—¿De qué habla?

La cara de Rubatto se contrajo por el bochorno y el sincero disgusto.

—Oh, algo que nunca había ocurrido en este hotel. ¡Nunca en todos estos años! Alguien entró en la habitación de la señora Medici y trató de robar. Por suerte, no había nada valioso en la habitación, pero ella se quedó muy afectada. Y lo entiendo, encontrarte la habitación patas arriba...

Costa reflexionaba. Lo de los compañeros que habían ido a recoger el equipaje de Valentina no le cuadraba. Y también eso del robo apestaba.

—¿En qué habitación se hospedaba la señora Medici?

—En la dieciséis, en la misma planta en la que está usted. Pero descuide, hemos revisado la cerradura magnética. Ahora todo está en orden. Ya nadie volverá a intentar hacer algo así.

Costa consultó la hora, fingiendo un bostezo.

—Es tarde, y el viaje ha sido largo. Subo a mi habitación.

Rubatto se asomó desde el mostrador.

—Pero ¿tiene usted idea de cuándo volverá exactamente la señora Medici? —le preguntó—. ¡Es una muchacha tan agradable!

—Pronto. Muy pronto —lo tranquilizó Costa. Y confió en que sus palabras no hubieran sonado tan falsas como le parecieron a él.

108

Forzar la puerta de la habitación número dieciséis no fue complicado. Se lo había enseñado un georgiano que había arrestado hacía un par de años, después de que hubiera cometido una serie de robos en Volterra y alrededores. Formaba parte de una banda bien organizada y sabía forzar sin causar daños prácticamente cualquier cerradura, mecánica o magnética. El ladrón le había confiado sus secretos a cambio de que intercediera a su favor con el juez.

Solo necesitó un poco de paciencia. Lo favoreció el hecho de que en la primera planta del Excelsior en ese momento no hubiera más huéspedes que él.

Cuando entró en la habitación oscura, lo asaltó la sensación de que Valentina seguía ahí. También le pareció notar su perfume, el aroma inconfundible de su piel. Pero eso era imposible. La habitación no había sido utilizada por nadie más tras su marcha —«desaparecida, no lo olvides, Valentina está desaparecida»—, pero sin duda había sido ordenada y limpiada. Sin embargo, incluso cuando encendió la discreta luz de la lámpara de una mesilla de noche, una vez que comprobó que las persianas estaban bien cerradas, esa percepción no lo abandonó del todo. Valentina había estado ahí, había dormido en esa cama, había caminado descalza por ese suelo, se había asomado a esa ventana. Había dejado su huella por todas partes mientras continuaba en su persecución al hombre. Sola. Arriesgándose por su cuenta cuando todos la habían abandonado. Incluido él.

Se detuvo en el centro de la habitación. ¿Por qué estaba ahí?

El dueño del hotel había sido claro. Valentina se había marchado, y alguien se había preocupado de llevarse sus maletas. ¿Por qué? La comisaría de Padua había informado al SCO de que Valentina había terminado su misión y había regresado a Roma. Pero ¿quién había ido a ocuparse de su equipaje? ¿Realmente habían sido unos policías? Ese no era un procedimiento regular. Daba la impresión de que había alguien que tenía muchas ganas de borrar todas sus huellas. Y, en consecuencia, las investigaciones que estaba llevando a cabo.

Costa empezaba a sospechar que le había ocurrido algo grave.

El mensaje que le había dejado en el teléfono era muy claro: no se fiaba de los que la rodeaban, temía que sus descubrimientos le pudieran crear problemas. Y acababa de sufrir un intento de robo en la habitación de su hotel. ¿Qué buscaban? ¿Dinero? No, eso estaba descartado. ¿Las informaciones que había conseguido?

«Creo que sé quién y cómo..., y todo es tan terrible y sobrecogedor».

Valentina conservaba sus datos en su inseparable portátil, que debía haber desaparecido junto con ella y sus maletas. Y ya en la llamada que le había hecho, cuando él todavía navegaba en el whisky y se compadecía por su triste sentimiento de culpa, había tratado de decirle lo muy sola que se encontraba. El intento de robo seguramente la había convencido del todo. Después de eso, ya debió de actuar con más cautela. Si la conocía lo suficiente, debió de pensar en cómo guardar mejor sus secretos.

Claro, ahora lo recordaba. En la misma llamada Valentina le había dicho algo más. Quiso informarle de que había copiado el archivo más importante de su investigación en un pendrive que había escondido. Era consciente de que podía ocurrirle algo y quiso asegurarse de que él supiese qué buscar. ¿Cómo había podido olvidarse de eso? La respuesta ya la sabía y era mortificante.

Pagaría las consecuencias también de eso. Pero ahora tenía que moverse.

Así que un pendrive. Un objeto pequeño y fácil de esconder. Tenía que encontrarlo. Pero ¿dónde podía estar?

Miró de un lado a otro. Si lo había dejado en esa habitación, tenía que haber localizado un sitio seguro. Pero accesible. Un lugar secreto para todos pero no para ella. Ni para él.

El espacio lo conformaban una pequeña entrada, la habitación y un cuarto de baño amplio y acogedor. La decoración era simple pero elegante. Pocos muebles de buena factura, algún adorno esencial. Pocos sitios y ninguna idea. Buscó por todas partes. Levantó las sillas y miró debajo de todos los objetos que se podían mover, lámparas, cuadros. Miró en las esquinas del armario y debajo de la cama, empleó todos los criterios que se aplican en los registros, sin omitir ni siquiera el sitio más improbable. Trató de imaginarse cómo habría razonado Valentina. Sin embargo, lo único que se le ocurrió fue que la habitación donde se alojaba habría sido, en cualquier caso, el lugar menos protegido.

Cuando salió de la habitación dieciséis estaba un poco menos convencido de que Valentina hubiese guardado realmente en un lugar seguro probables informaciones. A lo mejor había exagerado pensando que se habría visto forzada a ocultar a saber qué información. A lo mejor las cosas eran condenadamente más sencillas.

Pero ahí, parado delante de la puerta que acababa de cerrar, algo llamó a su mente. Otro detalle que estaba omitiendo. Un detalle que lo incomodaba pero que no lograba focalizar.

El pasillo terminaba en unas escaleras que, por un lado, llevaban a la planta de arriba y, por otro, al vestíbulo. Iluminado por la luz difusa de unas lámparas art déco, y decorado con una serie de cuadros colgados en las paredes, como todos los pasillos de hotel, daba una sensación de paz amortiguada y artificial.

Había algo que Valentina había dicho en su último mensaje. Algo que no había comprendido enseguida y a lo que no había dado importancia. Era como por la mención del pendrive. Pero ahora recordaba la frase, porque había escuchado ese mensaje decenas de veces. Y, de repente, comprendió la razón.

«Tú me conoces, tú eres el único que sabe que nunca me ha gustado Caravaggio».

Una vez, comentando los actos de Sileri, Valentina dijo que no le gustaba especialmente la pintura de Caravaggio. Prefería un arte más transfigurado, menos sujeto a la realidad.

A mí me gustan pintores como Chagall, Modigliani.

Costa lo recordaba perfectamente.

A lo mejor estaba exagerando. Quizá esa mención a Caravaggio no tenía nada que ver, o quizá sí, ya que había sido el arte de Caravaggio el que había pautado el horror de aquellos asesinatos.

Sin embargo, el tono con el que Valentina había grabado ese mensaje le sugería otra explicación. Salvo que se hubiese vuelto completamente paranoico, tenía un significado oculto.

A ella no le gustaba Caravaggio. Le gustaba Modigliani.

No necesitó reflexionar mucho. Los cuadros que había colgados en las paredes, delante de él, eran reproducciones de obras famosas con elegantes marcos dorados. Autores italianos. De Chirico, Carrà. También había un Modigliani. Un rostro de mujer, ambarino, con el habitual cuello alargado, donde destacaban unos magnéticos ojos orientales.

Agarró el retrato, lo separó de la pared y lo giró. En una esquina, entre el marco de madera y el grabado, había un pequeño objeto negro.

Costa apretó con fuerza el pendrive que Valentina había escondido antes de desaparecer.

109

Después de que mataran a Sileri y el equipo de Volterra quedara disuelto porque la persecución había terminado y por fin se podía regresar a casa para intentar olvidar ese asunto, Loris había lanzado un suspiro de alivio. Se acabaron los rostros de personas desaparecidas y tal vez descuartizadas. Se acabó la ansiedad de llegar a tiempo para salvar una vida. Solo rutina y algoritmos. Y un flujo de trabajo más coherente con su índole pacífica.

Pero entonces Costa lo llamó. Y ahora había que empezar de nuevo, de manera inesperada y preocupante. Por eso precisaba un punto de vista distinto.

—¿Me estás preguntando qué pienso? —preguntó Giampaolo D'Avanzo, manteniendo la cabeza inclinada sobre el lienzo que estaba examinando. El monóculo que utilizaba para ver mejor los detalles del cuadro le daba el aire de un extraño animal.

—Valentina desaparece —dijo Loris—, o quizá sencillamente no quiere que la encuentren. Costa me llama y supone algo tremendo... Pero él no está siempre lúcido y me dicen que se ha puesto a beber. Y encima esas señales de la dark web... En fin, yo solo soy un analista de sistemas. No creo estar preparado para todo esto.

—¿Y quién lo está? —le preguntó D'Avanzo, pero quizá se lo preguntaba a sí mismo.

Se encontraban en el Museo Borghese, en una de las salas subterráneas que el museo utilizaba para conservar las obras que no se muestran al público. D'Avanzo formaba parte del comité científico de la institución y con frecuencia le pedían su opinión sobre obras de arte de dudosa atribución.

Para alcanzar aquel lugar, Loris había tenido que pasar por una serie de barreras formadas por guardas jurados y tornos electrónicos que habrían sido la envidia de su oficina.

El lado positivo de esa visita era que para llegar donde se encontraba su amigo había cruzado, casi corriendo, espacios en los que la belleza, declinada en todas las formas artísticas, era tan intensa y poderosa que mareaba, haciéndolo intuir, por primera vez, lo que puede experimentar quien sufre el síndrome de Stendhal.

D'Avanzo estaba en una esquina de un inmenso almacén, apenas iluminado por grandes claraboyas, repleto de centenares de cuadros guardados en bastidores de madera de todas dimensiones. El experto en arte estaba examinando un cuadro del tamaño de un hombre, apoyado en la pared y alumbrado por una lámpara azul, que a Loris le recordaba precisamente una obra de Caravaggio. Representaba a un viejo desnudo, de barba larga y sedosa, inclinado sobre un escritorio y agarrándose la nuca sin pelo. Sus ojos huían del escritorio y de los objetos que había sobre él (un mapamundi, un pergamino y un punzón) y cortejaban al espectador. El resultado era inquietante, como si el anciano estuviese escudriñando al observador y no al revés. A Loris le daba escalofríos.

—Creo que es de Bartolomeo de' Crescenzi... a lo mejor... —dijo Giampaolo, que había detectado la curiosidad en la mirada de su amigo—. Su verdadero nombre, Bartolomeo Cavarozzi. Y sí, por si te lo estás preguntando, es contemporáneo de Michelangelo Merisi y forma parte de su escuela. Pero notarás las diferencias, ¿verdad?

—Creo que sí —dijo Loris, como si se estuviese examinando—. No tiene la misma fuerza de Caravaggio. El rostro del viejo es menos... realista. Pero las luces y las sombras son semejantes, y me causa cierta consternación. Caravaggio, en cambio, me causaría terror.

D'Avanzo se enderezó, satisfecho como si el otro fuese su alumno.

—Excelente, nuestro experto. ¡Veo que mis clases te han servido!

Loris le lanzó una sonrisita irónica.

—Aún no sé si es auténtico —comentó el profesor volviendo a contemplar el cuadro—. Aquí pinta a san Jerónimo pensativo. Caravaggio pintó una escena semejante, ¿te acuerdas? Pero Sileri no habría tenido dudas sobre qué cuadro utilizar para buscar al doble del santo. Nadie transmite tanto realismo como Caravaggio.

Los dos se entendieron sin palabras. Tenían la típica complicidad de los que han pasado juntos por el infierno, y eso nunca se olvida.

—Resulta que estábamos en lo cierto —continuó D'Avanzo—. Era solo Caravaggio. Ningún otro pintor. Su realismo era tal que un loco resuelto a reproducir sus cuadros no habría podido tener mejores ocasiones. ¿Y sabes a qué nos conduce eso?

El cuadro con san Jerónimo quedaba al fondo. D'Avanzo miraba a Loris.

—Todo este asunto no puede haber terminado con Luca Sileri —respondió el inspector.

—Exacto. Para buscar, analizar y comparar los rostros de millones de personas en internet, o en la web, como la llamáis los adoradores de la ciencia y el progreso, o en cualquier otra brujería moderna, se precisan medios, dinero, preparación. Lo has dicho tú. Pero Sileri era solo un psicópata violento y perverso que ni siquiera sabía quién era Caravaggio antes de que...

—Alguien se lo dijese —terminó Loris por él.

—También el perfil psicológico lo confirma. Detrás de Sileri tenía que haber alguien. Y creo que Valentina había descubierto quién era. Además, hablé con ella hará unos diez días.

Loris volvió a estremecerse. A lo mejor era por las corrientes frías que había en ese lugar. O por los ojos de las decenas de cuadros que miraban por los armazones de protección y que parecía que solo se fijaban en ellos. O porque Valentina Medici se había tenido que enfrentar, sola, a los monstruos ocultos a la sombra de Sileri y había sido derrotada porque él, Costa y todos la habían dejado a merced de ese horror.

—¿Hablaste con ella? —preguntó, volviendo a mirar a san Jerónimo, que, como los otros personajes que bailaban en los lienzos a la sombra, no dejaba de observarlos.

—Ya había hablado con ella antes de que se marchase, y no reparé en su miedo... Pero, en esa última llamada, me pareció más importante lo que no me decía que lo que me contó.

—¿Lo que no te decía?

—No me habló de Fabio, por ejemplo. Sabía que iba a ir a verlo de camino a Padua, me lo confesó al marcharse. Y además no me dijo nada de sus investigaciones, si progresaban, si estaban empantanadas... Nada. Sin embargo, en todo momento de esa conversación telefónica tuve la impresión de que me quería contar algo más. Desahogarse, liberarse quizá, no lo sé. Pero no lo hizo, y yo, cobarde, no le pregunté. No le pregunté si necesitaba algo. Yo... tenía miedo de verme absorbido de nuevo en esa historia de muerte y dolor. Y pensar que yo la empujé a no rendirse. A que no dejara el tema pendiente.

—Sí, lo hicimos todos —admitió Loris—. La dejamos sola. —Miró a los ojos vítreos de san Jerónimo, como desafiándolo. «Sí, somos débiles y cobardes. ¿Pasa algo?»—. ¿Y qué fue lo que te contó al final?

—Hablamos de otras cosas... Tonterías por seguir al teléfono. Pero antes de colgar reconoció que se sentía sola. Acorralada. Le pregunté si ahí no había nadie que le echara una mano. Dijo que solo se fiaba de un joven agente aún no corrompido por la vida ni por los otros policías. Y añadió que si alguna vez la necesitábamos y no la encontrábamos, que buscásemos a ese chico. No me pareció especialmente raro en ese momento. Pero ahora que tú estás aquí..., bueno, ya es otra cosa, ¿no?

—¿Cómo se llama ese policía? ¿Te acuerdas?

—Lo apunté. Espera, voy a buscar la nota.

Lo dejó solo con san Jerónimo, que parecía estar escudriñándolo a él y a sus pensamientos, que daban vueltas furiosos dentro de su cabeza.

Loris partió a la mañana siguiente, avisando en la oficina de que se tomaba una semana de permiso por compromisos familiares urgentes.

Costa lo recibió delante del pequeño hotel donde estaba alojado y donde había reservado una habitación también para Manna. Se limitó a estrecharle la mano y a darle las gracias por haber acudido en su ayuda tan rápido. Loris reparó en su palidez y en su aspecto descuidado. No parecía la misma persona que había conocido en Volterra.

—¿Estás bien? —le preguntó.

—El cuello todavía me duele un poco... Aparte de eso, sí, estoy bien.

No era verdad. Y los dos lo sabían.

—Ve a instalarte en tu habitación —le dijo Costa—, luego nos vemos en la mía y te explico cuál es la situación.

—Y también me cuentas cómo puedo ayudarte aquí. Porque todavía no he comprendido qué es lo que está pasando.

Costa exhibió una sonrisa triste.

—Por eso es por lo que te doy las gracias. Porque estás aquí sin saber bien qué está pasando. Valentina tenía razón sobre ti. Ahora descansa o refréscate un poco. Te espero en la habitación, después.

En otro momento, ante una propuesta así él habría respondido con ironía. Pero había visto en el rostro de Costa la señal de una auténtica desesperación. La que de algún modo él también empezaba a percibir.

110

La parada en el Granduca, una pequeña cafetería cerca de la universidad, era la única costumbre a la que el agente Gabriele Piovesan nunca renunciaría. El bar tenía dos características que lo hacían irresistible a su paladar y a sus ojos: sus magníficos cruasanes y la ausencia de compañeros. Los bares y los restaurantes cercanos a la comisaría solían ser meta fija de los y las policías y, si bien Piovesan era sociable, antes de empezar a trabajar necesitaba un momento de aislamiento, no de estar con alguien con quien solo se podía hablar de trabajo, del temido desprecio de la gente a los agentes y, dependiendo de la edad, de la ansiada jubilación. Un tema este, por otro lado, para él lejanísimo e incomprensible.

El Granduca, frecuentado sobre todo por estudiantes, se había convertido, pues, en la última pausa antes de lo que le depararía la jornada. Que en los últimos tiempos no era gran cosa.

Por ello, su reacción cuando el hombre se le acercó y le preguntó si era el agente Piovesan, de la policía judicial, fue de enfado. A pesar de su innata educación y amabilidad, respondió con brusquedad:

—¿Quién quiere saberlo?

El hombre, un tipo alto y moreno, le enseñó su placa.

—Soy el subcomisario Fabio Costa. Y necesitaría hablar con usted.

—¡Señor Costa! ¿Es usted? ¿Aquí en Padua?

—¿Me conoce?

—No. No personalmente. Pero la señora Medici me ha hablado mucho de usted. Y he leído algunos de sus informes sobre el caso Sileri... ¡Me siento francamente honrado!

—No se precipite. Es precisamente de Valentina de quien quiero hablarle.

Algo en la actitud del oficial lo alarmó. Piovesan no se consideraba especialmente intuitivo, pero en ese momento se dio cuenta de que había tenido una auténtica fulguración. La señora Medici tenía problemas, problemas serios.

—¿Podemos sentarnos un momento? —le preguntó Costa y le señaló una mesa en el interior del bar.

Piovesan observó con curiosidad al hombre mientras le pedía un café al camarero. Costa lo miró también y Piovesan por fin se animó.

—Señor, ¿puedo preguntarle cómo ha conseguido encontrarme? Quiero decir, prácticamente nadie sabe que vengo aquí por la mañana a desayunar... —Se mordió el labio, seguro de haber sido demasiado atrevido.

Pero Costa le dio una respuesta, aunque bastante sorprendente.

—Tiene que perdonarme. Lo hemos seguido.

—¿Me han...? ¿Quiénes son ustedes? ¿Y por qué me han seguido? ¿Qué es lo que ocurre, señor? —El capuchino se enfriaba y el cruasán ya no le parecía apetitoso.

—A decir verdad, todavía no sé qué ocurre —dijo Costa—. Pero creo que Valentina tenía cierta confianza en usted. Por eso estoy aquí. ¿Sabe que ha desaparecido?

Piovesan miró alrededor. Esa conversación empezaba a parecerle inquietante.

—¿Desaparecido? ¿En qué sentido? Sabía que se había ido, que había regresado a Roma... Es más, me había parecido raro que ni siquiera se despidiera de mí. —Se puso rojo—. Quiero decir, no es que tuviera que hacerlo necesariamente, pero... En fin, sentí no volver a verla en la comisaría... —Se atascó. Mejor no seguir.

Costa no pareció darle importancia a su apuro.

—Es justo eso lo que me preocupa, Piovesan. Valentina no ha dado señales de vida a nadie. Desaparecida de un día para otro. Y lo más grave es que parece que nadie la está buscando.

—Yo... sigo sin comprender.

Costa lo observaba con atención. La intuición de la que Piovesan siempre había creído carecer esa mañana estaba haciendo horas extras: y ahora le sugería que justo en ese instante el subcomisario lo estaba evaluando. Pararlo así, en un bar, era una aproximación, un examen preliminar. Costa quería averiguar si era realmente de fiar. Por qué motivo, eso aún no lo tenía claro, pero él era el oficial que había colaborado con Valentina Medici en esa investigación, y, por lo que sabía, era un tipo duro. Debía querer algo de él. La cuestión era el qué.

—Tengo motivos para temer que le haya pasado algo —confirmó Costa al final de su examen—. Algo que le impide ponerse en contacto con nosotros. Y, para encontrarla, necesito ayuda. La suya.

El asunto parecía realmente serio. Y complejo. Pero Piovesan ya había decidido.

—¿Qué puedo hacer por usted?

El otro asintió, recibiendo con evidente satisfacción su ofrecimiento.

—Valentina estaba concluyendo las investigaciones sobre los delitos de Luca Sileri —dijo tras una pausa—. Usted colaboró con ella en esa última fase. Lo sé porque Valentina nos lo comunicó antes de desaparecer. No me pida los detalles, es un poco complicado. En cualquier caso, además de la señora Medici, desaparecieron sus maletas y el portátil en el que anotaba los progresos de su investigación. Pero hemos podido recuperar algo. Un pendrive con notas y algún informe. Fragmentos. Entre estos hay un par de observaciones sobre su trabajo, Piovesan. Parece que Valentina contaba mucho con usted.

Piovesan volvió a ponerse rojo, pero no trató de disimular. Estaba encantado de que ese hombre supiese que Medici lo consideraba un buen policía. Aunque no creía que hubiese sido tan valioso.

—Tampoco tenía muchas alternativas —dijo, escudándose—. En la policía judicial prácticamente la habían arrinconado. El señor Lomastro parecía que no la tragaba.

Costa dio la impresión de reflexionar.

—Conozco a Lomastro. Es un trepa. Probablemente, las dudas de Valentina sobre la solidez de la acusación contra Sileri le molestaron. Pero si actuó así fue porque recibió órdenes de Roma. También en el SCO querían poner la palabra fin en el tema de Sileri.

—En efecto, ella dudaba seriamente de que ese hombre hubiese actuado solo —reconoció Piovesan—. Sin embargo, después de casi un mes de interceptaciones, no encontramos nada.

—¿Las sospechas sobre Claudio Altieri?

—¿Cómo puede usted saberlo? —Luego calló—. Ah, claro. El pendrive. ¿Lo había escrito todo?

—Como le he dicho, hemos recuperado solo algunas partes. Hay una información detallada sobre Altieri, probablemente la que utilizó para reabrir las investigaciones con la fiscalía de ustedes. Pero poco más.

Piovesan sabía que era bastante. Y parecía saberlo también Costa. Recordaba que Valentina le había dicho que el asunto de la cinta del mendigo crucificado lo había descubierto precisamente él y que en ese momento ninguno de ellos le había dado importancia. Era probable que hubiese sido un error, si bien comprensible. Sileri era demasiado joven como para estar implicado en ese antiguo crimen. Pero lo cierto era que habían subestimado ese asunto y la típica pobre intuición de Piovesan le decía que ahora Costa se sentía culpable también por eso.

—Así que sobre Altieri no han encontrado nada más —dijo Costa—. Pero Valentina debió de descubrir algo nuevo. Me lo contó en un mensaje de voz. Por desgracia, lo escuché demasiado tarde. —De nuevo esa sombra en su rostro, esa marca de remordimiento.

—En efecto, algo… —Piovesan se bloqueó. Había aspectos que no le cuadraban. Un poco de prudencia no sobraba—. Oiga —dijo—, usted sigue hablando en plural. Me han seguido, han descubierto, han encontrado… ¿Puedo saber quién hay además de usted?

Costa meneó la cabeza, dudando.

—Preferiría mantenerlo apartado de todo esto, Piovesan. Estoy infringiendo un millón de reglas y probablemente algún artículo del código penal. Con toda seguridad, una decena de párrafos de nuestro ordenamiento de policía. Usted es un buen chico, pero solo es un agente con unas decenas de años de profesión por delante. Cuanto más al margen se mantenga, mejor será.

—Comprendo... —Pero no comprendía. Y, sobre todo, eso no le valía—. Hagamos lo siguiente. Usted me lo cuenta todo y yo decidiré qué hago. Seré joven y tendré poca experiencia, pero no dejo de ser policía. Y, si hay que tomar una decisión, quiero tomarla por mi cuenta, tanto si es buena como si no. —Habría querido añadir: «Y, además, la señora Medici es mi amiga». Pero no lo dijo.

Costa reflexionó.

—Me parece bien. Yo seré sincero contigo y tú decidirás en qué medida ayudarnos. —Una sombra de perplejidad pasó por su rostro—. Te pido solo una cosa: esta conversación queda entre nosotros. Es mejor para ti y, desde luego, también es mejor para Valentina. Sea lo que sea lo que le haya pasado, hemos de ser rápidos pero, sobre todo, nadie debe enterarse de mi presencia aquí. Si tenemos que actuar, habremos de hacerlo solos y en secreto. ¿Estás de acuerdo?

Lo estaba. Y descubrió que no le daba miedo lo que pudiera ocurrirle. Si bien una parte de sí le sugería que fuera cauteloso. Porque ese asunto parecía destinado a ser muy muy peligroso.

111

Descubrir que había estado cerca y que había tenido razón desde el principio no era un consuelo. Al revés, aumentaba su responsabilidad. Por culpa de su indiferencia era por lo que Valentina se encontraba ahora en peligro. Porque no había comprendido a tiempo. Porque él había puesto en marcha todo esto. Porque la había dejado sola.

«Van a hacérmelo pagar caro».

¿Dónde estaba? Su silencio era terrible. La idea de que podía haberle pasado algo lo acosaba. ¿Y quién podía haberle hecho algo? Se le ocurrían mil conjeturas, toda clase de sospechas. Y le daba vueltas a una idea dolorosa concebida en su corazón y que se afianzaba y se concretaba cada vez más conforme pasaban los minutos, una visión a la que no quería dar peso ni forma, pero que estaba ahí y que lo aterrorizaba.

Sileri estaba muerto. Valentina estaba convencida de que nunca había cometido solo sus horrendos crímenes. ¿Y si quien estaba detrás del Hombre que sonríe había llegado también a ella?

La irrupción en la habitación del hotel, su desaparición repentina, y con ella la de su equipaje, todo llevaba al mismo sitio. La policía incómoda que, contra todo y contra todos, seguía indagando donde más valía no hacerlo y a la que había que parar.

Manna había examinado el pendrive que Valentina había dejado detrás del cuadro. Además de los informes que había entregado al magistrado de Padua y algunas notas sin cifrar no especialmente importantes, había archivos encriptados que el técnico estaba descifrando. Costa se imaginaba que Valentina sabía que para leer esos archivos iba a recurrir a Loris, así que debían ser importantes. El técnico no tardó mucho en hacerlo, en efecto.

Entre los archivos abiertos figuraba la historia del mendigo y unas notas en las que Valentina afirmaba que el vídeo de la crucifixión se había rodado en la Villa Zernich. Era la misma tesis que había planteado en el informe a Manin y que había permitido poner en marcha las interceptaciones telefónicas a Altieri. Sin embargo, las interceptaciones fueron un fracaso, hecho que Valentina achacó a una fuga de noticias. Era la prueba, según ella, de que Altieri estaba protegido por los jefes de la comisaría.

Más allá de las sospechas sobre el comportamiento de algún policía, el descubrimiento de que la Villa Zernich había sido el escenario de un macabro asesinato cometido hacía casi treinta años era sumamente importante. Sin embargo, hizo otro agujero en el corazón de Costa: él la había llevado por ese camino. Sin acompañarla.

«El hecho es que me encuentro en un momento clave».

«Ahora creo que sé».

«Quisiera que estuvieras aquí».

Lo demás estaba claro. Y Claudio Altieri era la pista que había que seguir.

Había otro aspecto que inquietó a Costa. Llamó al inspector Martini, a Volterra, y descubrió lo que había ocurrido.

Por sus notas se deducía que Valentina había recuperado la carpeta que contenía el vídeo de la crucifixión del mendigo de Verona. Seguramente eso no había sido fácil, a menos que tuviera la copia que Costa había conseguido gracias a la información que le había dado su compañero de Padua. La llamada a Martini le confirmó que, cuando Valentina fue a verlo a Volterra, el inspector le había entregado la alforja de Fabio, donde estaba su ordenador portátil, prometiéndole que se la iba a llevar a su dueño. Cosa que no había ocurrido, quizá por la manera en que había concluido su encuentro. Aquella era la última vez que Costa había visto a Valentina. Era comprensible que ella se hubiese olvidado de devolverle el bolso y el ordenador. Pero eso significaba que quien se había llevado las maletas de Valentina debía de haber encontrado y robado también los objetos de Costa, haciendo desaparecer todos los rastros de sus investigaciones sobre Sileri y sobre los crímenes de Altieri.

Decidió llamar a Piovesan.

—La señora Medici guardaba documentos en la oficina, supongo. ¿Sabes si todo sigue ahí?

Piovesan suspiró al teléfono.

—Quería contárselo enseguida esta mañana. Después de que la señora Medici se marchara..., al menos yo creía que se había marchado..., vinieron a recoger sus cosas al despacho. Tenía solo un escritorio, pero se llevaron casi todo lo que había en él. Abrieron los cajones que tenía cerrados con llave, y creo que se llevaron también un ordenador portátil.

Que hubieran usado la llave para abrir los cajones de Valentina podía no significar nada, o conllevar una desagradable sospecha.

—¿Quién fue? —preguntó—. ¿Compañeros de la policía judicial? ¿Lomastro?

Piovesan pareció vacilar.

—Realmente nunca los había visto antes... Dos hombres. Pero pensé que tenían que ser de la judicial, sí. Vinieron a la oficina tranquilamente, por la mañana... —Pero la duda flotaba en sus palabras.

Costa le dio las gracias. Se verían más tarde.

Así que también su ordenador había desaparecido. Se lo habían llevado.

Ahora, examinar el vídeo de la crucifixión era esencial.

Una vez más, Piovesan demostró que era útil, señal de que Valentina no se había equivocado con él. Esa misma noche se presentó en el hotel, como había prometido. Les entregó a Costa y a Loris un CD. Dijo que contenía el vídeo de la crucifixión del mendigo que Valentina había recuperado, en un principio, del portátil de Costa. Había hecho un par de copias más, por seguridad, una de las cuales le había entregado a Piovesan.

—La señora Medici decía que en este vídeo, de alguna manera, está la explicación de todo —dijo el joven—. Yo lo he visto varias veces. Es nauseabundo...

Mientras Loris se apresuraba a introducir el CD en su ordenador, Piovesan añadió algo más.

—Estaba también muy interesada en un antiguo artículo de prensa contenido en una carpeta y que no aparentaba tener relación con sus investigaciones sobre Sileri. Era la crónica de la desaparición de un mendigo, acaecida en otra provincia. Me parece que en Verona. Le pregunté qué significaba esa historia, pero no fue muy clara. A partir de ese momento, sin embargo, su actitud me pareció diferente. Como si de repente se sintiese incómoda. Creía que era por el aislamiento al que la habían forzado. Yo mismo no podía estar cerca de ella como me habría gustado. A menudo me mandaban a otras misiones y la pobre señora Medici siguió prácticamente sola con sus investigaciones. También las interceptaciones telefónicas eran un desastre. Los informes diarios llegaban tarde y faltaban partes enteras.

—Háblame de ese artículo —pidió Costa, conteniendo el impulso de apretar los puños más de lo que ya lo estaba haciendo.

—Bueno, no era solo eso —dijo Piovesan, mirando las manos de Costa como si presintiese la ira que el subcomisario estaba conteniendo—. En la carpeta estaba también el comunicado de un registro que se le había hecho a un grupo de pederastas. No sé qué tenía que ver con lo demás. Solamente después comprendí que todo estaba relacionado con el vídeo... En síntesis, creo que la señora Medici consideraba que el viejo que aparece en esa espantosa crucifixión es el mendigo desaparecido en Verona y del que se habla en el artículo de prensa de 1995. Mientras que el comunicado de 1996 se refería a las circunstancias en las que fue hallado el famoso vídeo de la crucifixión. Recuerdo que la señora Medici me preguntó si se podía averiguar quién se había ocupado en su momento de la carpeta. Me pareció raro, pero Valentina..., la señora Medici lo consideraba importante.

Tenía que ser eso. Valentina había encontrado una nueva relación entre los crímenes de Sileri y ese vídeo, como también, por supuesto, con la Villa Zernich. Había que empezar por ahí. Pero ¿hasta dónde había llegado ella? Había algo más. Y Piovesan se lo confirmó.

—¿Y pudiste entonces averiguar lo que te había pedido? —preguntó Costa.

—Sí, se llama Caruso. Un excomisario o inspector ya jubilado. El mismo que se encargó del asesinato de 1970.

Costa y Manna cruzaron una mirada.

—¿Qué asesinato? —preguntaron.

112

El vídeo que estaba viendo era la enésima copia de una enésima copia. Y el original debía de haber sido un viejo carrete. El resultado no era gran cosa. A pesar de ello, Loris Manna tenía una fe ilimitada en los progresos científicos y, sobre todo, en sus capacidades para sacarles provecho. Por ello llevaba siempre consigo softwares y programas de última generación y nunca dejaba de actualizar sus propios recursos tecnológicos.

Estaba pensando en poner algún filtro a las imágenes que pasaban por centésima vez por la pantalla de su portátil. Se le había ocurrido una idea, pero no quería ilusionar a Costa o lanzarse a vuelos demasiado osados arrastrado por la corriente de la fantasía. Era preferible comprobar primero si conseguía algo útil.

Acababa de ejecutar el programa, cuando un sonido le informó de que tenía un correo electrónico importante. El remitente era el FBI.

Abrió el mensaje, lo leyó y el corazón le dio un vuelco, notando un raro sabor en la boca. Metálico. A rancio.

Tuvo que leerlo dos veces más. Luego marcó un número.

Cuando, diez minutos después, fue corriendo a la habitación de Costa, lo encontró inclinado sobre los papeles de Valentina, leyéndolos una vez más.

Estaban esperando que Piovesan les llevase la carpeta en la que Valentina había reunido las últimas investigaciones. Ahí estaría también la referencia al asesinato de 1970. Por desgracia, Piovesan no recordaba con exactitud los detalles. Él no había tenido la posibilidad de leer los documentos, y Valentina había desaparecido inmediatamente después. Sin embargo, recordaba el nombre del comisario que se había encargado del caso, el famoso Caruso, quien, por otro lado, era el que entre 1995 y 1996 había colocado en el mismo expediente las informaciones sobre el caso de Sebastiano Zorzin, el mendigo desaparecido de Verona y crucificado en el jardín de la Villa Zernich.

Cuando Loris irrumpió en la habitación, Costa levantó los ojos enrojecidos por el cansancio.

—¡Tienes que mirar esto! —dijo el técnico, tendiéndole su portátil.

El informe que David Minetti le enviaba por correo electrónico a Loris no podía velar en el frío mensaje burocrático del Federal Bureau el horror que revelaba todo el asunto.

Dos días antes, en Boulder, Colorado, una familia entera había sido masacrada. El hecho había ocurrido en Glenwood Grove, un tranquilo barrio residencial de la zona norte de la ciudad. Una llamada a Emergencias hizo que la policía acudiera al 3250 de O'Neal Cir, a una de esas grandes casas coloniales de ladrillo y madera típicas de la región. En la blanca nieve que había en la entrada resaltaban unas huellas rojas que iban desde la puerta hasta la carretera y ahí desaparecían.

En el interior, Alfred y Nora Jonnessy y su hijo Jonathan, de cinco años, esperaban que el *coroner* del condado contase sus heridas. Tenían decenas de puñaladas en el cuerpo. Todas habían sido asestadas del cuello hacia abajo, probablemente cuando los Jonnessy todavía se encontraban en la cama, pues las sábanas y los colchones estaban impregnados de sangre. Sin embargo, los cuerpos habían sido vestidos y, eso era lo sorprendente, colocados como si la familia se estuviese entreteniendo en un relajante día en el hogar. Al entrar los agentes, hallaron los tres cadáveres en el salón. Alfred Jonnessy estaba sentado en el que probablemente había sido su sillón preferido. La cabeza inclinada hacia delante y el cuerpo sujeto al respaldo con una cuerda, parecía que con sus ojos ya ciegos estuviese leyendo el periódico que tenía apoyado sobre las rodillas y que sujetaba entre las manos a las que había sido fijado con grapas. En su informe, la policía anotaba con un exceso de diligencia que el periódico era el *Colorado Daily* y que estaba abierto por las páginas de deportes.

Nora Jonnessy estaba sentada en un segundo sillón, frente al difunto marido. Debía dar la impresión, probablemente, de estar aburrida o quizá escuchaba una música imaginaria, pues también tenía la cabeza inclinada aunque apoyada suavemente sobre la palma de la mano derecha, el codo en el brazo del sillón. Mirándola de cerca, se notaba que la mejilla derecha había sido cosida a la mano con un hilo de seda, con objeto de impedir que la cabeza se le resbalase, y el codo y el brazo que aparentemente la sujetaban habían sido fijados al sillón con una tabla de madera, martillo y clavos.

A los pies de Nora, en un charco de sangre y líquido orgánico, estaba el pequeño Jonathan, con las piernas cruzadas y el busto hacia delante, las manos atadas a un camión de bomberos en miniatura. Parecía que el asesino se había ensañado menos con él. Presentaba solo tres heridas de cuchillo. Probablemente era al que había matado primero, mientras los padres todavía dormían en su dormitorio.

El informe de la policía se perdía luego en decenas de detalles que a lo mejor algún día podían resultar útiles, pero que daba la impresión de que habían sido incluidos ahí por una especie de perverso placer voyerista. Lo que enseguida pareció claro fue que el asesino había empleado bastante tiempo en montar esa escena y que todo aparentaba estar bien organizado y preparado. Hasta la cuerda y los utensilios para inmovilizar los cadáveres de los Jonnessy los había llevado de fuera. Nada se había dejado a la improvisación.

David Minetti le informaba también a Loris Manna de que el autor de esa masacre acababa de ser arrestado por el FBI. Lo habían encontrado en un hotel, muy cerca de Boulder. Tenía restos de sangre de las víctimas debajo de las uñas de las manos y conservaba aún algunas herramientas compatibles con las que se habían utilizado para organizar la escena de muerte. Se llamaba Randolph Collins, era de Nueva York, tenía cuarenta años y antecedentes por delitos sexuales. No tenía ninguna relación con los Jonnessy.

Ahora bien, era la manera en que lo habían identificado y encontrado lo interesante.

Collins era, en efecto, la identidad que se ocultaba detrás del apodo de Nightgaunt, el mismo que habían interceptado en el chat de la dark web cuando mencionaba las obras de Caravaggio. La sospecha de Loris de que Nightgaunt y los otros usuarios con los que estaba en contacto hablaban de algo ilegal había sido ampliamente confirmada. El mismo apodo había aparecido en otro chat que gestionaba la organización y la compraventa de *snuff movies*.

La circulación de esos vídeos caseros, que antes se consideraban leyendas urbanas, hacía tiempo que parecía haber resurgido a través de los canales subterráneos de la delincuencia. El FBI había conseguido infiltrar a un par de agentes en algunos circuitos de la dark web que los comercializaban.

Uno de los tipos a los que el Bureau había interceptado en ese descenso a los infiernos era precisamente Randolph Collins, y los agentes norteamericanos habían llegado a él también gracias al comunicado de la policía italiana. Los análisis de la Cyber Division, tras algunas conversaciones que mantuvo un infiltrado con el fantasmal Nightgaunt, consiguieron llegar al IP del ordenador desde donde el usuario se conectaba de vez en cuando, situado en la oficina de ventas de la empresa en la que Collins trabajaba. A partir de ese momento, aunque Randolph Collins no había cometido oficialmente ningún delito, empezaron a vigilar sus desplazamientos.

Por desgracia, habían llegado tarde. Collins era un viajante y nunca pensaron que pudiera pasar tan pronto de las palabras a los hechos. Hasta ese momento, el hombre había frecuentado lugares de encuentro, había intercambiado material de pornografía infantil y había alardeado de que podía matar a alguien. Ni siquiera los criminólogos del FBI habían podido averiguar lo que estuviera tramando y hasta dónde había llegado en su decisión. Por otro lado, no había manera de seguirlo todo el día y el rastreo se limitaba a un control a distancia a través de sus tarjetas de crédito y del registro de sus llamadas.

Cuando llegó la noticia de la masacre de Boulder, el operador encargado de comprobar los desplazamientos de Collins alertó a sus compañeros locales. Los agentes del FBI consiguieron rápidamente una orden de registro e irrumpieron en su habitación de hotel. Los indicios que lo situaban en la escena del triple homicidio eran muchos e indudables, y Minetti estaba convencido de que Collins sería imputado. No bien fue arrestado, en cualquier caso, se cerró en un total mutismo.

Sin embargo, a los investigadores les costaba comprender el móvil de ese crimen. No era suficiente decir que Collins era un psicópata, había que averiguar por qué había asesinado precisamente a esas personas y por qué precisamente de esa manera.

La última anotación de Minetti era aún más inquietante. Observando las fotos de la escena del crimen, el agente había reparado en una cierta semejanza entre la posición de los cuerpos y un famoso cuadro de Edward Hopper titulado *Habitación en Nueva York*. Por supuesto, esa asociación de ideas se le había ocurrido a raíz de los asesinatos que había habido en Italia inspirados en Caravaggio.

Costa terminó de leer y miró a Loris, que parecía tan turbado como él.

—Aparte de la referencia al cuadro de Hopper, ¿por qué estás seguro de que hay una relación con nuestro caso?

—Hay más, en efecto. Llamé a Minetti. Creo que allá eran las cuatro de la madrugada, pero aun así me respondió. Es más, me pareció que estaba despierto. No feliz, pero despierto...

—¿Y bien?

—Seguía en Boulder. Dice que en el ordenador de Collins han encontrado un montón de material interesante. Tardarán semanas en descifrarlo, pero está bastante seguro de su teoría. Collins no forma parte de una red oculta de apasionados de las *snuff movies*. Según Minetti, Nightgaunt está dentro de un círculo todavía más secreto y subterráneo. Una red de peligrosos sociópatas que se han unido para algo que aún se le escapa. En el ordenador de Collins se alude a un evento importante, a algo para lo que se precisa demostrar que se está a la altura.

Mientras hablaba, sus ojos se habían tornado tan febriles como sus palabras.

—¿Comprendes? —continuó—. Collins llevó a cabo su masacre en el marco de una especie de competición. Un *challenge* con el que habría conseguido algo todavía más terrible e innombrable.

—No te sigo.

Loris empezó a moverse por la habitación, nerviosamente. Luego se detuvo. Arrancó su portátil de las manos de su amigo y empezó a buscar entre sus archivos.

—¿Te acuerdas de esas conversaciones que había interceptado con D'Avanzo? ¿Aquellas en las que Nightgaunt, o sea, Collins, chateaba con alguien que se encontraba en Italia?

Costa no necesitó responder porque el otro giró el ordenador portátil hacia él. En la pantalla apareció el chat entre Nightgaunt y Paperino.

Tras la mención a una obra de Caravaggio, los dos se cruzan un par de frases aparentemente incomprensibles.

> NIGHTGAUNT@: Falta que nos pongamos de acuerdo sobre el pago.
>
> PAPERINO@: Ya te lo he dicho. Tres. Dos mayores y uno pequeño. Juntos. Si luego quieres asombrarme, hazme una cita.
>
> NIGHTGAUNT@: Ya los he encontrado. Una cosa fuerte. Lo que tarde en organizar.

Dos mayores y uno pequeño.

—Está hablando de esa familia de Boulder —dijo Costa en un tono neutro. El barril de horror que estaban rascando parecía realmente sin fondo.

—¿Ahora comprendes? —dijo Loris, más pálido de lo habitual.

—¿Y cuál sería la conexión con Sileri o Altieri? —reflexionaba Costa en voz alta. Pero, según lo decía, la veía perfectamente. Solo que no se lo quería creer.

—Según Minetti —dijo Loris—, Collins hizo su espectáculo de muerte para alguien. El premio era acceder a un nivel diferente de sus contactos. Un grado más alto en esa especie de sociedad de psicópatas. La prueba se encontraba en una de las maletas que estaba en su habitación de hotel.

—¿Qué prueba?

—Un billete de avión para Milán. Collins tenía que venir a Milán para recoger su premio.

113

Piovesan se presentó en el hotel al amanecer de una mañana lluviosa, llevando debajo del brazo la carpeta que tanto había llamado la atención de Valentina.

Cuando en la habitación de Costa que ahora hacía las veces de despacho la sacó de su chaquetón, tanto Fabio como Loris comprobaron la eficiencia de aquel muchacho. No solo porque llevarse una carpeta de la comisaría era un delito grave, sino porque además hacerlo en esas condiciones y con el ambiente que había en la policía judicial resultaba francamente audaz.

Mientras Costa examinaba las pocas hojas contenidas en el expediente, Piovesan confirmó el nombre del policía que se había encargado de la carpeta.

—Hemos tenido suerte —explicó—. Data de 1996 y nunca se ha digitalizado. Entonces se tenía la costumbre de anotar en una ficha el nombre de la persona que lo sacaba, con la fecha de la entrega y la de devolución. Más o menos como en las bibliotecas. El archivador con las fichas acabó en el depósito hace unos diez años, pero he conseguido encontrarlo. La carpeta en cuestión se solicitó para consulta una sola vez, a finales de 1996. La firma era casi ilegible, pero la señora Medici consiguió descifrarla. El nombre era D. Caruso. He hecho alguna averiguación: había, en efecto, un Caruso en la policía judicial. Domenico Caruso, un excomisario que se jubiló hace mucho tiempo. Dejó el servicio en el 2000. Lamentablemente, creo que ya murió...

Costa levantó la vista de los papeles que tenía en la mano.

—¿Este es el recorte de prensa del que hablabas?

Piovesan asintió.

—Esas son las palabras que pusieron en movimiento a la señora Medici. —Señaló las letras apenas distinguibles en el papel amarillento.

Costa las leyó en voz alta.

—«No primera vez. Ver homicidio Albanesi-Bordoni. 1970». —Miró a Loris, que enseguida se puso a teclear en el ordenador. Al cabo de un par de minutos, arrugó el entrecejo.

—En la red solo aparece alguna mención en las crónicas de la provincia. Doble homicidio. Marco Albanesi y Linda Bordoni. Parece que fue un homicidio-suicidio... —Levantó la cabeza y los miró—. ¿Qué tiene que ver con nosotros?

Piovesan meneó la cabeza.

—No, no, no es eso. Nada de suicidio. Había una carpeta más voluminosa que recuperamos y que la señora Medici examinó detenidamente. Como les he dicho, yo no sé mucho. ¡Pero la muerte de esos dos infelices en 1970 no fue, desde luego, un homicidio-suicidio! —A continuación les contó lo que recordaba y lo que Valentina le había dicho. Los dos jóvenes asesinados a cuchilladas, los cuerpos atados el uno al otro con cuerdas y barras, casi en una composición artística. Un cuadro de René Magritte, según los expertos. Y además las investigaciones rápidas y superficiales. Ningún culpable. Un extraño manto de silencio sobre todo—. La señora Medici estaba convencida de que a la carpeta le faltaban papeles fundamentales —concluyó Piovesan.

Costa y Manna se miraron. Eso relacionaba el caso de 1970 con los crímenes de Luca Sileri, e incluso con los homicidios de Boulder. Una especie de hilo rojo que unía hechos ocurridos en épocas y lugares diferentes. En ese escenario, la figura de Sileri se diluía, su presencia se volvía casi marginal. Él no era el único que ocupaba el centro del escenario. Había alguien más. Y la situación era así desde hacía mucho tiempo.

—Tenemos que conseguir esa carpeta, aunque esté incompleta —dijo Costa—. Gabriele, sé que ya has hecho mucho, pero...

Piovesan meneó la cabeza.

—Sí. Ya lo había pensado. Pero la carpeta ha desaparecido.

—¿Qué significa desaparecido?

—Que ya no está. En el archivo consta que la señora Medici la repuso en su sitio. Pero no está. Y la firma de ella en el resguardo de devolución..., bueno, tampoco me parece la suya, pero eso no lo podría jurar.

Una vez más, un rastro importante se había esfumado. Y alguien había hecho algo para que fuese así. La ira de Costa no se aquietó, pero se ovilló en un rincón de su corazón, lista para reaccionar en cuanto hubiera que hacer lo que fuese necesario. De momento, cedió el espacio a una fría determinación.

—Valentina me dejó un mensaje en el que me decía que estaba cerca de una clave —observó Costa, reflexionando en voz alta. Manna y Piovesan ahora lo miraban en silencio—. Me dijo que estaba a punto de descubrir algo. Que había conocido a alguien que le podía contar qué era lo que había pasado.

«Y entonces habrá terminado. Habrá terminado de verdad».

Miró a Piovesan.

—Ese Caruso, el comisario... ¿Estás seguro de que ha muerto?

—No. Realmente no lo sé con certeza, pero alguien me lo ha dicho. —Enrojeció, de repente dubitativo—. Me lo ha dicho uno del grupo de Lomastro...

—¿Cuántos años tendría hoy? —preguntó Manna.

Piovesan se encogió de hombros.

—¿Setenta, ochenta?

—Loris, ¿podemos intentarlo?

Manna ya estaba delante del ordenador.

—Miraré primero la lista de los compañeros jubilados. Después me introduciré en los archivos de los ayuntamientos de la provincia... Tardaré un poco.

—Pero ¿eso es legal? —preguntó Piovesan.

—Hum, sí, más o menos.

—¿Más? ¿O menos?

Pero el informático ya se había perdido en los meandros de su búsqueda digital.

Piovesan se dirigió a Costa, que se había puesto de pie y estaba mirando por la ventana. La lluvia se había convertido en una capa de aguanieve que anunciaba un empeoramiento del tiempo.

—¿Qué más puedo hacer? —le preguntó.

Costa se volvió hacia él. Su fantasma reflejado en el cristal mojado de la ventana seguía mirando la calle.

—Tenemos que empezar a movernos, y a recuperar el tiempo perdido —dijo—. Y tú, si quieres, eres de los nuestros.

114

La Fundación Zernich estaba en un palacio renacentista que daba a la avenida Milano, detrás del teatro Verdi. El único privilegio que Claudio Altieri parecía permitirse era el de aparcar su vistoso Porsche Cayenne en la plazuela situada detrás del palacio, en una de las dos plazas de aparcamiento que había. La otra plaza la tenía reservada Federico Zernich, pero, desde que el anciano empresario se desplazaba con dificultad, el rectángulo azul permanecía casi siempre vacío.

Técnicamente, instalar un GPS en medio de la calle podía ser peligroso. No había viviendas privadas desde cuyas ventanas alguien pudiese asomarse, pero sí era una zona muy transitada. Podían descubrirlos con facilidad. Sin embargo, el tiempo apremiaba. Costa sentía la urgencia de encontrar a Valentina y no podía permitirse exponerse a arriesgados seguimientos en coche hasta que en algún momento se pudiera por fin colocar el localizador debajo del coche de Altieri. En su casa, el hombre aparcaba el SUV en el garaje y seguirlo en sus recorridos por el campo los habría expuesto demasiado. Así que decidieron hacerlo ahí.

Tuvieron suerte. El aguanieve de la víspera se había convertido en una nevada persistente que hizo que casi todo el mundo se quedase en casa, a resguardo del frío. Piovesan permaneció vigilando, en la esquina de la avenida Milano, y Costa se encargó de instalar el dispositivo.

Era un mecanismo simple, magnético, provisto de una pila bastante potente, aunque, como todos los dispositivos que no se conectan a la instalación eléctrica del coche, de duración limitada. Cuando Costa había llamado por teléfono a Loris, le había pedido que llevara algo de material, pero, naturalmente, tuvieron que conformarse.

Costa pasó al lado del coche de Altieri, comprobó que no había nadie a la vista y se inclinó rápidamente. El imán del GPS se pegó enseguida al bastidor inferior del parachoques trasero. El dispositivo no se veía, a menos que el Porsche fuera colocado en un elevador de coches, y era muy improbable que se soltase, salvo esfuerzos extremos. Cuando Costa se acercó a Piovesan, en la calle, los ojos del muchacho iban de un lado a otro.

—No nos ha visto nadie —trató de tranquilizarlo.

—Me estoy arriesgando mucho, señor.

—Lo sé. Y te repito que no te lo reprocharé si decides dejarlo aquí. Ya has hecho incluso demasiado. De todos modos, Valentina te estaría muy agradecida. —Guardó silencio. La mención a ella hizo que cayera una sombra sobre los dos.

—Ya estoy metido —dijo Piovesan, tratando de sonreír—. He pedido unos días de permiso. —Miró hacia la fachada del edificio en cuyo interior estaba Claudio Altieri, que, desconocedor de su presencia, se ocupaba de los negocios de la familia Zernich. Era tan difícil imaginarse a ese hombre, por inquietante que fuese, participando en feroces homicidios. Y sin embargo Piovesan sentía que podía fiarse: Costa emanaba una especie de magnetismo imposible de ignorar. Y, además, eran amigos de Valentina—. ¿Y ahora qué hacemos? —preguntó.

—Tenemos que seguir a Altieri y ver adónde nos lleva. Si es realmente cierto que ya no tiene el teléfono intervenido, y sus amistades en la comisaría lo habrán tranquilizado sobre eso, podría cometer algún error. —Pero Costa sabía que no era tan sencillo. Tenían que confiar en un auténtico golpe de suerte.

El móvil sonó.

—Es Loris —dijo. Escuchó lo que el técnico le comunicaba, mirando a Piovesan—. Caruso está vivo —anunció luego.

Era lo que esperaba. El comisario Caruso era quizá la última persona que había visto a Valentina. Era el rastro que ella había mencionado en su último mensaje.

Pero Loris Manna tenía otra novedad.

115

La idea se le había ocurrido porque era un apasionado del cine. Su imaginario fílmico había contribuido a que se convirtiera en policía aficionado a la tecnología. La película, en este caso, era *Blade Runner.* Pero ese truco había sido utilizado también en otras películas famosas. El hecho es que los espejos, y a veces también los cristales, reflejan. No es un secreto.

La primera vez que vio la crucifixión, enseguida había tenido esa idea, pero se impuso el horror que le causaba lo que le hacían a aquel viejo. Por obligación tuvo que verlo de nuevo muchas veces. Y pronto la idea volvió a llamar a la puerta de su conciencia. Hasta que decidió intentarlo.

El fondo contra el cual los tres hombres encapuchados habían torturado al pobre mendigo era, indudablemente, la Villa Zernich. Se notaban bien el muro de una de las *barchesse*, probablemente la situada al este, y parte de la pared del resto del edificio. Aparecía también una parte de un gran vitral, uno de los que daban al espléndido jardín palladiano. Agrandando ese pequeño fragmento de fotograma, se veía una sombra en el trozo de cristal encuadrado.

A lo mejor, un mueble dentro de la casa. O una simple mancha del rollo. Una deformación del vidrio, un arañazo. Podía ser cualquier cosa. También el reflejo de cualquiera que estuviese delante.

Quizá el cuarto hombre. El que estaba utilizando la cámara para filmar el suplicio de san Pedro, el director oculto de aquel horror.

Manna decidió llegar hasta el final, sin avisar antes a Costa. No le gustaba crear falsas esperanzas. Y no estaba seguro de que sus programas de limpieza y filtro de la imagen fueran a dar un buen resultado.

En cambio, algo apareció. Poco más que un fantasma. Pero en el cristal se reflejaba, efectivamente, la figura de un hombre con una cámara. El rostro estaba en parte tapado por la cámara y en parte era irreconocible debido a la mala calidad del vídeo. Pero, en un momento dado, el desplazamiento de una sombra, un movimiento del operador, quizá una nube que pasaba delante del sol, y la iluminación cambiaba, volviendo más nítido el reflejo. Entonces, el hombre movió la cara, saliendo del cono de sombra de la cámara. Apenas un instante. Pero fue suficiente. Estaba sonriendo. El viejo que se encontraba delante de él moría atravesado por los clavos y él sonreía.

—¿Se ve la cara? —preguntó Costa al teléfono.

—Sí. No es gran cosa, pero se le reconoce... —Loris parecía jadeante—. La he comparado con las fotos que he podido encontrar. Internet está lleno de sus imágenes. Bien es cierto que han pasado casi treinta años, él ha cambiado mucho y la calidad, ya te lo he dicho, no es la mejor. Y no deja de ser un simple reflejo en un cristal. Pero yo creo que es él.

—¿Quién? ¿Altieri?

—Altieri debe de ser uno de los tres encapuchados. En el fondo, es su brazo derecho, su criado, ¿no?

Costa asintió. Sí. Parecía lógico. Casi previsible.

—Zernich.

116

Vivía en Piove di Sacco, un pueblo entre Padua y la laguna de Venecia. Se trataba de una de las muchas zonas del este que no eran todavía mar y tampoco campiña y donde además parecía imposible vivir como uno no fuera de ahí. Una casa de una planta, al borde de una carretera que parecía llegar de la nada y en la nada evaporarse, rodeada de otra decena de casas iguales, anónimas, difíciles de distinguir. Lo único que caracterizaba a ese lugar era un campanario de un centenar de años de antigüedad situado al otro lado de la carretera. Pertenecía a una iglesia a la que debió de sorprender la construcción de esa franja de asfalto y que ya no debía cobijar a Dios entre sus paredes.

Costa aparcó el coche en el escaso espacio que había delante de la casa de Domenico Caruso, tratando de acercase al cercado para invadir lo menos posible la carretera por donde pasaban cada minuto, raudos, coches y camiones, ajenos a la presencia de ese pequeño lugar habitado. La velocidad amplificaba el ruido del tráfico, y era más que probable que en aquella zona las casas hubiesen perdido mucho valor desde que existía esa inútil carretera. Costa se quedó unos minutos en el coche imaginándose al hombre que vivía solo en aquella casa. Aquella casa que parecía un lugar de expiación más que de descanso.

El comisario Caruso no le abrió la puerta hasta que no llamó varias veces.

Cuando lo hizo, le pareció, a causa de la penumbra, que aparentaba menos de ochenta años. Luego comprendió el motivo.

Domenico Caruso tenía la piel tersa y brillante no porque llevase bien la edad, sino debido, con toda probabilidad, a una terapia a base de cortisona. En realidad, visto de cerca, solo estaba hinchado. Los ojos pequeños y negros se hundían entre los pliegues de la carne, mientras unas finas telarañas de capilares dibujaban en el rostro una geografía de dolor y de resignación.

—¿Quién es usted? —preguntó con una voz angustiada y hostil—. No esperaba a nadie.

Costa le enseñó la placa, que el viejo miró con dificultad.

—He visto muchas así —dijo—. No significa nada.

—Me llamo Fabio Costa. Necesito hablar con usted. No le robaré mucho tiempo.

—No me interesa. Déjeme en paz, por favor.

—Cinco minutos solamente. Quisiera hablar de un caso que usted llevó hace bastantes años.

Caruso no se movió de la puerta.

—Hace muchos años que estoy jubilado, señor Costa. Y la memoria no funciona como antes; lo siento, pero no podría serle útil. —Quiso cerrar, pero Costa puso una mano en la puerta. Aun así, Caruso trató de empujar, en vano—. Soy mayor y estoy enfermo. ¡Déjeme en paz, se lo ruego! —El tono se había agudizado y Costa vio la antigua determinación del policía. El alma del policía aún vivía bajo aquella carne hinchada.

—Lo haré, lo dejaré en paz si tiene la bondad de escucharme. Usted conoció a una compañera mía, señor. A Valentina Medici. Sé que estuvo aquí y ahora ha desaparecido. Y ha desaparecido por algo que usted mismo le reveló. De manera que encontrará tiempo para mí... de una manera u otra.

Estaba echándose un farol. No tenía ninguna prueba de que Valentina hubiese estado realmente con Caruso. Pero el anciano se puso tenso, y, en el tiempo que tardó en responder, valoró todas sus posibilidades. Al cabo, se movió hacia un lado, cabizbajo.

—Pase —le ordenó—. Pero, por el amor de Dios, ¡dese prisa!

Cuando la puerta se cerró detrás de ellos, los ojos de Caruso se convirtieron en dos faros de luz negra. La voz le tembló cuando dijo:

—Lo siento por su compañera. Pero le dije que era muy peligroso. Y, si usted está aquí, significa que ella está muerta.

117

El coche alquilado era un incómodo Dacia Sandero que tenía mal la calefacción. Mientras que a Manna, sentado en el asiento del copiloto, parecía que eso le daba igual y no paraba de tomar fotos, Piovesan, al volante, trataba de que los dedos no se le congelaran.

—¿No comprobaste que todo funcionaba bien? —preguntó el inspector—. Aquí dentro te quedas helado.

Manna miró en la pantalla de la Nikon las últimas tomas.

—Busqué un coche que no llamara la atención, y este fue el único que encontré. Tenían que revisarlo, pero nosotros lo necesitábamos enseguida, ¿no?

—No lo sé. Todo me parece una pérdida de tiempo.

—¿Desde cuándo estás en la policía judicial?

—Soy agregado, en realidad. A la espera de que decidan aceptarme o no... Cinco meses, en cualquier caso.

—¿Y antes?

—En las oficinas de una comisaría. Pero quería ser policía, no administrativo.

—Demasiado joven, de todos modos. Tienes que aprender unas cuantas reglas. Las vigilancias son aburridas y pueden durar varios días. Más vale que te acostumbres si realmente quieres dedicarte a esto.

Pero Piovesan no estaba convencido. Seguían a Altieri desde el amanecer y todavía no había pasado nada. Como nada había pasado en las semanas anteriores, cuando Valentina había puesto su móvil bajo interceptación. Ahora, desde luego, parecía más fácil. Era probable que Altieri en este momento se sintiese seguro y estuviese moviéndose libremente. Con el GPS, además, podían dejar que siguiese desplazándose cuando el tráfico era muy denso o cuando, por una de las carreteras provinciales, corrían el riesgo de que los viera. Pero las rutas que hacía el factótum eran siempre las mismas. Y, a pesar de que Piovesan tenía absoluta confianza en Costa y Manna, tal y como la había tenido en Valentina, a veces pensaba que esa historia no tenía salida. Quizá, en el fondo, Lomastro tenía razón: el caso Sileri había concluido con la muerte de aquel asesino.

—¿Adónde irá ahora? ¿No tendría que ir a hacer su ruta habitual? —Loris estaba mirando la señal del GPS en una tablet. La flecha que representaba el coche de Altieri acababa de salir de las oficinas de la fundación y estaba avanzando hacia el norte, a pesar de que a esa hora el hombre solía dirigirse hacia las colinas Euganeas para empezar su inspección.

Piovesan echó una ojeada a la pantalla y corrigió la dirección para seguir a Altieri. A lo mejor había hablado demasiado pronto. Por primera vez, el objetivo que tenían cambiaba algo en su propia rutina.

Pronto la señal se detuvo.

—¿Dónde está? —preguntó Loris.

—Ahí —dijo Piovesan, aminorando la marcha y señalando el Porsche oscuro, un poco más adelante de donde se encontraban ellos. Estaba aparcado en una plaza para discapacitados, delante de la tapia de una enorme villa. Justo delante del edificio, oculto por los árboles de un jardín que era fácil de imaginar grandioso, corría plácido el río Brenta y, a menos de cien metros, estaban los Giardini dell'Arena, que todos los paduanos conocían perfectamente.

Piovesan paró el Dacia a un lado de la carretera, tratando de pasar inadvertido.

—Esa es la casa de Federico Zernich —dijo.

«Zernich».

Costa había sido claro.

«Todo nos conduce a él, a Federico Zernich. Que el rostro que se refleja en ese cristal sea realmente el suyo no es tan determinante a estas alturas. Valentina lo habrá descubierto por otros caminos, pero todo encaja, todo tiene sentido si suponemos que él está detrás de los crímenes. El de 1970, el del mendigo anciano, y también los de Sileri. Pero tenemos que pillarlo con pruebas evidentes. Y antes tenemos que encontrar a Valentina».

En ese instante, Altieri se apeó del coche y se acercó a la enorme verja que se estaba abriendo delante de él. Desapareció rápidamente en el interior.

—¿Por qué no ha entrado con el coche? —preguntó Piovesan.

—A saber. Esperemos y ya veremos qué ocurre.

La espera fue breve. Diez minutos después, la verja volvió a abrirse. Altieri reapareció acompañado de una mujer de mediana edad, corpulenta, vestida con un traje sastre gris. Incluso a esa distancia resaltaban sus espesas cejas.

—La cuidadora de Zernich —anunció Piovesan—. La vi cuando lo acompañó a la comisaría. Se llama Hannie Janssen, creo que es holandesa, o belga. Trabaja para Zernich desde hace unos diez años, desde que él no es del todo autónomo.

Loris hizo una serie de fotos.

Altieri se detuvo a hablar con la mujer unos minutos, luego volvió al coche. Más allá de la calle, la atención de la cuidadora de Zernich pareció fijarse en ellos. Ojos grandes como los de un animal que olfatea una presa. Solo fue un instante. Porque enseguida Janssen miró hacia otro lado y desapareció detrás de la verja, que se cerró a su paso.

El Cayenne de Altieri reanudó la marcha y ellos lo siguieron.

—No parece que hoy quiera salir de la ciudad —comentó Piovesan, mirando las luces traseras del SUV gris—. ¿Crees que pronto pasará algo?

—No lo sé. Ojalá que sí. Me gustaría que esta historia terminara.

—Sí, que termine, a mí también me gustaría.

118

El viejo se sentó en un sofá de color indefinible. Su respiración jadeante era el único ruido que sonaba en la habitación. Tenía los ojos clavados en el intruso.

Costa miró de un lado a otro. Una mesa cubierta de una tela verde, pegada a una pared, con un par de sillas elegantes. Cogió una sin pedir permiso, la arrastró y la colocó delante de Caruso. También se sentó.

—¿Por qué ha dicho eso?

—¿Qué he dicho?

—Que mi compañera podría estar muerta.

—¿Qué quiere usted de mí? —preguntó Caruso, la voz quebrada por el asma repentina.

—Solo la verdad, comisario…, la que le contó a mi amiga. Nada más.

—Ya no soy comisario. Desde hace mucho nadie me llama así.

—Fue policía. Quien lo fue, lo sigue siendo siempre.

—¿Sí?

—Eso dicen.

El anciano pareció reflexionar.

—Si fuese un buen anfitrión tendría que ofrecerle algo de beber —dijo, entre una respiración y otra—. Quizá un café. Pero no tengo nada que ofrecerle. Solo quiero que se marche usted de aquí.

—Me marcharé en cuanto me haya dicho usted lo que sabe.

—No tengo nada que decirle. Ya no tengo memoria.

—No le creo.

—Piense lo que quiera. Me gustaría que me dejase en paz... —La voz le tembló. Le estaba casi implorando.

—Mi amiga estuvo aquí, en su casa. Por algo importante.

—Su amiga seguía una pista equivocada... —Se mordió el labio como para impedirse continuar—. Déjeme en paz.

—¿Por qué está convencido de que está muerta?

Desde el instante en que Caruso había pronunciado esa predicción sobre Valentina, la mente de Costa empezó a resbalarse por derroteros por los que nunca habría querido ir. Y, al hacerle esa pregunta que nunca habría querido formular, se dio cuenta, por primera vez, de que parecía la única horrenda verdad de la que se podía disponer. Valentina estaba muerta. Todo lo que había ocurrido en los últimos días conducía a esa respuesta.

—Yo no sé nada de su amiga —volvió a decir con voz temblorosa Caruso.

Costa sintió más la rabia que guardaba en un rincón del alma. Dejó que se notara un poco, acercándose a Caruso.

—¿A cuántas personas ha interrogado durante su carrera, comisario?

—¿Qué quiere decir?

—Apuesto que a muchas. Como yo. ¿Y cuántas han confesado sus pecados delante de usted?

Caruso no respondió.

—Usted era un buen policía, estoy seguro. Pero yo también. Y, al igual que usted, he aprendido a saber cuándo alguien miente. Y a hacerlo hablar. No es instinto. Es experiencia. Así que deje de decirme chorradas. No ofenda mi inteligencia, compañero.

Estaba tan cerca de su cara que el anciano tuvo que percibir el olor de la furia que Costa estaba conteniendo. El excomisario se encogió en el sofá. Su voz se convirtió en lamento.

—Pero yo realmente no sé qué le ha pasado a su amiga —dijo. Y cuando vio endurecerse aún más la expresión de Costa, añadió—: No estoy mintiendo, se lo juro. Lo único que pasa es que sé de qué son capaces. Me lo hicieron a mí hace muchos años. Y las cosas no han cambiado hoy. Al revés, han empeorado.

—¿De quién está hablando?

Caruso meneó la cabeza. Siguió murmurando, parecía que lo hacía más para sí mismo que para Costa.

—Pero yo se lo advertí, le dije que era gente peligrosa. Personas poderosas. Yo entonces no pude hacer nada, y tampoco puedo hacer nada ahora. Pero no es culpa mía... Tiene usted razón. Era un buen policía. Era realmente un buen policía. Pero ¿qué habría podido hacer contra ellos?

Tenía los ojos húmedos, Costa no habría sabido decir si por autocompasión o por rabia. A buen seguro, ya no había en él nada del descaro que debía de haberlo caracterizado siempre. Sin embargo, esas lágrimas contenidas no conmovieron a Costa; al revés, le repugnaron. Si bien hicieron que cambiara de tono.

—¿De quién está hablando, Caruso? ¿Quién es tan poderoso? ¿Quién lo ha amenazado?

La mirada del anciano brilló de nuevo y, durante un instante, por algo que no fue solo miedo. Sí, él también guardaba su ira en un rincón de la mente. A lo mejor era la ira lo que lo mantenía vivo.

Pero apretó los labios. Como un niño.

Costa no quería mencionar el nombre de Zernich. No hacerlo antes que Caruso. El expolicía tenía que llevarlo donde él. Pero cada instante era vital.

Le agarró la muñeca y la notó frágil. Eran huesos que podía partir en un instante. Su furia se apaciguó. La soltó enseguida. La pizca de vergüenza que sintió fue compensada por la convicción de que ese hombre era la clave. Y que le estaba haciendo perder demasiado tiempo.

El anciano se frotó la mano, encogiéndose todavía más.

Costa meneó la cabeza, exasperado.

—Ayúdeme, Caruso. Dígame lo que le dijo a Valentina. Si mi amiga está en peligro, deme la posibilidad de salvarla. Sálvela usted, Caruso... ¡Usted puede!

Algo le afectó. El anciano cambió de expresión. Pero seguía sin decir nada.

—Le preguntó por el homicidio de 1970, ¿verdad? —insistió Costa, aferrándose a ese indicio—. Los dos chicos asesinados en esa localidad..., Tombelle. Fue eso, ¿no?

La expresión del excomisario se animó, por segunda vez. De nuevo su rostro mostró el aspecto que debía de tener muchos años atrás.

—He perdido mucha memoria —dijo, recalcando las palabras—. Sin embargo…

—¿Sin embargo?

—Sin embargo, el asesinato de esos dos infelices, su penoso estado… —Se interrumpió. Miró el vacío. Suspiró—. Es verdad. Yo estaba ahí —dijo.

119

—¿No te parece que hay algo diferente en su manera de conducir?

Piovesan no tenía esa impresión. Altieri se había marchado de la casa de Zernich y desde hacía al menos media hora daba vueltas por la ciudad aparentemente sin rumbo. El flamante Porsche resaltaba en el tráfico de primera hora de la tarde, pero, también cuando se quedaban rezagados para no llamar la atención, el puntito en el mapa de la tablet de Manna no dejaba de parpadear, formando un círculo. Cada vez más amplio. Fuera del centro. Dentro del centro.

—No tiene una meta —concedió el otro—. Pero de ahí a decir que conduce de otra manera...

—Pero es así. Son matices, pero los hay. A lo mejor hemos tenido suerte, amigo mío. Altieri está a punto de hacer algo. Y está dando vueltas en círculo para cerciorarse de que no lo siguen. Deja que se vaya..., dejemos que se sienta seguro.

El agente continuaba dudando del análisis de Manna. Le habría gustado compartir su entusiasmo, pero no lo conseguía. Quizá no valía para ese trabajo. Quizá había sido un error dejar de ser oficinista en una comisaría y pasar a la policía móvil. Disposiciones y decretos, eso era lo suyo.

Altieri siguió moviéndose por el centro urbano. Se detuvo solo en otra ocasión, delante de una torre antigua situada en el cruce de dos canales y que parecía atrapada en una maraña de brillantes andamiajes. Vieron que aparcaba el coche en el borde de una senda que desde la calle principal iba hacia el edificio. Un cartel ilustraba los datos de la reestructuración en curso.

—El Observatorio astronómico —comentó Piovesan—. Es uno de los monumentos históricos que la Fundación Zernich está restaurando. Uno de los muchos, de hecho. —Y miró a Manna, como para que le confirmase de nuevo que el viejo estaba implicado en ese asunto. El benefactor de Padua.

Altieri regresó al coche apenas cinco minutos después, evidentemente tras comprobar el estado de las obras del edificio, que en ese momento parecía desierto. Y reanudó su peregrinaje, en apariencia sin meta.

Ahora, sin embargo, la flechita roja indicaba que el coche de Altieri se había detenido de nuevo. El GPS decía que estaba delante de ellos, a unos doscientos metros.

—Ahí está —exclamó Manna—. ¡Tú sigue, vamos, no te detengas!

También Piovesan lo vio. El Porsche estaba parado en la calle. Un barrio de las afueras. Torres, se veía poca gente. Altieri estaba entrando en un cibercafé. Y, antes de desaparecer en el interior, miró alrededor.

Ese gesto fue sorprendente e inequívoco: Altieri se estaba cerciorando de que nadie lo seguía.

Piovesan acercó el Sandero a la acera unos veinte metros más adelante. Por los espejos retrovisores podían ver la entrada de la tienda sin riesgo. Tenían que ser prudentes. Su coche era bastante anónimo, pero lo estaban siguiendo a distancia desde la mañana. Y ese hombre no era tonto. A Manna debió de gustarle que hubiera aparcado en un sitio bien resguardado porque le sonrió. Y Piovesan empezó a sentirse un policía de verdad.

Al cabo de media hora, Altieri salió. Volvió a mirar de un lado a otro, una ojeada rápida, y montó en su coche.

—¿Te atreves a seguir solo? —preguntó Manna, mirando por la ventanilla. Piovesan abrió la boca pero el otro añadió—: Claro que te atreves.

Se apeó rápidamente del coche, sin esperar respuesta, cruzó la calle y desapareció en el cibercafé.

Piovesan se quedó con la boca abierta. Miró el asiento vacío, ahora ocupado solo por la tablet de Manna. Apretó los labios, mirando alrededor.

—Claro, ¿cómo no? ¡Puedes irte! —dijo en voz alta.

La tablet volvió a parpadear y a él el corazón empezó a latirle un poco más fuerte.

El Cayenne de Altieri se estaba alejando. Piovesan se puso prudentemente en marcha y comenzó el primer seguimiento en solitario de su vida.

120

—Tenía treinta años y ya había visto de todo. Entonces no era como ahora, que puedes hacer una carrera entera casi sin salir de la oficina. En aquellos tiempos, estabas en la calle de la mañana a la noche, aprendías a conocer la ciudad como tu propia casa y a las ratas que vivían en ella como a tu propia familia. Te ganabas los galones, como decíamos nosotros. Pero algo como eso nunca me había pasado. Ni a mí ni a ninguno de mis compañeros. Un horror, se lo garantizo...

Caía la tarde y las pesadas cortinas hacían que el salón de Domenico Caruso resultara todavía más tétrico y agobiante. La oscuridad cada vez mayor y su voz gutural, quebrada por la respiración jadeante, contribuían a arrancar a Costa de su silla y a proyectarlo hasta ese 1970 lluvioso en el que todo parecía haber empezado.

—Conocía a los dos chicos. Marco Albanesi era de buena familia, estaba enganchado a las anfetaminas desde hacía mucho tiempo. En aquella época, eran las drogas más extendidas, ¿sabe? Mucho antes que la heroína. Tenía veintidós años, pero, de todos modos, no habría vivido mucho más, consumido como estaba por esa mierda que se metía por la vena. Su padre venía a vernos al menos una vez a la semana para rogarnos que lo salváramos o lo arrestáramos. Pero ¿qué podíamos hacer nosotros? Tendría que haber recibido ayuda mucho antes. Siento decirlo, pero ese chico, como tantos de su generación, ya estaba perdido. Linda, en cambio, era una prostituta. Puede que tuviera algún año más que Marco. La conocí cuando hacía la calle. Parecía que llevaba toda la vida en lo mismo. No era de Padua, pero aquí había echado raíces. No hacía ningún daño, aunque vivía en ese ambiente asqueroso. Aparte de eso, eran dos buenos chicos. Desdichados, ya sabe lo que quiero decir. En cualquier caso, no se merecían acabar así.

Caruso recordaba cada detalle, como si el descubrimiento de los dos cadáveres hubiese tenido lugar ese día y no cincuenta años atrás.

—Se abrazaban. Él inclinaba la cabeza sobre la de ella. Los labios se habrían tocado si no hubiese sido por esas dos asquerosas telas que las envolvían. Un espectáculo terrible, créame. Y yo había visto un montón de muertos... —Hizo una pausa. En la voz, ahora, un tono líquido, como si estuviese saboreando la amargura de ese recuerdo—. Alguien había notado la semejanza con un cuadro famoso, *Los amantes* de Magritte. Yo no entendía de arte y sigo sin entender de arte ahora, pero he visto las imágenes de ese cuadro. Y solo pensar que ese asqueroso montaje pudiese recordarlo es muy revelador de la mentalidad retorcida de ciertos periodistas. Aunque es cierto que ese fue el punto de partida de nuestras investigaciones..., un asesino que se inspiraba en una obra de arte. Una idea absurda. En aquel entonces, nadie hablaba de asesinos en serie o cosas así. No sabíamos qué era eso. No estábamos preparados.

Sollozó.

—¿Y sus investigaciones no condujeron a nada? —preguntó Costa, con cautela, tratando de no romper ese fino hilo de memoria.

—¿Investigaciones? No hubo investigaciones. Algo hicimos, pero poco. Nadie tenía interés en descubrir al asesino de dos marginados, porque, además, tampoco había muchas pistas que seguir...

—¿Cómo es posible? Las amistades, las relaciones... Un drogadicto y una prostituta... Solo en el ambiente de la droga y el de las putas habría conseguido decenas de nombres que comprobar.

—Sí, la típica rutina. —El tono del anciano se reafirmó. Como antes, durante un momento Costa entrevió parte de la personalidad que el comisario había tenido antaño. De vez en cuando afloraba, como residuos en una charca—. No es que no tuviéramos sospechosos. Ya lo creo que los teníamos. Mejor dicho, los tenía. Solo uno. Un solo culpable. La idea se me ocurrió casi por casualidad. Pero cuando la puse sobre la mesa sucedió algo...

De repente, ya no eran solo dos en aquella habitación repleta de sombras y de recuerdos. Había alguien más. En silencio. Escuchando. Los dos amantes estaban ahí, con ellos, y esperaban desde hacía medio siglo esa confesión.

—¿Quién? —Pero Costa ya lo sabía. En el fondo, ya lo sabía.

—Federico Zernich —dijo Caruso, murmurando ese nombre—. Todos sabían quién era realmente Federico Zernich. Pero solo yo pensaba que era un maldito asesino. Y eso me costó caro. Me costó todo.

121

En 1970, Federico Zernich tenía solo veintidós años, los mismos que Marco Albanesi, del que había sido amigo de la infancia. Caruso se había atrevido a profundizar un poco por su propia iniciativa, después de que a Zernich, como a otros jóvenes del lugar, los interrogaran un par de policías judiciales aburridos y poco diligentes. Las respuestas del joven no fueron convincentes. No precisaban serlo. Federico estaba seguro de que nadie lo iba a investigar. Nadie iba a atreverse a hacerlo. ¿Qué necesidad tenía, pues, de buscarse una buena coartada?

Caruso, en cambio, quiso saber más.

Descubrió, así que Federico Zernich, a pesar de las apariencias, no había tenido una infancia fácil. El padre, Nicola, era distante, totalmente frío con su hijo y estaba casi siempre ausente, dividido entre el trabajo y la compañía de prostitutas de alto nivel. Una pasión, la del sexo mercenario, que no ocultaba ni a su propia esposa, la anoréxica y glacial Marta. Ella, por su parte, tenía un solo amor, el arte, al que dedicaba todo su tiempo. Había formado una de las pinacotecas más importantes del norte de Italia. También se decía que se apasionaba más por los artistas que por sus obras, pero era, probablemente, más un chisme generado por el hecho de que era atractiva y porque no ocultaba su frecuente trato con los artistas a los que patrocinaba.

Federico se crio solo, confiado a nodrizas y a criadas que no disimulaban su desprecio por ese niño que demostró ser bastante raro desde muy pequeño. Cierta propensión a la violencia pareció, al principio, solo un rasgo de su carácter difícil que, con el tiempo, podía intensificarse. Sin embargo, la crueldad que lo caracterizaba superaba con creces la normal ausencia de piedad típica de los niños. Una de las tatas que Caruso consiguió localizar le confesó que el adolescente Federico Zernich tenía una pasión morbosa por la muerte. Lo había encontrado varias veces dormido en la cripta de la villa en compañía de cadáveres de pequeños animales que estrechaba contra su pecho. Perros, gatos, una vez una enorme rata, animales que con toda probabilidad había matado con sus propias manos. Cuando la mujer intentó hablar de ello con los Zernich, fue despedida de forma fulminante. Naturalmente, la testigo advirtió a Caruso que se negaría a formalizar cualquier declaración en ese sentido. Los Zernich eran demasiado poderosos como para poder hablar mal de ellos sin consecuencias.

Al crecer, Federico demostró más interés por una vida disoluta que por los negocios familiares que estaba destinado a heredar. Caruso encontró antiguos informes policiales que hablaban de correrías nocturnas con un par de amigos suyos, acabadas muchas veces en actos de violencia gratuitos. En al menos dos ocasiones, el joven, recién alcanzada la mayoría de edad, fue denunciado por haber maltratado a unas prostitutas. Una de ellas fue hospitalizada con heridas de arma blanca. El agresor, según el parte médico, le había hecho cortes en el abdomen con la intención de grabar un falo estilizado.

Y, sin embargo, el muchacho no fue nunca formalmente imputado. Las prostitutas no confirmaron las denuncias hechas en caliente a los policías, y, aparte de sus eventuales testimonios, no había pruebas contra él. No pasó nada, ni en aquella ni en otras circunstancias. Siempre, el padre —por persona interpuesta, ya que el viejo patriarca no tenía ganas ni tiempo de ensuciarse las manos con las hazañas de su hijo— compraba el silencio de las víctimas y los investigadores. No faltaba quien decía que también algunos magistrados del tribunal figuraban en su libro de cuentas. No digamos la policía. En el fondo, se trataba de los Zernich, la entera ciudad era de su propiedad.

Nadie, pues, se aventuró a comprobar las coartadas de Federico Zernich el día en que se suponía que había ocurrido el asesinato de Marco Albanesi y de Linda Bordoni, aunque había muchos indicios de sus relaciones con ambos. Y se decía que alguien los había visto juntos la noche anterior a su desaparición. Un testigo poco fiable, al parecer, que, en cualquier caso, permaneció siempre a la sombra. El destino de las investigaciones sobre el doble asesinato de Tombelle estaba prácticamente sellado. El caso fue pronto archivado y nadie tuvo nada que objetar.

—Pero yo lo intenté, al principio —dijo Caruso—. No sé exactamente por qué. A lo mejor me parecía injusto que la muerte de esos dos infelices quedase impune. A lo mejor porque, sencillamente, cumplía con mi deber. Sin embargo, sabía que tendría que luchar. De manera que lo primero que hice fue hablar con el compañero con el que trabajaba. Franco, se llamaba Franco Galati... —Miró a Costa, pero sus ojos exploraban los recuerdos—. Era mi socio. Usted sabe de qué hablo, ¿verdad?

Sí, Costa lo sabía. Se trataba de una praxis que antes era más frecuente. Dos policías salían a patrullar juntos, juntos investigaban, y estaban horas vigilando, arriesgando la vida. Como por norma solían ser los mismos, terminaba cuajando entre ellos una firme amistad. Un compañero en la policía es importante, casi sagrado. A veces el vínculo es más sólido que el que se tiene con una esposa o con un hermano.

—Bien —prosiguió Caruso—, si sabe a qué me refiero, sabe también lo importante que era para mí la opinión de mi compañero. Era impensable que no compartiese con él una sospecha como la que tenía sobre Zernich. Esa, sin embargo, fue la primera vez que no estuvimos de acuerdo. Franco decidió no seguirme en esa investigación. Dijo que me había obcecado y que, con todas las cosas de las que teníamos que ocuparnos, era absurdo perder más tiempo con ese asunto. En fin, él fue el primero que me desanimó. Aunque, desde luego, sí que estaba conmigo cuando descubrimos esos dos cadáveres. Lo sé, a veces puede haber una manera diferente de ver las cosas. Rara vez, pero pasa. Y, en principio, habría seguido sus consejos. Pero esa situación no la aceptaba. Estaba tan seguro de mis sospechas sobre Zernich que, incluso en contra de la opinión de Franco, hablé de ello con mi jefe de entonces. Naturalmente, él no quiso darse por enterado. Era un pusilánime, como todos los demás. Entonces fui a hablar directamente con el juez instructor que llevaba el caso.

Calló de nuevo. Y esta vez se dio más tiempo para continuar. Costa podía casi ver su memoria actuando. Reconstruía uno de los momentos más significativos de su vida. Quién sabe si Valentina había tenido la misma sensación.

—La mañana en la que estaba citado con el magistrado —continuó Caruso—, fuimos llamados de urgencia a incorporarnos al servicio. No solamente nosotros, sino toda la comisaría. Había habido enfrentamientos con los estudiantes delante de la universidad. En aquellos años, daba igual estar en la policía judicial, en el departamento de extranjería o en cualquier otro sitio. Ya se habían producido las primeras protestas y los primeros enfrentamientos en la calle, y le aseguro que no se parecían nada a las manifestaciones lloronas de hoy. Nacía el terrorismo delante de nuestros ojos y Padua estaba en la mira. Todos estábamos consagrados a ese frente, no solo el departamento político sino también la policía judicial. En cualquier caso, ese día, cuando llegamos, ya estaban ahí las unidades motorizadas, que habían cargado... La sección de Padua siempre ha sido una de las más eficientes. Los de la comisaría vigilábamos la parte exterior del barrio universitario. Pero una manifestación consiguió atravesar los primeros cordones policiales y se nos echó encima. —Suspiró de nuevo. Y quizá contuvo un escalofrío—. Estaba con Franco, como siempre. Pero pronto hubo un jaleo terrible. La confusión era absoluta. Era como estar en medio de una batalla, entre los gases lacrimógenos y los cócteles molotov que caían por todas partes. Hasta que alguien disparó. Varias veces. Y yo caí herido. De un solo tiro. En este hombro.

Sin que Costa se lo hubiese pedido, Caruso se desabotonó la camisa a cuadros y le enseñó la pequeña cicatriz a la altura de la clavícula.

—¿Ve? No cuento mentiras. Un solo disparo. La primera y última vez que he sido herido estando de servicio. Caí de golpe, pero no perdí la conciencia. Ni siquiera sentí dolor, o a lo mejor sí, ¿cómo voy a recordarlo? En cualquier caso, seguía vivo. En el hospital, los médicos me dijeron que todo iría bien, que el hueso había parado el proyectil. Sin embargo, estuve fuera de combate más de un mes. Y aquel juez de instrucción no estaba ahí desde luego para esperar a que me dieran el alta. Archivó la investigación, como se suele hacer. Zernich no ha figurado nunca entre los investigados. Pensándolo ahora, probablemente no habría podido hacer gran cosa, pero podría haberlo intentado.

—Pero no lo hizo —dijo Costa. No era una pregunta—. No lo intentó, quiero decir.

La mirada de Caruso se volvió extrañamente brillante.

—No. No busqué más pruebas para demostrar la culpabilidad de Federico Zernich. ¿Y sabe por qué? ¿Sabe qué fue lo que me hizo comprender que nunca podría meter a ese monstruo entre rejas?

Quizá Costa lo intuyó. Y Caruso le leyó la respuesta en los ojos.

—Ha comprendido, ¿eh? Usted es listo. Yo lo comprendí todo cuando estaba todavía en el hospital, hablando con los médicos. Me dieron a entender que el proyectil no había salido de entre los manifestantes, sino de más atrás. De donde estaban los nuestros.

Volvió a callar. Y, en el nuevo silencio, Costa tuvo que reconsiderar su juicio sobre el viejo comisario. Que ahora lo observaba para evaluar qué peso tenía realmente ese policía que había ido a su casa para obligarlo a revivir un pasado que habría preferido olvidar. Y no era el primero, porque Valentina ya había estado ahí.

—¿Ya ha comprendido por qué dejé de investigar?

—Su compañero. Su amigo... —murmuró Costa.

—Muy bien, señor. Mi socio... ¡Joder, mi hermano! Al final, lo descubrí casualmente... o quizá no. Quizá nunca me lo había querido ocultar. Ocurrió cuando fue a verme al hospital. Se lo noté en los ojos. En su silencio. En su incomodidad. Era incapaz de mirarme. Y yo no me lo quería creer. Pero, cuando le pregunté el motivo, confiando en que me dijese que estaba equivocado o que, a lo sumo, había sido un error, una fatalidad, comprensible en todo aquel alboroto..., él me dijo simplemente que su mujer tenía un tumor. Un carcinoma en el cerebro. Un tipo de cáncer para el cual solo tratamientos muy caros podían ofrecer una posibilidad, aunque escasa, de curación. ¿Y sabe quién pagaría ese tratamiento? ¿Quién les permitiría a él y a su mujer albergar esa esperanza?

Costa asintió. No podía hacer otra cosa ante la enormidad de lo que Caruso le estaba confesando.

—No tengo auténticas justificaciones para haber dejado de perseguir a Zernich, lo sé —dijo el otro—. Y no es que ese proyectil me hubiese asustado tanto solo porque nunca había contado con que podía morir en acto de servicio, al revés. O porque mi hermano era el que me había disparado. Quien, por otro lado, me juró, entre lágrimas, que no tenía que matarme, solo dejarme fuera de juego. No. Me asusté porque comprendí el enorme poder que tenía Zernich y lo que le encantaba usarlo. Comprendí cómo razonaba ese monstruo. No iba a limitarse a dañarme directamente, utilizaría a las personas que quiero. Todas las personas cercanas a mí estarían en peligro. Amigos, parientes, todos. No hablo de un peligro físico. Zernich había corrompido el alma de Franco. Lo había destruido. Y todo porque yo me había emperrado y quería tener razón.

Calló. Un nuevo silencio. Aún más pesado que el que había acompañado sus palabras hasta ese momento.

—¿Y después? —preguntó Costa—. ¿Qué pasó después?

Caruso volvió a mirarlo a la cara. Ahora parecía más aliviado.

—Nada —respondió—. El caso fue archivado y sanseacabó. ¿Qué otra cosa podía pasar? Un drogadicto y una puta asesinados. ¿Y eso a quién puede importarle? Por mi parte, seguí con lo único que sé hacer, trabajando de policía. Ya no con el mismo compañero, por supuesto, pero, de todos modos, me ha ido bien. Sigo aquí, ¿lo ve? Vivito y coleando..., aunque ya por poco tiempo, supongo.

—¿Y Zernich?

—Claro, Zernich... Bueno, después del asesinato de los dos muchachos y aquella espantosa escenificación, desapareció. Durante años no se supo nada de él. No creo que fuese por remordimiento ni por miedo. Lo que creo es que quien sabía lo que había ocurrido se encargó de que el muchacho desapareciese en la sombra. Siempre protegido. Al menos, hasta que se calmasen las aguas. Quién sabe, a lo mejor temían que otro comisario Caruso, más valiente y honrado que yo, pudiera despabilarse y concluir la tarea por la que le pagaban. —Sonrió amargamente—. Unos años después, sus padres murieron en un accidente de coche. Nada sospechoso, aunque era raro que estuviesen juntos en el

Jaguar del viejo. Hacía años que esos dos prácticamente ni se hablaban. Pero fue lo que ocurrió y no me pregunte más. Nadie se puso a hacer suposiciones como las que le veo ahora en la cara. Y yo he tenido buen cuidado de no meter ahí la nariz. Ya la había metido mucho. —Levantó la barbilla, como para desafiar a Costa a que lo contradijera—. Tras su muerte, Federico reapareció —continuó—. Se había hecho mayor y ya no parecía el muchacho calavera al que le gustaba correr en coches de lujo e ir detrás de las prostitutas. Se había convertido en un hombre, en un empresario capaz de llevar las riendas del imperio de su padre y de dirigirlo a lo grande. En ser incluso un benefactor. En fin, limpio como un traje recién salido del tinte, enseñó a la ciudad su mejor rostro. Listo, ¿eh? Los engañó a todos. También a mí, que por un momento pensé..., Dios me perdone..., que a lo mejor habíamos hecho bien en no profundizar en su implicación en la muerte de esos dos infelices.

—Pero luego ocurrió lo del mendigo —intervino Costa.

—Exacto. Veinticinco años después, la fiscalía del distrito de Venecia ordenó una serie de registros. Era una importante investigación acerca de una organización de pederastas. Trata de niños, ¿comprende? Y comerciaban vídeos que contenían escenas vomitivas, atroces... A nosotros nos tocaron un par de gusanos, pero en su casa no encontramos casi nada. Alguna foto, nada importante. Mejor así. Pero luego me enteré de que había un vídeo que habían secuestrado durante la operación, no recuerdo dónde, en el que aparecía la crucifixión de un viejo. En aquel momento no había un término para esos vídeos, pero alguien hablaba de *snuff movies*... o como diablos se pronuncie. Cuando lo vi, ese vídeo me removió algo.

—¿Qué?

Caruso asintió. En ese momento, el que estaba delante de Costa era el comisario que durante muchos años había formado parte de la policía judicial. Un policía auténtico. Seguro de sí mismo.

—Me acordé del comunicado de hacía un año sobre la desaparición de un mendigo en un pueblo de aquí cerca, entre Padua y Verona. Y algo me resonó en la cabeza. ¿Le ha pasado alguna vez? Si es usted un buen policía, tiene que saber a qué me refiero.

No es instinto. Es enlazar lo que tenemos archivado en el cerebro con lo que tenemos delante de los ojos. Todo encaja en la mente.

Costa sabía a qué se refería.

—De vez en cuando pasa —dijo el comisario jubilado—. Fui a recabar los detalles de esa desaparición. Había solo el fax con los datos del hombre, la foto y un recorte de prensa que hablaba de ello. Junté las dos cosas. La historia de la desaparición y el vídeo de la crucifixión. El anciano podía ser el mismo. Investigué un par de cosas. Y comprendí. Aquello no era un montaje, al pobre infeliz lo habían clavado de verdad. Solo alguien como Federico Zernich podía haber concebido algo semejante. ¿Y sabe qué era lo peor? Que también entonces, después de descubrir que ese maldito nunca había dejado de torturar y matar, no hice nada. Nada, ¿comprende? Porque me dio miedo que no me creyesen. De no tener la suficiente fuerza para parar a ese perro. Que me llegara otra bala, y quizá no al hombro. Que otra persona cercana a mí fuera inducida a traicionarme y a traicionarse a sí misma. Y me dije que, al final, no merecía la pena. En el fondo, ¿a quién había matado ese desequilibrado? A un mendigo, a un toxicómano y a una puta. Y yo no tenía ni una sola prueba.

En la oscuridad que ya había invadido la habitación, Costa reparó en que Caruso estaba llorando de nuevo. Ahora a Costa no le parecía repugnante, pero no tenía palabras de consuelo. No podía consolar a ese hombre. Porque el viejo policía tenía razón: era culpable. Culpable como todos aquellos que habían permitido que ese asesino cultivase sus perversiones, su deseo de sangre, su pasión por el sufrimiento.

—Si lo hubiésemos parado, habríamos salvado muchas vidas —confirmó con voz rota Caruso—. Y, en cambio, no hicimos nada. Yo no hice nada.

122

En la puerta de la casa, sin levantar la mirada, pronunció las últimas palabras:

—Su amiga estaba estremecida cuando se marchó. Pero también decidida. Yo, que soy un cobarde, solo le dije que tuviera cuidado. Zernich era poderoso entonces y lo es ahora, a pesar de que es un viejo enfermo. Y no está solo, nunca ha estado solo. Hay gente con él. No solo personas que lo protegen por ser un tipo importante. Creo que hay alguien que comparte sus insanas pasiones. Pero no tengo pruebas. Nunca las he tenido. Y, si ahora le he contado lo que sé, lo he hecho solo porque ya no tengo nada que perder. Ya no tengo amigos. No tengo futuro. Nada. —Mientras cerraba la puerta de la casa, regresando a la sombra en la que vivía, añadió—: Solo espero que también su amiga, al final, haya sido tan cobarde como lo fui yo.

Pero los dos sabían que Valentina no era así.

Después de despedirse, Costa no pudo menos que comparar esa visita con el encuentro que había tenido con Loredana Talischer, la amiga de Sileri. Ella y el anciano comisario jubilado. Dos personas tan diferentes y, sin embargo, unidas por un destino semejante. Ambas con una vida eclipsada por el encuentro frente a frente con el mal. Ambas solas y conscientes de no haber hecho nada por salvarse ellas ni por salvar a los demás de la maldad que habían tenido la desdicha de mirar cara a cara. Y que podrían haber parado. O que podrían haber intentado parar.

El coche devoraba la carretera que lo conducía a Padua. Una

parte de su mente miraba la cinta de asfalto que alumbraban los faros, otra parte recordaba las palabras de Caruso. Valentina tenía razón. La solución estaba ahí, delante de ellos. Pero había que saber atraparla.

123

—Está saliendo de la ciudad. ¿Qué hago?

Loris Manna miraba la pantalla del ordenador y un sabor extraño, a tierra y sal, le invadía la boca. Lo que estaba mirando tenía un sentido. Pero lo aterrorizaba.

—¿Y bien? —La voz de Gabriele Piovesan, en el auricular unido al móvil, tenía una nota quejumbrosa—. ¿Qué hago?

—Sí, no dejes de seguirlo —respondió distraídamente Manna, sin apartar la mirada de las palabras que brillaban en el monitor. Colgó, sin esperar confirmación del otro. Tenía que reflexionar sobre aquello que había descubierto.

El cibercafé tenía seis terminales, todas vacías salvo aquella en la que estaba sentado él. El paquistaní que lo atendió torció un poco el gesto cuando Loris se presentó y le preguntó dónde se había sentado el hombre que acababa de salir.

—¡Yo estoy en regla, pago mis impuestos! —protestó aquel, y Loris le contestó que no estaba interesado en sus impuestos y que lo único que quería era usar el mismo terminal que ese sujeto. El hombre lo acompañó al sitio sin añadir nada más.

No era fácil recuperar la página web que Altieri había presumiblemente visitado, pero Loris sabía un par de trucos que le había enseñado un hacker de Anonymous al que hacía un año habían arrestado en una redada. Las sugerencias que le había hecho a cambio de que hablara bien de él al juez le fueron de gran utilidad, y así tras unos pocos pasos Loris ya estaba navegando por las mismas páginas que el lacayo de Zernich había abierto.

Aunque la satisfacción duró muy poco, pues lo que sintió enseguida fue consternación.

La llamada de Piovesan lo había distraído solo un instante. Pero ahora, enlazándola con lo que acababa de descubrir, todo cobraba sentido. Un sentido ineluctable. Tenían que darse prisa.

Llamó a Piovesan y le pidió que no perdiera de vista el coche de Altieri.

—Ha dejado la autopista y acaba de entrar en la nacional 47... Estamos saliendo del Véneto..., ¡nos dirigimos al Trentino! —dijo con voz alarmada el joven policía.

—Con mayor razón, no lo pierdas. Pero mantén cierta distancia. Te alcanzaremos lo antes posible.

—¿Me alcanzaréis? ¿Quién? ¿Cuándo? ¿Qué está pasando, Loris?

—No lo pierdas, te volveré a llamar. ¡No lo pierdas!

Colgó y marcó el número de Costa, que respondió en el acto, como si tuviera el teléfono en la mano.

—Lo ha confirmado —dijo enseguida Costa—. ¡Fue Zernich!

—¡Lo sabía! Él es el que se refleja en ese cristal. Dios, Fabio..., ¿desde cuándo actúa ese psicópata?

—Más tiempo del que te podrías imaginar. Mata desde hace cincuenta años, Loris, y creo que no está solo. Nunca lo ha estado...

—Para mí que Altieri hoy ha ido a hablar con Zernich —lo informó el analista—. Lo hemos seguido hasta la casa del viejo. Y ahora ha dejado la ciudad. Piovesan lo está siguiendo. Pero hay algo que tienes que saber, mejor dicho, que tienes que ver.

—Dime dónde estás —decidió Costa—. Acabo de volver al hotel, pero salgo enseguida. Voy a buscarte y luego alcanzamos al chico.

—Te mando la localización al móvil. Y..., ¿Fabio? —Una leve vacilación.

—¿Sí?

—Si le han hecho daño a Valentina...

—Lo sé —lo interrumpió Costa, con rabia—. Lo sé.

124

Antes de salir, revisó la Beretta.

Manipular esa arma tibia casi le causó placer. Nunca le habían gustado las armas, las consideraba solamente una herramienta necesaria, la *extrema ratio*. Llevar la calibre 9 mm de doble cargador siempre había sido un engorro. Ahora sentía la necesidad de empuñarla. Se imaginaba que tendría que usarla. Contra Altieri. Contra el anciano Zernich. Serviría para salvar a Valentina.

O para vengarla.

Trató de dejar de lado esa idea. Metió el arma en el cinturón, debajo del jersey negro, se puso el pesado chaquetón y salió de la habitación. Tuvo la sensación de que cerraba algo más que la puerta de la habitación de un hotel. Estaba sellando una vida entera. Una vida marcada por terribles, imperdonables errores. Pero que ahora le ofrecía una última, una inesperada oportunidad.

Cuando llegó a su viejo Volvo, vio a los dos hombres. No hacían nada por ocultarse. Estaban de pie junto al coche, en el frío de la noche, y sin duda lo esperaban a él.

Reconoció a Gaetano Lomastro, el jefe de la policía judicial de Padua. El hombre se le acercó, con una sonrisa tan evidentemente falsa que resultaba ridícula.

—¡Fabio Costa! Así que me habían informado bien… ¡Cómo estás, querido amigo!

Le tendió la mano sin quitarse los guantes, las gafas ligeramente empañadas. Detrás de él, el segundo hombre, un policía joven y atlético, no se movió ni sonrió.

—Lomastro —dijo Costa, cauteloso—. ¿Estás aquí por mí?

—Bueno, quería saber si era verdad que estabas en Padua. Me lo habían dicho, pero me sonaba raro. No sabía que aquí tuvieras... ¿qué? ¿Amigos? ¿Parientes?

Costa lo observó.

—Tenía una amiga, en efecto, a la que había venido a ver. Pero nadie sabe qué ha sido de ella. Valentina Medici. Tú la conoces, ¿verdad?

La sonrisa de Lomastro no se alteró. Y su voz no se concedió pausas.

—Preciosa chica... y excelente policía, lo digo en serio. Pero regresó a Roma hace tiempo. Lo que no entiendo es que, siendo tu amiga, no te dijera que aquí ya había acabado su trabajo.

—No hablo con ella desde hace días. Mi culpa, quizá.

—Claro, quizá. A las mujeres hay que mimarlas, Fabio. Lo sabes, ¿no? Mimarlas y no decepcionarlas. Nunca.

—¿De modo que tú no la has vuelto a ver?

—Ya te lo he dicho, aquí había terminado su trabajo. Y, francamente, no es que me importe mucho lo que Medici haga en su tiempo libre. Si no ha regresado a Roma, a lo mejor está follando con otro, en alguna parte... Mejor olvidarla, ¿no? —Le guiñó un ojo.

Costa se movió, casi imperceptiblemente, y Lomastro se llevó una mano a la cara, como para defenderse, volviendo la cabeza hacia el otro lado. Luego se rio, nerviosamente.

Costa se contuvo, pero algo debió delatarle. La cárcel emotiva donde había encerrado la ira empezaba a ceder. Y se notaba. El policía joven que estaba detrás de Lomastro apretó los puños.

—Valentina es amiga mía —dijo con calma—. A lo mejor tendrías que ser un poco más respetuoso, Lomastro.

Toda sombra de falsa cordialidad desapareció de la expresión y de los modales del otro.

—Pues hablemos con claridad —dijo—. A mí me importa un carajo Valentina. Si te he esperado aquí, pasando frío, no ha sido para tener una charla de amigos, sino para ponerte sobre aviso.

—Me lo imaginaba. Teníais todo el aspecto de dos sicarios esperando a su víctima, ¿sabes?

—Ríete, si quieres. Tu Valentina no me ha roto los huevos solamente a mí y a un par de caballeros de esta ciudad. Se ha ganado la enemistad de medio departamento. ¿Sabes que en Roma están cabreados con ella? También contigo, por decirlo todo, pero tú ya estás acostumbrado a eso, ¿no? Entre un polvo y un suicidio asistido...

Le atizó un puñetazo, seco, en la mejilla izquierda, pero en ese golpe confluyó toda la furia de esos días. Lomastro se desplomó como una marioneta a la que le hubieran cortado de golpe los hilos. No lanzó ni siquiera un gemido.

El policía que había ido con él avanzó hacia Costa, que lo encaró con una sonrisa. Lo que estaba haciendo tenía algo de liberador.

—Si quieres, tengo también para ti. Me encantaría que lo probases. De verdad que me encantaría.

El agente se detuvo, perplejo. Seguía concentrando su exhibición de fuerza en esos puños que abría y cerraba, pero todo quedaba en eso. Era evidente que estaba evaluando sus posibilidades. No estaba ahí para que le pegaran. Decidió evitar el enfrentamiento y se inclinó hacia Lomastro, que se estaba frotando la cara, todavía estupefacto y sin aliento.

—Estás jodido, Costa... —dijo el policía, escupiendo saliva y sangre que manchó la capa de hielo del asfalto—. Estás jodido. No sabes en lo que te has metido. No tienes ni idea...

También Costa se inclinó, acercando el rostro al de Lomastro, que empalideció y se quedó callado. El policía que sujetaba a su jefe volvió a ponerse en posición, esta vez listo para intervenir. Costa no se dignó mirarlo. Los tres estaban agachados sobre el asfalto, como tuaregs alrededor de una hoguera invisible.

—No. Tú eres el que está jodido —dijo Costa, observando las gotitas rojas que manchaban la barbilla temblorosa de Lomastro—. Pronto pagarás no solo por tu cobardía, sino por todos aquellos que antes que tú miraron hacia otro lado, por aquellos que no quisieron saber... Pagarás por cada víctima de esta historia. También por aquellas que cayeron antes de que tú vinieses aquí a pudrirlo todo. Y ruega por que entre ellas no esté también Valentina. Porque, en ese caso, lo pagarás directamente conmigo.

Se incorporó. Les echó una última ojeada a los dos hombres, luego regresó a su coche.

Cuando se marchó, el espejo retrovisor le devolvió la imagen de Lomastro, todavía sentado en el suelo, y de sus ojos como platos y atónitos.

125

Las luces de la ciudad habían desaparecido hacía rato y una larga carretera sugería que el viaje no había hecho más que empezar. Un centenar de kilómetros más adelante, Gabriele Piovesan los mantenía informados, aunque Loris había conectado su móvil al GPS montado en el coche de Altieri y podía seguir la señal. No sabían qué estaba haciendo el factótum de Federico Zernich, pero esa marcha repentina, unida a lo que acababan de descubrir, hacía presumir algo importante.

Sentado a su lado, Loris no paraba de hablar. Su verborrea desesperada estaba justificada por lo que tenía que contar, si bien sus palabras tenían un matiz de locura.

—Altieri ha entrado en un chat encubierto —dijo, esforzándose por mantener la calma, pero en realidad muy ansioso—. ¡Y ha empezado un diálogo utilizando el apodo Paperino! ¿Te acuerdas? Es el mismo pseudónimo con el que se puso en contacto Randolph Collins, el asesino de Boulder. Collins se hacía llamar Nightgaunt y con Paperino se puso a hablar de Caravaggio.

—Si Paperino es Altieri —comentó Costa—, él es el que impulsó a ese Collins a cometer la masacre de Boulder.

«Tres».

«Dos mayores y uno pequeño».

«Si después quieres asombrarme, hazme una cita».

La cita era el cuadro de Hopper.

—¡Exacto! Era una prueba que había que superar. En juego

había una especie de premio, algo que tiene que ver con Caravaggio y sus obras. Es el motivo por el que Minetti viene a Italia...

—Pero a Collins lo han detenido —observó Costa—. ¿Con quién ha chateado Altieri?

—Con otro, en efecto. —El tono de Loris se ensombreció—. Llegué al chat que estaba utilizando. Entré solo unos segundos antes de que cambiaran de IP y me echasen. Pero conseguí leer un fragmento de otra conversación. Había un tipo, o una tipa, no lo sé. Su pseudónimo era Jeronymous. Presumía de que acababa de acceder a algo llamado Holocausto. Y de tener ya las maletas preparadas. El cabrón estaba encantado, mientras que su interlocutor se quejaba de no haber podido matar aún a sus padres... Estos psicópatas de mierda están participando en una especie de lotería. Matan para tener el privilegio de ser invitados a Holocausto, sea eso lo que sea, ¡y Altieri es el que está extrayendo los números del bombo!

Y después de ese último chat, reflexionaba Costa, Altieri se había ido de viaje. Podía ser una coincidencia, pero algo le hacía pensar que existía un nexo.

Le refirió a Loris los detalles de su encuentro con Caruso.

—Todo encaja —dijo Manna—. Zernich es un psicópata enfermo y muy rico con la pulsión de matar desde que era niño. Altieri es su brazo derecho, no solo en la administración de las empresas vinícolas sino también en los negocios más sórdidos. Altieri empleó a Sileri en la Villa Zernich porque sabía quién era, sabía lo que había hecho y lo que podía hacer... Y necesitaba a alguien como él. Sileri estaba tan loco como Zernich y los dos debieron compartir el mismo proyecto criminal. Aunque sigue habiendo algo que se me escapa.

—Sí, siguen quedando dudas por despejar.

Costa trataba de concentrarse en la carretera y en los pasos que ahora había que dar. Ya había hecho, en su interior, el análisis en el que Loris se estaba explayando en ese momento. Las conclusiones eran las mismas.

Federico Zernich tenía dos pasiones: la muerte y el arte. Un perfil psicológico sumario sugería que la personalidad del anciano se correspondía con el identikit de un asesino compulsivo ritual sin implicaciones sexuales. La participación en el asesinato de su amigo toxicómano y de la prostituta, la manera en que los cadáveres habían sido colocados, la laboriosidad que ese horror implicaba, todo conducía a él. Si el joven heredero hubiese sido detenido entonces, quizá Sileri no habría tenido la posibilidad de seguir matando.

A lo largo de los últimos cincuenta años, seguramente habían sido muchas las víctimas de las pulsiones psicóticas de Zernich. La única diferencia con su primer asesinato era la prudencia que había tenido. Costa estaba convencido de que, con lo que sabían ahora, indagando de forma adecuada constatarían la existencia de varias desapariciones inexplicables. La desaparición y crucifixión de Sebastiano Zorzin era una prueba más de esa matanza invisible.

En 1995, Claudio Altieri ya trabajaba para los Zernich. Probablemente, uno de los tres encapuchados era él, mientras su jefe grababa la agonía de Zorzin. La presencia de otros dos sujetos implicaba que Zernich y Altieri no estaban solos. Quizá existía un pequeño grupo que compartía la misma locura homicida. El objetivo que Zernich tenía era el de satisfacer sus propias pulsiones y compartirlas. Quizá reproducía de una manera perversa lo que había visto hacer a su madre. Aquella mujer reunía a su alrededor a pintores fracasados o todavía poco conocidos y alentaba su trabajo y su talento. Federico Zernich había hecho lo mismo con otra caterva de artistas. Al igual que el maestro del taller donde Caravaggio hiciera su aprendizaje, Zernich había cultivado e inspirado la fantasía de aquel que utilizaba para sus propias obras no el lienzo en blanco ni el mármol, sino la carne y la sangre.

Sileri era diferente al anciano empresario. Experimentaba placer sexual solo con la necrofilia. Era un hombre violento e impulsivo con buenos conocimientos de química, y cuando descubrió la plastinación debió de tener una iluminación. Podía poseer cuerpos de mujeres muertas para prolongar el placer sin el engorro de la descomposición. Y era lo bastante ingenioso y loco como para pensar en mejorar el proceso químico, evitando además la descarnadura de los cuerpos. Lo único que precisaba era un lugar seguro donde llevar a cabo sus experimentos y los instrumentos necesarios. Todo eso era muy caro. El intento que hizo con el cuerpo de la pobre Teresa Franceschi había fracasado debido a la instalación inadecuada.

Zernich le proporcionó lo imprescindible. Cuando Sileri huyó, tras el descubrimiento del asesinato de Teresa, Zernich o Altieri conocieron la noticia. Un necrófilo que había intentado plastinar el cuerpo de su víctima. Era el candidato perfecto. Altieri había sido investigador y sabía cómo moverse en el submundo del crimen. A ciertos niveles ocultos, las informaciones viajan más rápido. Debió de dar con Sileri antes que la policía y le debió de ofrecer protección y cobertura. Lo contrataron como guardián de la Villa Zernich y le brindaron la posibilidad de continuar con sus experimentos. Y de disfrutar del fruto de su locura sin límites ni consecuencias. ¿Cómo iba a rechazar eso?

Sileri no era un esteta, no tenía interés en el arte. Ese era el detalle que no encajaba desde el principio y que había impulsado a Valentina a continuar con las investigaciones. En cambio, el arte era la obsesión de Zernich. El pacto entre los dos tenía que ser provechoso para ambos. Encontrar víctimas que se pareciesen a los personajes de los cuadros de Caravaggio con los que Sileri podía refinar su técnica. Por qué habían elegido a ese pintor todavía no estaba claro. A lo mejor D'Avanzo tenía razón cuando decía que las figuras retratadas por Michelangelo Merisi eran las más apropiadas para su repugnante propósito.

Sin embargo, Sileri había cometido un error dejando que se le escapara Fosco Agnelli. Y, al cabo, los había conducido a la Villa Zernich. La cobertura de la que el anciano había disfrutado durante tantos años se había roto. Y todo gracias a Valentina, que nunca había soltado la presa. Ni siquiera cuando se había quedado sola.

El recuerdo de ella ya era un hierro candente en su corazón y en su cabeza. Ahora bien, Costa tenía que aprovechar ese dolor para llegar al final, no para destruirse con el sentimiento de culpa. Para esos ya tendría tiempo más adelante. Era un experto en ese terreno.

La nieve había empezado a aparecer en las cunetas. Los cúmulos blancos reflejaban los faros del coche.

—¿Adónde irá? —preguntó Manna por décima vez.

—A Holocausto —respondió Costa—. ¿Adónde, si no?

126

Tuvo que parar para poner las cadenas. Pero empezaba a temer que el coche no valiera para continuar con ese inesperado seguimiento. Había dejado Padua hacía al menos dos horas, y desde que había entrado en Trento había empezado a nevar con más fuerza. Como buen veneciano, Piovesan conocía bien las precipitaciones más turbulentas, pero el miedo a cometer errores lo mantenía en un perenne estado de ansiedad. Manna y Costa le estaban dando alcance, aunque algunos atascos debidos al mal tiempo los estaban reteniendo a la altura de Bassano del Grappa. En cualquier caso, pronto estarían juntos y dejaría de sentirse solo. El GPS hacía su trabajo, pero el que estaba más cerca del objetivo era él. Hasta ese momento, de todos modos, no había habido problemas, aparte de esas malditas cadenas que había tenido que poner bajo una espesa nevada, que parecía que había decidido caer con el único propósito de complicarle a él más la vida.

Cuando dejó la carretera nacional y los carteles le informaron de que entraba en la carretera provincial camino del lago de Molveno, empezó a preocuparse por la estabilidad del Sandero. No estaba tranquilo al volante y ya no veía las luces de posición rojas del Cayenne de Altieri, pese a que la señal del satélite seguía moviéndose, lo que confirmaba que el objetivo seguía delante de él. Pero se hallaba solo en medio de la nada, lo cual era inquietante.

A lo mejor sí había sido realmente útil embarcarse en esa

aventura. Sin duda, conseguiría averiguar si estaba hecho para ese trabajo. Si bien en ese instante la idea de regresar a su cómodo escritorio en una comisaría ya no le parecía tan deprimente.

La señal del GPS se movió de repente, abandonando la línea punteada, que indicaba la carretera que bordeaba el valle, y se desvió hacia el este. En la pantalla de la tablet esa zona era una amplia mancha blanca, sin referencias. Era la nada.

Piovesan tuvo que aminorar la marchar para no pasarse del cruce por el que Altieri había entrado de repente y que no estaba señalado en el mapa digital. Lo entrevió con dificultad, a través de los copos de nieve que ahora caían con más violencia y que formaban una capa contra la que se reflejaba la luz de sus faros. Entró en el desvío, con cautela, y se vio recorriendo un camino estrecho y tortuoso que avanzaba hacia el interior de las montañas. Confió en que Manna y Costa no perdiesen la señal, pues de lo contrario sería difícil explicarles dónde y en qué momento debían dar la vuelta. No tenía idea del lugar en el que se encontraba exactamente. Y se sentía desesperadamente solo e indefenso.

El camino empezó a ascender. A su izquierda, a través de los árboles, podía distinguir el fondo del valle y los contornos de un lago estrecho y oscuro, salpicado de vez en cuando de luces de casas que parecían lejanas, como estrellas de otra galaxia. Más allá de la lengua de agua se elevaba una montaña imponente y nevada. A la derecha, en cambio, estaba solamente la pared dolomítica, que nunca le había parecido tan cercana y amenazadora.

Tuvo el impulso de llamar de nuevo a Loris, para escuchar su voz y confirmar que lo seguían de cerca. Pero se contuvo. No quería que su miedo se notara. Había hablado con ellos solo veinte minutos antes. No tardarían en alcanzarlo.

Una racha más violenta lo obligó a aumentar el ritmo de los limpiaparabrisas. La visibilidad seguía disminuyendo en sincronía con su corazón, que aceleraba los latidos.

Reparó en que delante de él, en la oscuridad manchada por la blancura inquietante de los copos, dos luces rojas estaban inmóviles a los lados del camino. Una ojeada rápida a la tablet, en el asiento del copiloto, le confirmó que Altieri había parado.

Se detuvo enseguida y apagó los faros, confiando en que el otro no hubiese reparado en la maniobra. Era consciente de que era invisible tanto para Altieri como para cualquier otro coche que llegara por detrás y que, debido a la oscuridad, se estamparía contra él. Sin embargo, los faros encendidos no debían haberle pasado inadvertidos al hombre que estaba siguiendo.

Pasaron largos minutos. Seguía mirando por el espejo retrovisor para interceptar la llegada de otro coche. No sabía qué hacer y esa parada resultaba cada vez más peligrosa. En el instante en que decidió que ya era demasiado arriesgado permanecer parado en la oscuridad, mientras se disponía a encender el motor y arrancar, reparó en que las luces rojas del Cayenne habían desaparecido. Tampoco la señal GPS aparecía en el mapa de la tablet.

Altieri y su coche se habían disuelto en la nada.

127

La voz de Piovesan al teléfono delataba su nerviosismo.

—¡Ha desaparecido! —gritó.

—¿Qué significa eso? —preguntó Manna, pero ya se había dado cuenta de que no había señal de GPS. Se dirigió a Costa—. Lo hemos perdido. ¡Piovesan dice que ha desaparecido, signifique eso lo que signifique!

Piovesan siguió gritando.

—Estoy delante de un camino que se adentra en la montaña, pero una barrera impide el paso...

—¿Sigues en la carretera principal?

—No. Tenéis que girar en el cruce hacia Molveno. ¡El cruce hacia Molveno! ¡Ojo!

—Dile que no pierda la calma —dijo Costa, acelerando ligeramente—. Llegaremos dentro de poco. Y pídele que esté alerta.

—Lo he oído, lo he oído —gritó Piovesan. Luego colgó.

Costa aceleró más, animado por el hecho de que aparentemente no había más vehículos en ese tramo de carretera. Tenían que alcanzar a Piovesan cuanto antes.

—¿Cuánto falta? —le preguntó a Manna, que miraba el móvil como si por arte de magia la señal del GPS fuese a reaparecer.

—Creo que ha parado unos treinta kilómetros más adelante —respondió—. Pero no comprendo por qué hemos perdido la señal.

—Está entre las montañas. Probablemente tapen el satélite.

—Quizá.

Era cierto, sin embargo, que los rodeaban las siluetas negras de las paredes dolomitas. Iban dejando atrás aldeas enclavadas a los pies de pendientes ásperas y magníficas, y, cuanto más avanzaban, más parecía que esa naturaleza salvaje se cerraba sobre ellos. Era probable que Loris pensase lo mismo. Había enmudecido y miraba fijamente hacia delante.

—¿No deberíamos llamar a alguien? —preguntó de repente.

—¿A quién te refieres?

Manna lo miró con una expresión extraña.

—¿Cómo que a quién? Fabio, nos encaminamos hacia un nido de víboras cuya solidez ni siquiera conocemos. Ahí hay gente sin escrúpulos con muchos recursos. Han matado a más personas que todos los asesinos en serie de los últimos treinta años. ¿No crees que nos vendría bien tener un poco de ayuda?

Costa meneó la cabeza.

—Todavía no, Loris. Primero tenemos que estar seguros de que Altieri se ha movido por los motivos que creemos... Ya llegará el momento de pedir ayuda. —Sin embargo, no estaba seguro. Y podía ser demasiado tarde. Para Valentina. Para él. Para todo.

Manna lo siguió observando unos instantes. Luego volvió a mirar el móvil, en el que la señal del coche de Altieri parecía definitivamente desaparecida.

Al cabo de otra media hora, torcieron por la carretera que Piovesan había recorrido. La carretera subía por la montaña como la serpiente enroscada al árbol del conocimiento. Pocos minutos después, los faros enfocaron el Sandero. Estaba parado a un lado de la carretera, junto a la pared rocosa. Cuando Costa detuvo el Volvo, Piovesan salió del coche y los apuntó con la pistola.

—¡Dios! ¡Son ustedes!

Bajó lentamente el arma. Temblaba, los pies en la nieve, y no era solo por el frío.

Detrás de él aparecía el principio de un sendero que iba directamente hacia el flanco de la montaña. Podía ser un camino de herradura abandonado décadas atrás, desde el que se llegaba a los pastos más altos. Pero era lo bastante ancho como para que pudiera pasar incluso un pequeño camión. Cerraba el paso una barrera ancha pero oxidada.

Costa y Manna se apearon y se acercaron a Piovesan. Más

allá de la barrera, la oscuridad no dejaba ver dónde terminaba el camino.

Piovesan estaba señalando esa oscuridad.

—Se debe de haber metido por aquí. Vi que las luces de posición desaparecían a esta altura.

—Veamos si la barrera se mueve.

Costa y Manna asieron la vieja barrera, que se levantó por el contrapeso.

—Altieri tiene que haber pasado por aquí —comentó Fabio—. ¿La señal del GPS sigue muerta?

El técnico miró su móvil.

—Sí. ¡Eh, también está muerto el teléfono!

Miraron su smartphone.

—No hay cobertura —exclamó Loris, sorprendido.

—¡Pero antes había! —dijo Piovesan—. Os llamé...

Costa miró hacia delante. Hacia el camino que se perdía en las tinieblas. Hacia el manto de nieve que parecía una advertencia de no seguir.

—Creo que no es cuestión de cobertura —dijo.

—¿En qué sentido?

Miró a Manna.

—Jammer. Están inhibiendo todas las señales.

Loris reflexionó. La idea de que alguien estuviese utilizando un aparato para bloquear todas las señales no era peregrina. Y demostraba que se encontraban cerca de su meta.

—Es posible —admitió—. El móvil tenía cobertura hasta hace poco. Deben de haber activado el jammer ahora. Y apuesto a que, si nos alejamos de este desvío y seguimos por la carretera provincial, recuperaremos la señal de radio.

—¿Eso qué significa? —preguntó Piovesan, con los dientes castañeteándole sin parar por el frío y los nervios.

Costa y Manna se miraron.

—Que ya hemos llegado —dijo el subcomisario. Señaló el sendero—. Gabriele, aparca de manera que no se te vea desde el camino. Sigamos en mi coche.

Piovesan se dio prisa en obedecer, sin decir palabra. Luego montaron los tres en el Volvo y entraron con prudencia en el camino que se adentraba directamente en la boca de lo desconocido.

128

A la izquierda del camino, los faros iluminaron un viejo cartel tambaleante e ilegible. Una flecha, debajo de un letrero ya desteñido, señalaba la dirección hacia lo que hubiese al final de ese viaje. Descifrándolo con atención, descubrieron que estaban a punto de llegar a Sant'Andrea.

—¿Dónde coño estamos? —susurró Manna, que se seguía inclinando hacia el parabrisas para saber qué tenían delante.

—Ya caigo —exclamo Piovesan—. Valentina..., ejem, la señora Medici me pidió que le hiciera una serie de averiguaciones sobre las propiedades de los Zernich. Inmuebles, acciones, sociedades, todo eso. El patrimonio de esa familia es inmenso..., pero ese nombre lo he oído. Sant'Andrea..., creo que era un hotel.

—¿Aquí arriba? —preguntó estupefacto Manna. Piovesan se encogió de hombros.

Al cabo de unos minutos que a todos les parecieron una eternidad, el camino se ensanchó repentinamente y, pasada la última curva, apareció el edificio del que Piovesan acababa de hablar.

Estaba a unos cientos de metros y en un punto algo más elevado. Un camino, más ancho que el que ellos habían recorrido hasta ese momento, llegaba al edificio. A los lados, dos filas de árboles ya muertos que solamente la nieve y la escarcha dejaban ver en la noche. En la entrada del camino había dos columnas altas, probablemente las bases de una verja que no existía desde hacía tiempo.

El edificio, por lo que podían ver, era enorme, cuadrado y de al menos tres plantas. En las paredes había decenas de ventanas estrechas y ciegas. Arcos y torreones pretenciosos y negros lo hacían aún más tétrico. Tenía el aspecto de una cárcel abandonada siglos atrás. Pero alguna vez debió de tener otra función, perdido como estaba entre los picos nevados.

Costa se dijo que ya tendrían tiempo para pensar en eso. Pues cuando entró en la última curva y la imponente estructura surgió delante de ellos, enseguida reparó en dos detalles que lo alarmaron.

El Cayenne de Altieri estaba a la vista, aparcado de lado a la entrada. Y, sobre una de las columnas, brillaba el ojo rojo de una cámara de vigilancia.

Costa apagó inmediatamente los faros y viró hacia un lado, metiéndose en un montón de nieve.

—¿Un hotel aquí? —repitió Piovesan, asomándose desde el asiento trasero.

—No lo sé —respondió Costa—. A lo mejor antes el camino estaba mucho mejor comunicado…

—A lo mejor —confirmó Loris—. En cualquier caso, parece abandonado desde hace tiempo.

—Aparte de esa cámara… —dijo Costa, señalándola.

—Y del jammer que inhibe todas las señales de radio…

—Sea lo que sea que signifique este lugar —dijo Costa—, hacen de todo para mantenerlo oculto y al abrigo de los extraños. Diría que dentro podemos encontrar respuestas. —A lo mejor también a Valentina, habría querido añadir. Y a saber a quién o qué más.

—Entonces ¿qué hacemos?

Costa ya lo tenía decidido.

—Lo siguiente —dijo, hablando en la penumbra todavía tranquilizadora del habitáculo—. Gabriele, tú regresa a pie hasta el Sandero. Te alejas y, en cuanto encuentres la señal del móvil, buscas ayuda. Loris y yo trataremos de entrar…

—¿Por qué no esperar los refuerzos? —preguntó el agente—. No sabemos qué hay dentro…

Costa meneó la cabeza.

—Precisamente porque no lo sabemos. Tengo que ver qué

está pasando. Valentina o cualquier otra víctima de Zernich o de Altieri podrían estar en peligro...

Los otros dos no comentaron nada. Costa intuyó que ninguno de ellos creía que Valentina o cualquier otro pudiese estar todavía vivo en esa estructura negra como el infierno. Pero él no estaba dispuesto a esperar. Esa vez no. No de nuevo. Con la muerte de Rosanna ya había tenido suficiente.

Piovesan por fin asintió.

—De acuerdo. Pero seré yo quien vaya con usted, señor.

—¿Qué coño dices? —preguntó Manna, que ya estaba revisando su pistola.

Piovesan exhibió una sonrisa sincera a la vez que titubeante.

—Digo lo que conviene hacer. ¿Cuánto creen que tardaría en convencer a alguien de venir aquí para echar una mano? ¿Yo? ¿Un oficinista de la comisaría de Padua prestado a la policía judicial? ¿Alguien que, como dicen en mi pueblo, todavía tiene las maletas en la estación? No sabría ni a quién telefonear. ¿A quién llamo? ¿A Lomastro? —Señaló a Manna—. Mientras que tú eres un inspector del Servicio Central Operativo desde hace años. El director te conoce bien y te aprecia. Sabes a quién llamar y conoces esta investigación desde el principio. Tú sabes qué hacer...

Calló. Manna trató de objetar, pero Costa lo detuvo con un gesto de la mano.

—Tiene razón —dijo—. Tú tienes muchas más posibilidades que él de conseguir unos cuantos refuerzos. Y, sobre todo, de hacerlo rápido.

Manna abrió la boca. La cerró. Había poco que añadir.

—Todavía no he aprendido a ser policía —reconoció Piovesan—. Pero ahí dentro sabré serle útil, señor. Créame.

En la mente de Costa se encendió una de esas luces de neón que desde hacía tiempo alumbraban su camino de forma amenazadora. Esta vez la señal decía: «Bien, ya tienes otra víctima que sacrificar». Y centelleaba sin parar.

A tomar por culo, pensó. Este chico se merece una respuesta adecuada.

—De acuerdo —dijo—. Eso haremos.

Se apearon del Volvo. Dejó de nevar en ese instante. Lo interpretaron como una buena señal.

—Tened cuidado ahí dentro —dijo Manna, en absoluto convencido de la decisión tomada.

—Tú haz rápido lo que tienes que hacer. Y sé convincente.

Se estrecharon la mano. Luego Manna emprendió el camino de vuelta. Desapareció detrás de la primera curva.

129

Realmente parecía un fortín abandonado. Los muros de ladrillo oscuro, las ventanas atrancadas con tablas. El silencio imponente alimentado por el cono acústico formado por las montañas circundantes. El suelo de la entrada era de piedra dolomítica sobre la que años de paso de vehículos habían formado dos surcos. Al fondo, un amplio aparcamiento y después el portal principal y unas grandes vidrieras de las que solo quedaban las armazones de metal.

Un sanatorio, eso había sido aquel lugar. Figuraba escrito en una placa de bronce, desteñida. SANATORIO SANT'ANDREA DI MOLVENO. Quizá un hospital de ricos de principios de los años veinte del siglo XX, enclavado entre hoscas montañas y a dos pasos del lago homónimo.

Cuando leyeron ese nombre, Piovesan asintió.

—En el registro catastral parecía solo una de las muchas inversiones que en el pasado hizo el padre de Federico Zernich, Nicola...

Costa se imaginaba el motivo de la investigación que Valentina le había encargado a Piovesan. Estaba obsesionada con la manera en que Sileri había acabado con sus víctimas, y debía de haberse preguntado adónde se llevaba los cadáveres. ¿Dónde los plastinaba? Cuando relacionó a Zernich con ese asunto, pensó que el famoso taller estaba en una de las estructuras propiedad del anciano. Era probable que tuvieran ahí delante la respuesta.

Ahora bien, a lo que en ese momento tenía que responder era: ¿dónde se había metido Claudio Altieri?

Pararon en una esquina del espacio que había delante del edificio, el que antaño debió de ser un jardín exuberante, pero que ahora no era más que un cuadrado de tierra helado invadido de arbustos y de nieve. Un refugio perfecto, pensó, antes de decidir cómo entrar. La cámara que había en la puerta hacía suponer que el lugar estaba vigilado. ¿Acaso podía ser de otra manera?

Aún reflexionaba, cuando el portal negro se abrió y salió Altieri. Llevaba un pesado chaquetón y la cabeza con capucha, pero era sin duda él.

Dio la vuelta al edificio y desapareció detrás del muro. Costa tocó un hombro de Piovesan y se miraron. El muchacho sujetaba la Beretta con las dos manos, sin guantes, y temblaba cada vez más.

Al cabo de unos segundos, oyeron el ruido de un motor de gran cilindrada. Altieri apareció al volante de un Land Rover negro y brillante y entró en el camino. Desapareció en pocos segundos, levantando una nube de escarcha.

Ese era el momento que estaban esperando.

Fueron corriendo al portal, que seguía abierto, y se detuvieron cada uno a un lado, observando el interior. En el arquitrabe había otra cámara, con su luz roja.

Costa le hizo a Piovesan una señal con la mano abierta. Espera.

Luego se desplazó hacia la otra esquina, procurando evitar que la cámara pudiese verlo. Confiaba en que el ojo electrónico no tuviera gran angular. Porque antes de entrar tenía que asegurarse de que tras la marcha de Altieri no quedaba nadie en el interior.

Lo que había en esa parte del edificio era un aparcamiento al aire libre. Solo estaba el coche de Altieri. Las únicas huellas de neumáticos en la nieve eran las del Cayenne y las del Land Rover con el que el factótum acababa de marcharse. Por lógica, no debería haber nadie más en esa especie de fortaleza.

Regresó, cruzó una última mirada de complicidad con Piovesan y luego entraron.

130

La estructura de la fortaleza era simple pero funcional. Un enorme vestíbulo semicircular se abría en la entrada. Frente a esta, una amplia escalera llevaba a las plantas superiores. A los lados de la escalera, dos anchos pasillos torcían hacia el interior, abrazando el sanatorio. En un lado del pasillo estaban las distintas habitaciones, mientras que en el otro había ventanales ya sin cristales que daban a un claustro, en ruinas como todo lo demás. En medio del antiguo jardín, una fuente, helada, y unos bancos de granito. Todo el edificio, de tres plantas, giraba prácticamente alrededor de ese espacio central. En la oscuridad se adivinaban decenas y decenas de habitaciones ahora vacías y silenciosas como otras tantas tumbas.

Costa y Piovesan se detuvieron en la que antaño debió de ser la sala de espera y la recepción. Un mostrador entre la entrada y la gran escalera daba fe de ello.

Aguzaron el oído. Solo oyeron un goteo constante y el eco del viento que entraba por las ventanas rotas.

—Parece completamente abandonado —susurró Piovesan, pero Costa le pidió con un gesto que se callara. Las cámaras que habían visto fuera disponían de una sala de control y siempre había algo oculto. Y alguien lo manejaba todo.

Habría preferido no separarse del chico, le parecía ya demasiado asustado, pero necesitaba optimizar el tiempo. Se le acercó y le habló rápidamente al oído.

—Escúchame con mucha atención. No sabemos qué hay aquí

dentro, así que máxima cautela. Empezamos por abajo. Rápido y en silencio, pero, sobre todo, con prudencia. Tú, por el pasillo de la derecha, yo iré por el otro. Si es como creo, las dos alas se juntan al otro lado, donde supongo que encontraremos otra escalera parecida a esta. Entonces subimos a la otra planta, hacemos lo mismo, pasillo por pasillo, habitación por habitación. Si resulta que me equivoco y esta es la única escalera, regresamos y empezamos de nuevo desde aquí. ¿Queda claro? ¿Listo?

Piovesan asintió. Asintió. Y asintió. Luego respiró muy hondo y dijo: «Sí», pero sin sonido, solo moviendo los labios.

—Mantén el arma siempre apuntada hacia delante. Si te tropiezas con un obstáculo, con una sombra, con lo que sea, cuenta hasta tres. Razona. No te apresures. Pasa a la siguiente habitación solo cuando estés seguro de que has mirado cada rincón. Y grita si necesitas ayuda. Grita por cualquier problema. ¿De acuerdo?

—Sí —contestó de nuevo.

Costa miró un momento el rostro contraído de Piovesan.

—No puedo prometerte que todo vaya a salir bien —dijo—, pero sé que actuarás correctamente. Eres un buen policía. Créeme.

Piovesan volvió a asentir.

—Adelante.

131

Como se había imaginado, la planta baja estaba destinada a las actividades comunes del sanatorio. Más que una clínica, ese lugar debió de ser una especie de hotel de lujo. Costa pasó por amplios salones, donde sobrevivían desvencijados sillones y mesillas, así como habitaciones más pequeñas, donde quizá a los huéspedes se les trataba de sus grandes y pequeños males. Había camillas y biombos y amplios aparadores que antaño debieron de estar repletos de medicamentos, de hierbas y de los preparados galénicos. Encontró también un comedor, y le sorprendió descubrir que había mesas puestas. Sin embargo, todo tenía una capa de polvo que con el tiempo se había espesado, convirtiéndose en un sudario pegajoso y oscuro, una especie de colcha de moho podrido.

En ese lugar no había fantasmas. Él mismo era un fantasma.

Costa llegó rápido al lado opuesto a aquel por el que había entrado. Como había supuesto, una escalera igual conducía a la planta de arriba. No había rastro de Piovesan. Debía de haber seguido al pie de la letra sus indicaciones y estaría todavía explorando su zona del pasillo, no dando un paso sin haber mirado antes cada rincón. Sin embargo, Costa tenía prisa por seguir.

No se oía ni un ruido ni una voz, el sanatorio parecía desierto. Pero la sensación de apremio que se había apoderado de él no lo abandonaba. No creía que Valentina pudiera estar realmente ahí, en algún sitio, a punto de ser salvada y de salvarlo a él del sentimiento de culpa. Pero iba a actuar como si estuviese.

Subió las escaleras, con la pistola en la mano, listo para reaccionar a cualquier movimiento.

Fue a mitad del ascenso cuando oyó un ruido, apenas perceptible. Un aleteo. Un traqueteo. Procedía de la planta de arriba.

Permaneció en silencio unos segundos. El ruido se repitió. Parecía ya un aleteo, ya una sucesión de golpes secos. Había alguien. Alguien o algo se movía.

Terminó de subir, aguzó el oído. El ruido lo hizo volverse hacia la izquierda.

A lo largo de los dos pasillos que partían de las escaleras y que, como los de la planta baja, giraban alrededor del edificio, había unas veinte puertas. De una habitación del fondo del pasillo de la izquierda salía un resplandor.

Costa empezó a acercarse, moviéndose lentamente.

Algo pasó delante de la franja de luz. Una vez. Dos.

En la cabeza, ahora, oía solamente el ruido que hacía su sangre. Un ronroneo persistente que impedía oír cualquier otra cosa.

Valentina susurraba.

Diana susurraba.

Llegó a la puerta abierta de la habitación y se asomó al interior.

Había un hombre sentado en un sillón rojo, en el centro de una sala vacía. Vestía de oscuro. Tenía en la mano una copa de vino blanco. No había nada más.

—¿Y tú quién coño eres? —preguntó Costa, entrando.

132

La ventana que había detrás de él estaba atrancada con tablas mal clavadas. Una señal de abandono, como el resto de la habitación, en contraste con el aspecto del hombre. Unos sesenta años bien llevados a lo largo de una vida a todas luces opulenta. Rostro terso y sin arrugas. Gafas de fina montura de oro. Pelo canoso y ralo que le enmarcaba la cabeza como una aureola. Camisa de seda, chaqueta y pantalones negros. Y ese vaso de vino que a la entrada de Costa se llevó a los labios, paladeándolo.

—Hola —dijo, sonriendo. Miraba la pistola, pero no parecía asustado—. *Sprichst du Deutsch?*

Costa lo miró, sin dejar de apuntarle con la Beretta.

—No —dijo.

—Oh. Entonces hablo italiano yo. ¿De acuerdo, sí? ¿O queremos usar inglés? —Tenía un acento gutural y suave a la vez. Seguía sonriendo como si se encontrasen en una fiesta privada y se estuviesen conociendo.

—¿Quién eres? —repitió Costa, confundido.

—Un invitado..., como tú, creo..., ¿no?

Un invitado. Uno de los invitados al *challenge* de Zernich. ¿Cómo había llegado hasta ahí arriba? ¿Qué pruebas había superado?

El hombre señaló con el vaso la pistola.

—¿Puedes bajarla?

Costa lo hizo. Se sentía como vaciado. ¿Cuántos asesinos más habían ganado el privilegio de estar ahí?

—¿Esperamos al anfitrión tú y yo? —preguntó el alemán, ahora con un tono de incertidumbre.

Costa levantó de nuevo la pistola. La apuntó hacia él.

—Si comprendes mi idioma, arrodíllate y pon las manos en la cabeza —dijo, lentamente.

La sonrisa en el rostro del otro desapareció del todo. El vaso tembló.

—¡No! ¿Por qué? —dijo el desconocido—. He hecho lo que debía. Lo acordado...

—¡Arrodíllate!

El alemán enmudeció. Se puso de pie. Con cautela.

—De rodillas —repitió Costa.

—No —dijo el hombre—. Creo que sé... —Ya no sonreía. Había en su rostro algo que eclipsaba cualquier otra expresión. Era lo mismo que había notado en la mirada de Sileri—. *Ich töte-te*..., perdona..., ¡he... matado... para ganar esto!

—¡Y yo te mataré a ti si no te arrodillas!

La boca del alemán se movía. Y se movía la lengua sobre sus labios.

—¿Quieres... *schauen*? —dijo de repente. Se llevó una mano al bolsillo de la chaqueta. Sacó rápido los dedos. El gesto fue acompañado del aleteo de las fotografías que se revolvían por el suelo. Se esparcieron a sus pies como los pétalos de una flor recién cortada. Eran unas diez. Tomas rápidas, colores desteñidos.

Las manos del policía temblaban mientras se agachaba para recoger las fotos. Temblaba la mano que las cogía, de una en una, y la mano que seguía sosteniendo la pistola, apuntada contra la cabeza del desconocido.

Se puso de pie. Un ojo en el hombre, otro en las instantáneas.

Un niño y una niña, quizá hermanos. No podían tener más de cinco años, pero la sangre hacía difícil saber la edad con exactitud.

La consternación que se apoderó de él tenía algo de artificioso y de extremadamente estimulante al mismo tiempo. Pensó que así es como la muerte te pide cuentas. Con esa frialdad en el alma que anticipa el abismo más profundo y negro. Que te consuela.

El alemán hablaba despacio.

—¿Quieres saber cómo fue? ¿Si… sufrieron? ¿Si gritaron mucho? ¿Sí?

El dedo en el gatillo aumentó la presión. Bastaría un segundo. Y borraría a esa criatura inmunda de la faz de la tierra.

Lo oyó llegar por detrás. Rápido pero no demasiado silencioso. Costa se llamó imbécil por no haber tenido cuidado, haber dado la espalda a la puerta, haberse dejado distraer. Y los errores como ese se pagan caro.

133

No se desmayó, pero cuando cayó al suelo por el golpe en la cabeza perdió el control. La pistola se le escapó de las manos. Oyó más ruidos. El dolor en la nariz que chocaba contra el suelo. El sabor de la sangre y del polvo en la boca. Otro dolor en la espalda, donde lo golpeaban una, dos, tres veces. Luego las patadas en el costado, en las costillas. Se le cortaba la respiración. El aire salía de los pulmones con un extraño ruido.

Trató de girarse. Lo consiguió, pero comprendió que había sido otro error. La pesada bota le asestó una patada en toda la cara. Fue un relámpago cegador que le ofuscó las ideas.

A través de la sangre que le tapaba los ojos entrevió a Claudio Altieri, que seguía ensañándose con él. Y, a pesar del rugido que había empezado a desgarrarle el cerebro, consiguió distinguir sus palabras. Le pareció que susurraba, pero probablemente estaba gritando.

—No comprendo. Lo digo en serio. ¿Qué es lo que no te ha quedado claro? ¿Qué es lo que no te ha quedado claro?

Más patadas. Dadas con saña, con fuerza, feroces. Cada patada, una fracción de luz que se apagaba. Cuanto más dolor, más oscuridad. Y esas palabras que le retumbaban en la cabeza. «¿Qué es lo que no te ha quedado claro?».

Costa se preparó para morir. Con rabia, porque no había conseguido salvar tampoco a Valentina. Pero también con cierto alivio.

La cara de Altieri se le acercó a su ya reducido campo visual.

Sus ojos y su boca se volvieron enormes mientras se inclinaban hacia él. Seguía gritando. Era como una cantinela.

—¿Qué es lo que no te ha quedado claro, qué es lo que no te ha quedado claro?

Le escupió. Costa sintió el frío de su saliva. Pensó que le quemaría la cara, como ácido.

Un instante después, un trueno estalló sobre ellos y la cara de Altieri se disolvió. La lluvia caliente que le cayó sobre la frente tenía un olor inconfundible. Era la sangre del hombre que se disponía a matarlo. Y que lavó la impureza de su saliva.

Costa levantó con dificultad la cabeza. El alemán estaba gritando. Un grito extraño, casi femenino, desgarrador. Gabriele Piovesan apuntó contra él la pistola.

—Dispárale —rogó Costa.

Piovesan disparó.

134

El grito en falsete se había apagado.

La otra voz, sin embargo, procedía de otro lado, de un punto cualquiera sobre la faz del planeta tierra. Pero debía ser un punto muy lejano, pues llegaba débil y teñida de una nota eléctrica, como si estuviesen hablando a través de un micrófono.

—Claudio... Claudio...

Abrió los ojos. Le sorprendió no estar ya en el suelo. Tenía la cabeza colocada sobre una almohada y la espalda ya no tocaba el suelo gélido. Sentía en los ojos el polvo que impregnaba la tela del sillón. Polvo que llevaba ahí décadas, que sabía a extenuación, a esperanzas decepcionadas.

Trató de incorporarse y el universo estalló. Dolor en la cabeza. Dolor atroz en la nariz. Dolor en el costado. Dolor difuso en todas partes. Pero por lo menos estaba vivo.

Miró de un lado a otro.

Piovesan estaba en un sillón igual que el suyo. Mejor dicho, estaba sentado donde hacía poco el alemán paladeaba su copa. Ahora el desconocido estaba a sus pies. Muerto.

El joven tenía todavía la pistola en la mano. Lo miraba, atónito, aparentemente exhausto. Inmóvil, con la Beretta en el regazo, parecía pasmado de encontrarse ahí.

Costa sabía lo que estaba ocurriendo. Piovesan estaba conmocionado. Acababa de disparar a dos hombres. Por mucho que esas dos bestias se lo mereciesen, se trataba de una experiencia que nunca se la desearía a nadie. De todos modos, el chico se estaba comportando bien. Dadas sus condiciones, ya era sorprendente que hubiese podido ayudarlo y que lo hubiese sentado en el sillón.

Claudio Altieri estaba en el suelo, boca arriba, un poco más allá. La bala que le había abierto el cráneo debía haberlo proyectado a tres metros de ellos. Llevaba todavía el chaquetón mojado de nieve. De un bolsillo asomaba el transmisor, por el que a veces se oía una voz.

—Claudio... Claudio... Claudio...

—¿Quién es? —logró decir Costa, y descubrió que también le dolía la boca. Mandíbula, dientes, todo. Altieri seguramente se había ensañado bien antes de que Piovesan lo parase.

El muchacho lo siguió mirando.

—¿Quién está en la radio? —Sabía que seguía en el mundo de las pesadillas. Necesitaba un empujón para salir de ahí—. ¡Gabriele!

Los ojos de Piovesan se ensancharon.

—Lo busca desde hace unos minutos —dijo por fin, la voz pastosa como después de un largo sueño—. Pero Claudio no puede responderle... porque está muerto..., lo he matado yo. —La voz se le quebró.

—E hiciste bien. No podías hacer otra cosa... —Eso era todo lo que podía hacer por él. Quedaba poco tiempo—. Me has salvado, Gabriele. Métete eso en la cabeza y sigamos, el trabajo no está terminado.

Piovesan pareció recibir el mensaje. Recuperó una pizca de vitalidad.

—Creo que es el anciano Zernich... —dijo, con voz más clara—. Los vi llegar juntos.

—¿Juntos? —Costa trató de incorporarse. Tuvo un violento mareo y, cuando iba a caerse al suelo, Piovesan saltó del sillón y lo agarró al vuelo. Juntos, como dos borrachos, se sujetaron hasta que Costa recuperó un poco el equilibrio. Observó al joven. Era listo ese muchacho. Y se recuperaba rápido. Había hecho bien antes, cuando trató de animarlo. Se convertiría en un excelente policía—. Gracias, ya estoy mejor. Háblame de Zernich y de Altieri. ¿Cómo pudo volver tan pronto?

—En realidad, creo que ya estaba aquí cerca. La vez que Altieri fue a la casa de Zernich, cuando se marchó no vimos al anciano, sino solo a la cuidadora.

—Entonces ¿Altieri ha ido a buscarlo?

—Probablemente, Zernich ya se encontraba en la zona. Después de que Altieri se fuera, estaba inspeccionando la casa, como usted me había pedido —explicó Piovesan—. Desde una ventana vi las luces que se acercaban a la casa. Altieri volvía con el Land Rover. Lo vi aparcar justo delante de la entrada. Se apearon los dos. Él ayudó al anciano a llegar a la puerta. Me escondí. Altieri y Zernich fueron directamente a una puerta que hay detrás de la escalera principal. Zernich entró y Altieri volvió a salir, al coche. Aproveché para asomarme y vi a Zernich bajar unas escaleras que desaparecían abajo. Y una luz. Lo habría seguido, pero Altieri estaba regresando. Me escondí de nuevo y él subió aquí. Llegué lo antes que pude...

No había nada más que añadir. Los dos muertos eran una respuesta evidente a lo que había ocurrido después.

—Hiciste lo que tenías que hacer, y lo hiciste bien —repitió Costa, esperando que el concepto le entrase en la cabeza pero sabiendo que haría falta mucho tiempo para que el joven policía aceptase las consecuencias de sus actos.

—No estoy seguro, señor...

Costa miró el cadáver de Altieri. Se inclinó —todavía tambaleándose aunque el mareo fue más leve— y sacó el transmisor del bolsillo del chaquetón. Debía de estar programado en un canal no bloqueado por el jammer, ya que Zernich seguía buscando a su factótum.

—¿Claudio?

Quizá se encontraba en el sótano al que Piovesan lo había visto bajar y estaba esperando a su brazo derecho.

Hubo una pausa más larga en el transmisor, infestado de una serie de descargas eléctricas. Cuando la voz se oyó de nuevo, mostró una intensidad nueva.

—... ¿Costa?...

Costa miró la radio que tenía en la mano, conteniendo un escalofrío. De repente, el aparato le pareció caliente, vivo.

—¿Fabio Costa? —continuó la voz, con un tono divertido—. Señor Fabio Costa..., ¿es usted el que tiene la radio de Claudio?

Costa y Piovesan miraron de un lado a otro. No se veían cámaras, pero nunca se podía saber.

—¿Señor Costa? Puede responderme, dada la situación.

Costa apretó el botón de la transmisión. Zernich tenía razón. Dada la situación, no quedaba otra cosa.

—¿Sabes por qué estamos aquí?

Una descarga eléctrica.

—Supongo que sí. —Una pausa—. Y supongo que mi colaborador… —Dejó el final en suspenso.

Habían llegado a la rendición de cuentas. Costa apretó de nuevo el botón de transmisión.

—Zernich, voy a detenerte.

La respuesta no se dejó esperar.

—Muy melodramático. De todos modos, por supuesto. Bienvenido. Lo estoy esperando.

Las descargas se interrumpieron. Zernich había apagado su radio.

135

A pesar de lo mucho que le dolía la nariz y el sabor a sangre en la boca, lo que primero confirmó sus peores sospechas fue el olor. Una mezcla de formalina y plástico. Pero, más abajo, un hedor penetrante e inconfundible. La peste de la muerte.

«Bien. Allá vamos. Aquí empieza la galería de los horrores».

Miró a Piovesan, que estaba detrás de él. Había dejado de temblar, pero sus pupilas brillaban. Seguía conmocionado después de haber matado a dos hombres y ahora Costa lo llevaba al infierno. ¿Tenía derecho a hacer eso? Piovesan era policía, desde luego, pero ni siquiera un policía veterano tenía por qué enfrentarse a eso.

Las escaleras conducían al sótano del edificio. Costa había reparado en una antigua planimetría en la que constaban las zonas accesibles a los huéspedes del sanatorio que había colgada en una pared de la entrada. El sótano, según esas descoloridas indicaciones, estaba reservado a ciertos tratamientos sanitarios no especificados. Zernich debía de haber considerado el espacio especialmente apropiado para sus instalaciones.

Cuando llegó al fondo, además del olor, le chocó la iluminación. Procedía de viejas lámparas alógenas, encajadas en el techo de piedra y protegidas con redes de metal, tan distanciadas unas de otras que apenas alumbraban. O quizá fuera un efecto estudiado. Las luces amplificaban los contrastes, de manera que creaban zonas completamente oscuras al lado de oasis de una claridad difusa.

El sótano era un amplio espacio abierto, modulado por grandes columnas cuadradas que, además de cumplir funciones estructurales, definían su aspecto. Colocadas a lo largo de filas paralelas, contribuían a crear sombras y escondrijos.

A los lados había varios pasillos en los que se adivinaban numerosas habitaciones. Algunas tenían la puerta abierta, pues se notaba el centelleo de tenues luces de colores.

En conjunto, el sótano parecía más un gigantesco cuarto oscuro que un antiguo lugar de curación.

Costa se imaginaba qué podían encontrarse en alguna de esas habitaciones. Pero ahora que había llegado el momento de afrontar la verdad, la valentía empezaba a flaquearle. Durante un instante tuvo la tentación de volver sobre sus pasos y de dejar a otros esa tarea.

Fue de nuevo el recuerdo feroz de Valentina lo que lo estimuló. Había llegado hasta ahí por ella. Se lo debía. Y además ella... No, no iba a echarse atrás.

Se volvió hacia Piovesan.

—Tú quédate aquí. Y cúbreme las espaldas —susurró.

El policía abrió todavía más los ojos. Pero no protestó. Es más, pareció aliviado. Hizo un gesto afirmativo con la cabeza.

Costa asintió. Respiró hondo. Se movió.

136

Las imponentes columnas cuadradas delimitaban el espacio y en parte lo dominaban. Según avanzaba, Costa fue reparando en que las paredes no estaban vacías. En las superficies grises había decenas de caras. Las columnas estaban enteramente cubiertas.

Fotografías. Pequeñas y grandes, a color y en blanco y negro. Algunas sin duda sacadas de la web, otras parecían tomadas en seguimientos furtivos. Fotos robadas de hombres y mujeres, de todas las edades, de niños y de viejos, pegadas con esmero en cada espacio libre, muy juntas. Un espectáculo raro, sugestivo, que daba escalofríos. Mientras cruzaba ese bosque de rostros, Costa tuvo la sensación de que todas las caras seguían sus movimientos, que lo observaban mientras inspeccionaba el lugar, sin dejar de apuntar con la pistola hacia delante. No le habría sorprendido oírlas susurrar.

Rechazó la idea de que todos aquellos rostros pudiesen pertenecer a víctimas de Zernich y de sus compinches. Ni la peor locura podía llegar a cometer tantos asesinatos. Muchos de esos rostros debían de ser solo promesas de dolor. Posibles objetivos fallidos. No podían estar todos muertos.

Supuso que en la mente de su creador esa exposición de ojos y bocas y narices constituía el aperitivo del espectáculo. Un anuncio que demostraba la gran capacidad de Zernich para asombrar a sus invitados.

Ahora, sin embargo, no podía distraerse con especulaciones o hipótesis. Ya llegaría el momento de saberlo todo. También lo peor.

Porque además ya estaba ahí el horror. Al fondo de la habitación a la que acababa de asomarse, esta vez iluminado por una intensa luz verde.

Había encontrado a Esther Kaimbacher, la chica que Luca Sileri había secuestrado en Bolonia un año antes.

La primera impresión fue que eran maniquíes. En el reflejo de las dos lámparas que había en el suelo, las sombras sobre sus rostros creaban una espectral rigidez. La mujer estaba de pie, vestida con una camisa blanca y una falda marrón de estilo antiguo. El hombre estaba desnudo, echado en una cama impregnada de sangre seca, la cara mirando hacia arriba, la boca abierta en un grito silencioso. Habían sido colocados con pericia, como cristalizados en el centro de una acción improvisada. Una mano de ella agarraba el pelo del hombre y la otra le cortaba la cabeza con un cuchillo enorme. La hoja penetraba hasta la mitad del cuello y se detenía en las vértebras, que resaltaban entre la carne degollada. Era todo sugerente y perfecto.

Sin embargo, faltaba un tercer personaje. En *Judit y Holofernes* el asesinato se produce en presencia de una anciana que sujeta el trapo donde se recogerá la cabeza decapitada. La anciana no aparecía, pero para los otros protagonistas esa reconstrucción era impecable.

Pero no eran maniquíes. Sin duda, Judith era Esther Kaimbacher. Costa había observado largamente las fotos de la estudiante. La expresión modelada hábilmente en la cara del cadáver era la misma que en otro momento había mirado el objetivo de una cámara fotográfica. Ahora no era más que un pedazo de carne y hueso, como el hombre desnudo sobre la cama. Un día, quizá, descubrirían también su nombre, la fecha y el lugar de su desaparición, y cerrarían otro caso irresuelto y olvidado hasta ese momento en el escritorio de un investigador. Un inspector de la policía podría así comunicar ese final a la familia, que todavía seguía esperando una respuesta.

Esther estaba clavada a una estructura de madera pintada de negro que se confundía con el fondo y daba la impresión de que el cuerpo se mantenía de pie solo. También las luces se habían colocado de manera que ayudaban a confirmar el espejismo. Solamente acercándose se veían los cables de metal, finos pero firmes, que, como una telaraña invisible y brillante, sujetaban el cuerpo a las tablas que tenía detrás. Aparte de los puntos en que el metal penetraba en la carne, enganchándola, la piel de Esther, alias Judit, parecía sedosa, perfecta, de una palidez que no evocaba el hecho de que dentro de ella la silicona había reemplazado a la sangre. Era evidente que Zernich había mejorado mucho desde su primer homicidio «artístico», cuando los cuerpos de Marco Albanesi y de Linda Bordoni fueron atados mal el uno al otro y se descomponían delante de los ojos del comisario Caruso.

De cerca, sin embargo, la muerte volvía a exhibir su aspecto real.

Luca Sileri no había conseguido resolver el problema de la disolución de la piel de los cadáveres tratados con la plastinación. La epidermis de las víctimas, en efecto, tendía a descarnarse y había sido preciso rellenar las facciones poniéndole o untándole bien alguna sustancia y aplicándole luego un ligero maquillaje. Era probable que para lograr ese efecto se hubiese empleado la misma silicona con la que se rellenaba los cadáveres. El resultado era sugerente y espantoso a la vez. Amén de la mano de pintura superficial, las luces estratégicamente colocadas tampoco conseguían tapar el frío vacío de los ojos, las minúsculas grietas que marcaban los labios y, en algunas partes, la carne disecada, la fina capa de polvo que cubría el rostro. Pensó que mantener ese espejismo era, de todas formas, laborioso. Quizá había alguien encargado de limpiar de vez en cuando la cara de Esther y de los demás, como se hace con un adorno expuesto al público, y esa idea le dio náuseas. Tuvo que cerrar los ojos para dominarse.

Una corriente fría en el cuello lo hizo volverse de golpe, los ojos de nuevo muy abiertos y la pistola lista para sondear la penumbra que tenía detrás.

No había nadie. Pero Federico Zernich estaba ahí, en alguna parte, disfrutando de las monstruosidades que había creado. Listo para recibir a los espectadores que pagan.

A él ante todo.

La ira hizo el resto. Arrinconó la prudencia, y gritó:

—Zernich, ¿no me querías aquí? Pues aquí me tienes.

La voz del anciano, sorprendentemente alta y aguda, le llegó desde algún lado no demasiado lejano, en el sótano.

—Señor Costa, lo estoy esperando. No me estoy escondiendo.

Costa salió de la habitación de *Judit y Holofernes*, y durante un momento lo cegó la luz de una antorcha, prendida delante de él. Se agachó de golpe, seguro de que iba a sentir primero el disparo y luego el dolor, agitando al mismo tiempo el arma hacia el frente.

—¡Apaga esa luz! —gritó.

No disparó. Y Zernich obedeció, porque volvió a haber una frágil oscuridad, salpicada de las luces de colores que se filtraban desde otras puertas abiertas.

En cada una de esas habitaciones había un diorama mortal.

Se movió con cautela hacia el punto donde debía de encontrarse Zernich, y, a pesar de que trataba de no alejarse de su objetivo, no pudo dejar de echar una ojeada a los espacios por los que iba pasando, uno tras otro. Algunos de ellos, por lo que podía ver, eran pequeños cuartos con una sola entrada, otros eran salones que estaban enlazados con otras habitaciones o con corredores y pasillos que recordaban un gigantesco laberinto subterráneo. Todos cumplían la misma función.

Y puede que mirar fuera un error.

Los cadáveres estaban suspendidos entre cuerdas y poleas, tirantes y armazones, colocados y arreglados con un cuidado espeluznante, pintados con gelatinas de colores que se filtraban de faros colocados alrededor. Unas eran de un azul eléctrico. Otras, rojizo. Cada escena estaba dominada por un color diferente.

Las visiones que tuvo no fueron fugaces como habría querido, y sabía que lo atormentarían siempre.

En la que era como una suerte de nicho en la pared, un chico de unos quince años le sonreía, la cabeza inclinada hacia un lado. Estaba desnudo y de los hombros le salían unas alas negras, abiertas, probablemente metidas en la espalda como empalmes en el plástico de un juguete. Tenía una pierna apoyada en una silla, y en una mano sujetaba un arco de violoncelo. A sus pies había unos instrumentos de cuerda y varias partituras. Fabio no recordaba el título del cuadro. Quizá tampoco lo había sabido nunca el adolescente que había sido inmolado para esa escena.

En una habitación más grande, un anciano con una larga barba blanca, la delgada desnudez en parte cubierta por una amplia sábana roja, apoyaba débilmente el brazo derecho en una mesa, una pluma en la mano, mientras que con la izquierda sujetaba un libro que parecía estar leyendo. En realidad, esos ojos ya no podían ver nada. Ni las palabras del libro ni a Costa, que lo observaba horrorizado. En su cabeza calva tenía clavada una especie de aureola hecha de alambre. Para enganchar ese atrezo habían tenido que trepanar también el cráneo.

—Es mi *San Jerónimo escribiendo* —observó Zernich, protegido por la oscuridad desde detrás de la instalación—. ¿Le gusta? Es mi preferido. Se parece tanto. Fruto de una búsqueda que duró años.

Su voz procedía de un punto próximo al viejo disecado. Costa no respondió, pero avanzó en la habitación. Rozó el borde de la tela roja que cubría el cuerpo del involuntario intérprete de san Jerónimo. Su crujido fue como un soplo de exasperación, un soplo de vida polvorienta que se quejaba del ultraje sufrido.

Al fondo se vislumbraba otra salida que daba a un pasadizo estrecho. De ahí procedía otra luz, quizá otra estación del vía crucis que Costa estaba haciendo. Zernich debía de encontrarse en el interior. Probablemente se movía, se le iba adelantando, para forzarlo a completar la visita de la exposición que había montado.

Costa agarró la Beretta con más fuerza. Por el sudor de las manos, la pistola se le resbalaba, pero no se atrevía a secárselas. Tenía que seguir apuntando hacia el frente, no perder la concentración. Y no pensar en nada más que en lo que lo esperaba detrás de esa última puerta.

Pero era difícil.

Cruzó la puerta. Miró dentro.

Zernich sonreía, sentado, mientras acariciaba la cabeza de una de sus creaciones. Bajo sus manos, que jugaban con los rizos negros, fue fácil reconocer el rostro triste e inmóvil del pequeño Andrea Venturi.

137

—¿Sabe que a Caravaggio solía gustarle retratarse en sus cuadros? Sí, por supuesto que lo sabe. Se ha documentado. Usted es un hombre que cuida los detalles. Como yo, por otro lado.

Los cadáveres de los cuatro niños que personificaban a los protagonistas de *Los músicos* estaban perfectamente colocados en el centro de la habitación, de manera que se pudiera contemplar el espectáculo dando vueltas a su alrededor. Una inmersión tridimensional en la obra maestra de Caravaggio. Uno estaba de espaldas, examinando las partituras que tenía en las manos. Dos miraban hacia Costa, sujetando sus instrumentos de cuerda, y un cuarto quedaba al fondo, algo separado de los otros. Vestían las mismas túnicas y los ornamentos que aparecen en el cuadro. La escena había sido cuidada hasta en el más mínimo detalle, en cada gesto, en cada pliegue. La luz color marfil trataba de recrear los claroscuros del cuadro. El fondo plomizo de la habitación estimulaba la imaginación.

Zernich, envuelto en una larga capa negra, el pelo canoso que se le rizaba indolente en la base del cuello, estaba sentado entre sus niños, como si formase parte de la obra de arte que él mismo había recreado. Se encontraba a la derecha de Andrea Venturi, que interpretaba el papel principal, y pasaba los dedos entre sus rizos, con una ternura que contribuyó a aumentar la sensación de asco del policía. Un viejo loco en el ápice de su locura, entre los cuerpos de cuatro niños asesinados para alentar sus fantasías.

Y disfrutaba. Disfrutaba intensamente, deleitándose con la

expresión de asco de Costa. Vivía de ese momento como un demonio del dolor ajeno.

Costa sintió vibrar en su interior la ira sorda que conocía tan bien. La sintió y trató de mitigarla. Porque aún no había llegado el momento.

—Huelga también decirle que en esta representación él es el protagonista —continuó Zernich, con el tono más natural del mundo, contemplando el rostro rígido de Andrea Venturi—. Y también es mi preferido. Quizá porque supongo que fue la ocasión que al final me permitió conocerlo a usted, señor Costa. O a su Valentina...

Costa apretó los dientes. Pero no dijo nada.

Zernich evaluó su reacción. Y prosiguió.

—A este golfillo lo encontramos en Nápoles, pero sin duda eso ya lo sabe usted.

Al lado de Andrea Venturi, de espaldas, estaba, en efecto, el pequeño Salvatore Esposto, que el anciano señaló con un gesto lánguido de la mano.

—A él, en cambio —continuó, señalando al tercer niño—, que está un poco en segundo plano, el pintor le prestó sus propios rasgos. Nuestra tarea consistió, pues, en buscar a alguien muy parecido al inmenso Caravaggio. Una búsqueda apasionante que tuvimos la suerte de finalizar con éxito. ¿No es emocionante este juego de referencias? ¿No se sentirían honrados los padres de este niño si supiesen esto y fuesen lo bastante cultos como para comprenderlo, cosa que dudo? ¿O él mismo no se habría acaso sentido orgulloso de formar parte de este suntuoso, increíble espectáculo? ¡Y encima en el papel del inconmensurable pintor!

No mencionó el cuarto cadáver, el chiquillo que encarnaba una versión de Cupido, solamente un detalle al margen. Como la vida de esos niños. Un detalle irrelevante.

Cuatro chiquillos muertos. Solamente de dos de ellos conocía Costa el nombre y la historia. De los otros no quedaba sino su presencia en esa obscena pantomima. Ya no importaba quiénes eran ni dónde habían vivido. No importaba quiénes habían llorado por ellos. Tampoco importaba saber cuándo habían sido arrancados de sus familias. Una larga lista de lutos y de dolor sin sentido, eso era aquel lugar. Se necesitaría un corazón de piedra y un estómago de hierro para averiguar sus identidades, para descubrir quién era ese chico que había tenido la desdicha de parecerse a Michelangelo Merisi, conocido como Caravaggio. Y ese anciano hablaba como si fueran las piezas de un juguete para montar.

—Todos estos chicos tenían un nombre y una vida —dijo, recalcando las palabras para no morderse los labios o para que no se le notara la ira—. Puede que no te importe nada..., pero ese al que estás acariciando el pelo es Andrea Venturi. A su padre lo asesinó tu amigo Luca Sileri...

Zernich, en vez de alterarse, siguió mirando el rostro de Andrea.

—Sé que ha hecho los deberes, señor Costa. Algo que no dudaba. Francamente, los nombres me tienen sin cuidado. Pero me imagino que usted debe de llevar una especie de contabilidad..., como dicen ustedes..., de las víctimas.

—Eran niños, antes de que... —murmuró Costa.

Zernich elevó por primera vez la vista hacia él. Quizá le molestó tener que apartar los ojos de sus obras maestras, pues el tono se volvió cortante.

—¿Quiere comunicarme algo, señor Costa?

—Solo que has acabado aquí, en este momento.

—¿De manera que usted ya lo ha decidido todo? ¿Sabe cómo va a acabar?

—No sé qué va a pasar. Pero sé que pagarás por cada lágrima que has provocado.

—Eso tendría que asustarme, creo.

Costa meneó la cabeza, indiferente.

—Piensa lo que quieras. Eres solo un miserable, aunque puede que te creas una especie de artista de la muerte...

Zernich acarició el brazo de la silla.

—No me trate como a un idiota o como a un hombre sin interés, señor Costa. —Lo observó, y en sus ojos había la misma infinita nada que albergaba la mirada de Sileri antes de que lo mataran—. No soy una de esas fotos en blanco y negro con las que está acostumbrado a tratar usted. Yo estoy hecho de una pasta muy diferente. Como las obras que expongo.

—¿Las obras? Eran personas.

—Sí, niños, jóvenes, viejos... ¿Es que ahora no lo son siempre y para siempre? ¿No ve la energía que los une, los libera de su condena mortal y les da más vida de la que nunca han tenido? ¿Sabe por qué elegí a Caravaggio?

Costa no tuvo tiempo de replicar.

La sonrisa de Zernich resaltó en la luz oblicua.

—«Me sirvo de cuerpos y objetos y los pinto para acordarme de la magia que rige el equilibrio del universo... y mi alma resuena con el Único Sonido que me devuelve a Dios...». Eso es, sus niños, las niñas que no ha podido salvar, incluso ese viejo que encarna a san Jerónimo, todos han tenido una posibilidad única. La de acercarse un poco más a Dios. Tendrían que guardarme gratitud.

—Tú no eres más que un loco asesino, como Sileri.

—No. —Zernich agitó una mano en el aire, esta vez con un gesto de rabia—. Usted me sigue confundiendo con él. El pobre Luca era una criatura cruel, zafia e impulsiva que no tenía ni idea de su responsabilidad ni de lo que estábamos construyendo.

Costa se dio cuenta de que había bajado unos centímetros la mano con la que sujetaba la pistola. No era solo por el dolor de los golpes que le había propinado Altieri. El cansancio, el horror y la voz magnética de Zernich lo estaban distrayendo. Haciendo un esfuerzo, volvió a apuntar la Beretta contra Zernich. Entonces, el anciano se sobresaltó ligeramente. El destello de miedo que mostró, aunque apenas duró un instante, tranquilizó a Costa. Tantos desvaríos y luego resultaba que le daba miedo morir, como a todo el mundo.

—Sileri hizo lo que le mandaste hacer, solo eso —dijo cansinamente—. Los dos sois unos monstruos. Sois iguales...

El viejo había dejado de acariciar el pelo de Andrea. En ese momento, Costa se dio cuenta de que en la postura del niño había algo raro. Era evidente que en su caso, así como en el de Salvatore Esposto, el tratamiento de la plastinación se había hecho con demasiada prisa. Habría requerido mucho más tiempo terminar bien el procedimiento con la silicona. Eso implicaba, comprendió con espanto, que el cuerpo de Andrea estaba todavía en fase de putrefacción. Y Zernich jugaba con él indiferente, mejor dicho, satisfecho.

—Usted sigue confundiendo el instrumento con el artista que lo utiliza —dijo el viejo, con tono irritado—. O algo todavía peor que eso. Usted observa el pincel pero pasa por alto la pincelada, el trazo. Usted no ve la obra en su integridad. Y eso me decepciona. Y me ofende. Me ofende, he de ser sincero, su falta de respeto... Cuando yo solo querría que comprendiese...

Estaba loco. No había nada que agregar a esa constatación. El instinto y la ira que llevaba ya mucho rato conteniendo le pedían que matara a ese animal. Peligroso y pérfido, no iba a decirle nada nuevo. Pero también sabía que si dominaba su rabia tendría una posibilidad, aunque remota, de averiguar algo sobre Valentina.

—Pero ¿es realmente tan difícil de aceptar? —dijo Zernich, y su tono parecía sincero, casi puro—. Para responder a su pregunta: por supuesto, no habría podido hacer esto solo. ¿Sileri era una simple herramienta? No, en realidad sería un ingrato si lo llamase así. Él estaba dotado de cierta genialidad que, sin embargo, solamente yo supe exaltar y sublimar para un fin superior. Estas obras maestras no serían tales si no hubiese sido por él y por sus dotes científicas. Había que brindarle una oportunidad. Y yo se la di. Solo no habría llegado lejos. Habría seguido matando sin ton ni son, únicamente por placer, sin una finalidad, sin un plan. Y al final de su vulgar camino lo habría capturado.

—O eliminado.

El anciano no dijo nada. Volvió a acariciar con los dedos huesudos el cuello y los hombros del cuerpo plastinado del niño. La escultura de carne se tambaleó y pareció a punto de caer al suelo, donde se habría deshecho.

—Yo le di un propósito —dijo al cabo Zernich—. Y les di un propósito a todos. —Señaló a todos aquellos muertos—. Concedí un destino. La eternidad del arte.

—¿En serio? —Costa rio—. ¿Es eso lo que crees? ¿Ves arte en estos pobres cuerpos? ¿Arte en convertirlos en inertes maniquíes que preparas para algún psicópata con pulsiones incontrolables? Eso es muerte, Zernich. Es descomposición. ¿No lo ves? Tú no tienes más que la presunción de un viejo sanguinario al que le da igual justificar sus ansias de hacer el mal. Solo eres uno de los muchos que he conocido y que ahora se están pudriendo en celdas con ventanucos por los que ni se ve el exterior.

La voz de Zernich se quebró, mostrando una nota de irritación.

—¡No puedes ser tan incapaz como para no darte cuenta! El arte es poder, Fabio. Poder absoluto sobre la vida... y sobre su igual, la muerte. El arte está por encima de todo y de todos. ¿Crees que a Caravaggio le daba reparos matar a sus rivales en los callejones de Roma? ¿Crees que eso le importaba cuando creaba aquellas obras maestras que hoy todavía admiramos? —Sonrió, jadeando un poco por la vehemencia con la que había pronunciado las últimas frases—. A lo mejor tu amiga Valentina lo comprendió, ¿sabes? Ella sabría apreciarme mejor, y también a mi obra.

La sangre de Costa se heló. La tempestad que lo exasperaba por dentro se calmó de improviso. Fue como hallarse flotando en el centro de un océano negro, infinito e inmóvil, esperando la ola anómala que lo barrería.

—Valentina —dijo—. Dime dónde está.

Zernich hizo una mueca.

—Después de todo lo que he intentado explicarte, ¿al final eso es de lo único de lo que quieres hablar? ¿De tu amiga?

—Dime qué le ha pasado.

El anciano se relajó. Pareció casi feliz.

—Valentina Medici —dijo, como saboreando el sonido de ese nombre—. Hermosa mujer. La he conocido, en efecto. Muy bien, aunque en circunstancias quizá no agradables. Una ocasión que, sin embargo, supe aprovechar... Le caía bien, ¿sabes?

—Dime solo dónde está. —Lo preguntó de nuevo, suavemente, cansado y cada vez más asustado—. Dime dónde está y dejo que te marches. —Y lo habría hecho. Le habría permitido huir, con tal de salvar a Valentina.

—¿Nada más? ¿Ninguna otra curiosidad sobre lo que he hecho o sobre las personas que me han ayudado? ¿Ninguna pregunta apremiante sobre cómplices o elementos de prueba? Todo se reduce a ella. Te conformas con saber dónde está Valentina, y si se encuentra bien...

—Sí.

—Pero yo no soy más que un asesino, ¿no? ¿Qué podría haber hecho con ella? Te lo estás preguntando. ¿Y si la hubiese matado? ¿O si hubiese mandado que la mataran? ¿Aun así querrías saberlo?

Los labios secos. La voz apenas un susurro.

—Sí.

—Quieres salvarla. No como a la otra... ¿Cómo se llamaba? Ah, sí, Diana. Diana Marini fue tu primera víctima, ¿verdad?

A Costa se le nubló un momento la vista. Le pareció que todo se cerraba sobre él. Quizá era solo una pesadilla. El nombre de Diana pronunciado por Zernich.

—¿Sorprendido? —dijo el anciano, ahora aparentemente más arrogante—. Yo me informo. Mejor dicho, a mí me informan. Quería conocerte, Fabio. Quería comprenderte. Y no resulta difícil entender por qué te importa tanto Valentina... Ella te recuerda a Diana, ¿no es así?

—No digas una sola palabra más...

—¿Por qué? ¿No soportas la verdad? Y sin embargo tu trabajo consiste en conocerla. Sea cual sea.

—Cierra el pico.

—¿Quieres saber de Valentina? ¿Quieres saber si la he hecho... plastinar? —Sonrió de nuevo. Una dentadura perfecta. Un gesto simpático en los labios, pletórico de felicidad. Una alegría exhibida y plena—. Estaba realmente hermosa, Valentina. Angelical. Se lo dije también a ella, cuando nos conocimos. Hermosa como el cuadro de un prerrafaelita. Habría dicho que de un Dante Gabriel Rossetti. Pero ya estamos en el corazón y en los ojos de Caravaggio, y no voy a apartarme de él.

«Estaba» hermosa. Había dicho eso.

—En el fondo... Se trata solo de elegir.

Costa contrajo el índice para disparar, para borrarlo de la faz de la tierra.

El grito detrás de él lo sorprendió. El tiempo volvió a correr de nuevo. Instintivamente se volvió.

La oscuridad del sótano fue rasgada por tres explosiones sucesivas acompañadas de destellos. Iluminaron la penumbra y taparon parcialmente el grito de dolor en el que reconoció la voz de

Piovesan. No tuvo tiempo de reaccionar, una hoja de fuego líquido lo atravesó, del hombro al pecho. Cayó de rodillas, con un ruido de huesos frágiles que lo asombró más que la puñalada que le acababan de asestar.

Sin embargo, no perdió tiempo. Una parte de él permaneció alerta y pudo desplazarse rodando por el suelo, mientras se volvía y disparaba a ciegas dos veces seguidas.

Zernich ya había aprovechado la ocasión: tras clavarle una puñalada, había huido más rápido de lo que sus condiciones y su edad habrían hecho suponer. Debía de tener un estilete o un puñal escondido debajo del abrigo. Y lo había usado en cuanto él se distrajo. Costa trató de evaluar su herida. No parecía que le hubiera dado en ninguna zona vital, pero quizá por la conmoción no sentía dolor ni seguía alerta. La camisa y el chaquetón se estaban impregnando de sangre a la altura del omóplato. Apretó los dientes, rogando no desmayarse.

Consiguió ponerse de pie. En la cabeza, un estruendo que lo hizo tambalearse. Pero no se cayó. Tenía que seguir al anciano, no podía haber llegado lejos. A menos que hubiera alguien más con él. El mismo o los mismos que habían agredido a Piovesan.

Hacia las escaleras, donde había dejado vigilando a su compañero, ya no se percibían movimientos. En la sombra, solo una neblina azul debida a los disparos calibre 9 mm del chico antes de ser agredido. Confió en que Gabriele estuviese vivo. Porque no podía ocuparse de él. Ahora no.

El vientre oscuro del edificio se había tragado al viejo loco. Y ahora lo protegía. Ahí, detrás de una de esas puertas que daban a otros tantos abismos, el monstruo trataba de esconderse.

Costa se sumergió en aquella fatal oscuridad para alcanzar a Federico Zernich.

Y matarlo.

138

Nevaba de nuevo. Y Piovesan tenía razón, el coche alquilado era un auténtico asco. No solo porque la calefacción no funcionaba, encima entraba aire helado por todos lados. Temía ver en cualquier momento copos de nieve dentro del habitáculo. En esas condiciones, Loris Manna empezó a pensar seriamente que moriría congelado.

Habían pasado casi dos horas desde que había conseguido convencer al jefe Falcone de que pusiera en marcha la maquinaria de los refuerzos. Tras amenazas y halagos, el jefe comprendió por fin la urgencia y la gravedad de la situación. Y había que reconocerlo: cuando Falcone cogía las riendas, se movía hasta la caballería. Le ordenó que lo esperase donde estaba y poco después volvió a ponerse en contacto con él, informándole de que un grupo operativo ya estaba en movimiento. Tenía que unirse a él y llevarlo al lugar.

Faltaba poco, pues, para que llegaran refuerzos. Un equipo de las Fuerzas Especiales que venía de Roma en helicóptero y una Unidad Táctica procedente de Venecia. Solo hacía falta paciencia. Esperar, esperar y no acabar congelado.

Pero Loris sabía que no iba a esperar mucho para entrar en acción. Que Costa y Piovesan estuvieran ahí dentro, solos, lo estaba desesperando.

Inmediatamente después de haber hablado con Falcone y de haberlo convencido de que en ese viejo edificio enclavado en los Dolomitas estaba ocurriendo algo terrible, Manna volvió al punto de partida. Detuvo el Sandero en el borde de ese camino que llevaba al sanatorio Sant'Andrea, donde la señal del móvil todavía sobrevivía. Esperó aterido de frío pegado al volante, con el corazón diciéndole que entrara enseguida a ayudar a sus amigos y la cabeza aconsejándole que aguardara la llegada de las Fuerzas Especiales. Ese, en el fondo, era el plan de Costa. Ninguna improvisación temeraria e inútil.

Sin embargo, a medida que pasaba el tiempo, peores eran los escenarios que se le ocurrían. Costa era un buen policía que sabía defenderse, pero Piovesan era joven e inexperto. Y en el interior de esa monstruosidad arquitectónica podían ocultarse peligros que no se habían ni imaginado. Zernich y Altieri eran dos psicópatas sin escrúpulos que ya habían demostrado de lo que podían ser capaces.

Al cabo de una hora, Loris decidió no esperar más. Dejó el coche con el motor en marcha y los cuatro intermitentes encendidos a un lado del camino, como señal para los compañeros que estaban llegando, y mandó un mensaje a Falcone avisándole de que iba a entrar. Luego se encaminó por ese sendero que había recorrido con Costa y Piovesan y que ahora, en esa noche agobiante y completamente oscura, le parecía aún más tenebroso y repleto de insidias.

Había recorrido un centenar de metros, con los labios apretados para no tragarse las ráfagas de ese frío insoportable, cuando el resplandor de dos faros lo acometió, haciéndolo sentirse desnudo e indefenso. Tuvo tiempo de tirarse a un lado, aterrizando en un cúmulo de nieve fresca y cortante, y el Porsche Cayenne de Altieri pasó a su lado, derrapando y desapareciendo detrás de la curva que él acababa de doblar. El polvo de escarcha que el coche había levantado cayó a su alrededor como una repentina tempestad. El corazón de Manna empezó a latir más furiosamente. No había visto quién iba al volante del SUV, pero esa huida atropellada no prometía nada bueno. No podía avisar a nadie para pedir que detuvieran el coche, ya que las señales seguían siendo débiles. No podía llegar al Sandero que estaba en la carretera para alcanzar el potente coche de Altieri.

Y, además, Fabio y Gabriel seguían ahí. Esperando ayuda.

Empezó a correr torpemente hacia el sanatorio, con la cabeza repleta de pensamientos funestos.

139

El primer disparo lo sorprendió. Los dos siguientes, lo aterrorizaron. En la cuenca en la que se encontraba ese edificio gris, rodeado de las paredes dolomíticas que en la oscuridad parecían de ébano, el estruendo de los disparos se amplificó para enseguida dispersarse en la lejanía, con ecos metálicos.

Contuvo la respiración. Esperó todavía un momento, en cuclillas en la nieve, a diez metros de la entrada, donde se había quedado observando, para averiguar de dónde procedían los disparos. Ya lo había asustado la presencia de ese Land Rover aparcado delante del portón principal. La puerta del conductor estaba abierta, como si este no hubiese tenido tiempo de cerrarla. Como si algo lo hubiese hecho entrar rápidamente en el edificio. Intrusos, quizá. Que había que eliminar. Por no hablar de quien había huido en el Porsche de Altieri.

Miró la curva del camino que acababa de recorrer y que conducía a la carretera. Por ahí tendrían que aparecer los vehículos del grupo de intervención. Pero no había nadie. Todavía no.

Demasiado tiempo. Y esos disparos. Al cabo, decidió el corazón.

Sacó la Beretta de la cartuchera que llevaba en el cinturón, sujeta a la espalda. Abrió la corredera e introdujo la primera de las quince balas en el cañón. Ese sonido metálico le suscitó recuerdos de cuando trabajaba como policía en la calle y todavía no había plantado el culo delante de un ordenador. Hacía una eternidad que no empuñaba un arma con la posibilidad de poder usarla.

Bueno. Si no quedaba más remedio.

Fue corriendo a la puerta, tratando de mantenerse agachado, consciente de la inutilidad de ese gesto. Detrás de las ventanas ciegas que había delante de él, en la oscuridad, podía haber cualquiera. Hiciera lo que hiciera, era un blanco muy fácil.

Nadie le disparó.

Cuando hubo atravesado ese breve trozo de camino, hundiéndose en la nieve, descubrió que el portal estaba entornado y no cerrado. Dentro no se oía nada, aparte del leve suspiro de viento que se deslizaba por la brecha y corría libremente bajo las bóvedas del edificio.

Apuntó el arma hacia delante, empuñándola con las dos manos. Empujó la hoja del portal con la punta de la pistola, hasta abrirla del todo.

Lo acometió un haz cegador. Contrajo el índice de la mano derecha en el gatillo. Pero la luz procedía de atrás.

Se volvió. Cuatro todoterrenos negros y sin distintivos patinaban en la nieve con las portezuelas ya abiertas para que se apearan los hombres de las Fuerzas Especiales. Los faros instalados en el techo iluminaban la fachada del edificio, que en esa crisálida de claridad pareció aún más espectral.

Mientras el corazón de Manna se ensanchaba, desprendiéndose de toda la angustia que lo había atenazado, y él con un gesto pedía a los agentes que se dieran prisa, otro disparo resonó en el interior. Solo uno.

No perdió más tiempo. Entró.

Los demás irrumpieron en el sanctasanctórum de Federico Zernich un instante después.

Se habían dividido para explorar cada rincón, pero el edificio era enorme y sabían que tardarían. Solo al cabo de un rato comenzaron a darse cuenta de que el sanatorio Sant'Andrea di Molveno estaba en gran parte desierto y en estado de abandono. Los hombres que habían ido a las plantas de arriba descubrieron, sin embargo, habitaciones para huéspedes que contaban con todas las comodidades y, en una zona de la última planta, una especie de sala de dirección con monitores unidos a una red de cámaras de vigilancia. Todos los monitores estaban en funcionamiento pero nadie vigilaba.

En la planta baja encontraron también una cocina operativa y una despensa repleta de alimentos y víveres que podrían garantizar la supervivencia de un pequeño grupo de personas durante varias semanas. Había incluso una sala con un televisor satélite, un billar y una biblioteca muy bien surtida. Nada parecía haber sido dejado al azar.

Después llegó el descubrimiento de los cadáveres en la primera planta.

Manna entró en esa habitación antes que los demás. La luz débil de una única lámpara bastaba para alumbrar la escena. Un hombre se hallaba en el suelo al lado de un sillón, como si estuviese dormido o se hubiese resbalado. Los ojos, que se hundían en un rostro hinchado y decrépito, estaban abiertos en una expresión de indignada sorpresa. El traje que llevaba debía de estar hecho a medida, pero estaba tan impregnado de sangre que resultaba distinguir su color original.

El otro cuerpo estaba tendido a sus pies y Manna reconoció a Claudio Altieri, a pesar de que el disparo de arma de fuego le había abierto el cráneo.

A la vista de esos cadáveres, la ansiedad que había sentido cuando había oído los disparos que llegaban del reino infernal de Zernich, en vez de disminuir, lo abrumó. Si Costa y Piovesan habían tenido que matar a esos dos hombres, la situación debía de ser realmente grave. Y las manchas de sangre en ese punto del suelo, lejos de ambos cadáveres, ¿de quién eran?

No tuvo tiempo de formular más hipótesis. Alguien gritó desde el fondo de las escaleras. Un agente con casaca negra y pasamontañas se asomó a la habitación.

—Han encontrado a alguien, inspector —dijo.

140

El agente de la policía nacional Gabriele Piovesan recibió al grupo de intervención con las manos levantadas y bien a la vista a pesar de hallarse maltrecho. Tenía un hematoma en la nuca, había perdido mucha sangre y dijo que había estado inconsciente un rato, pero que, a pesar de todo, se encontraba bien.

Cuando Manna llegó a su lado, el chico seguía sentado en el suelo, con la espalda contra la pared, y respondía a las preguntas de un médico de la policía que había participado en la irrupción. No bien lo vio, se puso de pie, a pesar de las protestas del médico, y con una mueca de dolor lo abrazó. A través del pecho, Manna notó que el muchacho contenía los sollozos.

—Costa está abajo —dijo—. Tendría que haberlo protegido, pero no lo hice. Alguien me golpeó en los hombros. Me desplomé, Loris, pero antes de desmayarme lo vi..., solo una sombra que huía..., y disparé, disparé de nuevo. Dios mío, Loris, no quiero volver a hacerlo. No quiero matar a nadie más... —Empezó a llorar y Manna no pudo sino dejar que se desahogara. Después averiguaría qué había pasado en realidad. Ahora tenía que encontrar a Costa. Abajo.

Le pidió al médico que se ocupara del chico, luego encaró los delirios de Zernich.

Delante de él y de los otros agentes que estaban revisando el sótano con las armas apuntadas, comenzó a abrirse el escenario infernal que Manna se esperaba. Metro a metro, de habitación en habitación, bajo el golpeteo de sus linternas alógenas, los policías fueron descubriendo el museo de los horrores montado por el anciano Zernich, y a partir de ese momento se condenaron a revivir esa escena infinitas veces, en sus pesadillas, durante los años que a cada uno de ellos les quedaran de vida.

Mientras Manna avanzaba y la oscuridad empezaba a ser reemplazada por zonas iluminadas con luces de colores, revelando lo que esas habitaciones contenían, su mente dejó de funcionar. Fue como si hubiese saltado un mecanismo de defensa instalado entre las sinapsis del cerebro, para que no reconociera lo que sus ojos estaban viendo. Nunca habían sido seres vivos, esos fantoches grotescos que remedaban escenas robadas a un genio de la pintura de cuatro siglos atrás. No podían serlo y, por tanto, no pasaba nada. No había ninguna humanidad en sus ojos de cristal, en la postura artificiosa de sus cuerpos, en los gestos falsos de sus miembros. Todo era ficción. Un juego, aunque incomprensible. Luca Sileri, Claudio Altieri, Federico Zernich solo eran hábiles impostores. Nadie en el mundo habría podido nunca concebir semejante monstruosidad. Y él podía seguir teniendo sueños tranquilos.

Entró luego en la última habitación. Detrás de él, en cambio, los hombres del equipo de intervención se detuvieron, exhaustos, paralizados, ellos, que habían afrontado atrocidades y peligros en decenas de ocasiones, y que jamás se habrían imaginado algo así.

Costa estaba sentado en el suelo, igual que Piovesan antes que él. La espalda y la cabeza apoyadas en una pared corroída por la humedad y el moho. Las piernas extendidas y en el rostro marcas de heridas y sangre todavía fresca. Delante de él, el taller que había dado lugar a aquellas pesadillas. Lo que esperaban encontrar. Tinas metálicas. Instrumentos y tubos unidos unos con otros. Un fuerte olor a sustancias químicas. Manchas borrosas en tableros de acero semejantes a los de los quirófanos. O a los de las autopsias.

Y luego estaba Zernich. También sentado, enfrente del policía, pero en una silla de hierro, probablemente porque a su edad le habría costado estar en el suelo como Costa. Solo que habría dado lo mismo, porque el anciano estaba muerto. La mirada carente de luz, clavada en el vacío, y la mancha de sangre que todavía se extendía a la altura del corazón no dejaban dudas.

El arma estaba en el suelo, entre Fabio Costa y el cadáver de Zernich. Manna la apartó delicadamente con un pie. Un reflejo condicionado, de policía. Zernich no hubiera podido cogerla y usarla contra ellos. Manna notó también que todavía tenía el martillo subido. Habría bastado una leve presión para que se volviese a disparar.

Entonces se sentó al lado de Costa. Pero no dijo nada.

Los ojos de su amigo estaban apagados. O quizá miraban un horizonte que se hallaba fuera de ahí, lejos de todo aquello. En su inmovilidad, durante un momento breve pero terrible, Manna vio la culminación perfecta y atroz del proyecto de Zernich. Como las estatuas plastinadas de las decenas de vitrinas que adornaban aquella pinacoteca de muerte, la petrificación que mostraba la mirada de Fabio Costa era la prueba del triunfo de la voluntad enferma de aquel asesino. Era como si él mismo se hubiese convertido, vivo, en una de las criaturas de Zernich. Una obra de arte de carne y hueso y sangre, pero también de desesperación. Porque todo estaba ahí, alrededor de ellos. El cadáver de Zernich. El horror que los circundaba en esa parodia de muerte. Y ningún rastro de Valentina.

Eso era lo que contemplaban los ojos en blanco de Costa. La ausencia de ella. La conciencia de haberla perdido. Para siempre.

Manna lo miró. No podía ni imaginarse qué estaba sintiendo detrás de esa mirada.

Luego la habitación se llenó. Alguien gritó unas órdenes. Y Costa se dejó curar.

Cuando salieron del edificio, la nieve había dejado de caer y un amanecer frío, típico de aquella parte del mundo, empezaba a volverlo todo más luminoso y claro.

SOMBRAS DEL INFIERNO

141

«Solo hay que elegir».

Un tono levemente musical, una voz agradable.

«¿Haremos eso, Fabio?».

Federico Zernich le sonríe. Lo desafía.

Ruidos. Tacones que resuenan en el suelo a ritmo hipnótico. El chirrido de las ruedas de un carrito. Cristales que vibran.

Un frío penetrante que le acaricia el rostro, anunciándole la novedad: está vivo. El dolor recorre cada fibra de su cuerpo, pero está vivo.

Costa abrió los ojos a una blancura que solo podía pertenecer al techo de una habitación de hospital. A su izquierda adivinó, más que vio, un palo con un gotero, y al otro lado una ventana que cerraba el paso a la corriente gélida.

Bajó la mirada. Sí, una habitación de hospital, pequeña pero equipada. Solamente él en la única cama que había. Y una enfermera que lo observaba con paciencia, rizos castaños fuera de la cofia de tela.

—¿Dónde...? —empezó a decir él.

—Hospital San Camillo de Trento —respondió al momento la mujer, que quizá estaba esperando esa pregunta—. Sección cirugía general. He abierto la ventana para ventilar un poco. No le molesta, ¿verdad?

—No me molesta. —Pese a que ese frío le recordaba las últimas horas que había pasado. La nieve del exterior de Sant'Andrea. El oprimente frío que hacía en el reino de Federico Zernich.

Solo hay que elegir, repetía la voz del anciano en su cabeza. ¿Elegir qué?

La enfermera miró el gotero.

—Puedo darle analgésicos, ahora que está despierto.

Esa propuesta reanimó la percepción del dolor que le atravesaba el cuerpo. La cabeza le estallaba, sentía la cara hinchada y punzadas espantosas en la espalda. Notaba todavía la furia de Altieri y sus patadas, y recordaba la cuchillada que Zernich le había asestado en cuanto le había dado la espalda. No debía de haberle causado heridas importantes, pero le dolían.

—Nada de analgésicos, por ahora —dijo—. ¿Qué hora es?

—Casi mediodía. Ha dormido seis horas. Y, en mi opinión, tendría que seguir durmiendo. Le han cosido y curado las heridas, pero debe esperar al médico para tener datos precisos. Y el doctor no pasará enseguida, no antes de esta noche, en cualquier caso.

Un reloj en la pared blanca, delante de él, lo confirmaba: eran las doce. Lo habían sacado del infierno del sanatorio de Molveno al amanecer. No recordaba nada más. Pero seis horas de inconsciencia eran demasiadas. Seis horas perdidas, seis horas menos para averiguar dónde estaba Valentina. Si acaso quedaba todavía alguna posibilidad para ella.

O dónde estaba escondido su cadáver.

Era eso lo que lo había hecho recuperar la conciencia, al final. Un tormento originado por las últimas palabras de Zernich y por las pesadillas que habían caracterizado su sueño inquieto. La certeza de que a Valentina la habían matado y de que su belleza había sido mancillada en uno de aquellos horrores que el viejo monstruo llamaba «obras de arte». Y, al mismo tiempo, la irracional idea de tener todavía una posibilidad.

«La vestiremos como una obra de Caravaggio».

«También a ella».

«Solo hay que elegir».

Costa no había comprendido qué era lo que había que elegir. Y, al final, había preferido no saberlo. Su arma había ajusticiado a Federico Zernich y, al hacer eso, había acabado para siempre con la esperanza de encontrar a Valentina.

142

Cuando Loris apareció en la puerta, Fabio confirmó que tampoco su amigo había salido indemne de la última noche. Las señales en su rostro no se debían solamente al cansancio. Y era tan evidente que le había costado llegar a su cama y sentarse a su lado que daba la impresión de que podía desmayarse en cualquier momento. Parecía mayor.

Pero le sonrió, aunque lo hizo sin nada de alegría. No dejaba de ser, de todos modos, un buen intento.

—¿Preguntarte cómo estás es demasiado estúpido? —empezó el inspector.

—Creía que estaba hecho polvo. Hasta que te he visto entrar...

Loris ensanchó un poco su torpe sonrisa, mientras asentía.

—Así me gusta, no pierdas toda la ironía. Te conviene.

Guardaron silencio un momento. La enfermera de los rizos desordenados entró en la habitación y fulminó a Loris con la mirada.

—Ya lo sé, ya lo sé —se defendió él—. El médico me ha dado permiso a condición de que no me quede más de cinco minutos.

—Eso espero —dijo ella. Luego quizá notó el agotamiento en su rostro—. ¿Usted también es de la policía? —preguntó—. ¿Y anoche estuvo... allí?

Loris bajó ligeramente la cabeza a modo de respuesta. Debió de bastarle, pues salió sin decir nada más. La noticia de lo que había ocurrido en el sanatorio Sant'Andrea se había difundido.

De lo que se había encontrado. De los cuerpos. Del horror. De la muerte del responsable de todo.

Cuando la mujer hubo cerrado la puerta al salir, Loris pareció reanimarse.

—Tengo realmente cinco minutos. Y necesitamos contarnos un montón de cosas.

Fabio no levantó la cabeza de la almohada. Él también estaba exhausto, si bien intentaba recuperar las fuerzas. Pero estaba de acuerdo, cinco minutos le parecían incluso demasiados.

—Entrasteis y visteis lo mismo que yo —dijo—. No creo que haya mucho más que añadir.

—Sabes que las cosas no son así. Los médicos, de momento, han levantado una especie de cortina de hierro alrededor de ti. Y me han dado permiso para que hable contigo de manera del todo excepcional. Pero dentro de poco llegará aquí el estado mayor en pie de guerra y ni siquiera el hospital te podrá proteger. Tendrás que responder a un montón de preguntas. Por delante de todos está la fiscalía, que quiere respuestas inmediatas, y ya han llegado de Roma los jefes del SCO…, por no mencionar lo que está saliendo en los medios.

Fabio cerró los ojos.

—Deja que hablen, Loris. Lo que tenía que pasar, pasó.

Sin embargo, sabía a qué se refería su amigo. La investigación no estaba en absoluto cerrada. Y, sobre todo, alguien quería explicaciones acerca de las circunstancias en que Zernich y Altieri habían muerto. Por qué se había llegado a tanto, por qué no había sido posible entregarlos a la justicia. Por la muerte de Altieri y de ese otro tipo, el alemán, se ensañarían con el pobre Gabriele Piovesan. Pero el final de Zernich era asunto suyo. Y, como en el caso de Sileri, le preguntarían por qué no había buscado otra manera de concluir el asunto. Por qué no había evitado ajusticiar sobre la marcha al culpable de aquellos asesinatos. Por qué no había esperado los refuerzos en vez de hacer lo irreparable.

Habría podido responder, en efecto. Explicar. Si solo hubiese tenido importancia. Y si hubiese habido tiempo.

—Ponme tú al día, más bien —repuso—. Mi versión sigue siendo la misma.

Loris meditó. Luego dijo:

—Están buscando por todos lados en ese lugar infernal, ladrillo a ladrillo... y no terminan nunca de pasmarse ni de horrorizarse. —Miró por la ventana. El cielo se iba oscureciendo y también dentro de la habitación la atmósfera cambió—. Hasta ahora se han encontrado unos veinte cuerpos. Todos plastinados con la técnica que conocemos, y colocados según el disparatado esquema de Zernich y de sus acólitos. Solamente un par de cadáveres seguían... en preparación. —Bajó el tono en esas últimas palabras. Todo continuaba pareciendo tan absurdo—. Los encontraron en una de las habitaciones más apartadas. Ya vestidos con prendas del siglo XVII, pero todavía no en esas malditas armazones de hierro y alambre.

Fabio recordaba la habitación donde Esther, como Judit, le cortaba la cabeza a un pobre infeliz que encarnaba, para aquellos psicópatas, al cruel Holofernes. En la composición faltaba la vieja con el paño, a punto de recoger la cabeza del general. Una imperfección que Zernich no habría tolerado. El cadáver de la anciana probablemente había esperado en esa habitación más interna su momento de gloria.

—Ese sitio es enorme, hará falta mucho tiempo para revisarlo todo —continuó Loris—. Y están registrando también las habitaciones de Altieri y de Zernich. Hay agentes repartidos por todas sus propiedades. Está saliendo a la luz mucho material y estamos todavía al principio. Pero es en Hannie Janssen en la que se están concentrando.

La cuidadora de Zernich. Seguramente algo más que una colaboradora doméstica. Su presencia detrás del anciano nunca había sido casual.

—¿La han encontrado?

Loris puso una expresión dolorida.

—Desaparecida. ¿Sabes una cosa? Creo que estaba ahí, en Holocausto. Debió de ser ella la que le golpeó a Piovesan en la cabeza antes de desaparecer. Se nos escapó por un pelo.

—No puedes saberlo con certeza. —Pero Costa tenía la misma impresión.

—Yo creo que sí. Mientras iba hacia vosotros, me crucé con alguien que huía con el coche de Altieri, antes de que llegase la caballería. Joder, ese Porsche casi me arrolló. Creía que lo conducía Altieri... Pero era esa mujer, lo sé.

Fabio miró a su amigo. Había olvidado cuánto se había esforzado Loris. Y cuánto había arriesgado debido a él.

—Dime qué se ha averiguado sobre Janssen —preguntó, espantando esa acumulación ya desbordante de sentimientos de culpa.

—Es holandesa, pero eso ya se sabía. De Scheveningen, un barrio de La Haya que da al mar del Norte. No tiene antecedentes y todavía están esperando datos más concretos de la Europol. Se sabe que apareció al lado de Zernich hace años, y nunca se ha apartado de él. Una auténtica sombra, más que el propio Altieri. Y con una tarea asignada importante, según parece. En una de las habitaciones del edificio de Zernich, donde vivía, han encontrado el ordenador con los softwares utilizados para analizar los rostros de los personajes de Caravaggio y después lanzar la búsqueda de sus sosias en las redes. Alguien ha tratado de borrar la memoria de los servidores, pero han recuperado algunos datos. Es más, me han pedido que vaya allí para que eche una mano. He venido a verte antes de regresar a Padua. Me espera bastante trabajo. —Pero estaba contento de ponerse a la tarea. En el fondo, ellos habían empezado con eso. Así que era justo que alguno de ellos llegase hasta el final.

—De modo que han encontrado el famoso archivo que Valentina estaba buscando —murmuró Fabio. Y ese pensamiento le hizo mucho daño.

—Exacto. —También Loris calló. La ausencia de Valentina era un peso para todos. Luego continuó—: Maldita sea, Fabio, por lo que me han dicho, esa mujer hacía una vida casi monacal. En sus dos habitaciones no hay libros, televisores, radios, no hay nada para distraerse. Solo una cama de una plaza, un pequeño bar lleno de botellines de agua mineral y tres ordenadores muy potentes unidos a la red, con imágenes archivadas de cientos de personas de todo el mundo, cuya única culpa es la de parecerse a los modelos de Caravaggio. —Meneó la cabeza, como si siguiese aturdido por ese descubrimiento—. Queda muchísimo por hacer y miles de ficheros que examinar antes de poner la palabra fin.

—Pero Janssen ha huido —repitió Fabio, al que en ese momento no le interesaba saber qué había en ese ordenador. Las preguntas que le apremiaban eran otras.

—La están buscando por todas partes. Aeropuertos, estaciones de tren..., y las fronteras han sido informadas. Es una cacería en toda regla la que han puesto en marcha. La encontrarán. —Volvió a callar—. Ah, y también David Minetti ha empezado su operación final.

Explicó que el FBI, no bien se supo lo que se había encontrado en el antiguo sanatorio de Italia, había estrechado la red que tejía desde hacía tiempo sobre individuos que habían mantenido contactos en la dark web con Altieri. Había habido registros en al menos cinco países europeos así como en Estados Unidos. Algunas personas habían sido arrestadas y se había encontrado mucho material para su revisión. Vídeos y fotos de pornografía infantil. Y las famosas *snuff movies*. La red de la que Zernich formaba parte no era un invento de los investigadores. Parecía que realmente existía una suerte de unión subterránea entre hombres y mujeres entregados a la tortura y a veces al asesinato por placer. Pero era demasiado pronto para evaluar las dimensiones y el alcance de esa organización.

La enfermera de siempre se asomó a la puerta de la habitación. Sonreía, pero fue inflexible.

—Han pasado los cinco minutos.

Loris le hizo un gesto de asentimiento, la mujer comprendió y los dejó solos.

—Hay una cosa más —dijo Loris, bajando la voz—. No es que cambie nada, pero creo que es importante que lo sepas. Zernich estaba enfermo.

Fabio lo miró con expresión interrogante.

—No en ese sentido —dijo Loris—, estaba enfermo de verdad. Cáncer de estómago en fase terminal. Falta una confirmación definitiva de los médicos que lo trataban, pero algunos documentos que se han hallado en su casa son bastante claros al respecto.

Fabio reflexionó. Esa información lo sorprendía. Pero tenía un sentido. De repente, ahí estaba toda la explicación de esas últimas horas. El significado de las palabras de Zernich. Su juego cruel.

Una idea se había formado en su mente desde la noche, pero no podía contársela a Loris. Al menos, no enseguida. De improviso deseó estar solo.

Sin embargo, su amigo, de pie a su lado, no se decidía a marcharse. Algo lo tenía en ascuas. Y, al cabo, la necesidad de saber se impuso.

—Fabio..., cuando te quedaste a solas con él ¿te dijo algo de... Valentina?

Ya se lo había preguntado fuera del infierno de Sant'Andrea, aquella misma mañana.

En el vestíbulo del edificio acababan de poner a Costa en una camilla, el médico le había vendado bien el hombro y había parado la hemorragia, mientras esperaban que llegase una ambulancia equipada ahí arriba. Cuando Manna salió de los sótanos y pudo acercarse a él, apenas pudieron cruzar un par de palabras.

«No me voy a morir —lo había podido tranquilizar Costa. Luego se había apoyado en el hombro de su amigo y le había susurrado—, pero te lo ruego, sácame de aquí».

Manna había convencido a alguien para que llevase a Costa al hospital más cercano sin esperar la ambulancia. Mientras lo subían al coche que lo llevaría a su destino, bajo el azul de la luz destellante, Manna había encontrado el valor de formular ese nombre, sin pronunciarlo en voz alta.

«¿Valentina?».

Costa había meneado la cabeza.

Volvió a menearla ahora. En ese pensamiento residía la duda que lo atormentaba.

—A lo mejor si hubiese seguido vivo... —dijo. Estiró una mano y agarró a Loris de la muñeca—. ¿Crees que Zernich nos habría podido llevar hasta ella? —le preguntó—. ¿Crees que está todavía viva y escondida en algún sitio y que yo acabé con la única posibilidad que teníamos?

Loris respondió enseguida, aunque las palabras le salieron rotas.

—No, Fabio. No creo que esté viva. No lo cree nadie.

—No cambiaría nada, lo sabes.

—Sí que cambiaría. Desde el principio sabíamos que era improbable que Valentina... —No pudo terminar.

—No sabíamos nada. Y con la muerte de Zernich no lo sabremos nunca...

—Le disparaste en legítima defensa, si es a lo que te refieres. Ese hombre te había acuchillado.

—Ocurrió porque yo quería que ocurriese —lo interrumpió, fríamente—. Está muerto porque se lo merecía, sí. Lo perseguí y, cuando me lo encontré delante, lo ejecuté.

Loris miró hacia atrás, hacia la puerta que se había quedado abierta, alarmado.

—Dios santo, Fabio, ¿qué coño dices? Como te oiga alguien...

—Me da igual. No es eso lo que me atormenta. Pero lo que me encantaría es una respuesta a mi pregunta. Si no lo hubiese matado, ¿crees que nos habría llevado hasta ella?

—No lo sé... —dijo Loris.

—¿Maté yo a Valentina? Dime solo eso, Loris, ¿la maté yo?

Loris no respondió. Y los cinco minutos de tiempo, al final, pasaron realmente.

143

La pregunta seguía retumbando en su cabeza, carcomiéndole el alma.

«¿Maté yo a Valentina?».

Y además:

«¿La maté como maté a Diana? ¿Y Zernich lo sabía?».

Antes de que Loris lo dejase, le hizo prometerle que insistiría con los del SCO. Tenía que estar seguro de que por fin habían entendido que el alejamiento de la señora Medici no había sido voluntario. Tenían que emplear todos los recursos para dar una explicación sobre su desaparición. Ella se lo merecía.

Aunque no cambiara nada. Valentina estaba muerta, no cabía otra posibilidad. Zernich se lo había dicho, casi de manera explícita.

«Estaba realmente hermosa. Como el cuadro de un prerrafaelita».

¿O a lo mejor no? Esa incertidumbre lo estaba matando. Algo no encajaba, algo lo presionaba y lo llamaba y lo arañaba por dentro. Una idea que quería salir de la oscuridad.

—¿Y si realmente Valentina...?

No. No debía dejarse engañar por la esperanza.

La había matado él mismo. Federico Zernich había ganado esa maldita partida al morir.

144

—Es notable, ¿verdad?

Zernich se encuentra de nuevo delante de él, desplomado en una silla de hierro que está contra la pared blanca. En sus manos temblorosas, el largo cuchillo con el que lo ha herido. La hoja apunta más o menos hacia él, como si todavía pudiese usarla. En medio de ellos, una mesa de operaciones sin correas de sujeción: no vale para cuerpos vivos. En el metal brillante de la superficie se refleja distorsionado y alargado el rostro del anciano, y en ese reflejo Costa entrevé el aspecto real de su alma. Deforme, reluciente. Inoxidable. Como el resto del taller donde ha terminado dándole alcance. Dos habitaciones blancas, asépticas. Las tinas para la plastinación, ahora vacías, pero donde antaño fueron tratados decenas de cuerpos. Los instrumentos, las bombas para llenar los cadáveres de silicona. Los bastidores donde Zernich prepara su espectáculo. La fábrica de todos esos cuerpos.

Zernich jadea. Su imagen ha dejado de ser la del empresario triunfador. Tiene una vejez dolorosa e infame, como toda vejez. Mirado de cerca, su rostro es como el de todas sus víctimas. Insignificante y polvoriento.

—Luca nunca pudo resolver el problema —prosigue el anciano—. La piel no soporta ciertos tratamientos. De modo que yo tuve que solucionarlo. Pero el resultado es de todos modos grandioso, reconócelo. Al igual que en los artistas en los que nos inspiramos, imitamos la vida con la materia muerta. Cuerpos sin sangre y un poco de silicona para reavivar las facciones. Pigmentos coloridos donde la piel amarillea. Algún engranaje para simular movimiento. Como Caravaggio con los colores y los pinceles... Una obra inmensa, la suya, pero algún fragmento puedes encontrarlo aquí donde estamos...

Señala hacia delante, para incluir todas aquellas maravillas. En la mirada, una chispa de auténtico amor.

—Es notable, ¿verdad? —repite—. Dime que sí. Dime que lo entiendes, que reconoces que he creado algo... grande. No me decepciones también tú. He invertido energías y sentimientos en ti.

Dice cosas sin sentido. Ahora Zernich está realmente solo. La máscara se le ha caído de la cara.

Costa lo mira, el arma aún levantada, el dolor en la espalda que se irradia por todo el cuerpo y lo conmina a moverse, a acabar con ese juego a tiempo.

Algo en su expresión alarma al anciano. Costa lo intuye por la manera en que sus ojos dejan de brillar al sonido de sus propias palabras.

—¿Quieres realmente salvar a la chica? —le pregunta de repente, abandonando la verborrea sobre la grandiosidad de su misión. Ahora solo miserables, frías negociaciones—. ¿Quieres al menos saber si está viva?

Costa no responde. Conoce a los que son como Zernich. Solo está tirando de la cuerda para aumentar su sufrimiento.

—¿Quieres saber dónde está? A lo mejor entre las estrellas del firmamento, a las que se parece tanto..., o a lo mejor ya se ha caído, como Diana...

—¡Cállate!

—Solo he puesto en práctica la lección del sumo pintor, Fabio. No es la vida lo que estimula e inspira al arte. Es exactamente al revés...

—Calla...

—Y, como te he dicho..., el arte es poder. Poder sobre la vida y sobre su igual, la muerte.

—¡Calla!

—Te lo diré —susurra Zernich—. Pero... ¿hacemos un trato, Fabio?

No, piensa Costa. No voy a prestarme a tu juego monstruoso. No seguiré tus pistas confusas y engañosas para seguir dándote gusto. No te dejaré el protagonismo, porque eso es lo que quieres. No pactaré con el diablo. Se lo debo a tus víctimas. También a Valentina. Ella estaría de acuerdo.

—Un trato, Fabio —repite con una sonrisa. Lo llama Fabio—. Un acuerdo. El único que puedes aceptar.

Y, a despecho de todas las voces que le gritan por dentro, Costa responde:

—¿Qué trato? —Ya está perdido. Pero con que haya una sola posibilidad...

Zernich lo señala con un gesto de la barbilla. Indica la Beretta que Costa aprieta cada vez con más dificultad entre las manos.

—Deshazte de tus armas inútiles, Fabio. No las necesitas para salvar a Valentina.

—¿Cómo? —No comprende.

—Basta tu amor, Fabio. Es lo que ella querría. Dame tu pistola.

No.

—No.

Zernich estira una mano, si bien no puede alcanzar nada. Parece clavado en esa silla.

—Dámela, Fabio. No la usaré contra ti. Fíate de mí. Y de Valentina..., ella querría eso. Ella lo comprendió todo.

—No —repite. Pero deja que la pistola gire alrededor del índice, vuelve la empuñadura hacia Zernich y se la tiende. Sabe que va a morir. Sabe que ese monstruo no va a cumplir ese trato. Pero no puede hacer otra cosa. Y, mientras el viejo asesino se inclina hacia delante y agarra la pistola, Costa se siente aliviado. Ha hecho lo que debía. Por Valentina. Por todos ellos.

Zernich lo mira. Sonríe. Empuña el arma con seguridad. Y repite las mismas palabras que flotan en la cabeza de Costa, como si las hubiese leído. Como si los dos fuesen iguales.

—He hecho lo que debía —dice—. Tú no. Te queda camino por recorrer. Ya te lo he dicho, he invertido muchísimo en ti. No me decepciones.

Luego Zernich se apunta el cañón de la pistola contra el pecho, donde está el corazón, y aprieta el gatillo.

Costa grita.

Por el rebote, Zernich se golpea con violencia la cabeza contra la pared que tiene detrás, donde deja una mancha de sangre. Y se queda así, los ojos vidriosos fijos en él.

Valentina está muerta, piensa Costa. Ahora lo está de verdad.

145

¿Por qué entonces seguía creyendo que había una posibilidad? ¿Por qué no aceptaba que había dejado que ese hombre lo privara de su oportunidad y que se matara?

Zernich había ganado porque había conseguido lo que quería. Su proyecto más ambicioso no había sido el de poder recrear las obras maestras de un pintor muerto siglos atrás con la carne y los huesos de unos pobres inocentes, sino el de hacer padecer a los afectados, a los que seguían vivos. A los familiares de los vivos. A él. A Valentina.

¿Cuándo dejaría de creer que Valentina estaba viva? ¿Por qué no conseguía perdonarse y aceptar que la había perdido en el momento en que había desaparecido? Aceptar que probablemente la había asesinado Altieri. U otro matón de Zernich, ya que el anciano ya estaba demasiado débil y enfermo como para hacerlo él mismo.

Zernich, devorado por el cáncer, había tenido la fuerza de cometer ese último ultraje. De definir su plan.

Tendría que hacerlo yo también, se dijo Fabio. Matarme. Cerrar el círculo. Así no los decepcionaría. A Diana. A Valentina. A ninguno de ellos.

«He invertido muchísimo en ti».

«No me decepciones».

Por la ventana vio nubes negras que se adensaban. Quizá anunciaban temporales. Una vez que estuviesen encima de él ocultarían completamente la pálida luz del día. Arrojarían al mundo a tinieblas aún más profundas.

El tiempo pasaba. Tenía que darse prisa. Comprender. Actuar. Antes de que la luz se apagase.

Se sentó. El palo que sujetaba el gotero tintineó contra el borde de la cama. Fabio miró la puerta cerrada esperando que la enfermera entrase corriendo. Pero no llegó nadie.

Hoy mismo o mañana por la mañana vendrán probablemente a interrogarte, le había dicho Loris antes de irse. «Ojo. Tu Volvo está aquí abajo. He hecho que te lo traigan, para cuando salgas. Yo estaré bastante ocupado las próximas horas».

¿Por qué se acababa de acordar de eso? ¿Acaso Loris quería que se escapara? ¿Acaso sabía cosas que él ignoraba?

No. Estaba desvariando. Culpa de los analgésicos. No los había pedido, quería mantenerse lúcido, pero a saber qué habían puesto en esa botella de cristal de la que pasaban a su cuerpo sustancias desconocidas.

¿Qué había dicho Zernich antes de dispararse? Un batiburrillo de frases inconexas. Una pútrida locura que, sin embargo, a lo mejor tenía un sentido. Él debía encontrar su significado.

«He hecho lo que debía. Tú no. Te queda camino por recorrer».

Y luego se disparó en el corazón.

Costa estiró una mano. Apretó el tubo que se introducía en su piel. Tiró de él de golpe y le pareció que se arrancaba también la carne. Apretó los dientes para no lanzar un gemido, mientras la aguja goteaba sangre sobre la sábana. La tiró lejos y se puso de pie.

Fue a la ventana, tambaleándose como un borracho, las piernas flojas como si llevase años sin moverlas. Apoyó la frente en el cristal helado y un escalofrío lo serenó.

Faltaba poco para que las nubes cubriesen completamente el cielo. Debajo, un paisaje yermo. Extensiones de nieve. La ciudad, al fondo, luces débiles a través de una neblina densa.

Rápido. Tenía que actuar rápido.

¿Dónde está Valentina?

«A lo mejor entre las estrellas del firmamento», había respondido Zernich.

«O a lo mejor ya se ha caído, como Diana».

Ahora ya lo tenía claro. Incluso demasiado claro.

Entre las estrellas, o caída.

Zernich había invertido en él. Informaciones. Pero ¿cuándo? ¿Cuando supo que Costa lo estaba investigando? Porque, si era así, todo cambiaba. Los tiempos, la voluntad, todo podría haber sido distinto.

Se habían equivocado. Habían creído que eran los cazadores cuando nunca había sido así. Zernich sabía. Zernich los esperaba.

El viejo asesino en serie delante de él, en su mente, volvía a apretar el gatillo. Y repetía: «No es la vida lo que estimula e inspira al arte. Es exactamente al revés».

Y en ese momento Costa comprendió.

146

No ocultó que le había sorprendido su llamada. La voz era chillona y su tono de lo más perplejo.

—¡Fabio! Dios santo, ¿cómo estás? ¿De dónde me llamas?

A Costa le pareció conmovedora esa nota de preocupación. Le costó un poco hablar. Giampaolo D'Avanzo era el único que podía despejar sus dudas, pero se dio cuenta de que ni siquiera sabía por dónde comenzar. Volvió a dudar de sus hipótesis. Seguramente había sido la desesperación la que lo había hecho razonar de esa manera.

—¿Fabio...?

«No vaciles. No dejes que te haga cambiar de idea».

—Te necesito, Giampaolo.

—Claro, claro. ¿Qué puedo hacer? Loris me ha dicho que saliste bastante maltrecho del enfrentamiento con... aquellos monstruos...

Una punzada que lo atravesó, entre la espalda y el costado, le recordó que eso que estaba diciendo D'Avanzo era absolutamente cierto.

—Estoy en el hospital. En Trento... Pero me encuentro bien. Y ahora, una vez más, necesito tu asesoramiento.

Esta vez el silencio al otro lado de la línea fue más denso. Pareció que D'Avanzo incluso había contenido la respiración.

—Dispara. —Solo una leve duda.

—Me estoy imaginando un cuadro de Caravaggio... —dijo Costa.

—Siempre él, ¿eh? Empiezo a odiarlo.

Estamos en el corazón y en los ojos de Caravaggio, había dicho Zernich. No me apartaré de él.

¿Y por qué iba a ser de otro modo? Así que tenían que empezar de nuevo por Caravaggio.

—Hay alguien que... cae, creo —prosiguió Costa—. ¿Una mujer, quizá?

D'Avanzo respiraba ruidosamente. Estaba pensando. En el cuadro misterioso. O en que Costa se había vuelto loco.

—Una mujer que cae... No, no se me ocurre nada. Dame más detalles, Fabio... ¿Es otro de esos horrores que a Zernich le gustaba montar?

—No lo sé. Solo es una idea, ya te lo he dicho. Estoy tratando de...

—De acuerdo, de acuerdo. Déjame pensar... Caer, caer...

Como Diana, habría querido añadir Costa. Porque Zernich lo había investigado a él, a Diana y su relación con Valentina. Zernich no se conformaba con ganar: tenía que sobrepasar el límite.

—Caer, ¿eh? —repitió D'Avanzo. Al otro lado de la línea no se oyó nada—. Efectivamente, hay cuadros de Caravaggio que, como diría yo, desarrollan una construcción en vertical... —dijo al cabo—. Pero son vuelos de ángeles, no mujeres..., pertenecen a su época napolitana. En cualquier caso, pinturas de poco antes de que el pintor muriese.

—Descríbemelas.

—La que recuerdo se titula *Siete obras de misericordia.* Hay personajes en la base, en un callejón napolitano, que simbolizan las virtudes. Es una pequeña multitud. Cada uno de los personajes está haciendo algo. Arriba hay un ángel que parece que cae sobre ellos. Lo ilumina una luz tétrica. A su lado, suspendidos también en un cielo negro, María y el niño Jesús... Es una obra muy sugerente.

Costa reflexionó intensamente. Su hipótesis era arriesgada y quizá realmente fruto de la desesperación. Y, sin embargo, cuanto más lo pensaba, más se convencía de que Zernich había querido dedicarle el último acto de su proyecto de muerte. Si Costa tenía razón, la idea de incluir a Valentina en la creación de una obra inspirada en Caravaggio seguramente se le habría ocurrido en esos últimos días. Y, en tal caso, el asesino y sus cómplices habrían tenido poco tiempo para concluir ese plan. Habrían tenido que improvisar, al menos en ciertos aspectos. Para empezar, Valentina no se parecía a ningún personaje de Caravaggio. Sin embargo, un ángel... Sí, la belleza de Valentina podía equipararse a la belleza andrógina de una criatura angelical.

«No es la vida lo que estimula e inspira al arte».

Zernich tendía a la perfección. Por muy rápido que tuviera que improvisar, nunca se apartaría mucho del original que quisiera copiar. Y el cuadro que D'Avanzo describía tenía demasiados personajes. ¿Dónde iba a encontrar tantas víctimas que sacrificar para ese último alarde de voluntad? Una obra desmesurada incluso para él.

—Demasiados personajes, demasiado complicado —murmuró.

—¿Qué quiere decir? —preguntó D'Avanzo, ahora con un fuerte tono de preocupación—. Así que es eso. Estamos hablando de otro horror escenificado por ese psicópata, ¿verdad?

—¿Hay algún otro cuadro con un ángel en vuelo, Giampaolo?

La vacilación de su amigo duró pocos segundos, aunque su voz ahora manifestaba todo su rechazo.

—Sí, sí que hay otro cuadro. Solo dos personajes. Un ángel. Y María embarazada...

147

Empezaba ya a anochecer cuando dejó el hospital. El Volvo estaba aparcado donde Loris le había dicho. No podía dejar de pensar que su amigo había previsto de algún modo su marcha. Quizá de forma inconsciente. La idea de que Valentina se hallaba en alguna parte, esperando que alguno de ellos la salvase, estaba tan arraigada en ellos que no contemplaban la posibilidad de que su caza hubiera concluido en Sant'Andrea. O era él quien se imaginaba posibilidades falsas. Ya que salvar a Valentina suponía salvarse a sí mismo.

Los pinchazos en la espalda eran intensos y seguidos y el riesgo de que la herida se abriese era real. La cabeza le seguía retumbando y sentía la nariz y las mandíbulas hinchadas, aunque el dolor se había convertido en un palpitar sordo y, a fin de cuentas, soportable. Pero las luces que alumbraban la carretera y la blancura que lo rodeaba le infundieron una sensación de bienestar. Moverse era lo mejor que podía hacer. Aunque todavía no tenía un destino claro.

D'Avanzo había descrito bien *La Anunciación* que había pintado Caravaggio en la última etapa de su vida. Un cuadro en cierto sentido sorprendente.

—Solo hay dos personajes —explicó su amigo—. El ángel y María. A diferencia de la habitual iconografía, sin embargo, el ángel no figura de pie o de rodillas delante de la Virgen, sino en el aire, encima de ella. Una opción insólita, pero a Caravaggio le gustaba sorprender. No solo eso, da la impresión de que la criatura está cayendo sobre la mujer. El ángel tiende una mano hacia delante, como para protegerse de la caída, al final de su descenso, quizá un momento antes de que vaya a tocar a María. O de que se estampe en el suelo, pensándolo bien. —Y, tras una pausa, añadió—: El rostro del ángel no se ve bien... Podría ser cualquiera, también una mujer.

Tal vez Giampaolo había comprendido. Tal vez no. Pero la obra que había descrito era perfecta. Este es, se dijo Costa. Es el cuadro en el que ha metido a Valentina.

Si eso era cierto, ella ya estaba muerta.

Sin embargo, Zernich había dicho algo más aquella noche fatal. Algo que tenía que ver con él y con su papel en esa última y grotesca representación.

A lo mejor había una esperanza.

Tenía que encontrar el lugar donde Zernich, u otro en su lugar, había preparado esa última broma de sangre.

Mientras recorría el camino hacia Padua, el cielo se encapotó completamente. La oscuridad se hizo más densa y poco después empezó a llover.

148

—¿Cómo está, señor?

La voz de Piovesan sonaba ligeramente distorsionada en el altavoz del coche. O quizá la alteraba la incertidumbre.

—Bien. ¿Y tú?

—Sobrevivimos, ¿no? —Una pausa, tapada por el ruido de un trueno. En Padua también estaba lloviendo, evidentemente—. Pero ¿usted no estaba en el hospital?

Costa apretó los dedos en el volante. Se odiaba por tener que implicar de nuevo a ese chico y encima pocas horas después de lo que había pasado. Piovesan era policía, pero la experiencia vivida en Holocausto era única incluso para quien había elegido esa profesión. Además, había matado a dos personas y, por mucho que eso estuviese justificado, iba a suponer una investigación, varios interrogatorios y una presión que hasta para policías más experimentados que él significaban una dura prueba.

—Me he escapado —respondió, y no estaba muy lejos de la verdad—. Lo siento, Gabriele. Necesitarías recuperar las fuerzas tanto como yo, pero…

Piovesan no vaciló ni un instante.

—Dígame, señor.

Costa asintió. Eso era lo que esperaba.

—¿Dónde estás en este momento?

—Acabo de salir de la comisaría. Por fin me iba a casa. Después de curarme y de mandarme a Padua, estuve todo el día respondiendo a preguntas. Y esto todavía no ha acabado. Mañana me quiere interrogar un juez. —Volvió la vacilación—. No sé cuánto podré aguantar.

—Lo siento —dijo Costa de nuevo.

Piovesan pareció sorprendido.

—No tiene usted que sentir nada. No diga eso más. ¡Volvería a hacer lo que hicimos otras mil veces! Me alegra que usted confiara en mí. Lo único que pasa..., no sé, es que tengo la impresión de que los malos somos nosotros, ahora...

—No es cierto, créeme. —Habría querido añadir alguna palabra de consuelo, Piovesan se lo merecía. Pero ese no era el momento. Ahora lo necesitaba, antes de llegar a Padua, antes de que pasase esa noche. Aunque sabía lo cansado que estaba y lo mucho que podía costarle ayudarlo otra vez. Pero no podía hacer otra cosa. Recurrir a Manna era complicado. El SCO había requerido su colaboración para analizar los ordenadores de Hannie Janssen y probablemente lo tenían muy vigilado. Y, si descubría lo que se proponía Costa, se habría empeñado en ayudarlo, perdiendo un tiempo muy valioso.

Piovesan y su ciega devoción eran su última posibilidad. Su única posibilidad.

Respiró hondo.

—Escúchame, Gabriele —dijo—. Tengo poco tiempo. Pero hay ciertas dudas que necesito despejar.

—Tienen que ver con la señora Medici, ¿verdad? —preguntó Piovesan, mientras un rayo, en el horizonte, iluminaba durante un instante la carretera como si fuese de día.

Costa no tuvo necesidad de responder.

—Como le dije la primera vez que nos vimos —añadió el chico, con tono resuelto—, estoy a su disposición.

149

Piovesan regresó a la comisaría tratando de pasar inadvertido. La oscuridad prematura, la lluvia estruendosa y el ir y venir frenético de sus compañeros por la entrada le permitieron entrar sin que nadie reparase en él. Pasó también al lado del despacho del jefe y por el de su secretaría, donde sus compañeros, tras los descubrimientos de Costa, estaban absorbidos por el trabajo. Nadie se fijó en él, tenían otras cosas en las que pensar.

Lomastro había sido llamado urgentemente a Roma y había dejado al grupo en el caos más absoluto. Alguien de las plantas altas del departamento quería esclarecer cómo se habían hecho las investigaciones. Su puesto lo había ocupado un policía de la Dirección Anticrimen que había ido con una decena de ayudantes, ahora instalados en los despachos imponiendo su voluntad. Y ninguno de ellos conocía a Piovesan.

Se coló en la habitación que había compartido con Valentina, afortunadamente vacía, se sentó ante un terminal sin siquiera quitarse el chaquetón empapado y encendió el ordenador unido a la red. Los ojos le ardían, le dolía todo el cuerpo y no podía más de cansancio, pero sus dedos corrieron por el teclado.

En la primera búsqueda, encontró enseguida un resultado interesante, que lo estremeció.

Dos días antes se había denunciado la desaparición de una chica de la provincia. Se llamaba Adele Donati y era una inadaptada de diecisiete años que estaba en un centro de recuperación de toxicómanos. En cuanto tal, su desaparición no tenía nada de extraño. Era habitual que chicas y chicos en esa situación huyesen de las casas de familia o de los centros de acogida. Adele, sin embargo, y a pesar de su complicada historia personal, no lo había hecho nunca antes. Y, según la denuncia del responsable del centro, iba ya bien encaminada para rehacer su vida. Estaba a punto de conseguirlo. Si bien con la dependencia de las drogas uno nunca podía estar seguro.

Hacía dos noches, en efecto, no había vuelto y ahora la declaración de desaparecida parpadeaba en la pantalla delante de Piovesan. A Adele Donati la había engullido la oscuridad.

A lo mejor no tenía nada que ver. A lo mejor era una coincidencia. Pero las palabras de Costa habían sido claras. Le había dicho que ante todo debía comprobar si en los últimos días había desaparecido una chica. Una que tuviera unos veinte o veinticinco años. Le había pedido que buscara en Padua pero también en las zonas aledañas. Según el subcomisario, era probable que la mujer fuese una prostituta o una inadaptada, alguien cuya desaparición no diera lugar a muchos interrogantes.

Mientras observaba las fotos de Adele Donati, un rostro en origen dulce pero ya endurecido por los difíciles primeros años de su vida, el corazón de Piovesan comenzó a latir un poco más fuerte. Dos días antes, él estaba siguiendo a Altieri junto con Manna y Costa. La chica se había volatilizado prácticamente en ese momento. Si su desaparición era obra de Zernich o de alguien de su grupo, se preguntó si durante ese seguimiento no tendrían que haber notado algo. Si no hubo una señal que tendrían que haber captado, un detalle que descubriría ese enésimo odioso crimen.

Adele Donati. Diecisiete años. Y la mala suerte de tropezar en ese último, fatal destello del mal al que habían atrapado. Por lo que parecía, inútilmente, dado que la gente seguía muriendo.

Apartó esos pensamientos que lo hacían sentirse todavía peor. Imprimió todas las noticias que encontró, luego se dedicó a lo que también le había pedido Costa, y que probablemente era más importante.

Al teléfono, su voz era contenida, mientras le preguntaba si entre las propiedades de Zernich había una casa, una obra, un edificio lo bastante alto desde donde una persona pudiera caer al suelo.

—¿Caer?

—Es lo que quieren hacer, Gabriele. Matar a una persona tirándola desde un edificio. Lo bastante alto como para que muera. Lo bastante alto como para que no haya esperanzas. Pero tiene que ser un edificio al que Zernich y los suyos puedan acceder sin dificultad. Y donde puedan montar su farsa sin interferencias. Sin que nadie los moleste.

Gabriele no podía comprender cómo algo semejante podía ocurrir. Zernich y Altieri estaban muertos. Janssen estaba huida, en alguna parte. Los crímenes habían terminado. La historia estaba cerrada. Y casi todas las propiedades de Federico Zernich o de su familia las estaba examinando la policía. Había comprendido la idea que Costa estaba formulando, pero le parecía imposible que hubiese un lugar como aquel en el que pensaba. Quizá el subcomisario realmente había enloquecido.

Pero le había prometido buscar.

Solo que creía recordar más o menos casi todas las propiedades de Zernich o de sus empresas, y no existía un edificio semejante. Sí, había olvidado la existencia del antiguo sanatorio de Molveno. Sin embargo, un edificio como el que describía Costa no se le habría pasado por alto.

De todos modos, lo quiso comprobar. Tenía una copia de la carpeta de trabajo con la que había ejecutado las verificaciones que le había pedido Valentina cuando investigaban a Altieri. El material ya se había entregado a los hombres de la policía judicial, pero Piovesan había tenido la prudencia de conservar una copia de seguridad.

Encontró la lista de las propiedades de la Fundación Zernich, y en pocos segundos tuvo la confirmación: no había ninguna casa o edificio que se correspondiese con los datos de Costa. Había inmuebles de los que a lo mejor podía tirar a alguien con el suficiente margen de seguridad de que moriría, pero a los que también tenían acceso los copropietarios, los empleados, los visitantes.

Lo llamó para darle las noticias. La decepción de Costa pudo percibirse incluso a través del móvil.

—A lo mejor el sitio que buscamos no está aquí, en Padua —dijo Piovesan.

—Podría estar en cualquier parte. O en ninguna. Pero Zernich me quería aquí, donde estoy ahora... Y no habría tenido tiempo ni ocasión de ir demasiado lejos.

—¿De qué está hablando? —Había algo en el tono y en el comportamiento de Costa que empezaba a asustarlo. A lo mejor no tendría que haberlo seguido.

—No lo sé, Gabriele. Me debo de haber equivocado en todo. Quizá me estoy engañando.

—Sigue hablando de la señora Medici, ¿verdad?

Costa no respondió. Lo oía respirar al teléfono.

—¿La chica que ha desaparecido? —preguntó de repente Piovesan, reparando en la desesperación del otro—. Usted cree que es la última víctima de Zernich, ¿verdad? ¿Cree que todavía puede estar viva?

La sola idea le resultaba insoportable.

—Ya no sé nada... —Oyó el ruido de la lluvia en el teléfono. Era como si Costa le estuviese hablando bajo el temporal, sin siquiera tratar de guarecerse—. Ya estoy casi en Padua —dijo, quizá a sí mismo—. Perdona si te he hecho perder el tiempo... Piensa en recuperarte.

—¡Espere!

Piovesan apretó el móvil con fuerza. No conseguía quitarse de la cabeza la idea de que la pobre Adele Donati había sido raptada justo mientras ellos le pisaban los talones a Altieri. Si todo formaba parte del mismo plan y si había ocurrido en esas últimas cuarenta y ocho horas, tendrían que haberse dado cuenta. Y mientras le daba vueltas a esa idea, recordó el tiempo que habían estado siguiendo al factótum de Zernich, con el GPS enviando la señal de los movimientos del Porsche. Su zigzagueo incomprensible por las carreteras de Padua, como si Altieri les estuviese tomando el pelo. Como si todas esas vueltas fuesen intencionadas.

—¿Qué pasa? —preguntó Costa.

—A lo mejor no he comprendido bien lo que está pensando. Pero ¿cree que Zernich y... todos ellos... sabían que los estábamos siguiendo? Quiero decir..., ¿que todo estaba preparado?

Costa guardó silencio un momento. Luego contestó:

—Sí. Quizá.

—No tiene sentido.

—Lo tiene para alguien como Zernich. ¿Sabías que se estaba muriendo? Un tumor en fase terminal.

—Sí. Lo he oído.

—Yo creo que ese hombre sabía que estaba cerca del final. Pero su obra tenía que trascender su muerte. Su propósito no era sobrevivir..., sino maravillar. Con la muerte. Con el dolor. Zernich era un auténtico hombre del espectáculo. Su obsesión era escenificar su poder sobre los demás.

—¿Qué tiene que ver con lo que me ha pedido?

—Hay algo incompleto en su obra. Valentina es su última pincelada. A lo mejor lo decidió al final, cuando comprendió que ella estaba a punto de descubrirlo todo. En cualquier caso, decidió crear su última simulación. Y yo seguramente soy parte de ella. Ahora no sé explicarlo, pero seguramente soy parte de ella.

Piovesan creía que por fin había comprendido.

—De modo que es algo que tiene que ocurrir ahora.

—Sí.

—Entonces hay un sitio. —La imagen la había visto con claridad un instante antes—. Si Altieri sabía que lo seguíamos, debió de programarlo todo. Cada parada. Cada movimiento que hizo ese día.

—¿Entonces?

—Me he acordado de una de sus paradas. En una obra, apenas unos minutos. ¿Sabe qué no tuvimos en cuenta? No los edificios de Zernich, sino aquellos a los que únicamente podía entrar él, aunque solo fuera un rato. Zernich es..., era un benefactor, ¿lo recuerda? Su fundación se encarga de reformar antiguos edificios, parte de la historia de la ciudad. Uno de esos palacios es uno de los más antiguos de Padua. Es un símbolo, en realidad. Y es una torre. La llaman Torlonga. O Specola. Antaño fue un lugar de tortura y de muerte.

150

Era la única parte que quedaba de una fortaleza medieval, había sido cárcel antes de que siglos atrás fuera transformada en un observatorio astronómico. El tránsito de la sangre a las estrellas, había explicado Piovesan, era emblemático para los paduanos. Y la convertía en el lugar perfecto para los proyectos de Federico Zernich.

Resaltaba en la noche bajo la furia del temporal y desafiaba a los relámpagos, atraídos por su altura, mientras negra y silenciosa dominaba el río que corría abajo y que alrededor de su base se dividía en dos ramales que luego proseguían hacia la ciudad, uno al norte y otro al este. Su base era cuadrada, tenía almenas y contrafuertes y terminaba en dos torreones que antaño se utilizaban para observar el cielo. Surgía en una especie de promontorio al que se llegaba desde un solo lado, a través de un puente y una plazuela que contaba con un jardín bien cuidado pero que ahora tapaba el diluvio. Enclavado entre el río y las casas de las afueras, le pareció como un desgarro en el tiempo, un imprevisto salto al pasado.

Ensordecido por el fragor de la lluvia que, golpeando en el techo del coche, se amplificaba en el interior del habitáculo, Costa se inclinaba hacia delante tratando de sobrepasar con la vista el muro de agua inútilmente atacado por los limpiaparabrisas. Apenas conseguía entrever la parte alta de la Specola, donde se encontraba el antiguo observatorio astronómico. Según las informaciones que Piovesan le seguía enviando a través del smartphone, la Torlonga tenía una altura de casi cincuenta metros, y desde hacía unas semanas estaba vacía y cerrada a los empleados del museo y a los visitantes debido a los trabajos de restauración y mantenimiento ofrecidos amablemente por la meritoria Fundación Federico Zernich. Las obras que impedían la entrada llevaban paradas una semana debido al mal tiempo. Los obreros iban a volver al trabajo el lunes siguiente.

Probablemente la idea de Zernich era que si Costa no llegaba a tiempo o no seguía sus indicaciones, el descubrimiento de la última obra maestra de muerte y arte la hicieran los primeros que entraran en la torre medieval, esto es, los que trabajaban en las obras. En cualquier caso, habría sido una salida de escena digna de su locura.

Pero Costa había llegado donde el viejo asesino quería que estuviera. No había otra manera de desvelar el destino de Valentina. Y el suyo: los dos estaban ya entrelazados.

Se apeó del coche y cruzó el pequeño puente de entrada bajo la lluvia espesa y uniforme, que lo cubría todo. No se veía ninguna luz, ni tan siquiera la de las farolas, demasiado débiles bajo el aguacero, ni la de los coches. No era aún noche cerrada, pero la tempestad ya había dejado en ese final de sábado una ciudad completamente desierta. Mientras llegaba a la base del edificio, tuvo la visión del río que, al otro lado del parapeto, corría impetuoso, crecido por las lluvias de las últimas horas. Miró hacia arriba y se imaginó el destino de alguien que trepase hacia lo alto de la torre y se cayese. Se haría trizas en esas piedras antiguas y se lo tragarían las olas de la corriente oscura. No había la menor posibilidad de sobrevivir a una caída semejante.

Diana había muerto bajo un cielo sin nubes, en una noche serena. Aun así, él no había podido salvarla.

En ese momento, el final de Valentina le pareció inevitable.

Se detuvo ante una alta puerta de hierro forjado y el arco de piedra que la sostenía. El lado oriental de la gran torre se apoyaba en la fachada de un castillo cuyo acceso, por lo que le había explicado Piovesan, se encontraba en el lado opuesto, en una zona separada por muros altos y gruesos. El único punto por el que se podía entrar en la Specola era en el que estaba él.

Pensó que el jardín circular que acababa de cruzar sería perfecto para quien quisiera esconderse. Pero en el fondo Costa no sabía cuál era el propósito de esa farsa. Hannie Janssen seguía libre, y la ostentación de Holocausto hacía suponer que había más cómplices de los crímenes de Zernich. No iba armado, le habían quitado la pistola cuando se lo habían llevado al hospital.

Pero da igual, pensó. Ahora de lo que tengo que defenderme es de los fantasmas.

Una punzada repentina en la espalda le recordó que la herida de la cuchillada que le había asestado Zernich se le podía abrir en cualquier momento. Pero lo único que podía hacer era apretar los dientes y seguir.

La puerta tenía un candado grande. El metal estaba helado y mojado y casi le dolieron las manos cuando lo tocó. No tuvo que pensar en cómo forzarlo, porque el gancho enseguida se soltó. Habían dejado la puerta abierta para él.

Costa no perdió más tiempo y entró.

151

El porche al que accedió tenía una amplia bóveda de ladrillo que lo protegía de la lluvia. A derecha e izquierda, dos puertas de madera señalaban la entrada de los salones, mientras, delante de él, una escalinata de piedra conducía a las plantas superiores. En el fondo, al otro lado de las escaleras, un arco de medio punto llevaba a un patio interior abierto, azotado en ese momento por el agua. Aparte de algunas herramientas de albañilería y de unos andamios que cubrían la mitad de la pared de su derecha, no había más indicios de las obras que se estaban haciendo. De no ser por esos pocos objetos, podría haber creído que realmente había hecho un viaje en el tiempo. El edificio conservaba intacta la belleza y el atractivo de otros siglos, junto con sus sombras más densas.

La luz de un rayo más potente y cercano que los otros, al que casi a continuación siguió un estruendo tan enorme que parecía que había caído justo al lado de la entrada, iluminó la placa de mármol que había sobre la puerta a su izquierda. Estaba en latín, pero el diligente Piovesan ya se lo había dicho y traducido solemnemente mientras Costa cruzaba la ciudad para ir a la torre, como si el significado de esa inscripción tuviese importancia en ese momento.

«Esta torre que antaño conducía a las sombras infernales, ahora abre la vida a los astros».

Pensándolo bien, se adecuaba perfectamente a las circunstancias. Zernich le había preguntado si creía que Valentina estaba ya entre los astros del firmamento. La referencia al observatorio ahora parecía casi banal. Y, seguramente, tétrica.

Un segundo rayo se manifestó todavía más cerca.

La luz blanca del relámpago, sin embargo, se reflejó en algo que había delante de él. Ligeramente más allá del arco que conducía al patio del edificio. Una sombra inmóvil.

El destello deslumbrante del último rayo se apagó, dejando la huella de esa silueta grabada en su retina. Luego solo quedó el ruido de la lluvia. Y también el de su sangre en los oídos, yendo y viniendo. Yendo y viniendo.

152

Manna había conservado la misma habitación. La única diferencia era que ahora el hotel estaba casi completamente ocupado por compañeros llegados de Roma para cerrar la investigación. La noticia de Holocausto no solamente había dado la vuelta al mundo. Había levantado una polvareda judicial, y ahora las distintas fiscalías se disputaban el caso. Había surgido la necesidad de dar un nombre a todos aquellos muertos y la de examinar las circunstancias de su secuestro, para buscar no solamente pruebas contra los sospechosos sino también contra probables cómplices. Una tarea inmensa para la que se precisaba la contribución de decenas de agentes de investigación.

Y había que buscar a una compañera desaparecida, si bien muchos en el departamento seguían convencidos de que la comisaria jefe Valentina Medici se había alejado voluntariamente, porque no había podido soportar el estrés de aquellas difíciles investigaciones. A nadie parecía importarle mucho que el museo de los horrores hubiese sido descubierto precisamente gracias al trabajo y al sacrificio de Valentina.

Loris había evaluado la posibilidad de mandar a todo el sistema a la mierda y de regresar a casa, asqueado de esa cerrazón, de esa insensibilidad. Aunque tampoco todos eran así. Los compañeros de la judicial de Padua, quizá porque por fin se habían librado de la influencia del mastuerzo de Lomastro, se estaban moviendo. Y muchos policías del SCO conocían y apreciaban a Valentina y sabían por lo que había pasado. Y además estaba el deber moral de hacer justicia a las víctimas de esos psicópatas.

Sin embargo, era sobre todo por Valentina y Fabio por lo que Loris se había lanzado de cabeza a la tarea que le había asignado. Y en parte había recuperado la pasión por esa investigación que ya creía muerta en Sant'Andrea. Quería llegar hasta el fondo, destapar esa cloaca y dar una respuesta a todos los interrogantes.

Ante todo, al papel de la cuidadora holandesa en los delitos de Zernich y de su ayudante Altieri. Todo hacía pensar que la mujer formaba parte activa en la búsqueda de las víctimas que se sacrificaban a la locura del anciano. Los ordenadores con los datos de las comparaciones entre los personajes de los cuadros y sus potenciales dobles estaban instalados en sus habitaciones. Y entre los archivos parcialmente dañados que Manna y un par de técnicos llegados de la policía postal de Roma estaban tratando de recuperar, figuraban los esbozos de un plan criminal amplio e inquietante. Parecía que era Hannie Janssen la que mantenía los primeros contactos con usuarios de la dark web repartidos por todo el mundo. Quizá el pseudónimo Paperino que Altieri había utilizado desde el cibercafé era la seña de identidad de todo el grupo criminal o un perfil que él y la mujer se intercambiaban en función de las exigencias. Y probablemente alguno de los contactos de Paperino en el extranjero estaba ayudando a huir a Janssen. Había que verificar un par de direcciones telemáticas y Manna estaba trabajando precisamente en ellas.

Regresó a la habitación para darse una ducha y permitirse un par de horas de descanso antes de reanudar la búsqueda. La noche iba a ser larga y complicada, sobre todo teniendo en cuenta que no pegaba ojo desde que se había ido a Holocausto, con Costa y Piovesan. Pero parar le parecía un pecado imperdonable. Como siempre, la idea de que el tiempo corría más rápido de lo debido le causaba una tremenda angustia. Ahora no había que salvar a nadie. Ahora había que capturar a una mujer peligrosa.

A pesar de sus propósitos, no tardó en caer en un intranquilo duermevela, y no reparó enseguida en los leves toques a la puerta de la habitación. Cuando los toques sonaron con más fuerza y lo despertaron, saltó de la cama, totalmente confundido, y abrió.

Gabriele Piovesan tenía un aspecto terrible. La última vez

que Manna lo había visto, la cabeza le sangraba y estaba conmocionado. Ahora, la palidez del rostro y su mirada trastornada parecían señales de un tormento todavía peor.

—¡Gabriele! ¿Qué haces aquí? ¡Y además a esta hora!

El agente entró, sin decir palabra. Se sentó en el borde de la cama deshecha. Posó los ojos en el suelo.

Loris cerró la puerta y se quedó mirándolo, indeciso.

—Tendrías que estar en casa descansando —dijo con cautela—. Todos tendríamos que estar en casa, a decir verdad.

Gabriele lo miró.

—Sí, Costa me ha dicho lo mismo.

—¿Has hablado con Fabio?

—Me ha llamado.

Algo en el tono del otro lo alarmó.

—¿Qué te dijo?

Piovesan lo miró como si lo viese en ese momento. Sacó el móvil y se lo tendió.

—Da lo mismo. Mejor mira esto —dijo.

Loris cogió el móvil, perplejo. En la pantalla estaba la noticia de un diario online. Parecía un flash de última hora. Leyó y sintió que se le abría un vacío por dentro.

Piovesan asintió, mirando un punto indefinido delante de él.

—Un accidente de carretera, es lo que dice ahí. ¡Y un huevo!

La página daba la noticia en pocas líneas. Un hombre mayor había sido atropellado por un coche que se había fugado. El hombre había muerto en el acto. La tragedia había ocurrido en el interior de la provincia de Padua, a la altura de Piove di Sacco, a pocos kilómetros de la laguna de Venecia. El fallecido era un excomisario de policía, Domenico Caruso.

Había dos fotos. La fachada de una capilla y delante de ella un cuerpo tumbado en el asfalto, tapado con una sábana. Y el rostro sonriente de un joven Caruso, en uniforme.

—No cuentan mucho —observó Manna, sin dejar de mirar las fotos digitales, el sudario de Domenico Caruso, que, visto de cerca, se adivinaba manchado de sangre, y esa cara todavía no marcada de dudas ni remordimientos—. Dicen que están buscando al conductor que se dio a la fuga. Lo cogió de lleno cuando cruzaba la carretera para regresar a su casa. Murió enseguida.

—Lo mataron, Loris —dijo Piovesan. Su palidez había desaparecido de repente. Temblaba, como si hubiese descubierto las cualidades salvadoras de la ira—. Lo mataron.

—Pero ¿quién? ¿Y por qué? Lo que Caruso tenía que contar ya se lo había contado a Fabio.

—A lo mejor no. A lo mejor hay más. Esta historia no está terminada.

Manna le devolvió el móvil. Piovesan se lo guardó en el bolsillo y se puso de nuevo a mirar el suelo de la habitación. Había algo más que el chico no le contaba. Quizá algo que Costa le había dicho y que lo había angustiado. Pero ¿qué? ¿Tenía acaso que ver con su maldita convicción de que había causado la muerte de Valentina por haber matado a Zernich? ¿Y qué tenía que ver Piovesan con esa obsesión? Había ido a darle la noticia de la muerte de Caruso personalmente cuando podría habérsela contado por teléfono.

—Gabriele..., ¿qué está pasando? —le preguntó.

El agente Piovesan levantó por fin los ojos y lo miró.

—Temo haber hecho una cagada, Loris —murmuró.

153

El patio estaba sumido en una oscuridad casi total, aumentada por la lluvia torrencial. El único resplandor que por momentos lo aclaraba era el intermitente de los rayos.

Costa se detuvo solo un instante en el borde de ese espacio a cielo abierto. A su derecha se encontraba el edificio donde habitualmente estaban los despachos del museo y la biblioteca aneja. A la izquierda, la pared de ladrillo perteneciente al castillo, donde la torre, originalmente, estaba integrada. Tenía justo encima la cúspide de la Specola, que no veía debido a la oscuridad y la lluvia que le impedía levantar los ojos.

En el centro del patio yacía la figura que había atraído su atención. Una pobre Virgen, ¿qué si no? La última víctima de la psicosis de Federico Zernich. Adele Donati encarnando a aquella trágica María de Caravaggio, envuelta en una capa azul y con una toca marrón cubriéndole la cabeza. Estaba arrodillada, la frente hacia el suelo como si se hubiese desmayado, el pelo empapado cayéndole sobre el rostro.

Corrió hacia ella, pese a que salía a un espacio abierto sin protección, consciente de que se convertía en un blanco fácil. Se arrodilló, le apartó la ropa empapada en agua, le levantó la cabeza. Descubrió que tenía las manos cruzadas y atadas con una cuerda en la que debajo del velo oscuro antes no había reparado. La posición inclinada se debía a una tosca estructura de madera plantada en el suelo con un extremo en Y donde la chica estaba apoyada. Pero la estructura, montada quizá demasiado rápido o debido a la lluvia, no había aguantado y el cuerpo se había vencido hasta tocar con la frente el suelo. Cuando le levantó la cabeza y le apartó el pelo de la cara, reparó en los ojos vidriosos y en la piel pálida. No hacía falta nada más para comprender que estaba muerta.

La dejó resbalar con delicadeza y la colocó de costado. Ese cuerpo había sido puesto ahí sin el menor cuidado. Sin ninguna plastinación ni el menor artificio para mantenerlo sano, ni tan siquiera en apariencia. Solo una mala imitación de las horribles obras de Zernich.

A su alrededor, los riachuelos de lluvia creaban pequeños remolinos que tragaban las esclusas de hierro que había debajo de ellos. Ahí donde el agua se recogía adquiría un color que, incluso en aquella oscuridad, pudo reconocer. Era sangre.

Adele Donati había sido preparada de esa manera con cierta prisa. Su corazón, probablemente, aún latía hasta pocas horas antes. La sangre que seguía perdiendo así lo demostraba. Y también la ausencia de *rigor mortis*. Costa se dio cuenta de que habían matado a la chica solo para que él lo viera. Para ese macabro e improvisado montaje.

Pero eso no era todo, ¿verdad? Faltaba el toque final. Ese pensamiento lo puso enseguida sobre aviso.

Levantó la cabeza de golpe, llevado por un presentimiento, y la vio. Suspendida en ese rectángulo de cielo violeta oscuro. Las dos alas abriéndose en un vuelo imposible. La túnica blanca levantada por el viento provocado por la caída. Los brazos abiertos, tendidos hacia delante, como para protegerse. O como para anunciar a la Virgen el mensaje de parte de Dios.

Un instante paralizado. Como en un cuadro de Caravaggio.

Costa gritó, pero su grito se desvaneció en el estruendo de un último y demoledor rayo. Su boca se llenó de agua de lluvia, gélida e insípida. Él también levantó un brazo, instintivamente, no para protegerse, sino para detener ese vuelo antinatural, ese último sacrificio.

El cuerpo cayó sobre el pavimento de piedra, delante de él, con un ruido horripilante. La última obra de Federico Zernich.

154

Mientras se acercaba al cuerpo tendido en el suelo, se sentía vacío. Todo había sido inútil. Más que eso: había sido definitivo.

Cuando llegó al lado de esos brazos tendidos, de esos miembros desencajados, de esas alas de plástico que se habían partido en la caída, comprendió que todo era un engaño. Todo era de plástico. Todo era falso.

La que estaba en el suelo no era Valentina, sino un maniquí de caucho y alambre, la fiel reproducción pero inanimada de un cuerpo humano. Incluso la peluca pegada a esa cabeza de poliéster imitaba los espléndidos cabellos de Valentina.

«Pero no es ella. No es ella».

Volvió entonces a levantar la mirada, y en la esquina del observatorio por donde el ángel había caído vio el claro reflejo de un rostro. Se asomaba al vacío y lo miraba. Como un entomólogo estudia insectos en un terrario.

El rostro desapareció, pero su llamada permaneció ahí.

Costa se volvió hacia las escaleras que conducían a las plantas de arriba. Por lo que Piovesan le había dicho, era la única entrada que llevaba a la parte alta, hacia las estrellas. Quien lo esperaba, en el ápice del edificio, lo sabía. Pero, tal y como estaban las cosas, ya daba igual.

«¿Ha caído o sigue arriba, entre las estrellas?».

Corrió hacia las escaleras. Dejó atrás el cadáver de la pobre Adele junto a aquel maniquí descarado y obsceno. Sabía que no había acabado. Aún no había encontrado a Valentina. El espectáculo final estaba arriba. «Entre las estrellas».

Mientras subía los escalones, de dos en dos, con la piel helada y los pensamientos enmarañados, comprendió lo que Zernich le estaba haciendo. Ese psicópata se había documentado bien, lo sabía todo acerca de él. Sabía que también aquel día había subido los escalones de dos en dos porque Diana había dejado abierta adrede la puerta en la última planta. Y, como entonces, tenía el corazón helado porque era consciente de lo que estaba ocurriendo. Como entonces, una parte de él habría querido parar, rendirse, porque sabía que no iba a llegar a tiempo. Y quizá eso era lo que había proyectado la mente enferma del asesino. Forzarlo a aceptar lo ineluctable, condenarlo vivo a cargar con el peso de otra muerte. O a que él también se lanzara al vacío, como Diana, como Valentina, para terminar de una vez con todo eso.

«No me decepciones».

No. No con Valentina. No otra vez. El error de Zernich había sido pensar que el que estaba corriendo escaleras arriba de la torre era el mismo Fabio Costa de entonces. Que nada había cambiado en él. Demasiado tiempo había pasado. Demasiados muertos. Demasiadas decisiones equivocadas.

No tenía ni idea de lo que se iba a encontrar delante. Pero en ese momento decidió que Valentina estaba viva. Y que él la iba a salvar.

Con esa incoherente esperanza en el alma, dejó atrás una galería y unas habitaciones oscuras en las que debía de haber instrumentos astronómicos y antiguas inscripciones, abrió puertas y subió más escaleras, siguió el único camino posible, que parecía marcado para él. Hasta que llegó a la habitación que estaba en lo alto de la torre.

Se situó en pocos segundos. La sala ligeramente octogonal tenía grandes vitrales ensamblados con plomo que se alternaban con columnas rectangulares. En cada una de las columnas había frescos del siglo XVIII en los que estaban representados los más famosos astrónomos de la historia. En la oscuridad punteada por la tempestad no eran sino rostros antiguos y sin dimensión que lo miraban como ofendidos por esa intrusión. Un gran telescopio de latón, en el centro, refractaba las luces de los relámpagos. Fuera, una terraza rodeaba el ápice de la torre. Por los cristales de perfiles cuadrados se entreveía el panorama de toda la ciudad. A lo lejos se recortaban las cumbres negras de las montañas. Una vista que dejaba sin aliento, si hubiese tiempo de contemplarla.

Encima de su cabeza, una bóveda pintada reproducía un cielo estrellado.

Miró de un lado a otro. El espacio parecía desierto, pero uno de los ventanales estaba abierto y lo sacudía el viento. La lluvia gélida no paraba de entrar.

Dos relojes dieron a la vez las dos, y el sonido se confundió con otra descarga de truenos.

Algo en el temporal llamó su atención.

«Valentina. Haz que sea ella».

Pero no se movió. A pesar de la confusión de su mente y una especie de febril nerviosismo, trató de razonar como policía. Alguien había preparado ese escenario. Altieri, por indicación de Zernich, debía de haber hecho el trabajo más pesado. Quizá se había encargado del secuestro de Adele Donati y de llevarla a esa torre, a pesar de que ellos le habían estado pisando los talones.

En el fondo, al menos habían tenido algo de tiempo. Eso creía Costa. Desde su llegada a Padua, primero él y después Manna, alguien debió de avisar a Zernich de que estaba ahí. Eso mismo debió de pasar cuando contactaron con Piovesan y empezaron a exponerse. El agente había sido el último colaborador de Valentina, y una mente aguda y prudente como la de Zernich no habría dejado nada al azar. Justo por eso se había librado de la justicia durante tantos años. Probablemente el chico estaba vigilado de algún modo. Cuando colocaron el GPS en el coche de Altieri y empezaron a seguirlo, Zernich ya tenía trazado su plan final y empezó a ponerlo en práctica. Después de eso, en efecto, al cabo de solo cuarenta y ocho horas Altieri, evidentemente adrede, ya los condujo a Sant'Andrea.

Pero el factótum ya estaba muerto, y también Zernich. Otro estaba siguiendo con ese plan. Quizá Hannie Janssen, o quizá alguien que todavía no conocían.

Ahora bien, quien fuera tenía que estar ahí. No demasiado escondido, en realidad. Era el rostro que lo había mirado desde arriba y que había arrojado el maniquí vestido de ángel. Estaba ahí fuera, y estaba listo para recibirlo. Tenía que ser prudente. Se lo debía a sí mismo y a Valentina.

Se acercó al ventanal abierto. Enseguida la furia del viento y de la lluvia lo acometió. Salió a la oscuridad y se encontró en el ápice de la torre. Cincuenta metros por encima de la ciudad y el río que seguía creciendo.

155

Los propósitos de prudencia se esfumaron bajo el estruendo impetuoso de la lluvia.

Había encontrado a Valentina.

Menos por la lluvia torrencial, la predicción de Zernich se estaba cumpliendo del todo. Ella era un ángel entre las estrellas.

La terraza alrededor de la cúpula era cuadrada y Valentina colgaba al otro lado de la esquina que daba al oeste. La polea que la sujetaba no parecía apropiada para aguantar su peso mucho tiempo. La debían de haber puesto ahí hacía poco. La base de la armazón estaba bien anclada en el murete bajo que separaba el suelo de la terraza del vacío. El brazo del que colgaba, sin embargo, sobresalía al menos un par de metros del borde, y lo estaba sacudiendo peligrosamente la furia del viento.

Y ella estaba... Costa buscó un término, en el dolor que le causaba verla así... Ella estaba inerte. Vacía. En apariencia, sin soplo de vida.

Vestía una túnica blanca y larga, como la que envolvía al maniquí caído, casi para anunciar lo que iba a ocurrirle también a ella. La lluvia la empapaba y probablemente la hinchaba, tirando de ella hacia abajo. Tenía los brazos desnudos, tensos y sobre la cabeza, las muñecas atadas al gancho de la polea. La cabeza estaba inclinada hacia delante y el pelo le cubría el rostro. Pero era indudablemente ella.

Un golpe de viento repentino la balanceó todavía más. Sus pies desnudos dieron patadas en el abismo, pero tal vez fue una ilusión fruto de otra serie de rayos. Sin embargo, ese atisbo de vitalidad lo animó, y Fabio se le acercó rápidamente, resbalándose en las baldosas húmedas.

«Está viva —le gritaba su mente—. Está viva».

Se detuvo al borde del parapeto. Justo a tiempo, pues el impulso de la carrera lo estaba proyectando hacia delante. Debajo de él se alargaba la punta del promontorio en el que surgía la Specola, y unos metros más adelante se agitaban las aguas negras del río. No. No iban a caer al agua. Acabarían en los adoquines del suelo.

De cerca, Valentina le pareció un bulto inanimado y empapado. No había nada de ella en ese títere suspendido en el vacío. Su movimiento era una ilusión debida al viento y a las rachas de lluvia.

De repente, a su lado apareció Diana. No se quedó mirándola, no le dio tiempo. Lo adelantó. Saltó al vacío.

Y él, destrozado, la vio desaparecer en la oscuridad, devorada por ese enésimo, cruel vuelo.

No. No iba a pasar con Valentina. Otra vez, no. Solo tenía que moverse. Alcanzar el maldito brazo de esa polea. Girarla para devolverla al interior de la terraza. Y tenía que hacerlo rápido.

Subió al parapeto y se volvió para mirar la base del mecanismo, que estaba sujeta con abrazaderas y puntales. Tenía que encontrar la mejor manera de girar el mecanismo hacia él.

Apenas le dio tiempo de entrever la sombra que aparecía por detrás.

El empujón fue fuerte e inesperado. Costa se encontró suspendido en el aire.

Cayó.

156

Una fracción de segundo. Un parpadeo.

Y, sin embargo, sus pensamientos fueron nítidos. Supo que iba a estrellarse contra el suelo y que iba a morir. Y que Valentina quedaría a merced del destino que un monstruo había ideado para ella. Supo que iba a aferrarse a ella, a ese brazo de metal que la sujetaba. Y que la llevaría consigo, abajo, hasta el final.

Supo que los dos iban a quedar suspendidos en el vacío. Una posibilidad entre un millón de sobrevivir. Pero no dejaba de ser una posibilidad.

El instante pasó. Sin poder ya asirse al parapeto, Fabio se arqueó en el vacío y alcanzó la cuerda de la que pendía Valentina. La agarró con fuerza, a pesar de las manos mojadas y del frío intenso. Se le soltó y volvió a cogerla enseguida. Juntos empezaron a balancearse sobre cincuenta metros de precipicio, y tuvo la sensación de que Zernich le había vuelto a clavar el cuchillo en la espalda. Sintió que la sangre caliente le mojaba la piel. Los puntos de sutura se habían saltado. Pero consiguió aferrar con una mano la cuerda que la tenía atada a la polea y sujetar su cuerpo con la otra. Un cuerpo helado. Sin ningún pálpito vital.

Miró instintivamente el borde desde el que había sido empujado al vacío y la vio. Hannie Janssen. Un rostro oval e inexpresivo, el pelo oscuro y mojado pegado al cráneo, los ojos redondos clavados en ellos.

No sonrió. No abrió la boca. No dijo nada. Los observó un

instante, luego una ráfaga de agua todavía más oscura pareció llevársela.

Fabio y Valentina se quedaron solos, suspendidos en la oscuridad, como los ángeles de Caravaggio que sobrevuelan las miserias de los hombres.

«Se acabó».

Se lo dijo con una extraordinaria calma. No era resignación, sino conciencia de haber hecho todo cuanto estaba en su poder. No iba a aguantar mucho. Y era imposible llegar al borde de la torre.

Sus manos empezaron a separarse. Sabía que le iban a faltar fuerzas para seguir pegado a ella. Y que en cualquier momento podía partir el brazo de metal que los sujetaba.

«Ya no hay nada que hacer. Suéltala».

El rostro de ella estaba a pocos centímetros del suyo, como cuando la había besado. Pero estaba blanco, inmóvil, tenía la piel fría, los ojos cerrados. Y no sentía latidos. No sentía calor en ese cuerpo rígido.

«Querría tenerte cerca de nuevo».

Se lo había dicho ella, en el último mensaje. Por lo menos, ahora él estaba ahí, junto a ella.

—Valentina... —murmuró. Un instante antes de soltarla—. Valentina.

Ella no respondió. Ya no estaba ahí. No estaba con él.

Una ráfaga más fuerte acompañada de un estruendo violento los hizo balancearse todavía con más violencia. El borde estaba tan lejos, y él estaba muerto de cansancio.

Diana caía. Valentina caía. Él iba a seguirlas.

«Ríndete. Deja que pase lo que tenía que pasar desde el principio».

Se indignó. No le daba miedo morir. Pero no soportaba la idea de que Zernich ganara, de que se saliera con la suya.

Pegó más el rostro al de Valentina. Buscó sus labios gélidos, los encontró.

Ella abrió los suyos.

Luego los gritos. La oscuridad. Las manos que lo agarraban. Y todo dando vueltas. Todo caía.

157

Las gotas eran cristales de hielo, fragmentos de cielo que se encendían de luz antes de estrellarse en su rostro. Vistas desde abajo, eran un espectáculo conmovedor, aunque doloroso.

El frío cortante de ese chubasco le revelaba que estaba vivo.

Levantó la cabeza, y alguien la agarró y se la bajó.

—Todavía no. Espera.

Una voz familiar. Un tono preocupado que reconoció y que lo emocionó.

Loris Manna estaba inclinado sobre él. Y puede que en su rostro hubiera una lágrima que se confundía con la lluvia. El temporal los seguía martirizando, los mantenía metidos en esa terraza.

—¿Cómo...? —empezó a decir, pero Loris meneó la cabeza.

—Ahora no —dijo—. Ahora no.

Pero «ahora no» no era una respuesta. No. Ahora era el momento. Ahora tenía que saber. No había otro tiempo que tuviese significado.

Volvió a levantar la cabeza, rechazando la ayuda de Loris, luego se apoyó en los codos. No parecía que la tempestad fuera a parar, si bien hacia los montes daba la impresión de que se estaba despejando. El anuncio de un amanecer sin lluvia. Un día nuevo en el que las sombras serían por fin ahuyentadas.

Al menos durante un tiempo.

Miró a su derecha. En cuclillas en el suelo de la terraza, Gabriele Piovesan sostenía sobre sus rodillas el cuerpo de Valentina.

Tenía la cabeza reclinada, inerte, el chico le había apartado los largos cabellos que antes le tapaban el rostro. Y estaba hermosa, incluso con aquella tremenda palidez. Estaba como había dicho Zernich. Angelical.

El corazón de Fabio cayó al infierno. Miró a Loris, escrutó en sus ojos, en busca de la verdad, fuese cual fuese. Incluso la que lo habría aniquilado.

—¿Valentina...? —murmuró. Y no tuvo fuerzas para seguir.

Loris no bajó la mirada. Sostuvo la de él.

Luego sus labios se abrieron en una sonrisa.

NOTA DEL AUTOR

Desde que empecé a trabajar en esta novela, siempre tuve muy clara la necesidad de no alejarme nunca mucho de la descripción de una auténtica investigación criminal. La de evocar de la mejor manera posible no solo las correctas técnicas policiales, sino también los pensamientos, los olores, los sabores, las dudas, los miedos y las sensaciones fuertes que conlleva la aventura, no siempre agradable, que un equipo de investigadores afronta cuando tiene que detener al autor de un crimen. Sobre todo cuando este es un asesino en serie.

Esta fidelidad a la verosimilitud ha sido en parte inevitable, dada mi historia personal. He estado en la policía judicial la mayor parte de mi vida, y habría sido imposible escribir una novela como esta sin contar con mi experiencia profesional. Otros escritores de novelas policiacas y de thrillers (no todos, a decir verdad) llevan a cabo un encomiable esfuerzo de documentación para evitar errores a la hora de describir un trámite judicial o una técnica de investigación, o incluso para poder moverse en la compleja relación entre los distintos estamentos institucionales: inspectores, fiscales, jueces, comisarios, simples policías, etcétera. Algunos de ellos, en ciertas ocasiones, incluso me han pedido opinión y ayuda, que, por supuesto, me he sentido encantado de brindar.

Yo no preciso nada de todo eso. Yo esas cosas las sé. Muchas las he hecho, a veces he sufrido las consecuencias de algunas de ellas. Desde ese punto de vista, no tengo ningún mérito, salvo el de saber de lo que hablo. Es más, habría sido imposible proceder de otra manera. Mi única preocupación para no escribir disparates atañe simplemente al resto del conocimiento humano. Por ello hice lo mismo que todos los escritores, recurrí a asesores, a amigos y a los editores.

Por tanto, salvo alguna pequeña adaptación a la realidad por exigencias narrativas, he procurado describir la forma en que se desarrollaría efectivamente una investigación tan compleja. Empezando por la función de un departamento que a menudo se menciona, en las novelas, en las películas o en las series de televisión, pero que también muy a menudo apenas se conoce: el Servicio Central Operativo de la policía nacional. Al que quizá aquí, por momentos, no he tratado muy bien, pero que es el centro de investigaciones más importante y valioso de la policía en Italia.

Creado alrededor de 1990 por el gran Antonio Manganelli, inspirado en cierta medida en el FBI estadounidense, la tarea del SCO consiste fundamentalmente en coordinar las actividades de la policía judicial, con el objeto de combatir el crimen organizado, el narcotráfico, los homicidios y todos aquellos delitos que se cometen en distintas zonas del territorio y cuando se precisa la colaboración conjunta de diferentes estructuras de investigación. El SCO ha cumplido y cumple tareas indispensables en los secuestros de personas, en los casos sin resolver y en las actividades encubiertas. Envía a sus investigadores y a sus analistas ahí donde se requiere. Y ha sido un modelo para la policía de medio mundo, colaborando con la de muchos países. Sus policías investigaban con los jueces Falcone y Borsellino, por no decir más.

Así pues, los protagonistas de esta novela, Valentina Medici y Fabio Costa, encarnan a muchos policías del SCO, no solo por sus métodos y su profesionalidad, sino también por su abnegación y su espíritu de sacrificio. También en este sentido he procurado darles una dimensión lo más auténtica posible. Trabajar en el SCO, en efecto, no es sencillo ni indoloro, y la vida privada de un agente del Servicio, familia incluida, resulta a menudo dura. «Amor mío, perdóname, ya lo sabes, ante todo está el Servicio». Es una frase que los muchachos del SCO repiten a menudo. Con todo lo que comporta desde el punto de vista psicológico y conductual. He podido escribir sobre esto también con conocimiento de causa, ya que tuve la suerte de trabajar en el SCO durante casi seis años y sé bien, porque lo he experimentado yo mismo, lo absorbente, total y dura pero sustancialmente impagable que es esa experiencia. Se sobreentiende que esta novela está en parte dedicada a mis excompañeros del Servicio.

Por último, dos palabras sobre Caravaggio, quizá el segundo gran protagonista de esta historia. Heredé el amor por el arte de mi padre, un profesor de instituto de la vieja escuela, apasionado por la pintura, que llenó nuestra casa de libros y cuadros, así como del olor de los colores al óleo con los que pintaba y que todavía hoy impregnan mi memoria. Ahora bien, no soy un experto del tema y, para describir adecuadamente las obras de Michelangelo Merisi y su incidencia en la mente (también en la de los malvados), he consultado una amplia bibliografía, ante todo el espléndido y definitivo *Caravaggio. Obra completa*, de Sebastian Schütze (Taschen). Según iba conociendo más las obras maestras del artista y, sobre todo, su historia (no hay un solo cuadro de Caravaggio que no tenga detrás una narración formidable y sugerente que por sí sola merecería una novela), tuve por momentos una sensación de aturdimiento semejante al que inspiró mi fantasía. Y comprendí cuánta razón tiene quien dice que la pintura es, entre las manifestaciones humanas, la más cercana al misterio que gobierna la frontera entre la vida y la muerte. Entre los artistas del pasado, no ha habido un pintor que haya sabido estimular y explorar como él esta impresión. Como ha dicho Vittorio Sgarbi, Caravaggio «nos obliga a abrir los ojos hacia una humanidad material que huele a sangre y saliva. Por eso fascina, aturde, convierte».

AGRADECIMIENTOS

Algunos agradecimientos de corazón, pues escribir una novela nunca es una aventura solitaria.

En primer lugar, a la dulce y aguda Carmen Prestia. No solo por lo que ha hecho en su papel de agente literaria, sino también por haber entrado literalmente en mi historia, por haberme primero odiado y después ofrecido su amistad y estimulado siempre a hacerlo mejor. Y mejor yo no habría sabido hacerlo sin ella. También doy las gracias a todas las «chicas» de Altieri & Prestia, un equipo formidable y de lo más diligente.

Por creer en mí enseguida y, sobre todo, por convencerme de que debía creer en mí mismo, a Giuseppe Strazzeri y Fabrizio Cocco. Giuseppe, que me señaló el camino correcto con amabilidad y paciencia, y Fabrizio, que es el editor más tenaz, inquieto, implacable e inteligente que he conocido nunca. A Antonio Moro, que tiene unos bisturís más afilados que los de un patólogo.

A todo el equipo de Longanesi, que acogió y mimó esta novela, sorprendiéndome con sus cuidados.

A todos los amigos que a lo largo de los años han alentado mi voluntad de escribir y sin los cuales nunca habría llegado aquí: Gianfranco de Turris, Luigi de Pascalis y Nicola Verde, quienes nunca me abandonaron. Y además a todo el resto del grupo romano de los «viejos» escritores, de Roberto Genovesi a Errico Passaro y Gabriele Marconi. Cada uno de ellos me aguantó cuando todavía quedaba mucha noche y aún no se vislumbraba el final.

Al singular Andrea Cotti, que siempre me ha considerado un auténtico escritor y un amigo que nunca ha fallado, y a la espléndida Gaja Cenciarelli, que me ha levantado la moral cuando la tenía por los suelos y me ha dado patadas cuando hacía falta. Os quiero de verdad.

A Loredana Bianchini por los valiosos datos sobre la plastinación y por su afecto, y a Luigi Contardo, por su asesoría médica.

A Alessandro Castiglione, mi primer lector, sin quien no habría tenido la posibilidad de concentrarme en este proyecto.

A mi familia, que me ha aguantado, Debora, los chicos y mi hermano Gabriele, siempre dispuesto a echarme una mano.

A los profesionales más importantes de esta aventura, los libreros, a los que confiamos nuestras historias para que las hagan correr por el mundo.

Y a todos aquellos que tendrán y que han tenido la ocasión de leer estas páginas y, ojalá, también las próximas.